江苏省东海县文艺精品专项资金资助项目
项目编号：DHWYFC—2015—10

青青河边草

周景雨◎著

Qingqing Hebian Cao

APGTIME 时代出版
时代出版传媒股份有限公司
安徽文艺出版社

图书在版编目（CIP）数据

青青河边草/周景雨著. —合肥：安徽文艺出版社，2016.1
（2023.4 重印）
ISBN 978-7-5396-5711-0

Ⅰ. ①青… Ⅱ. ①周… Ⅲ. ①中篇小说－小说集－中国－当代②短篇小说－小说集－中国－当代 Ⅳ.
①I247.7

中国版本图书馆 CIP 数据核字(2016)第 069062 号

出 版 人：姚　巍
责任编辑：王婧婧　　　　　装帧设计：徐　睿

出版发行：安徽文艺出版社　www.awpub.com
地　　址：合肥市翡翠路 1118 号　邮政编码：230071
营 销 部：(0551)63533889
印　　制：山东百润本色印刷有限公司　(0635)3962683

开本：700×1000　1/16　印张：23.75　字数：300 千字
版次：2016 年 1 月第 1 版
印次：2023 年 4 月第 2 次印刷
定价：69.80 元

Qingqing Hebian Cao

目　录

青青河边草

1

天色映白了窗纸，一格一格的，或明或暗，纵横有致，像围棋盘。

水莲按捺住伴有微痛和失落的新奇，揉了揉惺忪的睡眼。一阵嘈杂悦耳的麻雀的叫声破窗而入。水莲昏沉得有些酸痛的大脑顿时爽亮起来，匆匆忙忙穿好衣服，跑进院外的茅房。水莲褪下长裤，又褪下粉红色的短裤，低头细看昨晚被破坏的身体。天色尚未明朗，看什么都像隔着一层毛玻璃。

四姐溪莲不知什么时候跟了进来，用眼角瞟了瞟专心致志的水莲，用粗嗓门连嗯了两声，背过脸去，侧转着身子坐下。一阵尖厉刺耳的小解声扎进水莲的耳鼓。水莲被别人看穿了秘密，一激灵，浑身就像刚洗过个热水澡，腾腾往外冒热气，脸上沁出一层细水珠子，两腮六月鲜桃子般艳艳地红。

水莲愣怔了几秒钟，瞥了瞥正在小解的四姐。四姐正坏坏地冲她似笑非笑。水莲哭也不是笑也不是，一溜烟逃出了茅房。

水莲逃回自己房间，心脏好像跑到乳头里面去了，隔着层红衬衣拼命地往外挣。水莲心里臊得慌，又怕四姐回来追问缘由，那种事怎么可以说呢？就对着镜子简单收拾一番，背起背篓跑出家门。

天色渐渐明朗起来，是个大晴天。空气中氤氲着草味花香，裹挟着土腥气。

水莲卷起裤腿，两手拽着背篓带子目不斜视地匆匆赶路。草叶上的露珠很多情地扑过来，打到水莲的脚面上、小腿上，丝丝的清凉，有一种夹带着刺激的舒服感。白杨树上正在褪壳的姐儿（知了），正吃力地颤动着淡绿色的柔软的翅膀。水莲有心事，顾不上捉它们了。平时她可是见一个捉一个，包在手帕里，回家烤着吃，或掐断翅膀放到院子里的枣树上听它们唱歌。

水莲来到一个地方，陡然停下来，女特务似的瞟了瞟四周。路上没有人，远处一头老水牛正悠闲地啃着田埂上的青草。水莲一侧身，水蛇一样敏捷地钻进了路边的绿树丛。

绿树丛里有一块精心收拾过的空地，铺着一层新鲜的厚厚的干草，草香弥漫，甜甜的，带着点泥土味。昨晚上，水莲的身体就是在这里被破坏的，那痕迹还在呢。水莲放下背篓，激动得浑身发抖。她蹲下身子，抓起一把干草放到鼻尖前，猛吸一下，心便在淡淡的草香里开始飘荡，温柔而又迷醉。

2

水莲是被歌声引诱到那片绿树丛里的。引诱，许多年后水莲还是这么想。唱歌的男人叫林若风。

水莲家里养了十几只兔子。水莲每天晚上都要过弯月河去打兔草。兔子是很娇气的小动物，对吃很讲究。早晨的草叶上沾有露水，那时的草料就不能吃，吃了会拉肚子。俗话说兔子拉肚子十个有九个保不住。中午的草儿有些蔫，口味差，兔子不爱吃。晚上的草最好，既精神又干爽。水莲是家里的老小，打兔草这类零碎活自然由她去做。

水莲第一次听到林若风一本正经地唱歌，只是觉得好笑。水莲太了解林若风了，就像了解自己的脚丫子。她和林若风小学是同桌，初中还是同桌，同桌八年，整整一个抗战胜利的年数。

初中毕业那年，林若风被他叔叔接到县城读高中去了。水莲读不成书，就回家玩土疙瘩去了。不是水莲不想读书，读书是需要机会的，水莲想读书却没有机会。

弯月村姓林，只有水莲家是外来户，姓金。水莲姊妹五个，大姐青莲，二姐秀莲，三姐如莲，四姐溪莲，水莲是小五子。看到金家五姐妹，年龄大些的人就想起了老电影《五朵金花》，就嚷，那五朵金花哪能比得上咱村里金家的五朵莲花呢！那才真叫花呢！男人看了走不动路，女人看了嫉妒得掉眼珠子！要是上电影，肯定香遍全中国，肯定能把五朵金花比得躲到墙旮旯里去！五朵莲花里面数水莲最水灵，见过水莲的人都说给个杨玉环也不换呢（当时央视正播放电视连续剧《唐明皇》）。

水莲上初三那年父亲突然死了。水莲送父亲下地时就想人发贱的时候还不如一只鸡，鸡被杀时还叫几声，扑腾几下，还冲人瞪眼珠子，人有时却闷不吭声地藏着掖着死，真没意思。

水莲父亲的死就是因为一句酒话。水莲父亲排行老二，村里人就喊他金老二，喊他女人金二嫂子。有一天，水莲三叔请水莲父亲去帮忙盖猪圈，盖完猪圈就到了晌午，就留下来吃饭，喝了酒。金老二没有酒量，又经不住劝酒，几盅酒下肚，就喝高了，兄弟俩就提起那些陈芝麻烂谷子往事。水莲父亲就问水莲三叔，咱妈死时到底留没留下那罐子鹰洋？水莲三叔就啐唾沫星子发誓说绝没有那档子事，都是他妈的吃饱饭撑得闲着瞎咧咧，都是长着马蜂窝一样的心眼想要看咱兄弟的笑话。要是有钱，我他妈的还住这破房子，还吃这口破饭？水莲父亲就说咱俩小时候透过窗纸看见咱娘往罐子里装钱的，白花花的，装得满满的一罐子，用锡纸封的口！水莲三叔就说，真是怪了，这钱咋就迷了呢？水莲父亲话里就上了火，说你是老小，一直住在家里，咱娘死时只有你守在面前。水莲叔一听这话，脸上就挂不住了，就嚷二哥你捣鼓我呀，谁黑了那罐子鹰洋谁就断子绝孙，不得好死。金老二一辈子就忌讳这句话，他一口气生了五个丫头片子，生到金二嫂求饶了也没见个带把的。弯月村并不发达，男人女人们的生活目标很简单：过日子，生孩子，找乐子。好啊好啊，老三你竟然拐着弯子来咒我！金老二筷子一拍，气呼呼回家了。金老二胸中憋着口气一夜没理顺，越想越没滋味越觉得没活头，第二天早晨就自挂东南枝，吊死在弯月河边的一棵老柳树上。

水莲三叔知道那句气话伤到二哥的筋骨了，是自己气死了二哥，他经不住刺激，整天抱着个破瓦罐子，里面装着白白的红薯片子当银圆，疯疯癫癫的。

那一年,水莲十四岁。水莲读书的机会就这么没了。

家里平时就缺油少盐,金老二死了,顶梁柱折了。家道破败成这个样子,水莲没有脸皮再继续念书。不是水莲学习成绩差,每次考试成绩下来,水莲都排在林若风前面。

水莲回到家里,不理母亲,不理姐姐,就是睡觉,蒙头睡觉,昏天暗地地睡了两天两夜。水莲醒来饿得受不了,就爬起来吃红薯大米饭,整整吃了三大海碗。肚子填饱了,水莲从水缸里舀起一瓢凉水,咕噜咕噜猛灌一气,用衣袖抹抹嘴巴,什么事没发生似的,背起柳筐沐浴着朝阳去打兔草。

林若风在县城读高中,寄宿生,整天就着咸菜喝白开水啃煎饼,正把课本当作面包吃,个把两个月才回一次家;水莲在家里打兔草,和兔子做朋友,动不动就摸着兔子的耳朵,嘴里哼着"小兔子乖乖,把门开开……"同住一个村子,两个人竟然三年时间没见过面,彼此之间记忆的影子也就渐渐淡薄了。

林若风高中毕业后考上省财经学院。林若风个子挺高,嘴巴挺大,占了整个面部的半壁江山。村里人就说嘴大之人有福,你一看林若风小子那张大嘴,就知道人家是专门冲着大鱼大肉投胎转世的,不是受穷的料。

林若风成了弯月村名人,水莲就从记忆中寻找林若风的印象。想起林若风,水莲就发笑,是那种友好中夹杂着恶意、揶揄中夹杂着怜悯的笑。

水莲记忆里的林若风是个十足的邋遢鬼,给她提鞋子都不够格。

上小学时,林若风总是穿一件草绿色的军服褂子,那褂子一年四季敞开着,似乎想拥抱点什么,上面的五个纽扣丢了四个,还有一个拖着长线随风摇摆。褂子的两只袖口和裤子的两侧铁硬铁硬锃亮锃亮的。一到冬天,林若风的两个鼻孔就躲进两条黄泥鳅,整天吸溜吸溜地进进出出,水莲见了他就躲,就像躲避路边的马蜂窝。林若风从来就没有手帕,他一年三百六十五天,天天拿两只袖口和裤子的两侧当手帕用。

读初中的时候,林若风上课时老是冲着水莲走神。林若风眼睛本来就有点近视,想看得清楚就得鸭子似的伸长脖子往前凑。有一次,林若风的眼珠子差点碰到水莲的鼻尖上，水莲闻到一股浓重的老咸菜和大蒜的混合味，气得想吐，就用红墨水在课桌上画了一道“三八”线，然后把两只手放到嘴边，学着癞蛤蟆的样子，附到林若风的耳边，来了一句顺口溜：

你是一只癞蛤蟆呀，呱呱呱，想吃天鹅肉呀，呱呱呱——死去吧你！

有一次正上数学课，林若风又开始犯老毛病，那股熟悉的味道又侵袭过来了，水莲就拿起钢笔尖冲着林若风的胳膊扎了过去，疼得林若风一声狼嚎。整个班级被水莲的英雄壮举震动了，同学们耳畔老是回响那声狼嚎，一节课都在揣摩那声狼嚎的意义，只看见老师嘴巴在动却不知老师所云。下课时数学老师总结一句：林若风一声吼，整个教室抖三抖呀！水莲，你行！水莲被班主任罚扫教室一星期，气得翻了一个星期的白眼，扫坏了十二把笤帚，踩扁了两个扒土箕。林若风就想赎罪，每次扫地的时候，就涎皮赖脸地说，水莲你歇着，我帮你扫。水莲拿起笤帚疙瘩冲着林若风的脑袋就打，嘴里嚷，扫你娘个头呀，滚远点！

3

林若风大学毕业，在家里等待分配。林若风不愁分配，他的叔叔五月份刚被任命为分管经济的副县长。

盛夏溽热，空气中飘荡着土腥味。

每天吃完晚饭，林若风就到村子南边的弯月河里洗个凉水澡，然后跨过长长的石板桥，到河南岸茂密的白杨林中散步，一边散步一边唱歌。

林若风歌唱得很一般，业余水准，从来没有登台亮过嗓子，不过林若风自我感觉不错。人是锻炼出来的，是人生价值的改变和四年开放丰富的大学生活培养了林若风良好的自我感觉。

林若风最喜欢唱民歌，尤其喜欢唱那支《在那遥远的地方》。“我愿做一只小羊，跟在她身旁……我愿她拿着细细的皮鞭不断轻轻打在我身上……”这一句林若风唱得特别动情，连发音都透着羊咩声，让人感觉到他就像一头正在发情的公羊，渴望着火热的爱情。

正在打兔草的水莲第一次听到林若风唱歌就暗笑，在心底来一句，就那副德行也唱歌！不过水莲还是经不住诱惑，停下手中的活，蹲在地上偷偷地听。听着听着，特别是听到那一句“我愿做一只小羊，跟在她身旁……”时，水莲不知怎的，脸就会艳艳地红，心就会在手指上颤动，就会哼一声，嘀咕道，你做一只小白兔子还差不多，我每天都喂给你鲜草吃！嘀咕完了就狠狠剜一眼远处沉浸在良好感觉中的林若风，背起背篓猫着腰身蹓回家了。

那天夜里，水莲就做了一个梦，梦的主角是一只小白兔，只是兔子的脸上长着一双林若风的眼睛，还戴着眼镜，柔柔地盯着水莲看，看得水莲心里怪怪的甜甜的乱乱的痒痒的。水莲就喂它青草，嫩嫩的鲜鲜的青草，喂多少它就吃多少，水莲没青草喂它了，它就咬水莲的手指头，吓得水莲一骨碌爬起来坐到了床沿上。水莲睁开惺忪的睡眼，这才发现手指头咬在自己的嘴里头。水莲就骂该死的林若风——你个兔子精。水莲的骂声惊醒了四姐溪莲，溪莲就懵懵懂懂地问，水莲你深更半夜打什么癔症呀？水莲愣怔一下，吐吐舌头扮个鬼脸躺下装睡，把一只脚轻轻伸到四姐的鼻子底下，另一只压在四姐的肚皮子上。

水莲知道，林若风的歌声正在引诱她。她想抗拒这种引诱，可那引诱就像马蹄铁招引铁丝，把她的心思全给搞乱了。

水莲有了心思，割兔草时双脚就鬼使神差地向林若风靠近。终于有一天晚上，两个人站在白杨树下说话了。水莲手里拿着一把兔草，林若风手里拿着一本书。林若风要过水莲手中的那把草，说，真是好草，五浆草，专养兔子；水莲接过林若风手中的那本书，说，林大学生，真是好书，《无字》，获奖作品呢。林若风替水莲背着草筐，水莲左手拿着那本书，右手拎着镰刀，俩人一前一后回了村子。

夜里，水莲又做了一个梦，一个甜蜜蜜的梦，梦的主角还是长毛兔。只是兔子的头换成了林若风的脑袋。水莲喂它青草，它就吃。喂着喂着，青草就变成了水莲的头发，青青的草一样的头发。那兔子得寸进尺，竟然爬到水莲头上，一丛一丛啃吃水莲的头发草，发出喀哧喀哧的声音。吃完头发草，那兔子就在水莲身上到处寻找，最后找到了水莲的隐私地，又喀哧喀哧啃吃起来。水莲的心给啃得臊臊的痒痒的。

早晨起来，水莲的心还在怦怦地跳，脸红扑扑的，像七月里熟透了的桃子，一捏就能淌胭脂水。那一整天，水莲做什么事都很快活，嘴里总哼着那句自己改编过的歌词，主角颠倒了个个：“你愿做一只小羊，跟在我身旁……我愿拿着细细的皮鞭不断狠狠抽在你的身上……”一边哼歌一边手里握着柳条表演抽打的动作，腰肢一扭一个圈，轻柔得像拧麻花。到兴奋处，水莲就充满野性地嚷，我抽，我抽，我抽抽抽，抽你个兔子精！抽累了就蹲在地上发愣，叹气，再发愣，再叹气。溪莲看见水莲痴痴迷迷的表现，就叹气，嘀咕道，又被月老灌了迷魂汤拴走了一个。

暮色刚刚笼罩住那片白杨林，水莲就背起背筐过了河。林若风的歌声正在远处回荡。刚立过秋，月色水一般清润。水莲割完兔草，林若风也唱完了歌，两个人又站到了白杨树下。林若风说，水莲你看天上是什么？水莲就仰起头看天，说，什么也没有呀！林若风又说，水莲你看地上有什么？水莲低下头看地，又说，什么也没有呀。林若风就说，天上有只天鹅，地上有只癞蛤蟆。没等水莲回过神来，林若风的嘴巴就粘到水莲的嘴巴上，颤颤地说今晚上癞蛤蟆要吃天鹅肉了！然后水莲就被拖进了绿树丛里……

弯月村爷们当家，不管你是瞎子、瘸子还是少肺（不喘人气）、二百五，只要你还有口气，你就要当屋梁用，撑起这个家。只要爷们在，娘们就没有说话的份。金老二死了，好脾气的金二嫂一夜间变得端庄而又严厉。一段时间，弯月村围绕金二嫂的变化风言风语：男人就咳一声，说女人哪能离开男人的滋润？男人是水，女人是鱼。女人摇了摇头，说，怕是绝红了（到更年期），女人遇到大事就老得快呢。老人长叹一声，说都是让日子给逼的。

金二嫂护着五朵莲花过日子，就像老母鸡护着五只小鸡崽。六个女人的家连墙角都飘荡着脂粉味，自然少了点阳刚气，那种趴窗底溜墙角的事也就不新鲜了。夏天洗个澡姊妹几个都得轮流值班，看看屋檐下墙头上是不是趴着个馋嘴偷腥的猫。女大不中留，留也留不住，金二嫂看得开，该嫁则嫁。五朵莲花开了一朵就被人摘去了一朵，最后只剩下溪莲和水莲了。

秋忙之后，农村人过着半休闲的日子，是处理家庭杂事的好时节。一个细雨绵绵的晚上，金二嫂把溪莲和水莲叫到自己屋里。金二嫂坐在床沿上，端着金老二留下的竹编烟丝筐，拿起裁好的烟纸，熟练地用大拇指和食指捏起切好的烟丝，均匀地摊放在烟纸上，双手捧起，靠近嘴，用舌头把唾沫涂抹到烟纸的边缘当黏合剂，轻轻一卷，一支纸烟就做成了。金二嫂叼着烟卷，看着站在面前的两个女儿，平平淡淡地说，你们两个必须留下一个为金家接续香火，然后擦燃火柴，点上了烟。

溪莲和水莲马上意识到她们最恐惧的事情终于发生了，她们两个必须留下一个“招闺女婿”。这是弯月村延续上千年的风俗，招上门的闺女婿一辈子要生活在女家，像亲生儿子那样传宗接代、养老送终，生下的孩子要随女方的姓。对男方来说，这种婚姻又叫“倒站门”“倒插门”，不是光彩的事，很少有小伙子愿意倒站门。倒站门的优越性完全掌握在男方。女方人长得漂亮不说，家道往往也较殷实。男方要么弟兄很多，娶不起媳妇，送出去一个无所谓；要么游手好闲，品行不端找不到媳妇，乘机捡个便宜；要么为女方容貌所倾倒，甘愿做不肖子孙。对女方来说，最怕前两种男人，若遇上了，一辈子也就交待了。

金二嫂冲着两个傻愣愣的女儿说，你们回去好好商量商量，要是实在商量不出结果，你们就拈阄吧！

一回到自己的房间，溪莲的眼泪就流成了河，她拽过水莲的手，伸进自己的衣服里，按在自己的小腹上，说，水莲呀水莲，快救救你四姐姐，你四姐姐已经给人了，这里都有别人的种子了！不知是激动还是紧张，水莲的手感觉到姐姐的小腹一阵阵抽动，真的有小软块块像是波涛中的石子在翻卷。水莲傻了，汗在白纸似的脸上汇成了河。任凭溪莲千呼唤万央求，水莲就是木头般没反应。姐姐给你跪下了，溪莲双膝一软瘫到地上，真的跪下了。水莲这才回过神来，慌乱地抽出手，捂着脸跑了出去。

第二天。天刚蒙蒙亮，水莲草草起身，用潮毛巾抹了一把脸，五根指头当作梳子,简单理了理头发,骑上自行车出了村子。

水莲进城去找那个该死的偷吃了自己阴阴草的兔子精林若风。

林若风被分配在县工商银行。

水莲一路打听才找到林若风的办公室,拘拘束束地走了进去。林若风不在。办公室里空荡荡的,一个女人正在打线衣。水莲打量眼前这位。蓬松的烫发,圆胖脸,一双金鱼眼,突出了点,眼皮太薄,爬满了蚯蚓似的毛细血管。水莲没敢打量人家身体,眼光直接落到人家的脚上,那脚上穿着一双棕色超高跟高帮尖头皮鞋。水莲暗暗叹口气,低着头,两只手不知往哪里放,只好不停地抻衣襟。

正在这时,林若风走了进来,一看见水莲,脸就充血,局促得比水莲还厉害。那女人连忙丢掉手中的毛衣,亲热地扑了过去。林若风尴尬地望着水莲,想笑,可笑比哭还难看。水莲顿时明白了一切,眼泪噙在眼眶里,急匆匆逃出了办公室。

4

水莲回到家,连衣服也没脱,一头扎进被窝里,昏昏沉沉睡了过去。溪莲晚上回家,喊水莲起来吃饭,怎么喊也喊不醒,就伸手去摸水莲的额头,热炭块一样烫手。溪莲赶紧端来一盆冷水,整一块冷毛巾敷在她额头上,然后就坐在床沿上陪着她。过了午夜,水莲还是没有动静,溪莲吓得不知如何是好,清水鼻涕伴着眼泪一起流了下来,嘴里不停地叨叨,水莲呀水莲,你吓死四姐了,你醒醒吧醒醒,四姐不为难你了,咱们拈阄,认命吧!水莲微睁眼睛喃喃道,四姐,水莲不怪你,不怪你。说罢,长长叹一口气,又睡过去了。

大白天,水莲依旧沉沉地睡,金二嫂知道了,来到床前看看就离开了,出门后自言自语:不是做妈的心狠,妈不能对不起金家列祖列宗,谁叫咱金家没有看家的顶天柱!水莲,你就认命吧。

又到了晚上,水莲终于睁开眼,斜着身子坐了起来。溪莲看见水莲的模样,眼泪下来了,一天工夫,水莲整个人瘦去了一圈,眼仁泡在血海里。溪莲转身出门,一会儿双手捧着白瓷碗走了进来。她给水莲做了碗砂糖煮鸡蛋。水莲拉着溪莲坐到床边,说,四姐呀,水莲留下,你走!溪莲连忙说,好妹妹,有什么话明天再说,明天再说,啊?你先吃了这碗糖鸡蛋!

没过多久,林若风就结婚了,婚礼是在城里举行的。林若风的父亲给全村人散了喜糖。

金二嫂托媒人给水莲说亲。虽然是倒站门,自愿上门的小伙子还是有很多。水莲妈一个个过目,最后选定一位。小伙子弟兄六个,排行第六,姓吴,叫吴小错,人家都叫他吴六,有人干脆喊他六子。矮胖胖的身材,留着小平头,眼睛不大,浑身透着一股蛮劲和精神气。

溪莲劝一句,说,妈,以后日子长着呢!你还是听听水莲的吧!金二嫂把眼一瞪,说,我招的是儿子不是闺女婿!你操的哪门子心?妈怎么做还用你教?溪莲知道妈的脾气,红着脸扭头就走。

吴六第一次上门骑的是摩托车,摩托车屁股上挂着两条红鲤鱼,每条都有二十来斤,尾巴拖到地上,惹得村里的孩子尖叫着跟着摩托车跑,兴奋得像过年。吴六把车速放得慢慢的,大胆的孩子就伸出手拽着车子的后座架子,伸手去摸那两条大红鱼。吴六一加油门,摩托车陡然加快速度,孩子摔倒一大片。吴六单手扶着车把,转过头来哈哈大笑。站在旁边瞧稀罕的女人就骂:看着人模狗样的,原来是头驴呢!水莲算是一枝莲花插到一堆驴屎上去了!

那天晚上,水莲心里怏怏的。金二嫂盘坐在床上,边抽烟边闭目养神。母女俩谁也没说话,就那么呆坐着。水莲的眼圈开始泛红。金二嫂叹了口气说,水莲呀,红颜向来多薄命,别怪妈狠心。没有这种货色,镇不住全村人!咱家阴气太重了,咱不能老在别人的眼皮子底下过日子!

妈……水莲声音里含着份无奈和凄清,眼泪飘了下来。

金二嫂睁开眼,狠狠剜了水莲一眼,说,水莲你给我记住,今儿个你要是淌眼泪,以后非给眼泪淹死不可!你有没有福气就看你的笼头能不能套住这头骡子了。——你跟林若风的事可要处理清了,别给人抓了把柄,小辫子握在别人手里,以后的日子没你好过的!说罢,一翻身,背过脸睡觉去了。

吴六有事没事就骑着摩托车往水莲家跑。金二嫂外出的时候，吴六的动作就有点野，那种生怕煮熟了的鸭子会飞了的野。水莲就把家里的门窗都打开，可以清楚看见邻居们的脸。天冷了水莲就穿厚实的冬装，把该遮掩的部分遮掩得严严实实的。吴六只好把念想藏起来，冲水莲讪讪地坏笑，心想还飞了你了，等着吧，先解解眼馋也行。

5

多情的春天如期归来。麦田绿得像海，杨树叶绿得冒油，桃树、梨树的枝头挂满青果，望一眼唇齿生香，津液满口。

半年时间，吴六已经成了金二嫂家常客。水莲知道命运已无法改变，日子还要过下去，还长着呢，就决定认命，就细细算计今后的生活。水莲变得主动起来，闲暇时就和吴六聊天，到弯月河南岸杨树林中散步，情人似的散步。

五月是一年中最撩人心绪的季节。水莲吃完晚饭，主动拉着吴六出去走走。水莲打算今天晚上完成一件事，对于农村女人来说至关重要的一件事。俩人跨过弯月河，来到南岸的那片杨树林。月色明朗，万物涂上一层乳白色。水莲穿得单薄，丰满窈窕的身体在月光的剪辑下，处处散发出诱人的信息。走着走着，水莲说有点累，就坐下休息，伸手掏出手绢擦汗，那手绢沿着脸部慢慢滑到脖颈，衣服有意无意便被撑开一些，露出乳房上部的一抹红晕，那脂玉般结实而丰满的乳沟勾人魂魄。吴六眼热心躁，鼻孔里直冒粗气，眼光就瞥见水莲身后林中那块乳白色的空地，地上还堆着干草。吴六暗喜，真是个好地方。

吴六从背后一把抱住水莲，躲了进去，然后把水莲摁倒在干草上，开始剥她的衣服。吴六浑身窜动着野性和蛮劲。水莲百般阻拦毫无效果，感觉自己就像一只被别人拎着双耳的兔子，只有喘着粗气勉强挣扎的份了。吴六动作来得凶猛，水莲的反抗恰恰激起了他更强烈的占有欲望。水莲停止了反抗。吴六像一头发情的公牛，激动中裹着野蛮。水莲闭上眼睛，浑身软软地任凭吴六折腾去了。

一阵微风吹过，送来干草的阵阵清香。水莲疲惫地闭上眼睛，欲火泄尽的吴六陡然清醒过来，他想起一件事，一件盘算多少遍的事情。吴六坐直身子，不管水莲愿不愿意，褪下她的内裤迎着皎洁的月光翻来覆去地细看。水莲的短裤上红红的一片。水莲正来女儿红。吴六没有看到想要的东西，失望地摇了摇头。水莲用眼睛的余光瞥了瞥吴六的举动和神情，心颤颤地冷。

麦子泛黄的时候，吴六正式入赘金家。

“嫁鸡随鸡嫁狗随狗，嫁个扁担扛着走”，水莲决定斩断所有念想，乖乖地认命，一门心思跟吴六有板有眼规规矩矩过日子，做一个普通农妇。

麦子进仓，稻田也插完秧，日子在忙碌和慵懒中飞逝。

没事的时候，吴六白天就去打牌，然后就自己炒点菜喝酒。有时边看电视边喝酒，酒喝多了，电视看得没味了，就不厌其烦地缠着水莲做那事。水莲开始还能心平气和地过日子，慢慢就厌烦了，觉得这样的日子像是无边的黑夜，越过越恐惧，越过越没劲。水莲就想得找点事做。想来想去，水莲想到了兔子。自己从小就喜欢养兔子，天天和兔子打交道，积累了一定经验，现在养长毛兔正火热，兔毛、兔皮价格一翻再翻。水莲就打算建兔场养长毛兔。

水莲说做就做。自从姐姐们出嫁后，家里有许多闲置的房屋，水莲买来砖瓦灰浆，雇来几个瓦工，把它们全改造成兔圈。长毛兔种兔和崽兔价格看涨，很贵。水莲结婚没多久，手头没有什么积蓄。水莲就到几个姐姐那里去借钱，吴六回家去借。俩人回来后，掐指细算一晚上，还差一大截子。水莲想了一夜也没有头绪，又出去转了一上午，也没有太多的进账。吃完午饭，水莲丢下饭碗，就去金二嫂房间讨方法。金二嫂正坐在八仙桌前抽着卷烟。听清缘由，金二嫂就不紧不慢撂过来一句，说，你真是个死心眼，放着个林若风不用。水莲一听“林若风”三个字，脸红到耳根。金二嫂白了水莲一眼，说，有些事你放开了倒没有事了，你不当回事别人也就不会当回事，你把它当回事，心里结着个疙瘩，那别人可就真当回事了，——你红哪门子脸呀？说罢就眯起眼抽烟，把自己笼罩在烟雾里。

水莲回到自己房间，定下心想想也是妈妈说的那个理。

水莲原来打算一辈子再也不见林若风了，这句埋藏在心底的誓言在前段时间的同学聚会上被撕扯得七零八落。

七月十号，学校放暑假，水莲初中时的班长王大为借机搞十年同学聚会。水莲接到请帖时心里一片惘然，自己离开学校已经十年，沧桑之情像冰一样冻结了年轻的心！水莲本来不想去。水莲知道王大为刚刚被提拔成乡党委书记，搞同学十年聚会只是幌子，显摆一下自己拉拉关系才是根本。聚会那天早晨，水莲收拾完家里就扛起耥耙打算去稻田耙草，喊吴六一起去，喊了半天没答应。吴六偷偷溜走搓麻将了。水莲一生气就扔掉耥耙，骑车进城闲逛，在路上恰巧遇到一位女同学忙着赶去参加聚会，正愁没个做伴的，连拉带拽好说歹说就把水莲硬拖去了。

到了学校，那位女同学就扎入人堆里，八面来风地成了一朵花。水莲走进原来的教室，鼻子酸酸的，找个墙角处坐了。林若风也来了，他的目光与水莲的眼睛相碰撞的刹那间，西装革履的林若风的所有优越感顷刻间灰飞烟灭，蔫头蔫脑地也找个地方坐了。水莲打算就这样不显山不露水地待着，聚会一结束就悄悄离开。

聚会开始，没想到王大为是个有心人，搞得别出心裁，给大家一个大大的意外的惊喜：他收藏了一张初三时候的座次表。他拿出那张皱皱的发黄的座次表，逐个念名字，重新排座位。教室里一片沸腾，人们仿佛又回到了以往美好的苦读岁月，顿时变得年轻无比，懒散的心霎时被激活了，被扭到一起。水莲和林若风耷拉着眼皮。王大为站在讲台上一个个读名字，重新排座位。水莲和林若风是同桌，坐到了一起。两个人陌生男女一般拘谨，都屏住了呼吸。林若风浑身汗水像小河一样流淌，白衬衣像刚从水里捞出来一样贴在背上。林若风忍不住瞥一眼水莲，水莲的眼球泡在血水里。林若风写了一张纸条递过去，水莲没看，撕了。

林若风是聚会的组织者之一。欢声笑语中，王大为喊林若风出去安排一下午饭，林若风借机赶紧离开，慌忙中西装丢在座位上。

午餐时，水莲遇到林若风，趁别人没注意把西装恶狠狠砸到林若风的脸上，气哼哼走开了。

早晨起来,水莲简单收拾一下,骑着自行车进城。水莲没费什么周折就找到了林若风。林若风看见水莲,大出意外,很尴尬,不敢拿正眼看她。水莲想开了就显得落落大方。水莲的大方和大度让林若风自惭形秽,那小心眼也就藏到了脚后跟去了。林若风觉得办公室谈话不方便,就带着水莲来到单位对面一家刚开业的茶馆——前缘咖啡馆,找一个临街的玻璃窗前坐下来。林若风要了两杯咖啡。水莲不喝咖啡,嫌苦。林若风端起杯子,隔着咖啡偷偷打量水莲。水莲浑身散发着一股清纯素朴之气,处处飘动着成熟之美,真像一朵刚出水的莲花。林若风的心里涌过一阵无名躁动,就把水莲和现任老婆令狐亚男做个比较,边比较边叹气:黄毛丫头真的长大了!唉,一只白天鹅,可惜落在别人的怀抱里了!林若风心里弥漫着空空的伤感。这本来就欠人家的,而且欠得大了,林若风的眼神不由自主地放射出温存与爱抚。水莲打量了一眼林若风,笔挺的西裤,洁白的衬衣,打着条花领带。水莲扑哧一声笑了起来,她想起了小学、初中时同桌的那个林若风。林若风愣了一下,看看自己的花领带,猜到了水莲笑的原因,就把两个手指头往嘴边一放,学着水莲的腔调:"你是一只癞蛤蟆呀,呱呱呱,想吃天鹅肉呀,呱呱呱……"臊得水莲满脸飞红,哈哈大笑,惹得周围的人齐刷刷转过头来瞧新鲜。两人间的尴尬冰消雪融。水莲止住笑,叹了口气,说,现在呀,你才是天鹅,咱是乡巴佬。林若风连忙说,水莲,你在我心目中永远是一只小天鹅。听了林若风口不择言的话,水莲的心里有些堵,不想多滞留,就把自己贷款的意图告诉了林若风。林若风考虑了一会儿,说,明天上午你来吧。水莲把那杯咖啡递过去,说,蛮贵的,你喝了吧,别浪费了。说完起身离开了。

回家的路上,水莲边蹬自行车边把平时听到的有关林若风的传闻资料汇总了一下,觉得林若风活得也挺累的,潜藏在心底的怨恨也就减轻了许多。其实水莲心里挺清楚,自己找林若风也有点威逼利诱人家的意思,想到这一层,水莲的脸不由自主就红上了,心里有些愧疚。

林若风现任县工商银行信贷股股长,虽然只是个股级干部但权力很大,是个让人眼热的职位。可他也为此付出了代价。据说他的妻子令狐亚男不是盏省油的灯。令狐亚男的叔叔跟林若风的叔叔是战友,一起参加过对越自卫反击战,也算是生死之交了。林若风毕业的那一年寒假,到他叔叔家玩,他叔叔利用年假请几位老战友聚会喝酒。令狐行长到看到林若风,就想到侄女令狐亚男。令狐行长就在酒桌上当着战友们的面提亲,林若风叔叔磨不开脸面,就自作主张应承了下来。

第一次见面,令狐亚男根本就没把林若风当盘菜,她说林若风身上的土腥气污染了半条街。不过,令狐亚男是人尖子,她考虑到林若风背后蕴藏的潜能,就决定把毛驴当骏马,把苦瓜蘸着糖吃,重新打造一个林若风。几次接触后,林若风感觉就像吃水煮蛋,吃完蛋白吃蛋黄,给噎着了。林若风想把蛋黄给吐了。林副县长就把林若风叫到办公室,摆出军人的威严和派头说,你个兔崽子敢做陈世美,老子崩了你!一顿训斥后,林若风只好乖乖地陪令狐亚男逛大街,买张电影票陪令狐亚男看电影。

林若风初中毕业就被叔叔接到县中读书,吃的住的穿的叔叔全包了,叔叔对他有再造之恩。再说现实生活与大学时的理想抱负相差太远,工作中的摔打、人事关系的复杂,每天都在打击并粉碎着林若风从大学校园里带回来的所有优势,林若风不得不重新考虑自己的人生道路。

天刚露出鱼肚白,水莲就起床了。她拿把秃头扫帚,把院子里的碎砖瓦块归拢到一起,然后用铁锨把地面上板结的水泥疙瘩一点一点铲干净。吴六起床了,哈欠连天地往裤腰里塞衣服。水莲把铁锨塞到他手里,擦把汗说,上午把它们都弄走,拿清水把地面冲干净,把兔舍打开晾晒干爽;然后简单梳洗一下,推上自行车往外走,走到门口又回过头来叮嘱一句,说,多下点功夫,兔子很娇气,饲养环境要干净,要干燥。

水莲赶到县城的时候,林若风已经夹着个黑色公文包站在路边的报亭下等她。水莲刚下自行车,林若风就冲着身后招招手,过来一辆黑色小轿车。水莲要说话,林若风一边把自行车搬到小轿车的后备厢里,用车盖子压住,一边说,先上车，车上再说吧。

上了车，林若风从公文包中掏出一个牛皮纸信封交给水莲，说，这不是贷款，我借给你的。现在，银行利率一个劲下调，存款没意思，如果你愿意，就算是我的投资。水莲清点一遍，整整五万！水莲第一次拿着那么多的钱，手有点不听使唤，轻微地颤抖。两人都想说点什么，又觉得无话可说，干脆谁都不说了，就那么坐着。

到了村口，车停下来。林若风搬下自行车，说，我就不进村了，你回吧。水莲想客套几句，又觉得太虚假，话到嘴边又咽了回去。林若风上了车，摇开车窗，冲水莲摆摆手，然后握起拳头挥了挥，关上车门，绝尘而去。

水莲回到家，家院已被吴六收拾干净，在六月的阳光下很整洁，很亮堂。水莲买来干石灰粉，里里外外撒了一层，彻底消毒。

忙完这一切，水莲打来几壶热水洗澡，想好好休息一下，睡个懒觉。农村人夏天洗澡很简单，男人河里沟里都能洗，女人在院子里挂起个塑料浴罩，里面放个用木头或生铁皮箍成的大盆，打来水就洗，很方便。水莲洗着洗着，脑海里就莫名其妙地闪现和林若风在杨树林中缠绵的那一段。水莲觉得脸上一个劲冒火，无奈地摇了摇头。吴六提着水瓶进来了，嚷着我也来洗洗我也来洗洗……水莲吓了一跳。吴六一抬头，朦胧的水莲清晰地站在他面前，吴六看呆了，后半截话噎了回去。吴六做那事的瘾很足，几乎夜夜不空。吴六透过塑料布看见水莲洗澡时的剪影，心惊肉跳的，那个东西不由自主就硬起来，想尝尝白天做那事的滋味。全身赤裸的水莲站在他面前，在六月的阳光下，通体泛着脂玉般的光泽，像一朵刚刚绽放的粉莲花。吴六搜肠刮肚也找不出一个恰当的词来形容眼前的水莲，心中的欲火陡然旺盛起来，不顾水莲的反抗，硬把她摁到水淋淋的地面上，骑马似的骑在水莲身上。水莲轻声说，吴六，地上到处是沙子、石子，硌得我生疼呢，你等我洗好了，到床上去不行吗？吴六就嚷，我等不及了。水莲带着气说，你咋那么没品位呢？吴六含着恼怒说，我是个粗人，文雅不起来，我高兴就行！边说边波浪翻滚似的在水莲身上运动。

6

水莲早晨起来开门，先望天空，天空中笼罩着一层薄雾，看来又是个大晴天。水莲雇了一辆卡车和吴六一起去买种兔和崽兔。坐在车上，吴六问起五万块钱的来历，水莲实话实说。吴六脸色不好看，就调侃着说，林若风的工资很高，你们是老熟人，打他的秋风，应该！以后用钱的地方多了，你和他多联络联络，咱也有财神爷做靠山呢！水莲听出了酸味，狠狠剜了一眼吴六，转过脸去望着车窗外面。一轮红日刚刚跃出地面，整个原野涂上一层金色。田野里的庄稼、路边的树木、天空中的鸟儿，都显得精神抖擞。

晌午时候，水莲的车子就回来了。水莲买来一百对种兔、八百只崽兔。村里人都围过来看热闹。长毛兔模样逗人喜爱，浑身雪一样白，长长的毛摸上去暖暖的绒绒的，再配上一双水晶球般圆润的红眼睛，真是爱煞人。孩子们抱着长毛兔就不愿意放下来。林二嫂车前车后转悠，转完了站到金二嫂身边，咂咂嘴说，难怪连月亮上也要有只玉兔呢！林二嫂是住在后一排的邻居，两家隔窗相望。金二嫂、林二嫂相同辈分，年龄又差不多，相处得就近乎一些。耳朵尖的年轻人听到了，就起哄说，那水莲就是嫦娥了，吴刚在哪儿？是吴六吗？说完就站在一边哈哈笑。有人就酸酸地开玩笑，嚷，我咋看吴六咋也不像吴刚，倒像个无赖呢，啊哈哈！

到了年底，水莲已经拥有三千多只兔子。

水莲手脚勤快，长毛兔也就争气地狠长。冬天是兔皮销售旺季，许多服装厂用长毛兔皮做衣服领子，很时髦。长毛兔卖价很高，厂家上门收购。水莲寻找机会打算卖掉成兔。

吹了一夜北风，水莲早早就起床了。树梢上满是树挂儿（雾凇），晶莹剔透，晃人眼。水莲打开蒙在兔圈上的保温草苫，边一间一间查看兔房，边投放饲料。做完这一切，天已经大亮，是阴天。吴六起床后，金二嫂已经做好早饭。吃完饭，水莲让吴六到城里去了解一下销售行情，自己留在家里配饲料，给兔们加加餐，壮壮身体，准备出笼。

将近中午的时候，吴六回来了，耷拉着脸，有气无力地说，兔瘟越闹越厉害，家家抛售兔子，价钱还不到原来的四成呢！

水莲早就风闻一些兔瘟的消息，没往心上去，听吴六这么一说，才意识到问题的严重性。市场就是如此无情，顷刻间输赢大翻转。

水莲这才有些急，一急就真的急上了心。

水莲撇下吴六，走进妈的房间。金二嫂叼着烟卷正在剥花生米。水莲进来，头都没抬。

水莲夺过妈妈手里的竹筐，说，妈，出大事了。

金二嫂淡淡地说，天塌下来了？

差不多！水莲语气中蹿着火苗，透露着烧煳饭的焦躁。

那天还没塌下来，看你那德行！金二嫂语气和缓，说，妈没法帮你，只想告诉你一点，大家都乱的时候，谁跟风跑谁吃亏，谁清醒谁赚便宜，心急喝不了热粥，吃不了热豆腐！这个理你该懂！

金二嫂要水莲给她卷支烟。水莲焦躁，哪里卷得下去。金二嫂就叨唠，说，你就这点出息呀，要经得起大风大浪，这世上哪有好走的路！你先别急，急火攻心会乱方寸。兔子个个活蹦乱跳在那儿，你急哪门子？好好想想，咱肯定有办法。

水莲心头像六月天飘过一场小雪，头脑一下子清爽多了。

水莲卷好烟，金二嫂叼上，让水莲给点个火。水莲点上烟，金二嫂说，去吧，只要天没塌下来，肯定能找到顶天的柱子。

水莲走出妈妈的房间，来到厨房，打一盆冷水洗脸，然后回到房间对着镜子用心梳理那头秀发。

吴六闯了进来，见状，头顶上迸火星子，说，咱家天都塌了，你还有这份闲情逸致收拾你这烂头发！

水莲转过头问，怎么了？

吴六心急火燎地说，村里发生鸡瘟了！

水莲丢掉梳子，站起身，说，跟我走。吴六边走边说，咱们把兔子也卖了吧，能捞回点就捞回点，别赔大了。

水莲斩钉截铁一个字：不！

万一发生兔瘟，咱们可要血本无归，怕要连裤子都赔进去了！

要赔就赔到底，还要裤子干什么？留根裤腰带上吊用就够了！不上吊就赚它个金满堂！

吴六一愣一愣的，说，水莲，你该做男人，做女人这辈子有点亏。——那借的债怎么还？

你放心，水莲一人做事一人当，上吊前我留遗书，拖累不了你！

水莲和吴六一起进城，去了一趟兽医站，打听兔瘟情况和防治措施。回来的时候，水莲雇了一辆农用车，买来一车生石灰和消毒药品。水莲决定严防死守，渡过危机。水莲知道，目前该抛出的长毛兔已经抛售差不多了，正是饱和期，过了这段时间，必将大量缺货，兔价肯定猛长。水莲决定赌一把。

回到家里，水莲决定采取如下防护措施：第一，家院四周十米之内全部撒上干石灰；第二，对兔圈进行彻底消毒；第三，不再购进兔饲料，原先余留的饲料是一直喂着的，不会有问题，继续使用就行了，不足部分用草料补充，自己动手加工。水莲让吴六去铡草料，自己动手消毒。她戴上口罩，穿上工作服，先在院子周围撒干石灰，然后背起喷雾器在院内消毒。水莲干得很仔细，生怕漏掉哪一个角落。

一周时间，弯月村平日活蹦乱跳的鸡们濒临绝迹，村边沟畔到处丢满了死鸡。整个村子听不到公鸡的打鸣声。村主任林永胜把村干部分片包干，要求挨家挨户通知并监督执行：鸡瘟具有极强的传染力，一定要挖坑深埋或用火焚烧，不然来年还会卷土重来，损失将更惨重。

村民并不在意鸡瘟，弯月村没有养鸡场，鸡都是家家散养的，少的一家几只，多的几十只，平时下点鸡蛋，家里吃或者拿去换点油盐火耗，瘟死了虽然可惜，但不会伤筋动骨。

村子里决定支持水莲一下。林永胜有自己的想法，他打算让水莲带个头，树个榜样，在弯月村大规模发展养殖业，没想到让瘟病给耽搁了。林永胜拎着糨糊桶，亲自到水莲家周围贴村里的通知。效果不理想，水莲家周围还是有随手抛弃的瘟鸡。水莲没有办法，只好自己动手掩埋瘟鸡。

水莲做事更加谨慎小心了，一家人不许随便出门，怕带来病菌。不得已出门买东西，回来后就在大门外消毒，水莲亲自动手给他们消毒。水莲拒绝村里人和亲戚朋友的参观访问。

水莲要求吴六每三天就把家院周围重新撒一遍石灰粉，自己每天早晚两次给兔圈消毒。

水莲在高强度的劳作中度过了半个月，整天忙得天昏地暗，累得直想跳井。水莲平时是个爱干净的人，现在一到晚上连脚都懒得洗，倒头就睡。闭上眼睛就一个接一个做梦，梦里除了瘟鸡就是瘟兔，堆积成小山的瘟鸡瘟兔，压得她透不过气来，常常浑身汗淋淋地憋醒了。

水莲筋疲力尽，连一根稻草都能将她打倒。腊月十五，铺天盖地下了一场大雪。大雪阻断了外面的一切，弯月村沉寂在圣洁之中。水莲的心里似乎有了安全感，心情稍微松弛一点，夜里就放开胆子想猛睡一回。

凌晨两点，突然传来金二嫂的叫喊声。水莲睡眼蒙眬跑到院子里。两只瘟鸡躺在院子里的地面上，还没死，腿一抽一抽的。水莲浑身一激灵，脑袋一下子就大了。她连忙拿来喷雾器，对着瘟鸡猛喷消毒。处理完瘟鸡后，水莲挨个查看兔圈。兔们安然无恙，水莲平静下来，这才觉得气够用的，喘得顺畅些。

吴六起来，看看瘟鸡，到厨房绰起菜刀就往门外跑找人拼命，骂骂咧咧，哪个×养的干的，有种你出来！金二嫂喝住他，说，你找谁去，你一个人就是条龙能得罪得起几百口人吗？穷惯了就看不得别人富，别人喝粥你吃肉，没明抢了你就算对得起你了。嚷什么呀，看好自家的门最要紧！

水莲这才知道,每天夜间母亲都在悄悄地给他们看守院子,才发现金二嫂明显消瘦了许多,憔悴了许多。水莲心里酸酸的,到嘴边的话又咽了回去。

水莲穿好衣服,连夜对所有兔圈进行消毒。做完这一切,水莲就披件黄大衣,拎条木板凳子,在院中坐到天亮。那一夜水莲想了许多,想得脑袋针扎一样疼。

水莲的神经绷到极限,大冬天的,夜里睡觉都敞着房门,连眼睛都不敢随便闭上。

更让水莲头疼的事发生了。吴六告诉水莲草料喂光了,饲料也见底了。吴六说着说着气就上来了,嚷道,要是早点把兔子处理了,还能赚点。现在好了,兔子断顿了,没人要了,等着饿死吃兔子肉吧!

水莲真的犯愁了。村里有草料,小山似的堆着,可不敢用,怕沾瘟病;饲料满街都是,便宜得很,可不敢买,还是怕沾上瘟病。水莲坐在院子里看着兔圈发呆。吴六进屋,就着花生米喝闷酒。

第二天早晨,水莲起床后裹着黄大衣扛着扁担拿着挑绳出去了。一顿饭工夫,水莲回来了,挑着一担青青的麦苗回来了。

吴六一看就傻了,问,哪来的?水莲淡淡地说,自家地里的。吴六就说,你这是作着过呀,你把麦苗割了喂兔子,咱家以后吃什么?

水莲头也没抬,回一句,吃兔子肉,还高营养呢!

吴六想说什么,没说,就算了算账,几亩地麦子的收成也就几千块钱,跟眼前的兔子相比,还是兔子重要。想到这里,就把卷着火药的话咽回去了。

水莲脱下黄大衣,说,我看了一下,也算计了一下,今年麦苗长得好,咱家几亩地麦苗割下来够喂十天半月的,再加上咱家窖着的地瓜(红薯),对付二十来天没有问题。

吴六就问,二十天以后呢?

水莲说,上吊去呀!

眼看春节就到了，外面兔瘟的消息少了，村里鸡瘟也过了大潮头，早晨，又能听见公鸡们稀疏的互相应和的打鸣声了。水莲稍微松了口气。

水莲和吴六去了一趟县城，听听消息，顺便置办些年货。到了城里，他们跑遍了禽货市场，到处一片萧条，都很平静，那些专收瘟鸡做烧鸡的小贩子也看不见踪影了。回来时，水莲到林若风那里拐了一圈，把前段时间的情况跟林若风说了说，请林若风帮忙留心一下长毛兔的行情和收购信息。

从腊月二十四到腊月二十九，有几拨兔贩子找上门，愿意用兔瘟前的价格收购水莲家里所有成兔，水莲全部回绝了。吴六很生气，要水莲见好就收，别错过良机，说他再也经不起折腾了，人都快憋疯了，快成兔子了。水莲觉得吴六平时大男人派头耍惯了，半年来能前前后后里里外外跟着自己忙，确实不容易，就耐住性子给他解释，说，兔贩子上门收购，并愿意出老价钱，正说明外面长毛兔销售开始短缺了，再等等，肯定有更好的机会。这段时间很多工厂放年假，再艰苦几天，年后工厂正常生产，原料缺口会更大。咱大风大浪都熬过来了，还在乎这一时半会吗？吴六没多说话，可做事明显懒散起来，专心致志买酒买肉想过春节了。水莲不敢马虎，还是按时给兔圈消毒，每个环节依然控制得很紧。

正月初六，林若风坐车来了，一起来的还有一家皮货加工厂的销售科科长。那位科长没客气，先仔仔细细看完所有的成兔，告诉水莲，他愿意出市面一倍半的价钱全部收购她手中的成兔，并愿意与水莲签订销售合同。

水莲的成兔全部脱手。

兔子被拉走的那天晚上，水莲和吴六拿出计算器，一个报账一个计算，忙活了两个钟头，结果出来了，净赚了小十万。

水莲捧着现金支票，像捧着个金娃娃，特兴奋，走路都手舞足蹈的，嘴里不由自主地哼起“你愿做一只小羊，跟在我身旁……我愿拿着细细的皮鞭不断狠狠抽在你的身上……”哼着哼着才知道哼漏嘴了，就猛然收口，偷偷瞥了一眼吴六。由于前段日子过于紧张，吴六好长时间没心思沾腥味了，这才觉得焦渴难耐，就想着法子讨好水莲，水莲心里高兴，第一次主动配合吴六做那事。那一夜，吴六很尽兴。

第二天，吴六骑着摩托车和水莲一起去银行存钱。吴六哼着歌，水莲坐在后座上，揽着吴六的腰。水莲第一次觉得他们像一对普通的夫妻。

吴六歪过头，说，水莲，咱发财了！水莲大声说，是的。吴六一高兴，撒开双手大声尖叫。水莲赶紧用手拽着吴六的两只耳朵，把吴六脑袋扳正，说看前面，小心开你的车！

到了银行，水莲开票，填的是自己的名字。吴六一看就不乐意，把水莲填好的存款单子拿过来撕掉了，要水莲重新写，写上他的名字。水莲被鱼刺卡了似的站在那里没动。吴六文化水平不高，小学毕业，平时很少写字，一看水莲的架势，就拿过存款单歪歪扭扭填了起来。水莲心里怏怏的，表情蔫蔫的。吴六就揽过水莲，一边哄着水莲一边解释，说，这女人当家墙倒屋塌，在弯月村哪有女人当家的，你当家了我这脸往哪搁？我不是为了钱，我是为了颜面，男人的脸面。

水莲一声不吭，坐到了摩托车的后座上。吴六骑上摩托车，喊一声“走喽——”，那摩托车就像风一样冲了出去。水莲害怕，两只手原来是抓住后车架子的，只好赶紧缩回来抱住吴六的腰。

7

水莲和吴六成了弯月村的焦点人物。村里人有事没事就上门打秋风，讨杯酒喝，借几只兔子喂喂，要只兔崽给孩子养着玩玩，顺手拿点饲料回家喂鸡，抓把兔毛回家做鞋垫……都成家常便饭了。就连来弯月村讨饭的，村里人都积极指引，往水莲家门口撵。

吴六就要养几条狼狗看门，挡挡闲人。水莲就说，咱又不是过去的大地主，养狼狗干什么，还怕吓着兔子呢！水莲认为筐眼里漏沙子，漏就漏吧，睁一只眼闭一只眼只当作没看见，人都这样，用防人的心去做正经事，能做好多事。

村里头脑好使的就向水莲打听养兔子的事。林永胜也出面，要求水莲帮助大伙致富，发展饲养业。水莲有事没事就向村里人宣传如何养长毛兔。村里人动心，纷纷向水莲购买种兔。吴六主张高价出售种兔，赚一笔，要求水莲不卖种兔,专卖兔崽。水莲知道吴六的主意不错,可没同意。水莲的道理很简单,一家富起来富不长,十家富起来好相帮,全村富起来日子长。兔瘟时咱们吃过亏,没人帮咱们,道理明摆在那里。吴六不服气,水莲就进一步开导,一棵树上结一个桃子,再大再肥,保不住,遭众人嫉妒,自己也不安心;整个桃园结满桃子,你的那棵树再肥再壮,桃子再大,别人只会羡慕,不会嫉妒。吴六就嚷,大道理我绕不过你,可我知道钱好。金二嫂听到他们对话,就说,水莲说得对。穷藏富自古就是理家之道,周围人红了眼,上了心,家有金山银山你也看不住,你也难安身!吴六听了这席话,顶一句,我说不过你们俩,你们合伙欺负我!说罢拉着脸气恼地离开了。

沉默了一冬天的弯月河又荡起澄碧的浪花,河南岸的杨树林抹上一层淡淡的绿云。一场春雨一层棉。过了九九,下一场雨气温就升高一格,人们就脱掉一层衣服,几场雨下来,地温升上去,天气彻底暖了。

弯月村养长毛兔的人家多起来,也有养猪养羊养牛的,更有养老鳖养毒蛇的。人就怕比,一比就见出长短高矮了。谁也不愿意当矮子。

水莲吃完晚饭,收拾一下就打算回自己房间看经济频道的《今日市场》,金二嫂喊她过去。进到里屋,金二嫂坐在床边上,双手叠加在小腹处,竟然没拿烟,那眼光定在水莲的小腹上,尖锐犀利,看得水莲心里毛毛的。

还没有动静呀?金二嫂冲水莲肚子噘噘嘴。

一听这话,水莲脸就红上了。

赚钱要紧,金家香火更要紧!留你在家不是看的,要中用!母亲的话很生硬,辣椒粉一样呛得人透不过气来。

金二嫂很少说这样生硬的话。水莲欲言又止,低下头。

你是金家女儿,金家面子不能丢!说罢从床头柜里拿出一个牛皮纸包递给水莲,说,这是你林二嫂从别处讨来的偏方,听说很有效,你用开水冲着喝,试试看。

水莲接过纸包回屋。吴六斜躺在沙发上看电视剧《新结婚时代》。水莲叹了口气，对吴六说，妈又问孩子的事了。

吴六一听就急了，张口就接上话头，说，吴家的种子肯定没问题，我兄弟几个家家孩子成群：老大家两个，男孩；老二家，一个带把的；老三家，一男一女……不说了！——还是怪你们金家的地不长庄稼。

水莲一听这话，气恼地转过脸去。吴六最喜欢水莲气恼时的模样，陡然精神抖擞，不管水莲愿不愿意，灯也没拉就扑了过去，把水莲抱上床，话也软了，嘴里不停地嚷，咱这就耕地播种子……水莲说，咱拉呱吧，今天我一点心情也没有。吴六裤子已经脱下来了，哪里愿意。水莲就不乐意地问，吴六，你把我当成母猪还是母鸡了？吴六涎皮赖脸地说，什么都行，管用就行。水莲生气了，一把推开吴六。吴六愣了一下，不管水莲愿不愿意，凭着蛮劲又黏上去了。水莲沉沉地叹口气。

吴六是个自来熟，很来人缘，加上口袋里有几个钱，狐朋狗友不少，没事的时候就聚在一起，喝几盅小酒，搓几圈麻将，甩几局扑克，当然都是带彩头的。水莲手头宽松些，就睁一只眼闭一只眼，懒得去问去管。

春雨懒洋洋地下着。吴六没事就约两个酒友一起到树杈（小时候调皮，左腿和右手给打谷机绞断了，村里人就喊他“树杈”，本名叫林三）家喝酒。树杈家刚盖起三间红砖瓦房，院墙还没拉起来。几个人见门没关就一直往里闯，进屋后才发现不对劲，两条白花花的身体缠在一起。树杈女人平时看上去文文静静的，这时却像一条疯狂的蛇，扭动得疯狂。树杈手脚不全，做什么事都不方便，树杈女人干脆把树杈按在身底。不知谁就大声嗯了一声。树杈首先反应过来，一把把女人拽了下来。女人明白了怎么回事，红着脸边穿衣服边说，都是过来人，谁没见过豆芽菜呀。说罢，边系纽扣边往厨房走，去烧下酒菜去了。

三个男人就咂着嘴笑。

几圈麻将搓下来，树杈女人麻麻利利炒好几样下酒菜。四个男人收起麻将喝酒。

酒过三巡，菜过五味，四个男人个个脸红脖子粗，嘴上就少了把门的，开始拿荤话下酒。

吴六拍了拍树杈的肩膀,说,阴天下雨还放炮,当心淹死你老婆!

树杈端起酒杯回敬一句,说,谁像你尽放哑炮,到现在也不见响的。

树杈左边的那位附和道,六子呀你把咱村的花尖尖都掐去了,怎么没结个果子呀?

树杈右边的那位刚才手气不顺,一直低头要赖躲酒,想后面趁几个人喝高了酒翻翻本,一听这话,陡然来了精神,说,六子,要是不管用了,给哥们说一声,那么好的地可不能给荒了!

吴六听了这话,两眼充血,像红灯笼,就想撒酒疯。

树杈赶紧打圆场,说,都是酒话,别斗嘴斗伤了和气,大家喝酒,喝酒!别辜负了喝酒的好天气,喝完酒再玩上几圈。

8

四月三十日,马上要放五一假,整个县城沉浸在幸福和躁动中。林若风打电话要水莲过去一趟。

两个人来到前缘茶馆坐下。林若风望着窗外的车流,说,水莲呀把长毛兔赶紧处理了,很多厂家已经停产整顿,更新设备,他们正在培育新兔种——千喜兔,长毛兔即将被淘汰了。

水莲端起茶杯,吹了吹浮在杯面上的茶叶,说,看见报纸上的介绍了,据说这种兔子主要供食用,生长期短,五到七个月就可以出栏,肉质细腻,营养丰富,还具有明显的健体养颜的保健作用,出口需求缺口很大。据说……

林若风边喝茶边随意答道,据说还具有增强性功能的作用,尤其是这种兔肉中含有一种不明元素,据说可以预防艾滋病,现在就热这个。林若风意识到什么,就转换话题,说,水莲你应该抓住商机,赶快转产。

水莲说,早就想转产,就是种源和技术解决不了。

林若风就说,你先仔细了解一下市场行情,考虑一下如何扩大生产规模,比如你那兔场不能再开在家里,看着小气。其他的我去做!

水莲眼睛亮了,润润放光,透着兴奋说,那咱们就说定了!接着又低声客套一句,又给你添麻烦了。

林若风一仰脖子喝掉杯中茶,爽快地说,这次不是白帮忙,我有条件。水莲就盯着林若风的眼睛看。林若风要求自己投入三成股份,按利分红。水莲沉吟片刻,点头应许。林若风从公文包里掏出合同书递给水莲,说,你回去仔细看看,没问题咱们就签字。水莲开始认为林若风是玩笑话,没想到林若风真当回事了。低头想想认为这样也好,可以借机还还人情,免得拖着欠着说不清楚,就把合同收好装入口袋离开了。

水莲回到家里,就和吴六商量。吴六觉得有大钱可挣,自己又可以混个场长当当,人前人后去露脸,一口答应下来。

第二天水莲就去找林永胜谈自己的设想。村里研究一下,认为是好事,大力支持。水莲领着几个人重新选地皮,组织一批人建造温室场房。

一个月后,林若风借辆车把种兔拉进村,技术员也带来了。

水莲掏出签好字的合同递给林若风,说,请林老板多多指教。林若风也不客气,收了,就在那里指挥人卸种兔。水莲看着林若风忙成个汗人,心里不忍,就跟前跟后,一会儿递杯水,一会儿递条毛巾,亲切随便。吴六看了不痛快,找个借口出去了。两个人一直忙到晚上十一点,才理出头绪来。林若风交代水莲一定要招待好王技术员,然后把王技术员拉到一边,从车上拿来四条中华烟递给他说,王师傅这里就交给你了,饲养基地那边你放心,什么事我给担着。王技术员答应得很爽快,说,林股长你放心,我把看家本领都留这儿!林若风离开,水莲送他。到了车旁,林若风告诉水莲,今年秋天县里要举办农产品交易大会,是个好机会,要早做准备。水莲点点头。

林若风不知什么时候握住了水莲的手,当他意识到的时候,手就有些抖。水莲就冲着他笑,满眼星星地笑。正巧,吴六回来了,远远地就用粗嗓门嗯、嗯几声,林若风赶紧上车走了。

吴六走过来,说,水莲,我看看你的手。水莲伸出手,吴六就说,你看你看,都握红了。水莲红着脸开脱一句,人家当领导,握手握惯了,是礼节,你就别小心眼了!吴六就跟一句,说,那我也可以随便握握人家女人的手了?水莲就带着气说,随你便吧!

9

水莲扩大养殖规模,添了一批人手。养兔子是细致活,女人心细手巧,最合适不过了。水莲雇了六位女工。养殖场碎事太多,千头万绪的,忙得水莲小腿抽筋,脚后跟直打后脑勺。水莲整天在外面跑,购饲料,跑销售,家里大事小事全交给吴六。吴六有事没事就背着双手四处转。女工们就亲热地“吴场长”长“吴场长”短地喊,吴六听了就有点发飘。

吴六做事懒散,却很有女人缘。“男人不坏,女人不爱”,这话用在吴六身上很恰当。

林二嫂的女儿也进兔场当了女工。林二嫂女儿是个哑巴,村里人都叫她哑妹。水莲开始不同意,怕难管理,林二嫂找到金二嫂。乡里乡亲的磨不开脸面,水莲答应了。

哑妹今年二十九岁,有几分姿色。由于是个哑巴,高不成低不就,耽误下来了。吴六对哑妹很照顾,日子久了,哑妹生情,跟吴六眉来眼去。哑妹也觉到了吴六和水莲的关系有点生分,自己就有些念头,越想越远,越陷越深。下班回家,瞅准水莲不在家,哑妹会隔着窗户跟吴六对眼睛。眼睛对频繁了就产生感应,就对到心头上去了。

一天中午,吴六和哑妹一起添兔草,一对兔子正在交配。吴六就喊哑妹看,哑妹的脸潮红潮红的,胸脯胀胀的,就拿眼角瞟吴六。吴六眼里冒着火苗。哑妹弯下腰添兔草,脸不小心就挨到吴六的脸上,吴六瞅准机会就亲了哑妹一口。天气热,穿得少,两个人贴在一起,男人女人之间的感觉全出来了。哑妹第一次跟男人亲密接触,激动得浑身抽筋,下身觉到了黏糊糊的潮湿。

也巧,那天林若风拉到关系户,水莲去上海签订单。晚上下起雷雨,一阵比一阵急,吴六一人在家看酒友推荐的录像,黄色的。看着看着,吴六耐不住了,下身高高搭起帐篷,满头脑晃动着哑妹的眼神和性器官。吴六乘着夜色和雷雨的掩护,趴在哑妹窗底下学猫叫。哑妹偷偷打开门,吴六钻进了哑妹的热被窝。

吴六泄了欲火,就觉得索然无味,想了事,就给哑妹钱。哑妹不要,哑妹把吴六的头按在奶子上,奶子和心一起跳。哑妹只要六子人。哑妹就把内裤脱了指给吴六看,吴六看到了他一心想从水莲那里看到的东西。哑妹就用手比画自己最好的东西交给你了。吴六就把乖乖猫似的哑妹搂在怀里,拿哑妹与水莲进行对比,结论简单明了:一个热得像团火,一个冷得像块冰。吴六有点舍不得这团火。

吴六认为自己的种子有问题,不会发芽,就频繁偷偷约会哑妹,很放肆,变着花样要,带着对水莲的不满要,要得哑妹整天容光焕发的。

县城里到处张挂条幅:政府搭台,经济唱戏。十月八日,农产品交易会隆重开幕。由于早就做了精心设计和准备,水莲的兔产品轰动整个交易会,订单雪片似的飞来。

县广播站、电视台把水莲事迹做成专题,当作建设新农村的典型连续播报。

林二嫂瞧准机会就来找金二嫂,进门嚷,这水莲咋不见动静呀,我们都等着喝杯添丁酒呢,然后就神秘兮兮地附在金二嫂耳边说,哪家哪家崽多,干脆过继一个给水莲,冲冲,水莲也许就开怀了,生一老串也难说。

金二嫂就说,咱家水莲能生养,都让忙给绊住了,趁年纪轻轻的先赚点钱再说!不迟不迟!

林二嫂叹口气,说,老姐姐,你那点心事能瞒得住我?反正你家现在不缺钱,花个三五千买个私生娃,不知爹不知娘的,将来靠得住。

金二嫂递给林二嫂一支烟。林二嫂接过烟,知趣地转了话题,说,一到阴天下雨,我这腰就犯病,直不起来,叫水莲给我找张兔皮,做个腰垫暖暖。

金二嫂抽一口烟,说,兔皮哪管用呢?我这里有一张狗皮,硝好的,你拿去用。说罢起身,端过一张方凳,踩上去到柜子顶上取狗皮。

水莲从县里回到兔场,心里高兴,就放工人们一天假。水莲妈知道了就把水莲和吴六一起叫回家。水莲和吴六进门,金二嫂正笼罩在烟雾中看电视。见他们进来,金二嫂关掉电视,脸上阴沉得往下滴水,说,金家的脸不能藏到裤腰里,要见人,见弯月村的几百号人!你们抽点时间到上海或南京去瞧瞧,看看到底为什么!电视上说了,不孕不育,能治!别一棵树上吊死了!我就不信,你们两个长的玩意都是实心的!

金二嫂急火攻心,那话就说得没顾辈分,没留分寸,说得水莲和吴六只有眨眼的份。

哑妹的肚子一天天壮大起来。哑妹平时藏着掖着,想到时给六子一个惊喜。等到吴六明白是怎么回事,一切都晚了。

哑妹有三个哥哥,五大三粗的哥哥。三个哥哥就约吴六到家里喝酒。吴六知道这不是好酒,又不能不去,怀里就揣把刀。一进哑妹家门,哑妹三个哥哥手里都绰着家伙。

哑妹大哥问,吴六,你咋想起来动哑妹了?兔子还不吃窝边草呢!

吴六辩解,女人不破瓜,死了都过不了奈何桥,阎王不收。哑妹反正也没人要!哑妹大哥就说,你小子是个畜生,猪狗不如。

哑妹二哥问吴六,哑妹肚里的孩子你打算怎么办?

吴六说,只要几位哥哥愿意,生下来,姓金。咱家正缺孩子。哑妹二哥就说,你小子有种,有种,良心还没让狗给全吃了!

哑妹三哥提出三个条件任吴六选:第一,送你去坐牢,你糟蹋良家妇女;第二,把哑妹送到城里,买房子养起来;第三,赔款二十万块,哑妹后半生有着落。然后送吴六出门,说,给你三天时间考虑,三天后我们找你。吴六走到门口,哑妹三哥冲着他背影喊,下次别揣家伙,我们哥几个不惧你。

林若风出事了。

水莲得到消息，急急忙忙赶到城里。林若风正在接受审查，不容许和任何人见面。几年生意做下来，水莲也认识几位官场中的朋友，打听后才知道，林若风只是受到牵连。令狐行长吃了一项引进项目贷款的二十万元回扣，事情败露，被收审。林若风是这个引进项目的银行担保人，也被怀疑吃了黑心钱，正在接受纪检调查。

水莲无能为力，知道事情真相后松了口气，就回到兔场里坐等消息。

哑妹的三个哥哥见吴六没有动静，就托中间人变着法子把这件事透露给水莲。

水莲直接去找哑妹对证，哑妹敢作敢当，很坦然，没做任何隐瞒。

水莲知道真相后，异常冷静，让人传话让吴六回家。水莲在家等着。水莲叫来金二嫂，扶母亲坐到床沿上，给母亲点上一支烟。然后拉过张椅子坐下，脸色像冬天里的玻璃泛着冷光，没有一丝表情。

吴六进门，一看阵势就什么都明白了，双膝一软，跪在地上，眼泪一把鼻涕一把地哭，很动情很伤心很委屈地哭。

水莲把头扭向窗外，一言不发。金二嫂耷拉着眼皮自顾自抽着烟。

吴六抬头望望她俩，开始自我辩解，说，我跟水莲结婚那么多年了，也没有孩子，村里人白眼，妈妈你也白眼，我受得了吗？我是男人，男人最怕什么？最怕别人说你没用！好像水莲不能生孩子都是我的事似的。我是倒站门，倒站门就有罪呀！我只想看看到底是谁出了问题，是我还是水莲。……现在看来，不是我的问题了……

水莲玻璃般的脸上飘着霜，浑身发抖，那颤动清晰地传到了厚厚的棉袄外面，说，吴小错，你不是人，你是畜生！

吴六无赖地嚷，我是畜生，我知道我是畜生，你是白——天——鹅！

听到这句话，水莲心里咯噔一下就打个结，打了个死结。

水莲镇定一下，说，吴六，这件事我去跟哑妹家谈，我成全你。不过我告诉你，我欠你的债今儿个两清了，金家欠你的债两清了。从此以后，咱们就是两条道上的人,你走你的阳关道,我过我的独木桥!

金二嫂摁掉烟头,叹口气,摇摇头走了,边走边说,你们俩作着过呀,造孽呀!

水莲当即起身,去了哑妹家,给哑妹的三个哥哥抛下一句话:哑妹必须把胎儿打掉,打掉后我给你们五万。不行就见官!

林二嫂觉得这事丢人,劝几个儿子别闹了,讨点钱私了算了。

哑妹的三个哥哥接受水莲的条件。哑妹死活不让打掉胎儿,闹腾得昏天暗地。哑妹的三哥没有办法,就偷偷在哑妹的碗中放了堕胎药,这才完事。哑妹受到很大刺激,整天抱着个枕头疯疯癫癫的。

林若风出事,吴六走下道,水莲心意断绝,全部心思放在养兔场里。

到了年底,林若风案件审理完毕。令狐行长被开除党籍,撤销党内外一切职务,移交司法机关依法处理。林若风,属渎职行为,党内记大过处分。

水莲松了口气。水莲在前缘茶馆主动约见林若风。林若风又黑又瘦,蓬乱的头发中竟然夹杂着些许白发。令狐亚男已经调到市里去了,两个人开始分居。

水莲的心里有一种说不出的滋味,是怜悯还是旧情未了,连水莲自己都说不清楚。水莲只想哭,眼圈红红的。

林若风说,水莲,我那三成股份,你把本钱给我就成,我退出了。

水莲掏出纸巾擦了擦眼睛,平静地说,林若风你听着,有我水莲在,谁也不会少你一个子!说罢把纸巾狠狠地扔进垃圾桶。

林若风眼睛湿湿的。水莲很知情地递过一张纸巾。林若风眼泪流了出来。长那么大,水莲第一次看见林若风哭,自己的眼泪也就不争气地跟着流。流着流着,水莲就把双手合拢成喇叭,冲着林若风轻声地断断续续地喊:“你是一只……癞蛤蟆,呱呱呱……想吃天鹅肉呀……呱呱呱——”

林若风泪眼蒙胧地笑了。

水莲回到兔场,认真核算一下,赚头不小。水莲把林若风该得的钱立了个账户存起来,加了密码,打算等林若风安定下来再交给他。

春节过后,哑妹被送进精神病医院,哑妹一家为医疗费的事再次纠缠水莲,带着一帮人要砸兔场。水莲哪也不去,整天在兔场守着。水莲心里烦,不知怎的就想起林若风。水莲决定进城看看林若风。

令狐行长死了,在狱中割腕自杀。林若风跟令狐亚男协议离婚。

水莲直接去了林若风的家。

林若风的气色好多了,水莲倒是满脸沮丧。

中午,林若风留水莲吃饭,水莲答应了。林若风下厨房烧了几个菜。

林若风拎出一瓶洋酒,说当股长期间,腐败得来的,一直没喝也没时间喝没心情喝,今天就喝点酒吧。水莲近段时间心情糟透了,也就没拒绝。

林若风酒量不大,喝酒就脸红;水莲从来滴酒不沾。几杯酒下肚,两个人头重脚轻,舌头也不听使唤了。

林若风就说,水莲你知道这几个月我是怎么过来的,真像从地狱走了一遭,身体瘦掉三十斤,就剩下皮包骨头了。说着就伸出胳膊给水莲看。林若风接着说,人去了两个地方,才会想得开。

水莲就问,哪两个地方?林若风就说,一个是监狱,一个是火葬场。到了那里,你会把一切都看开了,什么钱呀、乌纱帽呀……统统都是狗屁,假的!水莲呀,现在我才想开了,我不为他令狐行长活,不为她令狐亚男活,不为父母的脸面活,我要为自己活!

水莲接过话茬,话里含着醉意,说,林若风你说水莲为谁活?为金家传宗接代活,为金家面子活,为金二嫂活。我水莲不是母狗,不是母骡子,我是水莲。——林若风,你说我水莲怎么样?

林若风用手指着天空,说,你是一只天鹅,白天鹅!

一只白天鹅,却要了一个不是玩意的男人!他背着我搞女人,还是一个哑巴。

林若风就说,六子不知道珍惜你,他没福气!

水莲就责怪道,你林若风也不是个玩意,你讨了我的便宜,却跟一个不是玩意的女人上了床。你和她离了好！

林若风重重叹口气。

水莲晃晃悠悠站起身子，围着房子转一圈，说，林若风，你知道我为什么把第一次给了你吗？

林若风摇了摇头。

水莲又回到原地坐下来，用手掌托着腮帮子，说，小时候，我跟父亲去找你叔叔办事情，请你叔叔帮忙批几袋化肥。我和父亲拎着刚烙好的小麦煎饼，拣得干干净净的韭菜。到你叔叔家，我真羡慕死了，他家有电视机，有冰箱，有空调。最让我惊奇的是，大热天外面像火炉子，那屋里却像春天似的。我当时就想我将来一定要过这样的生活。

林若风就说，我知道后来婶娘回来了，把煎饼和韭菜扔进鸡圈喂鸡了。

水莲苦笑，说，从那时起，我就想我一定要活出个人样，农村人也是人。

林若风自己干了杯中酒，把两个人杯子又满上了。

水莲端起酒杯晃了晃，接着说，我想继续上学，姊妹五个，我是老小，哪里念得起呀！

林若风就说，你就想到我，认为我会给你带来好运气。

水莲笑了笑，笑容里含着一份凄楚，说，我把你当成希望，没想到你给我的是无奈的绝望。

林若风长叹一声，说，我们年轻时都幼稚得可笑，满脑子都是美好的理想。可命运往往握在别人手里，哪由得了自己！

水莲叹口气，说，自己有能力掌握自己命运的时候，一切都晚了！

所以一位大名人说，世界上什么都可以卖，唯独不能卖后悔药。人类有磨难才会有进步！

水莲大笑，用指头戳着林若风的额头问，你说，哪位大名人说的？怕是你林大名人说的吧？

林若风噗的一声笑了，口中的酒喷了出来。

两个人无拘无束地痛痛快快地喝酒。

水莲醉了，林若风也醉了，那种沉沉的醉。

水莲看着林若风公鸡冠似的大红脸就问林若风，你猜你现在像什么？

林若风脱口而出，说，当然是一只喝醉酒的大癞蛤蟆了！

水莲一听这话，就把头伸过桌面，两只手往嘴边一拢，带着醉意嚷：“你是一只癞蛤蟆呀……呱呱呱，想吃天鹅肉呀，呱——呱——呱——”

林若风借着酒劲，一把把水莲揽进怀里，附在水莲耳边说，癞蛤蟆真的想吃天鹅肉了，真的想吃天鹅肉了！

水莲浑身发出轻微的战栗，闭上眼睛，头贴到林若风的胸脯上。

10

山润水涨，桃红李芳，又是春天。水莲兔场生意火爆。在林若风的提议下，为了扩大影响，水莲去工商局给自己的产品注册，商标是“芙蓉”。

“芙蓉”牌兔类产品由于货真价实、质量过硬而长销不衰。

多年的历练，水莲成熟了，在生意场中如鱼得水。没过多久，“芙蓉”商标被市里列入地方特色商标。

养殖业成为弯月村支柱产业、特色产业。村主任林永胜由于领导得方，被提升为乡党委副书记兼弯月村支部书记。在水莲提议下，弯月村成立养殖协会，负责技术培训、外跑销售、纠纷调解。会长是支书林永胜，副会长就是水莲。

在乡里推荐下，水莲作为编外成员，自费随市里组织的民营企业访问团到国外参观学习，眼界大开。回来后，水莲打算加大资金投入，设法贷款或筹资引进先进设备，外聘高级人才，搞兔产品深加工。

水莲和吴六关系冷淡。吴六使尽浑身解数也没法得到水莲的身体。水莲提出协议离婚，条件是兔场的所有投入，水莲、吴六、林若风三三分成，剩下一成归母亲，谁也不干涉谁的私生活。吴六死活不答应。

水莲怀孕了。水莲决定生下孩子。

水莲的肚子一天天挺起来。村里人见了吴六就嚷,六子你老婆这回开的不是谎花吧?

吴六就像一头好斗的公牛,两眼血红,尖声骂,闭上你娘的×嘴,当心老子阉了你!

吴六知道自己和水莲的缘分已尽了,可他不甘心。吴六不得不承认,自己经历过那么多女人,水莲是他唯一放不下的!吴六决定借助婚姻这条锁链挽救俩人关系。

那晚月色很好,水莲陪客人吃完饭回来了,由于刚签了批数量可观的订单,心情不错,那脸色在酒精的作用下,红润润的,丰腴而鲜嫩。水莲打来洗脚水,坐到床沿上,边洗脚边哼着歌:“你愿做一只小羊,跟在我身旁……我愿拿着细细的皮鞭不断狠狠抽在你的身上……”

吴六站在旁边,等着给水莲倒洗脚水。吴六在灯光下细细端详水莲,越看越好看,心痒痒起来,没等水莲擦干脚,就把水莲按到床上。

水莲就说,吴六,你敢胡来我就嚷,让全村人都听见。

吴六嬉皮笑脸地说,我怕哪门子?你是我老婆,我喜欢怎么做就怎么做,别人管得着?一边说一边就去脱水莲衣服。水莲拼命反抗,可哪是吴六的对手,没几个回合,只有喘粗气的份了。吴六冷着脸脱光水莲的衣服,水莲的小腹已经微微凸起。吴六大受刺激,不由分说就强行进入水莲身体。吴六痛快地呻吟着,虚张声势地嘘嘘呵呵。

水莲流着眼泪狠狠地说,吴小错,你是畜生!

吴六愣了一下,管不了那么多,自顾自地狠劲地上下动作。吴六相信一句话,女人嘛,只要你睡了她,她就会对你好。

水莲僵着身子一动不动,把脸歪到一旁。

吴六泄了。吴六再看水莲,一行行泪珠滚滚而下,枕巾都湿透了。

吴六冷静下来,趴到水莲胸脯上,呜呜地哭,边哭嘴里边念叨:水莲,吴六错了,以后再也不胡来了,跟你好好过日子。

水莲一言不发,推开吴六,起床到卫生间去洗身体。

林若风经历那次事件后,心思散淡,没事的时候,就仔仔细细回味自己的人生道路,真有竹篮打水一场空的感觉。自从上次相聚后,林若风掂量出水莲在自己心目中的分量,沉呀!

林若风得到水莲怀孕的消息后,很振奋,似乎抓住了幸福的尾巴。林若风决定抓紧它,不再松手。林若风决定约吴六谈谈,就在前缘茶馆。林若风决定破釜沉舟了。两人落座后,林若风要了两杯绿茶。林若风不打算掩饰自己的情感,决心快刀斩乱麻,把所有实情告诉吴六,让吴六彻底死心,离开水莲。

六子,跟水莲离了吧。你跟水莲不是一路人,真的。林若风的开场白透着真诚。

吴六不语,盯着林若风的眼睛看,眼光里藏着桀骜不驯。

林若风没有躲避,坦然面对,说,水莲肚里的孩子是我的。

吴六不语,眼底开始窜动着凶悍。

林若风眼光开始变冷,毫无退避的意思,呷口茶,说,咱们可以谈谈条件。我给你十万元,水莲的场子,你可以拿走一半股份。你都三十多岁了,再找个可意的,好好过日子。

吴六不语,把头扭到一边,茶杯被捏得吱吱响。

你不了解水莲。林若风语气很冷,冷中显出平静,说,水莲把第一次给了我。

吴六转过脸来,脸色青紫,说了句,你林若风别他妈的净假斯文,你不比我六子好到哪里去!哼了一声,狠狠顿了一下茶杯,转身离开了。

吴六回到兔场,把摩托车往地上一撂,进了办公室。水莲正在细心查验产品质量。吴六劈头就问:

你肚里的杂种是林若风的?

水莲停下手中的活,眼睛盯着成品看,一言不发。

如果我们离婚,你愿意把工厂一半股份给我?

水莲放下手中的产品,转过脸去,还是一言不发。

这些都是你和林若风商量好了的？

水莲依旧一言不发，望着窗外，窗外的白杨树绿得滴水。

你的第一次给了林若风？

水莲听了这话，干脆转过头来，脸色瓷砖一样僵冷。

吴六绝望了，伸出去的巴掌又缩了回来，丢下一句，真看不出来你水莲真是阴毒，从来没有人敢玩我六子，却给你玩了，阴沟里翻船了，小瞧你了！奸夫淫妇！最后一句话是吴六咬牙切齿挤出来的，说完骑着摩托车旋风一样走了。

11

那一夜，水莲噩梦连连，迷迷糊糊，不知是睡是醒。水莲有一种不良的预感，几次拿起电话，想拨给林若风，又放下了。水莲干脆起床，斜躺在沙发上等天亮。

第二天一大早，公安局的警车就直接开到水莲家门口。警察通知水莲，吴六昨天夜里把林若风给捅了。吴六被刑事拘留，林若风正在医院抢救。说完就走了。

警察走后，水莲晃悠几下，瘫倒在地上，浑身扭麻花似的抽搐。水莲小产了。

吴六行凶，林若风、吴六、水莲的关系公之于众，整座县城特别是弯月村闹腾得沸沸扬扬，茶余饭后，人们嘴边没有其他话题。那段时间，人们的口头语是，这漂亮女人呀……然后就是摇头，就是叹息。

法医鉴定结果：林若风很有可能终生瘫痪。

法院宣判：吴六犯故意伤害罪，判有期徒刑十年。

金二嫂听到消息，突然犯心绞痛，村里人急忙送往医院，抢救无效，死亡。死前，金二嫂的手紧紧抓住水莲的手，像铁箍子，似乎想拽着水莲一起走，眼角泪水小溪似的流。

金家姐妹都回来了，特别是四姐溪莲，带着歉疚，水莲走到哪里她就跟到哪里，生怕水莲丢了。一段时间，水莲眼光呆滞、动作机械，上衣竟然经常忘记系纽扣，许多对水莲身体想入非非的人就有机会偷偷一睹庐山真面目。村里人说，我们村杨玉环恐怕要没了，真可惜。村民们记起水莲的好来，就主动过来帮忙，把金二婶埋葬了。水莲给金二嫂买了个水晶骨灰盒，筑起一座水泥坟墓，坟前烧了真钱。凡是帮忙的人，水莲都用牛皮纸信封写上姓名，重金酬谢，村里人都很客气地给退了回来。水莲眼角带着潮湿，蜡黄色的脸上泛出红润。

埋葬完金二嫂后，水莲把兔场交给溪莲照管，就突然失踪了。

不过没过多久就传来了水莲的消息，村支书林永胜带回来的消息：

水莲跟林若风在一起，专门服侍林若风，他在大街上曾经看见水莲推着轮椅，轮椅上坐着林若风，俩人亲亲热热的。他想过去打个招呼，转眼就找不到他们了。

有人就问，真的吗？你别看花眼了。

林永胜就生气地说，我才四十岁就花眼了？你才花眼呢！水莲当时就穿着她在咱们村里最常穿的那件粉红色的披风，我能看走眼吗？

人们还是不相信。一个人就提议，咱们去兔场问问溪莲，她肯定知道水莲的下落。大家就一起嚷，是的呢，还真有些想水莲了。走，咱们看水莲去，把她接回来……

（发表于《青年文学》2008 年 11 期下）

救　赎

1

那是一个春天的早晨,公羊土改起床后,简单地洗洗涮涮,就拎起他那个特大号塑料水杯往外走。水杯里的茶叶完全涨开,像被虫子蚕食过的绿树叶子塞满了杯子,一看就知道那是从地摊上买来的劣质货。

公羊要去抓那个该死的偷车贼。

公羊土改复姓公羊,名土改。公羊土改人如其姓,不但人长得瘦,还天生一张刀条脸,两条吊梢眉,眉下一双羊眼。远看那脸形配置,还真像一张没长角的公羊脸。反正我们这个地方除了他一家再也没有姓"公羊"的,大家干脆以其姓代其名,直呼他"公羊"。大家呼他"公羊",除了他模样像公羊,还有他平日里表现出来的性格更像公羊,看起来绵软,狠起来死硬,不撞南墙不回头。

中国人的名字无论贵贱,往往含有某段历史或蕴含某种含义。公羊土改的名字"土改"就反映了他的成长历史。

公羊土改出生于新中国成立后土地改革那阵子,本来是面朝黄土背朝天的农民,接班进的城。接班,知道吗?现在它已经成了历史名词。以前,老子到了退休年龄,子女可以到老子的单位继续工作,这就叫接班。公羊土改的祖祖辈辈都是侍弄黑土地的。侍弄土地就需要肥料,公羊土改的父亲老公羊就到城里淘厕所攒肥料。淘厕所的人很多,所以就自己划定了势力范围,当时海城劳动局是老公羊淘厕所的势力范围之一。老公羊手脚很勤快,除了淘厕所还把劳动局的院子打扫得明镜似的,有时还会捎点自留地里产的青菜豆角什么的给单位里的人尝个鲜,虽然不值钱,但水淋淋鲜嫩嫩的,招人喜爱。整个局里便很认可这个老公羊,见了面都要老公羊长老公羊短地打声招呼,老公羊就把那地扫得更细致了,恨不得打上肥皂洗一遍。

二十世纪五十年代开始划分户口,当时的人们还没有认识到城镇户口的优越性,与土地有联系的人纷纷往农村跑,回到农村就有一亩三分地。中国人被饿怕了,几千年来就没吃上几天饱饭,对土地的依赖性特别强。那土地可是实实在在踩在脚底下的,春天见到绿秋天见到金的,那城镇户口本捏在手里轻飘飘的,既不能当钱使又不能当大饼啃。中国的老百姓向来很实在,也特别看中实在。当时劳动局有一位勤杂工,与老公羊同村,老公羊就是通过他牵线才到劳动局淘厕所的。一听说要分地,同村的那位就屁颠屁颠地跑回老家分土地去了。那院子不能不扫、厕所不能不淘、泡茶的开水不能没有人烧。老劳动局局长拉着老公羊的手说,公羊呀公羊你就帮帮忙吧,到我劳动局来当勤杂工吧,我这厢有礼了,说着说着就不真不假地给老公羊作了个长揖。也许是老公羊侍弄土地侍弄够了,也许是老公羊心肠太软了,也许是老公羊祖上积了阴德该老公羊这辈人享福了,反正老公羊就留下来了。

当那些花花绿绿的粮票布票油票煤票糖票烟酒票开始起作用的时候,那些屁颠屁颠跑回去找实在的人眼红了。原来城镇户口可以坐办公室进工厂站商店呀,可以风不打头雨不打脸呀,真他妈的掉进福窝子里去了。原来这世道真他妈的变了,这土地上只出产泥饭碗呀,人家城里才生产铁饭碗金饭碗哪!屁颠屁颠跑回去的人那个悔呀,连眼都悔紫了肠子都悔青了,悔得骂爹骂娘拿婆娘当出气筒。老公羊同村的那位见了老公羊就嚷,公羊呀公羊,你他妈的怎么淘屎就淘出金子来了?俺他妈的怎么就抱着金砖当土坯呢!你他妈的姓公羊属相羊怎么就没在田里吃草!俺老子姓金,娘家姓钱,怎么就落在黄土里爬不出来了呢?那口水流得有三尺长。看着他那哭丧着脸的熊样,老公羊就会掏出一些粮票布票递过去,那位接了票子咂了咂嘴唉着声叹着气跺着脚走了。其实,他白在机关混了那么多年,小农意识依旧根深蒂固,他不明白一个基本道理:无产阶级领导一切,工人阶级是无产阶级先锋队，农村包围城市取得了中国革命的最终胜利。农村为什么要包围城市，当然是城市重要了。革命胜利后，怎么能放弃重要的城市呢？那可是先锋队最集中的地方！

说着说着，这老公羊在同村人一片羡慕声中到了退休年龄，小公羊就接班进了城。接班并不一定接职业。公羊土改初中毕业，有些文化，局领导看在老公羊忠厚勤恳的面子上，安排他做勤务员。

公羊土改人年轻，脑子好使，干了一段时间后，觉得在机关没有前途，就主动要求去了海城化肥厂。当时化肥厂刚建立，公羊土改又是劳动局的，话好说事也好办，被安排个生产车间主任。没过几年，又被提拔为副厂长，分管销售和财务。

时光容易把人抛。去年，公羊土改光荣退休。刚退休的公羊土改有一种生命旅程即将结束的感觉。他不会下棋，不会打牌，不会搓麻将。他忙忙碌碌了一辈子，到头来会玩的都是儿时玩过的老古董，当下没人愿意玩。比如，他会下棋，下的是“大炮轰小兵”，在地上画方格子，用小石子做棋子，在城里，谁跟他下这样的棋？他会打牌，打的是五十四张牌的“争上游”，那时叫“学习五十四号文件”，现在早变成一百单八将了，要么是“斗地主”，要么是“饭前不掼蛋，等于没吃饭”。他哪会这些？他上牌桌，没人愿意跟他做对家，跟他做对家，一局牌打下来，搞得心情比没打牌还糟糕。公羊本来可以帮老伴哄孙子的，可儿子大学毕业后死活不回来，硬是留在省城自己创业。结果找了个省城的老婆，在省城彻底落地生根了。去年，有孙子了，可儿子在省城只有一间住房，老两口去了根本没地方住。最后，只好把老伴留在那里哄孙子，他一个人回海城留守空巢。

公羊百无聊赖，就花三千块钱买了一辆电动三轮车。以前工作忙，连海城的风景都没看遍，他就想现在没事了，骑着电动三轮车四处逛逛。他还有个想法，那就是钓鱼。钓鱼是一件独处的事情，不需要搭伙搭帮的，需要的是安静，这正符合他目前孤单的处境。他下一步就打算置办钓鱼工具。

让公羊无比愤怒的是，他第一天买的新车，第二天就丢了。关键是丢得稀里糊涂，你说要是逛商场丢了，被人撬锁丢了，都好说，那毕竟不完全是自己的责任，那跟商场混乱的环境有关联，跟劣质的锁有关联。公羊是骑车丢车的，这传出去都丢人。公羊骑车去车管所打钢印，他把车子放在门口，进去喊警察。当警察拿着锤子和钢印出来时，车子没了。你说这个贼是不是贼胆包天，警察面前都敢下手。

公羊本来是打钢印的，现在变成报警的了，心里别提多窝囊了。

公羊虽然报了警，但公羊不很信任警察。他决定自己抓偷车贼。

公羊抓偷车贼不是第一次，他有过成功的历史。

那是三十多年前。老公羊退休后，为了常进城看看儿子小公羊，也为了装运一些萝卜青菜等土产进城赶大集，换点烟油火耗钱什么的，就买了一辆永久牌自行车。计划经济时代，像自行车这类产品紧俏得很，买一辆自行车得半年工资，还需要凭票供应。买到自行车后，老公羊很爱惜，就花几块钱买了黑色的塑料带子，把车子能包裹的地方全包裹起来了。一天进城赶大集，老公羊驮了半蛇皮袋黄豆去卖。黄豆不好卖，眼看快到中午了，老公羊憋了尿，就让旁边的一个小孩子帮看一下车子，自己去趟厕所。等老公羊回来时，车子没有了，帮看车的小孩也没有了。老公羊左等右等，越等越失望，等到下午三点来钟，知道没戏了，就唉声叹气、磨磨叽叽地去找儿子小公羊。

小公羊看着老公羊的伤心表情，就说，大（爹），你回去吧，车子我给你找回来。

老公羊相信公安，就说，你还是去派出所报案吧。

小公羊说，行，我这就去报案，你回去吧。

等老公羊走后，小公羊还是决定自己去抓贼。

又到赶大集的日子，公羊土改向单位请了假。当时是六月天，正是农忙时候，赶集的人不是很多。公羊找顶草帽戴上，拎着个小布袋装作赶集的样子去了集市。

一上午过去了，公羊几乎转遍了整个集市的角角落落，没见那辆车的影子。不过公羊并不灰心，他凭感觉，知道那个偷车贼应该会来。

公羊的感觉是对的。下午五点多钟,集市上的人走得差不多了,公羊看到了那辆车。那个人正推着自行车走,冷不防被人从后面拽住了。他回头一看,公羊瞪着眼说,跟我到派出所走一趟。偷车贼以为遇到便衣民警,撒腿就想跑。公羊早有准备,一把拽住他的手腕,说,你的车子是我的。偷车贼一听这话,知道不是便衣民警而是车主,就说,咱找个背静地方说话。

到了一处墙角,偷车贼说,你凭什么说这车是你的?

公羊没说话,把自行车座子拔出来,然后从车座的钢管里取出一张纸条,递给那个偷车贼。偷车贼打开看,上面写着:公羊土改的自行车,购于……偷车贼怎么也没想到那辆自行车的车座里还藏有这样的秘密,铁证如山,他不说话了。偷车贼赶紧赔不是,说,车子你推走。公羊说,还差半袋黄豆。偷车贼问什么意思。公羊说,我大(爹)大老远地驮来半袋黄豆卖,也跟车子一起丢了。偷车贼说,黄豆我没拿,我只推走了车子。公羊说,你说没拿就没拿了?车子你不是拿了吗?偷车贼不想纠缠,掏出十块钱,说够半袋黄豆了吧?公羊说,我只要黄豆,不要钱。偷车贼还没见过这样钻牛角尖的,就说我去买黄豆,你等着。公羊说,我赔了一天时间,是一袋黄豆,不是半袋。偷车贼看看公羊倔强的眼神,说行,一袋黄豆。公羊说,把手表留下做抵押。偷车贼戴了块上海表。偷车贼望了一眼公羊,摇摇头,抹下手表,递给公羊,然后去买黄豆。

偷车贼买来一袋黄豆交给公羊,公羊把手表还给他,说,你走吧,不过提醒你一句,做点正事,下次就没有这么好的运气了。偷车贼点点头,没有走。偷车贼问,公羊,你怎么认出你的自行车的?公羊说,看车铃铛,我把它换成飞鸽的,没注意吧?偷车贼恍然大悟。偷车贼又问,你怎么知道我会来?我们有规矩,本地拿货外地卖。公羊说,我大(爹)的自行车是新车,用塑料带全裹上了,没打钢印。你偷到车后,去掉塑料带,跟刚买的一样,肯定认为没事。偷车贼叹口气,说,贪小便宜吃大亏,这话没错。偷车贼又问一句,你怎么会想到在车座钢管里放一张纸条呢?公羊说,怕你们想呗。刚买车就想到会丢车,让偷车贼感慨不已,佩服不已。偷车贼说,你该当民警,你要是当民警,肯定比狄仁杰还神。

偷车贼没走,硬拉着公羊去了一家饭店,请公羊喝酒。酒桌上,公羊知道他外号叫“六指”,真名郝运动。一个抓小偷的,一个小偷,一场酒喝下来竟然成了朋友。两个人交换了生辰八字,交换了住址,隔三岔五就会走动走动。

2

公羊找了一天车,累得腰酸腿疼,一无所获。

公羊感慨连连,社会发展速度太快了,现在的海城,光是贸易市场就有四个,各种商场就不用说了。住宅小区更多,转都转不过来。在这样庞大而复杂的环境中去找一辆电动三轮车,那难度无异于寻找失联的马航 MH370。公羊的倔脾气上来了,他就要大海捞针,反正他有的是时间。

眼见天快黑了,公羊决定转完这个小区就回去。公羊看到一辆轿车,那车太漂亮了。公羊被它的华贵和气派所吸引,围着它转。就在这时,一个人站到他身后,问他是干什么的。公羊转过身,一个胖墩墩的保养得很好的中年男人站在他面前。公羊说,我看车。那男人看看公羊,说,你熟悉车?公羊摇摇头。那男人说,宝马 6,一百多万。公羊咂咂嘴。那男人盯着公羊的眼睛说,它被人盯上了。公羊问什么意思。那男人说,你看后车盖。公羊看后车盖,那上面有三道清晰的金属划痕。那男人说,一天一道,连续三天了。公羊说,看样子你有钱,得罪人了,人家惦记上你了。那男人警觉地说,你在院子里转悠,干什么的?公羊说找车。那男人说,你车丢了?公羊说,是,不过是辆电动三轮车。那男人一听,嗨了一声,说丢一辆三轮车值得下那么大劲吗?公羊说,有钱人说话就是不一样。那男人问,你那车多少钱?公羊说,三千块,刚买,骑第一回就丢了。那男人似乎明白点什么,点点头说,这样吧,你不要找你的车了,你帮我蹲守,抓住那个划车的人,抓到了,我给你一万。公羊说,我要找我的车,这不是钱的事。

第二天,公羊改变策略。他决定先去找找郝运动。郝运动金盆洗手后,先修自行车,后修摩托车,最近几年开始修汽车,现在开了一家汽车修理店,带七八个徒弟自己干。

公羊找到郝运动的时候，他正忙。见公羊来了，郝运动连忙把手头上的活交给徒弟干，边擦手边把公羊往店里让。公羊见他忙，没客气，直接把来意说明了。郝运动说，你别急，我抽空让我的徒弟们帮你探探，也许有结果。公羊说，我自己找，你帮我出出主意。郝运动说，为一辆三轮车，犯不着，现在可不是从前了，海城那么大的地方，你找得过来吗？公羊说，这不是犯得着犯不着的事。郝运动一听，知道公羊又倔上了，就说，根据你刚才说的情况，敢这么偷车的，要么是个生坯子，胆大，要么是你熟人。偷新车的人有的自己用，有的会去卖。公羊说，如果自己用，我慢慢找，也许能找到；如果是卖，一般到哪里卖？郝运动说，现在不同以前，现在的年轻人胆忒大，哪里都敢卖。不过最好卖的地方应该是买的地方。公羊说，我懂了。公羊起身告辞。郝运动说，公羊，好长时间不见了，你坐下来喝茶，我叫徒弟去跑。公羊说，我自己找。郝运动摇摇头，说，越老越倔，看来要倔到黄土底下去了。

苦心人天不负。第三天下午，公羊终于发现了自己的那辆车。那个偷车贼把车子放在一处拐角，离那家卖同种牌子电动三轮车的专卖店不远，三四十米。偷车贼守着那辆车子，留给公羊的是背影。让公羊吃惊的是，那个偷车贼竟然是个年轻女子！

看到自己的车子，公羊很激动很兴奋也很气愤，想快步冲上去抓个现行，揪着她去派出所。可当他看清那个偷车贼的脸面时，公羊的心头似乎六月天被泼了盆冰水，所有燃烧的激情顷刻间熄灭了，随后涌出一股淡淡的悲伤。

公羊躲在一棵大树后面，看她怎么卖车。

她站在专卖店门旁，看到一位真心想买车的主，把他拉到一边，边嘀咕边把他带到自己车前。他们比比画画半天，最后达成交易。公羊无法知道他们的成交价格，只好瞪大眼睛看买车的那位点钱，他一张一张一连点了两遍，公羊轻声跟着数了两遍，是两千。偷车贼接过钱，又认认真真点了两遍，边点边对有疑问的钱左翻右看。看着她点钱，公羊心疼，明明是三千块钱的车子，被卖了两千，割肉似的心痛。

她拿着钱匆匆忙忙走了,公羊紧跟在她后面。

走了多远路,拐了几个弯,公羊记不清了。公羊跟着她来到一排老式平房前,那排平房,红砖红瓦,有的两间分割成一个独立的院子,有的三间连成一个独立的院子,紧邻一个高档小区,它的破落与小区的繁华形成鲜明的对比。公羊想,它应该是钉子户留下的房子,其他理由似乎都无法成立。

公羊绕到平房背后,透过后窗,他可以清清楚楚看到房子里的情况。那是一座两间房的院子,一道小门连通两间房子,分成内外间。那个偷车贼进了里间。里间东西方向横铺一张老式木床,木床上斜躺着一个老妇人,正在看电视。那个偷车贼喊一声"妈",然后坐到床沿上。那个老妇人用遥控器关掉电视,转过脸来。公羊看到老妇人的脸,顿时呼吸不畅,似乎前胸后背被挤压到一起,心脏急速跳动,一个劲往胸口外面挣,冲得太阳穴怦怦直跳。她叫福女,今年五十多岁,已是满头白发,特别是那张脸,肿得像发面馒头,原来那可是一张瘦削俊俏的脸。公羊知道,福女得了重病,那是使用激素过多造成的。

3

福女的母亲是汉族,父亲是维吾尔族。福女的母亲是部队里的护士,随王震大军进驻新疆。福女的父亲是乌鲁木齐州立中学的青年学生,解放军进驻新疆后参的军。在那个特定的环境中特定的背景下,福女的父母演绎了一场跨领域跨民族之恋。当时正大讲各民族大团结,福女的父母就成了民族大团结的典型和榜样,结婚那天,军区首长亲自主持婚礼,那段火红的历史镜头被当作榜样留在了新疆各个媒体的报纸上。后来,福女父母所在的部队转成农垦军团,福女的父母卸下武器扛起了锄头去和大沙漠作战,为沙漠变绿洲、塞北变江南的美好蓝图而奋斗。再后来,在一次大沙暴中为了抢救集体财产,福女的父亲走了,抛下了福女的母亲和三个孩子。

当三个孩子都亭亭玉立的时候,改革开放的春风吹遍了大江南北,人们这才发现真正的黄金福地在东南海岸，先是知青大返城，后是各种支边人员一江春水向东流。

福女的母亲把三个孩子叫到面前，说，妈妈老了就留在这儿陪伴你们的父亲吧，你们三个孩子谁有本事谁就飞吧。福女在家里是小三子，无牵无挂，就怀揣着户口本和介绍信一路青山绿水地幻想着来到东海边上的海城。这里是母亲的故乡，两个舅舅一个姨妈都还健在。

到了海城，福女才发现自己一路上种种美妙的设想原来都是大沙漠上的海市蜃楼——很美可都是空的。那时的海城规模还很小，城镇户口正吃香，落户口很难。没有户口就不能成为待业青年，成不了待业青年就没有机会分配到工作，没有工作就没有工资，没有工资就没饭吃没衣穿。开始一段日子，舅舅、姨妈看看福女想想姐姐倒也把福女当成了亲闺女，可舅舅脸好看舅母脸难瞧，姨妈饭好吃姨夫碗难端。福女着急上火。

当时，海城有规定，夫妻双方分居的，若一方在海城另一方就可以把户口迁到海城。福女并没有想结婚，福女想结婚只是把结婚当成了落户口找工作的条件。吐鲁番的葡萄哈密的瓜伊犁的姑娘赛朵花。福女的长相是朵花，可不是牡丹花也不是狗尾巴花，是那种越看越想看越看越有味的白玉兰花。福女为了户口和工作开始找对象。福女只是小家碧玉，有地位有身份的人家看不上她，没地位没身份的她看不上人家，高不成低不就于是就耽搁在那儿。她的母亲来信说，福女呀，如果在那边不好混就打张车票回来吧，亲姊热妹的也好有个照应。福女就回信说，妈呀，福女就是死也死在这里了，我决不回去喝那黄沙了。

公羊早就到了谈婚论嫁的年龄，虽说在劳动局工作，可条件并不优越。一张刀条脸，一副瘦身架，一看就知道是瓜菜代制造出来的典型产品。再说了公羊的职业性质是勤务员，不属于干部编制，对城市女青年缺乏足够的吸引力。城里漂亮的姑娘看不上他，农村漂亮的姑娘他看不上人家，他看上了他父母也不让：好不容易进了城，哪有道理再让孙子辈们去面朝黄土背朝天呢？每次回家，父母瞪大眼睛首先看的不是他而是他的身后，好像自己理想中的儿媳妇就躲在那后面，老两口也就没有认真想想，就凭公羊那芦柴棒似的身架，身后能藏得下一个花朵样的大姑娘吗？每到这时，邻家那调皮的小弟弟就拍着手绕着他兜圈子：小分头，油光光，家前家后找对象，找个秃子当灯亮，找个哑巴来垫床，找个瘸子当拐杖……闹腾得公羊住在单位不敢回家了。

说了你也许不相信，公羊和福女这两个普普通通的年轻人却演绎了一段绝不逊色于名人明星的充满传奇色彩的爱情故事。

那天晚上，公羊捏着一张电影票，福女也捏着一张电影票。千万别误会，公羊约会的那位不是福女，福女约会的那位也不是公羊。由于媒人太欠专业，只是把电影票交给了公羊却没告诉女方的座位号。公羊坐到位子上，左边是一位女青年，右边也是一位女青年，公羊犯难了，手中买的傻子瓜子不知道往哪边送。说巧也真巧，说了你也许不相信，福女约会的那位不知道是什么原因没来，公羊约会的那一位来了竟然也不知道座位号，由于初次约会的羞怯只好在那儿呆坐。公羊左看看右瞧瞧，眼神就定在了福女的脸上，越看越想看，越看越发呆，手中的傻子瓜子就递过去了。福女也是第一次约会，不知道对方是什么模样，又不好多问也就把公羊当成那一位了，就把瓜子接了过去。公羊的心里一下子就亮了。福女用眼角瞥了瞥公羊，心里有点儿蔫，有一种大年初一喝稀饭——凑合着过的感觉。当时放的电影是《甜蜜的事业》，福女边看电影边嗑瓜子边笑，公羊就在一旁边赔笑边有一句没一句地发表评论献殷勤：你说这唐二叔唐二婶怎么这么封建，生了五个女儿还要生，非要个男孩，女孩有什么不好，我就喜欢女孩……还是田大妈有见识，就这么一个儿子还舍得让他倒站门……你看这盼弟真调皮……唐二婶真可怜……招弟真漂亮！一听这话福女就狠狠地剜了他一眼，公羊就马上订正说，还是你漂亮，你比招弟漂亮多了。旁边的那一位一看人家俩人在那里有滋有味的，自己这边没滋没味的也就没滋没味地走了。当电影放到招弟在前面跑五宝在后面追的那一幕时，公羊一下子泡到柔情蜜意中去了，眼都看直了。当荧幕上打出“完”字时，不知怎么搞的，公羊正握着福女的手。福女一下子就红了脸，急忙抽了回去。两个人走出电影院，公羊恋恋不舍上了，两个人就像电影中的五宝和招弟那样拉呱，拉事业拉家常。不拉呱不知道，一拉呱吓一跳，拉着拉着才知道搞错了对象。福女臊红了脸转身就跑了，公羊就在后面追，一直追到福女住的姨妈家门前。

不要看公羊平时闷不吭声的，原来也是个情种，并且一动情就动真情。每到晚上他就站在福女姨妈家旁边的那棵老槐树下等福女。几次等下来福女的心就软了。公羊不管怎么说毕竟在劳动局工作，这跟自己的户口工作可有着大关系。我们没有必要一开始就美化福女，刚谈恋爱时的福女，爱情中多多少少掺杂着功利的成分。

两个人相处了一段日子，福女不咸不淡的，公羊就成了热锅上的蚂蚁，生怕福女飞了：好呀，你个福女，你丢把镰刀占块地呀，你吃着碗里瞅着锅里的。想着想着那心里就盘算起孬主意来了。

那天晚上，福女又来到了公羊的单身宿舍，两个人就有一搭没一搭地拉着闲话。你说也真是的，劳动局这条线路平时很少停电，那天晚上不知怎么搞的就停电了。这一停电公羊的孬心眼就在黑暗中发了芽。也不知道是哪里来的那股子黄继光堵机枪眼的勇气，公羊的嘴就撬到了福女的嘴上，福女想摆脱，可公羊的嘴上就像涂了万能胶怎么也摆脱不了，福女的身子也就面条一样软了。公羊那两只手就在福女的身上要起流氓来了，就像《地雷战》里日本鬼子的地雷探测器似的，公羊先探到的是福女那两只瓷实的奶子。隐秘的地方交了出去，福女心里那最后的一道防线也就几乎崩溃了，像个糯米团子似的就团到了公羊的怀里。公羊的手就鼓足勇气勇往直前，就探到了女人最隐秘的地方。有一次公羊回家，村里一位风骚女人在一个背静处跟公羊开玩笑：公羊呀看你兴得跟个猴子似的，到时候可别搞错了地方，要不要我先教教你呀。公羊一听这话，臊了个大红脸，可心里痒痒的，两腿间的那个硬得像条木棍，走路都碍事绊脚的。公羊对女人的构造真的一无所知，接触福女还是第一次。抱着福女，他的头脑中不知怎的就闪出了风骚女人那句话。在本能和激情的驱动下，公羊干脆来了个地毯式大轰炸，遍地大开花，就把那该做的事给做了。

这时就来电了。公羊是馋嘴的猫第一次沾到了鱼腥味，哪里肯罢手，硬拽着福女的手要再做一次。灯光让福女清醒了许多，福女拼命挣脱公羊，穿好衣服理了理头发,蒙着脸跑走了。

4

结婚以后,公羊主动要求到化肥厂工作,福女的户口转到海城,也被安排在化肥厂工作,做了会计。

小两口甜甜蜜蜜过日子,一心扑在工作上。

问题出现了。

一年过去了,福女没怀上孩子;两年过去了,福女还没怀上孩子。公羊的父母特别是他的母亲就警告公羊,你是我们家独子,公羊家可不能绝后,福女到底能不能生,不能生,咱公羊家可得有说法。

公羊急了,福女更急。

公羊就想抱养一个。公羊妈就说,驴子骡子不行,必须是咱公羊家的种,纯种!

公羊和福女就吃药,就找偏方,两个人喝药喝得脸都绿了,还是没用,福女的肚子跟遇到饥荒似的,怎么也鼓不起来。

公羊妈就说,再生不出来,你回家种地,让你妹妹顶班,俺跟你妹妹商量好了,找个闺女婿倒站门。

公羊急红了脸,说,妈,你以为劳动局是你家开的,想谁顶班就谁顶班呀?

公羊妈冷着脸说,反正公羊家不能绝后。

公羊就问,妈,你有什么好办法?

公羊妈瞅瞅公羊身后一声不吭的福女,犹豫一下,为了公羊家后继有人,还是直说了,尹琳你知道吧?

公羊说,当然知道,初中同学。

公羊妈说,当初人家追你,你嫌人家农村户口,不同意,害得人家到现在还没找对象。

公羊马上反驳,说,妈,那可是你不同意的,你说现在城市户口那么值钱,无论如何不能让孙子再落农村去,你死活不同意的。

福女听到这话,眼里汪着泪,转身走了。

回到家,福女对公羊说,咱们离了吧。

公羊说,那怎么行,我不能对不起你。

福女说,我也想开了,原来来到海城,就是想转户口,找工作,现在这些都有了。说真的,我和你谈对象,还是有私心的。现在老天爷惩罚我了,它不让我样样占全了。我认命,咱们还是离了吧。

公羊开始死活不肯。但福女精神负担过重,整天郁郁不乐。既然所有的话都说开了,所有的目的都明摆在那里,两个人说话做事总觉得中间隔了点什么,总觉得有点假假的,在一起再也没有了以前的感觉,再也没有了以前的亲密与快意。这种别别扭扭严重影响到他们的生活质量,他们对性生活都没有了兴趣。每次都是兴致勃勃地开始,做到一半顿觉兴味索然,特别是公羊,总是莫名其妙地淌汗、疲软,两个人只好尴尬地草草收场,爬起来看电视。

公羊和福女离婚了。

一年后,公羊和尹琳结婚,第二年就生了个大胖小子。整个化肥厂都知道,福女没用。福女没办法,又找了一个,二婚,肉食品公司站柜台卖肉的,叫阎麻三。阎麻三小时候得过天花,满脸麻子,原来叫阎三,别人喊他时给加上个"麻"字,平时喊他,为了方便,省去他的姓,直呼"麻三"。

公羊和尹琳结婚后,没住在一起,尹琳户口没法解决(当时农村户口想转成城镇户口比登天还难),在城里无法立足,再说孩子还小,需要爷爷奶奶帮着照顾,就住在公羊老家。公羊一个星期回家一次,单位忙了就两个星期或一个月回家一次。也许是小别胜新婚,也许是尹琳那块地太肥沃,反正不知怎的,戴了节育环的尹琳又怀上了。公羊妈就想,怀就怀上了,反正在农村,生下来藏着养,长大再说。

尹琳生了,是个女孩。当时化肥厂吃香喝辣的,买化肥要批条,要走后门,公羊正要被提拔为副厂长,眼红他的人太多了。那时计划生育抓得死紧,违反政策,轻则开除党籍,重则开除公职。有人把公羊生二胎的事报告给厂里,厂长护着公羊,暗示公羊赶快处理这件事,不要影响了组织考察。公羊一家这才意识到问题的严重性。公羊妈就说,看你个尹琳,生一个就罢了,还生上瘾了,就不能替公羊想想,这下好了,公羊被开除了,你们可以对上眼了,以后盖个猪圈,天天生,一窝一窝地生。这话说的,尹琳气得只有背地抹眼泪的份。

福女来了。她说,孩子给我,我就说我路上捡的,反正我也没有孩子,他们不会为难我。

尹琳一听,遇到个大救星似的,抱着福女就哭,全然没有了顾忌。

公羊妈一听,撇撇嘴,没说话。公羊觉得这是最好的处理办法了,对福女充满感激。

5

阎麻三好赌成性,他跟第一个女人离婚就是因为他的赌。第一个女人生了个男孩,女人坐月子,阎麻三还是滥赌。那男孩闹得狠。女人被折腾得实在累极了,就要求阎麻三夜里带带孩子,让她眯会儿眼。阎麻三答应了,可阎麻三被赌耗尽了精力,也疲惫得很,夜里睡得跟死猪似的,一觉醒来,那孩子竟然被活活闷死了。

阎麻三和福女结婚,主要目的是为了发泄身体内过量堆积的荷尔蒙。当时社会环境严肃,对男女之间蝇营狗苟之事处罚严重,连建国功臣的子孙都因为这些事被判刑甚至被枪决。做那种事,合理合法的只有夫妻。

当生猪市场放开后,全国各地肉食品公司几乎一夜之间萧条下去。麻三下岗,自己到自由市场摆肉摊。原先的肉食品公司何等风光,买肉凭肉票还要排长队等待,想买点好肉都得走后门。麻三胆大,找他走后门的人很多,白拿的烟白喝的酒没少过。自己摆肉摊,要笑脸迎接顾客,他哪能放下那架子?再加上他那一脸麻子和一身横肉,谁还敢往他摊子前走?他的生意很冷清,脾气越来越大、越来越坏。

当时,老百姓开始认可日本尿素,国家大量进口日本尿素,中国的化肥企业受到巨大打击,福女的化肥厂效益开始滑坡。

福女和麻三本来就缺乏感情基础,现在又缺乏经济基础,说是夫妻,实际上是两个人不咸不淡地在一起搭伙过日子。

两年前,福女被单位处理,病退回家。麻三一看自己一个人要填饱两张嘴,特别是阎小芬,跟他关系不大,他觉得很不划算,提出离婚。福女同意了。

福女是因为阎小芬上学的事被厂里处理的。阎小芬考高中,分数达到海城一中的择校生分数线,要交五万多块钱的赞助费。福女手头没有钱,麻三挣的那点钱,不够他吃喝嫖赌的,自己那点工资既要维持家用,还要供小芬上学,还要补贴远在边疆的姊妹,本来就紧巴巴的,哪还有剩余?福女一门心思想让阎小芬上一所好学校,手头又拿不出那么多钱,一时糊涂,就挪用了公款。福女想等缓过手来就马上还上,谁知那一年年底全市财务大检查,露馅了。

厂里效益一直低迷,本来就人浮于事。厂务会研究,打算开除了事。公羊把福女的情况如实给各位委员说了,说福女愿意退回挪用的公款。最后厂里决定让福女病退,先拿一半退休工资,待真正退休后再拿全退工资。公羊认为也只能这样了。厂里做决定时个个咬牙切齿,一旦需要落实个个往后缩,都不愿意得罪人。厂长就说,公羊,你和福女最熟悉,再说又是你分管的那一块,你去说。

公羊没在单位说,晚上去了福女家。当公羊说出厂里的决定时,福女哭了,哭得很伤心。当时,麻三在场,阎小芬在里屋做作业。

没过多久,麻三和福女离婚了。

福女病了,病得很重。现在的医疗费太高了,福女一直拖着不愿意去医院。实在坚持不住了,阎小芬硬拉着她去了医院。检查结果出来:慢性肾功能衰竭晚期。拿到诊断通知书,医生嘱咐阎小芬要马上治疗,不然会危及生命。几个星期治疗下来，福女手中的积蓄就花得差不多了。福女就央求医生回家治疗。医生告诉福女，回家治疗如果不及时，随时有生命危险。福女把家里情况如实跟医生说了，医生很感慨也很无奈，给她开些药，让她回家了。

福女出院时，医生把阎小芬拉到一边说，你妈妈的病一定要按时治疗，千万不能中断了，弄不好的话需要换肾。

一听说换肾，阎小芬马上意识到福女病情的严重程度。电影电视里换肾的镜头和报道太多了，阎小芬觉得一座山一下子就压到了自己的肩头上，连走路都摇摇晃晃的。福女见小芬神色不对，问小芬原因。阎小芬冲妈妈笑一个，扶着福女回家。苦难是成熟的催化剂，就在那一刻，阎小芬觉得自己一下子长大了。

为了挽救福女的生命，阎小芬决定退学。

阎小芬退学，福女肯定不同意。阎小芬很悲壮地做出决定，等生米做成熟饭再跟妈妈说。阎小芬如果只是收拾收拾书包拍拍屁股走人，那倒不会费太大周折。阎小芬要拿着那五万多块钱赞助费走人，那困难太大了，在海城一中，还没有这样的先例。

阎小芬决定借助他的班主任林光明完成这个任务。林光明虽然只是个班主任，但他爱人是海城市市委办主任。生活在底层的孩子，对人情世故看得通透，这到底是教育的悲哀还是社会的悲哀？

阎小芬开始迟到。在海城一中，对班主任考评采用层级制，一个月考评一次，分为A、B、C、D四级，A级最高，D级最低。A级班级，班主任可以拿到班主任费两千元，D级只拿五百元。班级学生迟到一次，扣班级总分五分，如果一个月中，一个班级迟到五人次，这个班级月考评自动为C级。阎小芬第一次迟到，林光明没放在心上，因为在他心目中，阎小芬是个好学生，偶然迟到肯定出于某种特殊原因。阎小芬迟到第二次，林光明提醒她要注意学校纪律。阎小芬第三次迟到，林光明觉得阎小芬有问题，找她谈话。阎小芬说，我不想读书了。林光明摸摸阎小芬的脑门，说，你这个丫头没发烧吧，说什么胡话呢？阎小芬很认真地说，我真的不想读书了。林光明再问什么，阎小芬一言不发。阎小芬第四次迟到,林光明开始着急上火。林光明的班级是学校标兵班级,标兵班级如果得个C级,那可是管理事故了。从那以后,林光明每天早晨站在教室门口等,等谁呀?等阎小芬。阎小芬来了,林光明满脸阳光;教室里不见阎小芬,林光明就站在楼梯口张望;眼见上课时间到了,林光明就走下楼梯,往校门口去接。一个优秀班主任让学生折腾得神经兮兮的。

阎小芬还是迟到了。看着姗姗来迟的阎小芬,看着值周人员在记录本上做记录,那一笔一画像刀似的刻在林光明的心上。

林光明很严肃地跟阎小芬谈话。阎小芬就一句话,我不想念书了。林光明再问其他的,阎小芬笑眯眯的,一言不发。林光明来火了,说,你真不想念了,就回家吧。阎小芬说,可以,不过得把那五万多块钱退给我。林光明说,不可能。阎小芬一甩头,走了。

第二个月开始,阎小芬计划好了,隔三岔五迟到一次,搞得林光明整天紧张兮兮的。林光明没有办法,把阎小芬的要求跟学校说了。学校领导说,你让阎小芬到我办公室来。阎小芬去了。校领导说,阎小芬,学校不是你家,更不是旅馆,你想来就来想走就走,家有家规校有校法。阎小芬把头一扬,说,领导你想怎么着?校领导说,再这样,我开除你。阎小芬说,你凭什么?就凭迟到?我没偷没抢没早恋,凭迟到开除我,你把这句话写给我,我立马回家。校领导一听,顿时无语,他怎么也没想到女生也敢这么刺头,摆摆手让她回去上课。

又到月底,阎小芬准时迟到第五次。林光明被折腾得人瘦了一圈。林光明又去找校领导,校领导说,一个女孩子这样折腾,肯定有不得已的特殊情况。现在是网络时代,不要因为一个学生影响了学校形象。算了,就按她的要求去做吧。

阎小芬要回了她的钱。

星期六晚上,阎小芬敲开了林光明的家门,她没进门,用信封包了三千块钱递给林光明,说,林老师,对不住了,这三千块钱是你两个月的补偿。说罢给林光明深深鞠上一躬,含着眼泪跑开了。

6

阎小芬把自己辍学的事跟福女说了。福女叹口气,说,我是为你上学下的岗得的病,你是为了我治病退的学,这算什么事呀?折腾来折腾去越折腾越走下坡路,真是报应啊。说罢,垂下头抹眼泪。阎小芬安慰福女,说,妈,我还年轻,读书以后还有机会,你治病得抓紧,我可只有你这个妈了。说着,那眼泪不由自主滚了下来。福女拦住阎小芬,阎小芬抱着福女,母女俩哭得伤心透顶。

哭完以后,母女俩心里倒平静了许多。福女问阎小芬,你退学了,能做什么呀?阎小芬说,妈,你只管治病,长那么大了,我的聪明你还不知道?我有办法。福女听了这话,点点头,知女莫若母,阎小芬聪明,福女当然知道,上小学时,别的男孩子抓耳挠腮不会做的数学题,阎小芬看看就会了。福女又摇摇头,心里想可惜这孩子了。

阎小芬决定先向公羊讨还血债。阎小芬认为,福女落到今天的地步都是因为公羊,先是抛弃福女,后是开除福女,福女的一辈子就毁在公羊手里。

也许是天生的缘分,小时候的阎小芬跟公羊特别亲近。由于家里没有老人帮着照顾孩子,福女经常把阎小芬带到厂里。公羊见阎小芬来了,即使再忙也会抽点时间跑过来耍一阵子,口袋里总是装着糖块或小玩具。

阎小芬一天天长大,厂里好事的女人就拐弯抹角地把公羊与福女的关系透露给她。阎小芬开始疏远公羊。当公羊代表厂里处理福女时,在阎小芬的眼里,公羊以前所有的好顷刻间变成虚情假意,各种流言蜚语孕育出来的仇恨的种子在阎小芬的心里迅速生根发芽,茁壮成长。

阎小芬现在最需要钱,她打算先让公羊放血,其他的等他放干净血再说。怎么让公羊放血?绑架勒索,阎小芬做不到,她认为最直接的办法是偷。她经过侦察,决定先偷公羊的车。如果有可能,再偷公羊的家。女人要么不想报复,一旦报复就会不顾任何后果,并且一意孤行。

阎小芬第一次偷车，竟然很顺利，这大大增加了她的信心和胆量。

从看到福女那一刻起，公羊的心头仿佛拴上一个铁秤砣，坠得他走路都得弯着腰，喘气都憋闷得慌。公羊就想，福女原来是有房子住的，现在怎么连住的地方都没有了？福女的房子肯定让麻三那狗东西给赖去了。麻三是什么东西，是地痞流氓，当初福女要嫁给他，自己就觉得不妥，福女怎么就让狗屎给迷住眼了，就嫁给他了呢？明知是火坑还往里跳，福女你是在气我公羊吗？气我毁了你呀！

海城春天的夜晚温润宜人。在平时，公羊会一路走一路哼，旁若无人，自得其乐。可今天，公羊没有这份心情，他沿着人行道慢慢往家走，边走边总结自己和福女的对与错。他就想，假如当初自己不娶福女，或娶了福女后没有离婚，福女绝对不会落到今天这步田地。他欠福女的太多。公羊越想心里越难受，越难受越自责，越自责陷得越深，最后满脑子都是悔恨。在悔恨的指引下，公羊只有一种想法，那就是一定要帮福女，一定要尽全力帮福女。可自己该怎么帮福女呢？

到家门口的时候，公羊觉得自己的脑袋跟铁疙瘩似的，麻木了。进门后，他没洗没涮，一头栽到床上，昏昏睡去。模模糊糊中，他对自己说，明天，太阳一出来，什么办法都有了。

公羊本来是个豁达之人，他第一次为钱发愁。公羊想办法挣钱，而且愿望极其强烈。公羊在企业待了一辈子，做了半辈子小干部，挣钱的技巧还真没有多少。公羊左想想右想想，决定利用自己的特长去挣钱。

公羊去找那位宝马车主。宝马车主一看到公羊，见了救星似的叫苦不迭，他说，你看你看，我的车子修补了一道又被人划出一道，一次几千块，这样下去还得了吗？他妈的这贼跟我较上劲了，我装警报器没有用，把车开到小区探头底下还没有用，真没辙了。你要是能帮我抓到那个划车贼，我价钱翻一番，给你两万。公羊很爽快地说，成交。公羊要求宝马车主把车钥匙给他，宝马车主答应了。

公羊开始抓划车贼。公羊认为抓这种狡猾的贼，最笨的办法就是最有效的办法,他决定守车待贼。他买了一包吃的喝的,躲在车里,饿了吃点,渴了喝点,和划车贼比耐心。

第一天没有动静,第二天没有动静,公羊不着急。公羊思前想后,认为自己的做法没有漏洞,他满怀信心地等待下去。第三天晚上,八点钟左右,正是人们吃过晚饭外出散步消食的时间,路上的行人不多也不少。公羊突然听到宝马后车盖哧的一声闷响。他赶紧悄悄下车。一个人若无其事地在他前面晃悠。公羊四顾,再无其他人。他盯了上去。前面那个人穿长袖褂子,公羊认定就是他。公羊紧赶几步到了那人面前,一把拽住那人低垂的那只手,手里果然握有东西。两个人顿成仇敌,动作都用上了劲。眼光对视的一刹那,仇恨化为惊讶。他们竟然是熟人。

到了背静处,公羊说,梁天你怎么能做这种事呢?这是犯法的。

梁天原来是化肥厂的技术员,很能干的一个年轻人,跟公羊还沾着点师徒关系。

梁天满眼嘲讽地说,公羊厂长,什么时候混上董事长的保镖了?

公羊糊涂了,问,什么董事长,什么保镖,我是被他临时雇来抓划车——人的。他是董事长,你什么意思?

梁天借着路灯光,看了看公羊疑惑的表情,断定公羊确实不知道厂里一年来发生的变化,就说,我们化肥厂早已不存在了,现在改名为“海城肥料业有限公司”,董事长就是那位宝马车主,他叫董自强。

公羊说,改了好啊,与时俱进才有出路。

梁天不满地喊了一声,说,老厂长,你现在从保险公司领退休金,旱涝保收,可我们都半年没发工资了。

公羊惊讶地说,有那么严重吗?化肥厂效益一直不景气,倒是真的,但工资还是勉强可以维持的。

梁天气愤地说,自从改制后,旧设备都被这位董事长处理了,买新设备又没有钱,耗在那儿了。

公羊带着疑虑说,怎么能这样做呢?董事长看上去很年轻,还真应了那句老话:嘴上没毛,做事不牢。

梁天带着调侃的语气说,人家有后台,除了董事长,还兼着海城经委副主任呢!

公羊很生气,说,厂里效益不好,他还是国家干部,凭什么坐宝马?

梁天语气激愤,说,你知道他干了什么事吗?他把厂里的设备转个弯处理给自己了,他在乡下又办了个化肥厂,厂长是他小舅子。

公羊什么都明白了,说,梁天啊,董自强假公济私,有国法管他。你这样做不对,万一被逮住了,要判刑的,别拿自己的前途干傻事。

梁天无奈地说,我还有其他办法吗?

公羊耐心劝导,说,那也不能走极端。现代社会,天塌了大家一起撑住才行,个人英雄主义行不通了。记住了,留得青山在,不怕没柴烧,别再犯傻了。

梁天无语。

公羊伸出手,从梁天手里拿过划车工具,那是一个钻头。公羊笑了,说,原来是这样啊,你小子真够聪明的。

公羊望望天空,又起雾了,就说,梁天啊,你年轻,年轻是人生最好的资本。千万不要因为一时的鲁莽把以后的资本给毁了。

梁天点点头。

第二天一大早,公羊把车钥匙交给宝马车主,说,董、董事长,你的划车人我没法找,我怀疑他们不是一个人,他们是一群人,众怒难犯哪。

宝马车主是聪明人,一听公羊喊自己名字,又听了他的一番话,马上明白了弦外之音。他要掏钱给公羊,公羊没要,转身走了。

7

化肥厂已经半年没发工资了,也就是说福女已经半年没拿到工资了。公羊心里越发着急上火。

公羊满街转，寻找赚钱的办法，每看到一种职业，他都想自己能不能做。看到送纯净水的，他认为能赚钱，但自己做不了，几十斤一桶水，年轻人一次拎着两桶能跑，他拎一桶恐怕就累折腰了。看到捡破烂的，他做不来，毕竟放不下那张脸。转到一家买血的地下诊所，他要卖血，没想到人家嫌他老，怕他的血没有活力。公羊感叹，整个海城，九流百业，样样赚钱，怎么就跟他无缘呢？就在他感慨不已的时候，他眼睛一亮，他看到一家快递公司，他决定送快递。

公羊拿出手头所有的积蓄，买来一辆电动三轮车，开始送快递。送快递是按件付钱，多送多得，公羊就想跑快点，多送几件。一天忙下来，公羊腰酸背痛，特别是心脏，动不动就扑扑狂跳，跳得人气短，连爬楼梯都腿软。公羊就想，自己的身体可能要出状况，得去买份保险。

六月天的海城，早晨到处一片生机蓬勃。路边的树木花草笼罩在薄雾里，朦胧而可爱，似乎有股巨大的生命力在背后涌动。公羊骑着电动车送快递，心情舒畅，不由得放慢了车速，欣赏欣赏沿路的风景，呼吸呼吸那润湿的满含花草芬芳的新鲜空气。

这次公羊车上拉的都是海城一中的快件。到海城一中门口，他停下车，拎着两个大蛇皮口袋进了校园。

等公羊送完快递出来时，他的电动三轮车不见了。

公羊拎着两个空口袋站在放车的地方愣怔了大半天，然后摇了摇头，叹口气，自己怎么能用电动三轮车送货呢？又被她想去了。公羊苦笑一声，赶紧去找郝运动，怕去晚了，那车被贱卖了。

公羊无奈，借了郝运动一辆破三轮车送货。

用三轮车送货，费力不用说，关键是耗时间，一天下来，送不了几件。公羊不得不边送快递边想其他办法。

公羊又面临一个难题，自己必须挣钱，还不能挣跟车子有关的钱。

公羊送快递路过农贸市场，他看到一帮小贩子正在一辆大卡车前卸西瓜。公羊眼睛又亮了。现在是六月上旬，正是西瓜开始上市的时候，公羊老家在农村,那里是半干旱的沙土地,种西瓜是老传统,生产的西瓜甜度高、水分大,远近闻名。公羊决定卖西瓜。

公羊处理完手里的快递,直接去了汽车站,下午就赶到了老家。

在公羊老家,公羊毕竟干过副厂长,算是混出人样的人。再说了,公羊在干化肥厂车间主任、副厂长期间,有很长一段时间化肥产业吃香的喝辣的,属于旭日产业,公羊没少给村里人帮过忙谋过利,弄张条子买点紧俏的化肥是常有的事。

农村人很朴实,有恩必报。一听说公羊要卖西瓜,村里几个种瓜大户就说他们全包了,公羊厂长你说个地点,要多少,我们每天准时给你送过去,你只管卖就行了。

公羊开始卖西瓜。

公羊的西瓜直接来自原产地,新鲜、绿色,深受欢迎,吃过的都说好,再加上公羊不计较斤两,回头客几乎百分之百。

公羊每天回家盘点一次,除去本钱,一星期就有几千块钱的进项。

一天晚上,公羊盘点完账目,竟然有近万元的收入。怎么把钱送给福女呢?公羊犯了难。他了解福女的脾气,直接给她钱,她肯定不要。把钱给阎小芬?不行,阎小芬肯定要给福女讲。把钱丢在路上,让阎小芬去检?也不行,阎小芬肯定给福女讲。再买车给阎小芬偷?不划算,老舍钱。

公羊就看电视。看着看着,陡然有了办法。他决定,先把钱攒起来,等福女住院了,他就偷偷地把住院费用给交了或把账给结了。公羊认为这招好,即使福女知道了,她也得等有了钱再还他。

公羊高兴起来,关掉电视,决定去看看福女。他溜达溜达到了福女的屋子后面,透过窗帘往里望,阎小芬不在家,福女一个人坐在凳子上在看电视。福女的脸还是那个样子,不过脸上有了笑意。她一边择菜一边看电视,看到高兴处会一个人捂着嘴乐。这个动作公羊太熟悉了。福女很少大笑,实在忍不住想笑了,也会捂着嘴笑。多少年了,这个习惯还没改变。公羊眼角湿润了,他想到年轻时的自己年轻时的福女，一股巨大的温情弥漫了他的全身。他想进屋去和福女说几句话，走到门前又忍住了。他听到远处有脚步声，可能是阎小芬回来了，他赶紧离开。

公羊一路走一路落泪，好在那天晚上起了大雾，遮住了周围行人的视线。

转眼间立秋了，老家的西瓜快要拔秧了，买西瓜的人也渐渐稀少。

公羊没有原来那么忙碌，白天卖西瓜，晚上出去转悠。一旦西瓜罢市，他就没有挣钱门路了，他得寻找其他办法赚钱。

一天晚上，公羊转到一家娱乐会馆门前，会馆门口奇特的灯饰吸引了他，他停下来多看几眼。他看到了阎小芬。阎小芬背对着他，站在门口接送客人。她穿着会馆统一服装：蓝色短褂，黑色超短裙，白色袜子黑皮鞋。那会馆进进出出的多是成双成对的男女，娇声嗲气，亲亲密密。公羊心头发紧，阎小芬怎么能到这里找事做，这可不是她这种女孩该待的地方。对于阎小芬辍学，他心里就一百个不愿意，现在竟然到这样的地方来混生活，真是人穷志短了。阎小芬长得很像她的生母尹琳。在公羊眼里，尹琳最起码应该是“村花”。我们想想也是，在那时，一个城镇户口的年轻干部要想在农村找媳妇，真是朵朵鲜花任你摘。

公羊没有心情再转悠下去，转身离开了。

公羊直接去了福女的住处。到了福女门前，公羊迟疑了，他觉得自己的双脚有千斤重，怎么也无法跨进那低矮的门槛。他犹豫了半天，转身离去。他匆匆忙忙赶回家，给福女写一封信，用信封封好，又匆匆忙忙赶回去。这次他不再犯难，他把信丢在门里，大声咳嗽几声，然后离开。他相信福女看到他的信会处理好阎小芬的事情。

公羊不放心。第二天晚上，他悄悄来到那家会馆前，门口没有阎小芬，他松口气。转身想离开，还是不放心。他决定进会馆看看。一踏进会馆的大门，他就看到了阎小芬。公羊的心头一下子紧起来，觉得气不够喘似的。这次阎小芬穿的是正装，站在柜台里面，负责调酒和开票。

公羊一路走一路想，阎小芬之所以这样做，肯定是让钱给逼的。这孩子也够辛苦的，既要照看母亲，还要到酒店打工，真的不容易。别的孩子在她这个年龄，父母娇着疼着，衣来伸手饭来张口，正在校园里享受阳光，快乐读书呢。

公羊越想越难过，胸口紧紧的闷闷的，每吸一口气似乎都夹杂着腥臭味。公羊就想，明明就立秋了，这天空中飘荡的到底是雾还是霾，海城的空气质量怎么这么糟糕呢？

8

公羊找到了冬天赚钱的路子。

海城北面的山里生长着一种野山梨，形状像鸭子的嘴，所以大家叫它鸭梨。这种鸭梨皮厚肉粗，吃起来像嚼锯末，没几个人爱吃。山里人见挂得满树都是，没事时候就摘上一篮一筐的往墙角一放，不坏不烂的，等到冬天里闲下来的时候再拿出来磨牙劲。公羊牙口好，就从老家带回一篮子，每天揣上一两个，没事时就在那里啃鸡爪子似的慢慢啃慢慢品味。当天寒地冻哈气成冰的时候，那鸭梨冷得扎牙，硬得像冰块。有一次，公羊就把鸭梨放到炉子里去烤。这一烤就烤出美味。烤熟了的鸭梨，皮色金黄且脆，梨肉洁白细腻，味道酸甜可口。公羊边吃边称奇。公羊把那烤鸭梨递给尹琳吃，尹琳吃了就模仿电视广告连声说“味道好极了”“味道真的好极了”。尹琳拿着烤鸭梨，满脸认真地说，公羊呀这味道真的不错呀！你说这东西一进炉子咋就不一样了呢？公羊就说，你不是说废话吗？这火就是为了改变世界才发明的，这东西遇见火还能一样吗！公羊做个试验，先烤一个鸭梨，趁热涂上糖稀。冷后一看，皮色焦黄透明，咬一口，皮脆肉嫩，味道酸中有些甜，甜中带些酸，很独特。公羊决定今天冬天就做烤鸭梨，像北京糖葫芦一样打造烤鸭梨，他连广告都想好了：公羊糖鸭梨，千万别着迷，舌头吞下去，疑是鸭梨皮。

不过，卖烤鸭梨须等到下霜以后，经过霜打的鸭梨才会真的甜。

就在公羊对冬天烤鸭梨满怀憧憬的时候,一个坏消息传到他耳朵里,福女又住院了。

公羊按照预先计划,偷偷去医院把福女的费用给交了。

等到他高高兴兴回到自己的西瓜摊子时,老家送西瓜的司机正在那里等他。司机告诉公羊,这是今年的最后一车瓜,拉秧瓜,想卖西瓜,明年再联系吧。

公羊陡然觉得太阳虽然朗照,但那风吹到脸上已是秋意浓浓,路边的花儿草儿不再艳绿得逼你的眼,微微有些发蔫,特别是那树上的鸣蝉,竟然懒惰得不愿鸣唱,似乎伸出手去就能抓到它们。

公羊就想,福女现在最需要钱,可恰恰赶上他生意青黄不接的时候。公羊着急上火,两眼陡然之间布满血丝。

公羊的目光又盯上对面的网吧。公羊知道,对面的网吧,实际上也在经营黑车生意。这一点公羊早就看出来了。公羊卖西瓜闲下来时,喜欢观察周围环境,对面的网吧基本上是骑车来的和骑车走的不是同一个人。现在,网吧的屋檐下就放了一辆新车,那是一辆进口电动车,车子上的蓝漆烤得漂亮,温滑映人,公羊知道,那是航天漆烤法,一般厂家做不到。那辆车停在那里几天了,晚上店主推进去,早上推出来,可能是价钱太贵,还没有买主。

公羊爱上了那辆电动车。

那天下午,太阳偏西的时候,公羊手头的西瓜处理得差不多了。他想回家休息一下,然后上街转转,找找临时赚钱的路子,实在没辙,就去找郝运动先借点,冬天再还。可鬼使神差似的,公羊的脚步似乎被某根无形的绳子牵着,一步一步迈向那辆电动车。也许是店主过于霸道,也许是那天太忙,也许是店主本来就是个贼,放车在那里钓鱼,反正那辆车没上锁,连车钥匙都没拔下来。公羊骑上车就走。

公羊太顺手了,既紧张又兴奋,心都要跳到衣服外面了。公羊想下车,下车后最多向车主赔不是,说自己图新鲜,想试试洋玩意。可公羊的手似乎不是自己的,根本就不听使唤,那电门一下子就按到了底。到底是进口车,动力大、速度猛,一下子就冲出去老远,那车速比摩托车还快。

公羊刚把车子骑出有三四百米,就听到后面有喊声。公羊急了,把油门加到最大。骑在车上的公羊只有一个想法,现在说什么都没有用了,自己已经是个贼了,千万不能被抓住,抓住了,自己一世的清名全完了,以后再也无法做人了。什么叫鬼迷心窍?公羊当时就被鬼迷了心窍。

事情往往就那么凑巧,一辆巡逻的警车正好路过那里,店主报了警,警车追上来了。那警车的哇哇声,催得公羊头脑一片空白。公羊悔呀,可警察都掺和进来了,想回头已经不可能了。公羊就抄小路跑。果然有效,那警笛声似乎远了许多。公羊的电动车冲上了一座桥。那座桥是步行桥或者说是辅桥,因为在它的不远处就有一座大桥,专供机动车通行。那座桥很窄,桥边的围栏是木头做的,很低,但桥面距离河面很高,有六七米。公羊想,过了这座桥,应该就没问题了。

就在公羊松口气的时候,两个滑旱冰的小男孩突然迎面冲来。公羊急转车轮头躲避。那车冲过围栏,一头栽进河里。

两个滑旱冰的男孩只有六七岁,吓傻了,呆在那里不知如何是好。

警车追上来,根本上不了桥,只能远远停下。三名警察发现车子落水,赶紧下水救人。

公羊本来就是个旱鸭子,也许是河水太深,也许是车子压在了公羊身上,反正三名警察找了半天也没找到公羊。三名警察赶紧求救,等到几名水警赶到,下水捞出公羊时,公羊早已弃尘世仙去。

9

尹琳带着儿子一家从省城赶回来了。尹琳把公羊的噩耗告诉了福女。福女拔掉手臂上的针头,拉起阎小芬就走。医生护士劝阻,福女竟像疯子一样冲了出来。

由于公羊的死因牵扯到诸多问题,他的尸体被暂时冷冻存放在殡仪馆里。

福女、阎小芬、郝运动、梁天来向他告别。

福女拉过阎小芬,让阎小芬跪下。

阎小芬撇撇嘴,不跪。

福女流泪说,小芬,在医院,你给我讲你偷车的事,你认为你很成功,很自豪,为妈妈报了仇。你不觉得你的车子偷得太顺利了吗?

福女指了指郝运动说,你郝叔叔当年可以说是神偷,可他都没有逃过公羊的眼睛,你那点小伎俩,能瞒得过他?

郝运动点点头,说,你妈说得对,我佩服公羊才洗手不干的。没有公羊就没有我郝运动的今天。

梁天也把自己的经历给阎小芬说了。

福女擦把眼泪,继续说,我的住院费被别人给交了,你很纳闷,我告诉你,那肯定是你公羊伯伯交的!

阎小芬一头雾水,问,妈妈,为什么?

福女顿了顿说,在医院,我想告诉你真相,怕你接受不了,就想等到出院了再告诉你,可没想到一切都晚了。

阎小芬瞪大眼睛问福女还有什么真相。

福女叹口气,指了指公羊说,他是你亲爸;然后指了指尹琳说,她是你亲妈。

阎小芬糊涂了,满脸惊讶。

福女拉过阎小芬,搂在怀里,把过去的事情说了。

阎小芬死活不相信这是真的。

尹琳流着泪说,孩子,公羊已经死了,我们骗你干什么?

郝运动说,是啊,你的事公羊跟我都说了,买你车的是我的徒弟,公羊尽全力在帮你和你妈呀。

阎小芬怎么也没想到自己费尽心思的战斗竟然是这样一种结果。她一时无法接受,浑身颤抖,脸色苍白,神经质地自言自语絮絮叨叨。她显然受到严重刺激。梁天走上前去,扶着阎小芬去休息,让她冷静冷静。

福女对尹琳说,我身体太差,连累了孩子。尹琳,你把孩子认回去,我死也瞑目了。

尹琳叹口气，说，福女呀，小芬没满月你就抱走了，养育之恩大于天，我可以认她，不过她永远是你的孩子，永远陪伴在你身边。你不要多想了。

福女流泪，说，尹琳呀，小芬和我在一起，只有受苦的份，可惜了这孩子。

尹琳眼圈湿润，说，福女，公羊早就预料到有这一天，他买了人生意外伤亡保险。这笔钱我想过了，给你治病用。我想，这也是公羊的意思。

福女抽咽，说，尹琳，那可不成，公羊用命换来的钱，我不能用。

尹琳拍了拍福女的肩膀，说，好姐妹，咱们两家，还能分得清谁跟谁吗？公羊不在了，咱们也都这把年纪了，别再伤他的心了，别再伤孩子的心了，一起好好活，往前奔吧！

福女想想也是，几十年走过来了，两家人我中有你，你中有我，真的已经没法分清彼此了，就很认真很严肃地点点头。

网吧主人没想到会闹出人命，主动承认那辆电动车是别人偷来要求转卖的，至于公羊为什么把那辆车骑走了，他也说不清楚。公安局机关调查公羊情况，没想到公羊还是个技艺高超的业余警探，并且向来品质端正，对公羊的做法就不再深究。公安机关查处了那家网吧。为一辆电动车闹出了人命，说出去不好听，为了防止尹琳她们纠缠公务伤人，公安机关责成网吧主人给予尹琳部分经济赔偿。

（发表于《时代文学》2015 年第 12 期上）

绝 杀

1

苏鲁两省交界处矗立着一座羽山。

羽山的南山脚下掩藏着一座小山村，百十来户人家，叫禹王村。村西是一条宽阔的沙砾路，路两旁一棵棵历尽沧桑的老槐树浓荫蔽日。每年初秋，一路槐花盛开，一路清香弥漫。顺着沙砾路，往南走大约十里，是同安镇，陇海铁路穿镇而过，日本鬼子苏北"清剿"总部设立于此；往北走四十里，就是罗荣桓麾下八路军山东纵队所辖的沂蒙山解放区；往东走五十余里，越过芦苇丛生的大片滩涂，就到了辽阔无边的黄海岸边。

一九四三年初夏的一个傍晚。

暮色如厚厚的水雾从羽山顶上漫延下来，不一会儿，整个禹王村似乎都被淹没了，陷入一片死寂。远处，羽山谷里的风吹松涛声隐约可闻，村子里偶尔传来一两声狗叫声。

村子的南端有三间石基土墙的茅草屋，屋顶凹凸不平，屋顶的红茅草已经褪尽本色，露出不堪一击的腐朽白色，即便是夜色也掩盖不住它的苍老。天已经黑尽，但是屋里没有点灯，光线很暗。靠西墙壁砌着锅灶。灶膛里只剩下灰烬，红通通的，不时迸出一两团明亮的火星。灶上蒸着用新鲜的玉米面捏成的馍馍，嘟嘟嘟地冒着热气，夏天鲜玉米特有的清香弥漫了全屋。

灶膛里的光亮,清晰地映现出两个静坐者的轮廓。

灶前坐着的那个女人,叫禹蓟儿,脸色秋霜般冷峻。她的衣边、鞋边都缝上了一圈儿白边,头发用白布条束成一个髻儿。那是为死去的娘戴的孝。白边已经泛出灰色,溅满了斑斑尘土。她用手中那根烧黑了半截的吹火棒拨了拨灶火,发出一声幽冷的叹息。

倚门而坐的男人叫狗剩。自从禹蓟儿死了娘,每到暮色降临,他都用几乎相同的姿势坐在同一个位置。他不知道用什么话安慰禹蓟儿,觉得该说的话他娘禹三姑都替他说完了,自己再说那些话都是废话。他可不想像屋檐底下的麻雀那样没完没了地叽叽喳喳,惹得人心里长了毛似的烦躁不安。他觉得这样傻呆呆地坐着,让禹蓟儿自己去消化痛苦,比说什么都强。

今晚的情况有了变化。

禹蓟儿掸了掸身上的浮灰,站起来,点起挂在墙壁上的油灯。屋里亮堂起来,狗剩觉得一股久违的温暖在黑夜中弥散开来。她拿过一个白粗瓷碗,揭开锅盖,盛出一碗玉米馍馍,送到狗剩面前,用碗边推了推他的胳膊。狗剩愣怔了好半天才回过神来,接过碗,捏起馍馍吃了起来。

狗剩吃完馍馍,端着空碗不知该往哪里放。近一个月来哑了似的禹蓟儿突然开了腔:

“狗剩,你杀了狗日的山龟,俺就进你家的门,做你家的牛马!”那声音撕裂、冰冷、刺耳,完全没有了往日的甜润与细声细气。

禹蓟儿干涩的眼里终于汪上了泪,淡淡地追补一句,你若不去杀山龟,俺就进窑子,挣钱雇人给俺娘报仇。说罢,背过身去,露出瘦骨嶙峋的身架。

狗剩知道,只有心死的女人才会说出如此平铺直叙的话。

望着那瘦瘦的脊背,狗剩痴痴地发呆。他干咽了一口唾沫,胸口压上块磨盘似的,憋闷得透不过气来。

那是一个悲伤的中午。

羽山的天气,一进入六月就透出难耐的炎热。禹蓟儿像平常一样忙完农活回家做饭,汗津津的脸庞微黑中透出红润和水灵,白洋布单褂裹着的身段洋溢着成熟的磁力,半挽的裤脚露出结实红润的小腿。她手中的风箱发出有节奏的咕嗒、咕嗒声。

村中的那条青石板巷子传来了牛皮靴沉重而缓慢的嗒嗒声。那是天天到村中买菜的小鬼子山龟的皮靴声。

山龟叫什么名字,整个禹王村没有人知道。他的长相很像羽山坳里爬行的旱山龟:光秃秃的脑袋微微前伸,脖子细长,身体肥硕,走路时身体前倾,两条长长的胳膊垂挂在胸前。禹王村的人依形赋名,干脆叫他山龟。他是个炊事兵,应该是班长,天天带着四个黄狗子(伪军)下乡收菜。

两年以前,都是黄狗子下乡收菜,不知什么原因,今年春天就把山龟派来了。

嗒嗒的皮靴声在草屋前停了下来。

禹蓟儿屋子前面围了竹篱笆,还养了一条草狗。禹蓟儿先是听到吱呀一声篱笆门响,接着是狗的狂吠。狗是有灵性的动物,那狂叫声凄怆急迫,似乎痛不欲生,让人听了毛骨悚然。

没等禹蓟儿竖直的毛发平静下来,山龟已经迈进草屋的门槛,肥胖的身躯冲着禹蓟儿直压了过来。禹蓟儿本能的反抗毫不顶用。被禹蓟儿抓破了脸皮的山龟兽性毕露,一拳打晕了她。

躺在炕上的蓟儿娘摇摇摆摆挣扎着起来,摸起饭桌上的菜刀向山龟砍去。山龟回转身,对着她的胸口猛踹一皮靴,蓟儿娘口中喷血,呻吟着倒了下去。余怒未消的山龟走上前去,又连踹了几脚,蓟儿娘痛苦的呻吟声顿时消失。

当禹王村的村民们聚拢过来时,禹蓟儿已经赤身裸体。

山龟眼见那四个黄狗子抵挡不住外面喧嚣的声势,再说当着那么多人的面做狗吊秧子那种丑事毕竟不雅观也没趣味,他只好悻悻地走人。

禹蓟儿慌乱地披上衣服,连滚带爬扑到娘的身边。娘的身体已经冰冷。

埋葬娘的那一天,禹蓟儿没有流眼泪。

每年春天,羽山脚下漫山遍野长满了泼泼辣辣的蓟菜,那种叶缘布满小刺的野菜生命力极强，一场春雨过后，它那油绿绿的身影就会布满山野、村庄的每一个角落。每到这时，禹王村的男男女女老老少少都去挖蓟菜。挖来的蓟菜做成的渣子又香又甜，可以当饭吃。在那饥荒连绵的年代，它是老天爷赐给禹王村村民度春荒的珍贵礼物。

禹蓟儿的名字是娘给起的，她希望自己的女儿像蓟菜那般茁壮，不管遇到什么样的环境都能泼辣辣地活下去。

六年前，禹蓟儿、娘、爹，一家三口，日子虽然不算富有，倒也清闲自在。禹蓟儿的爹禹一山不精通农活，却酿得一手好酒。

羽山南麓有殛鲧泉，史书记载，大禹的父亲鲧在此被杀，身化黄龙，飞入泉中。此泉深不见底，泉水清冽，几千年来从未枯竭过。泉水流到山底，蓄成一汪深潭，鱼肥虾美。禹一山在羽山南麓建酒窖，取殛鲧泉水，用羽山高粱，杂以豌豆、大麦、荞麦，酿制出的"羽山高粱烧"，堪称羽山一绝。

一九三八年，李宗仁率领六十万国军与三十万日本鬼子在徐州台儿庄决战，杀得天昏地暗，血流漂杵，刺鼻的焦尸味道让乌鸦都躲到了淮河以南、沂蒙山以北。

禹王村处在战火的外围，一队一队的日本兵波浪似的从羽山脚下淌过去，涌向徐州。其中有一队日本兵临时驻扎在禹王村。前方战事吃紧，鬼子兵把心思全用在战事上，无暇顾及其他。可禹一山的"羽山高粱烧"却惹了大祸。那时正逢冬季，夜里刮起老北风，把酒香直往南送，都飘到同安镇去了。当时天冷，鬼子兵还没有足够的御寒设备，正冻得睡不着觉，闻到酒香，顿时精神抖擞，开始寻找酒源。他们顺着酒香找到禹一山的酒窖，狂喝滥饮来祛乏解寒。

头重脚轻的日本兵本性毕露，开始在禹王村为所欲为。没来得及躲到山上去的村民遭了殃。

日本兵走后，村民们怨气没处撒，就找债主，最后找到了禹一山的头上。都是禹一山的酒惹的祸，它让一群疲沓的日本鬼子变成了一窝疯子。禹一山的酒窖被砸了，被平了，囤积的粮食被烧了。禹一山趁着夜色逃跑，从此下落不明。

禹蓟儿的娘是从郑州乡下逃过来的。民国十年，黄河闹洪灾，大水决堤吞淹了所有的庄园，放眼千里全是浑浊的黄河水。待水退尽，满眼全是白花花的盐碱地，再加上中原之地各路军阀杀红了眼，连轴转抢占中原，炮火连天，哪还有平头百姓的立足之地？禹蓟儿的娘和她的哥哥实在没有活路了，就一起出去闯关东。兄妹俩沿着陇海铁路往东走，打算到了海边后再沿着黄海往北走。走到羽山脚下时，哥哥病了，病得很重，实在走不动了。禹王村的小伙子禹一山收留了他们兄妹俩。哥哥的病没治好，客死他乡。禹蓟儿的娘为了报恩，也怕兵荒马乱的一个女人上路不安全，就留了下来，落地生根，做了禹一山的老婆。

禹一山逃走后，禹蓟儿娘忧劳成疾，得了一种怪病，不能见风，只要见风，那脑袋就如同刀砍火烧，似乎要四分五裂；不能见光，见光那眼睛就如同千针齐扎，泪流带血。近几年，蓟儿娘的病情越来越重，直至卧床不起。要不是禹三姑的悉心照顾，要不是心里还存着牵挂，她也许早就撒手尘世了。

2

禹王村里有个大名鼎鼎的禹三姑，终身未嫁。

她住在禹王村的最南面，离禹蓟儿家有二百来米的距离。她的院子南面有一条小路，跟村西的大沙砾路连接，形成“丁”字状。

禹三姑是当地有名的“土医”（身怀某种治病的绝活，但不被医学界所认可，只好靠行走江湖为生）。

有一天，禹三姑到同安镇给人看病，傍晚回家。阴沉沉的天空中飘着小雪花，锥子似的寒风直往人的脖子里钻，催促行人快快赶路。一声婴儿的哭声拽住了禹三姑匆匆的碎步。她循声走过去，看见大沙路边的一棵老槐树底下有一堆破棉絮，里面躺着一个婴儿，眼睛滴溜溜地冲着她转，见到她竟然不哭不闹了。禹三姑围着婴儿转了几圈，摇了摇头离开了。“医者仁心”，不是禹三姑不慈悲，乱世的慈悲是需要经济基础的。“宁做盛世狗,不为乱离人”,那年月,人们口腹难果,更别说拿钱看病了。成年人一旦有病,能撑的硬撑,能挨的死挨,撑不住挨不过去就听天由命,更别说孩子了。那时无论是城里还是乡村处处都有“乱坟岗”。所谓“乱坟岗”,是指那些城角、山垭、沟渠边的芜蔓之地,不好种庄稼、做营生,专门用来掩埋那些无主之鬼的,也是抛弃弃婴的主要场所。禹三姑见得多了,心上早已结上厚厚的茧子。

那天夜里刮了一夜的西北刀子风,落了一夜的小雪。第二天清晨,禹三姑照例早起去同安镇给人做早检。路过那里时,她多瞟了一眼。她发现了一个奇迹:那个婴儿没被冻死,小脸蛋儿青紫,两只眼睛还能滴溜溜地冲着她转。远处雪地里游荡着的几条野狗,竟没伤到他一根毫发。

禹三姑抱起那个婴儿,仔细查看,更是震惊不已。当时已入初冬,那婴儿的身上竟然爬满了黑色的三角头长脚蚂蚁。冬天的旷野,生命零落,哪来的一群蚂蚁?禹三姑抱起孩子转身就往家赶。

到了家里,禹三姑把那婴儿放到炕上,先燃起灶火,待屋里暖和后,她脱掉婴儿身上的那层破棉絮,铺在婴儿身底,然后用手轻轻捋下婴儿身上的蚂蚁,仔细捋干净了,用棉絮包好,放到院子门外的一棵老槐树底下,散开棉絮,让蚂蚁们自由逃生去了。

在禹三姑看来,是蚂蚁们救了那婴儿的命。蚂蚁们的叮咬,以毒攻毒,遏制住毒气的攻击,让那婴儿获得了活命的机会。看来,那婴儿头顶三尺果然有神灵相护,命不该绝。

禹三姑回到堂屋后,仔细检查婴儿病情。果然如她所料,婴儿的囟门已经溃烂,浑身的皮肤浮肿得厉害,呈现水黄色。如果用今天的医学观来解释,那婴儿被误认为患了败血症。

禹三姑拿来药箱,打开羊皮做成的针灸包,左手拿起一根银针,右手摸到那婴儿脚上的涌泉穴,按住。一针下去,婴儿的小腿抽搐几下。禹三姑拔出针,一股黄水夹着微腥往外渗出。禹三姑用早已准备好的大葱白蘸着自己特制的黄色药粉轻轻揉擦那穴位,然后一针针往头上走,走一针擦一针。

针到头顶的囟会穴时，禹三姑已是大汗淋漓，拿针的手已经累得微微颤抖。禹三姑拿着针，默念一句，你小子，有命没命就看这一针了！说罢，一针下去，又准又狠。

禹三姑闭上眼睛。周围一片死寂。

突然，那婴儿号啕大哭，歇斯底里，那尿儿像打开了闸门，哗啦啦往外喷。

禹三姑长吁一口气，叨咕一句，这小子命大，总算逃出鬼门关了！

那婴儿一个劲尿，一个劲尿，尿得人胆战心惊。禹三姑堂屋的青砖地面上河流纵横。

等到尿停了，那婴儿浮肿的身体只剩下皮包骨头，皮下的经络清晰可见，连骨节都看得清清楚楚，就像透亮的牛皮纸包裹着一副骨架子，特别是那心脏，怦怦怦地跳，顶得那皮肤一起一落的，似乎伸手就能抓到它。

禹三姑拿来端午时节备下的艾草，卷成卷，用火燃了，轻轻熏烤那婴儿的囟门，烤烤吹吹，烤烤停停，直到囟门干燥才罢手。

然后，禹三姑用开水冲鸡蛋，喂那婴儿，三分饱后，让他睡了。

做完这一切，禹三姑累得像块软软的柿饼子，和衣躺到婴儿旁边，一会儿就睡着了。禹三姑那一觉睡得是天昏地暗，日月倒转。

当清晨的阳光透过白白的窗纸洒进房内的时候，一阵婴儿嘹亮的哭声唤醒了禹三姑。禹三姑揉揉惺忪的睡眼，自言自语道，会哭了就好，知道喊吃就好了。

禹三姑年轻时捡到过许多弃儿，但她治好病后都转给其他人抚养了。鬼使神差似的，禹三姑决定抱养那个婴儿。禹三姑给他起了个很贱的名字——“狗剩”，意思是狗嘴里剩余下的一条小命。

禹三姑是个传统女人，在她的潜意识里，狗剩命大福大也该有大造化。

“通一门手艺，顶万千苦力。”禹三姑懂医术，尤其擅长针灸。在那兵荒马乱的时代，她若不是把一切看淡了，窝在了禹王村，而是身处灯红酒绿的城市，可能早已身价万贯。女人一旦年龄大了，自然就消了那份年轻的癫狂，越来越看中生活中那份安稳。这正如春天的花与秋天的果，开花是为了展示生命的妖娆，结果是为了让生命归仓。禹三姑抱养狗剩，开始是出自本能的良善，随着时光推移，她身上母性的存在被慢慢唤醒。母性像一坛酒，岁月是最好的酵母菌。当这坛酒发酵到浓烈时，作为母亲的她会很自私地占有这坛酒，斟酌这坛酒，轻易不会让他人品尝。而这坛酒醉倒的往往是母亲。醉倒的母亲常常犯糊涂，甚至难辨是非。

禹三姑宠养着狗剩。

禹三姑为狗剩设计了许多美好未来，可都被时间的流水浸泡得一塌糊涂。

禹三姑最希望狗剩能够文有所成，但狗剩看见字就打盹，八岁启蒙，直到十六岁，西瓜大的字认识的没有几箩筐。禹三姑就让他学习种地，觉得人处乱世，做一个地地道道的农夫也不错，日出荷锄而作，日落挑担而归，一亩三分田上度春秋倒也清闲自在。可狗剩哪里吃得了那种苦？种哪块地哪块地荒，草比庄稼多，季季又赔功夫又赔种子，见不到丁点收成。

禹三姑实在不愿意让狗剩学医。禹三姑知道，医者辛苦，狗剩吃不了那种苦；再者，医者贵在胆大心细，这恰恰是狗剩的短处，弄不好，救死扶伤谈不上，就怕是治死治伤，落了骂名不说，还会连累祖宗英名，糟蹋了她一世好名声。

长大后的狗剩成了禹王村的准“二流子”，这跟禹三姑的愿望相差太远。狗剩，近一米八的个头，粗实的身材，也可以算是山东大汉了，特别是那脑袋，上尖下圆，像当地产的可以一分为二做水瓢的葫芦，眼睛很大，用当地人话说，跟公牛蛋似的，只是缺乏神采，显得空洞。禹三姑每次望着狗剩，都心有不甘，但也没有办法，只好叹气认命。

3

禹三姑无奈，只好带着狗剩学医。禹三姑想，自己手把手去教，彻彻底底管住狗剩的心，即使狗剩学不到真招，哪怕能学到一零半爪，治个头痛脑热、肚疼皮痒的，挣点糊口的钱粮也好，不至于她撒手尘世后饿死路边，落得个抛尸荒野。

自从禹蓟儿的娘得病后，禹三姑就成了禹蓟儿家的常客。禹三姑给禹蓟儿娘看病，只收本钱。禹蓟儿娘和禹蓟儿心里存着一份感激。

这样做，自然是禹三姑为人厚道，但禹三姑也存着私心。

禹三姑看到禹蓟儿的第一眼，顿时满眼春光，心里一下子亮堂起来。女人的直觉向来比狗还灵敏，饱受历练的女人的直觉绝对不比现代的雷达灵敏度差。她觉得狗剩的一方天出现了，有了这方天罩着，狗剩后面的日子就会有保障。她欣喜若狂，她要想方设法把禹蓟儿弄回家门，做狗剩的另一半。

禹三姑怀有这种想法，除了为狗剩的未来着想，其实也暗藏着一份报复的快感。

说起来有点臊人，那都是陈芝麻烂谷子的事了。禹三姑与禹蓟儿的爷爷曾经有一段轰轰烈烈的情缘。

沂蒙山南麓有一座尼姑庵，住着三位尼姑，她们在医道上各有绝活。大尼擅长制药，二尼擅长推拿，三尼擅长针灸。生逢乱世，她们找一方清净之地，力所能及地普救众生。有一次三尼到禹王村游医，看到了十五岁的禹三姑，摸了摸她的手，盯着她的眼狠瞅一番，然后淡淡地说，跟俺去学针灸吧。禹三姑鬼使神差似的拾掇拾掇衣物，简单地打个包裹，往肩上一甩，就跟三尼上了尼姑庵。禹三姑的父母吧嗒吧嗒眼珠子，冲着禹三姑背影撇了撇嘴巴，嘟囔一句，闺女都是白养的，然后背过身去就干自己的事，弃女如泼水，什么事都没发生似的。

十九岁那年，禹三姑学得差不多了，想回家看看。

那是一个夏天的早晨。禹三姑起床后，出门看天气，天空一派晴朗，尼姑庵四周的林子里鸟噪得欢，蝉鸣得乱。禹三姑把昨晚上收拾好的包裹往肩上一甩就要赶路。正在吃斋饭的三尼喊，走不得，走不得，你个小妮子过几天再走，莫急莫急呀！禹三姑掉过头来，转出白眼珠子，问一句，有啥说的？三尼盯着禹三姑的眼睛说，天有异象，人有艳祸，小妮子当心哪！禹三姑把嘴一撇，转回黑眼仁，说，五十来里脚程，几个时辰就到了，又不是上梁山，怕啥？说罢，哼着山曲，一路小颠着跑开了。三尼在背后连喊几声，禹三姑全当耳边风了，三尼摇摇头，再追出一句，你小妮子不听三尼言，艳祸在山前哪！禹三姑已经颠出去很远，只剩下个模糊的背影。三尼无奈地摇头，冲着身后的菩萨说，但愿她早过这一劫，心安神定，仁心济世。菩萨保佑，菩萨保佑！

太阳西斜时，禹三姑行至羽山脚下，眼见翻过山就到家了。她嘴里嘀咕，三尼这个老僵尸，说得那么不吉利，咱这不是到家门口了嘛！

话刚离口，就听得背后一声炸雷，震得她浑身打一个大激灵。她转过头一看，铺天盖地的乌云从沂蒙山背后涌来，夹着沉闷的电闪雷鸣。刚才只顾赶路，禹三姑根本就没注意身后。就在她发愣的那一会儿，太阳已没了踪影，豆大的雨滴打在山石上、树叶上噼啪作响，那地上的土一打一个窝窝，泥花溅得老高。就在她愣神的一会儿，那雨从云端瓢泼下来，天地间顿时一派迷蒙，让人喘气都觉得困难。

禹三姑知道羽山小半山腰处有一个山洞，她顾不得犹豫，一路小跑，一头扎了进去。

禹三姑浑身湿得小河流水般，狼狈不堪。进山洞后，心情陡然轻松，甚至有点惬意的惊喜。她打算脱下衣服，擦干身体，然后把衣服晾干。在那无人之地，她的想法和心情比男人还要放纵。

就在她脱掉上衣的时候，山洞里面传来一声男人的大声咳嗽。

禹三姑惊吓得魂飞魄散，春颜无血，霎时纸一般白。

山洞里走出一个年轻的男人。

那男人叫禹青云，也是禹王村人，不过禹三姑只知道村里有其人，但并不认识。禹青云八岁进同安镇读书，平日里偶尔回家取些钱粮或过过节日，至今也没真正回村里长住过。

那天也真巧，禹青云翻看《同安县志》，得知羽山山谷里有一种野鸡，很特别，其羽灿烂无比。若拔其翅羽做成羽扇，夏天拿来扇风，自有一种薄荷般的清凉，消暑自不必说，还可以祛除痱子湿痒，消解褥疮浊气，尤其是月子里的女人，用此扇可以止孩子哭闹，催孩子入眠。羽山的山名即由此而来。

禹青云小时候就知道羽山山谷有野鸡，其美无比，但没想到这种野鸡的羽毛竟然有如此妙用。他一时兴起,就到羽山山谷捉野鸡来了。

没想到,他刚到山顶,还没见到野鸡的踪影,大雨就不期而至。他只好到山洞里躲雨。

山洞里藏着个大男人,禹三姑顿时觉得那雨天似乎塌了个大窟窿,那雨水都浇灌到她的心口里去了,憋得她全身顿时缺氧,酸软如泥。

禹青云微笑着走到她的面前,把脸别到一边,拍拍她的脑袋,然后把她脱掉的上衣给披上。禹三姑这才找回魂来,大喊一声“三尼师父哎”,然后瘫倒在地。

禹青云看了看她,然后转身去捡柴火。捡来柴火,点起火来。山洞里明亮起来,暖和起来。

禹青云这才说话,说,你是禹王村人?禹三姑点点头。禹青云说,我也是禹王村人,我叫禹青云,你叫什么?

禹三姑一听说他是禹王村的,再联系到禹青云的名字,还有些模糊的印象,心情这才稍微放松起来,就往火堆前靠靠。

禹青云为打破尴尬,主动找话说,说一些禹王村的人和事。慢慢地,禹三姑的戒备心理融化了,开始恢复本来面目。

他们认为夏天的雨很快会过去,谁知那场雨就是下得奇了个怪,就一直那么下着,下得沟满河平,山涧如洪。走是不可能了。

那天夜里,围着温暖的篝火,一个在同安镇里看惯了风花雪月的男人,一个在尼姑庵里清心寡欲生活了四年的女人,心旌摇动,最终发展到六神无主,难以自持。

第二天,当一轮大太阳挂在羽山顶上时,两个人卿卿我我地走出山洞,一起翻越羽山回到禹王村,然后才分手。

两个月后的一天下午,禹三姑约禹青云在羽山顶见面。禹三姑告诉禹青云自己怀孕了,要求禹青云确立名分。禹青云听说后没有反应。禹三姑再次逼问,禹青云直截了当地回答没有可能性。禹三姑追问,为啥?禹青云犹豫了一会儿,说，你身上的那股药味让人受不了。禹三姑顿时语塞，赤红着脸说，当时你为啥受得了？禹青云无语。禹三姑热血上涌，往山顶一站，决定鱼死网破，对着山崖说，你今天若不给句准话，俺就从这儿跳下去。身后没有反应。禹三姑又把刚才的话加重语气说一遍。身后还是没有反应。禹三姑认为禹青云怕了，又把刚才的话喊了一遍，山谷发出回响，连山下的牛羊都听到了，一起抬头望着山崖上。身后还是没有反应。禹三姑转过身子，身后没了禹青云，再往下看，禹青云已经跑到半山腰了。禹三姑当时差点气绝，牙一咬，打算跳下去，可那不争气的脚似乎钉在山岩上，就是抬不起来。禹三姑瘫软在地。

夜深人静，禹三姑还是两腿酸软，脑袋如榆木疙瘩一般没有一丝活气。周围一片寂静，除了风吹松涛声，就是一两声夜鸟的尖厉鸣叫。禹三姑勉强起身，抱住山顶那棵驼背老松一顿猛哭，那泪水淌得如六月的殛鲧泉。

泪流尽了，脑袋也有了感觉，天空泛出了鱼肚白，接着是粉红、赤红，然后一轮红日跃上山顶。那一轮红日呀，照得整个天空、天空的云、山上的树、山下的村庄，一片血红。禹三姑顿时觉得自己身上的血开始奔涌，浑身顿时有了活力。禹三姑第一次看到如此壮观的日出，第一次感受到生命力的汹涌澎湃。

禹三姑长舒一口气，觉得天高云淡，眼亮心阔。她从衣袋里摸出一根银针，咬咬牙，冲着自己小腹上的童育穴扎了下去。禹三姑自己流掉了孩子。

天近晌午，禹三姑用殛鲧泉的泉水把自己清理干净，整理好仪容，然后下山。

一年后，一辆驴车停在禹青云老家的门前。禹青云托人送回一个男婴给他年迈的父母，并留了一封长信。信里说，他早已和同安镇的一名李姓女子有了私情，身处乱世，无暇拜堂成亲，更无暇孝敬父母于堂前，好在生有一子，尚能接续禹家香火，也算对得起二老。他们夫妻俩决定漂洋过海，寻求解救乱世时艰之正道，只好把刚满月的孩子托付给老父母，望父母把他抚养成人。他们夫妻今生今世能否再回禹王村，给列祖列宗上一炷香，尚待天意。养儿不孝，罪该万死。

那个孩子就是禹蓟儿的父亲禹一山。

禹三姑私心如此。

她想把禹蓟儿娶回家做儿媳妇,也算是回敬了禹青云那个薄情、滥情的老东西一闷棒子。若有一天,他禹青云回来,发现自己的孙女是她禹三姑家的儿媳妇,不气死他,那才真叫天雨粟,马生角,羽山无棱角呢!

4

自从有了这层心思,禹三姑每次给禹蓟儿娘看病都带着狗剩。

闪电般的情感毁掉了禹三姑一生的情缘。禹三姑决定用文火来炖煮狗剩和禹蓟儿的情缘。

禹三姑的做法有她的道理。禹蓟儿长相一般,娇生惯养的狗剩哪里知道丑瓜肚里甜的道理,开始不一定能看上眼;禹蓟儿勤俭孝顺规矩板正,脾气倔强,哪里会一眼瞧上二流子似的狗剩。

自从有了这层心思,禹三姑似乎着了心魔,整天惦记的就是两个人的事。

第一次从禹蓟儿家回到家里,禹三姑就问正在扒饭的狗剩,禹蓟儿怎么样?狗剩敷衍一句,好看。然后自顾自扒饭,没有下文了。第二次回到家里,禹三姑问,禹蓟儿怎么样?狗剩停下手中的活计,说,好看。第三次回到家,禹三姑问,禹蓟儿怎么样?狗剩站直身子瞪大眼珠子说,好看。禹三姑一看,自己的炖煮开始出味道了,很兴奋,接着问,哪里好看?狗剩红着脸说,脸长得好看。禹三姑追问,还有哪里好看?狗剩忸忸怩怩说,腰身好看。禹三姑激动地拍一下狗剩的脑袋,完全没有了辈分之间的忌讳,说,那屁股更好看,能给你生养一大堆娃!女人大腚盘(屁股),男人好种田。禹三姑自觉说漏了嘴,脸红得像喝醉了酒。狗剩听不懂,但感觉得到那种味。

人的性意识的开化并不都是固定在某个时段,它可能陡然之间被外界的某种现象诱导而突然到来,如洪水猛兽势不可当。狗剩终于为禹蓟儿疯狂就源于一次意外的窥视。

禹三姑每次给禹蓟儿娘看病,总是让狗剩跟禹蓟儿一道打下手。清洗、消毒、收针、熬药，总让他们一起做，时间长了，碰到手、蹭着脸是常有的事，那感情慢慢就加深了。

有一天晚上，正是吃完晚饭打理私事准备睡觉的时候，禹三姑配好一剂药，要狗剩送过去。狗剩到禹蓟儿院子前，打开篱笆门，那狗早已熟识，见到狗剩，亲兄弟似的点头哈腰，尾巴摇得跟甩牛鞭子似的，哪里还想得到为主人看门报警！狗剩走到门前，那屋门从里面闩着，门缝里透出昏黄的灯光，氤氲着水汽，有一股淡淡的胰子的香味飘了出来。狗剩的右眼皮跳得凶猛。他趴在门缝上看究竟。先像钉子似的揳进狗剩大眼帘里的，是禹蓟儿蓬乱披散的黑发。狗剩往下看，顿时心惊肉跳，他看到了禹蓟儿瓷实圆润肥硕的奶子。狗剩觉得眼花，憋闷得气都不够喘的了。他又往下望了一眼，模模糊糊的一片。他赶紧收回目光，没敢再细看，急忙背过身去。

夜风一吹，狗剩的头脑清醒了些，这才感觉到自己两腿间的那个小兄弟坚硬如铁杵。就在这时，那狗跑了过来，围着狗剩欢快地叫。谁呀？屋里传来禹蓟儿警觉而厌恶的问话。狗剩慌忙回答一句，送药的。没过多久，门吱呀开了一条缝。从门缝里伸出一条胳膊，那胳膊白嫩如去皮的莲藕。狗剩看到那胳膊，心顿时跳得紧。他赶忙把药放到手上，慌乱中竟碰到那只手，滑润润的，狗剩的心头陡然潮涌起一股温情。禹蓟儿半掩着门露出半张脸跟狗剩打招呼，狗剩没敢转身，他的那位小兄弟依旧坚韧不拔，转身怕丢死人。他直直地背对着房门走出了篱笆门，然后一溜烟跑开了，那狗跟在后面一路欢歌。

一轮圆月正从东方升起，狗剩恍惚觉得那月亮温暖得极像太阳。

狗剩有一种从没体验过的幸福感，他的胸中有一股东西在莫名其妙地涌动。他只要一闭上眼睛，禹蓟儿的那两只奶子就在他面前晃悠，那模糊的下身引诱得他脸热心躁。每想到这些，狗剩的那个小兄弟就无法遏制地坚韧起来。

禹三姑觉得时机成熟，试着向禹蓟儿娘提亲。禹蓟儿娘叹口气，算是同意了，不过加上一句，蓟儿心性高，怕她一时明白不了事理。禹三姑借机套禹蓟儿口风,禹蓟儿没正面回答,只是淡淡地说,娘身体这样差,放心不下,更需要照顾,离不开俺呢。禹三姑就说,咱两家才四口人,将来成一家了,可以搬到一起住。你娘俺来和你一起照顾,可好?禹蓟儿听了这话,没说什么,替娘熬药去了。

禹三姑的炖煮见到了效果,眼见鲜美的果实就要归仓,谁知发生了这种塌天般的事情。

禹三姑觉得这是苍天在惩罚禹青云的孽债,也在考验她和狗剩的胸怀。狗剩将来的路不好走呢。造化弄人,狗剩真的是命大福大造化大吗?

真是人算不如天算,天算不如现赶。禹三姑常常暗自叹气。她叮嘱狗剩多陪着禹蓟儿,女人心眼窄,别让她做出傻事来。

这个时候再提婚事,太不地道了。禹三姑决定看看事态的发展再说。

5

狗剩决心剁下狗日的山龟的脑袋。

那天晚上回到家里,狗剩闩上门,找出藏在床底下的那把砍刀。那是用东洋刀改制成的,火淬得好,钢口硬,削铁斩钉不卷刃儿。小日本人鬼气,连钢刀也带着鬼气,锋利无比,坚硬无比。那把砍刀是狗剩的宝贝,狗剩用它杀过鸡,杀过鸭,偶尔也杀条狗。狗剩打来一盆清水,拖出扔在墙角的那块牛槽做成的磨刀石,啐上一口唾沫,打磨那把砍刀。呲呲拉拉的磨刀声在寂静的夜色中飘出很远,似乎整个禹王村都能听得到,羽山谷里似乎也传来了回声。

禹三姑看着狗剩的举动,心里明镜似的清亮。她知道狗剩所做事情的风险,弄不好丢了性命不说,还会连累全家甚至整个禹王村。但禹三姑更清楚,一个不敢担当的男人,生逢乱世,很难体面地活在这个世界上。她最恨不敢担当的男人,像禹青云那样的男人。从她的情感阅历来看,狗剩面临两种选择,要么杀掉山龟,彻底获得禹蓟儿的情感,要么做缩头乌龟,永远失去禹蓟儿。凭她对禹蓟儿的观察和了解,禹蓟儿不是一个可以轻易妥协的人。而狗剩更没有一点可以让禹蓟儿做出妥协的优势。失去狗剩，那是在割禹三姑的心头肉；失去禹蓟儿，禹三姑的报复倒是其次，恐怕狗剩的后半生将失去依靠，无限凄惨。就目前来看，禹王村没有哪家闺女愿意嫁给狗剩。前几年，为了让禹蓟儿进家门，禹三姑在禹王村为狗剩与禹蓟儿的事渲染了不少神秘色彩，那意思很明白，什么马配什么鞍，什么牛吃什么草，天生地定，禹蓟儿就是狗剩的马、狗剩的草。现在，禹蓟儿遇到塌天的大事了，狗剩却做了缩头乌龟，那她禹三姑的话不就跟羽山谷口的风一样，东西南北可以乱吹吗？

禹三姑权衡再三，决定让狗剩自己处理这件事，给禹蓟儿一个了断。

她把狗剩叫到面前，对狗剩说自己几十年没到沂蒙山的尼姑庵去了，不知那里情况怎么样，也该给三尼去扫扫坟，烧刀纸了。第二天，简单收拾一下，背起她的药箱，雇了辆毛驴车就走了。

禹三姑走后，狗剩觉得自己的身心自由了许多，虽然没有了靠山，可也少了份担心与牵挂。他把全部心思都用在杀山龟上面。

就在禹三姑走后的第三天，一直尾随山龟的狗剩看到了下手的机会。天快到晌午的时候，狗剩看到四个黄狗子挑着菜担子先出了村，就躲在巷口的土墙后面。当山龟那有节奏的皮靴声在青石板巷口响起，狗剩揣着那把砍刀迎了上去。山龟叼着烟，哼着小曲儿迎面走来。到了狗剩面前，山龟啪地吐掉嘴里的烟头，冲狗剩一咧嘴，露出了满嘴的黄板牙，示威似的拍了拍屁股上的盒子炮。狗剩的心一下子提到了嗓子眼儿，脊背上流下一股冷汗，小肚子胀得要尿急。山龟提了提松滑的裤子，紧了紧牛皮裤腰带，晃晃悠悠地擦过狗剩身边，走了。

狗剩眼睁睁地看着山龟大摇大摆地走去，那把刀愣是没掏出来。他一路狂奔回到家里，狠狠地撒了泡尿，一头扎到了床上，浑浑噩噩地睡去。

狗剩醒来的时候已是傍晚。

狗剩揉了揉眼睛，伸个懒腰，走出院门。太阳斜挂在西山上，没有了中午的威风，像没煮熟的鸡蛋黄。晚风吹到脸上，夹着丝丝凉意。狗剩沿着村前的小路往村东头走。村子东面是大片的河滩，长满茂盛的芦苇和红茅草。

狗剩直挺挺地躺到河滩上，这才感觉到两条腿和两条胳臂出奇地软，全身的关节又酸又痛，尤其是举刀的那只手腕，酸软得跟脱臼似的。狗剩太紧张了，紧张得差点儿虚脱。

四周是那么的安静，除了树上的蝉鸣和河里的芦苇丛中断断续续传来的“柴呱呱”(芦苇莺)的清脆的叫声，剩下的就是狗剩自己的喘气声。

狗剩看着天上自由飘荡的云彩，就想自己为了禹蓟儿，为了那个被小日本糟蹋过的女人，值得去杀人吗？而且杀的还是日本人！狗剩知道，杀日本人太难了，弄不好，自己会被日本人杀掉。即使杀了那个狗日的山龟，其他的日本人肯定不会放过他。看来，杀山龟没有好处，只有死路一条。

想到这些，狗剩陡然觉得轻松。他打算放弃杀山龟。

可不杀山龟，就等于放弃禹蓟儿。想到放弃禹蓟儿，狗剩的心又被拧绞似的酸痛，一万个不忍。

就在狗剩无限烦恼的时候，他看到了河水里自由自在游动的鸳鸯鳖。

在羽山脚下的河流中，生活着一种鳖，当地人叫它“鸳鸯鳖”。这种鳖的生活习性很别致：女鳖肥大，男鳖瘦小，女鳖总喜欢背着男鳖到处游荡。女鳖一旦落入渔网被捕，男鳖总是乖乖地待在原地不跑，明知有性命之忧，却心甘情愿地与女鳖一起被捕，殉情精神感天动地。那对鸳鸯鳖无视狗剩的存在，旁若无人地你亲我爱。

狗剩的心里陡然被猫抓了似的难受。禹蓟儿那张苍白的脸，那凄楚的眼神，那奶子，特别是那模糊的身体，又开始在他的眼前晃悠。

狗剩的那位小兄弟不由自主地激动起来。他爬起身来，冲河里哗啦啦地撒了一泡长尿，然后转身往村里走去。他决定去找禹蓟儿，快刀斩乱麻，把自己的心思说明白。

暮色笼罩了禹王村。狗剩的雄心壮志随着自己的脚步离那三间茅草屋越来越近而逐渐销失。到了屋前，竟然自卑起来。他胆怯地盘桓到禹蓟儿的门前。门儿紧闭，门缝里挤出一丝冷冷的亮光。

狗剩返回自己家里，拿出那把砍刀，打来一盆清水，啐上一口唾沫，又嗞嗞拉拉磨起那把砍刀。那呲呲拉拉的声音激起狗剩的快感，每次宰鸡杀狗之前，狗剩磨刀时都有这种感觉。这把刀切入山龟那细长的脖子一定也像切入一头猪，不，一条狗的脖子那么锋利，滞涩中带着滑润。想到这里，信心和勇气在狗剩的身上开始膨胀起来。

又到了晌午。狗剩躲在通往同安镇的大沙路旁边的一棵老槐树后面，那是山龟回同安镇的必经之路。那棵老槐树很有历史，翠绿的树冠一直斜伸到路中心。每到秋天，满树的槐豆飘飘垂下，像老人的胡须。狗剩躲在槐树后，一手攥着一根狗腿，一手攥着"羽山高粱烧"的酒罐子，喝得脸冒油光，两眼汪血。每年农闲时，禹王村都会请人来说几天大鼓书，大鼓书上的好汉在行事之前都是大块吃肉，大口喝酒。狗剩也要学学大鼓书上的好汉。

狗剩放过四个黄狗子，等着山龟。山龟你个狗日的胆子也忒大了，总是单独行动，似乎与四个黄狗子在一起，会碍他的好事。狗剩凶狠地喝酒，心里念叨，山龟山龟，明年的今天就是你的忌日，你个东洋狗日的，竟然到禹王村来打禹蓟儿的主意，瞎了你的乌龟眼了，别怪爷今儿个无情无义了。

就在狗剩有几分醉意的时候，山龟叼着烟，哼着曲儿走过来。躲在树后的狗剩觉得山龟那细长的脖子在阳光下更显细长，油腻腻的，闪着光斑儿。就在山龟转过老槐树的那一刻，狗剩绕到了他的背后，举起了那把为了防止闪光而涂上黑锅灰的砍刀。

仿佛老槐树上垂下一根绳子，拴住了狗剩举砍刀的手，那把砍刀直愣愣地竖在空中，怎么也落不下去。直到山龟消失在同安镇口，狗剩握砍刀的手才找回平日的那点活生生的感觉。狗剩气急败坏，一刀猛砍下去，老槐树上留下一道悲哀的深痕。

那天晚上，狗剩在禹蓟儿的门前蹲了一夜，唉声叹气了一夜。

6

又是一个大晴天。

禹蓟儿起床后,简单梳洗一下,一身雪白的孝服,挎着竹篮子出了门。篮子里盛满了祭品。那天是禹蓟儿娘的“七七”忌日。狗剩跟在禹蓟儿后面,想说什么又不知道该说什么。两个人一前一后默默地在石砾路上走着,谁也不说话。

快到坟前的时候,大热天的竟然刮来一阵阴风,吹到人身上冷森森的,有一种秋风的味道。那风很大,刮得路边早落的树叶直打旋儿。一路刮过去,旋过去,吹得禹蓟儿的一身白衣紧贴在身上,凹凸分明,越发凄楚动人。

当地人叫它鬼风,是不散的阴魂所致。

禹蓟儿站在那里,等狗剩走到近前,冷冷地说,杀了那狗日的！那声音夹着齿音,颤颤的,让人心寒。狗剩抬眼看禹蓟儿,那脸色在素衣的映衬下,越发苍白凄冷,也越发惹人心怜。那眼神却似两把刀,跟着了鬼魂似的冰硬冰硬的,逼得人不敢正视。

狗剩热血上涌,两眼通红,像一条发了疯的野狗,丢下禹蓟儿,一路狂奔,回到自己的家。他打来一盆清水,啐上一口唾沫,那呲呲拉拉的磨刀声又笼罩了整个禹王村,让人听了心里直发怵。

那天下午,下了一场雷阵雨。

傍晚的时候,天空中还飘着雨丝,但西面的太阳亮亮地挂在空中,东面的天空傍着羽山根横飞出一道大弧度的彩虹,惹得山上的鸟儿、村里的鸡犬,一片喧闹,过节似的快乐。狗剩在村里转悠,转到禹四爷门前停下了。禹四爷六十多岁,但身子骨依旧硬朗。禹四爷敞开大门,坐在院子里的一棵老槐树下喝酒。狗剩走了进去。

那酒是村子里禹宏武的酒厂新酿的高粱烧。禹一山失踪后,禹宏武觉得禹王村不能没有酒,就在禹一山酒窖的原址上修建了酒厂,继续酿制高粱烧。刺槐木做成的小方桌子保留天然本色,纹理清晰,靠近了能闻到淡淡的槐花香。桌子上摆着三样小菜:一盘是今儿五更天在羽山涧里下的虾篓子刚捉上来的青皮虾,新鲜尖椒炒了,红是红青是青的;一盘是春上腌制的小包菜心,放了一些红尖椒,红是红黄是黄的;还有一盘水煮羽山麻雀蛋,去壳后,用醋泡了,白嫩嫩的像小玉球。清清爽爽的几样下酒好菜，把狗剩肚子里的那窝酒虫子给勾引得抓耳挠腮！

俗话说烟酒不分家，见到了就不能生分。禹四爷递张小凳子给狗剩坐了，又递过自己的酒壶，让狗剩自己满酒。那酒壶是当地的一种亚葫芦做的，有年头了，外壳黄里透紫，油光锃亮。

狗剩几杯酒下肚，两眼开始发红，问禹四爷怎么杀人。

禹四爷听了狗剩的话，举着酒杯愣在那里。禹四爷年轻时在同安镇警所做事，是个吃硬饭的(刽子手)。

狗剩又顺了一杯酒，胆子更大了，完全没有注意到禹四爷的不快，又问杀人时啥感觉。

禹四爷杀生太多，到了老年竭力回避杀生之事。听了狗剩的话，脸色铁青中透着尴尬。狗剩不会看脸色。

禹四爷压抑住性子，淡淡地说，太平年代杀人的人是善人，动乱年头杀人的人是恶人。你平时连善恶都分不清，还谈什么杀人？到底是经历过大世面的人，禹四爷的话里含着玄机与嘲讽。

狗剩脸红脖子粗，酒壮英雄胆，梗着脖子说，俺分得清，俺要杀那个狗日的……狗剩还没完全糊涂，把后半截子话咽回去了。

禹四爷显然没听清狗剩的话或者说没看准狗剩的心思或者说没把狗剩看上眼，望着狗剩的大眼睛，说，狗剩，你问这个干什么？不学好嘛！

狗剩喘着粗气说，这个你不用管，你说怎么去杀人。

禹四爷料狗剩也没多大出息，呷一口酒，吃了个麻雀蛋，然后慢悠悠地随便敷衍一句，说，跟杀猪差不多。

狗剩听了这话，丢下酒杯，走了。走到门口，停下来，转过头说，俺去杀猪！

禹四爷酒杯停在半空中，重新打量一眼狗剩，眼里闪过一道寒光。

“地不平”在村子西面的大沙路边上开了个肉铺子，隔三岔五地就要杀上一头猪。“地不平”是外号，他的真名叫禹二猫。禹二猫喜欢打猎，一次夜里上羽山去抓野鸡，不小心一脚踩到别人预先摆放的逮野山猪的钢夹子，活生生地把左脚夹断了，成了跛子。禹二猫是一根筋，最忌讳村里人喊他禹跛子，谁喊跟谁急。村里人看他走路的模样，干脆送给他外号“地不平”，意思是不是禹二猫脚有问题，而是地面有问题，不够平整。

狗剩到肉铺时，地不平已经关门，正在打扫铺前的地面。狗剩喊，地不平，你今晚杀不杀猪呀？

地不平回道，晚上杀猪？卖给你呀？狗剩追一句，为啥？地不平翻翻眼没回答，低着头扫地，把不知什么时候滚到路中间的一块小石头一脚踢飞了，嘴里喊着“去”。狗剩觉得地不平怠慢了自己，心里的气上来了，走得更近些，再追一句“为啥”。地不平翻了翻眼，说，你个榆木疙瘩，大热天的，一夜还不馊了？卖给你吃呀！不过你也能吃。狗剩一时糊涂，问，为啥？地不平嘻嘻一笑，说，你属狗嘛！

狗剩回过味来，想发作又忍住了，问地不平什么时候杀猪。地不平懒懒地答道，明天早上。

狗剩赶忙说，明天早上俺来帮你杀猪！说罢转身走了。

地不平愣怔半天，望了望狗剩的背影，瞅了瞅星光闪耀的天空说，真是黑天就可以说瞎话了，就他还能杀猪？嘁！

7

狗剩经过禹蓟儿门前时，天色已经黑透。禹蓟儿的门缝露出灯光，映在地面上，像一把砍刀。狗剩隔着门缝往里望。禹蓟儿正在纳鞋底。狗剩推开门进去。禹蓟儿没抬头，自顾自干活。狗剩看那鞋底，很明显是男人穿的布鞋底。狗剩的心里咯噔咯噔地跳，搭讪道，给谁做鞋子呢？

吱的一声，禹蓟儿把纳鞋底的棉线抽得很长，线头上的针差点儿刺到狗剩的鼻尖上。

狗剩还想搭讪点什么，禹蓟儿头也没抬，自顾自做活。

狗剩嘿嘿傻笑几声，然后靠得更近些，装作去看那鞋底，那大眼珠子却定在了禹蓟儿的乳沟上。

禹蓟儿乜斜了一眼，装作不知道，猛一起身，那乳房正好撞在狗剩脸上。狗剩心慌意乱，浑身顿时酥软。

禹蓟儿站起身子，冷声说道，没出息的，杀了那狗日的，俺给你做牛马！

天刚蒙蒙亮，狗剩就赶到了地不平的肉铺。狗剩以为自己来得够早的，可到那里一看，已经来了许多人。那些人有的在帮忙烧水，有的在帮忙刷锅洗盆，有的在刺啦啦地磨刀，还有的拿着芦柴棒在逗地上的猪玩。地上捆绑着两头猪，看来今天要杀两头。他们都是有目的而来。每次杀完猪，地不平总是把不好卖的猪下水，像猪血料、猪大肠、猪肺等，分给来帮忙的人。除了来帮忙的人，远处还躺着几条口水流得老长的狗。地不平高兴时会扔给它们一两块猪骨头，看它们龇牙咧嘴地争斗、厮打来取乐。

那边烧开水的喊水开了。这边地不平应道，开刀啦！地不平拿起一把一尺多长的尖刀，蹲到一头猪面前，把那把刀在猪毛上蹭了几下，然后拍拍猪脑袋，口里念叨，猪儿猪儿你莫怪，你是人家桌上的一道菜，下辈子不要做猪了，托生做人吧。那头猪似乎听懂了他的话，连哼哼唧唧的声音都变低了。地不平伸出左手摸了摸猪脖子，停住，说时迟那时快，他右手中的那把刀一下就扎进了猪脖子，然后用力拔出。那猪血喷涌而出。等在一边的人马上靠过去，用手里早已准备好的木盆去接猪血。

地不平抓起几片荷叶，把刀擦干净，拎着向另一头猪走去。狗剩拦住他，说，这一头俺来杀。地不平打了个愣怔，说，你杀？别糟蹋了俺的猪。地不平说得没错。杀猪看起来是粗活，但又是技术活。会杀猪的，那刀扎得准，猪血流得干净，杀出来的猪肉又细又嫩。不会杀猪的，猪血没放尽，全淤积在肉里，杀出来的猪肉又黑又紫，还有一股腥臊味。

狗剩来了蛮劲，一把夺过杀猪刀，向那头猪走去。狗剩走到那头猪面前才知道，杀猪不是想象的那么简单。他举起刀，知道该捅猪脖子，可不知该捅猪脖子哪个地方，那手不由自主哆嗦起来，手中的刀也随着抖动，在晨光里晃得耀眼。

旁边的人呼啦一下围了过来。

地不平喊，狗剩，这头猪你要是杀不好，肉没有人要，你得认账。周围的人一片哄笑。狗剩有点气短。就在这时，不知谁喊一句，狗剩，蹲禹蓟儿门前你行，杀猪你不行。周围又是一片哄笑。这句话严重地刺伤了狗剩，他两眼汪血，转过头去找说话的人，没找到。狗剩转过身去，双手举起那把刀，冲着猪头砍下去。

整个猪头被狗剩齐崭崭地砍了下来。周围一片惊呼。

狗剩拎起猪头，冲地不平说，猪头俺拎走了，猪肉你看着办，没人要全归俺，俺认账！俺家没少吃你的猪肉！说罢，拎着猪头走了。

狗剩用一上午时间，把猪头收拾干净，用慢火炓熟。到晚上，他切下猪口条和猪耳朵，用荷叶包好，给禹蓟儿送过去。

狗剩进去的时候，禹蓟儿刚洗完澡，披散着头发正在绱鞋帮子。屋里燃了驱蚊草，有一股淡淡的草香。

狗剩自己掇只凳子坐下，把荷叶包放到禹蓟儿面前的木桌上。刚洗过澡的禹蓟儿在灯光的映照下显出几分妩媚，撩得狗剩心里痒痒的，他不由自主想到那天晚上看到的情景，那位小兄弟偷偷地激动起来。狗剩不敢活动，生怕自己的鬼心眼露了馅。

禹蓟儿装作什么都没看见，伸手理了理披散的头发，然后去拍蚊子，撩起裤腿，露出一大截嫩藕似的腿。禹蓟儿人长得不算漂亮，但皮肤好，晒不黑。太阳一晒，那肤色白里透红，五月的熟桃子似的更加诱人。

狗剩的心怦怦直跳，顶得太阳穴都疼。为了分散注意力，狗剩找话茬，问禹蓟儿那鞋到底给谁做的。禹蓟儿已经上好了鞋子，正在剪线头，没理睬他。

狗剩拿眼睛扫了扫四周，屋外除了虫鸣，没有其他声音。狗剩壮着胆子，朝禹蓟儿靠过去。禹蓟儿没抬头，用鞋子顶住狗剩的腰，冷冷地说，拿去，穿上它，杀那狗日的。你不杀那狗日的，俺娘死不瞑目，俺也没法安安稳稳地跟你过日子。小鬼子太可恨，俺爹生死不明，也是小鬼子折腾的。俺一闭上眼，就是那狗日的——满嘴黄牙板，俺就恶心得要把五脏六腑都吐出来。那狗日的这几天又在俺家周围晃悠上了,贼心还没死。俺不敢想,一想,俺就不想活了。

狗剩拿起那双鞋子,默默地离开了。

8

穿上那双布鞋,狗剩似乎变得沉稳起来,但眼睛里含着杀气。他开始暗中尾随着山龟,他在寻找杀死猎物的最佳机会。

山龟该死。

禹蓟儿脱去孝服以后,山龟的心眼又歪上了,他在禹王村收完菜,有事没事地总要在篱笆外站一会儿,偶然还会伸着细长的脖子往屋子里窥探。他贼心没死,又在寻找下手的机会。他认为孤单的禹蓟儿是他最好的猎物。

山龟的举动刺激着狗剩的神经。狗剩彻底变成了一条撕咬猎物的疯狗,他害怕哪一天自己一不注意,禹蓟儿再次遭祸害。

又是一个阳光灿烂的晌午。

山龟从禹王村收完菜回同安镇。离城里已经很近,城门上的兽头大铜环已经看得见轮廓。前面的四个黄狗子担着担子已经快走进城门。山龟慢腾腾地在路上晃悠。突然,他停了下来,直奔沙路边的旱沟。到了沟底,他急忙脱掉裤子拉屎,看来,他让一泡屎给憋坏了。

一直猫着腰在沟底秘密跟随的狗剩,心里一阵激动,一阵狂喜,那心陡然跳得厉害,顶得太阳穴嘭嘭直响,似乎要冲出头顶。狗剩感到一阵窒息,彻底喘不过气来的窒息。

他稳定一下自己的情绪,借着灌木丛的掩蔽摸到了山龟的身后。山龟白亮亮的屁股正冲着他,一股恶臭扑面而来。这恶臭味刺激着狗剩的每一根神经,让他想起了宰杀之前屎尿并流的那头猪。“山龟,你是一头猪——”随着一声歇斯底里的狂叫,山龟细长的脖子断了线。落了地的那颗秃脑袋像一只猪尿泡充成的球,有一股韧性,弹了几弹,眼睛眨了几眨,嘴一龇露出满口的黄板牙。“你是一头猪！猪！！猪！！！猪——”狗剩猛踹一脚，那只球飞到了大沙路上。

狗剩蹲下身子，摘下那把盒子炮，挂到自己的脖子上，叉着腰，围着那光屁股打转转，所有的恐惧顿时烟消云散。

他爬上大沙路，仔细端详那颗丑陋的头，嘴里嘟哝着，这跟杀一头猪没什么两样嘛！

前面的四个黄狗子发现山龟没跟上来，放下担子等，又等一会儿还没来，他们就分成两组，两个看担子，两个拐回来找山龟。

那两个寻找的黄狗子，突然看到路上的山龟的头和满身血迹的狗剩，吓得魂飞魄散、鬼哭狼嚎。狗剩陡然从成功的陶醉里醒悟过来。一队巡逻的鬼子兵闻声而来。

狗剩顺着那条大沙路向北狂奔。子弹织成了一张网，狗剩觉得自己就是在网眼中逃命的鱼。狗剩看到了子弹飞行的轨迹，看到了弹头的落点。那一颗颗子弹在追他的命。

潜意识告诉狗剩赶快去钻路边的青纱帐，那才是活命的地方。大沙路的西边就是一望无际的高粱地。大沙路和高粱地中间隔着一道又陡又深的四米多宽的水沟。狗剩一个跨步，竟飘了过去。狗剩在浓密的高粱地中狂奔。平时柔软的高粱叶子在速度的刺激下像刀片一般犀利，毫不留情地割咬着狗剩的裸露部分。

拼命追赶的小鬼子们止住了脚步，惊呆了。他们怎么也搞不明白，狗剩凭借什么神奇的力量跨过那道深沟。他们无奈地站在沟边，气急败坏地举枪狂射。

狂奔中的狗剩觉得自己真的成了一条劈波斩浪的鱼，那青纱帐就是碧绿无边的海。他看到了子弹头爆炸的火花，他知道这些花朵若在自己的身上开放，那就没命了。被子弹头震落的高粱花飘满了他的全身，迷住了他的视线。可他顾不了这些，依旧像一条逃离网眼的鱼向前猛蹿。

当脱离危险的信号在狗剩头脑中打了一个闪电时，他轰的一声，四肢摊开，仰躺在高粱地里，他感觉到被压折的高粱秆子发出的带有弹性的猛烈的震颤。

第二天早晨，阳光灿烂，霞光映照下的青纱帐是一片薄雾弥漫的绿色海洋。被轻风推醒的狗剩揉了揉惺忪的睡眼，这才发现自己成了个血团子。浑身被高粱叶子划破了的伤痕纵横交错，像渔网一样裹满了全身，结了痂的伤痕像一道道红网线。狗剩想站起身子，可两条腿怎么也不听使唤。狗剩褪下裤子，低头一瞧，两胯间一片青紫，瘀血中鼓起了一个肉团，闪着紫红色的光。狗剩这才感觉到全身火烧火燎般痛。命还是自己的。狗剩索性又躺了下去，伸手折断一根高粱秆子，放在嘴里慢慢咀嚼，一股甘甜呼啦啦奔涌到他全身的每个角落，似乎每一个毛孔都甜到了。他抬头望天，天空蓝莹莹的。

狗剩深深吸一口气，空气中全是高粱、玉米、黄豆还有红薯、青草的芳香，沁人心脾。狗剩吐出一口气，胸中无限舒畅。他试着站起身子活动活动身体，疼痛似乎减轻了许多。

狗剩索性又躺下去，四肢完全舒展开来，自由地伸展开来，无限惬意。他抬头望天上的云彩，那云彩不停地变换姿态，一会儿是一群羊，一会儿是一群马，一会儿是一座山峰……真美呀。他盯住一朵云看，那朵云不停地变、变、变，最后竟然变成了禹蓟儿的脸，冲着他笑。

狗剩哈哈大笑，伸出手去拥抱那朵云彩。他闭上眼睛，觉得自己已经抱住了那朵云彩，抱得很实在。他咬着牙恶狠狠地搂住，想把禹蓟儿搂进肉里。他感觉自己的那位小兄弟无限地硬，直直地顶出去，再顶出去，顶向那模糊而神秘的下体。轰的一声，他浑身似乎炸开了一般，陡然间无限快活，每一个细胞都被激活了。他想忍，但已经控制不住，一股像水一样的东西从那个地方喷涌而出。狗剩感觉自己的魂随着那东西飞出了体外。他快乐，他恐惧，他兴奋得想飞。他张开嘴巴，想冲着云彩喊，没喊出来，然后……身体面条一样软。狗剩又昏昏睡去了。

狗剩的成年礼就这样完成了。

那天上午，鬼子巡逻队开进了禹王村。村中的那条青石板小巷贴满了告示："为了维持本地治安，严防八路偷袭，大日本皇军此令：凡与八路勾结、窝藏八路者，格杀勿论；凡提供消息者，大大有赏。”

山龟被沂蒙山下来的八路砍了脑袋！那天，禹王村的那条青石板路异常宁静，可家家户户激起了欢快的旋涡。村民们凑到一起，关起门来喝酒。尤其是那些姑娘媳妇过年似的快乐，压在心头的那块大石头终于让八路军给搬掉了。

当夜色彻底笼罩了禹王村时，狗剩溜进了村子。

禹蓟儿屋里的灯还亮着。

狗剩跳进篱笆墙，敲开了禹蓟儿的门。

沉沉的夜色里，禹蓟儿的屋里先是传出一声惊叫，接着那灯就灭了。那条草狗围着房门转几圈，然后趴在地上，闭上眼睛，摇晃着尾巴，似乎很是陶醉。

9

禹三姑乘着驴车回来了。

山龟被人砍了脑袋的事在沂蒙山都传开了。

禹三姑赢了。她为狗剩感到骄傲。她选个吉日，顺顺当当地把禹蓟儿娶回了家。

禹蓟儿兑现自己的诺言，成亲的第二天，她就里里外外操持家务，真的做牛做马了。

禹三姑看在眼里，决定手把手教禹蓟儿针灸。她知道，禹蓟儿学会这门技艺，狗剩的后半生该衣食无忧了。

舒心的日子总是溜溜地过得飞快。转眼间到了一九四四年的夏天。

那一年夏天，雨水特别勤，羽山的大小山涧洪流奔涌，禹王村沟满河平。羽山顶上的那棵驼背老松被洪水浸泡得发蔫。

禹三姑的三间青砖瓦房也经不住雨水的浸泡，房顶老是渗水。一天晌午，太阳好不容易露出半个脸。久雨初晴，狗剩爬上房顶换瓦片。禹蓟儿有了身孕，挪着笨拙的身体在下面递灰瓦片。狗剩从屋顶上看蓟儿,活像一个压扁了的胖葫芦。自已撒的种子结出了果子,狗剩一脸的满足,眼睛里含着亮光,望着蓟儿直发呆,竟忘记了手中的活。禹蓟儿白净脸上的斑痕顿时绯红起来。狗剩暗下心思,从今以后要好好伺候禹蓟儿。

禹蓟儿生了,一个男孩。禹三姑一看到孩子,哈哈大笑,村子里几个帮忙的媳妇也跟着笑,都说,到底是狗剩的种,跟狗剩像一个模子里铸出来一样!特别是那双眼睛,贼亮亮的,盯住姑娘就不转动了。

狗剩感受到前所未有的幸福。他天天围着禹蓟儿转,去羽山涧买鲫鱼烧鱼汤,去地不平的铺子买猪板油煎鸡蛋,帮禹三姑洗尿布,夜里搂着儿子睡觉。禹三姑怎么也没想到狗剩变得如此勤劳。磨难和责任让狗剩脱胎换骨。禹三姑无限满足。

小狗剩满月。禹三姑决定办个满月宴,请一请左邻右舍。

狗剩太大意了。他杀了山龟,但忽略了那四个跟随山龟买菜的黄狗子。那天中午,狗剩想进趟同安镇,给禹蓟儿买点好吃的,给孩子买点玩的。当他走到村头那棵老槐树下时,两个黄狗子正带着日本兵的一个小队来抓他。两个黄狗子买菜时认出了他,他却没认出那两个黄狗子。狗剩太大意了。

狗剩一见那两个黄狗子,再看两个黄狗子身后的那队日本兵,陡然间什么都明白了,他撒腿就跑。日本兵领教过狗剩跑的功夫,他们不打算抓活的,一边追赶一边开枪射击,那枪声密集得像炒豆子。

日本兵追杀狗剩的时候,禹三姑正和禹蓟儿一道站在门外哄孙子玩。那天天气晴朗,视野开阔。她看到狗剩狂奔过去,看到日本兵在后面疯狂地喊叫、射击、追赶。狗剩没有往家里跑,他往村子东面的滩涂里跑,那里芦苇浓密。到底经历过大磨炼,慌乱的狗剩头脑没乱,他不想连累家人,也不想连累禹王村人。

禹三姑和禹蓟儿的心顿时刀绞般痛,那气不够喘的,张大嘴巴傻呆呆地站在那里。追到河边时,眼见狗剩就要钻进芦苇丛里,可那该死的子弹就像黑色的马蜂一样落到狗剩的背上,狗剩的脊背顿时鲜血四溅,那血花像春天里红艳艳的桃花瓣四散着飞,落到了路边的草叶上、树叶上。狗剩倒下去了。倒下去的瞬间,那头转向了自己的家。禹三姑和禹蓟儿都觉得自己的眼神跟狗剩的眼神对接上了。狗剩竭力睁大他的眼睛,眼神黑黑的,像两个深洞,开始有亮光闪烁,到后来漆黑一团。然后,狗剩高大的身体就倒下去了。

听到枪声,禹王村的村民们奔跑着围到村头。和禹三姑、禹蓟儿一样,他们看到了狂奔的狗剩,看到了狂追的日本鬼子,看到狗剩中弹倒下的具体过程。禹宏武、地不平他们手里握着家伙,冲禹三姑喊,狗日的欺负咱们女人就罢了,还敢杀咱们男人,跟他们拼了吧!

禹蓟儿瘫倒在地上,脸色煞白,那气一口接一口地喘,胸口颠簸得厉害。几个村里的女人给她掐人中,击打她的后背,帮着她缓气。

禹三姑眼里喷着怒火,吼一句,小倭寇,你欺人太甚!一掌击在身边的老槐树上,树上有个喜鹊窝,窝里的两只喜鹊吓得叽叽喳喳地叫,惊恐不安地飞走了。禹三姑的嘴角挂着血痕。

禹宏武几个要往前冲。

禹三姑喝住他们,说,你们别去送死了,狗剩的仇老妇来报!

此时的禹三姑出奇地镇静。她交代周围的几个妇女,要她们把禹蓟儿带走,帮忙照顾好她的孙子;她交代禹宏武几个男人,看住禹蓟儿,别让她乱来,做傻事;等日本人走后,去把狗剩的尸首运回来。

周围的人疑惑不解,一个手无寸铁的老妇人怎么报仇?

禹三姑厉声交代,日本兵马上要过来,你们马上离开这里,日本兵不出村子,谁也不许靠近这里半步!

禹三姑的两眼一片血光。禹三姑的为人村里人都明白。他们安静下来,按照禹三姑的要求离开了。

禹三姑的房子，青砖黑瓦，算是禹王村最好的住处了。

太阳西斜的时候，鬼子兵果然来了，他们斜挎着枪支，一路嘻嘻哈哈，好似刚做完一场围猎游戏。

禹三姑坐在门前择菜。

他们到院子前停下了。禹三姑抬头看，十个日本鬼子、四个黄狗子。说来也巧，那个领头的日本军官认识禹三姑，是个少佐，在同安镇请禹三姑针灸过。他们中午饭还没吃，看到那么宽敞的院子，顿时精神十足，连招呼也不打一声，直接进院子找吃的。禹三姑家底殷实，应付十几个人吃饭，绰绰有余。他们没等禹三姑开腔，自己就忙活开了。

禹三姑低头继续择菜。日本少佐主动跟禹三姑搭腔。禹三姑放下菜，走进院子，掇条长凳让少佐坐下，自己也拿过一只小板凳坐下了。这帮家伙，他们目前还不知道狗剩跟禹三姑的关系。既然少佐主动献殷勤，禹三姑就接过话茬，有一搭没一搭地和他闲聊起来。

少佐手下做好饭，喊少佐过去吃饭。禹三姑起身进屋，拿出几坛“羽山高粱烧”。少佐一看到“羽山高粱烧”的酒罐，顿时兴趣盎然，高声喊好。原来，七年前台儿庄决战时他从羽山脚下路过时就喝过这种酒，那一夜的疯狂他至今还记忆犹新。当时他只是个兵，现在已经是少佐了。有好酒喝，况且是少佐领着喝，十几个兵顿时山呼雷动，忘乎所以。

禹三姑坐在院子里，拿出药箱，不紧不慢地擦拭银针，给银针消毒。

酒足饭饱后，太阳已经挂在树梢，一股凉风从羽山谷吹来，传来阵阵松涛声。风里夹杂着一股冷冷的秋意。

少佐看到禹三姑在整理银针，陡然记起那次针灸的妙处。小小银针，大大乾坤，少佐佩服中国古老而神秘的医学。他要求禹三姑给他针灸，解解乏。禹三姑答应，转身拿过一张凉席，让少佐躺下。

就在韩三姑要下针时，一个黄狗子走上前来，盯住禹三姑打量，似乎在回忆什么。可酒喝得太多了，眼睛发花，一时又想不起来。

禹三姑开始下针。

那黄狗子要禹三姑自己先针自己,试试针,完了再给太君针。

禹三姑什么也没说,用左手拿起银针对着自己的右胸口的穴位深深地扎了一针,又用右手拿起银针对着自己的左侧腰部深深地扎了一针。

那黄狗子不说话了。他懂一点医道。

禹三姑依照自己的扎针法子,先给少佐扎针,她面含微笑,动作沉稳,扎得认真仔细。银针扎下去,少佐顿时觉得神清气爽,精力无比充沛,所有疲劳感消解得无影无踪。少佐大喊舒服、痛快,妙,妙!

看到少佐的表现,其他的日本兵争着针灸。禹三姑不急不忙,一个挨一个扎过去。扎完针后,日本兵们个个精神倍增。

轮到四个黄狗子了。

那两个告密的黄狗子先走上前来。那位又盯着禹三姑看,突然问一句,你认识刚才被打死的男人?禹三姑笑笑,淡然地回答,俺一辈子行医,认识的人多了。那伪军又问一句,你的眼怎么那么红?哭的?禹三姑仍是淡然一笑,说,秋凉了,夏火燥的,可能要害红眼病了!

那黄狗子狐疑着躺下,禹三姑扎针,那手稳而准,下针狠而深。

最后剩下两个黄狗子了,他们年龄不大,应该不足十八岁。禹三姑早就留意到他们俩。追狗剩时,他们落在最后,扛着枪跑。到院子里时,他们躲在后面,不声不响的。

禹三姑冲他们俩笑笑,说,小毛头,奶奶给你们扎针,保你们长命百岁!两个人什么话也没说,禹三姑要他们怎么做他们就怎么做,没有一丝疑虑。扎完针,禹三姑拍拍两个人的脑袋,叹口气说,奶奶没儿子了,没儿子了,没人送终了,哪天奶奶死了,你们别忘了来给奶奶烧刀纸。说罢,背过身去收拾整理药箱。禹三姑的眼里汪着泪。

所有人都扎完针,天已经黑了,那风吹得更紧了,松涛声如海浪翻滚。少佐想到禹王村里找点乐趣,但又怕天黑不安全,就带着队伍回同安镇了。

禹三姑把日本兵送出院门,就倚在门框上看,直到他们消失在村口。这时的禹三姑浑身汗透，脸色煞白，瘫软在地上。

禹宏武他们扶着禹蓟儿娘俩回来了。一起回来的还有狗剩的尸体。

禹三姑眼里汪着泪说，请大家帮忙，把俺儿放到棺材里去吧。禹三姑的偏房里早就准备了一口棺材，那棺材用羽山老槐木做成，上了七遍桐油，刮了七道黑漆。那是禹三姑准备自己百年后用的。禹蓟儿镇定下来，在村里媳妇的帮助下，打来清水，细细擦洗狗剩身体上的血渍。狗剩除了背部马蜂窝似的枪伤，腹部和胸部还被扎了无数刺刀，那身体若不是衣服的连缀，早就分成几块了。狗剩的惨状让所有禹王村人落泪。

禹蓟儿机械地擦洗着狗剩，突然记起什么，她起身去了柴房，从里面拿出一个黑布包裹。就在众人疑惑不解时，禹蓟儿打开那个包裹，露出一支盒子炮，那盒子炮的紫红木枪套虽然颜色暗淡了些，但依然透着油亮。

禹宏武拿起那把盒子炮，特别是那枪套，认识，那是山龟的盒子炮。

禹王村的人顿时明白了一切，原来是狗剩杀了山龟。他们心头陡然落雪似的肃然起敬。

禹三姑缓过劲来，说，拜托大伙，明天早晨来给俺儿狗剩下葬，拜托了。

禹宏武大声嚷，不行，狗剩杀了山龟，杀了俺们村的大仇人，他是咱们村的大恩人，咱们禹王村必须好好为他发丧。

禹三姑凄苦一笑，说，你们散去吧，回去歇歇，明天九点钟前必须给狗剩下葬，不然禹王村将大祸临头。

一听这话，禹宏武他们心头一凛，不再多说，他们从来就相信禹三姑的话。

禹宏武朗声说，明天天一亮咱们就过来。

禹王村的村民们散去了，禹三姑一把搂过禹蓟儿。禹蓟儿放声痛哭，那眼泪如滚滚的殛鲧泉水。

夜深了，周围一片死寂，羽山谷里的风吹松涛声越发清晰可闻。禹蓟儿止住哭泣，问禹三姑，怎么招待日本小鬼子，为啥还让那帮畜生喝“羽山高粱烧”？禹三姑凄苦一笑，说，俺给他们都针灸了。禹蓟儿问，怎么下针的？禹三姑叹口气说，俺先针了他们的血关穴，然后……然后针了他们的百关穴。

禹蓟儿一听，什么都明白了，禹三姑给他们下了绝针。针血关穴，会让全身血液如江河奔腾，人的感觉是精神陡增，似乎有用不完的劲。而针百关穴，则是给全身奔流的血液关上了闸门。这一猛放再猛关，就像洪水来了，先开闸泄洪，然后再在下游修建个拦水坝。拦水坝是挡不住上游洪水的。一旦拦水坝决堤，必然是山沦地陷。而那“羽山高粱烧”可以加速血液循环，是上好的针灸佐药。这就等于洪峰到来时，又刮起了狂风，风助浪势，势不可挡。

禹三姑再次把禹蓟儿搂进怀里，叹口气说，蓟儿，明天安葬完狗剩，你带着孙儿赶快离开，家里值钱的东西俺给你收拾好了，明天你雇辆马车，去沂蒙山南麓的尼姑庵，就说你是禹王村禹三姑的儿媳妇，她们自然会好好招待你，带你去该去的地方。

禹蓟儿无限悲戚，说，娘，蓟儿陪你！

禹三姑摇了摇头，说，娘也针了血关穴和百关穴。

禹蓟儿听了，放声大哭，原来娘已经自绝生路。

禹三姑静了静，说，俺下针百关穴时，留了时辰，俺让那帮畜生多活十个时辰，如果不出意外，他们明天中午必然七孔窜血而亡。

禹蓟儿的眼泪如羽山山涧般奔涌，她知道到目前为止，这种绝针还没有解救办法，哽咽着说，蓟儿不能走，蓟儿要为娘送终。

禹三姑平静地说，俺今年已六十挂四，够本了。不用你操心，到时自然有人给俺送终，你照顾好俺那孙儿，别让狗剩绝后，就是给娘最好的送终了！

禹蓟儿听了这话，抱紧孩子，低头痛哭，声音嘶哑而凄清。

10

第二天天刚亮，禹宏武他们就来了。

一夜之间，禹三姑原先灰黑的头发根根银白，脸上的皱纹深如羽山裂岩。禹三姑早已梳洗完毕，等在那里。她拿出十块大洋，对禹宏武说，宏武，去再抬一口好棺材来。

禹宏武不解，想问原因，看见禹三姑神情自然，目光决绝，就没再多嘴，赶紧派人去羽山西麓的盖氏棺材店抬棺材。

九时整，狗剩准时下葬。

狗剩被埋葬在羽山东麓的禹氏墓群的最东面，那里背山面海，苍松劲槐遮天蔽日，清澈的溪流向东奔流，直入黄海。

埋葬完狗剩后，禹三姑要禹宏武他们在狗剩坟墓旁边再挖一座坟，把那副棺材放进去。

禹宏武他们照做了。

忙完一切，禹三姑亲自给狗剩上香。白发人送黑发人，禹三姑再也控制不住自己，老泪纵横。她给自己的孩子鞠了三个躬。

禹蓟儿抱着孩子长跪不起。禹蓟儿已经哭不出声音，只是流泪。

禹宏武昨天夜里上了羽山，用羽山青石为狗剩雕了块大碑。他们把它立了起来。

禹蓟儿从背上卸下包裹，取出那把盒子炮，用手扒开碑下的黑土，埋了进去。禹蓟儿嘶哑着说，你们别忘了狗剩，别忘了他，每年清明来给他圆圆坟，烧刀纸。

禹宏武朗声说，狗剩是咱禹王村的大恩人，禹王村忘不了他！

全禹王村的男男女女老老少少自觉围墓一周，集体祭拜狗剩，行了大礼。

该做的做完了，禹三姑让村里人散去，说，今天中午在家待着，或者去羽山谷里躲躲。

村里人默默离开了，他们相信禹三姑的话。

回到家里已近午时。

禹三姑早上已让人雇好马车，那马车已经停在院门前。

禹三姑让车夫帮着搬运收拾好的细软之物。禹蓟儿的心碎了，一个劲痛哭，泪中氤氲着血丝。禹蓟儿清楚，这是生离死别，以后再也见不到禹三姑，也许再也回不到禹王村了，从此她就要和孩子一道漂游他乡。她只是哭，什么也不敢看，她觉得周围熟悉的一切，一草一木、一石一土、一鸡一狗，都让她撕心裂肺。那条草狗，禹蓟儿嫁过来后把它也带过来了，好像也明白了什么，摇头摆尾，寸步不离地跟着禹蓟儿。

禹三姑让车夫把禹蓟儿架上了马车。她突然想起了什么，急忙走回屋子，拿出药箱，取出她那副用了一辈子的银针，交给禹蓟儿，说，好好收着它，用它去救死扶伤，千万别用它去伤人了。说罢，站到一边，夺过车夫的鞭子，猛抽一鞭那马儿。那马车一溜烟往前跑去。那条草狗跟着马车跑。

禹蓟儿抱着孩子，跪在车上，给禹三姑磕头。那孩子突然哇哇地嘹亮地痛哭起来，羽山谷里都有了清晰的回声。

那天中午，同安镇里乱成了一锅粥，日本兵宪兵营里，九个宪兵突然气绝身亡，他们的死亡特征一模一样，七孔流血，浑身痉挛如扭麻花，痛苦不堪。

太阳西移时，那位日本少佐率领一队日本兵和十多个黄狗子直扑禹三姑的院子。

很远的地方，他们就看见了禹三姑。禹三姑白发飘扬，倚在自家院子的门框上，正在等待他们的到来。

当他们逼近门前时，才发现禹三姑手里还捏着一支银针，在阳光映照下闪闪放光。禹三姑已经气绝身亡，七孔流血，面含微笑。

那位少佐冲在最前面，仇恨让他五官扭曲。看到那根银针，他怒不可遏，举起东洋战刀扑向禹三姑。就在那东洋刀快落到禹三姑头顶上的瞬间，禹三姑手中的那根银针似乎突然放光，那少佐被雷击般地痉挛起来，瘫倒在地，七孔流血，不一会儿气绝身亡。

阎王让你三更死，你活不过五更天。禹三姑，神人啊。禹三姑让那少佐多活了一个时辰，真是华佗再世、诸葛重生啊。

其他的日本兵既吃惊又气愤，连冲禹三姑的身体开了数枪，然后一把火烧了她的房子。

日本兵们原来打算屠戮整个禹王村的，他们目睹了九个同伴的死亡过程，又看到了少佐当面惨死的情景，惊心动魄，心里有一种神秘而不祥的感觉，没敢放肆，抬着少佐的尸体，匆匆忙忙地、悻悻地离开了。

就在日本兵消失在村口的时候，从禹三姑院子旁边的老槐树背后走出两个人，两个黄狗子。他们跪倒在禹三姑面前，号啕痛哭。他们就是昨天在禹三姑家吃饭针灸的四个黄狗子中年龄最小的那两个。和他们一起来的那两个黄狗子今天中午七孔流血而死，死状跟少佐一模一样。

两个年轻人明白，禹三姑手下留情了，不然他们早已命归西天。就在这时，禹宏武他们来了。他们扑灭燃烧的余火。看着禹三姑的惨状，听了两个年轻人的讲述，禹宏武他们更是肃然起敬，他们为禹王村出了这么一位老人而激动。他们和两个年轻人一起抬着禹三姑来到狗剩的墓旁。他们这才知道禹三姑准备另一口棺材的用意。禹三姑，禹王村的精灵啊！

那两个年轻人埋葬禹三姑后，脱掉身上那身“黄狗皮”，扔到山涧里去了，然后背起枪，告别禹宏武他们，向北走去。他们知道，同安镇的日本人还没彻底清醒过来。其他人都死了，而他们两个还好好地活着！日本鬼子肯定要想方设法捉拿他们。

一段时间的黄狗子生活，让他们看透了日本人的本性。他们决定去找一个能让中国人真正做中国人、过中国人日子的地方。

就在禹三姑离世的第七天，天突然降起大雨。老人说，真是奇了个怪，明明是秋天了，还下那么大的雨，一辈子也没见过那么大的雨。那雨连下三天，下得整个羽山周围山洪奔涌，羽山顶上那棵驼背老松都被雨水浸泡得叶子发黄。那场大雨彻底冲塌了禹蓟儿的草屋，冲平了禹三姑的房基。

没过多久，禹王村的人们惊奇地发现，那两片废墟上竟都长满了青青的蓟菜儿……

《禹王村志》记载:此后一年,日本鬼子投降。在此期间,为了挽回失败的颓势,日本鬼子曾进行无数次惨无人道的扫荡,但都绕过禹王村。也许是禹王村让他们心存顾忌吧!

(以《两个普通人》为题发表于《连云港文学》2005 年 3 期)

靠爱情生活的人[1]

1

中国鲎,英文名“Tachypleus tridentatus”,属暖水性近海名贵珍稀节肢动物,素有“海底鸳鸯”之称。中国鲎体呈瓢状,由头胸部、腹部和尾剑三部分组成,全身覆以硬甲,背面圆突,腹部凹陷,体态优美,恰似古代的素琴。

中国鲎起源于古生代的泥盆纪,早于恐龙和原始鱼类,已有4亿多年的历史,人们誉其为“海洋活化石”,具有极高的学术研究价值。由于它的血液中缺少血红蛋白且含有大量的铜离子,所以遇到氧气后血液呈淡蓝色。蓝色血液除了使其具有很高的医学研究价值外,更给它蒙上一层神秘的生理面纱。

中国鲎的肉、卵营养价值极高,其味如蟹,鲜美可口,堪称人间美味中的极品,古代为皇宫御用。作为药材原料,具有多种疗效,据宋代《嘉祐本草》记载:鲎肉主治痔疮;卵可治红眼、青光眼;胆主治大风癞疾、积年呷咳;尾烧焦主治汤风、泄血和妇科崩中带、产后痢等症;甲壳烧成灰可治咳嗽、退高烧。至今,我国沿海民间仍流传许多种中国鲎的秘方,据说屡试不爽,已引起国内外医药研究部门的高度关注。

中国鲎为雌雄异体,雌体比雄体大,成年雌体重约4公斤,雄体重约1

① 本故事纯属虚构,中国鲎的药理作用并无科学依据,切勿仿效,谨防受伤。

公斤。从幼鲎到性成熟，需4—5年。

中国鲎别看其貌不扬，却有非常独特的“爱情”。尤其男鲎对“爱情”特别专一，一旦找到伴侣就不离不弃，终生为伴。成立家庭后，男鲎用爪钩住女鲎的后背，肥大的女鲎驮着比它瘦小的男鲎，悠游爬行，在海洋世界里其乐无穷地闲庭漫步。

沿海渔民发现一个奇怪而有趣的现象：女鲎一旦落网被捕，男鲎总是乖乖地待在原地不跑，明知有性命之忧，却心甘情愿地与女鲎一起被捕，殉情精神感天动地。

中国鲎已经濒临绝迹，被称为中国海底的“大熊猫”。中国鲎对生活环境要求苛刻，尤其是在找到伴侣后喜欢独居，追寻清净的“世外桃源”，这种洁身自好的习性倒很像我们人类。多年的试验表明，中国鲎集中喂养存活率很低。我们决定另辟蹊径，试验家庭认养。

可爱的恋人们，如果你们想表达山盟海誓的爱情，你们可以从海城市海洋世界认养一对中国鲎，让海底鸳鸯见证你们忠贞不渝的爱情，同时也让它们分享你们火热的爱情。

海洋世界期待您的支持和参与。

以上文字来源于海城市海洋世界关于中国鲎的大幅宣传画及相关宣传资料，略作润色，姑且拿来做本文的引子。

2

文秀摽着阚海的左胳膊在海城市海洋世界的林荫大道上闲逛。文秀最喜欢用这种方式逛街。每次遇到熟人阚海想躲闪，文秀就抱紧他的胳膊甜蜜地嚷：你是我的大树，躲什么？我摽别人你乐意？说罢索性连头也贴到阚海身上。阚海高大挺直，文秀娇小玲珑，采用这种造型走在大街上，还真有点小鸟依人的韵味。

两个人逛到中国鲎的宣传画前停住了。那幅宣传画很大，要在十米开外仰视才能看到顶端的文字。文秀是个感情丰富而又敏感的女人。看完画面上五颜六色的图案和无限煽情的文字,文秀就松开阚海的胳膊,轻微抽动着鼻翼,拉着他的手说,咱们去同情同情中国鲎吧。

海城市濒临东海。海洋世界坐落在大海边,三月份刚竣工,五一节期间正式对外开放,为了招揽游客,门票打五折。文秀和阚海住在海城市的西面,路途较远,打的要花十五块钱,坐公交要转三路车。

阚海和文秀都是大学毕业,阚海在海城市海滨区环保局工作,文秀是海城市一中的生物教师。海滨区是海城市的核心区,海城一中是海城市教育局直属重点中学。

俩人到了海洋馆,文秀盯着中国鲎看,有些痴呆。阚海在旁边闲逛闲看。看着看着,文秀被中国鲎的感情生活感动了,细长眉毛下那双水汪汪的大眼睛里转动着晶莹的泪光。一看文秀的架势,阚海心里直发毛。阚海最怵文秀这个架势,因为这个架势的后面往往紧跟着一个傻乎乎的天真烂漫的构想。经验告诉阚海,在事态不明的情况下最好什么都别问,什么都不做。他掏出纸巾递给文秀。文秀拨开纸巾,满脸庄重地拉着阚海的手说,走,咱认养一对中国鲎去!

阚海和文秀来到中国鲎认养办公室。办公室里空荡荡的,飘动着一股湿腻腻的海腥味。办公室里摆着四张办公桌,只有靠近前门的那张后面坐着一位四十岁左右的女工作员,脸色像冬天里的玻璃般冷硬硬的,正在低头织一件红毛衣。听说有人要认养中国鲎,她停下手中的毛线活,头也没抬,从抽屉里拿出一张表格递给阚海,要他先填写好。阚海填写完表格,女工作员拿过去瞧了一眼,又递了出来,要他在联系电话一栏里如实填写正在使用的手机号码。阚海填写好了,她就说你们先去财务室交三千块钱押金。

阚海听说要交三千块钱押金,像风雪天里胃口大开涮羊肉时嚼碎了一粒大胡椒,顿时对认养没了滋味。文秀也觉得押金有点多了,既舍不得花那么多钱,又对中国鲎恋恋不舍。她望望女工作员又望望阚海,显得左右为难。女工作员终于抬起厚重的眼皮,哑着嗓音给他们解释一番,说,这三千块钱只是押金,将来你把中国鲎交回来,这三千块钱还退给你。文秀多了个心眼,追问一句:要是中途养死了呢？女工作员就说，养死了，你把养死的中国鲎退回来，钱一个子不少地照退不误。这不是濒危物种嘛，不交三千块钱押金，谁能保证认养的中国鲎会不会被卖了，甚至——会不会被煮吃了？你们说呢？咱们收押金是想对双方都有个约束，提醒认养的人中国鲎的价值。这话说得虽然露骨，但很实际。文秀不好意思地说，我们没带钱，回去商量一下再说吧。说罢，有些讪讪地拉着阚海的手逃跑似的往外走。

走出海洋世界，阚海还想到处溜溜，转移文秀的视线和情趣。文秀蔫蔫地提不起劲头。阚海和文秀四月底结的婚，还没度完蜜月，昨天晚上文秀提议，今天中午不回家吃饭，利用难得的五一假期爽爽快快玩他一天。阚海满口称好。现在文秀没了兴致，阚海也就没了兴致，两个人打个的就回家了。

回到家，文秀说累得腰酸腿疼头晕的，不想吃饭了，先上床休息去了。阚海安顿好文秀，下厨房做午饭。

阚海菜刚烧到一半的时候，文秀躺在床上喊他过去。阚海在厨房里大声嚷，什么事呀烧好菜再说吧，这菜正烧着呢，要人看着，别煳锅了！

文秀就撒娇地嚷，不行不行，你不过来，烧好了山珍海味我也不吃！

阚海无奈，只好关掉煤气，撩起围裙擦着手走过来。

文秀满眼含着期望，带着点讨好还夹着点撒娇地说，阚海，我那套首饰不买了，那钱拿去交押金，咱认养一对中国鲎。

阚海没吱声，文秀着急地补充说，那只是押金，那么大的海洋世界还能瞎了咱三千块钱？

阚海太了解文秀了，文秀想做的事那是九头牛也拉不回来的。这时若竭力反对，那就不够爱情了，倒不如爽快答应下来，还能赢得文秀的好感。阚海就说，行，只要你愿意，我没得说，听你的。文秀听了这话，从床上跳下来，抱住阚海左一口右一口亲个不停，解下阚海的围裙说，你歇着，我去烧菜，好好犒劳犒劳你，我的大树！

第二天一大早文秀就去银行把钱提了，要去认养中国鲎。阚海笑着说，你别急呀，中国鲎认养回来，你养哪儿呀？

文秀拍了一下额头,说,也是啊,咱得先做个大玻璃缸,还得有海水,有沙子,有海藻,有……咱们要营造一个室内的海。说罢伸出双臂,做一个搂抱大海的姿势。

阚海一听,心想完了完了,要在家里建大海呢!天天和咸鱼味相伴不说,结婚积攒下来的那点家底也非折腾光不可了,但脸上还不能表露出来,就说,对呀,咱得好好计划计划,先做好准备工作!三千块钱呢,可是咱家最贵的家当了!阚海嘴上说得热情,可不见实际行动。阚海想拖一拖,让时间来冷却文秀的热情。

女人的热情是体温表,升得快,想往下退可就难了。刚过两天,文秀就把定做的大玻璃缸雇辆车给搬回家来了,连充氧器也买回来了。

阚海一看马鞍都买回家了,这马是非买不可了,一不做二不休,索性拿出热情主动陪文秀去认养中国鲎。

到了海洋世界,那位女工作员接待了他们,说,你们来得真巧,我们这里只剩最后一对中国鲎了,上面有新精神,以后不再由个人认养,你们没看见路边的大宣传画已经拆掉了嘛!

阚海就转过头问,还要不要了?这对中国鲎肯定是别人挑剩下的,怕有毛病,不好养。文秀毫不含糊地说,要!再不要就没有机会了!阚海摇摇头,叹口气去交押金。

文秀站在那里等。一会儿,阚海拿着一张浅蓝一张粉红的发票回来了。女工作员收了那张粉红色的,指着那张浅蓝色的发票说,收好了,将来有问题就带着中国鲎拿着它来退钱。说罢就领着他们去认养馆。

认养馆里一位架着黑边眼镜的男管理员已经为他们准备好了:充氧的白色塑料袋里装着一对瘦小的中国鲎。看着瘦小的中国鲎,文秀有些失望。男管理员提醒道,只剩这一对了。阚海咂了咂嘴摇了摇头接过塑料袋,两个人转身往外走。快走到门口的时候,文秀突然想起来该问一问中国鲎的一些养法。两个人又转身回来了。没等他们开口,男管理员就递给他们早准备好的一包东西说,都在里面,自己回去看看就行了。文秀爽快地接过来,男管理员赶紧说,五十块钱一份。文秀僵在那里半天才回过神来。男管理员又说,只剩这么一份了,没多准备,有纪念价值。文秀想了想什么话也没说,掏出一张五十块钱递过去,拿过那袋东西,转身拉着阚海就往外走。

回到家里,阚海从那一大包资料里找出一本中国鲎喂养说明书,按照说明书上的要求,先向大玻璃缸里注满自来水,按比例掺进海水晶,然后很小心地把中国鲎放到玻璃缸里,然后打开充氧机,调节好充氧量。

安顿好中国鲎后,阚海就去厨房烧饭。文秀坐到大玻璃缸前,对照着中国鲎研究那堆资料。

阚海做好饭,喊文秀过去吃饭。文秀站起来,腿竟然坐麻木了,她索性一把搂住阚海的脖子,说,你抱我过去。阚海抱着文秀往厨房走,文秀就把嘴附在阚海的耳边说,阚海,我一定要养好中国鲎,让它来见证我们的爱情,直到地老天荒!阚海连声说,好好,天荒地老,你我都是老妖怪,长生不老。然后用单脚摆正了一只凳子,让文秀坐好,提醒文秀脚要踏到地上,别摔着。文秀坐好了,阚海接着说,你的理想固然美妙,脚踏实地更重要,更实在,你看咱们还要买房子,还有老人,以后还有孩子……花钱地方多着呢!

文秀噘着嘴说,你累不累,就不能有点情趣?然后拉长腔调说,牛奶会有的,面包会有的,一切都会好起来的。说罢拿过碗盛饭,闷头就吃。

中国鲎这个名字叫起来太正统太古板,拗口。文秀歪着头想了想,干脆喊男鲎"罗密欧",女鲎"朱丽叶"。

罗鲎朱鲎刚来的那几天,挺精神,满玻璃缸转悠像小夫妻搬新居似的。过了一段时间,文秀发现罗密欧精神打蔫,就找来一根软木棒,木棒头上裹了层海绵,伸进玻璃缸轻轻拨动它,一边拨弄一边喊它的名字。罗密欧一副精神懒散的样子,爱搭理不搭理的。罗密欧不吃不喝,朱丽叶寸步不离地守着,也没有原来的精神劲头了。

文秀就想这罗密欧怎么说蔫就蔫了呢?琢磨来琢磨去也琢磨不出个所以然。文秀不敢再耽搁就骑上自行车去海洋世界找管理员。管理员告诉她,你还是幸运的,其他人认养的中国鲎大多数都死掉了。文秀着急地问,为什么?管理员慢悠悠地说，环境呗！文秀是个灵秀透顶的女人，又是搞生物的，一听这话，马上明白症结所在，转身就往回赶。

文秀直接去了杂货市场，买了两个干净的大塑料桶，捆在自行车后面，骑上就走。

文秀来到海边，找到一块干净的沙滩，卷起裤腿站到水里。她先灌满两桶干净的海水，装了一塑料袋沙子，又到岩石岸边拽了几把鲜海草。收拾停当后，像个小鱼贩子，骑着车子一路飞奔回家了。

到家里，文秀小心翼翼地把玻璃缸里的那对活宝挪出来，再把玻璃缸冲洗干净，然后铺上沙子，灌上海水，放进海草，为它们创造一个原生态海洋环境。一切满意后，她才把那对活宝放进去。

没过几天，罗密欧缓过劲来了，又开始情意绵绵地陪伴朱丽叶散步。

此后一段日子，每到周末，无论刮风下雨，文秀都像个小鱼贩子，骑上自行车驮着两个大塑料桶，去海边灌海水、装沙子、拽海草，全心全意为罗、朱服务。用阚海的话说，这罗、朱呀都成了文秀生命中的一部分了，文秀照顾它们的那份热情远远胜过照顾他这棵大树。接着就咏酸诗一首：大树诚可贵，爱情价更高；若为罗、朱故，二者皆可抛……

3

四年的时间过去了。

这段日子里，阚海和文秀的生活发生了很大变化。前年九月，他们的爱情结出了果子，有了一个可爱的女儿；去年三月，他们在海滨公寓购买了一套三居室的房子，贷款三十万购买的；去年五月，阚海工作出色，升任海城市海滨区环保局副局长；八月，文秀由于教学成绩优秀，调到市教研室任生物教研员。

今天是一月三号，刚歇过元旦假。文秀乘坐早上七点钟的快客去省教科所，参加一个关于环保科学与中学生物教学的研修班，时间一个月。临行前，文秀最不放心的不是懵懂可爱的女儿阚乐乐，她对阚海说，那也是你阚海的女儿，你阚海可以对文秀马虎,可不能对乐乐马虎,你说对吧?再说文秀的爸妈都退休在家,也可以帮着照顾女儿。文秀最不放心的是大玻璃缸里那对依旧情意绵绵不减当年的罗密欧和朱丽叶。文秀给阚海的交代是,你要像对待我文秀那样对待它俩,委屈了它们,就委屈了我们的海誓山盟,就不够爱情,你要经得起考验!虽然阚海一再做口头保证,文秀还是不放心,她非要阚海把该做的事,如什么时间换水、什么时间喂食、喂多少食,等等,一一写在纸上,签字画押,这才作罢。

第二天中午,阚海娘来了。阚海已经把乐乐送到她姥姥家去了。阚海单身一人不想费事,晚上又有场子,就泡块方便面对付一下了事。阚海泡好方便面,坐在沙发上边看午间新闻边吃。就在这时传来了敲门声,阚海知道老家来人了。乡下人不知道按门铃,只知道敲门,敲不开门就用力拍,地动山摇的,常常惹得楼上楼下一片烦。阚海赶紧端着碗去开门。阚海娘背着背篓进来了。阚海把碗放到鞋柜上,接过背篓。背篓沉甸甸的。阚海和文秀太熟悉这个背篓了。老家每次有新鲜东西,娘都会背着这个背篓进城。刚烙的煎饼,积攒起来的草鸡蛋,刚下枝头的香椿芽,刚出海的籽乌……阚海每次都对娘说这些东西不值几个钱,别大老远地往这里背了,超市里都有。文秀欢天喜地,就嚷嚷这才是纯绿色无污染产品呢,娘,有你就送过来,给乐乐吃,我给你报销车票,再说了你在家里也闷得慌,出来走走也好散散心。

在娘的眼里儿媳妇的话管用,在丈母娘的眼里,闺女婿的话管用,颠扑不破的真理呢。经文秀这么一嚷,阚海娘腿脚更勤快了。

阚海在厨房里卸货。阚海娘问明了文秀的去向后,没有像往常那样跟在他后面唠唠叨叨。阚海很奇怪,卸完货到客厅里一看,娘正站在大玻璃缸前冲着罗密欧和朱丽叶发呆呢。

阚海平时说普通话,这时用家乡话问,娘,你看啥呢?

娘就冲大玻璃缸里的罗密欧、朱丽叶努努嘴,说,看它们呢!

真是奇了怪了,娘生性整洁,很少对海里咸腥的东西感兴趣。阚海说,那有啥好看的?

娘转过脸，满脸挂着忧郁，说，听村里人讲，这东西对治疗老寒腿特效呢！

听到这话，阚海心头咯噔一下，喘气有点紧。

爹的老寒腿是所有家里人尤其是阚海的一块心病。阚海十岁那年冬天，天气奇冷，滴水成冰，爹连续几天高烧不退，吃什么都没有胃口，都满嘴苦味。当时生活困难，家里实在找不出来好吃的，阚海就到离家不远的南河里找被冰层夹死的鱼。结果还真找到了一条一斤来重的白鲢鱼，在冰面上还能看见鱼的嘴巴在嚅动。阚海很激动，从岸边找到一块砖头就去砸冰层。阚海太着急太兴奋了，由于用力过猛，冰层咯吱一声陡然破裂。阚海掉进冰窟窿里去了。阚海拼命挣扎，扒着冰沿往上爬。越着急越挣扎冰层的破裂面越大，越爬不上来。阚海就喊，撕破嗓门喊。阚海爹在家里听到阚海的喊声，从家里冲出来，毫不犹豫跳进刺骨的河水里。其实河水不深，也就到阚海爹的胸部，但对于小阚海来说就深了，深得足以致命。阚海爹扛着阚海蹚出河水，一直扛到家里。

到了家里，看着阚海手里紧攥着的那条白鲢鱼，阚海爹哭了，一家人哭了。那次遭遇，阚海爹落下了老寒腿的毛病，一到冬天就肿胀就疼，钻心地疼，疼得厉害的时候，阚海爹就在床上打滚，就拼命捶打两条腿，恨不得拿把刀把那两条腿给砍断算了。阚海爹年轻的时候还能扛一扛，年纪大了，连抗的力气都没有了，只好痛苦地躺在床上哼哼。

阚海娘说，今年天冷，你爹的老寒腿又加重了，有些支撑不住了。真怕哪天挺不住了，生出啥事来呢。

阚海说，娘，你叫弟弟把爹带来，不行就住院吧。

没用的，这你知道，什么药没吃过，连偏方都用尽了，没用的。阚海娘叹口气，望着大玻璃缸说，村里人都说你玻璃缸里这东西能治老寒腿，有特效呢！

阚海遮掩着说，也没有谁用过，谁知道真的还是假的。

阚海娘说，那咱就试试看，总比干等着强吧？

阚海说，怕文秀舍不得。

阚海娘有点生气，说，你舍不得俺信，说文秀舍不得俺不信。俺的儿媳妇俺了解。

阚海站在那里无言以对，不知怎么办才好。

你的家俺当不了，文秀的家俺当得了。阚海娘边说边捋起衣袖去抓中国鲎。

阚海着急，就说，娘，你……你知道它们值多少钱吗？

阚海娘止住手，转过脸问多少钱，还能比金子贵？

阚海说，值三四万呢！

阚海娘一听这个数字，手哆嗦了一下，缩回来了。三四万，他们老两口苦了一辈子也赚不到，真比金子还贵呢！

阚海急忙宽慰娘，说，你把爹带来，这回我找老专家看，不行咱用进口药治。这药费都算我的。

阚海娘听了这话，沉沉地叹口气，坐到一边的沙发上一言不发。

阚海赶紧倒好一杯热的纯净水端过去。阚海娘说，你放一边吧，一股怪味，喝不惯。

4

阚海说罗密欧、朱丽叶值三四万，一点也不夸张。

阚海有位同学叫林大发，承包了一座占地几百亩的园艺场。前段时间，海滨区环保局有个规划，打算今年春天把区内街道旁边的所有树木都换栽成玉兰树。这对于一个园艺场来说可是一笔大买卖。林大发得到消息后找到阚海。林大发知道区环保局局长也就是阚海的顶头上司张跃进的老婆患有严重的关节炎和腰病。林大发就提出买阚海家的罗鲎、朱鲎去给张局长送礼。林大发出价四万。林大发有点一箭双雕的意思，买阚海的那对鲎，既可以打通张局长的关节，也可以让阚海暗中得点实惠，毕竟是副局长嘛，从旁边敲敲边鼓，办成事的把握性会更大些。阚海当时没答应。

阚海娘离开的第二天早晨，阚海拨通了林大发的手机。他告诉林大发，家里的那对鲎可以卖给他，不过价钱是五万。大发你要真想买，晚上到我家里来一趟。没容林大发多说话，阚海就把手机挂了。

到了晚上，阚海哪也没去，他坐在沙发上边喝茶边看电视边等林大发。林大发一定会来，对这一点，阚海毫不怀疑。

七点半，林大发来了，手里拎着个黑塑料袋。进门坐下来后，林大发把黑塑料袋往茶几上一放，说，整五万，你点个数。

阚海没客气，说，数就不用点了，我给你打个欠条吧。

林大发说，欠条就不用了，你找个家伙，等一会我就把它们带走。只是请老同学帮个忙，到张局长那里串门子时从旁边给吹吹风，多美言几句。如果有可能，尽量想法子把张局长约出来，咱们一起坐坐，沟通沟通。

阚海呷口茶，不紧不慢地说，大发，你操之过急了。作为老同学，我想提醒你一下，做事要稳当，你有钱，可也不能动不动就拿钱去打水漂。

林大发有些着急地问，听你口音，这里面还有猫腻？

阚海说，猫腻倒没有。不过张局今年五十四了，作为一名正科级干部，说退就退了。

林大发就问，阚海，你有多大希望？

阚海赶紧说，我太年轻，资历太浅，希望不大。

林大发问，那该怎么办？

阚海淡淡地说，你最好再等一等，等到年后再说。

林大发说，我想趁春节期间活动活动，这时间好走动。

阚海说，该说的话我都说了，你看着办吧。

林大发沉思片刻，说，听你的，老同学。——那这对鲎……

阚海语调轻松地说，你先放这儿，弄回去你也不会侍弄，该送的时候你再来拿，花那么多的钱，送对死的不好吧？

林大发挠了挠头，觉得有理，说，那就先放你这儿。不过让你们麻烦，有点不好意思……

阚海从上衣兜里掏出写好的欠条，递给他，说，你放心，出问题我一分不少地给你退钱。

林大发接过欠条，爽快地说，全仰仗老同学了，有什么消息你及时通知我。

说罢跷起拇指和小指做成话筒姿势，说，电话联系。

5

又一股寒潮袭来，天气透心地冷。张局长的老婆吴青芳的老毛病又犯了，不得不请假在家养病。

星期五晚上大约八点钟，阚海抱着个大纸箱进了张局长家的门。一进门，张局长就问，小阚局长，你搞什么名堂呀？

阚海把手指头放在嘴边，长嘘一声，说，好东西，特效药呢。他边说边放下大纸箱，小心地从里面端出个大瓷火锅，轻轻打开锅盖，霎时一股香气弥散到整间屋子。

张局长一看，又惊又喜，大瓷火锅里盛着一对鲎，炖烂了的鲎。

张局长搓着一双胖手，激动地说，小阚，你这是？你这是——

阚海家里养着一对又肥又大的罗鲎、朱鲎，整个局里都知道。

阚海笑着咳了一声说，怕你们舍不得杀，我给你们杀了；怕你们不会炖，我给你们炖好了。还热着呢，快找个碗来，趁热盛给吴大姐喝！

斜躺在床上的吴青芳看到这情景，感动得长吁短叹，嚷，小阚呀，这么贵重的东西你也舍得？为我这把老骨头，不值得呀！

阚海爽声说，自家养的，可惜啥？再说了，您一辈子为革命，身体都赔进去了，我拿出一对自家养的鲎算个啥？说罢盛好一碗汤递过去。

吴青芳接了，深有感触，叹口气说，年轻时不知道爱惜身体，老来遭罪了才明白过来。咳，晚了！想当年我刚生完孩子，大冬天的，一天也没休息，就去水库工地挑土，兴修水利呢！累得满脚燎泡腿都肿了也不知道歇息，这不落下病根了。

阚海附和着说，现在的年轻人缺的就是这种精神，如果有这种精神，加上现在的好条件，什么事做不成，什么事做不好，别说小康社会了，大康社会也不会远！

张跃进拍拍阚海的肩膀，说，小阚呀，有你这种思想——正统思想的年轻人少了,太少了,这是我们教育的悲哀呀！边说边给阚海斟茶。斟好茶,两个人坐下来边喝边聊天。

吴青芳也没客气,当着阚海的面就喝鲎汤,边喝边嚷,真鲜呢,活这么大从来没喝过这么好喝的汤呢！

阚海回到家里后,放掉大玻璃缸里的水,小心地把大玻璃缸挪进书房,靠向阳的窗口放好,然后灌满早就准备好的天然海水,打开充氧机。海水是今天下午阚海从海边拎来的。自从他们搬进新居,离海边近多了,步行也就十来分钟。

阚海送给张局长的那对鲎不是原装货。他花了两千块钱托一位老朋友从一家大酒店里搞到两个中国鲎的甲,然后又花了几百块钱买了两只野生的老鳖,去甲后混合到一起炖,炖得烂烂的,只有那对甲壳保持原样。阚海死党曾经偷偷请他吃过一次中国鲎,阚海知道怎么做。阚海为了这次行动花费了不少精力,他上网、进图书馆查阅了许多资料,还专门回了一趟老家,请教当地的老人特别是土医生,他知道对关节炎和腰病起关键作用的是中国鲎的甲。

星期一下午下班,张局长把阚海叫到自己的办公室,关起门来后,递给他一盒精装茶叶——普洱茶,说,阚海呀,你的鲎汤真管用,真灵,吴青芳喝了三天,就能下地走路了,就能做家务了,嚷着明天要去上班呢！

阚海笑着说,药可能管用,更管用的恐怕是精神。

张局长大笑,说,是这个理。俗话说,人活一口气,靠的就是精神嘛！不过没有你的那对鲎做引子,也引不出她的精神劲来！太感谢了！

阚海笑了笑,低头品茶。

6

到阴历年底了,街道上的鞭炮声一阵紧一阵地催化着年味。那年味像快乐的游魂一样四处飘荡,挑逗人的兴奋神经。

文秀打电话说她正在结业考试,快回家了。她电话里最关心的除了乐乐就是她的那对罗密欧、朱丽叶。阚海就开玩笑撇着腔调嚷,你心里根本就没有我,回不回来无所谓了。

似乎已经成了习惯,一到年底,单位也罢家庭也罢,都要总结一下,该奖的奖该罚的罚,大大小小的事都要有个交代,好清清爽爽地过年。

腊月二十三,组织部门到海滨区环保局搞民意调查,调查表上写得清楚:你认为下列同志(四位副局长、三位科长)谁适合主持海滨区环保局工作,请你在你认为合适的人选后面的表格内画圈,如果你有更合适的人员,请填写在推荐表格里,每人只能推荐两个人选。看来张跃进真的该退休了。

民意调查后,组织部门找两位同志谈话:一位是环保科科长赵有志,一位是副局长阚海。局里人知道,局长要从这两人里产生。

组织部谈话后,阚海灰心丧气。在阚海看来,局长非赵有志莫属,他是彻底没戏了。这是秃头上的虱子明摆着的事,赵有志是老区委书记赵一山的小儿子,赵书记虽然退休了,但影响力还在,关系还在。

文秀是腊月二十六下午到家的。阚海下班后,进门就看见文秀留的纸条:我去洗个澡,没吃晚饭,做好饭等我。

文秀洗完澡进家门的时候,阚海正坐在沙发上呆呆地看电视。文秀有点奇怪,平时出差归来,阚海总是热情得不得了,接东西、递拖鞋,更不用说准备饭菜了,连洗脚水都准备好了。阚海是只馋猫呢,时间长没尝到腥味,急得快爬屋梁柱子了,见到文秀,恨不得一口把她给活吞了。今天是怎么了?

阚海见文秀换好拖鞋,边拢头发边往厨房里走,就站起身来说,文秀你过来,我有事跟你说。

文秀跟着阚海走进书房,说,我正纳闷呢!你什么时候把它们给挪进来的?文秀知道阚海的书房很少让外人进入,别说湿漉漉的玻璃缸了。

阚海没说话,从书橱里拎出一个黑色的塑料袋,说,你看看。

文秀打开,很是吃惊,里面都是钱。

阚海说,五万块,我把它们(他用手指着玻璃缸里的那对中国鲎)给卖了。

文秀眼睛润湿,一生气瞪眼睛就像两汪大海。文秀的两汪大海里,由澄澈变得岩浆滚滚,嚷,卖了?谁同意的?

阚海低下头,说,我自己的主意。

文秀拿起一沓钱,大声问,阚海,看来我就值这点钱了?

阚海带着气说,文秀,你怎么能这么说呢!

文秀指着那对罗密欧、朱丽叶嚷,我早就说过,我喂养它们,是羡慕它们的爱情,令我们人类惭愧的爱情。我是想让它们见证我们的爱情,特别是想让它们时时提醒你,你这样的男人!

阚海嘟哝着说,文秀,浪漫不能当饭吃。有了这五万块钱,我们起码可以提前一两年还清贷款。

文秀气得把脸扭到一边。

阚海透着伤心说,为了买房子,为给老人看病,我们背着一座山呢!就说你吧,不敢买好衣服,不敢进美容店,买菜挑便宜的,连烫个头发都要咬牙……这过的叫什么日子!

文秀反驳,说,人活着不全是靠钱,还有精神!

阚海让文秀的话给噎着了,愣在那里半天才反应过来,回一句:人也不能光靠喝爱情的露水活着!

文秀狠狠剜一眼阚海,说,阚海,我告诉你,卖了它们就等于卖了我。说罢,转身往外走,边走边说,我到我妈家看乐乐去了,你自己搂着你的钱过去吧。

阚海追出来,拉住文秀的胳膊还想解释,文秀气势汹汹地嚷,放开,再拽着我就大声嚷了,让邻居都听见!

阚海只好放开文秀。文秀匆匆忙忙穿戴整齐,甩门出去了。

文秀真的生气了,年上死活不回家。阚海心里憋着气,也回老家过年去了,顺便看看爹娘。阚海娘说带着阚海爹进城来看老寒腿,到现在也没见个人影,阚海放心不下。

正月初五,单位正式上班。早晨九点,工会主席通知环保局全体职工到会议室集中开会。大家知道上级要宣布人事任命。

宣布的结果出乎人们意料,特别是出乎阚海的意料:阚海同志主持海滨区环保局工作。

阚海晕乎乎地陪同张局送走上级领导和组织部门的同志。阚海回到自己的办公室喝口水镇定一下自己的情绪,然后去了张跃进局长的办公室。张局长脱掉外套,穿着毛线衣正在整理办公室。阚海问,张局你这是干什么?张局长不紧不慢地说,给你腾地方,让你好工作。阚海红着脸说,张局你要批评我你就直接批评,你这样做我受不了呢!

张局长放下手里的活,说,小阚哪,我说的是实话,你只有坐到这办公室,才能更好地行使你的权力。

阚海马上说,我坐我的办公室不也一样嘛,何必在乎形式!

张局长倒杯纯净水,喝一口,说,小阚呀,这你就不懂了,这不是挪地方的问题,这是一种象征。上级部门每次开会,为什么那么注意座次?你认为是那些秘书们闲得没事干呀?那是一种象征。

阚海摇了摇头,想说什么。张局长止住他,说,我和吴青芳是下乡知青,这你们都知道,在海城一干就是三十多年哪。我们老家在浙江,几十年里也没回去过几次,生分了!前几年,两个孩子大学毕业后都分配在上海工作,现在我们老两口又都退休了,还留在这儿干什么,你说呢?我们已经做好准备了,前几年就在浙江那边盖了房子,就是想退休后有个养老的去处!叶落归根,叶落才知道归根呀!

阚海很激动很动情,说,张局,我不知怎么感谢你,你真是我的……

张局长赶忙止住他的话头说,小阚哪,不瞒你说,在这次人事任命上,我该怎么说呢?用时下时髦的话讲,我是“力挺”你!——得罪不少人呀!不过反正我也要离开了,得罪就得罪了,为事业得罪人,没有什么大不了的。

张局长一口喝干纸杯里的水,阚海赶紧接过去,又倒上一杯,递过去。张局长端着杯子,说,阚海呀,为了你我找了我的老同学(市委副书记张国谦,整个环保局都知道张局有这样一个老同学)。我能做的只有这些了,以后的路就靠你自己走了。

阚海什么也不说了，脱掉外套帮助老局长收拾房间。阚海边收拾边问，老局长，不管您到了哪里，您永远是我的老领导、老局长。您走的时候，我送您，跟您一起去您的老家看看。浙江好呀，山清水秀，人杰地灵呢！

张局长边干活边连声应承说，好好好，到我老家，我带你去喝花雕酒、吃紫竹笋、游会稽山，让你看看西施生活过的地方是什么样子！

当天中午，阚海打电话要林大发到他家一趟，带着那张欠条。

中午十二点半，林大发来了，抱着一箱茅台酒。看来他也得到消息了。林大发进门，放下那箱酒，大声嚷嚷，今天中午，咱俩好好喝两盅。

阚海严肃地说，大发你先坐下，咱说正经事。

林大发收起嬉笑，坐到沙发上。

阚海一本正经地说，海滨区绿化带换树种的工程就承包给你们做了。你知道的，有四家园艺场在争这个项目！其中的天艺公司，全省知名企业呢！

林大发连连点头，赔着小心笑。

阚海绷着脸继续说，你要早做准备，要干得漂亮。你尽量集中在三月份植树节那几天完成这项工程，扩大影响。要是给我脸上抹黑，我可认原则不认情面！

林大发连连点头称是。

阚海停顿一下，话题一转，说，那对鲎你看怎么办吧！

林大发一听这句话，赶紧接口说，那对鲎是文秀的最爱，我怎么敢夺嫂夫人所爱呢！再说事已办成，我也该……这个……边说边掏出那张欠条递给阚海。

阚海接过欠条，仔细看了看，突然冒出一句，说，你没留复印件吧？

林大发满脸笑容冰冻在表层，讪讪地说，当时我还真有这念头，可没敢。你阚海吐口唾沫，我那园艺场就得遭洪灾。这以后还得仰仗你——老同学。

阚海耷拉着眼皮说，你知道就好！

林大发额头上沁出细细的汗珠，往前凑了凑身体，说，阚海你放心，我吃肉就不会让你喝汤。

阚海当着林大发的面撕掉那张欠条，扔进字纸篓，换上公众场合的笑脸，拉着林大发的手说，走，咱俩老同学今天中午喝个痛快！

当天晚上，阚海想把文秀硬拽回家。文秀不从。阚海之前去过两次，文秀都笑眯眯地对阚海说，她妈身体不好，一家老小要过年呢，她要在那里帮着忙年。当着娘家人面，阚海不好动粗，只好悻悻地独自回家。这一次阚海有了绝招，他把文秀拉到一边，低声说，你的爱情宝贝罗密欧和朱丽叶我没敢卖，在家好好伺候着呢！文秀回娘家后，思考阚海的作为，虽然气得牙根痒痒，但静下心来想想，也不能说阚海的做法没有一点道理，没嫖没赌的，还不是为自己的家？听到这句话，文秀找到个台阶下，不再坚持，收拾收拾，抱着乐乐跟着阚海回家了。

7

四月中旬的海城市是一年中最美的时候，莺歌燕舞，花红柳绿。换种的玉兰树缓过劲来，翠绿欲滴。

吃完晚饭，阚海主动提议出去走走，散散步，消消食。文秀欣然同意。阚海是个工作狂，除了必需的应酬，很少有自己的业余生活，别说主动提出散步了。文秀怪怪地瞅了他半天，才摽着他的胳膊往外走。阚海抽出胳膊，说，要注意影响。文秀听到这话，生气地甩掉胳膊往屋里走，说，不去了。阚海一看文秀的架势，拽住文秀，赶紧伸出胳膊。

两个人走走停停看看，目标基本一致，就是对植物很感兴趣。

走着走着，阚海突然停下来，说，文秀呀，你那对爱情宝贝不能老那么养着。

文秀马上警惕地瞪着阚海。

阚海瞅了一眼文秀，把脸转到一边，说，你这样看着我干啥？敌人似的。

文秀嚷，你别打歪主意呀！

阚海转过脸说，我只是建议，建议你，没人强迫你！

文秀依旧保持警戒，说，什么歪建议，你说来我听听！

阚海笑笑,说,你的罗密欧和朱丽叶到我们家已经四年多了吧?

文秀点头说,是呀!

从生物学角度看,它们已经到了性成熟期,是吧?

是!

可你的大玻璃缸毕竟不是大海,不是真自然,是吧?

文秀瞪大眼睛点头。

阚海歪着头,一本正经地说,那么珍贵的物种,那么可爱的海底大熊猫,你就打算让它们老死缸里无所作为?太不人道了吧?

文秀回一句,我宁愿让它们老死缸底,也不会让你拿去换钱!

阚海连忙摆手,大声喊 No!说,现在是春天了,万物复苏,是大自然的母亲节呀!你该把你的罗密欧和朱丽叶放归大海,让它们回归自然,去寻找真正属于它们自己的爱情天地!你说是吧,啊?

阚海的一番话撞击着文秀的心扉。文秀一下子还转不过向来,愣愣地站在那里。阚海狡黠地眨巴眨巴眼睛,拉她一把,说,不急不急,回去慢慢考虑,明天的太阳会升起来的!

整整一夜,文秀翻来覆去没睡安稳。阚海翻过身去装作不知道。

第二天早上,一起床,文秀嘘了一口气,对阚海说,我赞成你的主张。说罢就去洗刷了。文秀眼圈发青,看来这一夜被折磨得不轻。阚海跟在文秀身后,说,我们环保局打算在五一节那天搞个放生活动,目的是增强全民亲近自然、保护自然的意识。你同意放生你那对爱情宝贝,是支持我的工作,带个好头呢!

文秀转过脸,瞪着那双大熊猫眼,说,阚海你别打小算盘以私济公,我同意放生罗密欧和朱丽叶,是考虑到乐乐需要照顾,我呢工作又忙,你呢又存着一颗贼心。与其老被你想着,还不如干脆给它们自由算了。

阚海笑了笑,说,是的是的,我的圣洁大使!不过背过身去就掩着嘴笑,心想,再浪漫的爱情也会有退潮的时候,生活让人回归实际!阚海只是这样想,没敢说,他生怕文秀变卦,所以处处赔着小心。

四月二十三日,《海城市日报》、海城市电视台同时刊登、播发了一封倡议书:

倡议书

为了增进市民们的环保意识,给广大市民一个亲近自然的机会,我们发出倡议:您的家里如果有从大自然中来的生物,就在五一这天去海中的高峰岛放生。届时,海滨区环保局将出资三十万元,购进珍贵物种投放大海,更有关爱自然的热心市民们的惊喜奉献。我们期待您的积极参与。若需要运输及其他方面的帮助,我们将全力以赴支持您!

海城美好的明天由我们来共同创造!

热线电话:××××××××。

倡议单位:海城市海滨区环保局。

倡议时间:××年四月二十三日。

五一那天,连接海岸与高峰岛的栈道上人流如潮,海城市公安局和武警支队出动警力维持秩序。放生活动在上午十点准时举行。唱主角的是海滨区环保局。由于临近海城市的海滩污染严重,海中物种数量明显匮乏,给当地的自然环境、渔业生产、投资环境均带来严重影响,为了表示对环保的高度重视,市委、市政府,区委、区政府的主要领导参加了这项活动,市日报、市晚报、市电视台的记者进行了现场采访和报道,尤其是市电视台进行现场直播。

放生的最精彩的镜头有两个,一个是海滨区环保局投资三十万元购进珍贵物种的投放场面,另一个就是阚海和文秀放生他们家领养的那对中国鲎。那对中国鲎让所有在场的人震惊。这几年里,除了海洋馆里的标本,人们已经很难见到这么健壮的中国鲎了。市电视台从头到尾报道了他们放生的全过程,并且在新闻栏目里连续三天重播。

放生后,记者们集体采访阚海和文秀,文秀面对镜头就脸红,就把阚海往前推。阚海落落大方，气度不凡，他的回答很谦虚也很实在，他说环保工作重在全民参与，我们作为海城市普通的两员，有责任为海城市的环保工作出一份力气，尽一份爱心。说吧，握紧拳头猛挥一下，掷地有声收尾一句：让我们为海城美好的明天加油！

听了阚海的一番话，围观的人群里爆发出热烈的掌声。

五一节，海城人民记住了那次放生活动，也记住了年轻有为而又朴实谦虚的阚海。

五月八日，《海城市日报》、市府网站刊登了海城市委市政府决定在海城全市范围内公开选聘干部的决定。公开选聘的干部共六名，正处级，其中包括海城市环保局局长一职。

五月十五日，市委组织部、市人事局公布报名人数：三百三十五名。

五月二十日到二十五日，公开选聘开始。选聘分三轮进行：第一轮笔试，第二轮笔试、面试相结合，第三轮公开答辩。

阚海四月中旬就从组织部门内部得到选聘的准确消息，所以他早有充分的思想准备，很顺利地进入第三轮。进入第三轮的只有十二人。

第三轮公开答辩将在五月三十日进行，届时将由政府代表团、专家团和市民代表团共同主持答辩，无记名投票产生结果，投票比重为4∶3∶3。

据内部可靠消息透露，在十二位选手中，阚海最有希望成为海城市第一位最年轻的正处级干部。

（发表于《当代小说》2010 年 1 期）

命　　脉

水利是农业的命脉。

——毛泽东

1

天若呈异象，地必有异动。

禹正松站在办公室的大玻璃窗前。窗外暴雨瓢泼。雨借风势，风助雨威，那雨脚踹到大窗户的玻璃上，坚硬得如冰雹如走石，敲得玻璃窗噼啪作响。

窗外一片迷蒙。远方的山峰，近处的树木，仿佛笼罩在厚厚的黑幔里，只能隐隐约约辨其形，却看不清任何细枝末节。五十米外的那条玉带河，白茫茫一片，水声如地滚雷。

禹正松现在站的地方是海城县玉带河管理站。管理站是座小楼，建在玉带河的南河堤上，每层四间，共三层，钢筋水泥浇筑，建成于二十世纪七十年代中期。当时，整个海城县没有几座楼房，县革委会那座红色墙体的五层办公楼是最高建筑，是海城的标志，楼顶飘扬的五星红旗，分外醒目。如果有外地人到海城办事不认识路，海城人会很自豪地指着那座楼说，看，那是咱们的革委会，你去的地方在它的×（东、西、南、北）面。

在玉带河边建造这样一座小楼，足见当时对玉带河管理的重视程度。中国式管理很有特色，对某一部门的重视程度直接表现在行政级别的设定上，特别是那些规模小但作用大的单位，往往通过提高它的行政级别来体现它的重要性。

玉带河管理站的行政级别为副处级,也就是说,作为一个县属单位,玉带河管理站的站长比水利局局长还高半级。玉带河管理站的第一位站长是朱开山。

今天是六月六日。

这场雨来得太早!在禹正松看来,这场雨应该在三十天以后下。也就是说,它应该在六月底或七月初到来。现在整整提前了一个月!这场雨的到来,预示着海城的汛期提前到来,而且提前得太早。

正是“夜来南风起,小麦覆陇黄”的时候,整个海城被淹没在一片金色的海洋里。这场不期而至的大雨,冲走了原先的灼热,也冲走了空气中飘荡着的浓浓的麦香,让金灿灿的大丰收一下子变得渺茫起来。

现在是上午十点半。禹正松已经在窗前站了两个多小时。这场雨从六月三日早晨开始下,到现在整整下了三天了,那雨势丝毫看不出减弱的趋势。

望着窗外的天气,禹正松心底的阴云越积越厚。作为一名勤勤恳恳干了一辈子的老水利,职业上的敏感性绝不逊色于猫鼻子。

禹正松向来很客观。在禹正松看来,“人定胜天”,那只是人类的一厢情愿,美好梦想。从印度洋海啸到日本福岛大地震再到美国的“桑迪”飓风,无论发达国家也好,发展中国家也好,似乎都成了自然的奴隶,没有一个成了自然的主人的。即使偶然成了一时半会儿的大自然的主人,那也是开开山、修修坝、植植树、种种草,做一些自然大躯体上的小动作,至多是给自然挠挠痒、修修鸡眼,离做大自然的主人还差十万八千里。说不准哪一天,自然他老人家一不高兴,连本带利通通收回,还会递上一张人类无法承受的罚单。人类可以改造自然,却很难征服自然,最好的办法是与自然和谐相处,老老实实做邻居,各守其地,互惠互利。若一意背天而行,背道而驰,结果不敢想象。

禹正松盯着大玻璃发愣。他发现一个奇特的现象,大窗户玻璃上的水流竟然不是一律向下流动,它们中的一部分,粗的如蛇,细的如蚯蚓,扭动着腰肢向玻璃上方窜去。禹正松开始很惊讶,仔细观察以后会心一笑,原来是狂风在背后搞鬼!

就在这时,他背后的门吱呀一声打开了。他转过身去,侄子禹前提着一竹篮樱桃进来了。禹前穿着雨衣,趿拉着塑料凉鞋,高卷着裤腿,头发已经湿透,板板地贴在头上,发梢不停地滴水。

叔,今年的樱桃真像您说的,赚大了!送一篮给您和婶子尝尝鲜!禹前抑制不住满心的喜悦,顾不得脱掉雨衣,顾不得脚底下积水成流,他把手中的竹篮往前递,生怕递晚了樱桃会化了,会变质了。

禹正松接过篮子,那一粒粒圆润饱满的樱桃,犹如颗颗翡翠玛瑙,沾着一层水汽,新鲜得让人舍不得动手。

今年二月底,刚过春节不久,大自然一改往年的料峭春寒,气温一路攀升,攀升,再攀升,中了邪气似的,到三月五日,白天气温竟然高达二十八度,与其他年头的初夏天气差不多。少女们不顾老人"秋天冻冻,春天捂捂"苦口婆心的劝阻,光胳膊露腿地穿起夏装,满大街裙裾飘扬。那气温在老人的惊骇和年轻人的期盼中,轻微波动,在二十八度上下徘徊。没过几天,青梅、樱桃、海棠、迎春,各种果树、花朵竞相绽放,到处一片盎然春意。

三月九日早晨,禹正松步行去上班,走到半道,遇到开着三轮车到城里卖菜的禹前。禹前停下车,拿两把刚割下来的嫩韭芽给禹正松。禹正松接过韭芽,继续赶路。禹正松上班讲究时间,禹前卖菜也讲究时间,叔侄俩几乎天天在这段路上碰面,有话则长无话则短,没有多余的客套。

禹正松刚走几步,突然停下来喊住了禹前。禹前灭掉刚启动的电机,跳下车,问,叔,有事吗?

禹正松看了看手中的韭芽,问,这韭芽,露天长的?

禹前说,是呀。原先用塑料薄膜盖了韭菜畦子,这段时间天热,去掉塑料薄膜,韭芽直往上蹿,比清明时节长得还猛!

禹正松摇了摇头,说,你家樱桃园现在怎么样?

禹前兴奋地说,满树的花开得密不透风。

禹前一身夏天装束。禹正松盯着禹前穿的天蓝色的衬衣说,几天后气温要下降,可能要降到零下。你拿出家里所有的塑料薄膜,想尽一切办法撑起架子,到时把樱桃树给罩起来。

禹前听后,把禹正松的话重复一遍,问一句,其他的果树要不要这么做?

禹正松说,不用了,只罩樱桃。

禹前又问,什么时候取下塑料薄膜?

禹正松说,白天气温二十度左右的时候。

禹前爽快地答应下来,开车走了。禹前从来不怀疑禹正松的话,在禹前的心目中,禹正松的话神圣无比,比巫婆的话,不,比那个玛雅预言还灵验,这是经过无数次实践检验了的。禹正松让禹前今年多种大蒜,禹前就把所有的地种上大蒜;禹正松让禹前今年多种胡萝卜,禹前就把所有的地种上胡萝卜;禹正松让禹前今年多种些黄豆,禹前就把能种的地都点上黄豆。禹正松说一次准一次,从来没出过差池。按照禹正松说的去做,不只是禹前赚到钱,同村的村民们也学着禹前做,都赚到了钱,赚到正常种植几倍的钱。村里的人就想,禹正松咋那么能掐会算呢?而且掐算得那么准!

三天以后,天公果然变脸,气温陡降,最低温度零下四度。少男少女们极不情愿地再次穿上冬装。部分火力旺盛的年轻人不愿意添加衣服,顽强地用衬衣、短裙与寒冷对抗。那低温持续了将近二十天,闹得海城大大小小医院里的住院床位极为紧张,输液室里人满为患,热气蒸腾,与外面干硬的寒冷形成鲜明对比。这次被寒冷打倒的多是青年。没过几天,自然界一派狼藉,各种鲜艳的花儿变成了灰姑娘,蔫蔫地挂在枝头,灰蒙蒙一片,到处是落英的残骸。

禹正松拈起一粒樱桃放到嘴里,顿时甜香满嘴。

禹前拿起盆架上的毛巾,边擦头边问,叔,您怎么知道今年樱桃值钱?去年樱桃五块钱一斤,今年卖到三十,还抢不到手。

禹正松说,因为它先开了花。

禹前不解,接着问,梨树、青梅都开花了,为什么它们不值钱?

禹正松又拈起一粒樱桃放到嘴里,说,梨子、青梅它们,我们这里低产,不一定其他地方低产,其他地方丰收了,我们这里就有的吃,贵不起来。

禹前不解。禹正松接着说,现在交通发达,千里之外一天就可以到达。梨子、青梅它们能长途运输,而樱桃……

禹前抢着说,樱桃不能存放,一夜就变质了,更别说长途运输了!这叫物以稀为贵!

禹正松听到这里,哈哈大笑,说,你小子不笨,孺子可教啊!

禹正松,今年五十有九,一个干巴巴的小老头,别人穿着棱是棱角是角的衣服穿到他身上总是塌肩松胯。他两腿细长,标准尺寸的裤子穿到他腿上总要短上一截。他老婆余桂英年轻时当过基干民兵,穿过一阵子免费的草绿色军服。她戏称禹正松穿裤子的样子"总是提高警惕"。她从来不给禹正松买成品裤子穿,都是拉着他到裁缝铺现量现做。禹正松从一九九九年一月一日起任海城玉带河管理站站长,到现在已经十五个春秋。这十五个春秋,从水利角度看,玉带河风调雨顺,风平浪静;从经济建设角度来看,玉带河天翻地覆,尽换容颜;从禹正松本人来看,他这个副处级站长除了工资往上涨了,其他的都是老样子。如果说有一点变化的话,那就是五年前他改装了一下管理站的小楼,装上一些现代化的水利设备。他办公室的大玻璃窗就是那时改装上的,他砸掉了原先的木头小窗户,两窗或三窗合一,装上大玻璃。管理站小楼面南背北,横贯海城县东西的玉带河从北窗下流过。经过这么一改造,禹正松没事的时候就站到窗前,春夏秋冬,玉带河的美景尽收眼底,玉带河的变化全看在眼里。有了这个窗户,他陡然觉得自己离玉带河那么近,心和玉带河贴得那么紧。

窗外的雨似乎小了许多,风倒是变得猛了,吹得窗玻璃咚咚地响。禹正松对禹前说,你回去吧,如果雨停了,你就叫村里人马上下地收麦子,不要耽搁,不要迟疑!

禹前望望窗外,白茫茫一片,沟满河平,疑惑道,叔,这么大的水,没法下地呀!

禹正松神情僵硬,说,你们带上口袋,只剪麦穗头,其他的就不要管了!你告诉他们,不要指望天晴,更不要等天晴,抓紧时间割麦穗头,找能晾晒的地方晾晒,实在不行,就用烘干机烘,电风扇吹!你就说是我禹正松要他们这么做的!

禹前看着叔的严肃劲,知道事态严重,转身走了。

望着禹前的背影,禹正松摇了摇头,嘀咕一句,天欲降灾祸,人能奈几何?能收点就收点吧,但愿这次是我的错。

2

中午下班,禹正松没回家,他给余桂英打个电话,又站到窗前。他在等电话,等县委电话,至少也是海城防洪抗旱指挥部的电话。他还挂着海城防洪抗旱副总指挥的牌子。

如果不出禹正松所料,今天上午县委县政府,至少是县防总应该接到省防总或市防总的防洪抢险确保三夏收播的紧急通知。现在是科技时代,一张卫星云图就把天气变化摆到了桌面上,作为省市级防总不可能不知道这场大雨的危害性。江北省是全国小麦主产区,而海城又是江北省小麦主产区,省市防总在这个节骨眼上肯定是严阵以待。不过,他们有没有意识到今年天气异常,应该说特别异常,一场巨大的灾难有可能不期而至?他们有没有意识到这十几年我们基本就没搞上规模的水利建设,原来的水利设施根本就应付不了百年一遇或五十年一遇的大水害?他们有没有意识到,现在的湖边、河边,总之一切水边都是环境优美、生态宜居的好地方,房地产投资,开发区设立,酒店宾馆,甚至各种农家乐,蜂拥水边,水道、堤岸、植被,遭到前所未有的侵占、破坏?一旦水患突至,咱们何以面对?

一点零五分,禹正松桌上的电话铃焦躁地响起来。是县委办打来的电话。

下午两点,县委扩大会议准时召开。县长钟涛主持,县委书记洪域做重要讲话。会议主体精神是防洪抢收抢种。洪域说,接省市防总紧急通知,最近黄淮流域普降暴雨,单位时间降水量已创五十年来新纪录,这种状况还要持续一段时间。省市防总要求，要做好防大灾抗大洪的准备，利用一切风雨间隙抢收抢种，确保眼前的收成不落空。特别是抢收，不等天晴，不看地干，抢割穗头，利用一切可以利用的条件晾晒小麦，颗粒归仓。洪域强调，从目前的气象资料来看，等天晴已不可能，乡镇村组、各级领导干部一定要宣传到户，强调到户，带头下田抢收，如果谁丢了麦收，谁就自己摘下乌纱帽！

听完这席话，整个会场气氛一下子凝重起来。从各个基层赶来的干部们，刚才还被淋湿的衣服折腾得浑身不自在，现在心头又压上块大石头。会议不到一个小时就结束了，他们的衣服还没来得及焐干，就匆匆往回赶。

钟涛宣布散会，散会后县防指的全体成员到小会议室继续开会，任何人不得缺席。

县委小会议室。县水利局长薄树义已经布置好会场。大屏幕显示器已经和卫星传输信号相连接，正播报即时天气信息和云图变化情况，电脑多媒体投影设备也准备就绪。

钟涛主持会议，簿树义给大家分析了即时卫星云图，用多媒体PPT形式介绍了海城目前的状况。薄树义认为，在短时间内，海城没有晴天的希望，至于以后会怎么样，还得看天气的发展情况。

洪域打断了薄树义的话，说，你说的这些，省市防总在电话里已经说得很清楚了，你有没有适合海城情况的具体看法和措施！

薄树义红着脸说，目前没有。

洪水如猛兽，猛兽当前，需要具体有效的措施。不容洪域多想，他主动冲禹正松说，老禹，谈谈你的看法吧！

禹正松躲在会议室一角，闷头喝茶。听到书记点名，他连忙说，我的看法跟薄局长一致，跟县委一致，没有自己的看法！

洪域一听，全是酸话，乜斜了他一眼，说，你也是个老水利了，还是防指副总，能不能说点有用的！

禹正松开始犯驴脾气，脖子一梗，说，老水利，对，再过一百七十三天就退休了,老回家去了;防指副总,对,末位副总,摆设。

洪域刚要发作,钟涛接过话头,目前,咱海城哪,可能面临一场空前的洪涝灾害,只有大家心往一处想,劲往一处使,只有靠我们集体的智慧,才能战胜灾害,保一方平安,造福海城百姓。咱们海城历史上有大禹治水,当今有朱开山修河,他们都是我们的榜样!尤其是朱开山,在座的恐怕没有不知道的,很多人是他的学生,他的徒弟!

整个会场顿时肃静。一提到朱开山,禹正松收起所有的牢骚和不满,沉默不语。洪域轻轻叹了口气。钟涛顿了顿,接着说,如果最近晴天的话,我建议我们防指的全体成员去一趟羽山,去看看"殛鲧泉",看看"大禹松",给朱开山扫扫墓。如果不是这场雨,我们都把他们忘记了。

钟涛的话掐住了洪域和禹正松的七寸。两个老对头无话可说。

钟涛停顿片刻,然后宣布,今天算是咱们防指第一次会议,从明天开始,每天早上八点,防指全体人员按时在这里集中,研究汛情、沟通思想、布置工作,然后再回各单位上班。你们把手头工作暂时交给副职去处理,你们当前的首要任务就是防洪抢收抢种,其他的都要抛到脑后去!

海城防洪抗旱指挥部的牌子一直挂在水利局门前,一年难得开几次会,这是今年开的第一次全体会议。

3

在海城县东北角有一座羽山。它东临浩瀚的黄海,西接八百里马陵,北倚险峻的沂蒙,南望浩浩荡荡的淮河。《史记·夏本纪》记载:"舜登用,摄行天子之政,巡狩。行视鲧之治水无状,乃殛鲧于羽山以死。天下皆以舜之诛为是。于是舜举鲧子禹,而使续鲧之业。""禹伤先人父鲧功之不成受诛,乃劳身焦思,居外十三年,过家门不敢入。"羽山历史悠远,既是舜帝杀大禹之父鲧的处所,也是大禹治水劳心劳力留过足迹洒过汗水的地方。山顶尚有"殛鲧泉"的遗迹。据说,大禹殚精竭虑治理洪兽,终有所成,泄洪入黄海时曾站立在羽山的山头,俯瞰着历经磨难仍生生不息的子民和汤汤东去的洪流扼腕叹息,他一拳擂弯了身边的一棵羽山松。至今,山顶那棵驼背老松还在,人们叫它“大禹松”。

朱开山是海城治水第一人,为了海城这块土地,他耗尽毕生精力。去世后,县政府尊重他一生的劳动和追求,把他安葬在羽山南坡,并立碑纪念。当地百姓自觉自愿组织起来,用羽山青石为他雕刻了一座全身像,立在他墓前。

五十年前的海城是江北省闻名的贫困县。

那时,每到农闲季节,特别是发生春荒,海城十之四五的农户就结伙搭帮外出讨饭。他们的交通工具主要是“11”号(双腿走路)和打狗棒,也有头脑好使的,就扒火车、汽车,当然是货运车。到了某个地方后,他们约好集合地点,然后一人一个村庄或一条街道,四散开去,挨家挨户讨要。晚上,他们到约定地方集中,天气暖了,就找个草堆头或屋檐下过夜;天气冷了,他们就找牛棚,找桥洞,找废旧的仓库或寺庙栖身。他们有领头的,但大多是各顾各,之所以集中在一起,是因为出门在外,乡里乡亲的遇事好商量。当讨要的东西达到一定数量时,他们会分门别类进行处理,把馒头煎饼晒干收藏做干粮,把粮食卖掉换成钱,把碎的食品卖给沿途的人家喂猪。

现在想来,他们是当下农民工的先驱。因为在当时,什么都是国家的、集体的,没有打工之说。即使某个地方需要农民工,那也数量极少,需要层层选送,生产队、大队、公社、县里,一路介绍信开过去,根本没有想去就去、想走就走之说。从这个角度看,海城农民倒是最先具有开放意识的群体之一。

那时,羽山脚下最流行的音乐叫“姐儿溜”。“山边泉儿头,小媳妇大闺女都唱姐儿溜。”如果谁家的儿子相亲,女儿说亲,首先要看看会不会唱“姐儿溜”,因为它是上门讨要的必备手段。能嗓音甜脆地唱上一口“姐儿溜”的男女,就成了香饽饽,男家争着娶,女家黏住了抢,比现在的歌星还歌星。

我们不妨设想一下“姐儿溜”风行的原因。讨要虽然可以当副业来干,但毕竟是苦差事。翻山越岭,路途辛苦不说,光是那份枯燥乏味就很难耐受得了,一路上,即景生情,唱一唱荤素搭配的"姐儿溜",可以免去许多寂寞和孤单。唱跟说效果大不相同。男男女女一路同行,男的说姑娘,反正没事做,咱俩调调情吧?那惹来的麻烦就大了,轻则挨骂,重则遭扁。可唱歌就不一样了。歌是唱给大家听的,有意的就听,无意的就捂上耳朵,跟伤害无直接联系。"姐儿溜"里有一首调情的《五炷香》,据说当时唱得很欢:

一更里呀一炷香,
小俊郎来到奴门上。
娘亲问是什么响,
闺女说风吹的檐铃铛。
二更里呀二炷香,
小俊郎来到奴的房。
娘亲问是什么响,
闺女说花鞋掉到踏板上。
三更里呀三炷香,
小俊郎来到奴床上。
娘亲问是什么响,
闺女说狸猫捉鼠碰床框。
四更里呀四炷香,
小俊郎来到奴枕上。
娘亲问是什么响,
闺女说嘴里发苦吃冰糖。
五更里呀五炷香,
小俊郎来到奴身上。
娘亲问是什么响,
闺女说谁家挑水扁担戳破缸。

这世界上没有无缘无故的白吃白拿，上门讨要，对于讨要者来说，没有物质性东西可以拿来交换，但中国人向来愿意听好话，好话可以换物或抵物。“姐儿溜”这种形式适合表达各种好话，红事有红事的好话，白事有白事的好话，见老人说老人好话，见小孩说小孩好话。拿好话来换取实实在在的物质，这叫“空手套白狼”。当然，那时人脸皮薄，好话说了一大堆，最后一无所获也不恼，不像现在讨要的，遇到办喜事的，先买上一挂小鞭放了，就可以大摇大摆地坐下吃宴席。讨杯酒喝也就罢了，走了还要生拿硬要。遇到办丧事的，扯块白布戴上，冲孝子一场干号，吃了也罢，直接讨钱。到谁家门前乞讨，没有白唱的，若唱了，得不到理想中的好处，就歪鼻子瞪眼睛变着法子送上几句不吉利或恶心的话。

民间说唱艺术受到时风的刺激，变味了很多。

不过，讨要毕竟不是正道，讨要一旦成风，坏了社会风气不说，还直接影响交通安全及社会稳定。

海城的讨饭现象引起了国务院的直接关注，国家总理亲自批示，要求地方政府解决讨饭问题，这在中国历史乃至世界历史上也不多见。

当国务院、省委、地区行署的红头文件像摊开的扇面一样摆到海城县县委书记何方的办公桌上时，何方夜难卧席，三餐无味。对于一个全省乃至全国闻名的贫困县来说，想解决一个传习数百年根深蒂固的老问题，难度太大了。

在一个阴雨连绵的早晨，何方叫来当时的水利局局长朱开山。朱开山到何书记办公室，什么话也没说，把那些红头文件划拉到一边，铺上海城县地图。然后看着地图，对何书记说，干还是不干，你定。

何方苦笑一声，说，咱还有退路吗？

朱开山语气平稳，似乎是冲着地图说，就凭咱们县的家底，砸锅卖铁也不够。

何方从办公桌底下拿出一堆《人民日报》等报纸，说，砸锅卖铁算什么，咱们县的脸面都丢到全中国、全世界去了。何方脸色微红，说，我这个县委书记，最近连报纸都不敢看，拿起报纸就心惊肉跳，你看，都藏到桌子底下了。

朱开山抬起头，说，要干就勒紧裤腰带，苦干三五年，彻底断掉穷根；要么就不干。半吊子、和稀泥的事咱不再干了。

何方叹口气，说，朱开山你就不要激将了，我何方朝鲜战场上甘岭都坚持到了最后，连死都不怕，还怕困难吗？但我怕丢脸。你不知道，每次上面开会，面对领导，面对同事，我差点儿把脸藏到裤兜里。树要皮，人要脸，没脸面的日子不是人过的。

话都说到这份上，朱开山不能再卖关子。他拿起红铅笔，在海城地图上圈圈画画，给何方讲他的蓝图。

海城东临黄海，地势西高东低，西东水平落差近百米。这样大的落差，没有特殊的水利设施，根本就存不住水。海城年降雨量充沛，但特殊的地理环境导致海城雨季洪涝，旱季大旱，基本无法栽种水稻等湿地农作物。海城的支柱农业是小麦和种桑养蚕，小麦产量很低，好地每亩也就几百斤的收成，蚕茧质量不高，卖不出好价钱。

朱开山的蓝图说起来很简单：兴修水利，旱田水种，简称"旱改水"。

海城县西北有一片低矮的丘陵、小山，丘陵和小山之间是大片沙石堆积的湿地。朱开山决定在那里修建一座人工水库，他计算了一下修建后的水库库容量，6亿多立方米，那应该是整个江北省最大的人工水库，它的蓄水量完全可以满足海城及周边县市的旱季灌溉。

他规划再挖一条河，西接水库，东接云港市内的蔷薇河，然后流入黄海。河道依据地势开挖，呈"S"形横贯全县。在河道的尾端修建一座大河闸，随时调剂河道水位，利于灌溉两岸农田。

河道竣工后，再在河道两侧修建一系列翻水站，建造灌溉渠网，覆盖海城农田。

然后，拔掉桑树，深耕土地，改良土壤，夏栽水稻，秋种小麦。

朱开山介绍完自己的规划，又加上一句，海城旱改水后，农作物产量将会大幅提高，估计小麦亩产量六七百斤，水稻千斤左右，如果种杂交水稻，亩产一千三四百斤。

这组数字对于长久贫穷的海城人来说，不亚于天文数字。

何方被朱开山的规划激动了，他兴奋而决绝地说，干，脱裤子卖了也要干。技术上的事你们水利局去准备，物质上的事我们县委去做。

朱开山说，这水库和河道都没名字，你给起个名字吧！

何方当仁不让，思索一下，说，水库就叫“禹王水库”，河道就叫“玉带河”吧。

玉带河，多美的名字，葱翠碧绿的大地上，一条澄碧的河流蜿蜒而过，真是天上人间。

4

一场改变海城命运的水利大会战拉开帷幕。

洪域和禹正松就是在那场水利大会战中脱颖而出的。

洪域和禹正松同属禹王大队。洪域在禹王大队第一生产队，禹正松在第二生产队。两个生产队之间隔着一条河，叫禹泉溪。羽山上有眼“殛鲧泉”，泉水丰沛，常年不竭。泉水流到山脚下，汇聚成禹泉溪。洪域住在溪西，禹正松住在溪东。溪上修建了两座木板桥，以供两个村庄之间交通之用。

洪域和禹正松同年同月同日生。他们出生的那一年春天闹春荒，洪域的母亲和禹正松的母亲都身怀六甲。照理说，怀有身孕的女人应该留在家里静养，不该出远门。可当时的情形是，出门讨要，有口饭吃，腹中的孩子还有活下来的希望，留在家里极有可能因饥饿而中途夭折。两家人商量来商量去，决定一起出门讨饭，都是孕妇，彼此不嫌弃，可以互相照应。

当时是推荐上大学，他们高中毕业后就回到家乡务农。洪域是大队民兵营长，禹正松是大队团支部书记。

像这样的大会战，年轻人责无旁贷要冲在前面。禹王大队一分为二，一半去开挖水库工地，一半去开挖玉带河工地。洪域去了玉带河工地，禹正松去了水库工地。

大自然不会轻易把果实让给人类，它总喜欢用严厉的手段来考验人类的意志。那年冬天特别冷，地冻天寒，滴水成冰。

在那场开辟海城新纪元的水利大会战中，禹正松和洪域迎来了他们人生的春天。

为了工作需要，朱开山担任海城水利大会战领导小组的常务副组长，组长是何方，这无疑把朱开山的政治地位往前挪了一大步。中国式的领导地位的确立与体现，含蓄地表现在工作与生活中的许多细微之处。在一个单位，你处在什么位置，手中有多大权力，不用问你的级别，通过一些基本的东西就可以做出判断，比如开会时你坐在主席台上的位置，比如乘坐车子的号牌，比如招待宴会上你坐的位置，比如单位印制的通讯录上你名字的位置，等等。事实也是如此，朱开山担任常务副组长不久，江北省黄淮地区就在海城县开了一次海城县委全委会，朱开山升任海城县委副书记兼水利局局长。

在禹王水库工地上，朱开山发现了禹正松。

禹王水库的原址是一片荒芜之地，那里水道纵横、沙砾堆积、遍地淤泥、灌木覆陈，它的四周是低矮的小山，圈出一块天然小盆地。那时，机械化程度很低，革命样板戏《海港》一放映，剧中的一句台词"大吊车，真厉害，成吨的钢铁轻轻一抓就起来"，顿时传唱大江南北，足以看出当时人们对现代化机械的惊叹与赞美之情。开挖这样一座水库，要完成如此巨大的工程量，施工者不蜕去几层皮，不累到吐血，是不可能完成的。

海城人穷怕了，为了斩断穷根，他们无怨无悔，硬是靠手提肩扛，完成了本来该由钢铁机械来完成的任务。

开挖禹王水库的人员按所来自的单位划分成施工大队，然后编号，禹正松他们是第二十大队。

由于第一次参加如此巨大的施工工程，又缺乏有效的调度手段，各个大队各自为战，一窝蜂似的拥到谷底，挖土挑土窝在一起，一片混乱。就在各个大队大混战的时候，禹正松正指挥二十大队人员在谷坡上挖阶梯，他们由谷底挖到谷顶，然后铺上用稻草编成的草苫子。阶梯做好后，三分之一人员在谷底凿石头挖淤泥，三分之二人员挑土。挑土人员，上坡的走右边，下坡的走左边。禹正松呢，就站在谷顶记录,他设计了一份统计表,把每人挑土的担数一笔一笔记下来。当挑土的人挑完了自己该完成的任务时,禹正松就让他喝口开水,休息一会,然后去换凿石挖土的人。每天下来,禹正松把大家集中起来,公布每个人完成任务情况和一天的表现。没完成任务的,禹正松第二天就重点监督他完成任务。

禹正松的这种领导做派,开始许多人不理解,但几天下来,人们发现他的做法好,省时省工,奖勤罚懒。事实也是如此,刚开始,二十大队进度落后,但几天下来,二十大队遥遥领先。

他的做法被禹王水库施工总指挥朱开山发现了,朱开山马上在整个水库工地推广实行,效果极好。

朱开山第一次认识了这个年轻人。一天上午,中间休息的时候,朱开山找到这位年轻人。朱开山望着面前这位消瘦而精干的年轻人,问:"你学过统计学吗?"

禹正松摇摇头。

朱开山说,你很聪明,没学过统计学却能够使用统计学,不简单。

朱开山陡然变脸,严肃地说,作为一个领导人,事事要吃苦在前,你倒好,只是站在那里记录、指挥,你的官僚作风很严重啊!

禹正松觉得委屈,回了一句,我问心无愧!

朱开山更为严肃,追问一句,问心无愧?你年纪轻轻,肩不挑担,脚不沾泥,问心无愧?

禹正松似乎有些愤怒,忍住了,辩解道,朱局长,我们二十大队任务完成得怎么样?

朱开山回答,不错!

禹正松又问,我们二十大队分到的任务,所处的地段是不是水库工地最理想的?

朱开山回答,实事求是地说,应该是最差的。

禹正松大声说,那我就没做错。领导领导,就是领着大家,引导大家更快更好地完成上级布置的任务。领导不是老爷,但也不是小工。

朱开山朗声大笑，你小子很有思想，很有主见，我喜欢。——想上大学吗？

禹正松一听说可以上大学，顿时喜悦之情溢满全身。

朱开山收住笑容，说，不过我有个条件，你大学毕业后必须回到海城。

禹正松满口答应，说，愿意为家乡建设贡献全部力量，说到做到！

朱开山说，现在有两个学校，一个是干部学院，一个是水利学院，你想上哪所？

禹正松考虑一下，说，愿意上水利学院。

朱开山问，为什么？

禹正松说，干部学院学的东西太虚了，水利学院才是真刀实枪，能学到真本领。

朱开山说，好吧，我记下你的要求，回去和他们商量一下再通知你。

朱开山转身离开，走几步又回转过来，对禹正松说，今天晚上把你的任务交代给其他人，你明天早上到水库施工指挥部报到。

禹正松到水库施工指挥部后，协助朱开山，运用科学方法组织水库施工，大大提高了施工效率。他充分发挥青年人的热情与活力，在整个水库工地营造一种鼓足干劲、力争上游的热烈氛围。水库工地的小山头上竖起了高音喇叭，播放革命歌曲、革命口号，播报各大队最新战绩；在劳动人群密集的地方拉上红色的横幅；在上上下下的阶梯旁边插上彩旗；在稻草缮起来的三角形的工棚上张贴大字报，发放油印小报等。在物质条件无法满足人们需要的时候，精神鼓励是必要的也是必需的，人从来就不是完全靠吃大米馒头活着的。让精神燃烧，可以释放出无限潜能。

隆冬季节，对于水库施工者来说，不只是肉体上的劳累，更缺乏食物。海城似乎自古以来就盛产泥鳅，每到夏天，一场大雨过后，水塘里、阴沟里、树丛里，凡是有水的地方就有泥鳅，也不知道是从哪里冒出来的。那时家家都是土坯墙茅草顶的平房，一到雨季，屋里屋外几乎一样泥泞，那泥鳅趁人们不注意，偷偷越过门槛溜进屋里，惹得猫儿狗儿追打嬉闹，本来就不太整洁的屋里顿时一片凌乱，满地的猫狗脚印。以前的海城人基本不吃泥鳅,一来是因为泥鳅大多出身于污水烂泥,被认为不干净;二来泥鳅模样鬼头鬼脑,吃着不放心。在禹王水库工地,人们清理淤泥,那淤泥不知存在了几千年还是几万年,冒着黑黑的油光,开始只有少许泥鳅,且都是小泥鳅,越往下挖,特别是快挖到硬泥底子的时候,一铁锹挖下去,有半铁锹泥鳅。更为惊人的是,那泥鳅粗壮得有小孩的胳膊那么粗、铁锹柄那么粗,被挖上来以后,瞪着一双木呆呆的贼眼,关键是那张嘴,嘴边的胡须如藤条般粗壮,一张开嘴,像是地底下的魔鬼到地面上打哈欠,看了就让人心悸。人们就说,怪不得我们这里一到了夏天就遍地泥鳅,原来泥鳅的老祖宗都藏在这里呢!刚开始,人们不知道怎么处置这些泥鳅,大多扔掉了。禹正松决定利用这些上天无偿赏赐的资源。他要求每个大队就近挖个水池,在池底铺上塑料薄膜,放上清水,把挖出来的泥鳅集中到水池里,大的杀掉,破膛去肚,收拾干净,直接食用;小的放到水池里让它们自己吐掉肚里的淤泥,然后再食用。由于食物严重缺乏,各个大队想着法子吃泥鳅,也别说,真的就吃出了几道泥鳅名菜。比如红椒炒泥鳅段,先把大个的泥鳅收拾干净,切成一块块的肉段,然后用葱姜特别是大量的干红椒爆炒,然后用文火慢炖,直到把汁水彻底炖干,再干炒到微焦,这样炒出来的泥鳅,香味扑鼻,绝不亚于红烧鳗鱼。再比如泥鳅炖豆腐,先把小泥鳅收拾干净,然后在锅里放上大块豆腐,把泥鳅也一起放进去,加入适量的水,用火烧,水变热,泥鳅就往豆腐里钻,等到泥鳅全部钻进豆腐,煮死掉了,再加入作料,慢火文炖,这样做出来的泥鳅豆腐,鲜嫩无比。也就是从那时起,海城人开始吃泥鳅。到现在,禹王水库的周边建设了许多泥鳅养殖场,已经形成了一条可观的产业链。当然,工地上的人们除了吃泥鳅,还有鱼吃,几十斤重的大鱼很常见,最重的一条青鱼一百五十多斤。每当哪个大队抓到大鱼,总是到处一片欢声。有人就提议,我们应该把大鱼送到县城,送到家里,让他们也尝尝我们的胜利果实。这条建议得到大家一致认可,于是水库工地专门派人派车把抓到的大鱼送进城里的副食品商店,免费分给人们食用。

禹王水库开挖工地,艰辛而快乐。

第二年秋天,禹正松顺利进入水利学院学习,成为一名工农兵大学生。

5

在开挖玉带河工地上,何方发现了洪域。

开挖玉带河按序列分成工段。洪域他们是二十六段。

开挖玉带河面临的困难也很多。洪域他们的二十六段开挖起来就很艰难。他们清除地表土层后,遇到了一条横向的“石龙”。石龙不难对付,关键看构成石龙的石头。洪域他们遇到的那条石龙的石头当地人叫鹅卵石,这种石头质地很特殊,它不像一般石头那么坚硬,很像风干的烂泥,但又不像烂泥那样松软。像什么呢?像我们吃牛肉时遇到的牛筋,说硬不硬,说软不软,让牙口很难办。鹅卵石就是这副德行,若是真石头,可以用炸药,但对于鹅卵石,用炸药不管用,那效果跟炸淤泥差不多。

当时天冷,鹅卵石本身富含水分,石头和土死死胶粘在一起,一铁锹下去一道白印痕。洪域没有办法,就在石龙上堆上柴草,用火烧,然后乘着热气开凿。这样折腾着挖,进度极为缓慢。好不容易挖掉鹅卵石,挖到石英了,却又遇到密集的泉眼,那泉水汩汩地往外冒,如何排水又成了难事。当时天寒地冻,白天还好办,夜里就难办了,一夜涌出的泉水,全结成冰了,硬坨坨的,除冰比排水又困难多了。

何方是开挖玉带河总指挥,他乘坐一辆破吉普车,就在几个困难的开挖段转悠。

洪域他们为了赶进度,买来几套高筒水靴,分成几班,轮流下水开挖。天气太冷,他们就在岸上烧起柴火,一个小时一换班,换班上岸的人就在柴火堆旁烤一会儿,缓过劲来再接着干。

何方每次到二十六段,总看到洪域穿着水鞋在冰冷的泉水里埋头干活,他好像有使不完的劲,似乎从来就没上过岸。只要一提到这个年轻人,何方的脑海里就浮现出这样的镜头:洪域站在刺骨的水里,挥舞铁锹,满脸湿漉漉的,不知是汗还是水。

何方查看了二十六段资料，知道这个小伙子叫洪域。

有一天，何方站在岸上，招招手让洪域上岸。何方穿着草绿色军大衣，洪域上身只穿一件毛线衣。何方伸出手摸了一下洪域的毛线衣，问他冷不冷。

洪域说，不冷。

何方望了望岸上休息的人，就说，你怎么不休息一下呢？要劳逸结合。

洪域说，我年轻，扛得住；再说了我是领导，该冲在前面。

何方问有没有需要帮助解决的困难。

洪域犹豫了一下，说，没有，有困难我们也能克服。

何方脱下军大衣，披在洪域身上，然后上车走了。

第二天，何方让运输部给洪域他们送来了一台水泵和一台柴油拖拉机机头，解决了他们的排水问题。

没过几天，洪域的二十六段发生了一件惊动整个海城乃至全地区全省的大事。

何方在巡视途中被一名骑着自行车气喘吁吁赶来的二十六段的小伙子拦住。小伙子让何方快到他们工地去。何方让司机开车就过来了。

原来，洪域他们清理完石龙里的石英后，遇到一块大家伙，坚硬无比，有人主张用炸药轰炸。洪域不同意，他围着那块石头转，用凿子凿凿，用水冲冲。洪域突然坐在那块大石头上哭了起来。周围的人不明就里，被哭得莫名其妙。洪域突然站起来，大喊，水晶！水晶！咱们挖到大水晶了！

周围工段的人听说二十六段挖出大水晶，一窝蜂似的围了过来。

海城的水晶一般都是零散分布，成矿的不多，但洪域他们却挖到了水晶矿。我们回过头来想想，洪域他们开挖玉带河，开始遇到石龙，石龙的外层是鹅卵石，内层是大量的石英，并且伴有大量的泉水，那么核心极有可能就是水晶。果然如此，真是苍天欲予，必苦其心志，劳其筋骨，不到鸠形鹄面不示真相，不露真底啊！

何方赶到后，确认是大水晶，赶忙让司机开车让运输部的人调一辆大吊车过来。那块石头被吊上了岸，二十六段的人开动抽水泵，用水冲洗石头表面，彻底除去石头上的黄泥。周围的人惊呆了，那块水晶通体透明，在冬阳下熠熠放光。人们从来没有见过这么大的水晶。

经专家鉴定，这块水晶，质地上乘，堪称水晶王。几天后，全国各大报纸报道了海城挖出水晶王的消息。

春暖花开的时候，何方找到洪域，告诉他县委研究决定，推荐他上大学。何方问洪域，有两所院校可以选择，一所是青年干部学院，一所是水利学院，想上哪一所？

洪域考虑一下说，上青年干部学院。

何方问，为什么？

洪域说，上青年干部学院可以更好地研究马克思列宁主义、毛泽东思想，更好地为人民服务，做焦裕禄式的好干部。

秋天，洪域进入青年干部学院学习，成为一名工农兵大学生。

6

洪域和禹正松他们大学毕业的时候，禹王水库已经修建完成，玉带河也开挖成功，海城百姓正在热火朝天地改造海城。

水是大地母亲的乳汁。有了水的滋润，海城发生了翻天覆地的变化。人们挖掉桑树，重新平整土地，深翻土地，秋天种麦子，夏天栽水稻。

禹正松到水利局工作，他的任务是协助朱开山完成围绕禹王水库和玉带河辐射开来的水利渠网建设，最大限度地让禹王水库和玉带河发挥灌溉和排涝作用。这是一项浩繁的工程，如果说禹王水库和玉带河是人体的心脏和动脉，那么禹正松他们做的工作就是尽可能地舒张毛细血管。海城这块肌体将来到底有多大活力，就看毛细血管的供血量有多宽广，有多丰沛。

洪域到县革委会办公室工作，他的任务是研究如何栽种水稻。在海城，种麦子是老传统，有根底，而种水稻则是新鲜事物。洪域带着一帮人南下海南岛，学习杂交水稻的繁育、栽培技术。当时的海城太需要粮食，高产的杂交水稻是他们最理想的选择。洪域从海南岛归来，带回来的不只是杂交水稻的种植技术，还带回来一个人，海南某水稻研究所的技术人员梁瑛。有了洪域他们学习来的技术，加上梁瑛的技术指导，海城的水稻种植走上正轨。当然，梁瑛是为爱情而来，她是洪域的爱情俘虏，到海城不久，俩人就结了婚。

有了禹王水库和玉带河的吐纳，海城变成了一方旱涝保收的宝地。

以前的海城，到了冬天，地瓜（红薯）干、玉米、高粱是主食，而地瓜干又是主食中的主食。像地瓜干煮大米干饭，饭里见不到多少米，只是改改味道罢了。那时如果家里有刚断奶的小孩子或生病的老人，就用纱布包裹一把米，放到锅里煮，煮熟了拿出来，倒进碗里，放到一边。大米饭那个香呀，诱人得很，那香味直往人胃里钻，惹得家里的其他人肠胃咕噜咕噜地叫唤，站在一旁，咬着手指头一个劲咽口水。他们天天吃地瓜干，顿顿吃地瓜干，吃得肠子都细了，见了地瓜干就头疼，就恶心。只有逢年过节，一家人才能吃上一顿白面馒头、一顿大米饭。

水利让海城人大翻身。海城人终于可以不在逢年过节的时候也可以放开肚皮吃白面馒头、大米饭。

水利让海城人扔掉了打狗棒，再也不用唱着“姐儿溜”拖家带口出门乞讨。

水利，让海城人重树做人的尊严。

大自然慷慨地赐予人类，但也会突然变脸，刺激人类神经，给变得松弛懒惰的人类一点教训。这种教训，小则让人类流汗，大则让人类流血甚至以无数的生命为代价。

就在海城人刚刚过上好日子，风调雨顺地建设海城的时候，一场大洪水汹涌而至。

那年夏天，麦收刚过，水稻才插了一半，天降大雨。那雨铺天盖地连续下了四天，海城到处水汪汪一片，沟满河平，连青蛙都被淹死了许多。

再说一说海城特殊的地理形势。它处在黄海边沿，西面是绵延千里的黄淮大平原，北面是绵延的“八百里马陵山”，马陵山是沂蒙山的南延余脉。中国地势西高东低,而海城这一段不只是西高东低,它的西北面是齐鲁山脉,所以它的地形同时呈现出西北高、东南低。海城正好处在这两个低处的交叉点,形成了一个低处的低谷。这块地方的高低悬殊到底有多少呢?海城的东面是云港市,云港市跟海城相比,地理落差近百米。相距不到百里,落差如此之大,实属罕见。海城人站在高楼顶端向东面瞭望,若在晴空万里的日子,看到的不是云港市的楼群,而是云港市的山头。

每到雨季,西部、西北部雨水汇集,汹涌东流,一部分向南注入淮河,然后东流入海;一部分借道海城,东流入黄海。

禹王水库和玉带河接受建成以后的第一次严峻考验。针对海城特殊的地形特点,玉带河采用抗旱排涝复式河道结构。简单地说,玉带河由河道、河沿、河堤三部分组成。河道深约6米,宽约60米。河道两边各留河沿20多米,河沿边上再筑河堤,高约6米。在旱季或降水量正常的夏季,河道是过水的正常通道。一旦遇到洪涝年份,两道河堤之间都可以做河道之用,都可以过水。我们只要粗略地计算一下就会发现,这种复式河道结构,为玉带河的过水量留下近两倍的调节空间!

现在看来,我们不得不佩服朱开山设计禹王水库和玉带河时的高明大器,当时领导者的高瞻远瞩。在物质条件那么匮乏,土地那么珍贵的时代,敢开挖容量如此巨大的人工水库、人工河道,非鼠目寸光者所敢想,非瞻前顾后者所敢为。

当时的设计者和领导者充分发挥了他们的聪明才智。河堤上栽种树木,既可以绿化环境、保护水土,又可以分层栽种、砍伐,增加经济收入。河沿上,可以开垦成菜园,种植各种时鲜蔬菜,也可以种水稻,还可以种麦子,不发生洪涝时就收点,补贴补贴生活,发生洪涝就等于打水漂,反正是机动地带,不去栽种那些贵重的植物,抱着有鱼没鱼撒一网看看的心态去做,损失不会太大。

十年建设,十年休养,禹王水库和玉带河成为海城县最美的去处。禹王水库像一颗巨大的明珠镶嵌在海城大地,玉带河河水澄澈,两岸绿树葱茏,像一条舞动的巨龙蜿蜒匍匐在黄海之滨。禹王水库和玉带河开始回馈勤劳的人们,那里鸭鹅成群,水产富饶。春天,人们沐浴着暖暖的春风、春阳,沿着河边捡河蚌、捞螺螺、摸蚬子。夏天，人们拎一张矮凳，戴一顶草帽，坐在绿荫下垂钓，张网捕鱼，沿河唤鸭子回家。最快活的是孩子，玉带河是他们的天然浴池，是他们躲避酷暑的人间天堂。秋天，人们沿河捞虾、捉蟹、采菱角、摘莲藕。冬天的玉带河是孩子们的乐园，他们在那里溜冰车，寻找冰夹鱼。海城的农村没有休闲场所，他们把玉带河当作家门前的公园。

那场洪水来势凶猛。汹涌的河水挤满了两道河堤之间的所有空隙，它用惊涛骇浪做舌头，拼命舔舐两边的大堤，给自己愈加庞大的躯体拓展空间。由于上下游落差太大，那水势到底有多凶猛，语言文字无法描述，不过当时发生的一些事情可以做证。一位在河堤上巡查的社员，在河边捡到一条鱼，刚捡到的时候，那鱼还没死，嘴巴一张一张的，充满痛苦，它的脑袋上有一块骨头裂开，还在不停地流血。很显然，那条鱼是撞死的。玉带河上有几十座钢筋混凝土建成的桥，当时几乎全被淹没，尤其是桥洞，由于水流空间陡然变窄，流速异常凶猛。可能是河水过于浑浊，呛得那条鱼昏了头，一不留神撞到桥柱子上了。那条鱼有多大呢？捡到的那个社员扛回家，称一下，将近四十斤。

当时，河水的咆哮声让人胆战心惊，上级通过大喇叭通知沿河各村收拾好贵重物品，尽量到高处待着，随时准备撤离。

海城百姓不会看着十几年的成果毁于一旦，不会让两岸的家园被毁掉，更不会再像以前，遇到这种情况就拖家带口出去要饭。海城人急红了双眼，他们扛着沙袋，抬着门板，站到河堤上，哪里有险情，他们就往哪里冲。

禹王水库、玉带河经受住了那场考验。

那年冬天，海城百姓在上级部门的组织下，走出家门，冒着严寒，自觉地对玉带河的河道进行一次彻底的清淤除泥，他们用淤泥加高加固河堤，也给堤上的草木施了一次天然的有机肥料。

从那年起，每隔五年，海城百姓就给河道彻底清理一次淤泥，成了不成文的规定。

7

二十世纪九十年代,玉带河环境遭受到一次严重污染。也就是那次污染事件,洪域和禹正松的友谊第一次出现了无法弥补的大裂痕。

洪域和禹正松的感情一直很好,一方面是因为两个人同村又是同学,自然走得近;另一方面两个人大学毕业后,都当上国家干部,也有些彼此帮衬的意思。在开挖禹王水库和玉带河时,两个年轻人互相鼓劲、互相竞争,当然那种竞争是阳光向上的竞争,是共同进步的竞争。每次禹正松在禹王水库工地捉到大鱼大泥鳅,他都趁着夜色,冒着寒风,骑上自行车,赶几十里路给洪域送来一些,在那缺少食物特别是鱼肉的年代,那可是难得的美味佳肴。洪域挖到大水晶后,主动上缴国家,他们还挖到许多小块的水晶,在获得上级同意后,他们每人留了一块,以做纪念。洪域就把自己那块送给了禹正松。

那次污染事件发生后,洪域任海城工业局局长,禹正松任水利局局长。县委书记何方已经调往地区行署任农业专员,朱开山已经退居二线。禹王水库和玉带河让海城县由吃国家救济粮的贫困县跃升为江北省产粮大县。生产粮食光有水还不够,还需要肥料。海城县地广人丰,需要大量的肥料。当时,日本尿素畅销全国,买化肥要供销部分的批条,还要排队等候。于是有人就围绕肥料做投机倒把生意,甚至卖假化肥。作为海城县工业局局长,眼睁睁看着农民们辛辛苦苦挣来的钱往外流,辛辛苦苦种的粮食都抵作肥料钱,他决定建化肥厂。建化肥厂需要大量的水,也需要排放大量的污水,最合适的位置是玉带河边,既有来水又有去处。对于建化肥厂,禹正松坚决反对。在讨论会上,洪域力陈建化肥厂的迫切性和必要性,禹正松力陈建化肥厂对玉带河环境的破坏性。同一个村庄走出来的两位老乡、同学,第一次在大庭广众之下,为了各自的目标而争论得面红耳赤。最终结果,化肥厂投入建设,因为在当时的社会环境下,环保概念虽然已经唱响,但还只是停留在人们的意识表层,对粮食的需要,对财富的渴望已经深入人们的骨髓。理想重要,但实实在在的物质更有诱惑力。当洪域和禹正松刀对刀枪对枪对着干的时候,其他与会者只是笑。当最后举手表决的时候,与会者举起的手是森林,禹正松是孤木。

化肥厂刚建成的时候,也考虑到对环境的影响,只从玉带河取水,不向玉带河排放,那些废水被当作肥料直接注入附近的农田。过了一段时间后,人们才发现,那些废水不能当肥料用,凡是灌溉过的农田,庄稼全都变黄萎缩甚至烂掉根部。洪域责令化肥厂马上购买污水处理系统,建污水处理厂。这需要时间,而化肥厂生产的化肥供不应求。对于经济建设刚刚起步的海城来说,化肥厂不亚于支撑海城财政的印钞机。让印钞机停下来,化肥厂不愿意,海城领导层也不愿意。他们决定,一边加速修建污水处理厂,一边搞生产,先把污水排放到玉带河里,待污水处理厂建成后再做处理。

玉带河的生态第一次遭受严重损害。一夜之间,整条河漂荡着氨水味,河面上漂满了被氨水呛死的水族家庭成员的尸体,白花花一片,覆盖了整个河面。那些鱼儿大的几十斤,小的不满寸,大睁着一双双灰白的眼睛,面对苍天,有的还在做垂死挣扎,艰难地嚅动着嘴巴。野生的鳗鱼、黄鳝被活活毒死,长的有扁担那么长,看了令人心悸。当时的情形,真可谓惨景满河。几天时间,整条玉带河一片腥臭,那味道飘荡到几十里之外。

禹正松坐在玉带河边,抚摸着那一具具水族尸骸,欲哭无泪。

禹正松捞起那些大鱼、大黄鳝,找来化肥厂用来装化肥的塑料编织袋,装上几袋子,一袋送给工业局,一袋送给化肥厂,一袋送给县委办,一袋送给政府办,还有一袋送给洪域本人。

这件事很快在海城传开了,洪域无疑成了海城人心目中制造此次大破坏的罪魁祸首。洪域很生气,可以说动了大肝火。他找到禹正松,一副决战到底的架势,若不是官服在身,他非动刀子不可。你想啊,一个年轻有为的局长,前途无量,这么一折腾,无疑给他的前程撒上铁蒺藜,以后的路还怎么走啊!

禹正松一看洪域鱼死网破的架势,没敢在办公室招待他,拉他上车,直接到了玉带河边。

洪域看到玉带河的情景,也很震惊。他没有想到小小的氨水会造成那么大的生态危害。不过他对禹正松的做法还是一百个不满意,冲禹正松说,你有什么意见,有天大意见,可以向我提,向县委县政府提,你也可以向县纪委提,这软刀子杀人,太过分了。

禹正松正色道,你说,这满河的鱼、满河的虾、满河的黄鳝,哪一条不是你软刀子杀死的,还有这环境,哪一点不是你软刀子破坏掉的?

洪域气得面色发紫。他说,我是为海城经济发展着想,你知不知道化肥厂几个月的赢利就可以再办一座工厂?你知不知道我们生产的化肥为老百姓节约了多少开支?

禹正松反驳,说,局长大人,你知不知道,如果我们让老百姓在河里搞生态养殖,它的收益会更大?你知不知道玉带十多年的生态培养被你的化肥厂毁于一旦?修复这种生态需要多少时间?这是用经济效益可以算出来的吗?

洪域愤怒地说,我洪域没有到化肥厂要一袋化肥,更没有把一分钱揣进自己腰包。我洪域图的是什么?图的就是你禹正松的那一袋死鱼?我对得起天地良心。

禹正松冷笑一声,说,你图的恐怕是政绩,是官帽吧?

一听这话,洪域哑口无言,一甩袖子,走了。

望着洪域的背影,禹正松知道,他和洪域的千丝万缕的感情从此一刀两断了。

此后,洪域又在玉带河边陆续修建了农药厂、烷基苯厂,这些工厂虽然于环境有害,但都与粮食有关,都是市场紧俏的高利润企业。洪域认为,在刚刚温饱的海城人眼里,谁能让他们赚到更多的钱,谁能让他们的腰包更快地鼓起来,谁能让他们的生活更有保证,日子过得更好,谁就是他们的恩人,是他们的救星。刚走出饥饿的人们更害怕饥饿,他们被饿怕了,他们拼命往前奔,生怕再过回头日子,他们拼命赚钱,拼命存粮,吃了这一顿,还要想着下面的许多许多顿。他们还没有心思考虑环境问题,他们能顾的只是眼前。

没几年时间,他们通过选举的形式,就把洪域送到了县长的座椅上。而禹正松还在当他的水利局局长。

二十一世纪初，中国经济开始腾飞，城镇化建设步伐加快，人们对住房的需求量大幅攀升，楼市开始兴起。洪域抓住机会，决定借楼市推动海城经济发展。临河而居无疑是海城人的美好梦想，洪域决定让海城人圆梦。他决定开发玉带河。

他提出了他的设想，交给海城人大代表决定。他的设想是，取玉带河河堤上的土，填海城近郊的荒废之地，在上面建成海城商业区。在河堤的原址上修建商业居民楼，公开销售。

他的设想得到了多数代表的认可。

禹正松坚决反对，在讨论会上直接对洪域发难。

禹正松问，挖掉河堤，一旦遇到洪涝，海城拿什么面对？

洪域回答，一九九八年特大洪涝，玉带河河道足以应对，绰绰有余。海城处在黄淮之间，常常泛滥成灾的黄河已经断流，淮河几十年没发生洪灾，九八年特大洪水对淮河没有构成任何威胁。

禹正松生气地说，你这是哪家理论？以前没发生洪涝，不等于以后就不会发生洪涝。请记住，海城二十世纪八十年代初期就发生过大洪涝，若不是禹王水库的调节作用，若不是玉带河河堤的有力疏导，海城早已变成废墟了。

洪域笑了笑，说，沿长江而建的城市不可胜数，我没看到哪座城市在一九九八年变成废墟。黄河、长江尚且无事，一条玉带河能有多大危险？形势在发展在变化，而经济建设的机遇稍纵即逝，不可能再回来。

周围的代表笑了起来，他们被海城的发展前景鼓舞着，心中充满了圆梦的渴望，与他们梦想冲突的东西很难为他们所理解和接受。

禹正松没有办法，只好去找朱开山。朱开山身体状况极差，正在住院，可以说危在旦夕。禹正松在医院门前徘徊了很久，最后还是走进了朱开山的病房。他向朱开山转述了洪域的设想和人大代表的讨论结果。朱开山听后很激动，作为一位把终生精力全部交付给海城水利事业的老水利，禹王水库和玉带河就是他的生命。他拔掉输液管，要求把他抬到讨论会场去。医生、他的家人、禹正松坚决不同意。朱开山说，如果不把他抬过去，他后面拒绝一切治疗。朱开山的倔脾气他的家人包括他的徒弟禹正松最了解，无奈之下只好把他抬到会场。

朱开山到了会场，引起一片喧哗，人们对这位水利老人充满了敬意。

洪域无奈，就把人大代表已经签了字的计划书递给朱开山看。

朱开山看完后，长叹一口气，泪流满面，气息微弱地连声说，玉带河河堤，河堤……河堤……后半句话他最终没有说出来，就耗尽了生命的最后一丝能量。

这位老人走了，留给海城人无限遗憾。

海城人开始议论这件事，开始指责禹正松，你怎么能把一位病危的老人叫到会场呢？你有多大的冤屈呀，非要用老人的生命相威胁吗？

禹正松百口莫辩。埋葬朱开山那一天，禹正松欲哭无泪，他静静地坐在朱开山的坟墓前，整整待了一天一夜。

回到单位的禹正松，头发花白。

此次事件，让洪域与禹正松的矛盾更为尖锐化。海城人看待他俩的关系更为政治化，认为是改革派和保守派的斗争。

洪域再也无法忍受禹正松，认为既然你把禹王水库和玉带河看成你的生命，那就干脆成全你，一纸调令，给禹正松官升一级，把他调到玉带河管理站当站长，让他永远和玉带河保持亲密接触。

为了堵住禹正松的口，洪域以干部年轻化为由，让禹正松的徒弟水利局副局长薄树义主持工作。这样一来，一旦遇到水利难题也好找禹正松解决，禹正松再有什么不快，也不好冲徒弟过不去。洪域的这一招，就是给你小鞋穿，还叫你没办法说脚痛。这一招真损，靠边站了，还得站岗值勤，既整治了禹正松，还要借他的水利专长让他为海城水利尽力。

朱开山去世，禹正松去了管理站，洪域放开手脚，按照自己计划往前推进海城经济。海城的经济发展速度走在全市前列，经济总量快速增长。没过几年，洪域担任海城县委书记兼人大常委会主任，成了海城真正的一把手。

8

第二天早晨八点，禹正松准时到县委小会议室开会。作为一名老水利，牢骚归牢骚，不满归不满，但一旦遇到异常汛情，工作第一，作为防指副总的他必须冲锋在前。这种境界是几十年精神积淀而成，已经深入骨髓，无法改变。

朱开山生前告诉禹正松，如果遇到大汛情或旱灾，最好的解决办法是先查看相关的历史记载，然后再做决策。周而复始是大自然不变的法则，只是“周”有长短，“复始”需要时间罢了。

昨天晚上，禹正松翻看海城地方志、州志等水文记载，越看心情越沉重。海城历史上发生的大洪涝，如果放到一起看，有许多惊人的相似之处。且看离现在最近的三次记载。其一，民国二十三年（1934 年），刚入六月，天降大雨，持久弥月，洪水暴虐，沟不见岸，屋不见顶，牲畜尽死，尸骸满野，五谷颗粒无收，民众四出讨饭。其二，同治二年（1863 年），四月末始，雨连天际，二十余日不止，海城房屋尽圮，唯冈顶可存人。水去，方圆百里无一二人存。有牛氏抱持一犬，躲避山洞，后无犬与之相应，竟成哑犬。其三，永乐十二年（1414 年），五月甫过，大雨如注，六月始竭。海城老街，淤泥与屋顶平，竟有硕大海鱼陷没而死，疑为逆狂流而上者也。禹正松放下书籍，看了一眼挂钟，已是午夜。他站起身，走出书房，站到后阳台瞭望。外面的雨还在滴滴答答地下，路上的灯光全部包围在一层雾蒙蒙的黄晕之中，远处的蛙鸣声一浪高过一浪，吵得人心烦。禹正松想，蛙鸣也提前了，这该是六月底才有的声势。禹正松陡然觉得室内的湿度太大，潮潮的黏黏的闷闷的，热得让人烦躁，脊背上似乎扎满了芒刺。不知什么时候，余桂英站到他身后。余桂英是个典型的家庭妇女，除了照顾孩子、照顾老人、操持家务，很少关心丈夫的工作。余桂英是洪域的表妹。和自己一起长大的表哥，原来跟禹正松如亲兄弟一般，这些年两个人却闹腾得水火难容。她不想多花心思去想男人之间的那些事,她知道自己文化水平低,许多见识拿不上大台面,说不透彻反而会添乱。她是个明事理的女人,所以有些话干脆不说。

禹正松见惊动了家人,长叹口气,让余桂英回房休息,自己又进了书房。

八点整,钟涛宣布开会。会议室里各种杂乱的声音安静下来。会议先由薄树义通过大屏幕介绍最新天气形势。海城地区近日以小到中雨为主,间时阴到多云。

当与会者听到间时有阴到多云的天气情况时,紧锁的眉头舒展开来。

最近几天,连续的大雨把整个海城几乎变成一片汪洋。田野里全是积水,没来得及收割的麦子,露出沾满霉点的穗头在波浪中无奈地摇摆。玉米秧子、红薯秧子在水中挣扎,如果不是高高的田埂偶然露一下面,真会认为那是蒲苇之类的水草。路边的树木被雨水浸泡,耷拉着叶子,无精打采。最快乐的是蛙类,它们似乎遇到前所未有的狂欢节,不分白天黑夜没完没了地吵闹。我们真得嫉妒大自然的偏爱,人类怎么就没有青蛙们的声带,若有了,个个都能成为出色的歌唱家,帕瓦罗蒂去世了,我们也不至于如此失落与悲伤。

城里一片狼藉,完全失去了往日的整洁有序。到处是涌动流淌的浑浊的水流,漂荡着红红绿绿的塑料制品,散发着浓浓的腥臭。部分路段积水超过半米,人和车辆已经无法正常通行。疾病绝不会因为天气而放缓侵略人类的脚步,通往医院的路上,有急诊病人的家庭,只好用担架抬着病人进医院。

海城的排水系统已经筋疲力尽,达到极限。

洪域要求县委办政府办马上电话通知全县各单位,利用天气好转的一切时机,尽一切可能进行防洪排涝,该收的收,该种的种。他同时要求两办马上把各部委办局的工作人员进行分片包干,一律下到基层,责任落实到部门、到个人。

就在大家略微松口气的时候,禹正松要求薄树义把近期全国的天气形势、旱涝情况给大家介绍一下。

薄树义看看洪书记,看看钟涛,又看看禹正松,有些犹豫。

禹正松了解自己这位徒弟的地位和难处,就主动为徒弟解围,说,朱开山同志在世的时候说，防洪抗旱目光要放远些，不能完全局限于局部地区。要有全国甚至全世界一盘棋的思想，只有这样，才能真正把握住气候的脉搏，才好对症下药。

看着周围人疑惑目光，禹正松解接着说，打个比方，大家都知道蝴蝶效应吧？它是说在太平洋彼岸的美国，一只蝴蝶扇动一下翅膀，就有可能在太平洋甚至亚洲刮起一场风暴。当然，蝴蝶效应主要是用来比喻经济上的影响，因为现在的世界是一个整体，我们形象地叫它“地球村”。大家不要忘了，蝴蝶效应产生的基本前提是什么？是世界的彼此联系，是风的作用！薄树义，你给大家说说全局的情况吧。

人们把目光转移到薄树义身上。

薄树义正了正眼镜，说，就目前的形势来看，黄淮地区降雨量很大，而长江流域、珠江流域则处于半干旱状态。

禹正松问，黄河上游、淮河上游，太行、秦岭一带情况怎么样？

薄树义说，据卫星云图分析，这一带近期普遍降雨，且雨量很大。黄河水位已经超过警戒水位，淮河水位暴涨。这一带被降雨云浓密覆盖，应该说，短期内这一带没有转晴倾向。

禹正松脸色越发凝重。

钟涛问禹正松有什么看法，连问几遍，才唤醒正在发愣的禹正松。

禹正松缓过神来，冲钟涛苦笑一声，说，我有个不好的预感，这场洪水可能是百年一遇，甚至是几百年一遇，海城可能面临前所未有的洪灾。当然，我只是说可能。不过，县委县政府要提前做好防大涝，不，特大涝的准备，不要到时候搞得措手不及。

洪域问，怎么准备？

禹正松淡淡地说，先开禹王水库的闸，最大限度泄洪，其次储备抗洪救灾物资，比如帐篷、草包、炸药等。

洪域反问，泄洪？海城近三十年之所以风调雨顺，可都靠禹王水库的蓄水调节。我们这里雨水相对集中，很不均匀，干旱时候，靠的可就是禹王水库的这一湖水,现在排掉了,将来一旦天晴,到哪里去找水?

禹正松说今年的形势不一样,你没看到,我们这个流域还在降雨吗?并且近期降水量不会减弱,还在加强!还有,禹王水库已经超警戒水位了,上涨速度很快!

洪域说,禹王水库和玉带河目前反馈过来的数据基本良好。

没等洪域说完,禹正松抢过话头,说,那是初期,各种防洪设施还没有被洪水浸泡,当然状态良好,一旦经过洪水浸泡,它们的性能会减去许多。这是基本常识。

禹正松最后这句话说得有些重了,洪域想发火,忍住了,因为目前的形势他真的判断得不太清楚,说,开闸泄洪,要慎重!

钟涛接过话头,说,目前形势的确很严峻。刚才薄局长已经分析了近期形势,我觉得可以开闸泄洪。薄局长,你是搞水利的,你说呢?

薄树义沉吟一下,说,我赞成开闸泄洪。

洪域用沉默表示反对。

钟涛看了一眼洪域,说,就目前情况看,我同意开闸泄洪。不过,洪书记的担忧不无道理,我们是不是可以先开一半的闸门?禹王水库是九道闸门,咱们先开四道泄洪,你们看怎么样?

大家表示赞成。

禹正松冷笑一声,说,如果能开四道闸门就好了,目前最多只能开三道闸门!

多数人不解,钟涛到任时间不长,也不太了解情况,拿眼看薄树义。

禹正松用眼瞅了一眼洪域,说,如果玉带河的河堤完好,九道闸门可以同时打开泄洪。可现在,河堤已经不复存在,玉带河的排水量只是原来的三分之一。再加上近期暴雨连续袭击,玉带河本身储水很多,所以连三道闸门的过水量恐怕都难以承受。还有……

禹正松停顿一下,似乎不愿意说下去了。

钟涛追问,还有什么?

禹正松充满怨愤地叹口气,说,以前,咱们每五年给玉带河河道清理一次淤泥,可现在,已经整整十多年没有清理河道了,河道容水量又得减去一部分。

洪域插话,说,清理河道可是水利局和你管理处的事。

禹正松大声说,我们每年都打报告,可哪一年不是被财政支出匮乏给耽搁下来了?

洪域低头看文件,不说话了。

禹正松正在气头上,收不住话,继续发牢骚,说,如果河堤还在,如果咱们按期清理河道,完全可以应付今年的洪水,哪用如此提心吊胆?

提起河堤之事,在座的不少人还记得当年的镜头。也就是那一次河堤之争导致朱开山过早去世,到现在,许多人还为海城这位水利功臣惋惜,是他让海城人真正丢掉了打狗棒,过上小康生活。也就是那次事件,洪域把禹正松看成海城经济发展的绊脚石,个人恩怨上升为国家恩怨。

洪域看禹正松翻旧账,本来想发作,但考虑到防洪形势的确严峻,忍下了。

钟涛似乎明白了许多东西,就说,那就先开两道闸门泄洪,若情况稳定,再开一道闸门,全力泄洪。

其他人表示同意。

9

今天早晨,久违的太阳露出笑脸,似乎与海城人相隔太久,那脸红红的,不敢朗照,羞羞怯怯,总是半含半露着。

人们顿时觉得心情无比舒畅,走路说话都底气十足,虽然脚底下的积水还没有退去,各种漂浮物让人恶心,但人们依然感觉到湿漉漉的空气中有一种清新的气息。

禹正松开完会,决定利用这难得的好天气,到禹王水库去一趟,然后沿着玉带河走一遍。虽然这段路程他很熟悉,但遇到如此大的洪涝是什么情形他不清楚,他决定一段一段再实际考察一下。

薄树义主动提出和他一起去。禹正松要求管理处的所有技术人员一起去。

考虑到路面的积水和泥泞，禹正松决定不开车去，每人骑上自行车出发。

在这一行人里，有禹正松的儿子禹大郅和洪域的儿子洪焱。

洪焱似乎天生与水有缘，出生那天夜里，电闪雷鸣，暴雨如注，送梁瑛去医院的车子由于路面积水过多，几次熄火。没有办法，洪域喊来禹正松用担架把梁瑛抬到了医院。梁瑛被雨水激伤，到现在，只要阴天下雨，那腰就酸疼得直不起来。洪焱出生后，洪域的一位老乡来看望孩子，这位老乡懂些阴阳之术，就说这孩子是水命，命中缺火。洪域想，既然命中缺火，那就在名字中补点火，所以就叫洪焱。洪焱上大学学的是水利专业，大学毕业后本来可以分配到大城市的水利部门去工作，可他一定要回到海城，说要从基层干起，家乡就是最好的基层。洪域看到孩子有如此抱负，就把他直接放到玉带河管理处，让他跟着禹正松学点真本事。洪域虽然跟禹正松有矛盾，而且很尖锐，但他相信禹正松的为人，相信禹正松在水利上的才能。禹大郅大学期间学的是经济管理，大学毕业后，考公务员没考上，禹正松就让他参加大学生村干部选拔，被选上了，禹正松把他借调到自己身边，想让他学点水利方面的知识。禹正松认为，水利是农业的命脉，作为一名农村基层领导人，不懂得水利的重要作用，就管不好农业。

禹正松他们先去禹王水库。到了书库边上，才真正体会到什么叫惊涛骇浪。原来波涛如人，受到惊吓，拼命想冲出堤岸，找到一个安静之处，这就叫惊涛骇浪。整个禹王水库，此刻波涛翻滚，浊浪排空。你不敢站到库堤的中间，那里一边是汪洋浩瀚疯狂肆虐的大水，一边是落差近百米的河道或湿地。远方一排排巨浪迎面扑来，你不由自主紧紧抓住身边的栏杆或石柱子，生怕哪一个巨浪把你无情地掀下河谷去。平时看上去坚固厚实的水库大堤，此刻显得那么单薄，那么脆弱，你不知道哪个巨浪会让它顷刻之间粉身碎骨。

禹正松他们站在水库边上的一棵老法桐树下面，个个脸色冷峻。那是对大自然威力的一种担忧，一种惊骇。禹正松面对四周渚崖之间不辨牛马的浩荡洪水，不由自主地长叹一声。他对周围的人说，朱开山真是高人哪，二十五年前，海城遇到一次大洪涝，好在禹王水库和玉带河已经完全建成，老百姓上堤死看死守，顺利度过了那次洪涝灾害。有一天，我和老朱就坐在这棵大树下，唔，当时这棵树可没有这么强壮,它还很年轻,老朱面对滔滔洪浪,对我说,征服自然,人定胜天,那只是人类的梦话,是人类的一厢情愿。我们最好的办法是顺应自然,与自然和睦相处,然后再利用自然,从自然获取恩惠。这就像孩子与母亲,孩子想从母亲那里索取更多,就得先和母亲搞好关系,损害母亲的事更不能做,否则只能成为母亲的弃儿。

听了禹正松的话,再看看面前汹涌的巨浪,大家深有同感。

洪淼看了看身边的水位警戒牌,问禹正松,表舅,今天天气转好,为什么水库的水位还在持续上升?

禹正松说,这正是洪涝的可怕之处。它不同于火灾、旱灾,发生火灾时,火灭灾止,发生旱灾时,水到灾解。洪涝不同,刚降雨的时候,未必成灾,因为土层、植被要吸收大量的水分,雨停了但灾害在继续,甚至造成严重后果,为什么呢?土层也罢,植被也罢,储水饱和以后,它会慢慢往外排水,特别是高处的土层和植被,这种表现很明显,这就是为什么降雨停止了很长时间,而溪水河道却还在暴涨的原因。今天虽然天气转好,但禹王水库上游的水还在汇聚,还在涌来。好在水库水位还在库堤能承受的范围之内,不然极容易发生危险。这种事例在史书中有过记载,有一年沭河大水,连下了十天之久,人们在大堤上严守死防,第十一天天气晴朗,疲惫不堪的人们松了口气,纷纷离堤回家休息,结果夜间大堤决口,两岸顿成泽国,许多人没有死在守河的大堤上,而是在酣睡中死在自家的炕上。这叫什么?这就叫百里之路半九十,这就叫功亏一篑!

薄树义对洪淼和周围的人说,我大学毕业后就跟着禹站长,我是他的徒弟,那时讲究传帮带,意思是有经验的师傅要帮带年轻的徒弟,并把来自实践的真经传授给他们。记住了,今天禹站长讲的就是真经,书本上是学不来的。

周围的人点头,这是一群真想搞水利的年轻人。

禹正松望着面前的一片汪洋,让洪淼到手机网上查查全国的天气情况。

洪淼打开手机,对禹正松说,我们这里从今天晚上起,有中到大雨,局部有暴雨,最近几天都是这种情况。

周围的人听到这种情况,脸上的笑容没有了。

禹正松倒显得很平静,问洪焱,你再看一下黄河、淮河情况,特别是它们上游的情况。

洪焱查阅后说,黄淮河情况和我们这里差不多,它们的上游……洪焱说,不太好查具体情况……我查一下卫星云图吧。洪焱查到卫星云图,说,它们的上游被厚厚的积雨云覆盖,应该也在下大雨。

禹正松脸色严峻起来,又说,你再查一查我国其他地方的情况。

洪焱有些不解,但禹正松要求做的事,肯定有道理。他查阅了一下,先是叹口气,然后说,长江流域出现旱情,东北地区旱情严重,珠江地区持续高温。

听到这些话,禹正松的脸色更严峻了。

洪焱有些不解,看看禹正松的脸色,更为疑惑,就怯生生地问,表舅,你了解我们这里的情况就行了,为什么要了解其他地方的情况?看了就让人揪心,你说咱们这里涝死了,其他地方又旱死了,这老天爷为什么不能给均衡均衡呢?

其他人点头,看来他们除了为自己的状况忧心,也有些喊天不公。

禹正松看了看洪焱,又看了看其他人,长叹一口气,说,这种现象我以前也注意过,好像还是普遍规律,我不懂,向朱开山老师请教,朱老师说他也在思考这个问题,有些想法说出来一起研究研究。他说,治理洪涝关注本地区情况固然重要,但放眼全国甚至全球,也许更有帮助与启发。他说,就大范围来讲,由于大气层的作用,整个地球的能量是守恒的;就小范围来说,整个中国的能量基本守恒,就再小一点的范围来说,黄淮流域能量大体守恒。所以俗语中有这样一些话"冬天冻死狗,夏天热死牛""今夜露水重,明日太阳红""早晨浓雾起,当午毒日头""二月无雨雪,全年无好天""冬不白,夏不绿",等等,这些谚语说的是生活规律,但这些规律的背后就是能量守恒。我们分析分析"冬天冻死狗,夏天热死牛",为什么?就一年四季来说,能量是守恒的,冬天如果特冷,那热能躲到哪去了?肯定要转移到夏天,所以夏天必然高温,当然,也有可能把部分能量转移到春天、秋天去了,也会造成比如春天来得早、来得暖,或者秋天去得迟、暖得久。反过来说,如果冬天相对温暖,那么夏天一般就会相对凉爽。这雨水也是这样,就整个中国看,特别是大陆地区,一个地方旱,另一个地方就要发生洪涝,一个地方发生洪涝,其他地方可能就要干旱。所谓“风调雨顺”的好年头,就是雨水分布较为均匀,实质上是热能量基本平均分布。当然,也有许多异常情况的发生,造成这种结果的魁首是风;可以毫不夸张地说,是风改变着世界冰霜雨雪的格局,当然还有地形;不过,是风借地形在施展自己的威力。所以,就整个世界看,能量是守恒的,但就局部看,可能有些变异或偏差。

洪焱、薄树义、禹大郅,周围的年轻人,听了这番话,对朱开山、对禹正松陡然增加一层敬意。这些老水利,他们一生在实践,在探索,胼手胝足,无怨无悔。

禹正松看一眼洪焱,洪焱兴奋地说,所以,表舅,您要看黄淮上游,要看其他地区的情况。就现在情况看,我国其他流域均为大旱,而黄淮地区大涝,这就说明,我们这里极有可能发生几十年,甚至上百年一遇的大洪涝。说到最后一句,洪焱的兴奋劲没有了,恢复了平静。

禹正松点点头。

禹大郅看看父亲,他似乎一下子苍老了许多,嘴唇干燥,眼底布满血丝。他似乎第一次读懂了父亲。在他的印象里,父亲是个沉默寡言的人,特别在家里很少说话,即使在单位,也是有事说事,无事从不多言。他心里升起一种从未有过的感情,甚至是一种对父亲的怜悯,他眼底发酸,赶紧从背包里拿出一瓶矿泉水,拧开盖子,递过去。

禹正松接过水,拿在手里,说,咱们沿着河堤往前走吧,我带你们去喝水。

10

他们一路往前走,到了羽山脚下。他们站在河堤上瞭望。

需要说明的是,并不是所有玉带河的河堤都挖掉了。被挖掉的主要在靠近县城那一段,还有县城东部的开发区。从禹王水库到羽山这一段,是玉带河上游,河堤基本完好。

家乡就在面前。禹正松对洪焱说,洪焱,最近回没回家看望爷爷奶奶?

洪焱望着西面的村庄,说,年上回去一次,到现在都没去过了。

禹正松说，没事的时候，常去看看他们。你小时候，父母忙于工作，又怕把你送回农村受委屈，你奶奶就到城里来带你。当时没有房子住，你奶奶就住在单位仓库边上的一间小屋里，夏天漏雨，冬天结霜，受罪了，可你奶奶一句怨言也没有。洪焱，有空多回去看看。

禹正松望着东面的村子，看了看禹大郅，没说什么，他们也一直没回去过。禹大郅更应该多回去看看，他小时候是在奶奶那里长大的，四岁能上幼儿园了才被接到城里。

禹正松走下河堤，来到禹泉溪边。禹泉溪溪岸是沙砾，溪底是沙子，由于是由羽山泉水汇聚而成，一年四季清澈见底。今年连续阴雨，溪水有些浑浊。禹正松找一处靠近溪水的低洼处，用手扒开沙砾，扒成一个大坑，把坑里的浑水慢慢捧去，坑底有泉眼，慢慢涌出清水。等一会儿，那汪水自己澄清了。禹正松捧起来就喝。其他人学着他的方法喝水，甘甜爽口，清凉无比。大家都说真是好水，纯天然，无污染。

禹正松说，我们小时候，干活累了，割猪草累了，就这样喝水。这水的味道还没变。

水的味道没变，但周围的环境已经变了。前些年，大兴水晶热，水晶成了珍宝，海城是全国闻名的水晶之乡。水晶很少成矿，大多是零星分布。禹泉溪两边都是洼地、湿地，不好种庄稼，人们就挖开土层找水晶。水晶一般埋藏在较深的地底下，所以挖水晶往往要挖成又大又深的大塘子，当地人叫石英塘子。这几年，当地人觉得这些石英塘子荒废在那里有些可惜，就把石英塘子改造成深水鱼塘。这些鱼塘一个挨一个，颇为壮观。禹泉溪两边，一直到羽山脚下，都是这种鱼塘。

禹泉溪两边本来就地势低洼，鱼塘挖得又深，从水平角度观察，玉带河的河底应该跟这些鱼塘的水面平行。也就是说，这些鱼塘比玉带河低得多，所以才会泉水丰沛，便于养深水鱼。

薄树义看看远处的巍巍羽山，又看看高高的玉带河，叹了口气，说，这真是一处天然的泄洪通道啊，但天公不作美，硬是在北面横上一座羽山，一直延伸到海边。

禹正松说，是呀，羽山的北面是大片低洼的湿地，沟壑纵横，直通海边。当年大禹治水，面对此种地形，肯定站在羽山山顶摇头叹息过。舜为何殛鲧于羽山？羽山从地理形势看，于治洪不利，杀鲧于此，有特殊的警示味道。

说到这里，禹正松突然想到什么，说，我们村子后面的羽山听说被挖空了，作军备之用。原来是军事重地，没去看过，不知现在怎么样了。

薄树义说，听我父亲讲，开挖的山洞很大很大，跟礼堂似的。薄树义的父亲原来是县武装部部长，有一段时间，国际形势紧张，特别是美帝和苏修大搞核威胁的时代，某部队工程兵曾经在羽山开挖山洞，打算危机时刻用来储藏云港军用飞机场的飞机。薄树义的父亲作为地方军备负责人参与了当时的后勤服务工作。

禹正松他们决定去实地看看。在禹王村的后边，羽山在一个半山腰的地方，闪出一段来，比较低矮，人们可以通过这一段越过羽山，直达山北。为了交通方便，已经被工程部队开凿，铺上水泥路，不过在路口设置了岗亭并拦上铁丝网。

禹正松他们走到岗亭前，岗亭内有一个值班的武警，正在看电视。他们说明来意，那位武警没多问，就让他们进去了。他们往山上走，然后越过山坡，到了山北，一片壮阔的场面显现在眼前。一条水泥大道铺设在羽山脚下，北面的羽山已经基本被直上直下削平了，几十个大铁门一个挨一个排开去，连续几百米。不过个个大门都是铁将军把守，那些铁将军已是锈迹斑斑。在最后一个铁门边，有一个大大的铁皮屋，几个值班武警正在甩扑克，看见他们来了，有些不好意思地赶紧收起扑克牌。

禹正松他们折回到玉带河边，继续往前走。天色黑尽，他们走完了三分之一的路程，也正好走到县城边上。禹正松说，大家够累的了，回家休息吧，明天如果天气容许，咱们就继续走；如果天气不容许，那就以后再说。

第二天，天刚蒙蒙亮，豆粒大的雨点噼里啪啦地落下来，砸在屋顶上、窗户的玻璃上，啪啪作响，整个海城好像都在放浏阳产的鞭炮“满地红”。

早晨八点，县防指会议准时开始。

薄树义首先通报近期汛情，这位水利局局长显然一夜没睡好觉，眼圈发黑，眼角布满血丝。他嘶哑着声音说，截至今天早晨七点半，禹王水库超警戒水位近一米。由于禹王水库开三道闸门泄洪，玉带河已是水漫两岸，附近农田普遍被淹。由于上游近日连降大雨，洪水东汇，禹王水库的水位还在持续上涨。据中央气象台预报，结合卫星云图分析，我们这里近一段时间将连续降雨，局部大到暴雨。更让人忧虑的是，西到太行、秦岭均被密雨云覆盖，近几天将连续降雨，而且降雨量很大。根据以往的降水量、汇水量和禹王水库目前的泄洪量计算，最迟后天，禹王水库的水位将突破最高警戒水位，也是最危急警戒水位。

听了薄树义的汛情介绍，整个会场一片肃然，鸦雀无声。会场的空气显得压抑而沉闷。屋顶上不知哪支日光灯的镇流器出了问题，发出唧唧的痛苦的尖叫。

汛情如此严峻，让每位与会者芒刺在背。

洪域问，薄树义，禹王水库可不可以人工垒高堤坝，排人墙，严防死守？

薄树义说，不可以，水库堤坝钢筋混凝土浇筑，上面垒上草包之类的阻挡物，轻如鸿毛，不堪一击。后垒加的抗水材料，挡挡浪头还可以，挡那么大的洪流，没有作用。

钟涛问，玉带河还有没有加大泄洪量的可能。

薄树义叹口气，河两岸的田地基本被淹，许多工厂进水，目前的状况他们用沙袋堵堵，人工排排水，还能勉强应付。加大泄洪量，这些工厂、村庄将变成一片汪洋，损失严重。特别是化肥厂、农药厂、化工厂等，后果不堪设想。

洪域向来沉稳，有诸葛之风，这时有些沉不住气了，说，看来，我们海城将有一场灭顶之灾呀！我们奋斗了三十年的成果难道就要拱手让给这场洪水？

钟涛语调更为沉重，说，这场洪水除了要毁掉我们海城，还要毁掉我们下游的云港市，那里有港口，有码头，有刚刚兴建的发电厂，更可怕的是还有刚刚投入运营的核电站。大家都知道，海城地势比云港市高得多。不是有句俗语“海城进水，云港灭顶”？云港的这些地方，哪一处出问题，咱海城都承受不起。

整个会场一片死寂。会场外面的雨不管里面人们的心情,拼老命下,撒着欢下,真如老人所言,天上被捅了个大窟窿了。望着乌云密布的天空,望着那千万条飞流直下的瀑流,真让人怀疑这天上怎么能储存那么多的水!那厚厚的云层背后是不是真的藏着一条搬运东海之水的龙王!

钟涛望了一眼洪域,说,咱们把我们这里的情况如实上报省、市防总吧,并请求他们支援!

洪域长叹口气,点了点头。

那是一个不眠之夜。禹正松把自己关在书房里,烟一支接一支吸。禹正松有过敏性气管炎史,原来是杆烟枪,迫不得已戒掉了。作为一名老水利,面对目前的情况,心情总是烦躁不安,动不动就有一种想抽烟的冲动。长夜难眠,听着外面时紧时慢的雨声,禹正松有一种窒息的感觉。想抽烟的冲动越来越强烈。他抽出一支烟,点上,就那么静静地一支接一支抽。

书桌上,先是传来一阵水声,接着是清脆的鸟鸣,再接着是班得瑞的《寂静的森林》。手机铃响了。

禹正松不用看就知道,那是洪域打来的。

洪域声音沙哑,问,老禹呀,目前的洪涝,你怎么看?

禹正松淡淡地说,没有办法。

洪域期待地说,你是个老水利,肯定有办法,目前为止,还没有难得住你禹正松的水利问题,这一点毋庸置疑。

禹正松说,十五年前有办法,现在真的没有。

洪域疑惑地问,老禹,你什么意思?

禹正松说,河堤。如果玉带河的河堤还完好无损,如果能把你修建楼堂馆所的钱拿出那么一点点,用来清理玉带河的水道,应付这样的洪涝,我有十足把握。

洪域叹口气,说,咱能不能不谈过去?过去我洪域是挖掉了河堤,是没有清理水道,如果现在后悔能起作用,那我就去后悔好了。你对我有意见,可得先解决目前的危机,解决危机之后,该承担的责任我会承担。

禹正松嘟哝一句,作孽犹可活,自作孽不可活。

洪域听了这句话,很敏感,说,正松,如果我这个县委书记不干了就能解决目前的危机,那我现在就可以辞职。如果我的生命能换来解决危机的办法,那我现在就可以去投禹王水库或跳进玉带河。我洪域有私心,那也是针对整个海城的私心,这种觉悟你应该相信我是有的!

杀人不过头点地,听了这话,禹正松无话可说,就说,目前真的没有办法,如果有,都火烧眉毛了,我有必要瞒着吗?我禹正松是小肚鸡肠的人吗?

电话那头是一阵沉默。

禹正松叹口气,说,你放心,我会尽力的。禹王水库、玉带河,为了它们,我禹正松什么都愿意做,就是拼了老命也在所不惜。我这种觉悟你应该清楚。

洪域长叹一声,说,咱们海城能走到今天,确实不容易。有时候,想想小时候的生活,特别是到了冬天,拖着竹竿跟随父母出门讨饭的生活,我就想哭。我就想,我们无论如何都不能再回到过去了。为了这个目标,我不敢有一刻的懈怠,只要对海城有利的事,只要有一线希望,我都会尽百倍的努力去做。现在想来,咱们急于求成,心急也要吃热馍,确实忽视了许多规律性的东西,带来了严重后果。

禹正松听了,沉默一会说,天无绝人之路,明天省、市专家组就到了,他们可能会有好的解决方案,你容我再想一想,明天再说吧。

电话那一头,传来一声沉重的叹息。

11

省、市防总了解了海城汛情后,认为问题很严重,马上组成联合专家组,连夜奔赴海城,寻求解决危机的办法。

早晨八点,县防指和省、市专家组开了个碰头会。

本次省、市专家组组长是省水利厅副厅长薛森,副组长是市水利局局长汪远浩。

由于连续降雨,海城的路面交通基本停滞。薛森请求云港市武警支援,要求他们派一架直升机过来,帮助调查海城汛情。

直升机到达后,省、市专家组乘坐直升机,对整个海城的汛情进行考察并录像。

晚上,海城县委小会议室灯光明亮,省市专家组和县防指集体研究汛情。

经过勘察,省、市专家组认为,海城的汛情远远比想象的严重。目前,禹王水库的库容量已经达到承受极限,玉带河的泄洪量已经达到最大值。而上游的汇水量还在不断攀升。近期,这一区域还将持续降雨,并且雨量在加大,预计后天将达到最大值。也就是说,从明天开始,禹王水库和玉带河将面临最严峻的考验。而一旦禹王水库出了问题,整个海城将是一片汪洋,然后,由于巨大的落差,这片汪洋里的水将汹涌东流,直接淹没整个云港市。目前禹王水库的容水量,可以把云港市淹没在十多米深的水里。云港发电厂、云港码头,特别是云港核电站,会遭到多大破坏,目前无法估计。海城化肥厂、农药厂、化工厂等,如果不能及时搬迁,这些工厂一旦遭到洪水毁坏,那对环境的破坏,对云港市的危害将无法估量。

省、市专家组提醒大家,台风"黑马"已经在南太平洋形成,它的移动速度很快,正越过东海向黄海方向移动,最近两天有可能在黄海沿岸登陆。

在座的都明白,台风的到来,对海城的抗洪无疑是雪上加霜。一是台风往往伴有大到暴雨;二是大风往往是浪的帮凶,它可能搅得水狂浪凶。

省、市专家组对海城汛情的判断跟海城防指的判断基本吻合。

薛森提出四点建议:其一,把海城的严峻汛情马上上报省委省政府、市委市政府;其二,所有海城防指成员和省、市专家组成员最近几天不要回家了,就在招待所凑合一下,以便及时商讨处决问题;其三,马上与禹王水库周边省、市、县联系,看看有没有从他们那里分洪的可能;其四,从现在起,每半小时,禹王水库值班室和玉带河管理处要向他们通报最新汛情数据和情况。

晚上十点,禹王水库打来电话,禹王水库的水位已经超越警戒水位二点九五米，禹王水库最高承压水位是三点五米。

十点半，省政府来电话，省政府对海城汛情高度关注，省长王一民正往海城赶，明天早晨将到海城。十点四十分，市政府来电话，告诉洪域，市长林克白已经乘车赶往海城。

十一点半，禹王水库来电话，说，夜里风大，风助浪威，拍打堤坝很厉害。他们分班轮流巡逻，监视情况。

钟涛接的电话，要巡逻的人注意安全。

电话里说，风太大，浪太猛。他们巡逻时，腰间都系上保险带，用挂钩挂在堤坝的横栏上，走一段挪一段，以防落水或掉下大堤。

十二点，市长林克白到达海城。

林克白丢掉雨伞后，首先找到禹正松，他和禹正松毕业于同一所水利学院，比禹正松矮两届，算是校友。

禹正松坐在会议室一角，正在抽烟。

林克白问禹正松，还有没有其他泄洪途径？

禹正松丢掉烟，走到桌子前，摊开地图说，基本没有。禹王水库的北面与山东省相连，那里全是山地，水无路可出；往西，更没有可能，那里大量洪水正在涌来；往南就没有必要了，因为即使那里能泄洪，也没有多少意义，那洪水还得从海城流过，没有玉带河的约束，危害更大。

第二天早晨，雨似乎在示威，下得更大了。树木开始摇动，风也来了，那该是台风“黑马”的先锋。

七点整，王一民到达海城。

七点半，由省、市领导和省、市专家组及海城防指成员组成的联合会议开始。

这水啊，温顺的时候像母亲的乳汁，养育着大地生灵，万千儿女；凶暴时就是桀纣，残杀世间万物，毫不留情。面对这一汪大水，省、市、县的精英们竟然束手无策，几乎坐以待毙。

几天下来，禹正松已是形销骨立，穿在身上的衣服更显宽绰。洪域平时天天为自己肚大腰圆而茶饭不香，怎么减肥也不见效果，用他自己的话说喝口凉水都长膘，现在看去，整整瘦去一大圈。

看来，体胖皆因心宽，瘦身还需操劳。

禹正松看一眼洪域，似乎有默契，洪域的眼光迎上了。两个人眼光对接的一瞬间，彼此心思了然。

禹正松打破会场沉默，说，现在只有一条路可以试试了。

禹正松声音不大，但整个会场的每个人都听到了，眼光一起聚集到他身上。

禹正松清了一下嗓子，说，其实大家都知道，有一条理想的泄洪通道，在羽山北面。关键是羽山横在中间。咱们只要打开羽山，泄洪就不成问题。

听到这里，会议室里原来精神饱满的人们顿时泄了气，脸上写着，那也用你说，打开羽山？怎么打开？哪有时间？会议室里叽叽喳喳一片。

王一民摆摆手，要大家安静下来，听禹正松说。

禹正松接着说，羽山是短时间内打不开的，但有一个办法可以短时间内打开羽山。

禹正松停了下来。

其他人催促禹正松，时间紧迫，你就别卖关子了，直奔主题。

禹正松望着王一民和林克白，说，想打开羽山，二位领导可以做到。

王一民和林克白互相望望，有点摸不着头脑。

王一民说，只要能解决洪水，我王一民做什么都成。林克白也点头。

禹正松说，羽山底部已经被掏空，原来打算战备时盛飞机的，现在空在那里。前几天我们到羽山北面看过，那里几十个铁门高锁，如果铁门打开，连成一片，应该有几百米之宽。我们只要打开羽山南面山脚，就可以和山洞相连，就可以形成宽达几百米的泄洪通道。而羽山南面地势很低，基本与玉带河河底在同一平面，并且都是深水鱼塘。我们只要挖开河堤，然后挖掉鱼塘之间的堤坝，从玉带河到羽山底就形成了一条宽阔的泄洪通道，然后让洪水通过羽山山洞，直流向东，进入黄海。

听了禹正松的一席话，整个会议室一片沸腾。人们在绝望中看到一线曙光。

在人们稍稍安静下来时，禹正松说，羽山山洞是部队的战略物资，需要请示省、市军区才能处置。

王一民马上表态，他马上与省军区联系，协商这个问题。

目前看来，这是解决危机的唯一出路。不用讨论，大家的意见基本一致。

薛森提议，咱们现在就去现场，马上做准备。

走出会场时，洪域抱住禹正松，拍了拍他的肩膀，没说什么，他的脸上挂满了水滴，不知是雨水还是泪水。

到达现场后，大家发现，果真如禹正松所言，这里真是泄洪的最佳选择。薛森现场提议，请求市武警部队帮忙，在玉带河堤、鱼塘堤坝、羽山南脚与山洞对应位置，先安装上炸药，一旦禹王水库危机，马上起爆。同时，禹王水库九道闸门和备用闸门一起打开泄洪。如果情况好转，可以取出炸药。这样可以避免人工开挖造成的不必要的损失。

林克白赞成，马上向市武警部队求援，请他们过来实地勘察，帮助安放炸药。

两个小时后，省军区来电话，说，羽山山洞没有战略物资，已经移交地方武警部队管理。如果能够解除海城大水，保护国家财产和百姓安全，保护云港市的安全，地方政府可以对羽山山洞进行灵活处置。省军区将把羽山山洞的具体情况上报中央军委备案。

洪域要求县委办马上通知禹王村，要他们做好撤离准备。虽然禹王村地势较高，但为了保险起见，洪域还是要求乡里和村里马上动员他们撤离到远处的山坡上暂避。

就在大家各自发布命令的时候，禹正松四处勘察地形。他的眼光顺着那条水泥路走。他决定在炸药起爆时，就站在通往山北的水泥山路的顶端观察情况，那里地势高，又平坦，还有水泥路，进退自由。他发现，那座岗亭里值班的武警已经走出来，正打着伞收拾东西，估计接到撤退命令了。水泥路下山，往东西两个方向分叉，在往东的拐角处，有一个加油站，两辆自制的油罐车停在加油站背后。估计是私人或村里私自开设的加油站，设备比较简陋。

禹正松让禹大郅到加油站看看情况，特别是那两辆油罐车。

不一会，禹大郅回来了，说，那两辆油罐车刚从外地运用回来，还没来得把油抽出来，就下大雨了，反正也走不了啦，他们想等雨停了再干活，车停在那里，司机在屋里甩扑克。

王一民认为海城洪涝危机解决方案可行，就急匆匆赶回省里，去检查督促迎战台风“黑马”工作。

云港市区的洪涝形势很严峻，林克白也赶回市里去了。

12

雨下得越来越大，风也变得越来越猛。禹正松认为大家都打着伞或穿着雨衣站在这里不是办法，他提议，把羽山脚下那座值班岗亭当成临时指挥所，他、薄树义、洪焱、禹大郅、玉带河管理处的年轻技术人员，还有武警联络员留下来就可以了，其他人还是回到县防指会议室为好。因为在省、市专家组里，有许多老专家年纪大了，经不起折腾。薛森同意禹正松的提议，不过他要求留下来。汪远浩坚决要求薛厅长回去，自己留在这里。薛森没再坚持，认为有汪远浩和禹正松压阵，应该能应付目前的局势。

下午四点，武警装配完毕炸药。他们留下两位技术人员，其他人也撤离了。

禹王村的村民都临时撤离到山坡上。他们搭建临时帐篷，躲在里面。

禹前听说叔和堂弟禹大郅都来了，跑过来探情况。他发现他们还没吃午饭，就跑回村里给他们准备饭。

下午六点，那雨下得越发密集。风刮得更猛了，估计台风“黑马”将要在黄海沿途登陆。

禹王水库打来电话，声音很焦急，电话是禹王水库管理站站长打来的，他说，禹王水库的蓄洪量已经达到最大承压点，现在水面上风刮得很大很猛，整个水库水面翻江倒海，像被一根巨大的魔棒搅动着，很吓人。他问禹正松可不可以开闸泄洪。

禹正松问他，向防指汇报了吗？

站长回答，防指要求直接向你报告，由你决断。

禹正松说，你注意观察，有异常情况及时报告。

禹前做了一锅大米饭，用篮子拎过来，顺便捎来一包老咸菜。薄树义他们这才觉得饿，挖起米饭就吃。甜甜的米香顿时弥漫了整个岗亭。

晚上六点半。禹正松跟防指交流完情况，正要吃饭，禹王水库电话打过来了，说，禹王水库的水已经完全淹没了库堤，并且越来越大，请求开闸泄洪。

禹正松跟汪远浩和薄树义商量，决定马上开闸泄洪。

禹正松拿起电话给防总汇报，洪域接的电话，问，可不可以再延迟一下？因为台风来了，是坏事也是好事，坏事是台风加剧了洪水的破坏力，好处是台风可能把积雨云赶走。

禹正松说，禹王水库现在必须开闸泄洪，不然，漫过库堤的水势会越来越强，越来越猛，能不能冲垮库堤不说，一旦洪水过堤量太大，恐怕闸门构造、线路会受损，到时无法打开闸门，那后果不堪设想。

听了这话，洪域同意开闸泄洪。

禹正松给禹王水库打电话，那边等待得很焦急，看来情况很严重。禹正松要求他们马上打开所有闸门泄洪，闸门打开后马上汇报。

禹王水库开闸泄洪。

禹正松捏着一把汗，他担心禹王水库的设备受损坏，如果开闸出问题，那麻烦就大了。

不一会，禹王水库打来电话，所有闸门顺利开启。

禹正松松了口气。

从禹王水库到这里，洪峰大约需要十分钟可以到达。玉带河水道不是直道，是S形。洪水要经过一个大转弯才能到这里。

汪远浩命令点炮。

随着一阵惊天动地的连续巨响，玉带河河堤、鱼塘堤坝轰然洞开，顿时形成一条巨大的河道。玉带河里洪水汹涌而至，顿时填满了刚打开的这段河道。

一个严峻的问题出现了，那炸药没有炸开羽山南脚的山坡，南面的水道没有和山洞沟通。

被阻断的洪水迅速上涨，眼见着那洪水沿着禹王村的屋子脚往屋顶蔓延。

就在这里，汪远浩接到市武警总队打来的电话，电话里说，他们下午查阅了羽山山洞开挖记录和设计图纸，原来，羽山山洞开挖计划是南北打通，后来发现，羽山的南北山坡石质完全不一样，北面是正常质地，南面坚硬无比。当时想用炸药炸开南山坡的，但担心当时刚刚开挖完成的山洞没有经过加固，一旦采取强行爆破，对整个山洞会有损坏。后来，整个山洞用钢筋混凝土加固后，想炸开南面山坡，但形势发生变化，就搁置下来了。

这个电话来得太晚了，当然，他们完全是好意，是认真的负责的，但晚了，因为当时埋的炸药量，是按正常石质投放的。

禹正松的心陡然提到嗓子眼，似乎要窒息了，他扶住岗亭门框，不停地喘气。

其他人都傻了眼。

汪远浩满头冒汗，问，怎么办？要不要让武警派直升机送炸药？他知道没有时间讨论了，拿起手机就拨通了武警部队。武警部队很着急，但天已经黑了，风狂风大，直升机根本就没法飞行。

汪远浩瘫倒在地上。

县防指接到情况，顿时个个失色。洪域当场晕倒，不省人事。

薛森拿起电话，直接拨通林克白电话，要求云港市重要部门马上做好防洪准备，重要物资马上转移，马上通知市民往高处转移。

禹前抱着禹正松，一个劲流泪。禹正松缓过劲来，走出门外。外面天色还没有黑尽。

就那么几分钟时间，整个禹王村只剩下屋顶，到处汪洋一片。

禹正松看到那座加油站，看到两辆油罐车还在，他要禹前跑步过去，把油罐车开来。禹前甩开步子跑过去开车。

禹正松问，两位武警技术人员，刚才剩的炸药呢？

两位技术员拿出炸药，只有四公斤。

禹正松又问，导火索呢？

两位技术员找了一下，只有一根导火索，十几厘米长。因为现在起爆炸药，都是电子控制，导线连接，保险而又快速。这根导火索是他们无意中留下来，打算应急使用的。

禹前把油罐车开来了，禹正松要他把第二辆车也开来。禹前跑去开车。

禹正松看看手中的导火索，又看看面前的油罐车，长叹一声，天不亡海城，不亡云港，却要亡我禹正松啊！

禹正松掏出剪刀，把那根导火索从中间剪成两段。

汪远浩、薄树义、禹大郅、洪焱、武警的两位技术员一起围了过来。

禹前把第二辆油罐车也快速开过来了。

禹正松把两公斤炸药和半根导火索交给禹大郅，说，大郅，我们一家人吃的就是水利的饭，没有水利，说不定我现在还在带你去要饭呢！现在该是回报的时候了。我开油罐车进山洞，用炸药引爆油罐车。如果我这辆车没炸开山洞，你开那辆油罐车上，咱父子俩不能丢人。

周围的人这才明白禹正松要做什么。

他们想阻止，但想一想，目前也只有这一招了。为了海城，为了云港市，只能以命相搏。

禹前上去拉禹正松下来，其他人也争着要去，禹正松说，你们都别争了，我这把岁数，活得够滋味了。你们年轻，日子还长，以后逢年过节，念着点我禹正松就行了。

时间，秒秒千金。禹正松怕大家再啰唆，关上车门，一踩油门，车子飞驰而去。

禹前瘫倒在地，喊，叔，你连俺一口热饭也没吃上，俺难受啊……

禹大郅晕倒在地。

到了山洞门口，禹正松点燃导火索，然后把油门踩到底，车子痛苦地呻吟着一头冲了进去。

随着一声惊天动地的巨响，整个羽山抖了抖，但那山洞还是没有打开。

响声震醒了禹大郅，他拿起炸药包，插上导火索，往车上跳。

洪焱一把拉下他，说，我来，表叔去了，你娘怎么办？你爷爷奶奶怎么办？

禹前要上，洪焱止住他，冷静地说，我也是吃水利饭的，我也是禹王村人，都别争了，我上。

洪焱跳上车，一脚就把油门踩到底了。车子呼啸而去，他一手扶方向盘，一手把导火索点着了。

车到山洞前，速度陡然加快，一头撞了进去。

又是一声惊天动地的巨响。

只见羽山南坡突然出现一个无比巨大的旋涡,似乎能把整个羽山吞下去。那旋涡发出惊天动地的吼声,那汪洋似的洪水顷刻间下落,下落。

一会儿,禹王村又呈现在大家眼前。

13

洪水退去以后,海城百姓在朱开山的墓两旁又修建了两座墓,左边是禹正松的,右边是洪焱的。两座墓都是衣冠冢。

海城百姓为他们开了追悼会,举县皆哀,禹王村尤盛。禹王村所有村民都自觉到墓前进行了集体祭拜。

市政府把他们的事迹上报,他们被追认为烈士。

第二年清明节,洪域为他们立了碑,洪焱只刻名字,禹正松刻碑文,碑文很简单,是根据毛泽东的一句语录改成的:水利是海城的命脉。

那年冬天,洪域要求拿出县财政三分之一的款子整修禹王水库和玉带河。薄树义具体负责这项工程。

令海城人更为欣慰的是,省军区经过报请中央军委,同意羽山山洞转为民用。也就是说,以后,一旦遇到大的汛情,禹王水库可以直接从羽山山洞泄洪。可以说,有了这条备用的泄洪通道,海城乃至云港市再无洪涝之忧。

从此,海城的玉带河只作为农田灌溉之用,成了海城人休闲的好去处。

两年后,洪域退休,薄树义任县委副书记兼玉带河管理处处长,禹大郅正式调入水利局工作,成为水利局中坚力量。

洪域和梁瑛卖掉城里的房子,自己在羽山南麓盖了一座房子。周围的人不解,说,现在大搞城镇化,你们却往农村跑,图的啥?

满头白发的洪域满脸凄清地说,我想多陪陪儿子,多和禹正松说说话……

雪 鼬

谷三爷扣动猎铳扳机的一瞬间,心头陡然掠过一道闪电,持枪的手轻微地战栗了一下,射出去的霰弹也就偏离了目标的绝命之处。那猎物如一道白光转眼间消失在茂密的丛林里。

谷三爷走过去,地面的碎石杂草上洒着斑斑血迹。谷三爷蹲下身子,用手指蘸了一点草叶上的血迹送到鼻子前嗅了嗅:奇腥!谷三爷从腰间抽出油光锃亮的铜杆旱烟袋,点上,一缕青烟夹带着谷三爷的思绪在秋日的骄阳下缓缓弥散。富人屁臭,毒人血腥!谷三爷的心头笼上一层厚厚的阴云。

被击中的是一只雪鼬。捕鼬行内流传着一句千古名言:千鼬难寻一玄,万鼬难觅一素。谷三爷从祖辈那里知道,黑鼬是鼬中珍品,这雪鼬则是鼬中极品。据说,雪鼬的毛制成的狼毫笔使用千年不败,过去只有皇宫中偶有一两支,那是皇帝使用的朱批御笔;雪鼬的五脏六腑均可入药,可治天下绝症。谷三爷的祖祖辈辈以打猎为生,尤其擅长捕鼬。在谷家捕鼬的千年历史中,据说只有曾祖父曾遇见一只黑鼬,一击未中,懊丧不已,回到家中就冲着自己的太阳穴来了一枪,无限遗憾地离开了人世。

鼬,俗名黄鼠狼,行内人称之为"赤脚大仙"。既称之为大仙,也就极具有人类的灵秀之气。鼬毛是制作狼毫毛笔的绝好材料。过去,湖州德仁牌狼毫笔天下闻名,这制笔的狼毫原料主要就是由谷家提供的。

既然把捕鼬作为谋生手段,谷家祖祖辈辈摸索、积累,自然也就有捕鼬的绝招。谷家捕鼬除了在路边道口山洞崖边设机关以外,主要靠猎铳(俗名土洋炮)击杀。谷家的猎铳枪筒细、枪口小,每次只能射出一粒霰弹。谷家的霰弹呈六棱形,体积是一般霰弹的三到四倍,杀伤力比一般霰弹强十几倍。一般猎人使用的猎铳每次射出的霰弹几十粒几百粒不等,像撒渔网,杀伤面积极大。使用这种猎铳捕获的猎物虽多,但破坏力极大,猎物的皮里肉里沾满了霰弹,无论是食用还是物用,都很费功夫,那价值也就差远了。谷家的猎铳枪筒细、枪口小,瞄准时定位也就准;每次只射出一粒霰弹,专击猎物的眼睛、嘴巴,不会损伤猎物的其他部位,所得的猎物无论是品质还是利用率都极高。谷家对猎手持枪、射击的要求极高,谷家子孙练枪也就要吃许多苦头。每次练枪,持枪的手臂下面都要放上一把锋利无比的猎刀,刀锋向上,枪杆上面则压上青砖。开始是一块,练到能够准确无误射中目标后再加一块,练到又能准确无误击中目标后再加一块,一直加到十块。十块都练过关了,才算出师,才能上山捕鼬。所以,谷家子孙的右手臂上常常是疤痕累累。

谷三爷今年五十有五,有四十几年捕鼬历史,捕猎的黄鼬足够堆成一座玉清山!谷三爷本来不打算再捕鼬了,可近几个月鼬皮鼬毛的价格疯长,再加上某一研究所说鼬肝可治肝病,高价套购,这鼬价陡然之间就飙升了十几倍。谷三爷食人间烟火,放不下这种诱惑。谷三爷决定到了年底就金盆洗手。

谷三爷刚看到雪鼬时,以为是阳光刺花了眼睛。他用力揉了揉眼睛再看,那确确实实是一只雪鼬!那是一支威严的队伍:前面八只雄鼬,身体肥硕粗壮,负责开道和保卫;它的身边围着四只年轻的雌鼬,让人惊奇的是四只雌鼬用四只前爪撑起一片荷叶,为雪鼬遮阳;后面紧跟着八只老年黄鼬,臣子般怯懦而又恭敬。谷三爷的心头一阵接一阵涌动着战栗的波浪。雪鼬的躯体是一般黄鼬的三倍多,浑身雪一般洁白,涂了一层油脂般光滑耀眼。黄鼬的尾巴拖在地上,雪鼬的尾巴则高高翘起卷成一个蓬蓬松松的圆环。谷三爷怎么也没想到他这辈子竟然遇到了他的祖先们连做梦都不敢想的雪鼬。他一定要捕获这只雪鼬,谷家捕鼬的历史将由他来改写!谷三爷端起猎铳。

就在他扣动扳机的一刹那,那只雪鼬竟然转过头来,眼神慈祥而又柔和,充满了善意!谷三爷的心头一凛,持枪的手便抖了抖,霰弹偏离了轨道!

谷三爷锐利的眼睛告诉他,霰弹击中了雪鼬的左前腿。

谷三爷猎鼬无数,极少失手。

回到家里,谷三爷沮丧不已。

第二天早晨刚起床,谷三爷嗅到了黄鼬味,猎人特有的感觉告诉他出事了。谷三爷推开门,满院子黄鼬脚印,鸡圈门洞开,自家养的十几只正在下蛋的母鸡踪迹皆无。谷三爷走出院子,发现鸡的脚印连成一条线向山里延伸。谷三爷明白了。黄鼬是猎鸡高手,再厉害的鸡遇见黄鼬也会打战酥软。黄鼬得到鸡后就骑到鸡背上,用前爪揪住鸡冠,就像舵手掌舵一样,想要鸡往哪走鸡就往哪走。鸡让黄鼬们给搬运走了。一物降一物是自然界千古不变的规律。

谷三爷沿着鸡脚印追进了山。那些鸡堆在了一棵老槐树下。黄鼬只喝鸡血不吃鸡肉,得到鸡后,黄鼬就从鸡脖处撕开鸡的血管,吸尽鸡血后就抛弃了。

这预感中的报复来得真快!谷三爷心头的那块阴云又加厚一层。

就在谷三爷忧心忡忡的第五个早晨,谷三爷预想中的事情又发生了。谷三爷家喂养的三只山羊又神秘失踪了!谷三爷震惊了。作为一名老猎手,不能说山崩于前不变色,海啸于后不动容,可遇到天大的事情也会冷静如水,这份涵养还是有的。谷三爷从来没有如此震惊过!

谷三爷不是心疼那三只山羊,让谷三爷搞不明白的是,这鸡黄鼬能左右得了,山羊的体积是鸡的几十倍,黄鼬是怎么下的手,又是如何搬运走的!

这一切绝不是一般黄鼬能做到的,它们还没有如此的大智慧,一定是雪鼬所为,只有它才会有如此灵气!真正遇上对手了!这种报复行为今后肯定还会屡屡发生。谷三爷心头的沮丧一扫而光,他决定和这只送上门来的雪鼬斗斗。

谷三爷从大儿子家牵来一条蒙古猎犬,放在院子里。他要先搞清楚雪鼬的身体状况、来此目的以及它的行踪变化,然后再制订以后的行动计划。

中秋时节的夜晚,月明星稀,能见度极好。谷三爷披着狗皮大衣,怀里抱着猎铳隐藏在玻璃窗户后面。第一夜,除了猎犬由于刚来到生疏的地方发出的不满意的唧唧声外,万籁俱寂。第二天夜里,就在谷三爷略微产生睡意的时候,一道白光流星般从屋顶掠过,此后再无任何动静。谷三爷知道,雪鼬在虚张声势探听虚实。

第三天夜间，天快亮了，人们睡意正浓，谷三爷也认为它不会来了，打起了瞌睡，就在这时，门外飘来一丝熟悉的气味。几十年捕猎练就的敏感告诉谷三爷：客人来了。谷三爷看见它了，皎洁的月光下轮廓分明。正如谷三爷预料的那样，它的左前腿有点跛。它的体积虽然很大，动作却极其轻柔，轻柔得像一片飘动的羽毛。它竟然能够避开猎犬的听觉和嗅觉，真是不可思议。谷三爷端起猎铳，瞄准。

一道白光直射向猎犬，雪鼬准确无误地挂在猎犬的脖子上，猎犬没来得及发出一点声息就倒地毙命。谷三爷放在扳机上的手又松了下来，他想看看雪鼬后面的表演。

就在这时，几百只黄鼬拥了进来，四个一排四个一排很有秩序地排成一条线，然后，它们四肢朝上卧躺在地上，就像铁轨。那只猎犬被拖到上面后，排列起来的黄鼬的四肢就像滑轮一样极有规律地按照一定的节奏摆动，那猎犬的躯体就像被放在传送带上，没一会儿工夫就被运出了谷三爷的视线。谷三爷丢下猎铳，拿起双管猎枪朝天空放了一枪，然后追赶出去。

那只猎狗被丢弃在路边。谷三爷赶过去，拽起猎犬的头部细看，谷三爷打了个寒战：雪鼬咬在猎犬脖子上的那一口，掐位极为精确，利刃般截断气管，绝对是一招致命，即使是一位老猎手也很难达到如此高的标准。

谷三爷小瞧了雪鼬，谷三爷告诉自己，从今以后要事事当心了！谷三爷坐到门槛上，点上烟，他要认认真真考虑雪鼬的下一步行动。

正在这时大儿子谷山来了：刚才听到枪响，没事吧，爹？

没事，不小心走了火——回去吧。谷三爷磕掉烟灰，起身进屋。

谷三爷住在村子的南端，离村里还有一段距离。自从老伴死了后，他在村子里给三个儿子每人盖了三间瓦房，把他们都赶回村里住，自己落个清闲自在。

谷三爷心里沉甸甸的，还有点阴郁，谷三爷只在老伴去世时有过这种感觉。谷三爷睡觉从来不关门，今天晚上关门了；谷三爷除了进山，其他时候很少握枪，今晚子弹上膛，右手就放在扳机上。这样谷三爷才会睡得踏实。

就在谷三爷鼾声正起的时候，耳朵边突然传来尖细的唧唧声。谷三爷左手弹射出去，准确无误地攥住那唧唧声，拇指和食指用力一转，那唧唧声便没了。谷三爷这才睁开眼。原来是一只肥硕的大老鼠，脖子已被拧断。谷三爷出手向来极快极准，他能用两个手指头精确地夹住空中飞舞的苍蝇，这"一招死"的本领远近闻名。

谷三爷丢掉手中的死老鼠，猛地意识到雪鼬就在附近。他抬头向外面望去，月色皎洁如水，那雪鼬果然就蹲在窗前，眼神凌厉而威严。谷三爷的枪响了，窗户上的玻璃浪花般飞满天空，在月色映照下晶莹耀眼。

谷三爷知道，这一枪伤不着雪鼬。如果他瞄准了射击，雪鼬也许难逃死劫；持枪再开枪，这间隙雪鼬有足够的时间从容逃生。谷三爷开枪只是为了发泄胸中那被捉弄的郁闷和激愤。开枪以后的谷三爷很后悔，他知道自己又失算了，雪鼬肯定从他的枪声中听出了浮躁和不安。

儿子谷山跑来了，怔怔地盯着父亲。

谷三爷就说我正要去找你，你把院里的那头黄牛牵回家喂几天！

谷山就问，到底出了什么事？谷三爷就说，没事没事，我这几天想清闲清闲。

儿子走后，谷三爷吸起了闷烟。谷三爷心里有点茫然，这可不是好兆头。谷三爷几十年来杀生无数，从来就没手软心颤过，这是怎么了？年老了？心软了？谷三爷摇了摇头。不知为什么，谷三爷陡然想到了死去的老伴，想到了山魈。谷三爷连连吐唾沫去去晦气。

就在谷三爷踌躇无措的时候，一天早晨，儿子谷山匆匆跑来了，告诉谷三爷小松夜里被什么东西咬了一口。当他听到儿子的哭喊声赶过去的时候，只见一道白光蹿出了门。谷三爷一听这话，跟着儿子就往外走。

来到儿子家里，那里已经围满了人。谷三爷走过去，拽起孙子细看：小松的左手臂上留下一排深深的齿印，还在殷殷渗血。围观的人们发出慨叹：

这不是黄鼬的齿印吗？

这世道真的变了，连畜生也敢咬人！

谷三爷对儿子说，你带小松去村医务室包扎一下。然后冲着围观的人们说，没事没事，大家散了吧散了吧！

回到家里,谷三爷异常镇静。谷三爷知道,凭雪鼬的本领,想要他孙子的性命太容易了。咬孙子不是雪鼬的目的,这是雪鼬在向他下战书。他和雪鼬的恩恩怨怨也该有个了断了。

第二天早晨,谷三爷收拾好干粮,搭起帐篷,背上猎铳猎枪进了玉清山。

走进大山的谷三爷充满活力,眼睛鹰一样锐利,嗅觉狼一般灵敏。谷三爷很容易就发现了雪鼬的踪迹。河滩旁,草根底,裸露的粉土上都留下了雪鼬的脚印。对于谷三爷来说,雪鼬的脚印太容易辨识了:它比一般黄鼬的脚印大得多,雪鼬落地沉稳有力,那脚印就陷得深,左前腿跛了,落地极轻,仅留下一点痕迹。

第一天,谷三爷追踪雪鼬脚印,一无所获。

第二天,谷三爷嗅到了雪鼬的气味。雪鼬的气味很特别,既腥又刺鼻。谷三爷知道雪鼬就在附近,并且一直在监视自己的行踪。谷三爷隐隐感觉到,雪鼬那双犀利的眼睛就在他的周围打转转,似乎连空气里也闪动着那双眼睛。想到羊的死,想到猎犬的死,谷三爷满眼都是雪鼬的影像。他觉得雪鼬的踪影布满了整个玉清山,无处不在。他有点焦躁。他想控制自己的情绪,可他做不到。

第三天,谷三爷决定改变做法。他在明处,雪鼬在暗处,这样下去,谷三爷绝对耗不过它。谷三爷搭起帐篷,躲进帐篷中睡觉。睡觉是假,谷三爷要借助帐篷的掩护,观察雪鼬的具体方位。谷三爷一无所获。

谷三爷觉到了累。

到了晚上,谷三爷燃起篝火。山里面,临近暮秋的天气有些冷。谷三爷穿上狗皮大衣,坐到篝火旁,抽出铜杆烟袋吸了起来。草丛中清晰地传来秋虫的鸣叫声,近旁的树林里不知名的鸟儿时不时地拍打一两下翅膀,远处偶尔传来一两声狼嚎。除此以外,没有谷三爷想要捕捉的信息。谷三爷毕竟是老猎手,他隐隐约约感觉到这寂静的背后似乎潜藏着某种大阴谋。他砍来更多的柴火,一部分备用,一部分用来把那篝火添足烧旺了,这才走进帐篷。他想眯会儿眼,养点精神。

朦朦胧胧中,帐篷外面飘进阵阵腥味,越来越浓!谷三爷心头一凛,拿起猎枪走出帐篷。眼前的情景惊呆了谷三爷。帐篷的周围布满了黄鼬。到底有多少只,谷三爷没法计算,就觉得像是沙漠上起伏的黄色沙浪。谷三爷镇定一下自己,迅速做出决断。他把备用的柴火铺在帐篷的四周,点燃,筑起一道火墙。然后冲进帐篷,把猎枪猎铳全部装满子弹,揣上猎刀,然后持枪走出帐篷。

谷三爷静静地观察周围的动静。谷三爷看到了它。它正坐在山坡旁边的一棵栗子树上悠闲地嗑着栗子,去壳吃肉,不慌不忙。谷三爷觉得它的动作那么优雅,简直就是一位文质彬彬的书生。

谷三爷端起猎铳。就在那一瞬间,一只黄鼬飞跃火障,扑向他持枪的右臂。利齿透过厚厚的狗皮大衣嵌进谷三爷的肉里。谷三爷猛甩手臂,那只黄鼬飞了出去,落到火堆里,吱吱作响,空气中顿时弥漫着一股皮肉的焦臭味。谷三爷放下猎铳,那蠢蠢欲动的鼬群就安静下来。

谷三爷决定伺机而动。他的食指放在扳机上,他要快速出击。就在举枪前的一刹那,三只黄鼬从三个不同的角度飞射进来。一只射向他的右臂,一只射向他的左臂,一只射向他的后背,动作干净利落,准确到位。谷三爷浑身过电一般疼痛。他三百六十度大回转,三只黄鼬飞了出去,落进火堆。那皮肉的焦臭味更浓烈了。

似乎有一种默契,谷三爷没有动作,黄鼬们也就没有动作。只有那只雪鼬依然坐在那里不慌不忙地剥食栗子。谷三爷仔细观察,这才发现自己犯了个大错误,他所做的努力都是徒劳,他根本就不可能射到雪鼬。雪鼬的侧面有一根粗壮的树干,雪鼬只要把身子微微一侧,就可以躲避任何枪弹的袭击。他暗暗为雪鼬的智慧惊叹。

就在谷三爷沉思的那会儿,八只黄鼬从东、西、南、北、中五个方位同时发动进攻,咬住了谷三爷的八个要害部位。谷三爷知道,预料中的那一刻开始了。

就在这时,雪鼬从栗子树上跳了下来,发出一声尖细的叫声,那八只黄鼬闪电般跳出火障。黄鼬们有秩序地撤退了,一会儿就隐没在大山的夜色里。

谷三爷睁开眼睛,望着那篝火的灰烬,刚才发生的一切仿佛是一场梦。谷三爷知道,雪鼬没有全心全意取他的性命,也没想搞得鱼死网破。雪鼬真想要他这条老命,那群黄鼬群起而攻,他绝无取胜的机会,恐怕连骨头都被啃噬净了。

雪鼬到底想干什么?谷三爷真的累了,想打道回府,可雪鼬达不到目的肯定不会罢休，以后的报复行为还会连续不断。再说，自己一辈子做事光明磊落，也算是一条响当当的汉子，这临阵逃脱的事他也做不出来。谷三爷心里很乱。谷三爷向来拿得起放得下，他决定先好好睡上一觉，明天再考虑这个问题。

早晨，谷三爷走出帐篷，阳光很柔和，像涂上一层白蜡。打了一辈子猎，总有一种来去匆匆的感觉，难得有今天早晨的这份闲情逸致。满山的枫叶正红，各种野山果缀满枝头，在晨光的映照下，上面的露珠晶莹欲滴，泛出五彩的光。树梢上鸟窝里的幼鸟已经长大，正在振动翅膀想要展翅飞翔。就在谷三爷兴致勃勃地欣赏这醉人的美景时，无意之中又看到了动人心魄的一幕：一群老鼠排好队，前面一只大鼠领队，后面跟着的老鼠一只衔着另一只的尾巴迤逦前行，最后面的那只老鼠竟然没有四肢和尾巴！它们不离不弃井然有序地行进在山谷中布满碎石的小径上，俨然是一个和睦的大家族。

谷三爷陡然明白了雪鼬的意图。

当夜色笼罩整个山野的时候，谷三爷又燃起篝火，他边抽烟边等待自己的预感。果然，雪鼬来了，它又坐到了那棵栗子树上，依旧是昨天的位置昨天的动作。周围没有其他黄鼬。

谷三爷冲着雪鼬举了举铜杆烟袋算是打了招呼。他猛吸一口烟，然后磕掉烟灰，别到腰间。谷三爷知道该做那事了。

谷三爷把左手臂放在一块大石头上，举起猎铳的枪托，用尽全力砸了下去……

当谷三爷从昏迷中苏醒过来的时候，雪鼬不见了踪影。

谷三爷自折了左臂。

谷三爷回到家后，毁掉了所有的捕鼬工具。他打算明年一开春就进山承包一座荒山，种上翠竹，栽上果树。

（发表于《山西文学》2005年9期）

闹 喜

1

丙子年阳历六月十七,阴历五月初二,二孬和三女结婚。村里的武瞎子早就掐算好了这一天,黄道吉日,宜婚嫁。二孬姓文,三女姓武。文武村就两大姓,文武村是以姓氏命名的。村子中间有一条南北走向、宽度六米左右的街道,平时摆个流水摊,卖点活鱼水虾、青菜萝卜。临街人家在墙上开个大窗户,卖点盐油火耗、烟酒糖果。街西的男人们姓文,街东的男人们姓武。二孬和三女结婚,也就是文武村大喜。文武村凡遇婚丧大事,男女老少齐上阵,帮忙的帮忙,装脸的装脸,是老规矩。

日头西斜的时候,男人们灌了多少猫尿(酒),司宾说不清;吃了多少大块肉,厨子说不清;散了多少红包包,伴娘说不清。只见嘴唇红嘟嘟冒着油光的女人们满村子嚷着找自家男人,男人个个喝得找不到北了,得拧着耳朵拎回家,怕闹出仇事。满村子的狗们在撒欢,男狗到处跷着后腿撒尿,女狗摇着尾巴调情。每个醉汉后面都跟着一两条红着两眼摇着尾巴的狗,醉汉一打酒嗝狗就兴奋,等着呢!

年轻人斜叼着烟卷,三五成群,天南海北地胡侃,专等天黑。

眼见着天空慢慢拉上了黑幕,院子里、屋子里的灯亮起来了,新房里渐渐热闹起来,年轻人开始闹喜。闹喜闹喜不闹不喜,越闹越喜。闹喜有文闹和武闹两种。文闹就坐在新房里,把新郎拉进来,或说说喜话,或说几句荤话,或想着法子逗逗新郎新娘,比如用红毛线拴个苹果或糖块什么的,要新郎新娘嘴对嘴去咬,咬歪了,新郎新娘的嘴碰到一起,旁边的人就起哄,趁机厚着脸皮赖几包烟抽抽,弄几块花纸糖化化。武闹就不同了,闹得凶的连床腿都折断了。二孬二十,三女十九,年轻没忌讳,好闹;三女在村东头开了一爿理发店,平时打情骂俏的小插曲就多,知根知底,好闹。俗话说,三天不分大小,老祖宗就为闹喜开了后门,亮了绿灯。新房里坐满了憋足劲的男男女女,三女有点紧张,开始散烟、点烟,想献个好,缓和缓和气氛。可闹男闹女们没有一个有离开的意思,都拉开架势要武闹。

闹喜分几伙,每一伙都有领头的。闹喜前大家说好,闹来的喜烟喜糖大家平分。几伙之间有比赛的意思,都挖空心思想着新招。伴娘是新娘的保护伞,领头的发话,先搞走伴娘再说。六月天,伴娘个个穿得薄,花枝招展的,一个赛过一个俏,惹你闹,撩你闹。男闹喜的就往床沿上硬挤着坐下,热烘烘的身体紧贴着伴娘坐。借着股酒劲,就真真假假地动手动脚。一步步来,先摸面(脸),再摸鱼(奶子),后摸肉山山(屁股)。屋子里一片伴娘的尖叫声,刺激中带着愉悦。一个时辰过去了,伴娘还没有撤退的意思,要护主护到底。不知谁就使出了损招,拽伴娘的裤腰带。那地方可不能随便开玩笑,要丢人可就丢大了。伴娘两只手不够用的,顾了上面就顾不了下面,顾了下面就顾不了上面,只好又骂又嚼地尖叫。不顶事,有一位裤腰带真的就被拽掉了,露出了白花花的粗腿和花裤头。伴着一声矫情得打战的尖叫,伴娘拎起裤子捂着脸跑出去了。其他几位怕真的丢丑也就撤了。

时机成熟了,不知谁就拉了闸刀,电灯灭了,柜子上的红蜡烛也被吹熄了。一位闹主一声不吭扑到三女身上,嘴就往三女的嘴上凑,三女就用手去挡,下半身就空出来了,那位的那个就硬邦邦地抵在那地方,就动手去解三女的裤腰带。三女就轻声说,你不能动。那人就说,我要动呢?三女就说,你要动我就恼。那位就说,真恼?三女就说,真恼。那位很尴尬。三女顺手抽出一支烟,塞进那位嘴里,又从枕头底下摸出两条预备好的烟塞进那位怀里。那位跳下床,讪讪地喊一句"得手了",就溜出了新房。

蜡烛点上了,也来电了。家主原先认为是自家闸刀被拉了,谁知人家早有预谋,拉了全村的总闸。家主怕闹过了,就出来散喜烟散喜糖,嚷着喜不足,喜不足呀;三女也怕闹过了头,留下话柄,以后见面尴尬,就打开从娘家带过来的樟木箱子,拿出压箱子用的香烟和糖果,散给闹男闹女们。新郎二孬也进来了,给闹男闹女们点烟。其他几伙看看形势,见人家开始下逐客令了,互相递个眼色,决定见好就收,跟新郎新娘和家主客套一番,嘻嘻哈哈退出了新房。

接着就是戳窗户。白天先用红纸封好了窗子,到晚上用红绫包裹起来的筷子戳破窗户。院子里一片嚷声:戳窗户了,快看戳窗户了。就见两位壮实的小伙子走过来,一个托着茶盘,一个拿着筷子,到了窗户前面,站好,先唱上一段:

手拿一把红绫筷,
新郎新娘站里我站外,
戳得快,捣得快,
今夜生个大元帅……

噗的一声,红绫筷子捅破了红窗纸。在场的男男女女的脸被映照得桃花般灿烂。男人们瞅女人,脸上藏着诡谲的笑;女人们瞅男人,脸上潮红潮红的。男男女女吆喝着走出院子,做自己的事去了。

家主出来关起房门。新郎新娘开始圆房。

这时家主就绕着院子前前后后地转,看看有没有听房的。有就递上一支烟或几块糖,那意思是散了吧。第一夜是干柴烈火,新郎新娘往往控制不住性子,说一些非常话,做一些出格事,图个一时痛快却留下终身笑柄。家主是过来人,就替孩子留点心。人走尽了,就冲屋里喊,娃,早点睡了,明早还得早起,敬灶神!这是暗号,听了这句,新男新女就少了顾忌,可以放开来做自己的事了。

二孬爹说完话就回自己房里了,关上门。这时,从麦秸堆里钻出两个人,一个男孩,一个女孩,趴到了窗沿底下。第一夜有得听,听到精彩的,第二天早晨就可以在别人面前卖脸面,还可以要挟一下新郎新娘,弄几包好烟、几包好糖。

月色如水。六月天,窗户撤掉了草苫子,窗缝里透出一束束红光。

刚闩上门，三女就急了，嚷，二孬你是个死人呀，还不赶快拿尿盆去！二孬这才回过神来，匆匆忙忙跑出去拿尿盆。

三女就脱衣服。三女怕闹，在娘家就全副武装了，穿着大红棉袄、大红棉裤。天热，再加上别人闹腾，棉袄里子都湿了。三女脱掉棉袄，只穿件红兜兜。二孬拿着尿盆进来，三女正在解裤腰带。裤腰带系的是死扣，怎么解也解不开。三女急了，就嚷，你是个不喘气的，还不快帮我解！二孬解了半天也没解开。三女憋不住了就嚷，你用嘴咬，快用嘴咬！二孬就用嘴咬。还是牙齿厉害，裤腰带被咬断了。三女脱掉棉裤，只穿件红裤衩，褪下就尿。二孬就拿过三女的棉裤看，裤子都浸湿了。

三女快脱个精光了，肉是肉骨头是骨头的，撩得二孬心里痒得难受，觉得空气都缺氧了。三女就嚷，你是木头呀，还不去找点吃的！二孬这才记起来，新娘怕白天上厕所，一整天没喝水没吃饭了。二孬就匆匆忙忙出去找饭。二孬娘已经准备好了鸡蛋手擀面条。三女没了忌讳，放开来猛吃。

二孬看着三女的吃相，就点上一支烟边抽边撩情，说，世上有三香呢！

三女嘴巴腾出点空隙，就问，哪三香？

二孬就拉长声音说，芝麻油、核桃仁、大姑娘的舌头根！

三女就说，你流氓，最香的是这碗面！

二孬来劲了，就说，这世上还有三软呢！

三女放下碗，找毛巾擦嘴，没搭茬。

二孬就自己说，大姑娘的奶子、娃娃的脸，还有老妈妈的心眼。

三女乜斜了一眼二孬，说，软你娘个脚！

二孬抛掉烟头，顺手就攥住了三女的两个奶子。三女就嚷，拽坏了！二孬这才想起三女已经怀上了。二孬想算了，可又觉得第一夜若不那个一番，别人会耻笑，就说，咱这是抓住两个重点嘛！三女满脸飞红，气也喘得粗了，软软地嘟哝一句，看你那吊儿郎当的样！

2

趴在窗户外的那两位，听了这话，面红耳赤，心旌摇动，对望一眼，走了。

那男孩叫榆钱，十七岁；那女孩叫柳枝，十六岁。

第二天，好一个大太阳呀。榆钱背着柳编筐，拎着把镰刀去打猪草。走出村子，才发现后面跟了个尾巴，歪戴着顶草帽，左胳膊挎着竹篮，右手拿把铲子。榆钱放慢脚步，待她走近了才看清脸，是柳枝。两个人没打招呼，就那么啪嗒啪嗒地走，走完了杨树林中间的沙土路，就沿着村子东面的河边上走，一边走一边割青草、挖野蕨菜。两个人谁也不说话，各忙各的。离村子远了，一边是河，三边是庄稼，看不见人影了，柳枝就说，我累了，歇歇。说着就放下竹篮，丢掉铲子，坐在河沿上的一棵老柳树下。榆钱听了，也丢下家伙，坐下了。

柳枝晃荡着两条腿，用湿漉漉的眼睛瞅着榆钱，说，我渴了。榆钱站起来，拍拍屁股上的土粒子，走下河堤。河对岸有一块翠绿的西瓜地，头茬西瓜已经熟了。河里长着柔软的芦苇，芦苇稀疏的地方，飘拂着青青的荷叶。榆钱脱掉衣服，穿着裤衩，摘一片荷叶顶在头上，过了河。

没多会工夫，榆钱浑身淌着水，抱着个大西瓜回来了。柳枝见了西瓜，伸手去接。榆钱让开了。柳枝从榆钱的眼神里看出了东西，就把脸转到一边去。

榆钱就拿话来逗她，说，芝麻油咱吃过了，香；核桃仁咱尝过了，香；这舌头根……

柳枝一把夺过西瓜，放到地上，一铲子拍裂了，拿起来就啃，啃得腮帮子沾满了西瓜子。榆钱就站在一边看，专盯着柳枝的嘴巴看。

柳枝吃过了瘾，用手抹抹嘴巴，装模作样地干咳几声，说，榆钱我让西瓜子给卡着了。说完就闭上眼睛张开嘴巴让榆钱给瞧瞧。

榆钱左瞧右看也没见西瓜子的影子，嘴巴就往前凑，到了一定距离，就一口咬住了柳枝的舌尖，疼得柳枝直把舌头狠命往后缩。榆钱哪里肯放松，咬得紧紧的，柳枝想喊又喊不出来，就僵在那里。榆钱的牙齿就一点一点往前挪，终于咬住了柳枝的舌根,用舌头咂摸一番就松口了。

柳枝舌头火辣辣地疼,看样子脱了层皮,一生气,拿起铲子走了。榆钱背起柳筐,拎着竹篮跟在后面。

那几天,榆钱总是在回味柳枝的舌头,越回味越觉到了香。柳枝也总是在回味榆钱的牙齿,越想越生气,越生气还越想。

柳枝的舌头跳着筋疼,连说话吃饭都拐不了弯子。柳枝娘就问,柳枝你舌头怎么了?柳枝就支支吾吾说,舌头给花脚蚊子咬了一口,生了个大火疮。

一天午后,村里人都午睡了。像约好了似的,榆钱和柳枝又一前一后出了村子,来到那棵老柳树下。

柳枝坐下,背对着榆钱,说,你赔我舌头。

榆钱就笑嘻嘻地说,那咱俩的舌头就换换吧。

柳枝就嚷,你舌头上一股蒜头味,不稀罕。

榆钱就凑到柳枝面前,盯着柳枝的眼睛说,让我瞧瞧,我给你吹吹就好了。

柳枝把榆钱往边上一推,说,没用没用,不稀罕你那大蒜味。

榆钱挠挠头,说,你说咋办吧!

柳枝的嘴巴往河对岸噘了噘,说,西瓜能去火。

榆钱一听,来了精神,屁颠屁颠跑下了河堤。

一袋烟工夫,榆钱抱个大西瓜回来了。柳枝瞄了一眼,没动。榆钱把西瓜玩得溜溜转,口里念叨:大姑娘的奶子、娃娃的脸,还有老妈妈的心眼。

柳枝就嚷,你臭流氓呀你,满肚子坏水!

榆钱蹲下身子。柳枝就把脸往后仰,那丰满红润的乳沟便露在榆钱的面前。榆钱心里往外蹿火,烧得直咽口水,喉结一上一下蹿动。

柳枝抢过西瓜,用拳头擂开就吃,吃完了就对榆钱说,给我擦擦嘴。榆钱就撩起柳枝的衣襟给她擦嘴。柳枝的两只奶子就从兜兜里往外挤。榆钱顺势抓住一只,轻轻地用手去捏。柳枝眼里布满了小星星,闪着晶莹的亮光,两腮红得像熟透了的桃子,往外渗胭脂水,一捏皮就破。榆钱就要去抓另一只奶子。柳枝一把按住了,说,榆钱你不能动。榆钱就说,动一个跟动两个还不是一样。柳枝就说，不一样。榆钱就问，为啥？柳枝就说，留着！说完，站起身来，理理衣服，昂着头，斜着眼，两胳膊一耸一耸地走开了。

说着就到了七月，天气燥热起来了，西瓜大熟了。

趁着早凉，榆钱去打猪草。柳枝跟在后面，戴顶草帽遮着脸，两只眼睛贼亮贼亮的。

走着走着，不知什么时候，榆钱躲没了。

柳枝就在心里骂，剁着草墩子骂榆钱狼心狗肺。一抬眼，榆钱躺在大柳树下，身边放着个花皮大西瓜。

柳枝满头是汗，正渴得紧。不管三七二十一，奔过去，砸开西瓜就吃。榆钱打着鼾，似乎睡得挺沉的。

柳枝吃完西瓜，走下河堤洗洗手，洗把脸，就回到老柳树下躺下休息。老柳树上知了叫得正欢，像是催眠曲。柳枝没一会儿就发出轻微的鼾声，真的睡着了。榆钱悄悄地坐起来。榆钱怀着心事，一直在假睡。

榆钱望着柳枝的身体，薄薄的夏衣下面隐隐约约透露出女人的东西，该凸的凸，该凹的凹。柳枝肉体散发出的气息让榆钱发晕。榆钱蹲下身子，用狗鼻子嗅了嗅，血一个劲往头上涌。榆钱伸手去解柳枝的腰带，手指僵硬而颤抖。榆钱脱掉了柳枝的裤子，柳枝穿着花裤头。榆钱闭上眼睛，慢慢褪掉柳枝的花裤头。榆钱猛睁开眼。

柳枝惊醒了，猛地坐起来，抓过裤子盖住那地方，骂了句，榆钱你个狗日的，你不是人！抓起身边的镰刀冲着榆钱就砍。榆钱撒腿就跑，窜下河堤，一头扎进了河水里。

整个夏天，河对岸的老瓜农少卖了三百多斤大西瓜。

3

来年六月，河对岸西瓜熟了的时候，柳枝的肚子也圆得像个大西瓜了。

柳枝爹和榆钱爹在田埂上遇上了。柳枝爹就说，你武家的种在文家都发芽了，总不能在文家瓜熟蒂落吧！榆钱爹就说，不忙不忙，计划生育抓得紧，先生一个，好事好事。柳枝爹就骂，你个老孬种，你武家真是要种不要脸了！榆钱爹就嘿嘿干笑，扛起铁锨走了。

七月十六那一天，阴历六月十二，榆钱和柳枝结婚了。那天晚上，月色清朗，几只发情的猫满村子叫春。戳完窗户纸后，有两对花骨朵儿男女悄悄地趴在窗户底下，憋足劲要听房。榆钱陪着柳枝上趟厕所、吃点开口面，闩上门，搂着柳枝拉灭灯就睡觉了，一会儿便传出了鼾声。两对花骨朵男女认为榆钱在耍奸，后头肯定有事，硬是没挪窝。月亮西斜了，看来真的没戏了，两对花骨朵男女除了脸上满是花脚蚊子叮的红包包，什么也没听到，只好垂头丧气走开了。

一个月后，柳枝产下一个男孩，八斤重。

榆钱姓武，柳枝姓文。

（发表于《青春》2006 年第 1 期）

一盆洗脚水

成芷英走进我的办公室。我的直觉告诉我她身心俱疲,精神达到崩溃的临界点。

我是因为一封信约她见面的:

我只想告诉你们:我不是小偷!

你们知道吗?你们的每一句话、每一个眼神、每一个动作都像一根根针,狠狠地扎在我的心上。

我这里有一百五十元钱,请转交给林子木。你们也许不知道,林子木的爸爸是个左腿残疾人,他的妈妈是位聋哑人。有一次我到一个叫“幸福居”的小饭庄吃早点,我无意中看见林子木,他正在给客人端盘子。我去厨房一打听,才知道林子木每天都到这家小饭庄帮忙,端盘子、洗碗、拣菜,就是为了得到免费的一天三顿饭。于是,我悄悄跟踪林子木,才发现了他家的秘密。

林子木学习成绩特棒,我很佩服他。我决定靠自己的力量来帮助他。这一百五十元钱是我为一家广告公司设计一个动画网页赚来的,这个网页就保存在我家电脑的桌面上。我还想把平时的零花钱攒起来,这样到了学期结束,我就可以把林子木的学费给交上了。

同学们,如果你们想找到幸福的滋味,不妨看看埃克多·马洛的《苦儿流浪记》,我就是从这本书中,从雷米的身上找到了幸福的滋味的。我本来也想好好珍惜这份幸福,所以我尝试着去洗碗,尝试着为妈妈打洗脚水。因为和苦儿雷米相比，我觉得自己太幸福了。

可是现在，一切都将成为过去！我开始憎恶周围的一切，包括我的亲人。再见了！

我是云港市电视台《社会聚焦》栏目主持人罡风。九月二十二日早晨，成芷英的丈夫崔长林来到电视台，要求用滚动字幕的方式寻找他们的儿子崔萌萌。二十四日早晨，成芷英来到电视台，交给我这封信，要求《社会聚焦》栏目帮帮她，救救孩子！

这封没头没尾充满愤激的信出自一位十五岁的少年之手！我反反复复揣摩这封信，发现许多疑点。今天是九月二十六日，崔萌萌依然没有任何消息。我决定约见三个人：成芷英、崔长林、崔萌萌的班主任汪明达。我想解开心中的层层疑惑。

约见时间是下午五点，成芷英先到了。成芷英昔日光芒四射的脸庞布满暗褐色的斑点。失子之痛正在啃噬她的身体和她的心。

成芷英，我并不陌生，今年一月，市府评选“巾帼英才”，成芷英名列榜首，我曾经专访过她。她现供职于市公安局，是研究青少年犯罪心理的专家，少年管教所兼职教师，曾经挽救过无数失足少年。在我的记忆中，成芷英是个挺要强的人。

五点整，其他两位也准时赶到。坐定，我没有客气，直接追问崔萌萌失踪的原因。片刻沉默之后，汪明达用四个字干脆简洁地作答：

因为误解！

我吃惊地重复一遍，因为误解？

汪明达缓慢而有力地点点头，开始追忆：

九月十二日那天，成芷英突然来访，汪明达感到很意外。一般说来，家长来访大多集中在各种考试之后，一是看看孩子成绩；二是交流交流看法，找找症结所在，想想督导办法。家长平时来访得很少，除非孩子有特殊情况。

汪明达拎过一张椅子让成芷英坐下来谈。成芷英坐下后没有客套，说，崔萌萌最近表现有些异常,要求了解一下他在学校的近期表现。

汪明达沉思了一会儿,把崔萌萌的近期表现细细剪辑一遍,没发现有什么异常情况。

聊了一会,汪明达突然想起一件事,前几天崔萌萌的同桌杨辰辰说他丢了一百五十块钱,班委查了半天也没有结果,至今还悬在那里,搞得同学们心里挺别扭,个个摩拳擦掌要抓小偷。

成芷英用干涩沙哑的嗓音接过话头:

我和汪明达见面后没去上班,直觉告诉我应该回家。到了家里,我开始仔仔细细检查崔萌萌的房间。在崔萌萌的日记本里,我竟然发现了钱:一百五十元,一张一百,一张五十!我的心顿时揪到了一起,感觉呼吸都很困难。为了有效约束儿子,我对崔萌萌花钱管束得很是严格,可只要崔萌萌说出正当理由,我从来没有吝啬过。可这一百五十元……

汪明达望着陷入思索的成芷英,忧郁地说:

第二天上午,成芷英把她发现一百五十元钱的事跟我说了,我感到很意外。崔萌萌成绩很棒,学习也很刻苦,各方面表现都挺好的,没让我多操心。可这一百五十元就摆在崔萌萌的日记本里,别人说也罢了,他妈妈说了我不相信也不成呀。

干了那么多年班主任,我遇到了一个很棘手的问题。说真的,当时我真不知道该怎么办。成芷英就向我提出请求,她先掏出一百五十块钱,由我交给杨辰辰的父母,就说钱已经找到了。这样,杨辰辰的父母就不会再责备杨辰辰,我这个班主任也好做。成芷英希望这件事能就此打住,特别要求我保密。我认为目前没有好办法,就答应了。

成芷英理了理搭在眉头上的憔悴的头发,缓慢地说,我和汪老师商量一下,认为应该从根本上解决问题,以后要多做萌萌的思想工作,从心理上进行疏导,让萌萌在学习和生活中慢慢认识到自己的错误,主动交出那一百五十元。

我起身给三位每人倒上一杯纯净水,问,那你们是怎样从心理上进行疏导的?

成芷英听了这话,紫褐色的眼圈泛着青晕,端纸杯的手微微颤动。她镇定一下情绪,开始回忆:

九月十三日那天吃午饭时,成芷英边吃饭边给崔萌萌讲故事,古时候有一个大盗被判处斩刑,行刑前他要求他妈妈靠前跟她说几句话。当他妈妈侧过耳朵的时候……

崔萌萌一听这故事,马上放下饭碗接上话茬,他一口咬掉他妈妈的一只耳朵。他妈妈非常愤怒也非常伤心,就问他为什么要这样做,他说妈妈呀,我第一次偷了人家一只鸡,你不但没责备我,反而把鸡杀了做给我吃了;第二次我偷了人家一件衣服,你改改给我穿了;第三次我偷了人家一只羊,你卖了羊给我买了许多好吃的……我走到今天这一步,都是你一手造成的!你生了我却没有教育好我,这是对你的惩罚!妈妈你都讲了十遍了。

说罢,崔萌萌侧过耳朵说,妈妈你看你看,耳朵上都听出老茧子了。

成芷英就说,儿子呀,你知道这个故事背后的深刻意义吗?

崔萌萌马上回答,知道——任何大错误都是由小错误积累起来的。千里之堤,溃于蚁穴嘛!说罢,起身洗碗去了。

汪明达叹口气,呷一口纯净水,伤感地说,多懂事的孩子呀。——自从知道一百五十元钱的真相后,我竭力告诫自己要冷冷静静对待崔萌萌的错误,要设法挽救这位曾经优秀的少年,可经历和见识铸就的思维定式与取舍标准,还是让我看见崔萌萌就觉得有些别扭,就恨铁不成钢。

汪明达眼里含着泪花,陷入深深的愧疚之中:

崔萌萌,这地面怎么拖得这么马虎呀?崔萌萌,这玻璃擦得跟没擦一样,重来;崔萌萌,作业怎么写得这么潦草呀,乱稻草似的,撕掉重写!

其实崔萌萌还是原来的崔萌萌，可汪明达眼中的崔萌萌已经不是原来的崔萌萌了。

汪明达是炼钢炼出废铁来了，窝心哪！

一直沉默不语的崔长林说话了，话语中飘散着淡淡的苦涩，他一直两眼无神地坐在那里。我发觉他的右脸一直在轻微抽搐，不知他本人意识到没有。

十七日那天中午，成芷英太忙，没回家吃饭，我回家给崔萌萌做饭。下午，我打算去交电费，发现抽屉里的钱少了二百元。我的火一下子蹿上房顶，喊住正要去上学的萌萌，萌萌，你又拿钱了吧？

崔萌萌愣了半天才回过神来，没有呀，我没拿！

不是你拿的，这钱还能长腿跑了？光天化日之下，咱家招了小偷不成？我的话急赶急，也就充满了硫酸味。

崔萌萌狠狠瞪了我一眼，背起书包出了门。

上班后我才猛然想起来，那二百元钱前些日子交有线电视费了，太忙，自己一下子全忘了。

晚上回家，崔萌萌怨愤地冲我嚷，爸爸，我没拿你的钱！

我一听崔萌萌的口气，那火气又往上蹿，心里由于后悔带来的那点温情顷刻间云散了，没拿就算了，要学好！

崔萌萌听了这句话，一甩门进了自己的房间。

我愣在那里，叹了口气，就去做饭了。

那天晚上，崔萌萌说头痛，把自己锁在房间里，没吃晚饭。

说到这里，崔长林右脸抽搐得更为激烈，说话都有点结巴，那天晚上，我要、要去单位加班、班，也就没多想想，没多劝劝。悔——呀！

汪明达冷静下来，插话，其实，崔萌萌已经隐隐约约知道同学们把他当作小偷了。当然，这是我后来才知道的。不过，我太粗心了，崔萌萌曾经找过我，希望我能帮助他。

我插话,要求汪明达仔细回忆一下当时的情形:

十九日那天早晨,刚下过一场大雨,天气有些冷。崔萌萌穿着短袖褂,背着书包,拿着一块面包,站在办公室门口等汪明达。他来得太早了,整个校园还静悄悄的。

汪明达看到崔萌萌,有点吃惊也有份惊喜。他打开办公室门让崔萌萌赶快进去。

崔萌萌没等汪明达坐稳,就急匆匆地说,汪老师,我不是小偷!

汪明达原来以为崔萌萌认识到自己的错误,是来坦白的,没想到崔萌萌冒出的竟然是这么一句话,那脸色也就开始飘霜了:

崔萌萌,一个人犯了错误并不可怕,可怕的是不敢正视自己的错误,没有勇气改正自己的错误!

崔萌萌着急地说,汪老师,我……

汪明达示意崔萌萌住口,接着说,古代有个叫周处的,小时候偷鸡摸狗,无恶不作。人们把他与山里的猛虎和江中的恶龙并称为"三横"。他为了证实自己的勇力,入山杀猛虎,入江擒恶龙,三天三夜没有回来。老百姓认为他已经死了,都拍手称快。他回来后,幡然悔悟,改掉了恶习,修身养性,后来成了一位备受人们爱戴的好官。

汪老师,我确实没拿别人的东西!崔萌萌声音哽咽。

汪明达见状,心头冒火,崔萌萌,你拿没拿人家的东西,你心里清楚,老师心里也清楚!我一直认为,一个学生,学习好坏有天赋的因素,不可强求。可学会做人是每个学生都应该做到也必须做到的。咱不成才可以,但绝不可以不成人!

汪老师,我……

崔萌萌,回去好好想想吧,想清楚了再跟老师谈!说罢,递给崔萌萌一块纸巾让他擦擦眼泪,我希望你流的是真诚的眼泪!

听到这里,成芷英哭了,崔长林掏出纸巾给她擦眼泪,崔长林的手指在轻轻抽搐。成芷英稍微冷静冷静,说话断断续续,往事在鞭打她的心。

那天中午回到家，崔萌萌味觉失灵，含在嘴里的米饭像沙子，咬在嘴里的馒头像橡皮。

成芷英从研究青少年犯罪心理的角度看崔萌萌的变化，她认为儿子正处在矛盾中，思想上正在进行大搏斗。成芷英认为应该再加点催化剂，让崔萌萌尽快从错误的泥潭中走出来。她开始讲故事：古代有个叫周处的……

崔萌萌听了开头一句，就蒙上耳朵，闭上眼睛，接着往下讲，话语像连珠炮，又尖又细：他小时候偷鸡摸狗，为害乡里。人们把他与山里的猛虎和江中的恶龙并称为“三横”，他入山杀猛虎，入江擒恶龙，三天三夜没有回来。老百姓认为他已经死了，都拍手称快。他回来后，幡然悔悟，改掉了恶习，终于修成正果，成了人们爱戴的好官！

讲完故事，崔萌萌歇斯底里地吼了一句，妈妈，你到底想说什么！说罢，恶狠狠剜了成芷英一眼，抛下筷子，跑回了自己的房间。

下午，崔萌萌上学后，成芷英翻开那本笔记本，一百五十元依旧安安静静地躺在那里。成芷英叹了口气，决定继续加大教育力度。

说到这里，成芷英再也控制不住自己的感情，低声抽泣起来：

二十号中午，崔萌萌没有回家吃饭。我就给汪明达打电话，汪明达告诉我崔萌萌上午没来上课。一种不祥的预感涌上我的心头，我马上去了崔萌萌的房间，在枕头底下找到了那封信。看完信，我的心掉进了冰窖里。

接下来的情节简单明了：

成芷英的同事、崔长林的同事找遍了汽车站、火车站，都没有发现崔萌萌的踪影。

下午，成芷英拿着那封信去学校寻求帮助。汪明达在班上公开读了那封信。读完信，整个教室哭声一片。

杨辰辰哭着对老师和全班同学说，我那一百五十块钱没丢。我经常去网吧，欠了钱，老板就在上学路上拦住我，揍我，我没有办法，只好把妈妈让我交电费的钱给了他。可我知道，我家经济条件不好，我回去没法向妈妈交代，只好说钱放在桌洞里被人拿去了……

在场的所有人的心都在颤抖,因为我清晰地听到他们怦怦的心跳声。我竭力让自己平静下来,我告诫自己要冷静。我大脑中突然闪现出一个问题,就问成芷英,你怎么会突然怀疑崔萌萌会做错事,去学校找汪老师了解情况的呢?我用很重的语调说"突然"那个词。

成芷英略微平静一点,又伸手去理理憔悴的头发,长叹一声,说,都是一盆洗脚水!

一盆洗脚水?我震惊,形象有点傻帽,用很高的音调不相信地追问。

是的,一盆洗脚水!成芷英语气坚定,可以说是有点咬牙切齿。

九月十一日,吃完午饭,崔萌萌没有像往日那样丢下筷子推开饭碗抹抹嘴巴哈欠连天去睡午觉,安安静静地坐在那里看着妈妈吃饭。成芷英很奇怪也很惊讶,饭含了一半在嘴里,愣在那儿。

望着妈妈那份惊讶,崔萌萌就说,妈,从今天中午开始,我们家的锅、碗就由我来洗。

听了这话,成芷英含在嘴里的饭乘机堵住了食道,噎得她幸福得直翻白眼。

崔萌萌见状,笑嘻嘻地说,妈妈我可不是白干活,你每天要付给我一块钱工钱。

成芷英愣怔了一下,很爽快地应道,行,儿子,没想到你小小年纪就会念生意经,虽然是从妈妈的腰包里掏钱,妈妈也乐意!

崔萌萌拍了一下妈妈的手掌说,那就成交了!说罢,收拾起碗筷去了厨房,那碗筷快乐的碰撞声就弥漫到房间的每个角落。

晚上吃完饭,崔萌萌用脑袋把成芷英推到沙发上坐好,然后打来一盆水,又拎来热水瓶,把水兑好,伸手试试水温,说,温度正好。崔萌萌就蹲下身子,半跪着帮成芷英脱掉袜子,把成芷英的双脚按进水盆里,开始搓脚。

成芷英顿时坠入幸福的云雾之中,就随口追问一句,儿子,洗一天碗要付给你一块钱,洗一次脚要付给你多少钱呀?

崔萌萌模仿电视广告的腔调爽声答道,免费服务,分文不取。

听了这话,成芷英心里咯噔一下,浑身扎了麦芒似的不舒服,脸上红润润的幸福潮水般退去了。她什么话也没说,等崔萌萌帮她擦干脚,就趿着拖鞋进了卧室,斜躺在床上看电视。

崔长林十点多钟回到家,自己收拾点饭菜吃了,洗漱后就躺到床上侧过身子睡了。成芷英把呆愣了两个多小时的眼珠子从那些挖空心思煽情的广告大战中收回眼眶,连声哎哎着去推搡崔长林。崔长林迷迷糊糊连声嚷,累死了,累死了,有什么事明天再说不行吗?成芷英拧着他的耳根斩钉截铁地说,不行!崔长林无奈地哈欠连天地又斜着身子坐了起来。

成芷英说,崔萌萌今天洗碗了。

崔长林应了一句,好呀,孩子长大了。

成芷英接着说,崔萌萌晚上给我打来洗脚水洗脚。

崔长林又是随口应了一句,儿子变乖了,知道疼父母了。——成芷英你真有福气。

望着崔长林满脸的无所谓、不在乎,成芷英就眨巴着冷冷的眼珠子盯着那张表情不丰富的圆胖脸打转转,那眼神让崔长林脊背冒冷汗,睡意都没有了。

成芷英深究一句,拉长声调问,你觉得正常吗?

崔长林没多想,这有什么大惊小怪的,我小时候洗锅刷碗煮饭喂鸡打猪草……

成芷英立马截住话头,别又回顾光荣历史了。——还记得上个月你陪客户去温泉桑拿的事吧?

一听这话,崔长林的脸毫不犹豫就红到了耳根,你怎么哪壶不开提哪壶呀!

成芷英有点不耐烦了,得得得,别想歪了呀!——有一个星期,你是天天又拖地又洗碗,又洗衣服又打洗脚水,差点儿没跪搓衣板。

听了这话,崔长林的心头就生了一层痱子,痒得难耐。成芷英没有理会这些,又往深处挖了一句,说,你这样做,为什么呀?

崔长林支吾一句,好好表现,立功赎罪呗。

成芷英就说,这就对了——你觉得崔萌萌今天的表现正常吗?

崔长林的心咯噔一下就掉到了脚后跟。崔萌萌平时是个典型的甩手小掌柜,跟中国千千万万个独生子女一样,以学习太忙太累为理由,是个连油瓶倒了都不去扶的角儿,别说洗碗,更不用提打洗脚水了。有一次崔长林喝醉酒,要崔萌萌给削个梨子解解渴,崔萌萌不干;崔长林说削个梨子五十块钱,崔萌萌瞥瞥爸爸手中闪亮亮的票子,书包往肩上一甩,上学去了。今天的表现……崔长林端直身子坐好。牵涉到儿子的成长问题,儿戏不得!

崔长林和成芷英探讨学问般探讨崔萌萌的表现,经过细心求证,最后得出结论:崔萌萌肯定犯了错误,这错误还不小呢!

两口子商量一下,决定成芷英第二天抽出时间,亲自去一趟学校,了解一下崔萌萌的近况。

听了成芷英的叙述,我和汪明达既感到震惊又有几分沉痛。

一盆洗脚水,本来应该是一盆能够温暖父母心扉、沐浴孩子健康成长的幸福之水,现在却变成一盆灾难之水。我相信,如果能够预见结果,这盆洗脚水即使是一盆硫酸水,成芷英也敢喝光它。人呀!

这症结到底出在哪里了?

约见前,我了解一下他们三个人的情况。成芷英就不说了,崔长林毕业于某名牌高校,现供职于一家中外合资工程公司,总工程师。汪明达今年三十八岁,当了十五年班主任,在班级管理、学生心理研究方面是个行家。

再看崔萌萌。成芷英为了帮助我了解情况,今天下午把崔萌萌的日记本带来了。我翻看一下,日记的扉页上有一段简洁的自我介绍:

Cui Mengmeng:

属相:Dragon(龙);

星座:Sagittarius(人马座);

性格特征:心情一半时间阳光灿烂一半时间阴雨绵绵,属于爱心家族,做事有恒心但经常晒网,尤喜电脑操作;

崇拜偶像:小燕子(赵薇饰演的还珠格格);

喜爱颜色:天蓝色;

欣赏植物:狗尾巴草;

座右铭:只管用心去做,不管是对是错。

我问成芷英看过崔萌萌的日记没有,成芷英回答看过,仔仔细细看过。我问,你看完日记,特别是这个扉页,你当时的感觉是什么?成芷英沉思一下,说,我当时的第一感觉就是:这是让温情宠坏了的一代。

我无语。

长时间沉默之后,我提出要求,你们三个人能不能在明天的《社会聚焦》节目中与观众面对面?他们迟疑了一下,说,回去商量一下再回话。

他们走后,我整个晚上都陷入沉思之中。我想,崔萌萌的事如果发生在普通百姓家庭会怎样?他们如果对孩子有了疑虑一般都会这样解决:当场就拳打棒捶,逼孩子说出事情真相。这种方式看起来简单粗暴,不讲人道,可这样做也许只是伤害了一个孩子的肉体。肉体伤害是暂时的,心灵伤害则是深远的、致命的。发达的文明往往很容易伤害人的心灵!这到底算是进步还是倒退?

我上网查看一下,从八月十日到现在,四十多天,全国就有十三位青少年发生意外,在这十三位青少年中,属于心理问题的(明显表现出来)有九位。

难道优越的经济条件反而妨碍对孩子的教育?难道我们的精英教育本身就存在严重问题?我们的家庭教育、学校教育包括社会教育,到底应该怎么办?在高度发达高度文明的今天,还要像鲁迅先生、刘心武先生那样发出"救救孩子"的呼唤吗?头痛呀!

成芷英、崔长林、汪明达,三位如此卓越的人,他们超群的智慧竟然被一盆浅浅的洗脚水给淹没了!

第二天,成芷英打来电话,他们同意走进《社会聚焦》,与观众面对面!听到这个消息，我激动得语无伦次，连声道谢，我知道，成芷英他们做出这样的决定，是需要巨大的勇气的。我真诚地感谢他们，为崔萌萌，也为全市乃至全国的孩子们。

我思索后决定，这次《社会聚焦》节目的主题词是：

悲剧离我们到底有多远！

（发表于《辽河》2007 年 9 期）

戴罪羔羊

前段时间，某报刊刊登一位女学者对贞操的看法，她认为当女人遭遇性强暴时，如果为了保住贞操而使生命遭受威胁或者丢掉性命，那是最愚蠢的做法。

——题记

看到这段话，我陡然记起三十四年前发生的一件事，一件在今天看来只可以写成小说的事。既然只可以写成小说，那件事就应该称作“故事”。既然是故事，你看完后千万别上纲上线，咱怕痒。

故事的女主角叫林岚，白望公社小学语文教师；故事的另一位女主角叫秦菊曼，白望公社妇联主任；故事的男主角叫陆相远，白望公社革委会主任；故事的女配角叫张翠花，陆相远的老婆。

故事的发生极其偶然，偶然到有点让人发笑。

林岚和张翠花是好朋友。——这样说也许不妥当。张翠花是典型的农村妇女，斗大的字不识一箩筐，人长得特别黑，黑到大白天看见她时满眼除了她的牙齿就是她的眼白。陆相远从生产队队长一步步高升到白望公社革委会主任，张翠花一路沾光，由农村户口转成城镇户口，继而以工代干、转干，被安排在白望公社小学当红领巾辅导员。林岚是正儿八经师范毕业生，来自天堂之城杭州，一副水灵灵的模样，走路都像江南路边迎风飘舞的春柳。

张翠花看见林岚的第一眼就喜欢上了，或者说迷恋上了。你千万别误解为“同性恋”，那时连异性之间都不敢明目张胆地随便“恋”，都恋不过来，结婚是要通过组织考察的，哪还有闲心思去搞“同性恋”？该怎么说呢？张翠花崇拜林岚，崇拜得有些低三下四，是一种来自本能的卑微对尊贵的崇拜，就像野草崇拜玫瑰，蛮荒之地向往繁华都市。张翠花处处模仿林岚，林岚穿劳动布工作服，她就弄来一件劳动布工作服穿上；林岚穿的确良衬衣，她就穿的确良衬衣。林岚穿牛皮凉鞋，牛皮凉鞋是杭州寄来的，张翠花没辙了，就跟在林岚后面盯着人家的鞋后跟两眼不停地啪嗒、啪嗒，林岚就脱下凉鞋说，送给你了，然后趿着张翠花的塑料凉鞋走了。林岚做人随和，对谁都是你好我好大家好。人家是革委会主任老婆，别人想拍马屁都拍不上，这马屁送上门来了，装模作样也得拍拍。再说张翠花不是马屁，张翠花为人很实在，实在到看上去有点缺心眼。别人看见张翠花和陆相远走在一起就会说，张翠花的心眼都被陆相远长去了。

林岚住白望小学家属区，张翠花住公社干部家属区，相隔不远，你来我往抬抬脚就到。

六月三号(阴历四月初六)那天白虎山逢会。往年都是阳历五月初逢会，那年闰三月，逢会有些晚。当时每五天逢一次集，赶集是件让老乡们快乐无比的事，别说逢会了。白虎山会从明代永乐年间开始兴起，六百多年了，每年逢一次，方圆几百里只此一处。白望公社驻地离白虎山不远，步行一个多小时就到了。

六月一日，按上级规定学校开始放“夏忙假”。儿子刘小虎被他爷爷接去了。在县教育局工作的丈夫刘思南，一个月前被地区抽调，派到下面去“驻队”了。林岚一个人闲在家里没事做，就去找张翠花赶会。

林岚脚步匆匆来到张翠花家门前，门虚掩着。林岚边喊张翠花的名字边推门往里走。当时公家房子都一个模式，前后两排，前排小房子，做厨房、放杂物，后排大房子，做客厅、住人。林岚进门后隐隐约约看见大房子里有两条白花花的人影忙乱地晃动，就想凝神仔细看看，可什么也看不到了。林岚继续往里走，边走边大声喊“张翠花”。到大房前往里望，什么也没有。林岚就认为是六月的阳光晃花了眼，就往外走。也许你会说，林岚为什么没有想到小偷呢？林岚不会往这方面想，那时候随便掰下集体的一根大玉米被发现了都要开一晚上的批斗会，别说偷人家钱财了。

林岚摘下挂在门环上的黑锁，把门锁上，就蔫蔫地往家走。走到半路遇见张翠花。张翠花也要去赶会,正在找林岚,两个人走岔道了。林岚大老远就嚷,张翠花你个马大哈,赶会又不是去嫁人,你忙啥?连家门也不锁了?张翠花就嚷,我锁了,锁完了我还拽了两下锁呢!林岚就嚷,真是大白天碰见鬼了,我刚锁的!被林岚这么一嚷嚷,张翠花心里顿时没了底,开始犯疑惑,就急急忙忙往家赶。林岚在后面跟着。

到家开门一看,陆相远站在院子里。张翠花就奇怪,门锁着你咋在院子里站着?陆相远连忙解释,县里急着要一份材料,我回来得匆忙,钥匙忘办公室了!然后用手指指墙头,嘿嘿两声,不好意思地说,我就翻墙头进来了。

张翠花就往后屋走。

林岚正好跟到门口了,就嚷,张翠花赶快走吧,赶快走吧,去晚了就看不到踩高跷舞龙狮了!张翠花没工夫多想,转身跟林岚一块赶会去了。

六月四日早晨,秦菊曼请林岚到公社妇联办公室去一趟。也许是沾了张翠花的光,去年三月八日,林岚莫名其妙当上公社妇女委员。

公社大大小小干部都被陆相远分派到各个生产队去督促夏收了,整个公社大院空荡荡的。大院墙外可能有羊圈,不时传来咩咩的羊叫声。林岚一进办公室,秦菊曼就叫她跟自己走。秦菊曼领着林岚来到公社大院西北角的一间屋子里。林岚进门后才发现陆相远坐在里面,面前放着一杯冒着热气的茶,正在看报纸。陆相远见到林岚跟不认识似的,报纸堵在脸上,头都没抬。屋里面摆放一张床,用布帘间开了,看样子是临时休息室。

秦菊曼把门关好、销上,就坐到陆相远对面,端详自己用凤仙花瓣涂抹过的指甲,说,林岚看你挺老实的,原来满肚子坏水。

林岚听了这话,满头雾水,冷下脸问,你什么意思?

秦菊曼陡然变脸,拍了一下桌子说,林岚我告诉你,我跟陆相远好上了,昨天在他家跟他睡了,你看到了,你能怎么样?

秦菊曼当时二十三岁,是远近闻名的“铁姑娘”。别误会,当时的“铁姑娘”是对能干的年轻姑娘的一般称呼,比如当时很流行的一部样板戏《龙江颂》中,女主角江水英就是典型的“铁姑娘”。其实，秦菊曼生得漂亮丰满，又是高中毕业，在当时女青年中可以说千里挑一。秦菊曼性格豪爽，有男人气魄，尤其是喝酒海量，整个白望公社都知道，一斤白酒放不倒她。怎么说呢？她是那种泼辣起来让男人受不了，不泼辣时让男人失魂落魄忘不了的女人。秦菊曼是陆相远的远房表妹，两个人年龄上又悬殊，再加上陆相远很会说话，动不动就当着众人嚷要给秦菊曼找个好婆家，找个大学生婆家，就没有人把他俩的关系往坏里想。

林岚红着脸，把头转向一边，说，那是你们的事，跟我有什么关系！

没关系？没关系你把门锁上干吗？没关系你把张翠花找来干吗？秦菊曼两眼充血，脸色青紫。

我……林岚这才搞明白昨天是怎么回事，知道是误解，就转过脸说，我真的什么也没看到！

陆相远抖了一下报纸，嗯了一声。林岚浑身浪潮似的起鸡皮疙瘩，镇定一下，冲着陆相远说，我真的什么也没看到，什么也没跟张翠花说！

你越说没看到，越证明你看到了，这叫欲盖弥彰！你现在没说，谁能保证你今后不说？歇斯底里后的秦菊曼冷静下来，边端过陆相远面前的茶杯喝水边说。

卑鄙！林岚嘴唇轻微颤抖，话中夹着哆嗦。

我卑鄙？对，我自己都觉得自己卑鄙。今天我就卑鄙下去，看你怎么着！秦菊曼话里开始飘荡着痞子气。

林岚就问，你想怎样？

秦菊曼拖长腔调说，好好，转头望一眼陆相远，犹豫一下就快刀斩乱麻，说，很好办，你当着我的面，跟陆主任睡一觉！

听了这句话，林岚浑身打摆子般发抖，想走，可脚怎么也抬不起来。

秦菊曼眯缝着眼说，你没有必要那么紧张，跟出人命似的！这只是形式，有了这形式，才能封住你的臭嘴，才能保证你以后不会乱咬人！

林岚汗水潮涌，没过多久整个人就像刚从汤锅里捞出来似的。

秦菊曼站起身，走近林岚说，都是过来人，稀罕的你，不就是掀开裙子的事嘛！林岚当时穿着白色的确良衬衣、蓝色的确良裙子。秦菊曼边说边动手去拽林岚的裙子。

林岚冷笑一声,尖声喊道,你敢!

哟,好大的小姐脾气!秦菊曼缩回手嘲讽道,我都不吃醋,你还在乎?边说边瞅陆相远。

林岚稍微镇定一下,沙哑着声音低声说,这样不要脸,看来你真成过来人了!

秦菊曼一愣,愣后嘴角就挂着猥亵的冷笑说,你敢威胁我?

陆相远狠狠抖了一下报纸,大声嗯了一声。

林岚不想纠缠下去,转身去开门。

秦菊曼右手指着门,哼哼着嚷,林岚,你敢跨出这间屋子的门,你就是我的阶级敌人,是白望公社的阶级敌人!

六月六日下午,林岚被带到公社大院,这回是公社派出所的吉普车带去的。

两天时间,林岚脸色黯淡,瘦得脱去一层皮。

这回是在陆相远的办公室。陆相远依旧面前放着一杯茶,在看报纸。

秦菊曼让派出所的人到门外等着,然后掩上门。秦菊曼走到陆相远对面坐下,说,林岚呀,你是真人不露相、高人不显招呀,埋藏得可真够深的!边说边翻看面前的卷宗。

林岚的爷爷林相东新中国成立前是上海有名的资本家,上海市参事,一九四八年去了美国。父亲林知过是林家老三,上海某医科大学教授,不想掺和政治,也不想抛家弃国,就举家迁往杭州,打算隐姓埋名过日子。一九五九年退休归养。

林资本家四小姐,你不待在天堂一样的杭州,到咱这穷乡僻壤来干什么?秦菊曼阴阳怪气地问。

林岚咬住下嘴唇,一句话不说。林岚恍惚中听到院子外面咩咩的羊叫声,心里就有些悲凉。

秦菊曼斜倚着椅背,仰头望着屋顶说,我知道你会说为了爱情。不错,你和刘思南是师范同学,同学四年,才子佳人,成双配对。秦菊曼停顿一下,摇了摇头，说，放着阳光大道你不走，却在暗地里教唆你的儿子刘小虎写反动标语，恶毒攻击我们伟大领袖。你里通外国，反党反社会主义，是一条诡计多端的“美女蛇”！

那咩咩的羊叫声透过窗户，清晰传来。林岚就想，还真的有羊在叫呢！

昨天下午，白望小学的墙壁黑板上出现一句反革命标语：打倒×××。×××是当时我们一位领袖的名字。

林岚眼里含着清泪，缓慢、冷峻地反驳道，我没唆使小虎写那句话，那句话也不是小虎写的。

秦菊曼哈哈大笑，陡然收住笑声，从档案袋里取出一张黑白照片，举起来给林岚看，说，这可是铁证如山！边说边从档案袋里取出一份材料，说，这是县公安局的刑侦鉴定！

林岚执拗地把脸转到一边，望着墙壁上慈祥微笑着的毛主席像。

秦菊曼站起来，走到林岚身边，压低声音说，我们也不想把事情做绝，只要你答应我前天说的那件事，事情还有挽回余地。

林岚转过脸，话里含着冰碴子说，不可能！我只能向你们保证，我什么也没看到，什么也不会说！

秦菊曼哼了一声，说，天真的林资本家小姐，你真把我们当作你教的小学生了。我就是女人，我知道封住女人嘴巴最好的方法就是我前天说的那种事！其他都他妈是假的！你把那种事看得越重，越必须让你去做，只有这样我才放心！

不可能！林岚说这句话时嘴角开始渗出血丝。

秦菊曼坐到椅子上，望着陆相远。陆相远没反应，脸贴在报纸上，像是在自言自语地读报纸上的社论：将无产阶级革命进行到底，坚决打击阶级敌人的嚣张气焰……秦菊曼就软中带硬地冲林岚说，你不用急着回答，给你一晚上考虑！

六月七日中午，县广播站、白望公社广播站反复播发一篇文章《关于暗藏的阶级异己分子大资本家余孽“美女蛇”林岚反党反社会主义罪恶行径的揭露与批判》。不到一个小时，林岚案件传遍海城，林岚成了家喻户晓的“暗藏的阶级异己分子”“美女蛇”。

晚上七点,秦菊曼来到派出所拘禁室。拘禁室门外有两名武装民兵把守。秦菊曼打开拘禁室带钢筋的大玻璃窗户。外面传来嘹亮的歌曲:“大海航行靠舵手,万物生长靠太阳,雨露滋润禾苗壮,干革命靠的是……”歌曲结束,播音员铿锵洪亮的广播声清晰地传进来。

林岚披散着头发,双手抱着头蹲在墙角。秦菊曼用脚踢踢林岚说,你准备一下,刚才县革委会来通知,要求明天押你进城——秦菊曼的语气变得狠毒,一字一顿说,剃阴阳头!游街!开全县群众批斗大会!说罢一甩门出去了。

六月八日早晨七点,县里开来一辆军用卡车,车厢里靠着车帮站着两排全副武装的基干民兵。

两名基干民兵打开拘禁室密封的铁门,才发现:林岚割腕自杀。她身体已经冰冷,蜡质的脸上挂有泪痕,眼睛微张,含着泪珠,晶莹澄澈中透着迷惘。

林岚死的时候倚着墙角,割腕的那只胳膊藏在身后。身后的墙角正好有个大老鼠洞,鲜血顺着老鼠洞流走了。林岚的身体、拘禁室的地面没有留下血迹。

接到消息,秦菊曼第一个赶到现场。她仔细搜查拘禁室,看看林岚有没有留下遗书之类的东西。秦菊曼什么也没得到。

县革委会和公社革委会迅速做出反应,结论是畏罪自杀。

故事到这里似乎可以结束了。但十月一日早上,风光无限的秦菊曼在家里上吊自尽。

陆相远和秦菊曼之所以拼命封林岚的口,是因为当时市革委会正在调查陆相远的情况,打算任命他为某县革委会主任。在这个节骨眼上,就凭生活作风腐化这一条就足以让陆相远以前的所有努力成为泡影。

陆相远以前和秦菊曼虽然眉来眼去,暗中有情,但还没有肉体上的来往。六月三日那天,与白望公社邻近的白虎山林场革委会主任范义山搞到一头鹿,就派人给陆相远送来鹿肉和鹿血。陆相远搞到稀罕物,就找来秦菊曼一起分享。秦菊曼欢天喜地借来公社食堂的煤油炉，把鹿肉煮了。陆相远小时候听唱大鼓书的人瞎掰，说，只有皇帝才能吃鹿肉喝鹿血酒。陆相远图新鲜，就找来瓶好酒把鹿血掺兑了。两个人就着鹿肉喝鹿血酒，畅快淋漓。到后来，两个人承受不住刺激，公社大院人来人往，实在找不到安全地方。张翠花早上对陆相远说今天去赶白虎山会，陆相远也认为张翠花去赶白虎山会了，就把秦菊曼带回家里……

陆相远和秦菊曼第一次真正偷情，就都特别敏感、特别上心，就一心想做到天衣无缝、人不知鬼不晓。

陆相远和秦菊曼是心急猛吃热豆腐，林岚是喝口凉水塞了牙。

真正陷进感情旋涡中的女人，她的智商不会高于学龄前儿童，做事情的思路常常如儿童玩游戏般简单。林岚死后，秦菊曼就真想和陆相远好，就想取代张翠花。

林岚死后，张翠花的魂就丢了，强壮的身体一天天垮下来，成了病秧子。大小医院看遍了，偏方也吃尽了，就是不见好。有人就说张翠花的魂给林岚勾去了。

秦菊曼的计划看起来天衣无缝。

九月三十日中午，秦菊曼偷偷来到陆相远家，在张翠花盛好的一碗面条里放了药。那天中午，只有张翠花一个人在家，陆相远到市里开三级干部大会去了。快到国庆节，张翠花的三个孩子（女儿陆小美、陆小丽，儿子陆大军）由学校组织，集体去抗日山参观革命博物馆，中午肯定赶不回来。

谁知那天陆大军走路崴了脚，去不成革命博物馆，半路上自己回来了。陆大军饿极了，进门就把那碗面条狼吞虎咽地吃了……

女人是衣服，儿子是心肝，失去儿子的陆相远变得疯狂，完全丧失理性。于是所有的事情变得一团糟。

公安局的车子开到秦菊曼门口时，秦菊曼的尸首都凉了。秦菊曼留下一封遗书，对误毒死张翠花儿子的事供认不讳，陈述得清清楚楚。但只字未提林岚的事情。

陆相远和秦菊曼的关系彻底暴露。

逮捕陆相远那天，来了两辆吉普车：一辆是县革委会的，一辆是县公安局的。县革委会一位领导首先当众宣布，开除混入党内的腐化堕落分子陆相远的党籍。宣布完毕，为了显示无产阶级专政的强大威力，两名民警走上前去，一脚放倒陆相远，反背着双手拷了，然后揪住衣领塞进吉普车带走了。

陆相远被判处无期徒刑。

故事到这里，真的该结束了。不过三年前又发生一件震动整个海城的事情。

那年秋天，陆相远被释放。快七十岁的陆相远回到家以后，才发现自己早就应该死掉了。儿子被毒死，陆相远入狱，张翠花精神彻底崩溃，神志有时清醒有时糊涂。一九七九年夏天，张翠花犯糊涂时落进暴涨的河水中淹死了。陆小美和陆小丽，背着劳改犯家属的名分，求学、生活、工作都发生困难。张翠花死后，她们无依无靠，成为众多光棍流氓的猎艳对象，一步步走向堕落。陆相远回家时，她们下落不明。

陆相远彻底绝望。他写下遗书，贴上邮票后分别寄给海城县公安局和民政局，陈述事实真相，要求政府帮助他的两个女儿、救救他的两个女儿。

陆相远做的最后一件事是把埋没在荒草榛莽丛中的张翠花和秦菊曼的坟墓修整一番。他花了整整两天的时间才完成这项工作。这两天他没吃没喝没睡。然后灯油耗尽的他选择一个漆黑的秋夜，在秦菊曼坟前自尽了。

陆相远死后三天，市、县各大报刊全文刊载了他的两封遗书，震动海城。

有一点应该让大家知道，陆相远在遗书中承认，林岚儿子刘小虎写的那条反动标语是秦菊曼伪造的。写反动标语的那块黑板离林岚家很近，刘小虎经常在上面写写画画，写得最多的是当时最流行的两句标语：×××万岁！打倒大叛徒、大工贼、大内奸×××！写多了，没擦干净，字迹就互相覆盖。真是天助秦菊曼，她从纷繁错杂的字迹中反复辨析，仔细组合，留下有用的字，擦去周围字迹，就成一句话“打倒×××”，然后把模糊的字迹照原笔迹加粗，变清晰，一句反革命标语就伪造出来了。

陆相远还承认，他们开始并没有想置林岚于死地。秦菊曼担心林岚把他们之间的事兜出去，影响他们的大好前程，就千方百计抓林岚把柄。秦菊曼要求林岚和他睡觉没成功，就决定从政治上把林岚搞臭。这样，林岚万一把他们的事兜出去，他们就可以开脱，说那是反革命分子对无产阶级革命心怀不满、反攻倒算。

至此，林岚自杀的谜团彻底揭开。

（发表于《飞天》2007 年 10 期）

是谁拨打了 110

1

元长庆死了！

一个精精灵灵的人就这么死了？元长庆死得太窝囊太窝囊了，死得让人说不出是什么味道。开始听到这个消息时我们都不相信是真的，好像在听一个离奇的故事。这办公室里明明还流动着他抽烟的烟味、喝酒的酒味，弥漫着他狡黠的笑容、得意的笑容、沮丧的叹息，一个大活人怎么能说没就没了呢？这时候我才明白，原来一个人的坏毛病往往最容易变成他人的记忆，被刻进他人的记忆。

昨天下午，大约是三点半，一辆 110 警车把元长庆接走了，当然是带到公安局或派出所接受讯问的。就在那辆警车往回行驶的时候，突然接到报警中心的紧急呼叫，一辆红色摩托车抢了一位骑自行车的女人的手提包，正在警车前方逃窜，中心要求他们马上追击截住盗贼。警车也发现了那辆狂奔的红色摩托车，就紧追不放。追赶到郊区一座桥上时，迎面开来一辆农用车，桥面太窄了，警车为了躲避那辆农用车，撞断栏杆，掉进河里。

两名 110 巡警和元长庆抢救无效死亡。

当然，这些情况是今天早上刚上班时，我们可爱的吕头把大家召集到一起，哭丧着表情向我们通报的。

接下来，事情的发展复杂而又简单。两位 110 警察因公殉职，这没得说，市政府专门为他们开了追悼会,各大电视台、报纸都拿出显著栏目、版面做了有声有色、催人泪下的报道。忙完了英雄人物就忙元长庆,这元长庆的死亡到底该如何定性,真的愁煞了设计院和公安部门。

元长庆老婆穿着丧服,拖着孩子,率领那帮远远近近的亲戚,死活不让火化元长庆的尸首。她率领那支杂牌军跑完了设计院就跑公安局,跑完公安局就跑设计院。他们到哪里都有好茶招待,都有笑脸相迎。于是这支队伍迅速壮大起来,有些浩浩荡荡,几度造成交通堵塞。元长庆老婆无论如何都要为元长庆讨个说法,闹腾得公安局局长都躲着她走,我们的设计院院长有家都不敢回,偷偷住进了一家小旅馆。

我们都到元长庆家陪着孤儿寡母唏嘘一番,都捐了款。吕头捐一千,"苹果"捐一千,其他人捐五百。我们知道元长庆老婆最需要的是钱,甚至超过了需要元长庆。

就这样闹腾了一个星期,设计院和公安局基本满足了元长庆老婆的要求,元长庆老婆这才收工回家点钱算账去了。

2

事情似乎已经完结,可大家还是一肚皮疑惑,这疑惑在事态逐渐平息后就变得越发耐人寻味,越发挑逗人的胃口。这疑惑集中在到底是哪个坏种拨打了110上。如果没有那个坏种拨打了110,元长庆就不会被警车带走,就不会死,两个警察也不会死,因为再偶然的事故若错过或者说躲过那一分钟或那一秒钟甚至零点几秒钟,也许就不会发生。办公室里大家义愤填膺,都想查出、揪出那个坏种,但没有一个人先出头,其实大家心里清楚,这种事情、这种时候最好的择干净自己的办法就是保持沉默。

噢,先介绍一下我们的办公室吧。我们是滨海省海州市工程设计院下属的路桥设计室。办公室一共六个人。贴着南面大玻璃窗户面东而坐的是办公室负责人——我们科长吕谦,高级工程师,行政级别副处级;对面坐的是我,平时负责办公室的文字工作,不是党员,只好当文书;贴北面大玻璃窗户坐的,面朝东的是“苹果”洪富士,专职设计师;面朝西的是021,办公室外勤员;面对东墙壁单独坐着的是“思想者”谌思,高级工程师,专职设计师;面对西墙壁单独坐的就是元长庆,专职设计师。

那天下午的情形大家记忆犹新。我清清楚楚记得刚上班没多久,021进来了,他有点神秘又有点紧张地低声而清晰地说,元长庆怀里揣把刀!

021本名林二甲,央视八套播放电视连续剧《代号“021”》的时候,我们办公室的“思想者”谌思就改口喊林二甲为021,大家听了觉得妙绝,觉得太符合林二甲的身份和风格了,一致认同。

021不知是爬楼梯累的还是激动的,说话有点上气不接下气。他端起茶杯喝了一口冷茶水,继续发布他的消息:元长庆喝了不少酒,走路都晃晃悠悠的,嘴里还骂骂咧咧的!好像……他扫了一眼办公室,把后半截子话给咽回去了,坐下去看报纸。

听了021的话,办公室陡然安静下来,是那种连根银针落地的声音都能听得到的安静。那片刻,我耳朵里清晰地传来东墙壁上石英钟嘀嗒、嘀嗒的脚步声。

跟其他事业单位一样,星期四下午我们很忙,大家都在高效率打点手头的活计,准备轻轻松松无牵无挂地享受可爱的周末。

最先打破这种安静的是我们科长“吕头”(我们一直这么称呼,大家彼此习惯了,倒显得亲切)。吕头手中的2B铅笔沿着塑料直尺规定的路线在绘图纸上艰难地行走,由于用力太大,发出金刚石划玻璃一般的尖锐声,我的心便在耳膜上烦躁地颤抖。我清楚地看到吕头画的那条线像扭曲的血管,涌动着我们吕头愤怒的思绪。吕头蹙额瞪目,拿起绘图专用橡皮去修正那条错误路线。

我们吕头是典型的农家子弟,兄弟七个,吕头排行老四。吕头动不动就在我们面前忆苦思甜,他说他是正儿八经的苦孩子。衣服是三位哥哥穿剩的,是“百衲衣”。饭先让三位哥哥吃,因为他们要干农活,耗费体力;三位哥哥吃完了,再让弟弟吃,因为他们要长身体,需要养分。轮到他吃的时候,吕头面色有些黯淡,语调有些唏嘘,说不比现在的猪食强。每次回忆他那“苦难的童年”,我们吕头就不停地摇头，不停地咂嘴。吕头刚四十露头，嘴巴就歪了，那是经常品味童年的苦难愣给咂歪的。黄瘦瘦的刀条脸配上一张歪嘴，细胳膊细腿的，一看就知道，我们吕头是典型的瓜菜年代制造出来的产品。

不知什么时候021出去了。怎么向你介绍021呢？我们身边往往会有这样一种人（不知你身边有没有），屁股跟椅子或凳子亲热的时间很难超过十分钟，超过这个时间，他就会不停地颤动着左腿或右腿抑或一起抖动。他的办公桌上经常放着一份报纸，总是最新版的。无论本单位还是外单位的消息，他总是知道得最快最早。如果说办公室是一盘红烧肉，他就是大茴香，缺了这一料还真没滋味。

不知什么时候021又回来了，眼睛放着亮光，进门就嚷，元长庆手里拎着把菜刀，正在院子里转悠呢！

吕头听了这句话，把手中的直尺狠狠地在玻璃桌面上顿了一下，转身出去了。

“思想者”谌思慢慢转过身来，干咳一声，燃上一支烟，意味深长地瞅了一眼021，说一句，你小子是唯恐天下太平呀！说罢转过身去，专心致志地绘制他的图纸去了。

谌思意味深长的那一眼，似乎狠拍了我一巴掌，我猛然想起我们吕头跟元长庆有点“那个”，不是一头的。

那是今年秋天的事。我们吕头秃顶，属于“聪明的脑袋不长毛”之列的。眼见天气转冷，吕头就戴了一顶紫红色的帽子。刚进办公室，元长庆闹肚子，正好往外走上厕所，撞上了，就拍拍吕头的脑袋，鬼惊鬼乍来一句，我说吕头，你戴上这顶绿帽子，简直帅呆了，酷毙了！说罢就匆匆忙忙去厕所了。

吕头一听这话，脸色陡然青紫，摘下帽子，恶狠狠扔进了字纸篓。

元长庆太不像话，揭我们吕头的疮疤就像挠挠手掌心。

我们吕头是土疙瘩里成长起来的一只金凤凰，具有农家子弟应该具有的一切优良品质。他是左手攥着山芋头，右手攥着课本，背上驮着弟弟妹妹，靠比石头还坚硬的意志，一步一步走进我国北方一所古老而又闻名世界的高等学府的。

据吕头说,他的大学录取通知书是县委书记乘着老电影里常见的那种军用吉普车亲自送到他家里去的。去学校报到时,县委书记还是用那辆吉普车亲自把他送到了学校。补充一句,那时我们吕头所在的那个县里只有两辆吉普车,一辆供县委书记使用,一辆供县长使用。

大学毕业后,吕头就被分配到我们单位。我们这座城市距离吕头的家乡很远,用吕头的话说是“八千里路云和月”。刚分配到这座城市的时候,我们吕头举目无亲,能认识的就是他自己和介绍信上的大红印。

那个年代,人与人之间的关系简单得像张白纸,爱情像春天的花儿绚烂迷人。郭凯敏与张瑜正在庐山“热恋”,五宝与招弟正在为“甜蜜的事业”而在菠萝地里狂跑,全中国的青年被他们感染,都在为“爱情”而发“羊角风”。我们吕头这才明白“颜如玉”并不在书中,而在生活中。当时各单位的工会和团委经常在周末组织各种形式的联谊会,目的是为青年人提供接触和交流的机会。

我们吕头是在一次舞会上认识他的妻子方文静的。方文静是大美人,远近闻名的大美人。方文静的故事太多了,且都镶着花边,在当时年轻人心目中她就成了“花瓶”,好看不好用。我们吕头是不知道这些故事的,第一次见到方文静的时候,眼睛就发直,就把自己当成了贾宝玉,把方文静当成天上掉下来的林妹妹。

当我们吕头正在为爱情抽筋的时候,“思想者”谌思和吕头住在同一宿舍,是舍友。谌思曾经含蓄地提醒已经辨不清爱情东西南北的吕头:最鲜艳的蘑菇往往有毒,最绚丽的花朵招惹的蜜蜂最多,最……没等到谌思闭嘴,我们吕头就硬邦邦回敬一句:吃不到葡萄的人最喜欢说葡萄酸,登不到山顶的人最喜欢说山路险。谌思曾经偷偷给方文静写过一首诗,十四行诗,开头两行就是这两句。谌思大受刺激,从此沉默。

今年夏天,方文静被提升为总经理助理。我老婆(我老婆跟方文静在一个单位工作,是材料收发员。方文静是我们的媒人)背地里冲我哼哼,要学历没学历,要家庭背景没家庭背景,她凭什么?拎着裤子往上爬!我赶忙打住她的话路，你别瞎嚷嚷，没有她可就没有我和你的今天，方文静对咱们有恩！气得我老婆赏赐给我一个月的脊梁骨。

平时，我们吕头最讨厌别人谈女人、谈孩子，听到别人拿女人开那些荤玩笑他就痛苦，好像都是影射他的。有一次，我们吕头的一位老同学出差路过这儿，来看望他。当这位老同学拎着点心和吕头正往家里走时，吕头的女儿媛媛刚放学，遇上了，这位老同学端详了媛媛半天就开了句玩笑，说，吕谦呀吕谦，令爱没有一点你的影子，你的遗传基因乏力呀！我们吕头当时就翻脸了，硬是把那位大老远赶来的老同学晾在了家门口。这些故事我们都知道，可因为吕头过敏，我们都装作不知道。元长庆也知道，可……这人啊！

我们都认为元长庆做事太过头了，打人不打脸骂人不揭短，即使你元长庆对我们吕头有再多的意见、再大的意见，也不该采用这种小人手段！我们大家都看见了，吕头脑袋上明明戴着顶紫红色的帽子！对于男人，硬伤好医，软伤难疗。你打他两拳、踢他两脚，也许转过脸去就雨过天晴；你不把他当男人，那可就伤在心上了！“戴绿帽子”，你元长庆净戳吕头心尖尖，真不够男人！

我们说元长庆跟我们吕头有些“那个”是有根据的。去年春天，省设计院首次举办“金桥”杯索桥设计现场大赛，吕头和元长庆参加了。结果吕头荣获二等奖，元长庆荣获一等奖。

归来那天晚上，院里举行了隆重的庆祝宴会。宴会上，我们院长拍着元长庆的肩膀，说，小伙子，好好努力，前途无量！接着和元长庆连闷三杯酒。直到宴会结束，我们院长才和我们吕头碰了碰杯，抿了一小口酒。

我们吕头大受打击，好长一段时间失落得整天埋头绘图，动不动就拿直尺撒气。元长庆则是整天歌声不绝、笑语不断。元长庆是这样的人(不知你身边有没有)：他头脑好使，可做事没有规章，不管你职位有多高、年龄有多大，他一高兴就敢拍你的肩膀，就摸你的头(俗话说，男人头女人腰，随便动不得的)，敢和你称兄道弟；一不高兴，就会说我元长庆把你看成老鹰你才是老鹰，把你看成只鸟，你就是××！我们说这种人没大没小、没上没下，有点邪乎。

今年六月，元长庆报评高级职称，结果没评上，理由是年龄没到杠，小两岁。

我们吕头恰恰是高评委之一。我们为元长庆感到遗憾。其实年龄不是硬杠杠，如果我们吕头能做点解释工作，元长庆应该没问题。我们背地里认为吕头心眼有点小，大家都是混饭吃的，不该这样做；再说了，元长庆根本不是当官的料，和吕头不存在对等的竞争关系。从那以后，元长庆见到吕头就是一脸调侃的表情。有一次，元长庆酒喝高了，在酒桌上骂我们吕头不是玩意，拿了他两条好烟两瓶好酒也不帮忙，吃人饭不办人事，猪狗不如。此语一出，元长庆和吕头的关系就真的“那个”了。

那次泄露事件（元长庆语）以后，元长庆有点自暴自弃，动不动就喝酒，酒喝多了就骂街，扬言总有一天他要杀人，杀那些满肚子尽是弯弯肠子的小人。

3

021 悄悄地溜出去，眨眼工夫又小喘着跑回来了：

元长庆拎着刀，靸着拖鞋，往办公室来了！说罢，捧起一张报纸，朝着门，装模作样地看。

“苹果”洪富士听了这话，剜了一眼 021，阴冷着脸走出去了。

阴沟里折腾的永远是泥鳅！“思想者”抑扬顿挫地抛过来一句，像吟诗。

“思想者”的话提醒了我，“苹果”和元长庆也不太平，处得不尴不尬、稀烂苦咸的。

“苹果”和元长庆是同一年分配到我们单位的，一起住了三年单身宿舍，俩人关系铁得跟一个人似的。两个人特好喝酒，空酒瓶子码满了宿舍的半边墙，每一个到过他们宿舍的人看到那半边墙的酒瓶子就咂嘴，就无限羡慕，就知道他们俩关系之深之铁，赛过俞伯牙与钟子期。

两个人美好的关系断裂在去年秋天。

“苹果”喜欢赛车，就托人从黑市花了一万多块钱买了一辆六成新的摩托艇王。一个星期天的中午，“苹果”在马路上遛车，被元长庆遇见了。元长庆中午喝了点啤酒，似醉非醉，就要“苹果”的车遛遛，过把瘾。“苹果”就阻拦，说，你喝酒了不能遛车，别出事。元长庆就说，我喝的是啤酒，“啤酒不是酒，是饮料，解酒的饮料”，这可是你说的，你的大名言呢！边说边用手攥住了车把。“苹果”无奈，就坐到后座上，两只手搭在元长庆的肩膀上，想随时提醒一下元长庆。

元长庆上了车，才知道“艇王”的速度像风，遛得过瘾。元长庆一下子年轻了十岁，兴奋得一路不停地狼嚎。

大约三分钟后，就听见后座上的“苹果”钢丝勒脖子般一声厉叫，元长庆就失去了知觉。

元长庆把“艇王”遛到一辆大卡车的底下去了。

交警处理结果：一切责任由“艇王”承担。其一，元长庆驾驶“艇王”闯红灯，严重违反交通法规；其二，元长庆属于无证驾驶，必须承担法律责任；其三，“艇王”属于黑车，无行驶权，予以没收；其四，“苹果”的所有医疗费用由元长庆支付；其五，对方（大卡车）的损失由元长庆和“苹果”平均分担；其六，……

“苹果”是十天后才知道这种结果的，因为“苹果”昏迷了十天。

元长庆碰断了一条胳膊，头颅骨折，严重脑震荡。“苹果”就更惨了，两条腿严重骨折，肋巴骨折断了三根，肺部被戳了个大窟窿。幸亏抢救及时，不然两个人的小命都拜拜了。

元长庆医疗费花了两万多。“苹果”损失大了：医疗费花了两万多，“艇王”被没收。这其他的损失和赔偿还没结算呢！

围绕钱的问题，两家人撕破了脸皮。“苹果”的老婆坚决要求一切费用都由元长庆出，理由很简单：车是元长庆骑的，还喝了酒，关键是闯红灯；明明看见红灯还去闯，眼瞎了?！你当大马路是你家门口呀，想怎么走就怎么走呀？睁着眼去闯红灯，这不是显摆着害人，作死吗?

元长庆的老婆不出一分钱，理由是车是“苹果”的，他如果不借，元长庆就不会骑，是“苹果”害了元长庆。

两家争执不下。

元长庆和“苹果”不能总在医院里待着。两家人没有办法，只好各自交了住院费，让人先出院再说。

从那以后,两家女人见面就争钱,就吵就骂,甚至动了手脚。

一直折腾了半年,也没有结果。元长庆和“苹果”的老家都在农村,都是考上大学毕业后才分配到城里的。元长庆女人是接班进的城,关系少;“苹果”女人家在郊区,兄弟姊妹一大堆。今年春天,“苹果”女人干脆带领一帮姊妹硬闯进元长庆家里,搬走了彩电、冰箱、空调。元长庆女人气不过,整天怀里揣把刀,到处找“苹果”女人算账。元长庆女人在外面讨不到便宜,回家就跟元长庆闹,拿元长庆撒气,威胁要离婚。

元长庆给逼急了,就冲“苹果”嚷,好好管管你家女人,我没路走了,我非杀人不可!

“苹果”一听这话,当时就翻脸了,硬碰硬来一句,你吓唬谁?把你当人看你还要成精了!

元长庆开始动粗,就嚷,“苹果”你等着,我非削了你的皮把你切开吃了不可。

4

021 盯着门口的眼睛收回到报纸上,我们便听到拖鞋的啪嗒、啪嗒声,接着听到骂骂咧咧声,接着闻到一股酒气。元长庆踉踉跄跄进了办公室。

元长庆果真喝了酒,看样子喝了不少,他一进来,满屋子飘荡着酒精分子。他把手里的菜刀咣当一声扔在办公桌子上,满嘴酒气地嚷,你们看、看看这把刀……这把刀……平时连菜都切不动,可它老是要吃、吃肉……上星期,我——媳妇用它切菜,它削掉了我媳妇手上的一块肉……今天中午我用它杀鱼,鱼、鱼没杀死,倒把我的手指头削、削去了一块肉!

021 丢下报纸,悄无声息地溜出了办公室。谌思点上一支烟刁着,慢悠悠地踱着方步出去了。我要写月底总结,没法脱离是非之地,就有事没事“哈哈哈”附和元长庆一两声。

元长庆边说边把杯子里的冷开水咕咚、咕咚灌了下去,抹抹嘴巴,继续嘟囔,你说扔了它吧，它、它是结婚时托人、人从北京买的，名牌——张小泉制造的，张小泉，啊……再说了，它不快归不快，可十年了，它浑身愣是没有一星点锈渍，一星点锈渍也没有……看样子，是好料做成的好、好刀……这好刀一开口，斩钉截铁都不卷刃的，不卷刃的……我记得我们单位有个砂轮机，不知放哪旮旯去了……你知道放哪旮旯去了吗？我非、非让它开口不可……开了口好用它杀人、杀人……杀那些浑蛋王八羔子……说着说着，迷迷糊糊就趴到桌子上，打起鼾来了。

没过多久，两位 110 警察走了进来，不容分说，架起元长庆，拿起那把刀就走了。我也没想那么多，自顾自低头写材料。

5

到底是哪个坏种拨打了 110？大家的义愤最终只写在了脸上。谁也不想多说话，俗话说，越描越黑，那最好的办法当然是不描，连公安局都扯不清的东西，我们几个文弱书生能扯得清？我们还没有福尔摩斯那样的智商。再说了何必为一个死人去得罪那么多活人呢？大家毕竟还要在一起混饭吃嘛！

时间是冷却剂，“亲戚或余悲，他人亦已歌”，办公室又恢复到往日的情境。大约一个月后，事情逐渐变成了历史。一个星期四的早上，我们吕头让我整理一下元长庆的办公桌，把它挪到仓库去，以免睹物思人，大家伤感。

元长庆办公桌的抽屉里塞满了专业书籍。我从来没有想到元长庆原来也如此看重他的专业。据 021 前段时间私下里说，元长庆打算离职经商，执照都办得差不多了。我在元长庆办公桌的底层抽屉中竟然看到一本小说，法国作家司汤达的《红与黑》。元长庆还有这份情商、这份雅兴？怀着好奇心，我仔细翻看那本书，发现书中夹着三张体检单，那是我们大家都熟悉的体检单，是我们设计院的工会两年一次给全体职工进行的公费例行健康检查。在视力栏目中，三张体检单上龙飞凤舞着体检医生同样的体检结论：

红绿色盲！

霎时或者叫瞬间,我的眼睛像进了四颗铁沙子,奇痒奇痛!我的大脑里电闪雷鸣。我仰天长叹:元长庆呀元长庆,你呀你……

(发表于《小说界》2007 年 6 期)

狗　　事

槐树坞现任村主任叫牛得田。牛得田养了一条狗,一条壮壮实实的黑色小草狗。

牛得田和他的小黑狗建立美好关系是在一个溽热的夏天。

有一天中午,天气闷热难当,电风扇都不管事了。牛得田铺上一领芦席,摇着芭蕉扇,穿着个大花裤头在院子外面老槐树底下午睡。睡着睡着懵懵懂懂爬起来上厕所。痛快完了,才发现没带张旧报纸什么的好擦屁股。那天中午,村东头的牛瓜头送来几个刚丢蔓的花皮大西瓜,牛得田猛剋一顿,解了嘴馋却搞坏了肚子。牛得田想直接拎裤子,感觉不行,就四处乱瞅,旁边有一块灰砖头,他拿起来就揩屁股。揩到一半的时候才发觉不对劲,那屁眼万针齐扎一般火烧火燎地疼。牛得田拿过砖头一看,他妈的,上面有一只洋毛辣子,被辗扁了,正淌绿水呢!牛得田傻眼了,厕所上面覆盖着老槐树的密叶,槐树是从来不招虫子的,这洋毛辣子他娘的从哪儿来的?

牛得田痛苦得龇牙咧嘴。

那屁股不只钻心地疼,而且开始发面般红肿,一捏就渗血水。牛得田坐也不是躺也不是,两腿不敢并拢,走路都发生困难。牛得田怕说出去丢人,就不愿意去看医生。牛得田毕竟是村主任,村务自然很繁忙,大热天的还不得不穿裤子,一穿裤子,那屁股就像放进蒸笼,奇痛奇痒。牛得田受不了了,就把大门一关,在堂屋地上铺张凉席,脱掉裤子躺上去,拿起一本书瞎消遣。

牛得田夫人余翠花是小学教师,利用暑假到城里陪女儿去了。关键时候,陪伴牛得田的是他的小黑狗。小黑狗似乎陡然来了灵性,成了忠实的门卫,尽心尽责给牛得田站岗放哨:有人来了,它就叫,牛得田就赶紧穿上裤子,保持村主任的美好形象;办完公干,那人走远了,它就摇尾巴,牛得田就赶紧脱下裤子,让屁股放放风。几天下来,牛得田的心湿润润地感动,就拍拍小黑狗的脑袋说,你他妈的比余翠花还好!

牛得田开始高看自己的小黑狗,他像许多养狗人一样给自己的小黑狗起了个名字——黑黑。有名字也就有了名分,小黑狗的日子从此走上康庄大道。

一年的时间溜溜地就过去了。黑黑在牛得田的亲切关照下,长成了一条肥壮而又成熟的大黑狗。

牛五卵承包了村子后面的鱼塘。牛五卵见养鱼不赚钱就改养螃蟹。麦梢甩黄的时候,蟹子正嫩呢!牛得田背着手和他的黑黑一起围着蟹塘绕了一圈,然后就站到正在补渔网的牛五卵面前,说,五卵呀,咱这合同上明明白白写着养鱼,你咋养起这无肠公子了?

牛五卵就辩解,说,这鱼和螃蟹不都是水里长的吗?

牛得田就说,瞎扯淡,这没腿的跟八条腿的能一样吗?说罢拍拍身边的黑黑,说,这四条腿的跟两条腿的能一样吗?啊?违反合同的不行,要加价。牛五卵眨巴眨巴着那双小眼睛,看着村主任和他的黑黑渐渐消失在槐树的浓荫里。槐树坞天高皇帝远,谁都知道牛得田说的话就相当于政府的红头文件。

到了晚上,牛五卵就拎着一竹篮子螃蟹进了牛得田家。牛得田见了就严肃着那张胖茄子脸,嚷,牛五卵你这是干吗呢!搞贿赂呢!别人还以为我围着你鱼塘转一圈就看上你的螃蟹了!拿走,拿走!有什么事明天村部明明白白说开了!

牛五卵就笑嘻嘻地说,村主任,你别往心里去,我这不是给你喂狗的嘛!

牛得田一听这话,不受用,就说主任牛五卵你见过狗吃螃蟹的吗?

牛五卵知道说漏了嘴,脸腾地红到耳根。

牛得田就看着那一竹篮又大又圆的蟹!真巧,一只大蟹子从竹篮里爬了出来,吐着白沫,高举两只大螯,倒退着逃跑。黑黑见状猛扑上去。没承想那只螃蟹反应灵敏,一只大钳子准确无误地钳住了黑黑的鼻子,疼得黑黑呜呜干嚎在原地直打转转。牛五卵见要坏菜了,急得满头冒汗,又是跺脚又是搓手。牛得田见状,猛一跺脚,喊一声“黑黑”!那黑黑顿时来了精神,猛一摆身,甩掉了螃蟹,跑上前去,伸出右腿,咔嚓一声击碎了蟹壳。然后——黑黑用鼻子嗅了嗅,站在那里慢条斯理、有滋有味舔起蟹黄来。

牛五卵悬着的心落到了肚子里,连忙说,村主任你看你的狗真牛……

牛得田就骂,他妈的,这死狗子也知道赶潮流、搞腐败,成精了!

牛得田和杨玉兰一前一后走在乡间小路上。牛得田的黑黑跟在左边,杨玉兰也养了条狗,花狗——叫花花,跟在右边。两个人有一句没一句边闲唠边往远处溜达。

杨玉兰是槐树坞大美人。杨玉兰当家的常年在外做生意,多则一年回来两次,少则两年回来一次。杨玉兰穿金戴银,很少干农活,养得水灵灵的。

走着走着,槐树坞就被槐树的浓荫遮掩得不见了踪影,那小路也弯进了高粱地,四周是没了头顶吐着黄缨的高粱屏障。小路的旁边有一座麦秸垛,新鲜的秸秆散发着淡淡的麦香,传播得很远。

不知什么时候,牛得田和杨玉兰绕到麦秸垛后面去了。麦秸垛前,黑黑和花花亢奋得呜呜嚎叫。

从那以后,牛村主任的黑黑见了杨玉兰就摇尾巴,跟见了牛得田本人似的。旁边的人见了,心照不宣,看看杨玉兰,再瞅瞅黑黑,就嘻嘻嘿嘿地笑。

槐树坞开始流传一句口头禅:看呀,咱村主任的黑黑又冲×××摇尾巴了!

最怕听到这句话的是槐树坞的娘们。哪位娘们要是被黑黑摇了尾巴,必定有一场关起门来的严厉审查。当然,主审是她们的男人。

槐树坞的男人们调教女人有一套独特的方法,就是用鞋底打脸。世间的事最难说清楚的恰恰是这种事情,除了捉贼成双,哪有轻易认账的?不认账就打脸。

那段时间,槐树坞的女人们见面首先看对方的脸,若有异常,就拖长样板戏腔调风趣一句:你的脸怎么红了?心眼大些的就诙谐地有板有眼地模仿一句:我家夫君赏的光！心眼窄些的就咬牙切齿地斗狠:红你老娘的脚,当心黑黑明天摇你的尾巴!

槐树坞的女人见了黑黑就绕道走。越是绕道,男人们越是疑窦丛生,那门后面的鞋底声也就噼噼啪啪响得利落而清脆。槐树坞的女人们经受着前所未有的折磨。

槐树坞狗多,杀狗的方法也就多。槐树坞杀狗的方法往往简单易行,效果显著。比如,在地上掏个深洞,仅容狗头探入,洞底放上一些猪肠子什么的,洞口埋着打着活扣的绳子套圈,绳子另一头则系在附近的树上或大石头上。狗探头取洞底的诱饵,绳子的套圈就套到狗的脖子上,狗越使劲,绳子的活扣就勒得越紧。狗本来就是性情刚烈之物,遇到此种计谋,百分之百难逃身亡。现代科技也为杀狗创造了条件,只要在电线的一头串上一根火腿肠之类的东西,是狗都贪嘴,你躲在老槐树后面、草堆后面、河沿后面,抓准机会,轻轻一按手中的高压按钮,不用几十秒,喷香的狗肉就算到嘴了。狗肉滚三滚,神仙站不稳!

槐树坞的女人们恨死黑黑了,黑黑把她们美滋滋的小日子搅和得苦辣辣的。据说,槐树坞的女人们秘密组织了一支杀狗队,打算暗杀黑黑呢。

牛村主任的黑黑他妈的会逮老鼠！这消息像盛夏刮过的凉风一样迅速传遍了槐树坞的角角落落。

那是八月里的一个中午,刚下过一场透雨,天气稍微凉快些,牛得田把小桌子往槐树底下一搬,喊来几位老牌友甩扑克,玩的是“跑得快”,又叫“点张子”。牛得田手气背,跑得太慢,脸上贴了几张白纸条。就在这时,一只肥硕的老鼠从牛得田家里一路吁吁咻咻往外溜达,看来也是被热的,想出来凉快凉快。槐树坞狗当家,猫就很难生存,槐树坞的老鼠们没有了克星,无所顾忌狂吃疯长,个个肥头大耳。

一位老牌友就说,咱村主任家就是不一样,连老鼠都胆大包天。

牛得田听了这话,脸上有点挂不住,放下牌,去找捉老鼠的家伙。黑黑见了,猛地窜到主子前面,与老鼠开战。这老鼠开始并没把黑黑放在眼里,闲庭漫步,挺悠闲的。待到黑黑沉重有力的几爪子扑打过后，老鼠才意识到大难临头。老鼠躲进柴火堆，黑黑就扒开柴火堆；老鼠躲进洞里，黑黑就用长长的爪子把它拽出来；老鼠想回屋子，黑黑就堵在门前。老鼠慌了神。黑黑采用骚扰战术，围着老鼠打转转，不时用爪子拍打一下。没多久，老鼠筋疲力尽，缩成一团打哆嗦。黑黑见时机成熟，一口咬住老鼠的脖子，干脆利落，老鼠搔了搔腿，唧唧几声就一命呜呼了。黑黑把老鼠衔到村主任脚边，望着主人摇尾巴。满桌牌友啧啧称奇，谁说狗捉耗子多管闲事的，看咱村主任家的狗真他妈牛！

转业军人牛金山在村东头开了家食品加工厂，什么品牌的食品好卖就生产什么，三年多时间就成了槐树坞首富。阜阳假奶粉在全国吵得沸沸扬扬的，电视里、报纸上大头婴儿的图像天天都让年轻的父母们提着心吊着胆，呼吸不畅。

人命关天哪，牛得田怕牛金山认钱不认人，要钱不要命，坏了槐树坞的清白名声，就以村委会和村支部的双重名义找他谈话。牛得田首先肯定了牛金山食品厂对槐树坞经济发展做出的巨大贡献，同时强调食品生产关系到千家万户，大意不得，马虎不得，要求牛金山要认清国内大形势，不要让钱蒙蔽了眼睛，有问题及时汇报，及时整改。牛金山紧紧握着牛得田的手说，坚决执行村委会的决定，按村里的要求去做！

吃完晚饭，牛金山来到牛得田家里。牛得田正斜躺在竹编的逍遥椅子上看《社会聚焦》。牛得田看见牛金山进门，没起身，用脚推了推旁边的方凳子。牛金山坐了。《社会聚焦》正在播报对假奶粉案件的调查与处理。牛得田专心致志地看电视，牛金山不声不响地陪着看。看完电视，牛金山满头冒汗。

牛得田就问牛金山有什么事。牛金山笑嘻嘻说，想要借村主任的黑黑用用。牛得田就说，你自个家里不是养着狗吗？牛金山就说，咱家的狗不管事！牛得田沉吟了一会，就说，我倒是没意见，用脚推了推趴在脚边的黑黑，说，不知道黑黑同不同意。牛金山听了，就去很亲切地唤黑黑。黑黑站起身子，摇摇尾巴，跟着牛金山就往外走。

等到牛金山和黑黑消失在夜色中，牛得田嘟哝一句：他妈的，这狗真的成精了，比我儿子都懂事！

一星期后，刚吃完晚饭，牛金山和黑黑一起走进牛得田家。牛得田正在看新闻联播。牛金山就嚷，村主任你看你看，黑黑的功劳！牛金山拎着一串老鼠，个个壮硕，一共二十来只，用麻绳系成一串。牛得田瞧了瞧，点点头。牛金山把那串大老鼠拎到门外放好，进屋后就从怀里掏出一个牛皮纸信封，放到牛得田面前。牛得田看了看沉甸甸的牛皮纸信封，就耷拉着眼皮子，说，牛金山你这是干吗呀？搞贿赂呀？我牛得田是个贪人吗？想害我就送包毒鼠强好了！

牛金山就赶忙说，村主任，这是给狗的，就是给你的黑黑的，跟你不沾边！

牛金山就说，你拍狗屁也不能这么拍！黑黑会花钱吗？你这是借狗待承人呢！

牛金山就说，牛村主任你先别急，听我慢慢说，有理你收了，没理咱走人！我是开食品加工厂的，老早就让该死的老鼠给烦透了！要不是黑黑，我还真的没招了。你也知道，老猫咱这儿养不住，你见谁家养住猫的？用老鼠药，万一不小心掺进食品里，那不害死人吗？你不是说过食品生产人命关天吗？下鼠夹子，这老鼠一个个贼精，眼睛比雷达还灵敏，我买了几十个鼠夹子，全成了摆设！黑黑真的帮了我大忙了。你仔细算算，这一只老鼠一年要吃多少粮食？我算过，一只老鼠一年要吃一百来斤粮食！这十只百只呢？不能算，算了吓死人！我那里尽是面粉呀、糖精呀、香料呀，这可都是好吃的！这不是钱吗？这钱与其让老鼠给糟蹋了，那不如给黑黑！再说了，哪位顾客买了咱的食品，万一里面掺有那么一两粒老鼠屎，谁还会买？弄不好告你到"消协"，这生意还做不做了？这名声都搞砸了，脸面都没了，我这厂子还能办下去吗？牛村主任，你说这点钱算什么？和我的损失比起来，我是赚了大便宜了！

牛金山的一席话，句句在理，说得牛得田心服口服。牛得田就说，金山呀，以后需要黑黑就来喊，就来喊啊！

黑黑的死实在出乎牛得田的意料，更出乎槐树坞男男女女们的意料！

那天早晨，牛得田刚撂下饭碗，县里的打狗队就堵上门了。打狗队队长把县里关于彻底消灭狗患，防止狂犬病传播的文件递给他看。牛得田从县里的红头文件上知道，张家堡发现两例狂犬病，县里要求三天之内打掉全境内所有的狗。再说了，人们刚刚被“非典”吓得魂飞魄散，凡沾“传染病”边的就谈虎色变。那段时间是狗们过街，人人喊打。槐树坞过于偏僻，消息自然闭塞了些，打狗队进村人们才知道要倒狗运了。打狗队队长见牛村主任看完文件，就说，那就请牛村主任带个好头吧，说罢一挥手，打狗队员就冲向了黑黑。

牛村主任还没回过神来，黑黑已经满眼凄楚地在绳索的绞杀下断了气。

黑黑死了，槐树坞的男男女女们有一种莫名的舒畅，特别是女人们满脸都是春花般灿烂。

黑黑死了，牛得田做什么事总觉得不对劲，好长一段日子跟丢了魂似的。余翠花看在眼里，就显摆出女人的大主见，就提议：

这狗不给咱养了，咱就养他妈的猫！

（发表于《创作》2007年6期）

花儿浪漫地开

一九七四年八月二十一日下午四点半，蔷薇大队大队部高高挺起的水泥电线杆上朝向四方的四个大喇叭里先是传出一阵歌声《敢叫日月换新天》：

“一道清河水，一座虎头山，大寨那个就在这山下面，七沟八梁一面坡，层层梯田平展展。牛羊胖乎乎，新房齐整整，坑上花被窝，屯里粮冒尖，银光满屋喜气多，社员梦里也笑声甜，笑声甜……”

社员们知道又有新指示了，就停下手里的活，站在原地听。歌声减弱，传来大队治保主任王大喇叭(王大运)充满无限欢快和诱惑的破锣嗓音：

全体社员请注意啦，今晚大队放电影！

王大喇叭连喊三遍，然后继续播放那首歌曲。

全大队一千八百九十二位社员顿时兴奋起来。当时全大队正在大搞造绿肥运动，听到广播，广大社员手中的镰刀像雪片一样撒欢，透着轻快，真是看天天蓝，看水水绿，看田里的秧苗都充满无限风情。他们一边干活一边跟着广播唱，怀揣社员心(呀)，眼向全国看(啊)，依靠贫下中农掌大印(啊)……感动得正在埋头啃草的小毛驴直尥蹶子。

王二楞和李小奎正在割牛草。王二楞听清广播内容后抛掉镰刀想发疯，镰刀正好落到自己的脚丫子上，活脱脱削掉一块肉。王二楞蹲在田埂上抱着脚丫子龇牙咧嘴直喊娘。李小奎见了，连忙掏出火柴盒，揭下侧面擦火用的那层黑皮，贴在王二楞的伤口上。王二楞拍拍李小奎的肩膀，说，好兄弟，今天晚上请你去看电影，请你吃花生饼。

王二楞和李小奎是蔷薇大队第六生产队社员。王二楞十八岁，家庭成分贫农;李小奎十八岁,家庭成分地主。王二楞的父亲王老歪成分好,干上了生产队的饲养员,就有机会搞到喂牛用的黄豆和花生饼。李小奎的父亲李文平是专政对象,天天拉着臭烘烘的平板车到县城打扫厕所,为抓革命促生产收集大粪。

王二楞和李小奎是两个阶级的人,照理说怎么也玩不到一块去。去年七月发洪水,有一天雨过天晴,王二楞想改善改善生活,就拎着扒箕(一种用野生的藤条编成的,可以用胳膊挎着的,作用类似于背篓的工具)到河汊里拦鱼吃。一拦就拦了一条大鲶鱼,鲶鱼太滑溜了,很难逮住。王二楞很激动很专注地与那条鲶鱼搏斗。当时水头过猛,加上河汊底子太滑,一道激流涌过,王二楞脚底下一不留神就哧溜一声滑到河里去了。王二楞是个旱鸭子,在浑浊而又湍急的河水里瞎扑腾,眼见小命难保。当时李小奎正担着猪草路过那儿,赶忙解下绳子,一头拴在河边的树上,一头抛给快变成胀鼓鼓癞蛤蟆的王二楞。几天后,王二楞惊魂初定,渐渐恢复了元气,就偷偷送给李小奎一块花生饼、两捧炒黄豆表达谢意。就这样,两个阶级的人就变成了一头的"兄弟"了。

八月份本来就是半农闲季节,那活多干点少干点耽误不了农时,生产队队长王大权干脆卖个人情,早早吹哨子收工。

天黑下来,王二楞去叫李小奎看电影,半路上两个人遇上了,就随着人群一起走。看电影的地方是老地方,大队小学操场,只有那个地方才能容纳全大队一千八百九十二位男男女女。

王二楞和李小奎赶到的时候,操场上已是人山人海,密密麻麻,坐满了人,没带凳子的或来晚了的就团团围在外面。正是暑假期间,小屁孩们下午一听到广播,连晚饭也没吃,怀揣两张煎饼夹着根黑胡萝卜咸菜,扛着凳子就来抢占有利地盘了。凳子摆好了,再用粉笔画出界线,然后就在一边玩"砸瓦片"的游戏或下棋——"大炮轰小兵",边玩边看住地盘,当心被别人抢占了。

天完全黑下来。老规矩,先是大队支书讲革命形势一片大好,然后放映员开始聚焦,试放。

王二楞和李小奎站在外围。王二楞个子高,长得肥肥大大,勉强看得见;李小奎个子矮小，浑身全是精肉，只好踮起脚尖鸭子一样伸长脖子看。

王二楞就往里挤，李小奎紧跟在后面。挤着挤着就听到一位女青年哇地喊一声“流氓”。周围的人闪开一条缝，围成一小圈。女青年满脸通红地冲着王二楞嚷，你流氓。王二楞就说，谁流氓了，谁流氓了？女青年急白了脸说，就是你，你摸……说着说着发觉说漏了嘴，赶忙打住了。王二楞就嚷，你说呀，我摸你什么了？摸你哪儿了？女青年捂着脸跑开了。王二楞趁机拉着李小奎抢下位置。周围的人就你一句我一句开批斗会：小青年不学好，欺负人家女青年，当心讨不到老婆；真丢人，贫下中农的脸都让你们给丢尽了；把他生产队队长找来，开他批斗会，看他还敢不敢……

王二楞见架势不对，赶忙拉着李小奎转身离开了。

开始放电影，是样板戏《海港》。两个人转悠来转悠去，没地方去。王二楞掏出四分钱买两根冰棍，一人一根，边咂边往荧幕后面走。荧幕背面虽然反着看，还有些模糊，但总比没得看强。他们到时，那里已经坐了几个人。

李小奎搬来几块砖，两个人坐下。李小奎突然问，二楞子，你说和别的女人睡觉为什么叫“搞破鞋”？

王二楞嗨了一声，说，连这个你也不懂，新鞋子只能一个人穿，破鞋子人人都可以穿。人人都能睡的女人不就是人人都可以穿的破鞋吗？李小奎似懂非懂地噢了一声。

荧幕上方海珍出场，王二楞叫李小奎快看。方海珍先是一句“好”，然后是唱，同志们争先挑重担，抖擞精神磨双拳。心雄志壮浑身胆，千包万袋炼铁肩……

王二楞掏出一块花生饼，想掰开，没掰动，就拿起屁股底下的砖块砸开了，递一块给李小奎。李小奎正死盯着方海珍看，没反应。王二楞把花生饼塞到他嘴边，李小奎这才回过神来，接了，没吃，装进裤兜里。李小奎天天吃红薯饭，肠子都吃细了，平时连点油腥都沾不到，花生饼就是上好的点心了。王二楞见了，叹口气，又从裤兜里掏出一把炒黄豆递给他。李小奎满脸感激，接过来，一粒一粒数着往嘴里放,边嚼边说,二楞子,你真幸福!

正在这时,荧幕边上的喇叭里传来一句:大吊车,真厉害,成吨的钢铁轻轻一抓就起来!听到这一句,全场传来潮水般的掌声和喝彩声。望着荧幕上的大海轮和大吊车,王二楞就兴奋地嚷,将来有机会一定去开大吊车!嚷完了就问李小奎将来打算干什么。李小奎答非所问,无限神往地说,将来实现四个现代化了,我一定天天吃猪肉炖粉丝,顿顿吃小麦煎饼卷辣椒炒鸡蛋!

王二楞嗨了一声,说,你应该读书,你脑子灵,该读书!

李小奎就说,读书有屁用,宁要社会主义的草,不要资本主义的苗!知识越多越反动,咱家已经够反动的了,再反动下去就要灭种了!你没读书,不是天天有花生饼吃,有炒黄豆吃吗?书再好还不是只能当擦屁股用的草纸!

王二楞被揭短,嘿嘿干笑两声,开始专心致志地看电影。

有一次,李小奎吃了王二楞的花生饼,王二楞就跟李小奎开玩笑,说,你经常吃我花生饼、炒黄豆,你也不孝敬我点什么?

李小奎就说,咱家什么也没有呀!

王二楞就说,你家不是有很多书吗?

李小奎睁大眼睛问,你看书?

王二楞就说,你报报书名,看看有没有我爱看的。

李小奎就报书名:《论语》《史记》《水浒传》《离骚》……

王二楞就说,你把那本“离”什么“骚”的拿来我瞧瞧。

李小奎拿来书,线装本。王二楞翻了翻,没有什么特别地方,就说,这纸倒蛮软和的,擦屁股肯定比报纸还舒坦呢!

李小奎知道话说硬了,望望王二楞,装作没事似的看电影。看着看着,就听王二楞自言自语,奶子真大,真他妈的大!

李小奎就问,谁奶子大?你说谁呢?

王二楞指着荧幕说,你看你看,她(荧幕上女主角)的!

李小奎四周瞧瞧，低声说，你小声点，当心定你腐化堕落，开你批斗会！

王二楞就嚷，怕什么，咱家三代贫农，血贫农！说罢冲李小奎笑笑，说，她的再大，也赶不上你姐姐的大！

李小奎很生气，说，不许拿我姐姐开玩笑！

李小奎姐姐李小英今年二十三岁，长得很漂亮，可由于家庭成分差，愿意进步的男青年没有人愿意娶她，不愿意进步的男青年李小英又撩不上眼，高不成低不就，于是耽搁在那儿了。

不知不觉，电影放完了。王二楞一脚踢开砖，跳起来，伸个懒腰吼，大吊车，真厉害，成吨的钢铁轻轻一抓就起来！李小奎站起来，也想吼这句，没吼出来，要走，王二楞拉住他，让他等等。

人走得差不多了，几个民兵和放映员一起开始收家伙。大队妇联主任张玉翠推着自行车从大队部办公室出来，跟放映员打个招呼就骑车走了。

王二楞拉着李小奎神神秘秘地小跑着跟在后面。

张玉翠是蔷薇大队大美人，泼辣辣的大美人，流传许多花边故事。张玉翠刚当大队妇联主任的那年夏天，多雨，整天哗哗啦啦地下个不停，地里汪了水，下不去脚，社员们都闲在家里。王大喇叭伙了几个人到张玉翠家打牌找酒喝。几个人见院门虚掩着就一直往里闯，进堂屋才发现人家两口子正在专心致志做那事，人进来了都没察觉到。几个人进也不是退也不是，王大喇叭就大声嗯了一声。张玉翠男人拘谨得不知躲哪儿好，张玉翠拽过被子盖住男人那地方，抓过床边的衣服穿了，大大咧咧地说，阴天没有事做，反正闲着也是闲着，闹着玩呗！然后穿鞋下床往厨房走，嚷嚷着，你们打牌玩，我去烧几个菜，喝酒！

一袋烟工夫，张玉翠就到了家门口。王二楞和李小奎悄悄地躲在她家厕所的篱笆后面。张玉翠打开大门推车进去，然后闩上大门。张玉翠和王二楞他们是一个生产队，住在村后，独门独户。张玉翠家屋后是一大片竹林，院子两边栽满粗大的洋槐树。

王二楞看来是老毛子，轻车熟路。他先爬上洋槐树，然后把李小奎也拽了上去。两个人猫在墙头上，王二楞拉过洋槐树枝遮住他和李小奎的身体和脸，只露出四只贼眼。

不一会，张玉翠打开堂屋门出来了。她肩膀上搭条白毛巾，只穿件花裤头。最撩人的是她胸前的两只奶子，在屋里灯光的映照下，两只大白兔一样跳左跳右、蹦上蹦下。望着张玉翠肉滚滚的透着弹性的乳白色的胴体，李小奎看得眼珠子成了玻璃球。张玉翠拿来木盆，先从水井里用手动押水机押出一盆冷水，然后进屋提来两个暖水瓶，掺热水。她一边忙活一边哼电影《海港》中刚学来的曲子，大吊车，真厉害（呀），成吨的钢铁轻轻一抓（啊）就起来（呀）！

她一边哼一边洗澡，兴致来了就粗着嗓门模仿电影中的唱腔，还配上举臂挥拳的动作。她绾好头发，先洗把脸，然后擦肩膀，擦前胸后背。张玉翠的每一个动作都像抓钩，钩得王二楞和李小奎心旌摇动，六神无主。

擦完上身，张玉翠开始洗下身。她先跷起左腿，搭在木盆沿上，慢慢洗，洗完了，再把右腿跷在盆沿上，一点一点擦。

张玉翠的男人是工人，在县化肥厂工作，晚上经常加班，不回家。

张玉翠开始搓洗两条腿。王二楞就小声嚷，怎么还不脱呢，怎么还不脱呢？李小奎屏住呼吸，直着眼看，生怕走漏一点风声被发现了。

没想到张玉翠把毛巾清洗干净，拧了拧，趿拉着拖鞋，哼着曲子，进屋关上门换衣服去了。

王二楞知道今天的好戏到此为止，就转头看李小奎。李小奎愣在那里，还没回过神来。王二楞嘿嘿笑两声，伸手去摸李小奎下身那个地方，那东西硬邦邦地还抵在墙上。

王二楞就小声嚷一句，你真行，连钢筋水泥也敢剋！

李小奎哧溜一下从洋槐树上滑落到地上，摔个仰八叉。

八月二十四日下午两点，李小奎被县公安局的吉普车带走，拘捕原因：迫害革命女青年。

自从和王二楞爬了张玉翠家墙头，看了张玉翠白花花的身体，李小奎就像一棵被一场春雨浇灌了的高粱，哗啦啦地焕发着活力。李小奎开始对女人的气味、动作、言语说不出的敏感，特别是裤裆里的那东西总是硬挺挺的，落不下去，总想指向女人的某个地方。李小奎第一次觉到了女人身体的魔力。李小奎被女人神秘的身体勾去了魂。

八月二十四那天上午七点半左右，蔷薇大队第四生产队女青年张五妹去割牛草，李小奎盯上了，远远地在后面跟着。当然这一切张五妹毫无知觉。李小奎跟着跟着就绕到前面去了。

第四生产队和第六生产队相邻，中间隔一条公路，原来是一个村，人民公社刚成立那会分成两个生产队。李小奎和张五妹是小学同学，李小奎知道张五妹胆子特别小，性格特别内向，说话都怕吓着蚊子。李小奎原来一直认为很了解张五妹，现在看来是彻底错了，他可能了解张五妹的思想甚至脾气，但不了解她神秘的身体。李小奎觉得不了解女人的身体那就不算了解一个女人。

看见一片好草，像一只贪吃草的兔子，张五妹赶紧放下背篓，挽挽袖子蹲下割草。在毫无思想准备的情况下，张五妹被李小奎强行拽进玉米地。张五妹当年十八岁，秫秸秆形身材，反抗能力很弱。李小奎扒她衣服的时候，她哆嗦成一团不知所措；扒下她上衣的时候，她停止哆嗦；扒下她下衣的时候，这只兔子就昏过去了……

县公安接到报案，勘查了现场，法医检查了张五妹身体，鉴定结果让人奇怪：张五妹虽被扒光衣服，但身体完好，并没被破坏。

两天后，王二楞受李小英委托，拎着一小袋炒黄豆去拘留所看李小奎。李小奎浑身不自在，眼睛不敢看人。王二楞问李小奎，张五妹衣服你都扒光了，你为什么没干！

李小奎红着脸，说，本来就没想干，我只想看看女人跟男人有啥不一样！没想到让放牛的人撞见了。

王二楞听了这话，愣怔大半天，然后狠拍了一下脑袋嚷，为两块钱坐牢，你真不值呀！

李小奎连忙追问，为什么？

王二楞附在李小奎耳边，说，住在村头的柳喜莲，知道不？李小奎说，知道。王二楞就说，那个柳喜莲，两块钱，你想咋样就咋样！

李小奎就嚷，那不是“破鞋”吗？

九月二十一日，李小奎被宣判：判处有期徒刑一年。布告上是这样写量刑原因的：反动分子余孽阴谋对抗无产阶级专政，恶毒迫害革命女青年。

事情并没有结束。

一年后李小奎刑满释放。张五妹一家向李文平提出要求，李小奎欺负贫下中农姐妹，犯路线性错误，必须娶张五妹，不然咱贫下中农就联合起来斗争你们，先把你们打倒在地，再踏上一只脚，让你们永世不得翻身！那年头，女人出了这方面问题那可是大问题，没有男人愿意娶她。李文平考虑一下，自家成分不好，李小奎娶媳妇也很难，人家是正儿八经的贫农，取了人家闺女就可以和贫下中农连成一体了，以后也好有个照应，就答应下来了。李小奎对张五妹早有好感，那件事发生后一直心怀愧疚，认为娶了张五妹就可以弥补过失，把那种见不得人的丑事变成自家事情，挽回颜面，以后可以堂堂正正抬起头来做人了，就很爽快地答应了。

两个月后，蔷薇大队第六生产队的李小奎和第四生产队的张五妹结婚，婚礼办得很热闹。据说，那天夜里圆房的时候，李小奎被张五妹狠狠咬了一口，什么部位不得而知，反正整个蔷薇大队都听到了那声狼嚎似的叫……

（发表于《青春》2008 年 5 期）

情人节玫瑰

今天是二月十四日,情人节。

现在是早晨七点半。

梅韵走进办公室。办公室里冷冷清清的,刚打开的空调机嗡嗡清唱。梅韵一路上被寒气侵袭得发紧的身体瞬间放松,心头先升起一层温暖的感觉。梅韵用力搓搓双手,猛哈一口气,然后习惯性地用力甩了两下右手臂,指关节啪啪脆响。

现在是办公室最安静的时候,先来的老师都有早辅导任务,下班辅导去了;没有早辅导任务的老师还在上班路上。梅韵走到办公桌前,想坐下,狐疑片刻,又转身走到办公室门口,若无其事地望了望两旁的走廊。办公室在教学楼的二楼东侧。走廊上飘荡着学生的琅琅书声,空荡荡的,有些阴冷。梅韵走到办公桌前,拉过自己的椅子坐下,把手伸进羽绒服,小心翼翼地掏出一样东西,放进中间的抽屉,锁上。做完这一切,梅韵长长嘘口气,心里的石头落了地。可这种舒畅感觉是短暂的,短暂愉快后的焦虑更胜过先前的紧张。梅韵在想如何才能把抽屉里的东西送出去,浪漫而不失体面地送出去。

那是一枝玫瑰。梅韵想把它送给他的对面桌秦悦。这是他今天的头等大事。

梅韵和秦悦坐了两年的对面桌。刚开始两个人只是普通的同事。梅韵教语文,秦悦教英语,初一新生分班,两个人带平行班,就把办公桌搬到一起面对面坐了。俗话说男女搭配干活不累。梅韵认为这现成的资源没道理不利用。秦悦来自农村,师范毕业后分配到海城中学教书。她的男人是个海员,男人老家在大西北,学校毕业后分配到海城港务局做海员的。两个人谈恋爱的时候倒没有什么感觉,结婚生孩子后才体会到生活的诸多难处。海员的生活和工作常常没有规律,有出海任务的时候一去就是一年半载,该休息的时候往往一休就是三五个月。用他们的话说,旱的时候旱死你,涝的时候淹死你。两家的老人离得远,也不愿意过城市生活,帮不上他们的忙。轮到男人出海的日子,秦悦常常忙得找不钥匙开门,顾了家里顾不了单位,顾了单位顾不了家。秦悦累极了就埋怨男人,在办公室里说的话隐隐约约透着对婚姻的后悔。梅韵就有事没事地帮她改改作业,辅导课的时候帮她看看班,空课的时候帮她上上课。

梅韵平时喜欢写点诗歌、散文,在市报市刊上经常发表点豆腐块,办公室里的同事特别是花枝招展的女同事有事没事地喊他"梅才子"。这一喊就把他给喊飘起来,就有一种唐伯虎点秋香的优越感。

女人是情感动物,更是温情的战俘。秦悦渐渐觉到了梅韵的好:腿勤快,嘴甜,动不动就很哲人地来一两句插科打诨,逗人开心。关键是天天守在身边,像使用纸巾那么方便,想用就用想扔就扔。结婚前的女人浪漫,结婚后的女人实际,这话没错。日久生情,在梅韵面前,秦悦的言语动作,尤其是眼神常常不自觉地流露出一份欢欣和依恋。

梅韵这条快干死的鱼,遇到了一汪活水。

梅韵老婆何安妞在商业街购买了个店铺,贷款几十万。她整天泡在铺子里,满脑子转悠的就是如何挣钱还这笔贷款。女人狗性,家里有根骨头啃就满足了。男人是野马,笼头稍微松一点就不愿意在马厩里待着,就会向往外面的大草原。何安妞心里搁着大事,自然对梅韵的拴扣就松了些。

在感情问题上,何安妞对梅韵一百个放心,用她的话说,花心萝卜不是谁想当就能当的,那需要资本,梅韵你有什么?要权没权,要钱没钱,要人样没人样,穷教师一个,浑身冒酸气。也就是我何安妞,上辈子做什么缺德事今世才遇见了你!

梅韵恼恼地说,话是你说的,你可别后悔!

何安妞大声喊一声,说,就你——有哪个女人看上你,我替你掏腰包!

梅韵与何安妞是师生恋。梅韵师范刚毕业那会儿分配到乡下一所乡镇中学教书,教高三。那时教师地位没有现在这样高,找对象比较困难。这是有根据的,据说当时有一位乡里的领导,他为了鼓励一位教师好好教书,就说,你好好干,干好了我提拔你到供销社当营业员。何安妞是梅韵班上的一朵班花,青春得耀眼。梅韵是语文老师,虽然长相平平,但口才好,文采也好。真是才子遇见佳人了,梅韵就偷偷地给何安妞写情书。何安妞一个农村丫头,哪见过这种世面,几封情书写下来,何安妞就乖乖地成了俘虏。何安妞本来成绩还不错,班上前几名,踏踏实实努力考上大学应该没有问题,但为了爱情或者说被爱情冲昏了头脑,高考前两个月,正赶上她父亲退休,她就义无反顾地退学,然后接班,到乡里的供销社当了一名普通的营业员。为这事,何安妞的哥哥何安仁到现在还不理她。按农村老理,何安仁是家里的长子,该接班的应该是他。那年头,铁饭碗人人眼红。可何安仁只有小学毕业,人家供销社一比较,当然要何安妞不要何安仁了。两年后,梅韵跟何安妞结婚。梅韵调进县城后,何安妞也跟着进城,调到一家商场当营业员。企业改制那几年商场被私人承包,何安妞下岗。她自己租了一间房子,开了一家食品店。由于这段经历,何安妞脾气变得暴躁,动不动就把霉气撒到梅韵身上。用何安妞的话说,嫁给梅韵真是悔死了,连肠子都悔青了。要不是梅韵这个倒霉蛋,她何安妞早就考上大学了,现在说不定在哪个部委办公室坐着享清福呢,哪会受这份埋汰死人的罪!

每次牢骚到这里,何安妞总会总结一句:梅韵,名如其人哪,你真“没用”,嫁给你真是倒了八辈子血霉了!

梅韵听到这话,就摇摇头说,梅花的“梅”,风韵的“韵”,怎么可以这么俗气地叫呢?

何安妞大声嘁一声,别过头去。

梅韵就说你的名字也像你本人。你就是一颗原子弹,“核按钮”一按就大爆炸。

何安妞就硬硬地回一句,爆炸了也先炸死你!

爱情是朵鲜艳的花,一旦离开温柔的滋润便离枯萎的日子不远了。再说这十几年的夫妻做下来，再新鲜的事也腻味了。梅韵今年三十五岁，正处在喜新厌旧的巅峰期呢。

梅韵有事没事就拿秦悦跟何安妞比较，越比较越觉到秦悦的好。秦悦年轻不说了，人家为了寻找共同语言，有时间就读《红楼梦》，就读《是谁动了我的奶酪》，就读《达·芬奇密码》。这一点让梅韵感动不已。

梅韵就像吸食大烟一样，对秦悦的感情冲动越来越强烈，越来越难以摆脱。梅韵有了自己的想法，他想一步步把秦悦发展成情人。

其实梅韵对秦悦的那份感情多多少少有点柏拉图式的。梅韵没有太大的奢望，他只希望秦悦彻底成为他独一无二的精神快餐，至于占有她的肉体，那要看机会和运气，属于长远目标。梅韵认为，让男人随便俘虏肉体的女人肯定不是好女人。秦悦不是这种女人。如果秦悦是这种女人，他梅韵会鄙视她。

早晨七点四十。

办公室热闹起来。上班的老师陆续到了，早辅导的老师也陆续从教室回来了。

秦悦也来了。今天早晨的秦悦似乎特意打扮了一番，不过不仔细看是发现不了这种变化的。梅韵坐在椅子上闭目养神，一缕熟悉的清香飘了过来，梅韵感觉到了，就抬眼望秦悦。秦悦的脸微微透着红晕。女为悦己者容，梅韵觉得秦悦在向自己暗示什么，备受鼓舞，陡然精神焕发，就火辣辣地狠盯了秦悦一眼。秦悦低下头整理抽屉。

胡克俭拿着一摞讲义走过来，先滑稽地模仿希特勒的手势冲梅韵大声打个招呼：情人节——万岁！整个办公室被逗得哄堂大笑。然后向梅韵借订书机装订手中的讲义。整个办公室只有梅韵有一台老式订书机，大家勉强凑合着用。

梅韵伸手拽抽屉取订书机，他忘记抽屉锁上了。梅韵习惯性地去掏钥匙，手停留在羽绒服的口袋里，没动。梅韵对胡克俭说，钥匙忘带了。梅韵的脸红润润的，泛出细细的汗珠。

胡克俭是办公室里的小诸葛，更是小白脸帅哥，动不动就招惹得办公室里的女同事娇声嗲气的。梅韵平时很看不惯胡克俭拈花惹草的作为，在秦悦这个问题上，提防着他呢！

胡克俭怪怪地望着梅韵，意味深长地拉长声调噢了一声。梅韵平时很少锁办公桌，这个习惯大家都知道。

其他的人听到胡克俭的噢声，就围过来瞧热闹。胡克俭来了精神，说，梅老师，你不是个稀里糊涂的人吔。今天早晨怎么了？该不会带了不敢掏出来了吧？

大家就看看梅韵，望望秦悦。梅韵的脸红得像喝醉酒，秦悦脸上的笑容很生硬。其实大家都知道他们之间那点小秘密，多多少少有点好奇也有点嫉妒，就想借这个机会调侃一番，寻点乐子。

“大炮”孙大行一屁股坐到梅韵的办公桌上，拍拍办公桌嚷，这桌肚里面肯定藏着一枝玫瑰！——说，送给谁的？边嚷边拿眼角瞟秦悦。

梅韵有些急，当着众多同行的面又不好发作。秦悦倒是很镇定，冲梅韵扮了个鬼脸，说，肯定是送给嫂夫人的呗！

秦悦虽不算漂亮，但温柔而善解人意，是那种做什么事都有度的女人。秦悦的大方让大伙猛地一愣，倒有点讪讪了。

早晨七点五十八分。

第一节课的小预备铃响了。梅韵、秦悦第一节都有课。大家听到铃声，不想再打口水仗，都有散去的意思，想各忙各的事。

胡克俭突然提出要求，说，梅老师，你第一节有课呢，咱这周的听课任务还没完成，就跟你去学习学习，如何？

梅韵正在着急呢，课本、备课本都放在抽屉里，锁上了，抽屉里锁着秘密，不好当众人面打开，这课没法上呢。

大伙一听胡克俭的建议，心领神会，陡然来了精神，一起起哄，没有课的老师就装模作样地拎起凳子，拉开架势准备听课。

眼见上课时间到了，梅韵困窘不堪。秦悦站起身来，说，大家别争了，想听课吗？听我的，跟我走！想完成任务还不容易！办公室顿时鸦雀无声。秦悦的课没得说，人家获过省级优秀课大奖呢，平时想听都听不到。这一军将的，大伙只有摇头的份了。胡克俭他们只好拎着凳子跟秦悦走，凑热闹的几位就悄悄落到后面，放下凳子，躲到一边去了。

早晨八点十分。

梅韵站在教室里，同学们正在自习。没有课本和教案，梅韵没办法正常上课。梅韵第一次做了位失职教师。

为了一枝玫瑰，梅韵真是备受折磨。梅韵早就想把他与秦悦的关系再向前推进一步。这就像买东西，放在商店里的货物再好也不属于自己，自己买了才是自己的。能不能顺利地把秦悦发展成情人，就在这个情人节了！

昨天晚自习辅导后，大约八点半钟吧，梅韵偷偷去了一趟商业街。去商业街的路上，梅韵还有些拘束，做贼似的怪不好意思的。到了商业街才发现自己的顾虑是多余的，热热闹闹的鲜花摊前，男女老少人流如潮。梅韵拘束的感觉消失了。梅韵原来认为情人节买玫瑰是年轻人的事情，没想到会是这番情景，看来自己对情人节的理解过于卑鄙了。不过梅韵买那枝玫瑰时还是红了脸，只是在绚丽的灯光下、熙攘的人群里没人注意到罢了。

玫瑰花买到后梅韵就急匆匆回家了。梅韵把玫瑰放在底楼的储藏间里。梅韵进储藏间的时候看到何安妞的电动车，知道她已经回家了。要不然他打算把玫瑰藏到存杂物的纸箱里。其实放玫瑰花的时候，梅韵是有顾虑的，他觉得那么鲜艳的一朵花放进脏乱的纸箱里，实在对不住玫瑰花后面的美好爱情。他就把花放进车篮里，拿张报纸盖住，反正明天早晨他上班的时间比何安妞早，到时候往羽绒服里一藏，带到办公室就行了。

梅韵住在六楼，没有电梯。二月的天气还很冷，何安妞为了省钱，很少开空调。梅韵到家后，洗洗涮涮就钻进被窝里。何安妞早就上床了，斜倚在那里看电视。

正看着电视呢，梅韵发现事情不对劲。今天是周五，读寄宿学校的儿子常常在这天晚上放晚自习后回家住，加上周六晚上，连住两晚。这还了得，那枝玫瑰若被儿子发现了可就坏菜了，还得把它藏起来才最安全。

梅韵就找理由下楼。

我的教案忘在车筐里了，不好好研究研究、准备准备，明天不好上课呢！

何安妞一把拽住正要起身的他,说,那么冷的天,别去了,明天早点起床,去学校再研究。看电视看电视,韩剧呢!

过了一会,梅韵拍拍脑袋说,储藏间的门好像忘记锁了,我得下去看看,你的电动车刚买的,两千块呢,丢了可不是闹着玩的。

何安妞就说,你发哪门子昏?你自己开门进的家,钥匙都带回来了,怎么会忘记锁门呢?

梅韵一想也是这个理,就心不在焉地看电视。

看着看着,梅韵就嚷,不对不对,储藏间的灯忘记关了,一百瓦的,一夜要浪费不少电呢。

何安妞一听这话,狠狠瞪了一眼梅韵,想说什么没说出口,气鼓鼓地转过脸看电视。梅韵赶紧披上衣服下楼。梅韵刚打开储藏间,还没有看好放玫瑰的地方,儿子果真回来了。梅韵顾不得多想,就把那枝玫瑰藏进了纸箱。儿子放好自行车,催促梅韵上楼,梅韵只好很亲热地陪儿子上楼。

中午十二点。

大家陆续下楼,去学校教工食堂吃免费午餐。梅韵坐在椅子上闭目养神,秦悦也有事没事地修剪指甲。梅韵想等办公室的人走光了就打开抽屉,送上那枝玫瑰。秦悦脸色微红,预感到梅韵抽屉里藏着的浪漫是冲自己来的,她似乎也愿意接受这份浪漫。

胡克俭和秦悦背靠背坐着,在细心地改作业,一边改作业一边不急不躁地喝茶,那架势要坚持到最后一个,和梅韵战斗到底。

办公室就剩下三个人了。梅韵气胡克俭,气得牙根发痒,就大声咳嗽两声,想引起胡克俭的注意。胡克俭摇晃着二郎腿,干脆转过身来和秦悦讨论问题。胡克俭也教英语,这样做名正言顺。

秦悦站起身来,说,胡老师,咱们吃饭去,边走边说吧。两个人站起身一起吃饭去了。

等他们下楼了,梅韵气哼哼地关上门,不去吃饭了,干脆趴在办公桌上午休。

中午十二点三十五分。

秦悦和大伙有说有笑地走进办公室。大家喝茶的喝茶，收拾办公桌的收拾办公桌，准备午休。秦悦推了推梅韵。梅韵坐正了，故意揉了揉惺忪的睡眼。秦悦递上一份盒饭。胡克俭和"大炮"就一起嚷嚷，不一样就不一样啊，秦悦你偏心呀，咱们以后不理你了呀。秦悦就冲他们微笑。看见秦悦的微笑，大家都觉得再说什么就没意思了，就各自摆好舒适的姿势开始午休。

下午五点十分。

离放学时间还有二十分钟。今天是周六，明天是周日，学生休息一天，按规定学生五点半离校。办公室里的人开始整理东西，准备下班。梅韵的心跳加速，做什么事都烦躁，都心神不宁。梅韵竭力镇定自己的情绪，找出一本闲书消遣。秦悦看得清楚，梅韵从头到尾看的始终是那同一页书，很明显，梅韵的心思不在书上。

秦悦看了看门外的人流，又看了看梅韵，然后整理整理外套，坐在那里备课。

下午五点四十分。

到底是周末下班，胜利大逃亡似的，十分钟时间办公室里就空荡荡的，只剩下梅韵和秦悦两个人了。

两厢厮守的感觉真好，特别是在今天的氛围里。梅韵真想就这样永远待下去，两个人谁也不说话，只靠心灵来交流。到底要不要送上那枝玫瑰，梅韵犹豫不决。

秦悦又转头望门外，梅韵认为秦悦要离开，就鼓足勇气，打开抽屉，拿出那枝玫瑰。他镇定一下情绪，很潇洒地整理一下包装玫瑰的粉红色包装纸，递了过去。

秦悦满脸新奇地接过那朵玫瑰，看了看，嗅了嗅，满脸飞红，说，这么贵重的礼物，我……实在承受不起，真的承受不起……你还是送给嫂夫人吧！说罢，拎起小坤包，闷着头慌慌忙忙地跑出了办公室。

梅韵的心一下子被秦悦的话掏空了，所有的浪漫都冻在脸上。他拿着玫瑰，傻愣愣地站在那里，霜打的茄子一样，满脸的沮丧。梅韵清高的爱情碰了壁。

胡克俭不知从哪儿冒了出来，大声咳嗽一声哼着小调走进办公室。他径直走到自己的办公桌前坐下来整理东西，什么都没看见似的。

梅韵把那枝玫瑰揣进怀里，摔上门下楼去了。办公室外面很冷，梅韵打个哆嗦，发昏的大脑开始降温，焦躁的心跳开始平静。真正明白了感情的真相，梅韵倒从虚幻中走了出来，渐渐有一种莫名的轻松感。他深吸一口气，慢慢吐出来，长久积压在心头的烦恼与焦虑似乎一下子减淡了许多。

晚上六点。

梅韵回到家里。何安妞坐在沙发上看电视，等他呢。梅韵的脚踩在家里的地板上，顿时有一种踏实的感觉，似乎所有的不快都被关在门外，心里竟然有些欢畅。

梅韵换上棉拖鞋，满脸微笑着走到何安妞身边，掏出那枝玫瑰花，递给她。

何安妞满脸惊喜，这是她结婚十二年来第一次收到梅韵的浪漫礼物。

何安妞打开包装纸，脸色一下子变了，那是一枝有些发蔫的玫瑰珍品——蓝色妖姬。

梅韵，你多少钱买的——它？

七十！

你！何安妞气得脸色发紫，眼睛瞪得溜圆。六十块钱，够买两只老母鸡、三斤牛肉、四斤猪肉……二十斤鸡蛋呢！你的浪漫也太昂贵了！你当钱是草纸呀，当你是世界银行行长呀？你——真是没用，唉！

梅韵一句话没说，咕哝一句：俗气，又是一次核爆炸！说罢换上便服，围上围裙，到厨房忙活去了。

（发表于《都市小说》2008年8、9合刊）

代 价

何县长,你……你表示,我……喝喝干!岳小戒明显喝高了,舌头冰冻一般不好拐弯,话说得磕磕绊绊。

何方予一把攥住岳小戒端着酒杯的那只手腕,往下压,让他放下酒杯,红光满面地说:岳小戒,我没记错吧,你这句话已经说了十六遍了!我“表示”都“表示”醉了,你还能喝?今天就到这里吧!

岳小戒嘿嘿嘿地笑,脸上堆起胖嘟嘟的褶皱。他习惯性地抹了一下自己的小平头,油滑一句,说,那就我……表示,你……喝干!

何方予瞧着岳小戒青头紫脸的模样,笑了笑,说,你想犯上作乱呀?啊?

俗话说,人醉心不糊涂。岳小戒听出了何方予话里的味道,连忙纠正,说,那就我……喝干,你……表示。

何方予拍拍岳小戒的小平头,说,你也别“表示”了,我也别“喝干”了,酒是好东西,可喝过头了会伤身体!

岳小戒咳了一声,耸了耸胖墩墩的身体,拍了拍自己的啤酒肚子说,何……县长,你知道圈里人……怎么说我的……的吗?白酒喝……两斤,啤酒……只管拎!这点小酒撂不倒我!说罢,头一低,张开大嘴巴一口衔住整个酒杯,头一仰,那杯酒一滴没洒全倒进肚子里去了。

何方予无奈地摇摇头,轻抿一口酒,眯缝着细长的眼睛,微笑着说,岳小戒,我酒已喝足饭也吃饱了,说吧,为何事掏腰包呀?

岳小戒赤红着脸,说,真的没有什么事情,就是想跟你喝喝酒,乐和乐和。

何方予笑笑,狡黠地笑笑。

岳小戒赶紧摸起那瓶极品“酒鬼”给何方予斟酒。

海城县东临黄海,夏季雨水多,尤其七月份雨水最旺。今天是七月二十四日,星期六。下午五点多钟的时候落了一场大暴雨,电闪雷鸣山摇地动的,眨眼工夫沟满河平。到了晚上,整个海城像沐浴在温泉里,风静蛙噪,树梢纹丝不动,看来这雨憋足了劲还要在夜里下。是这场雨给了何方予一晚上的清闲。快六点钟的时候,老婆乙莲被县妇联的那帮姐妹拽去搞“内部聚会”了。何方予就自己进厨房下了一碗棒面糊糊(玉米面糊糊),炒了一盘尖椒鸡蛋,卷着小麦煎饼,猛剋一顿。何方予肠胃不好,乙莲从来不让他猛吃辣椒,今天晚上算是钻了乙莲的空子。自从他从政以来,这样清闲的夜晚实在太少了。吃完饭,何方予模仿电视广告幽默一句,味道真是好极了!然后就把葡萄、西瓜、瓜子什么的都搬到茶几上,很惬意地斜躺在沙发上,边看电视边替乙莲大扫除。

就在这时,岳小戒开着他那辆二手“捷达”轿车来了。岳小戒大大咧咧地一把推开何方予的家门,一看何方予的架势,就知道终于逮住个好机会。他二话没说,凭着蛮劲,死赖活缠硬是把何方予“绑架”上了他的捷达车。

雨又下起来,豆粒般的雨砸到水泥地面噼里啪啦地响。岳小戒开着捷达,一路顶风冒雨来到海边半山坡上的一座酒楼前——“海竹雅韵”。整座酒楼掩映在茂密的竹林中,大有曲径通幽之感。虽然外面下了大雨,由于是周末,酒楼里还是很热闹。岳小戒跟老板很熟,看来是常客。他要了个单间,领着何方予进去了。单间里干净雅致,四壁用天然青竹片装饰,翠色宜人,清香弥漫。撩开窗帘,外面风狂雨骤,海浪汹涌,一树芭蕉在灯光的映照下像刚出浴的美人,楚楚可爱。何方予不由自主地叨咕一句:真是休闲的好去处!那肚子里熟睡的酒虫给钩醒了,真想喝上几杯了!何方予生性散淡,向来对应酬之类的事情看得很轻,更不喜欢灯红酒绿的热闹,今天晚上能有如此兴致,连他自己都有些惊讶。

何方予伸出左胳膊拦住岳小戒,用右手捂住酒杯,不让再满酒。何方予觉得不能再喝了,醉酒乱性,因酒失体面实在划不来。再说酒兴已过,喝下去也无聊。

岳小戒嘟嘟囔囔,还想喝。何方予只好板下脸,用命令的口吻说,岳小戒,今天就到这里,回去!岳小戒看看何方予的脸色,知道没有商量的余地,放下酒瓶,深深吐口酒气镇定一下自己,然后起身去开车。看来今晚大家都很尽兴,酒楼的空气中满布着酒精分子,一点火就能燃烧。何方予拽住岳小戒,告诉他把车锁好,打的回去。两个人出大门的时候,酒楼老板认出了何方予,就自己开车送他们回家。

车子先到何方予家门口。何方予推开车门下车,岳小戒跟了下来,拉住何方予的手说,何……县长,不,何……叔,我昨天早上……给婶娘送了一箱……可乐,你和婶娘……喝了吗?

何方予怕喝高了酒醉醺醺的拉拉扯扯的让左邻右舍看到了不雅观,抽出手,拍拍岳小戒的肩膀,说,我和你乙婶子不喝那东西了!说罢转身进屋去了。岳小戒嘟嘟囔囔还想解释什么,外面的雨越下越大,越下越猛,酒楼老板不想多耽搁,就拉他上车,开走了。

何方予个子高挺,长着一张欠债还钱的"国"字脸,大家都怵他。也就是岳小戒,在海城敢和他这样随便的人实在不多。

岳小戒的父亲岳之江有恩于何方予夫妇。何方予夫妻俩都是师范毕业,教师出身。二十世纪八十年代初期,全国开始行政机构改革,大力推行干部"知识化、年轻化"。当时知识分子匮乏,每年毕业的非师范类大学生就像泼向大沙漠里的水,哪里够用的?于是各级行政部门纷纷到教师队伍中挖人才。何方予夫妻俩就是在那种特殊的形势下"改行"到了政府部门的。而把他们从教育口挖出来的正是岳之江。岳之江任乡党委书记的时候,何方予是党委秘书,乙莲是乡妇联主任。岳之江任县长的时候,何方予是乡党委书记。岳之江任县委书记的时候,何方予是常务副县长,两年后升任县长。前年冬天,岳之江下乡检查督促水利建设工作,突发脑溢血,抢救无效死在官任上。可以这么说,岳之江和何方予虽是领导与被领导的关系,实际上亲如兄弟。岳小戒从记事起就记住了何方予夫妇,是在何叔叔长何叔叔短、乙婶娘"好"乙婶娘"坏"的逗乐声中一天天长大的。

何方予进门后才发现乙莲已经回来了,洗完澡披着浴巾正在看电视。何方予有点头晕,想洗个澡早点休息。乙莲让他先去冲澡,自己起身去帮他拿换洗内衣。就在何方予洗澡的时候,岳小戒打来电话,乙莲接了,问什么事,岳小戒不说,非要何方予接不可。乙莲告诉他何方予正在洗澡接不了。岳小戒嘟哝着说,那你去喊他,我……有急事呢!乙莲没有办法,只好去喊何方予。何方予没有办法,只好草草冲洗一下,裹着浴巾出来接电话。

何方予带着气问岳小戒,到底有什么事,是不是天塌了?岳小戒嗫嚅着问他送的那箱可口可乐喝了没有。

何方予又好气又好笑,心想:不就一箱饮料嘛,值得这样大惊小怪的?何方予放下电话,大声问,乙莲,岳小戒送的可乐喝了没有?

乙莲边看电视边吃葡萄,听到何方予的话,吐掉葡萄子,腾出嘴说,我哪还敢喝那东西?不是你说的嘛,碳水化合物喝多了,会得老年骨质疏松症吗?

岳小戒没记错。乙莲原来很喜欢喝可乐,还不是一般人那种喝法,她要在可乐里加上切得细细的鲜姜丝,煮开后加点蜂蜜,再喝。她还为自己的发明创造起了个好名字:姜丝蜜可乐。不知她从哪学来的,说这种可乐可以预防或治疗感冒,还可以美容。前段时间,何方予从一本家庭医学杂志上看到一篇医学实验报告,说老年人喝碳水化合物会导致骨质疏松,并且比例很高。杂志上喝可乐与不喝可乐的效果比较表就列了好几个,不由得你不信。乙莲关节本来就不好,阴天下雨酸疼得难受,听了何方予的话,自己又仔细研究研究那篇文章,哪还敢喝可乐呀,那可是碳水化合物的祖宗。

何方予笑了笑,拿起电话,说,你乙婶子没敢喝!

岳小戒一听这句话,就急急地嚷,你们一定要喝,那箱可乐味道不一样呢!

何方予听到这话,觉得蹊跷,就问,味道怎么个不一样,还能喝成玉皇大帝的琼浆玉液了!

岳小戒不知嘟哝一句什么,然后大声说,可乐里……有钱!

一听到这句话,何方予的心头咯噔一下,血往头上冲,厉声问,什么钱?

岳小戒在那头听出了何方予的严厉语调，不敢说话了。

何方予焦急严肃地喝问，多少钱？你说！

何方予连问两遍。岳小戒胆怯地在电话那头说，一共是三万块钱，一箱二十四罐可乐，有六个可乐罐里装了钱，每罐装五千块。

何方予镇定一下情绪，说，岳小戒你不是说醉话吧！

岳小戒着急，说，这种事你再给我一个脑袋我也不敢瞎掰！

何方予听罢，不由自主爆一句粗口"你浑蛋，猪"！啪的一声挂断了电话，转身问乙莲，岳小戒送的那箱可乐呢？

女人敏锐的感觉告诉乙莲事情不妙，她迟迟疑疑地说，放在那里也没人喝，今天下午我拿到玉芳的零售商店，让她帮忙代卖了。玉芳叫何玉芳，何方予的堂姐。

何方予听到这句话，浑身陡然发冷，打了个寒战，酒意顿消。他清理一下思绪，把岳小戒的话给乙莲复述了一遍。乙莲听完，马上意识到问题的严重性，抛掉手里的瓜子，连忙穿衣服出门去零售商店找何玉芳。外面的雨哗哗地下，打在窗户的玻璃上叮叮当当响。乙莲顾不了那么多，靸着拖鞋，顺手摸把雨伞顶在头上，冲进大雨里。

乙莲来到零售商店的时候，何玉芳正把卷帘门往下拽。乙莲一把拉住何玉芳的手，把正在专心致志做活的何玉芳吓了一大跳。乙莲焦躁地问，那箱可乐呢？何玉芳嘘了一口气，把乙莲往屋檐底下拽拽，说，已经卖了，我正准备把钱给你呢！

乙莲半信半疑，睁大眼睛追问一句，真卖了？

何玉芳嗨了一声说，卖了，钱在我腰包里装着呢，整五十！

乙莲狐疑着问，真的卖了？你没打开喝吧？

何玉芳一听这话，带着气说，弟妹，你没发烧吧？怎么净说胡话呢！我喝那东西干吗？还是小姑娘家赶时髦呀！

乙莲盯着何玉芳的眼睛问，卖给谁了？何玉芳看看乙莲的脸，表情怪怪的，就猜到里面可能藏着蹊跷。何玉芳静下心来想了想,说,卖给一帮民工了,——对,他们来了三个人,一高两矮,高的黑瘦黑瘦的,是他付的钱,整箱端走的!没错!

乙莲一听这话,觉得天旋地转,差点摔倒。何玉芳发觉她脸色不对,赶忙扶住她。乙莲镇定一下说,你还认识那三个民工吧?何玉芳点点头,说,见到他们面应该认识!乙莲拽着何玉芳就往雨地里冲,说,你跟我一起去找他们!

何玉芳急了,一甩手,说,天这么黑,雨这么大,到哪找去呀?明天吧,明天我不做生意了,专门陪你去找他们还不成嘛!

乙莲带着哭腔说,明天就坏菜了,来不及了,你给我走吧!说罢不容何玉芳分说,硬拽着她黑灯瞎火地去找那三个民工。

接完岳小戒的电话,何方予清醒地意识到问题的严重性。何方予清楚,这三万块钱不是个大数目,可这件事的潜在影响超过三十万抑或三百万!自己和乙莲一世的清名也许就败在这三万块钱上了!若有挽回余地,他何方予宁愿从自家的存折上提出同等数额的钱无偿补上!可现在说什么也没有用了,听天由命吧!不过何方予毕竟久经官场摔打,历练出一股静性,就坐在家里等消息。

何方予打从政那天起,就和乙莲私下定了盟约:住好吃饱穿暖就行,别贪,平安是福。二十多年来,夫妻俩确实说到做到了,到现在,夫妻俩的存折上没超过二十万。每次看到电视、报纸上报道的那些失足落网的官员,他们都心闲气定,坦荡无比。他们只有一个女儿,去年大学毕业,分配在省外贸部门工作。一家三口,衣食无忧,夫妻俩对待钱财的心思就更淡了。

岳小戒小时候得过脑膜炎,岳之江忙于工作,当成感冒来治,发现病情晚了点,虽尽力治疗,多多少少还是留下点后遗症:做事情考虑问题有点迟钝,总比别人慢半拍。

三个月前,县里把经济技术开发区往北面扩展了几百亩,这几百亩地多是河滩荒地,需要填土整合才可以再使用。县财政掏出四十万来做这件事情。岳小戒手下有个小工程队,平时会搞一点小工程,没赚过大钱,也就勉强度日,听说这个工程后就盯上何方予不放。这本来就是一项简单工程,没有太高的技术要求,只要老老实实做就行了。何方予还是了解岳小戒的品行的,认为他能做好,再加上本来就对岳小戒心存怜悯,认为给谁做都是做,都一样做,在不违反大原则的情况下,就卖了个顺水人情,拍板给了岳小戒。没想到岳小戒赚了点钱就想到感恩。岳小戒太了解何方予了,才会想出这种有点小儿科的感恩方法……

就在这时,何方予接到两个手机。一个是乙莲打的,乙莲把何玉芳那里的情况如实向何方予说了,要他有思想准备,想想该怎么办,她正和何玉芳一道去找买可乐的民工。另一个电话是县公安局局长汪怀政打来的。汪局长告诉何方予,和平路派出所报告,他们辖区的一处建筑工地上发生民工集体斗殴的恶性案件,波及面大,情况严重,他正赶往现场。何方予敏感地问一句,是什么原因引发的?汪局长说,具体情况不太清楚,可能是喝可乐引发纠纷打起来的。汪局长回答完问题,很气愤地骂一句,这帮民工素质真低,喝口可乐就干架,要是见到金子银子还不闹出人命呀!

何方予是事必躬亲型干部,对两件事特别用心:一是抓经济,他认为只有发展经济才能让老百姓过好日子;二是抓治安,他认为只有社会安定了才能让老百姓过安稳日子。发展经济需要时间,而社会治安则具有不稳定性,所以他对这一块尤为关注,他不止一次要求汪怀政,有事一定要汇报,不许隐瞒,不许拖延。今天这事虽不大,可影响大,汪怀政接到报告后,在第一时间就向何方予做了汇报。

敏锐的政治嗅觉告诉何方予,他最担心的事发生了……

何方予没有慌乱,关键时刻他异常冷静。他果断地给乙莲打手机,让她回家,别乱说话。然后挂通县委书记袁帆的电话。袁帆家住市区,本来该回家的,这个周末他老婆不知哪根筋受到刺激,硬要领着孩子来县城,说是下基层体验艰苦生活。何方予挂断电话,冲出家门。雨下得更猛了,像消防车上的喷头往下浇,憋得人缺氧。

何方予戴着近视眼镜,雨水一淋就认不清路。他抄起一把破雨伞,遮住脑袋,骑上自行车往县委大院赶。袁帆是去年年底从市里调过来的,临时住在海城宾馆(原来的县招待所),为了方便工作,他平时干脆就住在自己的办公室里。

何方予赶到的时候,袁帆已经站在一楼小会客室门前等他。何方予扎稳自行车,往里走。何方予只有被雨伞遮盖的脑袋还能找到干燥的地方,其他部位则是小河流水,脚上的牛皮凉鞋泡透了,一踩到地面上就哇叽、哇叽叫个不停,让人心烦。何方予被聒噪得难受,恨不得扔掉鞋子赤着脚走。袁帆早就料到这一出,拿出一套自己穿的干燥衣服递过去。何方予往里面躲躲,到灯暗处把衣服换上了。何方予比袁帆个头高,袁帆比何方予胖,好在是夏天,衣服长短肥瘦都能凑合着穿。何方予软塌塌地坐到沙发上,脸色苍白。袁帆拿起一只一次性纸杯,倒上一杯热乎乎的纯净水递给他。

何方予接过杯子,放到茶几上。袁帆坐下后,何方予把那箱可乐的事仔仔细细说了。袁帆听完后,脸色凝重。两个人谁都没说话,就那么静静地坐着。整间会客室除了外面的雨声就是墙壁上石英钟传来的嘀嗒、嘀嗒的脚步声。

何方予、袁帆,两个人渊源很深。何方予师范毕业参加工作那年,带的第一批学生里就有袁帆。当时,何方予是班主任,袁帆是他的班长。袁帆家里很穷,靠啃地瓜(红薯)煎饼就黑咸菜喝一分钱一碗的青菜汤过日子。袁帆喜欢看书,何方予喜欢买书,他每月的工资基本上"报销"在书籍上。就这样,何方予不只是袁帆物质上的兄长,更是他精神上的老师。后来袁帆考上大学,大学毕业后分配到团市委工作,一步步做到团市委书记。前年冬天,岳之江去世后,市里安排何方予任县委书记,袁帆任县长。组织上找何方予谈话的时候,何方予力荐袁帆任县委书记,他继续担任县长。他向组织陈述的理由是:组织上既然要锻炼年轻人,那就直接把他放到重要位置上去,没有必要搞过渡;再说袁帆一直搞党团工作,理论水平高,基层实战可能有点软。如果这样安排,他可以更好地帮助袁帆,更有利于袁帆的成长和成熟。组织上最终接纳了他的建议。

空气沉闷得一捏一把水。何方予的手机响了,是公安局局长汪怀政的号码。何方予接了,说,我在袁帆书记这里,你把详细情况汇报一下,我和袁书记都需要知道真实情况。说罢，按下手机的免提键，并把音量放到最大，搁到茶几上。

原来，买那箱可乐的是一帮搞建筑的民工。眼见着到了雨季，也到了月底，工地老板经不住民工们的死缠烂打，也想趁雨季休整一下，今天下午把拖欠的三个月工钱发了。民工们高兴，就想找点乐子。这工钱不敢乱花，要拿回去养家糊口。他们就把平时在工地上捡到的碎铜烂铁拿去卖了，得了六十多块钱。工地上严禁喝酒，其他的娱乐又太贵了消费不起，这钱呢大伙又都想花出去，怎么办呢？下午，天气热得厉害，电风扇吹出的风都能烫晕人，民工里有一个叫二憨的就提议，干脆一人一罐可乐得了，听说那东西里面的气能把人身体里的热气带走，解渴又解暑。他的提议得到大家的附和，大伙就让二憨去办这件事。他们一伙原来是二十七个人，三个年长的说，别替他们买了，喝不惯那猫尿味。二憨就带着两个人出去买可乐。

到商店的时候，他们中一个人想买雪碧。二憨坚持买可乐，说，可乐听起来喜气。

二憨他们刚回到工棚，天上就开始下大雨。工地上的民工没法干活陆陆续续回到工棚吃晚饭。吃完饭刷刷洗洗后大伙就坐到一起胡侃，二憨就把那箱可乐搬过来，打开箱子，大伙一人一罐拿了喝。打开可乐罐的时候，出怪事了，其中六罐是空的，装了钱，每罐五千块。

这六罐钱就像六颗炸弹扔进工棚，整个工棚给炸翻天了。一罐五千块，他们一个人一年的工钱才多少！二十七双眼睛一下子就冒绿光了。喝到钱的大板牙都乐掉了，认为自己运气真好，天上掉下的馅饼正好砸在他们头上，让他们给逮着了；没喝到钱的就嚷，这钱得大家平均摊，不能你们六个人独吞了，买可乐的钱是大家的嘛！

开始是争是吵，后来就动手动脚，再后来就扭成一团大打出手，开始抢钱！

幸亏附近一位好心的居民在瞧热闹的时候，动了恻隐之心，拨打了110，和平路派出所的民警及时赶到，才避免更为恶劣的事故发生。

袁帆对着手机大声问，现在情况怎么样？

汪怀政说，事态已经完全平息下来，受伤的民工正在医院接受治疗。

袁帆又大声喊,你汇报一下伤亡情况!

汪怀政说,两个人肋巴骨折断了,三个人断了胳膊,五个人断了腿,其他的伤势不太严重。不过医生说了他们应该都没有生命危险。

袁帆和何方予同时嘘了口气。袁帆拿起手机交代汪怀政,你必须确保他们不会再出乱子,实在不行,你把那三万块钱先没收了再说!

汪怀政笑着说,我们对钱的来历正在展开调查,至于这笔钱,我看还是先放他们那里吧,他们住院正需要钱呢!

袁帆严肃地说,你派民警在那里二十四小时值班,再出乱子,你是第一责任人!至于调查的事以后再说,你等县委指示。

汪怀政收起笑声,沉默片刻,一板一眼地说,袁书记,这你请放心,绝对不会再出乱子了,他们自己处理得很好。领他们出来干活的头头年纪大,有一定的威信,已经和他们商量好了,这三万块钱既是不义之财,惹大祸了,那就拿它去平息祸端吧,大伙谁也不许再占为己有,都交出来,作住院费吧!民工们还是讲情理的,他们现在都很冷静,都认为这样做合情合理。目前钱已经全部收起来,交住院部去了!

说完这番话,汪怀政感慨一句,咱农民兄弟还行,纯朴得跟黑芝麻似的。

袁帆挂断手机,摇了摇头,慨叹道,这钱呀!感慨完后冲着正在发愣的何方予,带着征询的语气问,是不是通知一下县纪委书记杨波同志,让他出面处理这件事情?

何方予叹口气,沉思一下,认为这样做符合组织原则,比较稳妥,就点点头。

袁帆掏出自己的手机,拨通了杨波的号码。

一夜的大雨并没有冲淡海城的炎热。第二天早晨,一轮大太阳准时从海面上一跃而出,又激情四射地挂在海城的上空,整个海城笼罩在一派氤氲里。早晨八点,海城饮料经销公司门前贴出大幅宣传海报,具体内容如下:

你今年夏天喝到钱了吗???

为了帮助广大海城居民度过炎炎夏日,饮料经销公司倾情推出喝可乐拿大奖回馈可乐酷族活动。当你打开可乐罐时,喷出的可能不是爽口的液体,而是人民币,是金戒指,是银耳环……喝吧,喝出你的激情你的财运!喝吧,喝去你的炎热你的烦恼!

炎炎夏日,酷暑难当,让我们高举可乐罐,碰杯!我们只想问你一句:

你今天喝到钱了吗?

祝君好运!

活动时间:××××年7月22日—××××年8月2日

当然,可乐宣传海报是今天早晨贴出去的,活动日期却是两天前就开始了。不过,海城居民看完海报的前面内容就激动不已,就没有多少人往下看活动的具体时间,或者说看了也没有怀揣那么多疑问。

本县城一处建筑工地因为喝可乐喝到了钱发生集体斗殴的消息像风一样传遍整个县城,市晚报在头版报道了事件的详细经过,再加上可乐经销公司宣传广告的策动,海城居民大受刺激,开始猛喝可乐。

三天时间,只有二十来万居民的海城县城就销售出一百多万罐可乐。

这下忙坏了可乐经销公司,公司带拖挂的三辆大卡车不分白天黑夜地从周边地区往海城调运可乐。整个海城淹没在可乐的气泡里。

不过,现代居民的激情容易激发也容易消落。到了第四天,海城的可乐就开始臭市了。因为居民们虽然个个喝得肚大腰圆,一弯腰嘴里就往外冒泡泡,但真正喝到钱的没有几个人。有个精明的人做个统计,在他家周围那一片(几个居民区),只有一个人喝到金戒指,两个人喝到一百块钱,远远没有传闻的那么悬乎,没有报纸上报道的那么多,最起码没有一个人一下子喝到五千块(先前的那帮民工除外)。好在可乐产品可以长期存放,可以慢慢消受,海城居民虽然花了点冤枉钱,还不至于血本无归。想到这一层,人们的心态平和多了,就没往深处里想。

此后半年时间里,可乐事件对海城还是产生了巨大而深远的影响。

由于家家都大量购进可乐,造成家庭性质可乐积压,于是海城居民开始想办法消费可乐。最为居民们认可的还是用姜丝煮可乐加点蜂蜜喝,味道独特,男女老少春夏秋冬皆宜。这一喝还就喝上了瘾,还就喝成时尚了。这种喝法是谁发明的、谁传播的,海城居民不得而知。不过,海城居民给这种饮料改了名称,叫“呛死你”(“姜丝蜜”的谐音)。

从那以后,在海城的酒席桌上,无论是公款的还是私人掏腰包的,开始流行两句话。一句是“你表示我喝干”,当然也可以倒过来说“我喝干你表示”,这句话在干部中最为流行,可以说风靡。另一句话是:在有女人的酒桌上,原先她们不喝酒只喝奶,当然是牛奶,现在不喝奶了,改喝可乐。客人都到齐后,主人会冲服务的丫头快活地喊:丫头,来×罐“呛死你”。开宴后,女人们会举起盛满可乐的玻璃杯,互相碰杯,然后粗着嗓门来一句“你喝到钱了吗”,然后大家开怀大笑,酒桌上的气氛因此而异常活跃,酒喝得猛。结果当然是酒桌底下多出了许多空酒瓶和可乐罐,大街旁边常常躺着找不到家门的醉汉。至于醉酒会给海城带来什么样的负面影响,那还需要更长的时间来验证。

海城偏僻,据说有一个新潮的女人不甘寂寞,搞了个“大笑”协会,参加的会员倒不少,可聚到一起大家怎么也大笑不起来,或者说不能真情地开怀地大笑起来。于是领笑人眼珠一转,想出一招,把手往空中一举,做成玻璃茶杯状,冲着人群大喊一声“今天你喝到钱了吗”,效果奇佳,全场顿时山呼海啸,声浪传遍整个海城。

到了年底,市文明办主任禹永正年老退休,何方予主动请求辞去县长职务,去担任市文明办主任。对于一个年富力强的正职县长为何主动要求去清茶淡水的文明办任职,海城无论官员还是居民都是满头雾水。

开春的时候,何方予把手头工作全部移交给代县长杨波。何方予去上任那天,是个大晴天,轻吹的东风中已经能嗅出春天的味道。袁帆、杨波、汪怀政给他送行。车子驶出县城后，何方予停下车子，踉踉跄跄跪到路边的田野里，面朝海城，泣不成声。他周围是一片从积雪中醒来的麦苗，青翠耀眼，一直延伸到大海边……

（发表于《清明》2009 年 2 期）

爱你就绝不放手

江之燕对郭海亮的感情忠诚发生怀疑是在昨天下午。

昨天下午,江之燕午睡醒来,像一只躲藏在屋檐下的夏天的猫,从头到脚每个毛孔都散发着慵懒的气息。她斜倚在床头上,拿起遥控器打开壁挂式液晶电视。满眼都是花花绿绿的煽情广告。江之燕觉得无聊,一抬腿滑下床,走进盥洗间,简单梳洗一番,就背起她那只路易·威登棕色小牛皮坤包,悠荡悠荡去逛街。

"五一商场"是海城市最大的商场,首饰柜设在一楼。江之燕一件一件研究、试戴新款首饰。猛抬头,她看见了郭海亮。郭海亮站在商场外面的大玻璃橱窗前,面朝大街,左手拎瓶矿泉水,右手握着手机,似乎在等什么人。江之燕丢下手中的首饰样品,往商场外面跑,想给郭海亮个惊喜。跑着跑着,停下了。郭海亮昨天早晨说去省城办事,得两三天才能回来,五点半就坐车走了,这人怎么到现在还在海城呢?江之燕多了个心眼,从坤包里掏出手机,拨通了郭海亮的号码。

喂,郭海亮,你在哪里?江之燕一本正经地问。

我在滨海!

在滨海什么地方——呀?江之燕想笑,憋回去了。

海韵宾馆!

好呀,郭海亮,撒谎撒到家门口,长能耐了!江之燕一边打手机,一边迈着猫步往外走,想抓郭海亮个现行。

你现在和谁在一起呀?江之燕带着气,话说得急促。

几个生意上的朋友!

在干什么呀?

喝酒!

就在江之燕要走出商场大门的时候,拥进来一大帮老头老太太。他们戴着同样款式的红色旅游帽,穿着同样品牌的白色旅游鞋,看来是福利好的单位来花果山搞团体旅游,旅游完了来商场购物。江之燕被拦住去路。江之燕继续打手机,想稳住、拖住郭海亮,别让他发觉开溜了。

你喝什么酒呀?

啤酒,没敢喝辣酒,你指示的!

什么牌子的?

老牌子,蓝带!

胡说,你明明在喝矿泉水!

江之燕,别胡闹了。你是千里眼呀!

对,我就是千里眼!你正在喝农夫——山泉!

有说有笑的老头老太太们总算走过去了。江之燕挂断手机,跑出商场。郭海亮不知去向。

江之燕恨得牙根都发痒了,哼哼着嚷,好你个郭海亮,你还有这副花花肠子!江之燕下意识的叫喊声聚焦了周围行人好奇而又冷漠的目光,江之燕狠狠瞪了周围人一眼,抖抖肩上的坤包转身走了。江之燕的心头像是爬满了一百条小虫子,痒痒得难耐,恨不得撕开胸膛。

江之燕一路踢踏着走进“千缘美容院”。江小曼见了,赶忙把她让进里间。江小曼是江之燕的堂姐,也是江之燕的高中同学。千缘美容院是江之燕父亲出资开办的,江之燕是大老板,江小曼是二老板。大老板是甩手掌柜,千缘美容院只是她闲得无聊时的一个去处;忙得脚后跟直打后脑勺的是二老板,她才是真正主事的。

哟,江之燕,嘴都气歪了,眼睛都气成红灯泡了,谁吃了豹子胆啦?

还有谁!还有谁!江之燕喘着粗气嚷嚷。

郭海亮?

还能有谁！江之燕把坤包摔到沙发上。

江小曼就问咋回事。江之燕气呼呼地把事情的经过说了。

江小曼就劝，说，你肯定看错人了。

我怎么会看错人呢？郭海亮，扒了皮我认得他骨头！

你还是调查清楚再说吧，别冤枉人。江小曼边劝边让江之燕躺下，给她做个美容，放松放松情绪。

江之燕躺下了。江小曼边给她面部打底子边说，你和郭海亮可是经过考验的，不要动不动就疑神疑鬼。郭海亮平时做事挺有原则，品位没那么低级。这男人呀，要是真动了歪心眼，变成太监他也要找女人；这女人呢，她要是真动了歪心思，打条铁裤子也锁不住。

江之燕没吱声。

伤筋动骨还好治，伤了感情可就难办了，我的大小姐，当心呢！江小曼轻言慢语接着劝。

江小曼右脚到现在还有点跛。江小曼丈夫张一山是个退伍军人，在郭海亮公司里干保安。江小曼开了美容院后，张一山老是疑神疑鬼，动不动就盯梢，有工夫就待在美容院里守着，恨不得把江小曼整天拴在裤腰带上，生怕一闭上眼睛就被别的男人拐跑了。前段时间，张一山变本加厉，动不动就搜查江小曼的身体，检查江小曼的内衣。江小曼被折腾得整天紧张兮兮的，结果过马路时让电瓶车给撞断了腿。两个人现在正在死去活来地闹离婚呢。

江之燕叹了口气，浮躁的心绪渐渐平静下来。

江之燕平时在好朋友面前喜欢用一句笑话调侃自己：一笼馒头卖了爱情，一根稻草绳卖了身子。

说来话长。

六年前，江之燕高中毕业。高考成绩发布那天，江之燕父亲江原用电话查了分数。江之燕小心翼翼地跑过去问结果，江原黑虎着脸，说，十年白米饭喂了一头猪！

这句话伤到江之燕的心了。江之燕平时最忌讳别人说她笨。在她的意识里,“笨”就是没有用的花瓶,她最恨女人做花瓶。她恶狠狠剜了一眼江原,转身跑出家门。江之燕跑出家门时满头脑只有一个念头:走得远远的,再也不踏进家门,再也不认这个父亲了!江之燕是在毫无思想准备的状况下突然离家出走的,腰包里只有几十块钱零花钱。江之燕一口气跑到火车站,她只想尽快离开海城这个可恶的地方,如果有足够的钱,她肯定就跑去乘飞机了,飞到天涯海角,飞到百慕大去算了。当时是下午五点半,正有一班开往省城滨海的列车。江之燕买了一张去省城的火车票,掌心里只剩下两块五毛钱。

第二天早晨,江之燕到了滨海。夏天的滨海素有“火炉”之称,当时正是七月底,“火炉”烧得最旺的时候。江之燕觉得自己就是一块煤,一夜旅途燃烧过来,成煤渣了,正冒烟呢。她用一块五毛钱买了一瓶农夫山泉,一口气咕咚下去,这才感觉到脚底确确实实踏在了地面上。在火车上她没敢买,两块五一瓶呢!

江之燕像一枝发蔫的花,被一瓶矿泉水浇过,又精神起来。她沿着省城花花绿绿的喧哗的大街闲逛。她一边闲逛一边想象江原发现她神秘失踪后气急败坏的模样,想象外出搓麻将的母亲“下班”回家后发现女儿被江原骂丢了,抡起鞋底满院子追打江原的情景。江之燕边想象边暗笑,笑过后又有点遗憾,遗憾口袋里没有足够的钱,肚子老是咕噜咕噜闹意见。要是把自己平时积攒起来的六七百块零花钱带出来就好了,一只手握着肯德基的炸鸡腿,一只手握着可口可乐,那才叫流浪繁华都市,那才叫酷呢。可现在裤兜里只剩下一块钱,还有大用场呢。江之燕暗自喟叹:这才叫小姐落难呢!

到中午的时候,江之燕又饥又渴,实在坚持不下去了,更怕再这样硬撑下去会惹出事故,万一热得中暑或饿晕在大马路上,那可出大丑了。江之燕走到路边的一个报刊亭,她决定给姑姑打个电话,让她来接她。姑姑江春楠这几年一直在省城做水产生意,家安在滨海。

江之燕到路边打投币电话。这一块钱她攥在手心一个多小时了,黏黏的、湿漉漉的,还有点烫人。

电话拨通了,话筒里传来清晰的留言声:江春楠新马泰旅游去了,一个星期后回来,有事请留言。

江之燕一下子成了傻大姐,整个脑壳空荡荡的,竟然不由自主爆了一句男人的粗口“我×”!狠狠拍了一掌电话亭。

江之燕漫无目标地乱转,转累了就找个台阶坐下歇歇,边歇边想办法。沿街乞讨?上门讨要?这涎皮赖脸的事她饿死也不能做。饿死不要紧,失节事就大了。她分明感觉到有几个不三不四的家伙正心怀鬼胎地想打她主意。白天倒不怕他们,夜晚就不好说了。不过江之燕也做好了最坏的准备,即使露宿街头,那也得找一个派出所或公安局旁边的街头,万一遇到麻烦,也好有个躲处。

江之燕就骂江原,骂江原是个大老粗,骂江原是个暴发户,骂江原只顾做生意不会关心人害她走到这步田地。骂着骂着又觉得父亲也怪可怜的,小时候挑着担子走街串巷卖虾米、虾酱,卖咸鱼,卖大盐,嗓子喊成了慢性咽炎,肩膀也被压塌了。当然后来慢慢就卖发财了,有了店铺,有了工厂。近两年成了海城市数一数二的海产品加工、批发、销售大户,成了海城响当当的“人物”。

就在江之燕山穷水尽的时候,郭海亮出现了。当然,当时江之燕并不知道郭海亮叫郭海亮,只是觉得面熟。读高中时,郭海亮比江之燕高一届,照常理江之燕不该认识郭海亮,但郭海亮似乎天生就是让别人认识的人,他一米八几的大个儿,走路一晃一晃的。关键在于他是海城中学的升旗手,是那个怀抱国旗,当国歌声响起时把国旗甩开去的那个升旗手。每到星期一,几千名学子对着冉冉升起的国旗行注目礼的时候,实际上同时也就把郭海亮瞻仰了一番。时间久了,郭海亮未必认识人人,但人人认识郭海亮。

郭海亮蹬着三轮车,车上装着新做出来的广告牌。郭海亮跳下三轮车认路,江之燕顾不得羞怯,赶紧凑上前去。

这位大哥,帮帮忙,我钱包丢了。没多想,江之燕就用上了这一招。

郭海亮装没听见,四处看门牌、看路标找方位。

大哥,我钱包真的丢了。你借我点钱,我打欠条,到时加倍还你。

郭海亮还是装作没听见,推起三轮车,想走。江之燕急了,拉住郭海亮的衣角。郭海亮没办法,回一句,我没带钱!

你这人怎么一点同情心也没有！

你这种人我见多了。年纪轻轻的，什么事不好做，做这事！

江之燕听了这话，脸上挂不住了，想要小姐脾气，又忍住了，说，我真的是钱包丢了。然后在郭海亮面前旋转一圈，说，你看我像是骗子吗？

郭海亮这才认真打量一眼江之燕，着装整齐得体，虽然是灰不溜秋的，但掩盖不住天生丽质，丰润的脸上有两个酒窝，微笑的时候挺迷人的。郭海亮不是第一次遇到这种事情，自然有应对招数，就说，你要多少钱？

五块。够买顿饭吃就行了。

钱没有，你要是真饿了，你就跟我走，到对面的小饭店去，我买给你吃……没等郭海亮说完，江之燕一口应承下来。

到了饭店，坐下，郭海亮要了一笼馒头、一碗稀饭。江之燕真的饿坏了，手也没洗，拎起餐桌上的冷水壶，咕咚、咕咚，一碗接一碗地喝水，一口气喝了两碗。然后，抓起馒头就吃。郭海亮坐在旁边，边看边摇头。江之燕顾不得淑女形象了，一会儿，一笼十个馒头只剩下两个。

郭海亮看着江之燕吃完饭，就站起来付账，走出店外。江之燕木愣愣地坐在那里，不知下一步该怎么办。

郭海亮在门口站了一会儿，见没动静，就转过身来喊，你还愣在那里干什么，真的白吃呀？跟我干活去。

江之燕回过神来，跑出店门。

郭海亮蹬着三轮车，江海燕在后面推着。江之燕浑身有了力气，就说，你不是滨海人，听口音你像是海城人。

郭海亮就说，你查户口呀！当心我卖了你。

江之燕就笑，卖了我？海城中学的升旗手！你可别玷污了升旗手的名声。

郭海亮一听就乐了，说，你是赌气从家里跑出来的吧？

江之燕问，你怎么知道的？你不是说我是骗子吗？

郭海亮大笑，幽默一句，说，有一口气吃一笼馒头的女骗子吗？

听了这句话，江之燕的脸腾地红到耳根，羞得大汗淋漓，低下头去推车。

你是高考落榜，赌气跑出来的。

你会算卦？

一年前，我也有过这种经历。

看样子，咱们是同病相怜呀！

郭海亮赶紧打住话头，说，别得锅上炕，蹬鼻子上脸了！

到了地方，江之燕帮着郭海亮安装好广告牌，天已经黑下来。郭海亮推着三轮车在前面走，江之燕闷不吭声在后面跟着。

到了一家旅馆前，郭海亮停下三轮车。他让江之燕看着三轮车，自己进去要了个单间，把住宿费交了，拿着门牌和钥匙出来，交给江之燕。他又掏出十元钱递给她，说，你自己去买点吃的吧，别乱跑，早点休息，明天早晨我来找你。

第二天早晨八点，郭海亮骑着自行车来到旅馆。江之燕已经起床，正在旅馆门外闲逛。郭海亮直呼江之燕的名字，江之燕听了很惊讶，就问郭海亮怎么知道她的名字。郭海亮就说，你没看电视？你成大名人了，滨海电视台五个频道都在用滚动字幕播放寻人启事呢！江之燕，女，十九岁，身高一米六三，上身穿……

江之燕连忙打住话头，说，我昨晚太累了，到房间倒头就睡着了，没看电视呢！

郭海亮掏出买好的车票递过去，说，你先给家里打个电话，赶紧回家吧。电视上说你妈急得生病了，住医院去了；你爸说你再不回家，他就去住疯人院了。

江之燕就嚷，让他去住好了！

郭海亮没吱声，冲着江之燕笑。江之燕瞅一眼郭海亮，也低下头抿着嘴笑。一天一夜的折腾，把江之燕的锐气磨得差不多了。江之燕静下心来想想，也觉得自己的做法太冲动、太幼稚，就红着脸去打电话。

一个星期后，江原来到滨海找到郭海亮，非要重金酬谢他不可。郭海亮死活不答应。江原就说，在寻找江之燕的时候，他在菩萨面前发过誓，谁帮助江之燕他就重金酬谢谁，要自己的老命也给！

郭海亮就说,谁还没有个落难的时候。

江原就哈哈几声说,有你这副心肠的人越来越少了,年轻人,好!好!——不过,你不答应我,就是让我在菩萨面前失信呢,以后再求就不灵验了!

郭海亮很客气地回绝。

江原就说,我家三个孩子,就这一个女儿,掌上明珠呢!幸亏遇到你,要是落到哪个浑蛋王八羔子手里,那一辈子不就交待了?我有钱,这时候钱管个屁用!我早想通了,钱再多也是身外之物,儿女平安幸福才是真格的!

郭海亮没答应,想聊聊生意经,转移江原的视线和话题。

江原一门心思放在感恩上,其他问题一概不谈。不过,郭海亮的话头倒是提醒了他。江原提出新的解决办法:郭海亮是搞建筑装潢的,就回到海城开个建筑装潢公司。江原投资,郭海亮经营,赔了算他江原的,赚了五五分成。你出力,我出钱,谁也没亏谁!

郭海亮没再坚持,说,让我考虑考虑再给回话。

一个月后,郭海亮接受江原建议,回到海城开了一家"亮海建筑装潢公司"。

从那以后,郭海亮跟江之燕接触的机会多起来,才发现滨海落难的丑小鸭原来是一只真正的白天鹅。

那次刻骨铭心的经历像一场春雨浇灌了江之燕孤傲的芳心,江之燕开始浪漫地尽情绽放了。

两个人相处了一年多,郭海亮彻底成了爱情俘虏,高举白旗投降,可江之燕似乎还没尝够爱情滋味,始终不肯交底。郭海亮成了热锅上的蚂蚁,就想:好呀,江之燕,你是鱼儿上钩了遛着玩呢,你是吃着碗里看着锅里,丢个小板凳占地盘呀。

郭海亮于是精心策划爱情收网方案。

一个风清月高的夜晚,郭海亮约江之燕到郊外散步。那里有一片茂密的竹林,林中有一条蜿蜒的小路。走着走着,郭海亮停下了,两个人站在那里望着月亮说闲话。说着说着,郭海亮用手指着竹梢嚷,江之燕,你看那上面是什么?江之燕就抬头顺着郭海亮手指的方向看。这一看,江海燕就毫不犹豫地钻到郭海亮的怀里。等到江之燕彻底清醒过来的时候,后果不堪设想,郭海亮已经进入她的身体。当时是夏天,江之燕穿得很少,郭海亮很容易就破坏了她的身体。

"事故"发生以后(江之燕一直认为那是一次爱情意外事故),江之燕才发现挂在竹梢上的是一根稻草绳。江之燕把它当成长虫(蛇)了。江之燕就想,好呀郭海亮,你个臭小子,明知道我小时候爬山被蛇咬过,见根绳子都会吓得丢了魂,你偏要拿根稻草绳冒充蛇来吓唬我!你是满肚子坏水,早有预谋!

不过,生米毕竟被郭海亮做成了熟饭,江之燕没了退路,就死心塌地和郭海亮结了婚。

第二天晚上八点,郭海亮从滨海回到家。

郭海亮一进门,扔了公文包就嚷,累死了,热死了,要先洗个澡。江之燕坐在沙发上,冷着脸说,怎么,一回来就要销毁风流罪证呀?郭海亮觉得江之燕话中有话,想起昨天的电话,就老老实实坐到了沙发上。

江之燕斜着眼,一句话不说。

郭海亮就开玩笑,说,你昨天哪根神经发烧,给我打那样的电话?

江之燕就说,我眼睛可不发烧,明亮得很,专看花花公子的花花肠子。

郭海亮就问,咋回事?

江之燕就说,郭海亮,是不是竹梢上又挂了根稻草绳,想继续骗我?

郭海亮想笑,没笑出来,脸倒红了。

江之燕就嚷,没做亏心事,你红哪门子脸?

郭海亮赔着小心说,你肯定误会了。

误会?你明明站在五一商场大玻璃窗下,为什么说在滨海?

郭海亮马上拍着胸脯声明,昨天我确实在滨海,江之燕你肯定看错人了。"确实"和"肯定"两个词说得特别重。

江之燕满脸不信任,说,真是奇了怪了,人长一样不说,连衣服都穿一样的,大白天撞见鬼了!

郭海亮就说，你不信可以去问司机老王，可以去问公关部经理吴长路。

江之燕就说，那都是你的人，你让他们打狗，他们敢去撵鸡？谁知道你们路上统没统一口径！

郭海亮无奈地摇摇头，满眼的冤枉，掏出手机想打电话找个证人。

江之燕没理会，起身回卧室去了。

郭海亮洗完澡，也回到卧室，嬉皮笑脸去褪江之燕的睡裤。江之燕用手摁住，懒懒地说，我来好事了，没干净。郭海亮听了，缩回手，翻过身睡了。

没过多久，郭海亮打起鼾来。江之燕就想，这还真出故障了。往常，郭海亮只要出差回来就像一只饥饿的猫，涎皮赖脸往江之燕身上粘，黏虫似的，扒都扒不下来。就是江之燕说来好事了他也不让，他会伸手去摸，摸到女人用的纸巾才软塌塌地罢手。有时冲动上来了，江之燕真来好事了他也死活不让，戴着套子也要把馋瘾给解了。这还真出故障了！

第二天早晨醒来，江之燕冷静了许多，也觉得自己只是怀疑，证据明显不足，认为前天可能真的看错人了，就没再往心里去。

一个星期后的下午，天气又热又燥。江之燕去千缘美容院。江小曼给江之燕做皮肤充氧，两个人有来言没去语地闲聊。

江小曼就说，江之燕，你该要个孩子了。结婚快五年了，江之燕坚决不要孩子，说，趁年轻好好活活，到三十岁以后再考虑。

江之燕没搭腔。江小曼接着说，这男人就像只大风筝，女人就像那根线。线粗壮些的，结实些的，就牵得牢一些，时间长一些；这线细的、不结实的就容易断。

江之燕有些赌气地说，断就断了，断了清净，省得牵肠挂肚、劳神费心。

江小曼就笑，说，你真的舍得那只大风筝飘走了？

江之燕莞尔一笑，问一句，你说呢？

江小曼就说，其实孩子是另一根线，这两根线牵着个大风筝可就保险多了。

江之燕哈哈大笑，说，看来张一山又给你甜豆吃了！

江小曼叹口气，说，谁爱吃他那甜豆，这不是看孩子嘛！我这辈子就这样了，孩子可不能也这样，咱得为下一代想想，为他们奋斗呢！

江之燕闭上眼睛，不说话了。

过了一会，江小曼又说，听张一山讲，郭海亮从滨海带回来一个女孩，做他临时秘书。

江之燕听了，顿时连呼吸都没了。

江小曼意识到说漏了嘴，赶紧解释，你不要瞎想，他们……

江之燕忽地从床上跳起来，揭掉脸上的面膜就往外走。江小曼就喊，你做完再走，你听我说！

江之燕就嚷，我感觉不对，还真就有猫腻！做，做给谁看？他能金屋藏娇，我就能街头卖笑去！

晚上郭海亮回家。天气闷热，郭海亮不想下厨房，就从超市买好晚饭，拎回来了。

郭海亮迈进门槛的一瞬间就感觉到家里气氛不对劲。江之燕铁青着脸坐在沙发上，没看电视，看样子在专门等他。

郭海亮蹑手蹑脚地走进厨房，放下东西，然后小心翼翼地坐到江之燕对面，涎着脸，模仿江之燕的腔调说，郭海亮你这个臭小子，你这个大笨蛋又怎么招惹咱家江小姐了？说出来让俺评判评判！

江之燕冷着脸，说，少贫嘴，谈谈你跟你那位小秘书的风流韵事吧？

听到这句话，郭海亮怔了怔。江之燕眼睛冒火，正瞅着他。郭海亮嘘口气，嚷道，火山原来是因为这个爆发的呀！

江之燕冷冰冰的，没反应。

郭海亮站起来，大声清清嗓子，然后捏着鼻子模仿京剧《白蛇传》中许仙的唱腔来个开场白，娘子呀，你听我说，俺招供来也！

江之燕垮着脸气鼓鼓地哎哎着嚷，严肃点，严肃点呀！

郭海亮收起油腔滑调，重新坐到江之燕对面，一板一眼地交代他“秘书”的来历：

前段时间，郭海亮到滨海办事，一天晚上吃完晚饭，他一个人讨清闲，到宾馆前面的大街上闲逛，消消食，放松放松紧张疲惫的大脑。他走到一个十字路口，就停下来四处瞎看。路灯下一个背着黄布包正在四处张望的瘦削女孩走了过来。

这位大哥，帮帮忙，俺钱包丢了。

郭海亮装作没听见，心想又一个丢钱包的，女人的钱包是那么容易丢的吗？他没理会，边抬脚走路边往上面瞅商店五颜六色的招牌和广告。

大哥，俺钱包真的丢了。你借俺点钱，俺打欠条，到时俺加倍还你。

郭海亮还是装作没听见，继续瞅招牌和广告。女孩急了，拉住郭海亮的衣角。郭海亮闪开了，烦躁地回一句，说，我没带钱，没带钱，我带信用卡！

大哥，人是要有一点同情心的吧？特别是像你这样的城里人、有钱人！女孩有点义愤。

你这种人我见多了。年纪轻轻的，都什么时代了，什么事不好做，非要做这种事！

女孩听了这句话，低下头去扯衣角，说，俺真的是钱包丢了！

郭海亮收回目光，打量一番女孩，着装虽然简单但很整齐，浑身透着股楚楚可怜样。郭海亮心里生出些怜悯，就问，你要多少钱？

五块。够买顿饭吃就行了。

郭海亮思忖一下，说，现钱没有，你要是真饿了，你就跟我走。对面，看见没有，有个小饭店，我买给你吃，你能吃多少我就买多少……

女孩爽快地答应下来。

到了饭店，坐下，郭海亮要了两笼包子、两碗稀饭。女孩真的饿了，先咕咚、咕咚喝光两晚稀饭，然后，抓起包子就吃。郭海亮坐在旁边看。一会儿，两笼二十个小笼包子只剩下五个。

郭海亮看着女孩吃完饭，站起来付账，走出店外。女孩木愣愣地望着郭海亮,坐在那里没动。

郭海亮在门口站一会儿,见身后没动静,就转过身来喊,你还愣在那里干什么,真的白吃呀？跟我走,打个借条去。

女孩回过神来,包好剩下的五个包子拎着跑出店门,跟在郭海亮的后边。走了一段路,到了树荫浓郁之处,女孩嗫嚅着说,大哥俺一看你就是好人,钱俺肯定还你,丢人的事情俺可不做。

郭海亮一听就乐了,说,你是赌气从家里跑出来的吧？

女孩就问,你怎么知道？你不是说俺是骗子吗？

郭海亮笑了,想幽默一句,说,有一口气喝两碗稀饭吃两笼包子的女骗子吗？

听了这句话,女孩的脸腾地红到耳根,低下头摆弄背包。

你遇到难事了,赌气跑出来的吧！

大哥,你会算卦？

郭海亮神秘地点点头,微笑着问女孩一些具体情况。女孩说她不是高考落榜,她考上大学了,通知书都接到了。说着就从背包里掏出通知书递给郭海亮看,郭海亮接过来,到路灯亮处细看,没错,是北方某所大学的入学通知书,大红印章红得耀眼呢！女孩接着说,家里太穷,想出来赚点钱交学费,谁知钱花光了,三天了也没找到工作,一天没吃饭了。

郭海亮端详一下女孩,说,你没完全说实话——不过你不愿意说就算了。女孩低头不语。郭海亮就问,你会做什么工作？女孩说,什么工作都能做。不过,最好是文字方面的工作,她英语很好,达到四级以上水平呢。

郭海亮就问她叫什么名字。女孩回答叫郭海燕。郭海亮听到女孩名字,心头一怔,不由自主又把郭海燕打量一番,心底涌出一种说不清楚的情感,就说你到我公司来吧。

郭海亮讲完了,端起茶几上的冷水杯喝几口,笑嘻嘻地望着江之燕,说,事情经过就是这样,请江小姐审查,若有半句谎言,郭某愿负法律责任,愿承担一切不良后果。

江之燕含着醋意挖苦道，郭海亮，你这是六年前江之燕浪漫故事大翻版呀，连个样都没走。天下有这样的巧事？不管真的假的，骗十八九岁小女生还行！

郭海亮脸色灰灰地说，江之燕，你别净往歪里想，你心眼就不能大点……

江之燕懒洋洋地说，我心眼还不够大？这么大的事你给我提过一个字吗？我今天要是不问，你能告诉我？那么长时间，都闷馊啦！

郭海亮赶紧解释，说，没敢给你说就是怕你生气，怕你那脾气……

江之燕摆摆手说，郭海亮，别解释了，越解释越黑。行，我心眼再大点，不过咱家那张床睡不下三个人，哪天需要我让位，给我说一声，我保管给你们挪位置。

郭海亮连忙说，哪能呢，哪能呢！我把她当成小妹妹呢！你别说，她跟咱家还真有缘分呢。你就看她的名字吧——郭海燕，沾着咱俩的边呢！

哟，还半路捡来个林妹妹喽！江之燕冷冷地问，你真的了解她？

郭海亮给问住了，不过马上回过神来，说，这也许是天意，是缘分呢！

江之燕嘲笑一句，别是让爱情冲昏了头吧！不过，友情提醒你一下，货物有主，不买别摸！

郭海亮很无奈地摇摇头，说，江之燕你又想哪去了！

第二天早上五点多钟，司机老王就来接郭海亮。郭海亮摇了摇正熟睡的江之燕，说，去滨海办事了。江之燕翻了个身，没吭声。

四天后的晚上，郭海亮回到家里，江之燕刚洗完澡，穿着碎花短裤、粉红色的背心斜躺在沙发上看电视。江之燕披散着头发，像朵刚出水的芙蓉，浑身上下白里透红的，撩拨得郭海亮心尖像被蜜蜂蜇了一下似的痒痒的。郭海亮开始喘粗气，涎着脸往前凑，江之燕耷拉着脸，用遥控器指了指旁边的沙发。郭海亮只好掐断贼心的芽子，无奈地坐在一边。

郭海亮顺手拿起洗好的放在果盘里的油桃，边咯吱、咯吱啃着边主动介绍这次去滨海的活动。

江之燕不停地换节目，烦了，干脆把电视关了，说，谈谈你的郭海燕吧！“你的”带着鼻音，说得特别重。

郭海亮看来早有准备,丢掉油桃核子,笑着把郭海燕的有关情况向江之燕说了:

郭海燕家是咱们省远江市林果县大坝村。你知道,那是咱们省最穷的一个山村。他们那里太穷了,穷到村子里杀一头猪,肥肉不够卖的,瘦肉没人买,那儿的人还处在缺油年代呢!今年暑假,郭海燕考上大学后,家里实在交不起那一年一万,四年四万块钱的学费。她的父母都是大字不识几个的农民,哪里去弄那么多钱?没办法,她的父亲就去找村主任借,只有村主任家能出得起那份钱。村主任提出一个条件,郭海燕和他儿子结亲,那三万块钱就算彩礼钱,不然免谈。村主任的儿子怎么说呢,用农村的土话说,叫"二流子",意思就是流氓、无赖。郭海燕的父亲当时有点孬心眼,心想先借到钱再说,等郭海燕出去上大学,有出息了,你村主任能怎样?等郭海燕挣到钱,连本带息还你还不成!谁知村主任贼精,要她父亲和他签合同。郭海燕父亲就想,合同不就是一张纸嘛,先借到钱再说,就签了。后来才知道,合同上写的是郭海燕必须和他儿子先结婚,办完婚事再给钱。郭海燕父亲死活不同意,村主任儿子就拿着合同带着几个人来抢亲,郭海燕父亲用肩头扛住大门,郭海燕就翻墙头跑出来了……

讲到这里,郭海亮长嘘了一口气。江之燕冷冷地问,你去过林果县大坝村了?

郭海亮连忙否认,哪能呢!

江之燕就追问一句,那你的故事是瞎编的?

郭海亮急忙解释道,是郭海燕亲口告诉我的。

江之燕从沙发坐垫下面抽出一样东西,冷着脸说,还"亲口"告诉你的,没亲嘴呀?

听到这句话,郭海亮好脾气一下子就没了,硬硬地回敬一句,你真是当小姐当惯了,什么同情心都没了,你不是人,是空气!

江之燕火冒冒地从沙发上站起身来嚷,当小姐怎么了?怎么了?!不比当"鸡"强?是空气怎么了?!不比二氧化碳污染环境强?

你真是不可理喻,收起你小姐臭脾气吧!你脑子进水呀?为什么发生在你身上的事情,你可以接受,你可以感恩;同样的事情发生在别人身上,你就不能接受,你就胡乱猜测呢?

听到这番话,江之燕愣在那里没动,脸色青紫,看样子被气到点上了。

郭海亮也觉得话太硬了,就想办法缓和气氛。说出去的话泼出去的水,哪能想收就收回来呢?江之燕回过神来,把手中的东西啪的一声摔到郭海亮面前。

那是一张照片。照片上,郭海亮、郭海燕在一个灯光幽暗的包间里,亲密无间地喝着葡萄酒……

郭海亮一看照片,心口像揣着只刺猬一样不舒服,刚压下去的火气又冒上来了,嚷道,好呀,江之燕,你还有这一手呀,也太不信任人了吧!

江之燕眼光像刀,直剜郭海亮的心窝。

郭海亮别过脸去,冷冷地辩解,这能说明什么?

这什么不能说明?

这什么也说明不了嘛!

这什么都说明的了!

江——之——燕!你——别——得寸进尺!郭海亮转过脸,一屁股坐到沙发上喘粗气。

心虚了?

心虚?哼!这日子没法过了!

我说也是,这日子真的没法过了!

那就拉倒!

拉倒就拉倒!江之燕一甩门,走进卧室,咣的一声把门反锁上了。

那次斗嘴后,郭海亮睡沙发,江之燕睡卧室,两个人开始打冷战。

大约过了一个星期,晚上十点多钟了,两个人洗完澡就各忙各的了,一个在卧室看电视,一个在书房玩电脑。江小曼和张一山来了,按门铃,没反应,江小曼就扯开嗓门喊门。郭海亮听到了去开门,江之燕也嘟哝着嘴从卧室出来了。一进门,江小曼就嚷,你们还记得去年五月发生的“碰瓷”案件吧!郭海亮说,当然记得了，审判的时候，市电视台直播的！江小曼接着问，还记得那五人“碰瓷”团伙中有一个女的，瘦瘦的女的吗？郭海亮摇摇头，说，这倒记不得了。

江小曼从站在她身后的张一山手中拿过一张发黄的报纸，展开，说，你们仔细看看这个女的，看看她像不像郭海燕？

郭海亮和江之燕一起凑过去，瞪大眼睛看报纸。

郭海亮边端详报纸上的照片边问江小曼，这张报纸是从哪弄来的？

江小曼一把拽过闷不吭声的张一山说，是他——花了三天时间，托人从市图书馆的旧报纸堆里翻出来的。他早就怀疑郭海燕了，没敢说，怕伤人。这不，找到这张旧报纸才敢开口呢！

江之燕冲张一山笑笑，说，大姐夫，谢谢你啦！

江小曼笑着嚷，谢他什么，看他笨不拉儿的样，总算通了一回人气，做了一回人事！——你们再看看照片，可别搞错了！

四个人就坐下来，一起研究那张旧报纸上的报道和报纸上有些模糊的大照片。

江之燕看了一会，确定道，就是她，你看那身材，那脸盘，特别是那眼睛，不会错的。

江小曼就说，你可看仔细了，没错？

江之燕点点头，说，错不了！

江小曼接着说，既然错不了，那我和张一山就替你们做一回主，当一回家。

郭海亮疑惑地望着江小曼。江小曼把脸转向江之燕，说，今天下午，我和你姐夫给郭海燕买了张火车票，送她坐七点半的火车走了！

郭海亮唉了一声，透着着急说，你们总得调查调查吧？

江小曼没看郭海亮，冲着江之燕说，放心，为了避免出差错，我们买的是她要去报到的那所学校的火车票！

江之燕拿白眼仁瞅郭海亮，郭海亮摇摇头，什么话也没说……

江之燕转身进了卧室，拿出一部新款手机，又从衣挂上郭海亮的上衣兜里取出他正在使用的手机，当着江小曼他们的面，取出旧手机里的卡，换到新款手机里，然后递给郭海亮。

郭海亮边接过新款手机边问是什么宝贝。

江之燕笑笑，大声说，新式武器——视频手机！

（发表于《当代小说》2009 年 2 期）

沉默的远山

四围的青山连绵起伏,天然地圈出一方平展的黑土地。天目村就像一个恬静的婴儿卧睡在青山编织成的摇篮里。天目村的前面后面各有一条清澈的溪水,前面的溪水向西流,后面的溪水向东流。如果站在高高的山头上往下眺望,天目村很像一个人睁得溜圆的眼睛:村前村后的两条溪水是两道粗粗的眼睑,整个村子是那澄澈明媚的眼球。

正是初夏时节,早晨的山里到处氤氲着水汽,远远近近的各色物件像在山溪里浣洗过一番,透着凉凉的清爽。

鹿翠翠把煮沸的豆浆舀进瓦缸里,仰起酸痛的脖颈喘一口长气,所有的疲惫顿时烟消云散,最愉快的时刻到来了。

她拿起那把长柄大木勺子,舀起小铁锅里煮化了的卤水,均匀地洒进热气腾腾的豆浆里,然后快速搅拌。这时候,翠翠浑身透露着兴奋与欢快:红润润的脸上布满雾气蒸腾留下的细细水珠,像六月晨露中成熟的鲜桃子;瓷实的乳房像两只饥饿的兔子,拼命往外面挣,挤压得乳沟又陡又深,扎人眼球。翠翠停下手,撩起衣襟擦汗。不一会,瓦缸里开始咕噜咕噜往上冒洁白的各种造型的云朵。鹿翠翠双手扶着缸沿痴痴地看,那云朵就在她清澈的眸子里兴奋地飘荡。缸里的云朵越冒越快、越积越厚,最后终于攒成一块,像温润肥厚的羊脂玉。这便是豆腐的雏形。

鹿翠翠拿过擦洗得锃亮的钢精锅,盛上半锅豆腐脑,盖好,然后开始起豆腐。她把缸里的豆脑舀进铺着纱布的青竹筐里,拉起纱布的四角系好,盖上木板,压上青石块。竹筐里承受压力的豆脑开始哗哗地往外流水。

豆腐成形需要一段时间。鹿翠翠掇个竹凳到小木屋的门外坐下。远处山林里长长短短的鸟鸣声扑面而来,间或夹杂着一两声野兽的长嚎。鹿翠翠站起身来,挽起裤脚站到门前的溪水里,透骨的凉爽传到了心尖上,她不由自主打了个惬意的寒战。

天目村只有四十来户人家。鹿翠翠住在村前,离溪水近,就在溪水边搭起一座小木屋,开了个豆腐坊。溪水里安上水车,水车带动石磨,磨豆子的动力费用先节省下来了。小木屋上爬满了青翠的藤萝,连窗户都遮蔽住了。藤萝的枝蔓上盛开红色、白色的花朵,像朝向四方的几百支小喇叭。小木屋的左边,一棵挺拔粗壮的白杨树遮天蔽日。树梢上做了个喜鹊窝,两只喜鹊整天不停地飞进飞出,叽叽喳喳地忙碌着,恩爱无比。翠翠闲下来的时候,就仰头看,看着看着就叹气,那叹息声连喜鹊都听到了,有时就同情似的喳喳地附和上两声。

看到喜鹊翠翠就会不由自主地想到自家男人阮大牛。想到阮大牛,翠翠的气叹得更长更悠远了,眉宇间也聚满了阴霾。大牛在家里的床上躺着呢,躺了快两年了。翠翠走上溪岸,坐到竹凳子上,愣愣地望着雾蒙蒙的远山。

大牛是个勤快的男人,漂亮的翠翠决定嫁出去的时候,就是冲着他的这个优点。刚结婚那阵子,翠翠真是看天天蓝,看水水绿,看山山笑。两个人如漆似胶地过了一段时光,等到激情冷却后就开始盘算今后的日子。盘算来盘算去没有什么合适的营生,就到村子南面的溪水边上搭起了这座小木屋。翠翠做闺女的时候就会做豆腐,不过那时候做豆腐有些心不在焉。现在自己立灶过日子,做豆腐成了自家的一门营生,翠翠就多用了一番心思。做豆腐要有好水,这里的溪水好着呢。做豆腐的关键在使卤水,卤水使多了做出来的豆腐显老,还泛黄;卤水使少了豆腐太嫩,不好成块。翠翠使卤水有绝活,卤水使到点子上,做出来的豆腐又滑又嫩又香。吃了翠翠做的豆腐,村子里的其他人就不好意思再做豆腐了。货怕比嘛。

大牛就想,村子里的人喜欢翠翠的豆腐,山外面镇子上的人肯定也喜欢。他就担起一担豆腐,踩着山崖边上碎石子铺成的羊肠小道去了镇上。镇上的人吃了翠翠的豆腐就品尝到了山里豆子的清香、溪水的清香,品尝到了山里人的纯朴。他们就鼓励大牛天天给他们送豆腐。

一年时间,卖豆腐的票子让大牛的腰包鼓起来了。一天吃完晚饭后,大牛和翠翠坐到溪水边休息闲聊。大牛说,他打算明天送完豆腐去一趟县城,看看机动三轮车的行情。他打算买辆车把豆腐送到县城去。整个村子里机动车没有几辆。想到自己的豆腐可以卖到县城去,想到自家不久就能盖上三间青瓦红砖的大房子,翠翠的眼里满天星星般地放光芒。

那天大牛进县城看车,回来得晚。深秋的山里处处透着凉意,风吹落叶哗啦啦地响,山的四周传来的鸟兽的叫声让人头皮发紧,浑身不由得弥漫着孤独和胆怯。大牛想快点赶回家,就抄小道走。

大牛右肩上扛着扁担,扁担后头拴着两个盛豆腐的空箩筐,前头拴着个大食品袋,里面装着从县城买回来的卤牛肉、五香猪耳和烧鸡。大牛想疼疼整天辛苦的翠翠,也想喝杯苞谷烧来放松放松自己。一路走过来,浓浓的五香味飘满山路。

一路上,大牛沉浸在赶县城带来的巨大的激动中,他边赶路边设想美好的未来。他打算买车的时候顺便买台电视机。到眼前为止,村子里的人想看场电影都得翻山越岭。去年年底,在城里干瓦工活的阮开山抱回来一台电视机,逢年过节时,村子里的男男女女老老少少都围过去看。大牛的手头现在不是很宽绰,不过硬挤挤还是能买一台牌子差点的电视机的。买不买电视机呢?大牛走走停停,左思右想,拿不定主意。

就在大牛摇头晃脑盘算电视机的时候,背后冲过来一股浓重的血腥气,肩膀上像搭钩似的搭上两条厚重的毛茸茸的大爪子。那爪子锋利有力。

大牛遇到狡猾的狼了。

大牛毕竟是大牛。当他意识到自己遭到狼的偷袭时,短暂的紧张后是镇定。大牛小时候经常跟着爷爷进山里打猎,胆子和经验还是有的。二十世纪六七十年代,大牛的爷爷是村子里的打猎队队长,战功赫赫,曾经一个人徒手跟豹子进行过殊死搏斗,得到过地委的“金猎手”奖。大牛吐口气镇静一下情绪。大牛知道这个时候绝对不可以转过头去,狡猾的狼要的就是这个效果,一转头,人最脆弱的咽喉就会暴露在狼的利齿之下,凶残的狼就会用钢钳子般的牙齿准确无误地斩断人的喉咙。这时候人是绝对不能暴露自己的胆怯心理的,狼只要感觉到人的恐惧,哪怕是身体的轻微颤抖或者心跳的加速,都会激起它百倍的贪婪和凶残。一旦让狼的力量爆发出来,人就很难对付它了。

大牛认为可能是扁担头上拴的五香熟食的浓浓的味道招引来了饥饿的狼,他只要把那些卤牛肉、五香猪耳和烧鸡抛掉,狼就可能会奔向新的目标,放过他。

大牛不愿意那么做。大牛觉得自己走了几十里山路辛辛苦苦买回来的好东西,凭什么让畜生来享用。大牛慢慢往前走,寻找机会。

前面的山路拐了个陡弯,陡弯前是断崖。大牛抓住机会,两只手飞速抓住搭在肩膀上的两条狼腿,猛一蹲身,用尽全身力气把狼从头顶上甩下断崖。

那是一只非常狡猾的老狼。它在飞下断崖的那一刻,两只利爪恶狠狠地刺破大牛的衣服,抓进他的肌肉。狼借助巨大的惯性硬是把大牛拽下了断崖。

大牛醒来的时候躺在医院里,身边站着翠翠。翠翠眼泪已经哭干了,眼圈黑得像大熊猫;嗓子哭哑了,发不出声音。

大牛捡回来一条命,却失去了两条腿。

想到这些,翠翠用力抹了抹眼睛。那眼睛还是雾蒙蒙的。翠翠站起身来,走到溪边,低下头,捧起清凉的溪水洗脸。

翠翠走进小木屋,搬下青石块,拿掉木板,解开纱布的四角,一青竹筐白嫩嫩的豆腐摆在了面前。一股浓浓的清香溢出小木屋,向四围弥散,招惹得小木屋周围的蜜蜂、蝴蝶闻香起舞。

该收拾一下了,再过一会儿,村子里的人就会陆陆续续来买豆脑、称豆腐,那时会很忙。翠翠想,还是先给大牛盛一碗豆脑送过去吧。家离小木屋不远,也就四五百米,带着小跑十分八分钟就可以打个来回。

十点多钟,翠翠的豆脑、豆腐卖得差不多了,剩下来的那些边边角角中午带回家当菜炒吃或烧碗青菜豆腐汤。翠翠开始点钱，小木盒子里的那点钱不经点，除去成本，每天也就是十块八块的赚头。翠翠点完钱，长长叹了口气。

翠翠，叹什么气呀，不就是钱吗？要多少，你说个数，老哥我给你！翠翠被背后这句来得突然的话惊吓得打了个激灵。说话的叫阮二蛋，三十啷当的人，还没结婚，村里城里两头跑。二蛋是个瘸子，在城里开了一爿理发店，据说经营的业务很杂，不全是理发，村子里有两个女孩跟他出去混营生，都走下道了。听说二蛋在城里赚了不少钱，准备盖高楼买汽车呢。到目前为止，天目村还没有哪家盖得起高楼的，更别说买汽车了。

二蛋瘸了一条腿也和狼有关。二蛋六岁那年初春，二蛋妈带着他到村子北面的溪水边洗衣服，二蛋妈干活，二蛋一个人在旁边捉蝴蝶玩。玩着玩着二蛋被一只蝴蝶带远了。一只饿了一冬天的老狼突然从灌木丛中蹿出，叼起二蛋就跑。幸好二蛋妈发现得早，在后面边喊救命边拼命追赶。村子里的人听到喊声，田里的、家里的一起跑出来，从四面八方围了过去。有一条溪隔着，老狼无法窜进山林里。老狼被迫无奈，只好丢掉二蛋，跃过溪窜进山林里逃命去了。

二蛋从狼嘴里捡回一条小命，左腿被咬断了，虽然后来接上了，却留下残疾，成了跛子。二蛋走路一瘸一拐的，村子里的人就形象地喊他“地不平”，意思是不是二蛋的腿出了毛病，而是供二蛋行走的地面出了问题。

翠翠瞟了一眼二蛋。二蛋今天收拾得很干净，皮鞋擦得油光锃亮，能滑倒苍蝇，裤线挺得能削死蚊子。翠翠冲二蛋笑笑，赶紧收好钱，嚷嚷他坐下，然后把放在用玉米皮编织的保暖筐里的豆脑端出来，递过去。二蛋每个星期回来一次，每次都到翠翠的小木房里吃豆脑。吃完豆脑，别人丢五毛钱，二蛋丢一块。翠翠开始嚷嚷着不要，二蛋就推辞说，城里都是这个价。翠翠就嚷，咱这不是城里嘛！二蛋就说，咳，城里哪有这么好吃这么地道的豆脑！那都是通过化学反应制造出来的，吃了伤人！哪如你的豆腐脑地道，纯绿色呢！

翠翠做的豆脑真的好吃，这不是二蛋瞎夸奖的，整个村子里的人都这么说。翠翠做豆腐的确很讲究，如何施盐卤不说了，连切豆腐的刀都是竹刀，绝对纯天然。吃翠翠的豆脑，翠翠会把该准备的调料都准备好：蒜泥，香油，切好的碎香菜,油炸辣子……吃的时候,想什么样的口味,味重味淡完全由食客自己调拌。

一来二去的,翠翠就不嚷嚷了。二蛋有时就掏整钱,翠翠找不开,二蛋就急忙走开,嚷嚷留着下次再吃。有了这层关系,翠翠每到星期天都给二蛋留下一瓷碗豆脑,放到保暖筐里保温。时间长了,翠翠心里的那份感激越聚越浓,看二蛋的眼神就有些异样,说话的语调、做事的动作透着一份亲切朦胧的味道。二蛋受到暗示似的,心里的想法越来越复杂,越来越热烈。二蛋就试着从城里给翠翠捎点小玩意,翠翠开始推让,嚷嚷要给钱。二蛋就推辞,说,小玩意,不值钱,给你玩的,乡里乡亲的,你给钱就外道了,以后我不好意思吃你的豆脑了。一听这话,明白着要得罪财神爷了,翠翠就不再嚷嚷了。上个星期天,二蛋送给翠翠一件碎花上衣。翠翠当时嚷嚷,这可不行,太贵重了,必须付钱,说,你下次来俺准备齐了,一定给你。二蛋坐到现在,翠翠没提钱的事,看来给忘了。

二蛋不紧不慢地吃豆脑,一边吃一边给翠翠讲城里的事情。翠翠坐在一边,边捡豆子边听,听到有趣的地方就抿着嘴笑。

吃着聊着就快到晌午了。村里人这时都躲在家里,做饭的做饭,乘凉的乘凉。小屋的周围很静,静得屋外喜鹊的叫声一声是一声,一点也不粘连;静得能听到溪水里调皮的鱼儿偶尔发出的拨剌声。

二蛋吃完豆脑,放下碗,自己掏出一张花纸巾先擦脸,后擦嘴。擦完后,没走,坐在那里,眯缝着眼盯着翠翠高高挺起的前胸看。翠翠被盯得不好意思,转过身去。二旦站起身来,走到翠翠的背后,从后面递过去一张大票子,迟疑一下,猛地塞进翠翠暴露的乳沟里,然后用一只手搂住翠翠的后腰,一只手伸出去要摸翠翠的奶子,轻声嚷,翠翠,我真的受不住了,今天我要吃你这两坨豆腐呢!

翠翠愣怔了一下,被火烫了一般猛地跳开了,那张大票子飘落到地上。那是一张大版面的外国纸币。

二蛋弯腰捡起那张大票子,放到鼻子前嗅嗅,又拿在手里折了折,那张崭新的大票子发出挑逗人的嚓嚓响声,一股新钱所具有的特殊味道弥散开来,刺激人的嗅觉。

二蛋冲着脸红得渗血的翠翠说,钱我放这里了。我知道你缺钱。我缺的不是钱，缺什么你知道。我真心想帮你，可白白地帮你，我思想还没到那境界。你看着办，我还来。说罢，转过身一拐一拐地离开了。

翠翠太需要钱了。家里攒的那点钱被大牛治疗花干了，还借了不少债。大牛截肢后，整天躺在家里，憋得直想发疯，烦闷得承受不住时就拿脑袋撞墙，不想活了。那么坚强的一个人被折磨成这样，翠翠受不住呢！翠翠就拼命攒钱想给大牛装两条假腿（义肢）。装上假腿，大牛就能走出家门，给她照看一下小木屋，就能在她干活的时候搭搭下手，拉拉呱。大牛有事做就不会烦闷了，就可以好好活下去了。她呢，可以按照大牛的设想买辆机动三轮车，把他们的豆腐送到镇上去，送到县城去。等赚足了钱，就可以盖瓦房、买电视机，两个人结婚时许下的愿望就可以实现了。

可现在，翠翠每天只能赚十块八块钱，只够家里的盐油火耗，够大牛平常治疗的花销。那梦想似乎被远处青山里的浓雾遮蔽着，越来越模糊了。

二蛋离开后，翠翠出门望望，确定他已经走远，就去看那张大票子。一看那张大票子，翠翠就开始发呆，开始犯傻。那是一张外国钱，该是美元吧？二旦来木屋吃豆腐，不止一次提到他手头有美元，说美元值钱、保险，说他赚到的钱都托人换成美元了。那张大钱上的字母翠翠不认识，但钱上面的数字翠翠看得清楚：500块！在翠翠的潜意识里，一美元值七八块钱吧。那张大票子上的"5"字，就像一根秤钩子直钩翠翠的心，钩得她心烦意乱；那两个大大的"0"，就像两个张开的大嘴巴，啃咬翠翠的魂魄呢！翠翠拿着钱，心惊肉跳的，脸紫红紫红的，就像一捏就破皮的西红柿。女人考虑问题爱钻牛角尖，一旦钻进牛角尖，其他的想法都被会摈弃在一边。此刻翠翠的大脑中正在升起一层雾，那雾越聚越浓，一点点遮盖翠翠理性的亮光。

翠翠一夜没睡踏实，早早起床去了小木屋。翠翠每天天不亮就去小木屋，她要磨豆子，磨完豆子还要做豆腐。虽然活不重，可耗费时间。

小木屋的四周氤氲着水气，雾蒙蒙的。时间还早，村子里一片沉寂。近处各种鸟儿的鸣叫声、溪水汩汩的流淌声，远处青山里偶然传来的狼嚎声、某些不知名野兽的厮打声，交织在一起，让人心里颤颤的，清爽中夹杂着些许恐惧。翠翠闲下来时就会想，以前有大牛陪着真好。有大牛在，事是大牛的，害怕好像也是大牛的，她翠翠只有幸福，高兴了就跟大牛一起做，不高兴了就拿张竹凳子坐在溪水边发呆。不过，两年多的时光已经把翠翠的幸福感销蚀殆尽。翠翠已经习惯了现实，做事平静而机械。

二蛋猫着腰蹑着脚推门进来了，一把搂住翠翠的腰，像铁箍子那么有力。没容翠翠回过神来，他的嘴巴恶狠狠地揣到翠翠的乳房上，然后狼一样叼住翠翠的乳头。翠翠先是浑身剧烈战栗，打摆子似的，然后心仿佛被吸走了，晕乎乎地分不清东西南北。大牛自从出事后，基本不过夫妻生活了，偶然做一两次，也是马虎了事，再也没有以前的勇猛了。时间长了，翠翠对那事好像麻木了。二蛋这么一刺激，翠翠的感觉全出来了。人，有时候心控制不住身体的本能，翠翠此刻也许就处在这种状态中吧。翠翠闭上了疲惫的眼睛。

二蛋做完事后，边系裤腰带边说，这么好的一块地，整天荒着，真是太可惜了，太可惜了。以后我再来！说罢，一瘸一拐地闪到小木屋后面，匆匆离开了。

东面的山峰上露出一抹红晕，天色渐渐清亮起来。

翠翠混乱不堪的意识就像晨曦中的迷雾，慢慢退去。平静下来的翠翠满脑子一片悔。她开始恼恨二蛋，更恼恨自己。

翠翠打来清水，拿出干干净净的白毛巾，关上竹门，开始清洗身体。翠翠边清洗边对自己的身体发狠，她认为哪一块地方丢人现眼了，就掐就拧就捶打哪个地方，真恨不得摘下挂在墙壁上的斩狼刀，把那些肮脏的地方一刀刀削去。

清洗完身体，翠翠就想，人有时候真不如畜生，不如该死的狼，怎么说让鬼迷了心窍就鬼迷心窍了呢？不过这又怨谁呢？俗话说，母狗不摇尾，公狗不上背。翠翠你真是贱骨头，真是该扔进大山喂狼崽的贱骨头！

那天早晨，翠翠做的豆腐第一次散浆了，村里人第一次没吃上翠翠的豆腐。翠翠边把散了浆的豆脑往溪水里倒边想，老天爷在惩罚她了，龌龊的人怎么能让她做出干净的豆腐呢？她对着青山、对着溪水暗暗祈祷，翠翠以后再也不敢做龌龊事了，看在翠翠是为了大牛这点上，老天爷你就原谅俺鹿翠翠这一回吧！

一个好天气。一大早，太阳的大红脸盘就挂在了山峰上。

翠翠早早起床，忙完小木屋里的活就回家了。她今天要用平板车拉着大牛去县城。小木屋不用人照看，村子里的人自己来舀豆脑、割豆腐，多少钱他们会放在小木盒里，这个不用翠翠操心。翠翠决定送大牛去县医院给他装假腿。价钱早就打听好了，材料费，不要太好的，外加康复费，也就三四千块钱。

翠翠拉着大牛到达县医院时已经是下午两点半了。县医院设有专门的康复门诊部，单门独院。翠翠拉着大牛直接到了门诊室，扶着大牛坐到躺椅上，用衣袖抹了一把脸上的汗珠，没顾得上喘口气歇歇脚就去挂号排队。

轮到大牛的时候，医生边给大牛诊断情况边让翠翠去收费处交押金。翠翠拿着处方单到了收费处，看到城里人拿着医保卡交费，很羡慕。她递上那张大票子。收银员接过去看了看又递了出来，说，你到银行去兑换成人民币，我们这里不收外币。翠翠就问，银行在哪儿？收银员说，就在医院门外，出门往南走，没多远，有个老大的牌子，写着呢！

翠翠出了医院大门，往南面望果然望见了那块大大的牌子。翠翠小学毕业，简单的字还是认得的。

翠翠来到银行门前，银行的大玻璃门见她走近了，迎接客人似的缓慢地自动打开。翠翠看得有些发痴。翠翠走到柜台前，隔着粗粗的铁篱笆递进那张大票子。银行业务员接过去看了看，递出一张单子让她填写。翠翠拿起那张单子就发蒙。单子上印着汉字还印着乱七八糟像蚯蚓似的洋文字。翠翠不懂，就问业务员。业务员看见翠翠满头大汗的模样，心里同情，说，你别填单子了，太复杂了，你这张钱兑换不了几个钱，等攒多了来一起兑换。

翠翠着急地问，能换多少？

业务员说，也就一百多块钱吧。

翠翠问，这不是美元？

业务员点点头。

翠翠顿时明白了一切,汗唰地冒了出来,眨眼工夫,浑身上下像从水里刚捞出来似的,裤脚开始滴水,脸色蜡黄蜡黄的,没有丝毫生气。

翠翠镇定一下情绪,拿着那张大票子,脚步慌乱地离开了银行大厅。

翠翠来到康复门诊部,泪含在眼眶里,对忙得满头是汗的医生说,今天钱没带够,俺不能看了。

医生放下手里的石膏模型,嚷嚷,你这人怎么这样呢?钱不够早点说,累得咱们白忙活到现在,真是的你。

翠翠连忙说,对不起,以后有钱了再来接着做。说罢讪讪地走出来,拉过平板车。大牛看出蹊跷,没多问,自己扶着车沿,爬上了平板车。

翠翠拉着大牛闷闷地走,平日里白净漂亮的一张脸,这时就像浆上了一层白瓷,没有一点血色,泛着僵硬的冷光,嘴唇裂开了道道白口子。

走出县城,翠翠停下车,从车把上取下一个包裹,打开,拿出昨天准备下的豆腐卷和装满水的葫芦,递给大牛,哑着声音说,你先吃点垫垫,咱们回家。说罢低下头拉起车子继续赶路。大牛在车上轻声说,翠翠,歇歇脚再走吧,你也吃点东西,一整天了,千万别累坏了身子,啊?

翠翠什么话也没说,头垂得更低了,不知是汗水还是泪水,啪嗒、啪嗒往下滴,落到地面上,一窝一窝的。

翠翠拉着平板车进村的时候,村子里三更天的鸡叫声正此起彼伏。

没几天工夫,翠翠整个人瘦去了一圈。大牛连觉也不敢睡,两眼整天紧盯着翠翠的一举一动,生怕翠翠出啥事。

夏天的周末,日头很长。太阳快落山的时候,二蛋骑着一辆新的电动自行车在山路上颠簸。这一段山路很寂静,显得偏僻而又冷清。他戴着耳机边骑车子边听 mp3,边听边跟着曲子又哼又唱。二蛋沉浸在优美的音乐里。二蛋觉得前边的路上有些异样,赶紧刹车,猛抬头,看见面前站着一个女人,一个瘦瘦的女人。女人手里握着一把明晃晃的斩狼刀。二蛋打了一个大激灵,一出溜跳下了车。

翠翠两眼喷血,低声问,地不平,你为啥耍俺?

二蛋先是装糊涂,后来拍拍脑袋,说,我没耍你,城里都是这个价!

翠翠浑身开始打哆嗦,颤抖着嚷,你把俺当成什么人了?你敢骗俺!

二蛋辩解道,我真的没骗你。你缺钱,我可以借给你——那是两码事!

翠翠嘶哑着嗓子吼了一句,地不平,你个狼养的!然后踉踉跄跄奔上前去,举起那把斩狼刀就砍。

二蛋拔腿就跑。照理说,一个弱女子怎么也跑不过一个强壮的男人。可二蛋是跛子,没跑多远就让翠翠给追上了。

二蛋扑通一声跪下了,冲着翠翠告饶,大声嚷,翠翠你别胡来,你要多少钱俺给你多少钱。你看,那辆新电动车你现在就可以推走!

翠翠闷不吭声,喘着粗气举着斩狼刀继续猛砍。

二蛋近距离看到了翠翠的眼神,那眼神太骇人心魄了。二蛋陡然记起小时候叼走自己的那只老狼就是这种眼神。二蛋惊恐地想,那么漂亮、那么温柔的一个女人,怎么说变成狼就变成狼了呢?

求生的欲望迫使二蛋两只手着地当爪子用,像畜生那样爬着跑。二蛋边爬边号翠翠饶命,俺是喝狼奶长大的,是吃屎长大的,是畜生,不是人……你饶了俺吧。

翠翠真的疯了,手中那把斩狼刀狂风卷落叶似的上下飞舞,寒光逼人。

二蛋掏出口袋里的钱乱撒。今天也真巧,二蛋刚好月底结算,钱带在身上呢!二蛋要命不要钱,哭丧似的喊,翠翠,你不是缺钱吗?都给你,都给你……

花花绿绿的纸票子秋叶似的在山道上飘舞。

翠翠两眼冒着红光,红光中夹杂着绿色,嘶哑着嗓子大吼,地不平,俺不要钱,今天俺只要你的一条狗腿,看你还能不能到处跑去祸害人!

二蛋跑不动了,抱住自己那条好腿,伸出脑袋遮住,说,翠翠,你要砍俺的腿,那你就先砍俺的脑袋吧,俺不想活了……

就在这时，远处隐隐约约传来大牛那沙哑中夹杂着焦虑的呼喊翠翠的声音……

（发表于《飞天》2009年11期）

声名狼藉

高文化怎么也没有想到会被自家的狗狠狠地咬了一口。

俗话说,狼咬脖后颈,狗咬脚后跟。别说咬到脚后跟了,哪怕咬破腿肚子,咬烂了屁股,那都好遮掩。可……那条该死的狗,咬的是……高文化的上嘴唇。

事故发生后,高文化大脑瞬间缺氧,一片空白。意识稍微恢复后,高文化首先想到的是狠狠地惩罚那条狗出气。高文化一脚踹过去,那条狗便躺在墙角直翻白眼,有一口气没一口气地骚动着四肢抽搐。脚踹出去的那一刻,高文化就意识到自己闯大祸了,可踢出去的腿泼出去的水,哪能想收回来就收回来。他顾不得嘴上的疼痛,赶紧跑过去,抱起那条狗,又是拍背又是灌水,抢救危重病人似的全力施救,差点儿没做人工呼吸(如果不是嘴唇出了问题,他肯定那么做了)。那条狗慢慢缓过气来,挣脱高文化的怀抱,夹着尾巴神情蔫蔫地躲到茶几下面,满眼的仇恨和凄楚。

那条狗是老婆和女儿的宝贝,在这家里,地位可比高文化高多了。那是一条纯白色的吉娃娃短毛犬,它的名字叫“哈喇”,可老婆胡立云一高兴就叫它儿子,女儿高小曼一高兴就喊它弟弟,你说高文化的位置摆哪儿了?

看到狗没事,高文化就去找镜子。一照镜子,高文化差点儿没背过气去。高文化的上嘴唇上留下两个深深的洞,正汩汩地流血呢!低头一看,白格子衬衣上已经染红了一大片。那可是高文化的当家衣服,八百多块钱买的,家里家外全靠它争脸面呢!高文化赶紧脱下衬衣,趁血迹未干,打上肥皂,泡进水里。高文化再回来对着镜子端详那两个洞,大小基本相当,对称整齐,它们中间有一厘米宽的距离。哈喇原来竟然还是一条豁牙狗,他妈的怎么以前就没发现呢?不过高文化又暗自感到庆幸,如果哈喇不是一条豁牙狗,此刻,保不准整个上嘴唇都被撕裂开来,或是被哈喇咬掉吞进肚里,那可真的没救了。

老婆、女儿很喜欢养狗,以前被狗咬的事件时有发生。所以高文化知道怎么处理狗咬。他在伤口上打上肥皂,对着水龙头反反复复挤压血水、揉搓、冲洗。高文化觉得处理得差不多了,再去照镜子检查。镜子里的高文化哪还是高文化,典型的一个猪八戒。那嘴肿的,六月天的大烂桃子一个。

冷水一番冲洗,高文化处理了伤口也冷却了情绪。他穿好衣服,戴上黑口罩,出了家门。他决定先去医院处理一下伤口,然后再去打狂犬疫苗。

走在大街上,正是七月初,午后的阳光照耀得到处亮闪闪的,无数只贼眼似的。好在高文化撑着一把碎花布伞,略微往下面歪一歪,既挡住了焦灼的阳光也挡住了路上那一双双探究的眼睛,省去了许多心情上的麻烦。

高文化没有去医院 ,直接去了卫生防疫站。他推开门诊部玻璃大门,空调房间特有的清凉裹挟着刺鼻的消毒水的味道迎面扑来。高文化不由得皱了皱鼻子,那嘴唇针扎似的疼。两个护士正斜倚在长条椅子上打瞌睡。听到推门声,高个子护士先站了起来,问,怎么回事?高文化没回答,摘下口罩。高个护士眯缝着眼看,看着看着就笑了。矮个子护士也醒了,揉了揉眼睛,凑上前去看,不由自主地呀了一声,发觉失态,赶紧捂住嘴巴,一双大眼球滴溜滴溜地转动,充满了诡秘的味道。

两个护士围着高文化打转,端详猪八戒似的。

你这是……高个护士伸出葱白指,指点着高文化的嘴唇问。

咳!……你们给处理一下吧……

你不告诉我们原因,不好处理呀……这对症才好下药呢!矮个护士连忙补充道。

这……咳!

这……跟老婆干架了?给……咬的?高个护士试探着问。

咳……

哟——矮个护士拖着长长的腔调,带着瘆人的尾音,说,太狠了吧,属狗的也不能这样干呀!

高文化觉得矮个护士的话有点过头,危害到自己的尊严了,不得不讲清楚原因,就故作低调地说,是让狗……咬的。

两个护士一听,愣在那里。互相对了个眼神之后,一起大笑起来,很夸张地喊,让狗咬的?不会吧?

是狗咬的……高文化不想多说话,有气无力地答应着。

什么狗这么厉害呀!那不成精了?它用什么法子咬到你嘴唇的?矮个护士的话像录音机被按了快进键,一句赶着一句。

高文化生气了,板着脸说,你们赶快给我处理伤口,感染了你们负责!

Yes,yes!矮个护士连忙端来消毒盘,给他处理伤口。她边处理伤口边说,这狗真够狠的,差点就来了个对穿!

高个护士在旁边看,偶尔打打下手,说,那你可得赶紧打狂犬疫苗,大热天的,感染了可不得了!

高文化最讨厌打针。见高文化迟疑,矮个护士就说,不要紧的,狂犬疫苗不是被狗咬的也可以打,有预防作用,下次再被狗咬了就有免疫力了,你尽管放心打,没有副作用!她停顿了一下,有些兴奋地提醒道,你没听说呀,前一段时间,咱们市张北村,一个男的让疯狗给咬了,没及时治疗,结果得了狂犬病。真个惨呢!电视上放出镜头,那人被拴在铁笼子里,发疯时真像疯狗呢!那眼睛又红又烂,满嘴吐着泡沫……

高文化皱着眉头打断她的话,说,那你们就赶快打针吧!

矮个护士追问,你真是被狗咬的?还真打呀?

高文化有点烦,说,我出钱你打针,哪那么多废话!

高个护士赶紧打圆场,说,要打你就去交钱吧!

高文化转身去交钱。两个护士掩着嘴笑。矮个护士低声说,要是家里的"狗"咬的还好说,别是叫外面的野"狗"咬的,那可真叫惨!

高个护士说,也许真是被狗咬的,要不然他打狂犬疫苗干什么,发烧呀?

矮个护士狡黠地说,我要是打上一针就能被我喜欢的男人咬上一口,我也干！

高个护士伸出白皙的细指，狠狠戳了一下矮个护士的脑门，说，你个小蹄子，野得你！

高文化处理完伤口回到家里，冲了个冷水澡，斜躺在沙发上看电视。今天是星期六，胡立云和高小曼早晨乘车去小曼的姥姥家了，明天下午才回来。高文化本来打算今天晚上出去凑个茶会的，现在看来只好免了。说是茶会，无非是一帮酒友喝酒喝出了问题，比如脂肪肝了、胆结石了，不敢再喝酒了，可又担心时间久了荒了感情，就改喝茶。其实茶钱往往比酒钱还贵，彼此看中的不是钱，而是找机会往一起拢一拢，打打牌、下下棋、侃侃大山，熟络熟络感情。

高文化躺在那里想，哈喇家养一年多了，还没咬过人呢，今天怎么说咬人就咬人了呢？以前老婆、女儿经常抱起它拍拍打打的，经常跟它脸对着脸、眼对着眼、鼻子对着鼻子来取乐，从来就没有发生过咬人事件，今天怎么说动口就动口了呢？高文化生气，瞪着哈喇，无奈地叹口气说，哈喇呀哈喇，你今天动口了，不是狗中君子呀！

高文化开始回放录像似的回想被哈喇咬的全过程，想弄出个李张老（原因）来。

今天中午吃完饭，高文化发现时间还早，就打开电视斜躺在沙发上看，想彻底做个自由人，看到什么时候想午睡再午睡。一打开电视，哈喇就摇晃着尾巴过来了，到了沙发前，站在那里摇晃着尾巴有滋有味地看电视，看到高兴处还不由自主地哼唧、哼唧几声。看着哈喇人模狗样地看电视，高文化觉得新奇，心想这狗不都是色盲吗？它也能瞧懂电视？那不成了狗精了？高文化一时兴起，站起身子，学着胡立云、小曼的样子，抱起哈喇脸对着脸、鼻子对着鼻子、眼对着眼逗它玩。没想到哈喇突然汪地尖叫一声，狠狠给了他一口……

回想到这里，高文化去找哈喇。哈喇正趴在墙角耸起前半身斜着眼睛看电视。哈喇感觉到了高文化眼神的热度，赶紧收回眼光，低下头贴到地面上，做错事的顽童似的。

高文化叹口气，满头雾水。

星期天上午，高文化快到晌午才起床。昨天夜里，嘴唇被烙铁烙了似的，火辣辣地钻心地疼，折腾他一夜没睡踏实，直到天快亮时，那疼劲才缓过来，高文化才迷迷糊糊睡去，一觉蒙到大中午。

高文化起床后，洗刷完毕去照镜子，那嘴唇肿得透明，熟过头的樱桃似的。虽不再火烧火燎地疼了，可不能碰，一碰就钻心痛。高文化没心情做午饭，勉勉强强喝碗昨晚剩下的稀饭，躺到沙发上卖呆。高文化开始发愁，晚上胡立云和小曼回家后，自己该怎么说呢？明天这班又该怎么上呢？

高文化是海城市滨海区实验中学语文教师。教师行业特殊，不敢随便请假，每天都有上百双眼睛在等待他呢。

越想越头疼，高文化头膨胀得厉害，迷迷糊糊又睡去了。

下午五点多钟，高文化被家里的开门声惊醒。胡立云和小曼回来了，她们自己开的门，进屋后正在换拖鞋。高文化站起身去迎接她们。

看到高文化的模样，先是小曼一声惊叫，接着是胡立云的满脸惊悚。

胡立云赶紧放下手里的东西，捧起高文化的那张八戒脸端详，一声接一声焦急地追问缘由。高文化摆脱胡立云的手掌，支支吾吾半天，说是让门框给碰的。

高文化暧昧的态度让胡立云满脸的关切变作狐疑。胡立云追问是哪家的门框碰的。高文化也感觉到理由不好成立，就改口说是骑自行车碰的。胡立云就是胡立云，海城市滨海区监察局的副局长。高文化一改口，胡立云的疑惑立马变成现实。她瞪大眼睛往前凑了凑，点点头，不急不躁地问高文化在哪里碰的，是不是碰到路边的栅栏上去了，不然怎么会戳出两个洞呢！又说碰到栅栏上去了也不对呀，嘴唇碰成这样了，门牙怎么没碰掉呢？又摇摇头说，那也不对呀，哪有那么细的栅栏呢，细得跟人的牙齿似的？

高文化没法，只好红着脸说是让狗咬的。

站在一边的高小曼一听这话，满脸的关切换成了不屑，说，爸爸你真无聊，叫你和我们一起去姥姥家，你推三阻四地不去，说手头事情太多，说什么突然有了灵感得赶快写下来，原来你……你在家等狗咬呀！说罢嘟哝着嘴进自己房间去了。高小曼今年十五岁，正处在叛逆期呢。

胡立云见小曼进了自己房间，就关上了门，拉下脸问，高文化，说实话吧，你被谁家的“狗”咬的？那个“狗”字和“谁家”两个字咬得很重。

高文化瞅瞅哈喇，满脸厌烦地冲哈喇噘了噘嘴巴，说，就是它，你们的宝贝哈喇！说罢喊哈喇过来。哈喇余悸未消，伸伸舌头、摇摇尾巴，把眼睛盯向别处，没理睬他。这狗也记仇呢！

胡立云脸色更冷了，阴得滴水，连说话的腔调都变了，说，高文化你就不要瞎编排了，你什么不好编排，非往一个不会说话的狗身上编排，太过分了吧？你说哈喇咬的你，可它怎么从来不咬我，不咬小曼？看来，我们家里就数你肉香，哈喇就稀罕你嘴唇上那块肉！

高文化叹口气，一脸的无辜与无奈。

胡立云一看高文化的模样，气不打一处来，眼底藏刀，直剜高文化，问他是让“公狗”咬的还是“母狗”咬的，别跟哈喇过不去，它是畜生！

这……高文化生气了，可说话费力气，咬字不清晰，说，胡立云，我都成这模样了，你不关心也罢了，能不能少说风凉话？

嘁——风凉话？高文化，你外面都彩旗飘飘了，还想家里红旗不倒呀！本人传统小女人一个，没那么大的度量！审美疲劳了你就说出来，淘到什么宝贝了，你就拿出来，别藏着掖着跟小脚女人似的！说罢，充满挑衅地直视高文化。

高文化想发火，话到嘴边又咽回去了。胡立云看着高文化的喉结一上一下地颤动，一言不发，一副好男不跟女斗的架势，陡然无趣，气哼哼进了卧室，一甩手，把门关上了。

高文化重重地叹口气，坐到沙发上卖呆。

胡立云是女人中的人尖子。

高文化、胡立云、钱素英、李金山，高中时是一个班的同学，号称“四人帮”。

高文化喜欢胡立云,李金山也喜欢胡立云,胡立云喜欢高文化,钱素英也喜欢高文化。高中毕业后,高文化、钱素英考入海城师范学院中文系,胡立云、李金山考入海城政法学院。照理说,应该是近水楼台先得月,向阳花木易为春,可人本来就是奇怪的动物,特别是青年男女,在感情上,十对有九对是浪漫压倒现实,情感压倒理智。

无论钱素英对高文化怎么好,高文化就是没那种感觉;无论李金山对胡立云怎么用心,胡立云就是不领那份情。高文化其貌不扬,胡立云清纯可人,走在大街上,你怎么也不会把他们俩联系到一起。读高中时,高文化是海城一中"水晶之心文学社"社长,胡立云是学校"水晶之心广播台"的女主播。胡立云播出的稿件有一半是高文化写的。他们俩的恋爱思想还停留在才子佳人时代。海城人做菜有一句俗语"千滚豆腐万滚鱼",意思是豆腐和鱼的鲜美味道是慢火煮出来的,高文化和胡立云的情感就是在那时候天长日久煨炖出浓浓的滋味来的。李金山高高大大,派头十足,做什么事都喜欢以自我为中心,一看就知道是块当干部的材料,前程无量,可六七年的时光,胡立云、钱素英色盲似的,硬是熟视了却无睹他的感情存在。钱素英是一块典型的小家碧玉,不显山不露水的,但你处处都能感觉到她钢丝弹簧般的韧性,这样的女人要是对哪个男人好,那是掏心给肺的好,那是连石头也能孵出小鸡,可她的韧性加倾心硬是没软化多愁善感的高文化。你说这人呀,怪不怪?

大学毕业后,高文化、钱素英被分配到海城市滨海区实验中学工作,李金山、胡立云被分配到海城市滨海区监察局工作。工作不到一年,高文化和胡立云义无反顾地踏上红地毯,没多久他们的爱情结晶高小曼出生了。钱素英死心了也灰心了,自己作践自己,嫁给了一个小学毕业的个体户。李金山则美滋滋地和一位漂亮的护士结了婚。十几年下来,李金山混到了滨海区监察局局长,胡立云是副局长。钱素英是校联络处副主任。高文化依旧是"一介匹夫"(高文化原话)。

前段时间,钱素英要评高职。评高职必须有省级以上刊物公开发表的论文。钱素英论文欠缺,让高文化捉刀。本来是同学,又有一层情感上的温馨,高文化很主动地完成了任务。为了表达谢意,钱素英单独请高文化吃顿饭,结果让胡立云撞上了。胡立云就是胡立云，不显山不露水的，就用自己特制的“醋”把高文化的骨头浸泡得软软的，夹不起来的面条似的。

钱素英的男人是个生意人，刚开始是背着大包小包，从广州到海城，从海城到广州，倒腾服装，后来卡拉 OK 遍地开花，他就倒腾收录机，再后来倒腾电脑……倒腾来倒腾去，倒腾出一个公司来，生意越做越大，腰包越来越鼓，漂洋过海，把公司迁到澳大利亚去了。男人有钱就变坏，这话一棍子打倒一大片，有欠公允，但突然有钱的男人会变坏似乎现实依据颇为充分。钱素英男人变没变坏不敢说，反正把家当成驻华办事处了。女人的直觉告诉胡立云，寂寞中的钱素英处在女人一生中最危险的阶段。钱素英不止一次对老同学胡立云暗示，她跟她男人只是搭伙过日子，夫妻需要有一点，夫妻感情嘛就是温暾水了。

那一段时间，胡立云每到周末必请钱素英小聚，当然次次都有高文化作陪。不过，高文化的主要任务是在人家“姐妹俩”边吃边拉知心呱的时候，端端茶倒倒水、拿拿衣服递把雨伞什么的，典型的一个免费服务生。一来二去的，胡立云把高文化心里的那点美好与温馨折腾得干干净净的。高文化慨叹，女人心呀，真是一把杀人不见血的刀！

星期一早晨，高文化按时上班，戴着黑口罩进了办公室。

办公室一共八个人，四个语文四个英语，四个男的四个女的，真应了那句“男女搭配，干活不累”的大实话。办公室里的七双眼睛瞬间集中到高文化的大口罩上，十四只火球似的，想燃烧掉那只大口罩，看到口罩后面的秘密。学校马上要期末考试，没有多少事情，大家正闲得慌呢！

高文化刚坐到办公桌前，对面桌的张国远就窜了过来，一把摘下高文化的大口罩，边摘边说，假正经什么，大热天的，我们办公室没有传染病，又不是“非典”时期，看你另类的！张国远是高文化的大学同学，同届不同班的同学，有了这层关系，说话做事少了许多遮拦。

其他六个人好奇，一起围过来。

高文化的八戒嘴还没有消肿，上嘴唇上的两个黑红色的圆圆的疤痕分外耀眼。

英语老师时惠是广东人,拿捏着普通话问,张老师你这是怎么啦?

高文化红着脸,故作大方地说,让门框给碰的!

七个人不作声,围在那里仔细研究。高文化的脸尴尬得热汗直流,都冒蒸汽了。

整个办公室,张国远头脑最灵光,看着高文化的窘相,掩着嘴笑了,大声嚷嚷道,你真会碰,没碰脑门没碰鼻子,专碰嘴唇;嘴唇没碰破,倒像钻机打孔似的,碰出两个洞,你真会碰,高家庄实在是高!

周围人被张国远轻轻一点拨,恍然大悟,再细看高文化嘴唇,果然大有蹊跷,那想象的思绪便开始飘飞出去。

老语文"老雕"刁青山扶了扶眼镜,点点头,装出很同情的模样,绷着脸说,胡立云也忒狠了,怎么咬也不能咬出两个洞呀,把男人的脸面都咬没了。唉,真是斯文扫地呀!

其他人一听,几乎同时发出会心的爽朗的笑声。

高文化觉得这事不仅牵扯到自己的脸面,还关涉到胡立云的尊严。他马上伸出双手做出"暂停"的姿势,郑重声明,他是让狗咬了一口,跟胡立云没有一点关系。

听到这句话,办公室一片寂静。片刻之后,似乎是集体性发作,哄堂大笑,那笑声差点撞破了南、北两面窗户上的玻璃。

老雕乘机加进一句,说,你这是此地无银三百两嘛!

高文化愣愣地瞧瞧四周,板着脸重复一遍,说,真是狗咬的,跟人没有关系!

七个人一听这话,不笑了,捂着嘴坐到自己的座位上。

第一节课预备铃声响了。高文化有课。他戴上口罩夹起课本走出办公室。办公室的门刚关上,七个人实在忍不住了,压低声音恶狠狠地笑,肆无忌惮地笑,个个笑得差点儿岔气,眼泪流得跟小河似的。

老雕忍住笑,说,被狗咬的,怎么诌出来的!首先部位就严重不对嘛!哄小孩呢!

张国远调侃一句,说,女人就是属狗的嘛!

时惠一听,不乐意了,嚷嚷女人怎么属狗了?那你们男人属什么?

一直没吭声的语文“哲人”吴思远插嘴,说,那还用问,男人属狼呗,色狼的狼呗!

时惠讽刺道,就你还属狼呢,属螳螂还差不多。

哲人一直在追时惠,结果把时惠早早地追别人怀里去了。他长得细胳膊细腿的,想借机报复一下时惠,没想到被人家一句话揭到短处,坐一边不吭声了。

英语“花腔”颜如歌见话路跑题了,急忙把话头往回收,唱歌似的说,哲人就是哲人,也是的嗨(“嗨”拖着颤音),哪有男人说自家女人是“狗”的……要是狗咬的也是条野狗了。

吴思远乘机摆脱尴尬,竖起大拇指说,颜如歌你真高,一针见红!

话音刚落,第一节课上课铃响了。张国远就嚷,上课时间到了,校长要巡课了。

几个有课的老师意识到自己的职责,抓起课本往教室跑。

高文化被狗咬了嘴巴,这消息像春风一样传遍校园的角角落落。

办公室那七双火球眼,已经把高文化烘烤得像烤鸭了。整个学校几百双眼睛一起烘烤,那热度比七月里的太阳厉害多了。高文化彻底成了鱼干。高文化觉得自己的嘴唇似乎被无限地放大,悬挂在校园上空,成了人人瞩目的异物。洒洒脱脱的高文化害怕人们的每一个眼神、每一句话语,被拘束的,一进校园就想溜墙边。

女人天生具有亲和力与表演力,一包瓜子、一捧花生就可以毫无由头地把她们聚合到一起,更何况有令她们兴奋的话题呢!不用搭戏台,生活空间有多大,她们的戏台就有多大。

夏天的女人们像一朵朵盛开的花,而这些花们的美丽与个性往往体现在她们穿的裙子上。高文化的女同事们对高文化被狗咬这件事的热情胜过三伏天的骄阳。下班路上是她们最好的聚集场所,无论是时间还是心情都很适合谈论这个话题。

花腔刚把自行车推出车篷,没有谁去组织,五颜六色的裙子就很主动地把她围在中间。她们很有秩序,走在里圈的是步行的,推自行车的围在外圈。

穿黑裙子的,个头高挑。她望了望四周说,花腔,高文化被狗咬了嘴唇,真有这事?

花腔没说话,笑眯眯地点点头。

黑裙子见花腔承认,说话的理由似乎更充分更硬气了,稀奇中夹带着神秘,说,你们说这狗怎么就咬到高文化的嘴唇了呢?那多危险,幸亏是条小狗,只留下两个洞,要是条狼狗,那嘴唇还不拽豁了!

周围一片笑声。她们水汪汪的眼底似乎浮现出高文化被狗咬那一刻的情景:高文化木桩似的站在那里,然后是挣扎,是狼嚎……那条狗呢,像秋天的丝瓜似的挂在他的嘴唇上。

花裙子似乎意识到问题蹊跷,说,狗咬不可能是这样子。

其他裙子就问,该是什么样子?

花裙子说,狗怎么能咬到人的嘴唇呢?

其他裙子一起点头赞许,说,对呀,狗怎么能咬到人的嘴唇呢?

花裙子歪着脑袋想了一会儿,说,不应该是狗咬的,……应该是人咬的!

没等其他裙子反应过来,红裙子急不可耐地嚷,就是嘛!我跟我家那位经常干架,男人有的是力气,他一只手就可以制服你!你哪能咬到他的嘴唇!

矮个的蓝裙子就问,那你咬他哪里?不会是那里吧!

红裙子红着脸嚷,看你下流的。我咬他的鼻子,也只能咬到他的鼻子。当然最好咬的是他的手,还有他的胳膊。

周围一片附和声。

黄裙子注意力都放耳朵上了,裙裾被自行车脚拐拽住了,她一边低头拽裙裾一边嚷,只有一种可能!旁边的人听到这话,都停下来,把脸偏转过去。黄裙子拽出裙裾,有些羞涩。黑裙子嚷,有屁快放,别处女似的。大家一起催促。黄裙子放低声音说,只有一种可能,那就是他们夫妻俩正在做功课,缠绵得紧,高文化激动中忘情地喊他老婆的名字,结果……喊错了,喊成另一个人的了!

周围一片静默。

紫裙子微红着脸,打破沉寂,说,有道理,一个女人正在春风中荡漾,突然被抛进了冰窟窿,那还不往死里咬。留两个牙洞,那还算有理智的,要是我,非把他嘴唇给咬掉了不可。成兔子了,看他怎么去招女人。

蓝裙子睁大眼睛说,怎么跟真的似的,你们这样做过呀?

黄裙子和紫裙子一起反击,嚷嚷,看你跟圣女似的,王小亮(蓝裙子丈夫,本学校的化学老师)脸上动不动就伤痕累累,跟蜘蛛网似的,那是让猫抓的还是让狗挠的?

整条路上笑声滚滚。

花裙子忍住笑,说,不过那两个洞肯定不是他老婆咬的。

其他裙子停下笑来问,怎么讲?

花裙子说,就我经验来看,女人再狠,也不会狠在脸面上,哪个女人不晓得男人的脸就是自己的脸呀。

紫裙子似乎明白了什么,说,那是情人咬的?

一般不会。花裙子话说得很重,一个字一个字往外吐。

怎么讲?裙子们此起彼伏地问。

黄裙子嬉笑着说,情人喜欢男人那都放在心底,哪能摆到脸上去?没听满大街唱"爱你在心口难开"呀!

蓝裙子不服气,争辩道,怎么不可能?情人要是有意那么干,让他老婆知道,乘机……

没等蓝裙子说完,花裙子就打住了她的话头,一板一眼地说,即使想那么干,她也不会把他的嘴唇咬穿了!血海深仇的阶级敌人呀?

蓝裙子一听,在理,点点头。

一直很少插话的黑裙子慢条斯理地说,只有两种可能:一是高文化的确是被狗咬的,缘由嘛就不好说了;二是高文化去打野鸡了,发生争执了,婊子可认钱不认人,更不管什么脸面。

黄裙子大笑,说,有可能,你们忘了?在海韵宾馆,一个坐台小姐活生生地把某位副局长的舌头给咬掉一半。

这件事发生在去年,黄裙子一提,大家想起来了。

蓝裙子吁口气,说,那有什么奇怪的,你没看网上报道呀,有人贪图快乐又不给钱,结果让人家把“根”都给拔了,成太监了。

花裙子嚷嚷,你可把王小亮看好了,千万别让他变成太监呀!

裙子们一起笑,笑得毫无忌惮。

就在这时,花腔长嘘了一声,朝她们身后努努嘴巴,钱素英正推着自行车走过来。大家正好出了校门,心照不宣似的,各走各的路了。

高文化下班回家,做好晚饭后,蔫蔫地斜躺在沙发上,等胡立云和小曼回来吃饭。

吃晚饭时,三个人一声不吭,各人闷头吃各人的饭。吃着吃着,小曼停下筷子,突然跑进卫生间,干呕不止。那干呕声不亚于高文化喝醉酒时的呕吐,恨不得把五脏六腑都呕吐出来,用清水冲洗一番才干净,才舒服。小曼从卫生间出来,饭也不吃,漱漱口,直接回自己房间了。

胡立云瞥了高文化一眼,放下碗筷,也回房间了。

高文化搁下碗,洗了洗手,推开了小曼的房门。

小曼正坐在书桌前拿着笔发愣。

高文化尴尬地站在那里。

小曼眼睛红红的,低着头,不愿面对爸爸的嘴唇,问,高文化,爸爸,你到底怎么回事?

高文化犹豫了片刻,说,小曼,爸爸真的是被狗咬的。

小曼问,爸爸,谁家的狗咬了你?

高文化指了指正在客厅墙边溜达的哈喇。

小曼哼了一声,说,爸爸,我一直认为你很诚实,可你原来这么虚伪。我们家的狗咬的,它怎么从来没咬过我,没咬过妈妈?

这……高文化语塞。高文化看了看哈喇，哈喇冲他直摇尾巴。高文化想，哈喇哈喇，你这个小畜生真把我整苦了！想到这里，他冲哈喇恶狠狠地嚷，哈喇，过来！哈喇摇摇尾巴过来了。高文化感叹，说，这狗比人强，不记仇呢！高文化想缓和一下气氛，涎着脸，低下头，指着自己的嘴唇嚷，哈喇，你说，我这里是不是你咬的？说！

哈喇兴奋得呜呜叫，尾巴摇得跟转呼啦圈似的。

小曼皱着眉头嚷，得了得了吧。爸爸，我告诉你，你不是狗咬的，我看不起你；你是狗咬的，我更看不起你！我觉得你……真肮脏，让人恶心！

听了小曼的话，高文化的脸色顿时苍白如纸，大夏天掉进冰窖子里，从头冷到脚，从外冷到心尖。

胡立云站在门外嚷，小曼，怎么说话呢？还懂不懂礼貌？

小曼哼了一声，把头转到一边去了。

星期二。

下午，上级主管部门到学校搞每学期一次的例行安全检查。晚上学校招待。

在宴席上，主管安全工作的海城市教育局副局长杨一鸣，酒喝得尽兴，红光满面地大声开了一句玩笑，说，你们学校的守法率真的百分之百？就没有一点偷鸡摸狗的事？王校，没有最好，有了可不能隐瞒。

杨一鸣这么一说，似乎有所指。

校长王为民愣了一下，大声回应，说，请领导放心，绝对没有。有，那也是瞎传。

杨局又说，你们学校教职工五百多名，林子大了什么鸟没有？马虎思想可要不得！现在讲究的可是"和谐"，大方向不能打马虎眼。

这话显得严肃了，上纲上线的。

王为民满脸疑惑。

杨局望了王为民一眼，说，我这里可有检举信。

王为民问，什么问题？哪方面的？

杨局说，是个人作风问题，不是集体性质。

王为民还想知道得再具体些。杨局开始打哈哈。

滨海区教育局局长许前进怕冷了气氛，赶紧端起酒杯向领导敬酒。杨局认为话已说到位，乘机转移话题。为了活跃场面，他掏出手机，念了一段语句暧昧的短信，整张酒桌顿时活跃起来。

领导人的话就像大海中的冰山，三分露在水面，七分埋在水底。领会上级领导的意图要通过水面上的三分探知水底的七分。一个月前，学校决定在暑假中补充两位教导处副主任。在广泛征求民意、反复研究后，有四个人入围，两位男性、两位女性。男性中有高文化和张国远。在这四个人选中，高文化条件比较硬。学校里有些人暗中较着劲，不服气，说，那还不是人家有个好老婆嘛！张国远就不止一次公开说，这次干部选拔，他是个陪衬，是充人数的，天上掉下的馅饼像喜马拉雅山那么大，也砸不到他张国远的头上。

杨局的话有所指。

检查组走后，校领导层碰一下头，梳理一下四位候选人的社会关系，七分冰山就浮出了水面。

星期四下午，学校公布优秀教师名单，高文化榜上无名。高文化可是学校的业务骨干，教学水平有口皆碑。

星期五上午，学校公布暑假教师疗养名单，高文化榜上无名。原来高文化已经内定为此次疗养人员，之前有关领导已经有意无意地向他透露出某些信息。

学校里明事理的人知道，副主任恐怕与高文化无缘了。

星期三。

几天时间，不知是太阳晒的还是憔悴的，高文化脸上黑色素明显增多。嘴唇已经消肿，嘴角的皱纹凸现出来，刀刻似的。办公室里的七双眼睛的热情程度明显降低，甚至显得暗淡。高文化感觉到那暗淡的眼神背后有一种冷漠与矜持。心照不宣似的，七双眼睛似乎都在竭力躲避高文化的嘴唇，即使不得不正面接触，也是闪电似的掠过。

到了上课时间,办公室里只剩下高文化和老雕。老雕正在抽烟。高文化伏在办公桌上打瞌睡。陪伴他们的是空调机的嗡嗡清唱。

老雕喷一口烟,说,文化呀,那天我的话太重了,你别在意。

高文化迷迷糊糊嗯嗯两声,算是回答。

老雕吸一口烟,自言自语似的说,你呀你,错就错在不该说是狗咬的。

高文化抬起头,睡眼蒙眬,问,怎么讲?

老雕斜了一眼高文化说,亏你还是个文化人。在中国文化里,在传统文化里,“狗”这个词是什么?看似简单,可含义丰富得无边无际,义犬、走狗、红眼狗、狗吊秧子……褒的、贬的、中性的、酸甜苦辣咸的,谁能说得清楚?你说“狗”咬的,那不是有意去刺激人们的想象神经吗?

高文化没吭声,没吭声就是一种默认。

老雕灭掉烟头,说,你说你是狗咬的,无非有四种可能:一狗咬的,二你老婆咬的,三你情人咬的,四其他女人咬的。

老雕呷一口茶,接着说,无论哪一种都对你不利。

高文化望了老雕一眼,没说话。

老雕掰着指头说,第一种可能倒没有什么,最多给人们提供一些下贱的笑料;第二种可能说明你们家庭矛盾恶化,夫妻关系紧张,并且紧张到了快崩溃的地步;第三种可能你有情人,而且你的情人想方设法破坏你们的夫妻关系,想挤进你的家庭;第四种可能最可怕……

老雕不想说。高文化说,咱们相处十几年了,你吞吞吐吐什么!

老雕憋口气,吐出,然后说,你生活作风太随便,行为太不检点,不检点到卑劣的地步,到丧失人格的地步……这最可怕。

高文化皱了皱眉头,说,我的确是被狗咬的,的确跟人无关!

老雕又点上一支烟,喷一口烟雾,说,我相信你的确是被狗咬的,许多人也相信你是被狗咬的,可谁能证明?谁会证明?伤口摆在你的嘴唇上,话语权留在别人的嘴上,每个人都可以根据自己的需要来肢解你的嘴唇,你的表现,甚至是你的思想和心理。

高文化默然。

下午放学,高文化故意迟走一会儿。他很害怕人群,看见有人成群结队、交头接耳,他就心惊肉跳、疑神疑鬼。

高文化走出校门,才发现钱素英走在前面,看来是有意在等他。

两个人走齐了,谁也没说话,就那么默默地往前走。

走了很长一段路,钱素英转头望了望高文化,轻笑中夹带着细微的颤音说,你到底是怎么回事,闹腾得整个校园沸沸扬扬的。

高文化叹口气,有些委屈地摇摇头。

钱素英望着高文化的黑眼圈,想笑又忍住了,问,你们闹矛盾了?问这话时,钱素英的颤音很明显。

高文化又叹口气,幽幽地问,钱素英,我如果告诉你,我的确是被狗咬的,你信不信?

钱素英笑了笑,有点腼腆地说,我当然相信。不过我不希望那是真的。

高文化问,为什么?

钱素英莞尔一笑,说那么规规矩矩的一个人,那么温文尔雅的一个人,怎么能被狗咬了呢?而且咬的是嘴巴!

这……高文化摇摇头,说,这个世界大得很,什么事情不会发生?你不相信我的话?

钱素英只是笑,没吱声。

俩人又走了一段路,钱素英停下了,红着脸盯住高文化,说,你能不能给我句实话,胡立云对你还真的那么好?

高文化愣了愣,反应过来了,淡淡地说,素英,我们都快奔四了,该生活在现实里了。你总是生活在梦想里,那不是办法,还是回到现实中来吧。

钱素英脸更红了,烦躁地硬声说,回到现实?你看我还能回到现实吗?下辈子吧!说罢,满脸豁出去的表情,拿眼直剜高文化。

高文化回避,叹口气,骑上车子先走了。

高文化回到家，没去做晚饭，反正做了也没人感兴趣，他连手也没洗，就躺到了沙发上。他头肿胀得厉害，就起身打开电视，想调节一下情绪。

电视上正在播放那段已经播放了不知多少遍、多长时间的广告：充满整个屏幕的，是一张粉红而性感的女性大嘴唇，那上面金星闪耀。画面旁白是：炎炎夏日，唇上春意盎然。你的唇干燥了吗？开裂了吗？××护唇膏，是你夏日护唇的最佳选择。不管你是女人还是男人，老人还是孩子，它都会让你唇上春光无限！

广告一播放，哈喇摇着尾巴跑过来，连招呼都没跟高文化打一个，坐在那里晃动着尾巴看。

高文化奇怪，心想看来这狗也有例外，也有不色盲的！哈喇就是一个！你看它看电视比人还专注，怎么也不像个色盲！

高文化站在那里端详哈喇。这段护唇膏广告是连续播放，每次连播三遍，大约三分钟。每次播放，只要那张涂着厚厚护唇膏的大嘴唇一出现，哈喇就会跑过来看电视，无比兴奋，尾巴摇得像甩鞭子，满眼放金光。

高文化脑海里陡然灵光一闪，鬼使神差似的，陡然之间找到了哈喇咬他的缘由。

高文化望了望电视画面，望了望哈喇，不由自主地爆一句粗口：他妈的，这该死的护唇膏，该死的广告！还有你——该死的哈喇！

晚上休息，高文化和胡立云躺在床上看电视。高文化心结已解，心情不错，陡然来了做那种事的冲动。高文化不自信，没敢轻举妄动，他想先亲胡立云一口，验证验证感觉再做进一步动作。他的嘴还没伸过去，胡立云竟然条件反射似的用手捂住自己的嘴巴。

高文化很扫兴，不甘心，想甩开胡立云的手。

胡立云满脸倦容，说，高文化，你就饶了我吧，让我清静清静行不行？我心里堵得很。胡立云望了望高文化，几天时间，人瘦了一圈。胡立云心里有些疼，轻声叹口气。

高文化也叹了口气，说，胡立云，我不怨你，我怨我自己。

胡立云一听这话，心里更不是滋味，想把头往高文化肩膀上靠，又挪开了。

高文化长吁一口气，调整一下语调说，和你商量个事。

胡立云懒懒地轻声说，你说吧！

高文化打算这个星期六在家里办桌酒席，请请办公室的几位同事，还有胡立云单位的几位老同学。今年五月一日，高文化的一个独幕剧剧本获省文化厅举办的“我的生活”优秀剧本征集评比一等奖，奖金五千。前段时间拿到奖金，办公室的那帮同事决定宰高文化一顿，嚷嚷他请客。高文化当时高兴，答应了。再说，胡立云单位的那几位老同学一直轮流做东搞聚会，次次吃人家喝人家的，也轮到胡立云了。

胡立云听了，略微沉思一下，答应了。胡立云想热闹热闹也好，改变改变家庭氛围，便于孩子学习。胡立云就是胡立云，她还想借这次聚会把有些关系理清楚，不死不活总不是个事，该了断的了断。想到这里，她压在心头的那块石头突然间变轻了许多，浑身似乎一下子轻松起来。

胡立云说，搞聚会，我同意，不过除了你办公室的那几位，你把钱素英也喊来。老同学了，好长时间没见面，还真有点想她。高文化听出胡立云这几句话说得太冠冕堂皇，似乎另有深意。

行！高文化答应得爽快，也加一句，说，你把李金山也叫上，老同学了，不知人家官当大了，人变没变！还真想他了！

胡立云笑笑，说，行，我让他跟他老婆一起来。

高文化也笑了笑，笑得有些干涩，说，人家可是你上级，能听你的？

胡立云慢言慢语地说，他敢不听我的，你别忘了，我是他俩的媒人。

高文化打着哈哈说，也是也是，添一个人添一双筷子嘛，人多点好，搞聚会图的不就是热闹嘛！

星期六，一个大晴天。

被邀请的人早早就到了，他们一是怕中午天热不好走路；二是想早点到，打打扑克、下下棋、聊聊天，彻底放松放松；三是前段时间高文化那么一折腾，个个心里怀有一份好奇，想一探究竟。

李金山果然把老婆孩子都带来了，那脾气还没变，一进门就跟主人似的，一会儿烟一会儿瓜子的，大呼小叫地招呼大家。

钱素英就嚷，嗨！嗨！李金山，别搞错了，还有高文化呢！

李金山就嚷，老同学嘛，他今天主内，我主外！要不今天你主外，我主内？

钱素英笑得灿烂，说，那不美死你了，锅里碗里你都想吃，不怕撑死呀！

钱素英今天打扮得很漂亮，头发俏皮地绾在头顶，粉红色真丝绣花斜对襟上衣，白色金丝镶边褶皱裙子，脖子上挂了一串纯白米粒珍珠项链。

跟李金山和钱素英相比，高文化显得猥琐，胡立云显得暗淡。

李金山说得没错，高文化正在厨房里忙碌。胡立云在外面招呼客人，抽空到厨房打打下手。小曼怕热闹，打了个招呼，就躲到自己房间看书去了。

该准备的昨天晚上已经准备好了，高文化正忙着炒热菜。

十一点半，胡立云开始摆桌，钱素英过来帮忙。胡立云抽空低声说，素英你真漂亮，说！有什么驻颜绝招？

钱素英莞尔一笑，说，爱情的力量呗！

胡立云微含醋意，说，别是情人的力量吧！

钱素英一听，脸微微一红。这个细微的变化被胡立云捕捉到了。胡立云低声说，你的脸怎么红上了？

钱素英恢复镇定，边摆盘子边回一句，容光焕发呗！

胡立云压低声音，带着狠劲说，最近有喜事？

钱素英说，大喜事！

胡立云问，什么大喜事？

钱素英说，一件丢失了十七年的宝贝又找到了。

胡立云笑笑说，没用的，十七年，老古董了，时间不保鲜！

钱素英充满自信带着挑衅说，那我就再用十七年让它恢复新鲜。

胡立云附到钱素英耳边，冷冷地说，十七年？你都变成老丝瓜瓤子了，炒了没味道，煮了没筋道，谁稀罕？

就在这时，高文化炒好菜出来了，他一边撩起围裙擦手一边跟大家打招呼。李金山嚷今天高文化必须坐我身边，不然我就不喝酒！高文化说，好，我去收拾一下就来，今天让你站着出门，我就不叫高文化！说罢走进盥洗间。

高文化出来的时候，大家正在推让着落坐。张国远打开电视，说，要边喝酒边看娱乐节目《午间闲话》。电视一打开，哈喇摇着尾巴出来了。哈喇怕人吵，刚才不知躲藏在哪儿了。电视屏幕上又出现了那段护唇膏广告，那张鲜红的大嘴唇正充满诱惑地向大家噘起。

哈喇坐到电视机前，满眼放光，尾巴摇得跟甩鞭花似的。

周围的人就好奇，嚷嚷，这作家家里的狗就不一样，看电视呢，还跟潮流，专看美女，真是稀奇！

胡立云高兴，抱起哈喇，像往常一样，脸对着脸、眼对着眼、鼻子对着鼻子逗它玩。旁边的人围着看。

高文化一看那哈喇，两眼开始放光，那光陡然变得强烈。高文化想跑过去夺下哈喇，隔着几个人，过不去。高文化就喊，胡立云，赶快放下哈喇，赶快……

第二句"赶快"还没喊完，就见哈喇汪地尖叫一声，一口咬向胡立云的嘴唇。高文化闭上眼睛。

高文化睁开眼睛，哈喇已经落到地上。胡立云正捂着嘴站在那里发愣。

周围的人都被这一幕惊呆了，傻愣愣地站在那里。张国远首先清醒过来，嚷，胡立云，你家的狗真咬人呀！

其他人清醒过来，嚷道，这狗怎么敢咬人呢？还咬人的嘴唇……

高文化赶紧过去，扶着胡立云说，赶快去盥洗间，得处理一下。

胡立云被咬的是下嘴唇。好在胡立云反应快，嘴唇上只留下两个浅浅的洞，不过还是被咬进肉里，血从肉洞里往外渗呢！

高文化先帮胡立云用力挤了挤血水，然后要胡立云反复打肥皂，用清水不停冲洗。

处理完伤口，两个人走出来。胡立云满脸通红，不好意思地用手捂着嘴巴。

见他们出来，张国远兴奋地调侃道，胡立云，你这是犹抱琵琶半遮面！看你们俩闹腾的，一个上嘴唇两个洞，另一个下嘴唇两个洞，真对调了呀！

时惠拖着普通话腔调，嚷，这叫不是一家人不进一家门嘛！

花腔带着尖音，嚷，找根麻绳来，干脆把他们俩穿起来算了！

满屋子哄笑不止。

小曼跑出来了，一见妈妈的模样，又急又气，跑过去就找哈喇，要揎死它。

胡立云恢复镇定，自我打圆场，说，今天难得一聚，我不小心负了点小伤，不好意思！不过轻伤不下火线，我和文化去医院处理一下伤口就回来。大家尽管玩，我回来时哪个冷我的场我就拿哪个不当朋友。说罢，冲李金山和钱素英喊，李金山、钱素英，这里先交给你们了，看你们的了！

钱素英有些失落，情绪发蔫。李金山握着酒瓶嚷，你们赶快去吧，天热，当心感染，得好好处理处理！这里交给我了！

胡立云和高文化换好衣服出门。小曼也换好衣服，跟了出来。胡立云想跟小曼说什么，话到嘴边又咽回去了。

胡立云对高文化说，进去把哈喇带上。高文化犹豫，胡立云板下脸。高文化只好推开门进屋，把哈喇抱了出来。

胡立云什么话也没说，戴上白口罩，推起自行车就走。

走到一半路，胡立云停下车子，说，把哈喇给扔了。高文化不舍得，小曼也不舍得。胡立云生气了，说，咬了两个人了，还留这个畜生干什么？非等到它害死人呀！

小曼的眼泪下来了，抱着哈喇不放。

胡立云摘下口罩，指了指自己的嘴唇，又指了指高文化的嘴唇，什么话也没说，又把口罩戴上了。

小曼放下哈喇，说，小弟弟，你自己去流浪吧，要照顾好自己。

高文化抱起哈喇，走到一个冷饮摊前，冲着正在卖雪糕的中年妇女说，送给你了。

中年妇女看着那么漂亮可爱的一只狗，问，真的吗？

高文化笑着点点头。

中年妇女笑得嘴巴咧到了耳根，说，我早就想找一条了！谢谢！谢谢！说着就去取雪糕，送给他们吃。

三个人没接。小曼说，你要对它好点，到时我来看它。

高文化和胡立云走齐了，哑着声音说，胡立云，对不起，让你受苦了！

胡立云嗔怪一句，你不也一样。

小曼不好意思，说，你们都受苦了。都怪该死的哈喇，它怎么敢动口咬人呢？

高文化张了张嘴，没说出话来。

高文化的歉疚话是真心话。高文化发现哈喇咬人的原因后，早就做好了准备，他想借今天的聚会把缘由公示于众。当然，高文化采用的是皮肉之苦，他决定让哈喇再咬自己一次，当众人的面再咬一次。

前段时间，胡立云看了电视上广告的护唇膏，逛商店时看到了，在售货小姐的竭力推荐下，买了一组回家。上个星期六，高文化闲着没事，看到那段广告后，陡然感觉到自己的嘴唇沙沙的，干燥得难受。高文化从不使用化妆品。一时兴起，他就用那护唇膏涂抹了自己的嘴唇，认为反正在家里，没有人看到，能让嘴唇舒适就行。没想到哈喇对那护唇膏的颜色敏感，对那张涂着护唇膏的大嘴唇敏感。高文化逗它玩的时候，哈喇发生错觉，把他的嘴唇当成电视广告了，狠狠给了他一口。今天烧好菜后，他走进盥洗间，又很悲壮地涂抹上那护唇膏，且涂得厚厚的，想让哈喇再咬一口，来个现场揭秘。没想到，当他走出来的时候才发现，胡立云不知什么时候也涂抹了那护唇膏，他整个上午都在厨房里忙，没发现，结果……也挨了哈喇一口。

高文化想到这里，叹口气，什么也没说。

星期一晚上，一家人心平气和地吃完饭。小曼去做作业了。高文化舒一口长气，起身收拾碗筷。胡立云拉他坐下，说，你调文化局的事有眉目了，最近可能要下调令了。

高文化一直想脱离教育行业，认为教育行业太苦太累，枯燥乏味。他想到文化部门去发展自己。胡立云一直在运动这件事。

高文化笑了笑，说，胡立云，我哪也不去了，就做我的老师。

胡立云很惊讶，问，为什么？

高文化淡淡地说，历尽劫波万事休，风风雨雨见人心呀！

胡立云狐疑地追问一句，该不是为钱素英吧？

高文化叹口气，摇了摇头。

胡立云想问个明白，高文化说，看电视吧，今晚有好节目：《我的团长我的团》。说罢不管胡立云愿不愿意，拉起她就走。

高文化心里有一块芳草地。

上个星期三下午，学校在全体学生中搞一学期一次的各科老师任课情况调查，作为学期末评优评先的依据，作为下学年聘任的依据。结果是公开的。

星期四下午，高文化去翻看了调查表。他所带的两个班级 110 名学生，有 108 名写下了赞扬的话，更令他惊奇的是，两个班的班委们专门在他的调查表后面附上一封短信：

> 高老师，我们真的很感谢您，那么热的天，您戴着口罩给我们讲课，声音嘶哑了，您不在乎。也许是您觉得戴口罩讲得不尽兴，您就摘掉口罩讲。您摘掉口罩后，我们才发现您受伤了。高老师，工作重要，身体也重要，以后要注意安全。我们发现，带伤疤的您更美，更帅哥！愿您早日康复，我们离不开您！

在调查之前，已经有部分学生买了鲜花到办公室看望过他，开始高文化认为那些都是平时得到他关心的学生，没太往心里去。他没有想到的是，两个班级竟然有如此众多的学生在关心他、感谢他。

看完那些调查表，高文化就想哭，痛痛快快地哭。他忍不住了，就躲到学校的花园里，偷偷地流泪。流过泪的高文化，浑身轻松。他那颗被眼泪清洗过的心，无比清爽，涌起盎然绿意。

他发现了一块生命的芳草地，让他那颗无比疲惫、渐渐变冷的心重新温暖起来。

从那一刻起，高文化做出决定，自己这辈子就在这块芳草地上不停地耕耘，做一名普普通通的耕夫……

（发表于《连云港文学》2010 年 3 期）

哈欠的蝴蝶效应

科学家有一个极为形象的比喻:南美洲的蝴蝶扇动一下翅膀,通过种种因素的综合作用,就可能引起亚洲地区的一场台风。是为“蝴蝶效应”。

生活亦如此。

——题记

今天是四月二日,早晨六点半。

方玉华和宁道远坐在餐桌前吃早饭。他们的早餐很简单:一人一碗大米稀饭、一个茶叶蛋、一根油条、一个馒头,当然各人可以根据自己的实际需要再做取舍;餐桌上还摆着一碟油炒雪里蕻,一碟凉拌萝卜干,一钵豆瓣酱,小船似的竹篮子里码着山东大葱,白绿分明。宁道远是山东人,有时好一口小麦煎饼卷大葱蘸大酱。方玉华是南方人,天生厌恶大葱味。所以宁道远每次好完了这一口后都得去刷牙,不然方玉华做什么事都捂着嘴巴跟躲避苍蝇似的躲着他。

方玉华正吃茶叶蛋,不知是让茶叶蛋味道刺激了还是让蛋黄给噎着了,不由自主打了个大哈欠。那哈欠来得太突然,方玉华连忙伸手去拦,手还没伸到嘴边,那狡猾的哈欠已经冲出去老远,地动山摇的。

方玉华打完哈欠,红着脸拿眼角去瞟宁道远。就在这时,宁道远嘴里传出嘎嘣一声脆响。宁道远嘴巴停止嚅动,摆了个僵硬的造型呆坐在那里。方玉华把头往前伸了伸,笑眯眯地想看个究竟。

宁道远呆愣了一会儿,缓过神来。他放下筷子,把手伸到嘴边,吐出嘴里的米饭。手心里除了米饭,还有一颗比米粒还大的石英块,还有……

宁道远赶忙咂嘴,用舌头去试探牙齿。那半截牙齿果然是自己的,一吸气,嘴里直漏凉风!宁道远让那块石英磕掉了半颗牙齿。

一股怒气直窜宁道远的脑门。宁道远本来嘴里的好牙就不多,天天指望这颗当家牙齿嚼点硬东西,过嘴馋的大瘾呢,生怕它出啥问题它还就出问题了,你说气不气死人。宁道远出生在瓜菜年代,缺营养更缺钙。年轻时没觉到,年龄大了感觉到了,一刷牙,牙根跟烂木头似的,一层层往下脱落。宁道远天生喜欢吃有筋道的、生脆的东西,比如煎饼、炒豆、牛皮糖,牙口不顶事了,这种爱好渐渐变得遥远。好在还有几颗牙齿充当中流砥柱,让他有机会过过馋瘾。没想到,一粒小石子竟然夺去了一颗当家牙齿,你说恼不恼死人!

那股怒气终于汇聚成海啸,宁道远头脑发蒙,把手里的半截牙齿和石块往方玉华面前一拍,嚷,米你怎么淘的嘛,这么大的石头都看不到,你眼瞎了!

宁道远最后一句话说得太硬,太刺耳。方玉华开始满脸不好意思,一听这话,愧疚没了,脸一撂,满脸寒霜,碗往桌子上狠狠一戳,不伺候了,转身走人。

宁道远扔掉左手里的半截油条,不吃了,想了想,把那半截牙齿捡起来,装进裤兜里,然后收拾收拾,气鼓鼓地去上班。

宁道远在海城市海韵商厦工作,是总经理。宁道远先去自己的办公室。办公室在六楼。宁道远泡上一杯铁观音,端着,站到东窗户前赏风景,这是多少年的习惯了,有时兴致来了,还会即景生情哼上一段:“我正在城楼观山景,耳听得城外乱纷纷。旌旗招展空翻影,却原来是司马发来兵……”海韵商厦临海而建,它的东面就是浩瀚的渤海。他推开窗户。春天早晨的大海透着一股清冷,刚刚升起的太阳似乎被寒气包围着,像软软的蛋黄。

宁道远想做个深呼吸。一张嘴,坏牙齿那儿直漏风,宁道远刚刚升温的心情一下子又落回到冰点。他丢掉茶杯,带上办公室的门,沿着楼梯往下走。

宁道远是军人出身。一九七九年南疆自卫反击战时他是某高炮连连长,转业的时候是某集团军高炮团团长。到地方工作后,他的军人作风一点没变。他要求全体员工每天上班前,集中到商厦前面的广场上做广播体操,既可以锻炼身体又能够加强革命纪律性。六年了,这个规矩从未改变。

宁道远来到广场上,员工们正在做广播体操。

海韵商厦的外墙全部是玻璃构造。员工们都看着总经理夹着包上楼去了,细心的女员工用眼角余光一直把宁道远送过五楼,才转正身体做操。他们面向西做操,前面就是海城市最繁华的大街道。他们怎么也没想到宁道远会突然站到他们背后。

宁道远最看不得员工做事心不在焉。他一看员工们做操的阵势,那牙齿不止漏风,陡然间酸得难耐。看他们做操的动作,揉面团的揉面团,刷碗的刷碗,拖地的拖地……还不时夹杂着高高低低的哈欠声。这哪里在做操呀,个个都在忙家务,人在广场上心还撂在家里。

宁道远脸色发青,狠狠地瞅了一圈人群,冲公关部经理王亚全打雷,王亚全,你这是做操呀还是丢人现眼呀?

王亚全吓得打个大激灵,转身跑过来。宁道远用食指点了点王亚全,想说什么又不说了,站在那里看王亚全怎么处理。

宁道远一声吼,员工们脚底抖三抖。员工们做操的姿势顿时规范了许多。一大清早就给老板剋了一顿,王亚全心情顿时糟糕透顶,他两眼冒火冷着脸在队列里转悠,寻找可以处罚的对象。那些年龄大的员工大多是当兵出身,有许多还是宁道远的战友或同一集团军的,脾气本来就臭硬,平时就没把王亚全这个生瓜蛋子放在眼里,王亚全躲避他们都生怕来不及,哪还敢惹他们。年轻的员工知道自己的地位,一个个规规矩矩在做操,无刺可挑。

转悠了一圈,王亚全终于捕捉到一个猎物——李玉琳。李玉琳年轻,十九岁,正是如花似玉的年龄,虽然春寒料峭,可她的着装却春意无限,上身穿纯白羊绒衫,下身穿大红宽边裙,白色的耐克鞋。她一会儿白鹤亮翅,一会儿蜻蜓点水,真是鹤立鸡群。李玉琳满面桃花绽放,完全沉浸在自我陶醉之中。

李玉琳,去换上工作服!商厦规定,所有员工上班期间必须统一着装,特别是做操,那是整体形象的大展示,更要整齐划一。李玉琳装作没听见。王亚全快步走到她面前,一把拽住她胳膊,大声命令她马上就去换服装,那声音尖利刺耳。

李玉琳还没从自我陶醉里醒过来就闹了个大红脸，脸上挂不住，想发作，往四周看看，周围的人闪过眼去，一个个没事人似的。李玉琳大声嚷，王亚全，他们也穿便装，你为什么不管，你是柿子专捏软的，人专欺善的！

王亚全铁青着脸，说他们是他们，你是你，先处理完你再说！

李玉琳是王亚全表妹，去年秋天才被招聘到商厦工作，一直想靠这位表哥装脸，没想到今天早晨当着众人面竟然丢了脸，气得眼斜嘴歪。想发泼，一看王亚全双手掐腰、一张驴脸，一副六亲不认的架势，李玉琳知道今天早晨自己的脸面是挣不回来了。她一跺脚，气呼呼地哼哼着，一扭一扭进商厦去了。

林楠中午下班回家，进门换鞋。她左手拎着一大塑料袋采购来的物品，挺重的，塑料袋的提梁已经被拉得很细，紧紧扣在手指上，挤压得手指头紫红紫红的，难以承受。她用右手去脱鞋子。她穿的鞋鞋口用网状带子装饰，怎么脱也脱不下来，一用劲，一根带子挣断了。林楠的火气"噌"地窜上脑门，冲着正在做作业的儿子嚷，你眼瞎了，就不能过来帮妈妈接一下东西！

儿子小威一听妈妈的话，很刺耳，瞪大眼睛剜妈妈，然后把本子和笔都摔到地上，气呼呼地转身进了卧室，把门反锁上了。

林楠丢掉手里的东西，顺手抓起鞋柜子上挠背用的竹耙子，冲过去狠劲地拍门，有一种不砸烂门不罢休的味道。她要好好教训教训儿子。

林楠刚从海韵商厦回来，正憋着一肚子气没处撒呢。

小威今年读小学六年级，六月份就要考初中，现在正处在迎考的关键时期。小威功课吃紧，常感到头晕，为了补充体力和营养，就让他妈妈去买一种饮料"智宝"。"智宝"挺贵，十多元钱一瓶。林楠嫌贵，再说也怕小威喝不惯，决定先买一瓶让小威喝了试试。

林楠到自家楼底下时，才猛然记起那瓶"智宝"丢在了海韵商厦，急忙骑车回去取。林楠买的都是蔬菜和肉类产品，结账打包时就把那瓶"智宝"放在一边，专门用自备的塑料袋子装起来，打算单独拎着，没想到自己光想着赶回家给儿子做饭，给忘了。这人啊，越着急事情越多，事情越多就越乱，越容易出问题。

林楠赶回商厦时,正好李玉琳当班。林楠一边四处撒眼一边说自己把一瓶“智宝”丢下了,问李玉琳看到没有。李玉琳一口回绝说没看到。林楠就把商厦的机打小票掏出来给她看。李玉琳用手挡过去,烦躁地说,票上有就能证明丢这里啦?我们商厦出售的每件商品都有机打发票,每天卖出的东西成千上万件,照你这样说那还不赔死了!这话不中听,含着潜台词。一个是从早晨就窝着一肚子委屈,一直想发泄却没处发泄;一个是时间紧迫要赶着回家给孩子做饭,心急火燎。几句话不投机,火药味顿时浓了起来。林楠“吔”了一声,带着不满说,你话的意思是我赖你们商厦了?十几块钱,值得我赖吗?李玉琳很不屑地把头转向一边。这个动作无疑是公开挑衅。围观的人越聚越多,林楠的火越烧越旺,嚷嚷要找他们的经理理论。

正在这时,王亚全跑了过来,从货柜顶上取下一个塑料袋,冲着林楠说,你看这瓶“智宝”是不是你的?林楠接过来,正是自己的,那包装用的塑料袋说明一切。林楠顿时底气十足,猛地往前冲,去抓李玉琳。王亚全赶紧拦在中间,说这位大姐,东西找到了,时间也不早了,赶快回家吧。林楠猛然记起小威还等着吃中午饭呢,很不甘心地拿起东西,在别人的劝说声中气哼哼走了。这不是明摆着花钱买气受嘛,一向清高的林楠哪里受过这种待遇。

小威的爷爷路正跟林楠住同一栋楼同一单元,林楠住三楼,他住二楼。路正正在帮老伴拣菜,林楠的动作跟来地震似的,惊动了他。他跑上楼来看究竟。林楠看见公公来了,只好把火气硬按捺回去,站在那里不停地喘粗气,呼呼有声。小威听见爷爷来了,在屋里稀里哗啦地大哭起来,任凭路正怎么劝,就是不开门。

林楠慢慢冷静下来,觉得自己冲小威发火理由不充分,收拾收拾房间去厨房做饭了。

过一段时间,小威渐渐平静下来。路正劝小威出来做作业,准备吃饭,说下午还要去上学呢,别迟到了!

小威开门出来,蔫头蔫脑的,说下午不去上学了,以后也不去上学了。哭哭闹闹可以,耍点小脾气可以,不去上学可是大事,当然不可以。路正原先是搞教育的,去年刚从市教育局副局长的位子上退下来。小威性格内向,做事不喜欢张扬,说出不去上学这样的话来,这里面肯定有大问题。路正边劝小威边问原因,还没劝几句,小威又委委屈屈抹起眼泪。原来这次月考,小威数学考砸了,总名次落到班级后列。班主任按成绩排座位,小威被排在后排。小威个子不高,前边正好又坐着一个高个子同学,小威上课连黑板都看不到,有时只好半躬着身体看黑板,没想到后面的同学又不让。同学之间的矛盾都化解不完,小威哪还有心思听课。小威边讲边哭,越哭越伤心,最后找到原因,竟然在爷爷身上。路正是数学系出身,原先下班后就辅导小威数学,在学习上盯得很紧,小威的数学成绩一直不错。去年退休,路正心里头发空,有空就去老干部活动室打打球、下下棋。路正原先是老黄牛式干部,对玩的方面一窍不通,没想到一玩就上瘾,跟抽大烟似的,而且瘾还挺足,有一种不把原来耽误下来的玩补回来不罢休的劲头,把小威的数学辅导给耽搁了。小威到底是孩子,头脑发热时哪还顾及辈分,开始一个劲埋怨路正,有一股要赖到底的劲头。林楠从厨房走出来,也开始埋怨路正,说爸,小威现在正处在关键时期,数学真不能丢呢,考初中那可是大事情。儿媳妇这番话,听起来轻言慢语,琢磨起来含着责备。路正的脸上挂不住了,红着脸劝小威赶紧去吃饭,保证从今天晚上起放下一切活动全力以赴辅导他数学,直到他考上初中,然后就下楼回家了。

路正回到家,老伴问原因,路正没回答,直接给现任教育局长从怀国挂了个电话。从局长是路正学生,也是路正一手培养起来的。接了路正的电话,从局长马上当正事来办,这不只是顾及老领导面子的问题,按成绩排座次,严重违反义务教育法,性质严重,影响恶劣。

从局长直接跟小威所在的小学校长卫凡通电话。市局局长直接通话,卫凡的汗从听到局长名字那一刻起就开始小河流淌,接完电话,整件内衣都湿透了。

小威的班主任庞芳是在上班路上接到卫校长电话的。庞芳熟悉卫校长号码,当时正骑着大踏板电动车边欣赏路边的风景边悠闲地往学校去。校长没到上班时间就直接跟她通电话,肯定遇到严重问题了。她停下车子接电话,拿手机的手轻轻颤抖,说话的腔调夹着颤音。庞芳去年暑假刚从某师范学院数学系毕业,在大学生就业形势非常严峻的情况下,能分配到市著名的红星小学任教,非常满足，又带了毕业班的班主任，工作热情非常高，当然压力也非常大。俗话说“头三脚难踢”，庞芳一心一意想踢好第一脚。上月月考，自己班成绩在年级中比较好，但庞芳不满足，她要争取最好。刚工作，她没有什么实践经验，听说有的班按成绩排座位刺激学生学习，效果很好。她连想都没想就依葫芦画瓢去做了，哪里会想到会产生如此严重后果。卫校长在电话里怎么批评庞芳的，我们无从知晓。庞芳接了电话后，就像一朵正盛开的春花陡然遭遇了秋霜，彻底蔫了。庞芳骑上电动车，把电门打到底往学校赶，她想在下午上课前纠正错误，按个头高矮把座位重新排一下。

中午，宁道远没回家吃饭。宁道远是一个很讲究生活规律的人，平时按时上下班，有应酬也会往家里打个电话报声平安。今天，人没回家，连电话费都省了。方玉华就想，高炮团长也有小心眼的时候，为半颗牙齿值得赌那么大的气吗？她越想越生气，就锁上门，步行去海韵商厦，想看看宁道远到底躲在哪疙瘩要什么样的小脾气。方玉华家离海韵商厦不远，步行也就二十分钟。宁道远上下班喜欢步行。方玉华没骑车，觉得步行可能会在路上碰到宁道远，怕骑车子两个人错过了。

方玉华心里嘀咕着宁道远就没太注意交通情况，庞芳心里存着大事就头脑发蒙，连红绿灯都没看清楚。结果，庞芳把正走在人行道上的方玉华给撞翻了。

宁道远接到方玉华被车撞了正在医院抢救的电话时，正在接待一位来访的顾客。宁道远向来重视顾客的反映和意见，他的经营信条是：你接待 100 名客户，只有一位不满意，你可骄傲地宣称只有 1% 的不满意，但对于那位顾客来说，他的结论是 100% 的不满意。每一位顾客都有三亲六故，三亲六故又有他们的三亲六故，这张网一旦撒开去，后果无法想象，搞不好，一个不满意轻则影响经济效益，重则可能毁掉一个企业。

第一次手机铃响，宁道远看是陌生号码，毫不犹豫关掉了。没想到，那个陌生号码很顽强，电话一直连续不断地响，宁道远接了，是个女的，声音焦急但很轻柔。宁道远想发火，那声音像灭火器，火没发出来。一听通话内容，宁道远顿时傻了眼，匆匆忙忙向身边的其他人员交代几句，就赶往医院。打电话的是庞芳。

庞芳当时叫了救护车，一直跟到医院。方玉华疼得浑身拧麻花，但神志清醒，在进急救室前，给庞芳一个号码。庞芳一直在急救室外面等候，她哪里遇到过这种事，脸上的汗小河似的流淌。

王亚全送走检查组后，也赶到医院，这种事，他一个公关部经理怎么能不冲锋在前呢？李玉琳听说这件事后，也跟着王亚全的车子到了医院。其实李玉琳不只是王亚全的表妹，也是方玉华的姨侄女。李玉琳想借这个机会把这层关系挑明了，免得王亚全总认为她沾他的光，说不定哪一天，他王亚全要沾她的光呢，今天早晨，他王亚全做事就过头了，要当心产生严重后果，本姑娘已准备好各种尺码的小鞋。

这几位到齐后，方玉华的检查结果已经出来了，没有生命危险，只是左脚重度骨折，正在做手术。

林楠赶到医院最晚，已经五点多钟了。小威放学后告诉林楠，班主任庞芳一下午没去学校，他班的两节数学课都没上。在学校，有时学生的消息比老师还灵通。有同学说，庞老师的妈妈出车祸了，正在医院抢救呢。林楠为了小威一直想和庞芳搞好关系，正愁没机会，一听说这事，马上拨通庞芳电话，问清楚是哪家医院就匆匆忙忙赶过来了。庞芳家在郊区，又年轻，遇事没个做主的，心里正慌乱得没个底，所以她接了林楠的手机想解释又没开口，叹了口气就挂了。她希望林楠能帮帮她。

林楠赶到医院，看到了庞芳，也看到了李玉琳，想发作，没搞清楚关系，又在医院，忍住了，径直向庞芳走去。林楠买了一篮鲜花，还拎了一篮时兴水果。庞芳赶紧迎上去接住了。两个人就站在旁边，庞芳把事情经过说了，林楠搞清楚事情的原委后，隐隐约约感觉到这件事跟自己有关联，决定留下来帮帮庞芳。

正在这时，护士推着方玉华出来了。方玉华左脚被包裹得水桶般粗，高高垫起。大家一起围上去，想看个究竟。方玉华面无血色，闭着眼睛一言不发。

庞芳吓坏了，脸白得看不见一点血色，眼泪混合着汗水一起流淌。她听说交通事故赔偿,如果遇到不讲理的主,那要求高得吓死人。林楠小声安慰她,说别怕,有我呢。

进了病房,护士安顿好方玉华,说,病人虚弱要休息别太累着她,就推起车子走了。

李玉琳低头喊“姨”,方玉华没答应;宁道远喊“玉华”,方玉华没答应;庞芳喊“阿姨”,声音颤颤的。方玉华虚弱地睁开眼,眼光落在庞芳脸上,那是一张苦瓜脸,沁满密密的汗珠子,连头发都浸透了。方玉华叹口气,说丫头,这事不能全怪你,不过你的车骑得太快了,心里头有事吧?庞芳叹口气,点点头。方玉华笑了笑,不小心牵动了腿,疼得直抽冷气。她稳定了一下情绪,说,丫头,你是个实在人,没事了,别愁眉苦脸的,春天来了,该跟花儿一样才对。我有医疗保险,不会赖你医疗费的。

林楠一听这话,知道方玉华是通情达理的人,赶忙把手中的那篮鲜花递过去。

方玉华谢过,把脸转向宁道远,说,这回你满意了,我淘米有沙子,以后不用吃我做的饭了,你可以天天下餐馆吃大餐了!

宁道远苦笑一声,庞芳赶紧说,阿姨,以后我每天给你和叔叔做饭,直到你能下地走路为止。方玉华笑了笑,说,丫头,你做什么工作?庞芳回答小学老师。方玉华笑着说,我可不敢因为我一个人耽误了几十个孩子,他们可个个都是祖国的花朵。庞芳听了这话,从出事到现在,第一次露出微笑。

方玉华终于冲宁道远莞尔一笑,说,你这个高炮团长,原来这么小肚鸡肠,几十年了我怎么没发现呢?中午再逍遥,也该打个电话吧?

宁道远赶忙解释,说中午忙着陪同一个上级部门的食品安全检查组,想打电话,碰巧手机没电,让王亚全拿去充电,就忘了。

王亚全赶紧补充,说,宁总的话句句是实,他身上的酒味还没散尽呢!

方玉华揭短,说,以前手机不能打,你会打电话,连电话都不想打,不是小心眼是什么?

这女人哪,心怎么那么细!宁道远摇摇头,没解释。

方玉华叹口气说,我欠你半颗牙齿,还你一条腿,这回扯平了。

周围的人听了这话,一脸茫然。

这话提醒了宁道远。宁道远插在口袋里的手碰到那半颗牙齿,掏出来,对着窗外的光亮仔细端详。

周围的人围上去,看看是什么稀罕物。

宁道远突然问周围的人,今天是什么日子?

王亚全就站在他身边,思考一下,说,昨天是愚人节,四月一号,今天是四月二号,对,是四月二号,星期四!

良　心

二〇〇七年八月二日。

太阳下了西山,余晖洒在禹泉河的河面上,随着细细的波浪翻动,满河金银晃眼。张义民把小方桌搬到屋门外,掇只凳子坐下喝酒。屋是青砖墙红茅草缮顶的小屋,面朝禹泉河,傍河而建。小屋前面垒了个红砖墙小围院。酒是村子里老酒厂新酿的高粱烧。刺槐木做成的小方桌子保留天然本色,纹理清晰,靠近了能闻到淡淡的槐花香。桌子上摆着三样小菜:一盘是刚摘下来的洋柿子(西红柿),切了,撒上绵白糖,红是红白是白的;一盘是今儿五更天下的虾篓子刚捉上来的青皮虾,新鲜尖椒炒了,红是红青是青的;一盘是自己春上腌制的小包菜心,放了一些红尖椒,红是红黄是黄的。清清爽爽的几样下酒好菜,不把老酒鬼肚子里的那窝酒虫子给勾引得抓耳挠腮那才日怪了!

禹泉村翻水站建在禹泉河的河堤上,离村里有近十里地,两间水泥平顶房,安装了六台抽水机。张义民住的那间小屋是另外建造的,离机房有十米远。别小觑了这座小小的翻水站,它可是禹泉河北面几万亩良田的奶娘!

张义民光着瘦瘦的脊背吱吱咂咂喝得起劲,兴致来了就哼上几句清唱:“咱站在河堤四面张望,满眼呀,青是青,白是白,黄是黄,这青青白白黄中黄,好一幅锦绣铺张……”

张四清走了进来。陶醉中的张义民刹住唱,连忙起身递过去一只矮方凳子。张四清坐了。张义民给张四清满上一碗高粱烧,张四清干了。又满一碗,张四清又干了。喝着喝着,满头白发的张四清的眼泪就喝下来了。

张义民慌忙丢掉酒碗,连声安抚张四清,说,有话你尽管说,你尽管说,别这样嘛！

张四清冷静冷静，唏唏嘘嘘把原委说了。张四清的大女儿张小蝶考上大学，通知书发下来十多天了。从接到通知书那天起，张四清就发愁，家里实在拿不出那学费。前年冬天，张四清老婆突然中风，到现在还躺在床上，家里那两个钱都花她身上去了，还借了不少债。张四清就打算不让张小蝶上大学。张小蝶听了就唉声叹气，做什么事都走神。最近几天，张小蝶动不动就发呆，就哭，就嚷要出去打工，就嚷谁让她上大学，她毕业后就给谁做老婆，哪怕做小老婆也行。

张四清说，张小蝶这回怕是真的遇到心障了，不让她上学怕是治不好了，要害孩子一辈子呢！

张义民听了这话，起身进了院子，进了小屋。院子虽小，却收拾得井井有条，特别是那一墙的爬山虎，蓬蓬勃勃，翠绿得耀眼。进了屋子，张义民直接去了床头，挪开床腿，取出一个塑料袋，拿出一个存折，说我就这么些了，四清你都拿去用吧！张义民边说边指着门外西院墙边码得跟院墙一般高的空酒瓶说，四清，你知道我就好这一口，弄俩钱都花它身上去了！

张四清对这间小屋的熟悉程度不亚于对自己的家。平时无事，他会到这里逛逛，喝喝酒，拉拉呱。天气好的时候，钓钓鱼，抓抓虾。喝高了，拉累了，遇到个风雨交加的，冰雪路滑的，他就会在这里猫上一夜。这间小屋里除了一张大枣木床，还有床头的那张楸木做的床头柜，还有地上的几只矮脚凳子，其他就没有什么上眼的家当了。如果说惹眼的东西，那就是床头柜上那一摞书。一套五本的《毛泽东选集》，大红色的塑料皮封面已经变得暗红，看上去很憔悴；一本灰蓝色的线装本《孙子兵法》，书角磨得发白。最近几年，又加了一本黄牛皮纸封面的《易经》，好像还有一本《倾城之恋》，压在最底下。

张四清嘴唇燥青，真的着急上火了，他当着张义民的面就打开存折看。存折上只有三千块钱。

张四清脸色灰黑，愣了一会儿神，扑通一声，单腿跪下了。张义民怎么拉也拉不起来。张四清颤抖着声调说，张义民，我真的走投无路了，要是有一点点法子，我也不会来求你。我知道只有你能救小蝶！

张义民说，四清你这是折我的寿呢！你先起来，起来说话，啊？

张四清起来后，张义民就说张小蝶考的那所学校是一所好学校，报纸上曾经专门介绍过，重点大学。这是目前我们村孩子考上的最好的大学，女孩考上这样的大学确实不容易。张四清，这个忙我帮！你先坐下来喝酒，让我想想法子，明天晚上你再过来！

张四清不坐下也不走开。说小蝶跟来了，应该就站在门外。

张义民望门外，果然站着小蝶。张小蝶扎着马尾辫子，辫稍插着一朵淡蓝色的野荆花。红褂子，绿裙子，裙面上打满了荷叶褶。张小蝶的这身打扮若放在城里，定然土得冒气，但站在禹泉河边上，却恰似一朵莲花，与周围的青绿原野配合得那么协调，透露着几分难以言说的清新与典雅。

张义民赶紧把小蝶往院子里让，小蝶没进来。当张义民的眼睛接触到小蝶的眼神时，张义民不由自主地打了个哆嗦。那眼神很平静，很深邃，如深山里一泓秋潭，透着一股冷气，又不时地隐隐约约划过一两星流火。

张小蝶瞅了张义民一眼，什么话也没说，转身沿着河堤跑开了。

张四清这一跪，在张义民的心头就压上了一座大山。张义民欠张四清人情，欠得大着呢！那是三十年前的事。

一九七六年八月初的某一天，生产队派张义民和张四清去公社请两尊毛主席像来，好在开群众大会宣誓时候用。两个人到了公社驻地，才发现石膏像很大，很脆弱。两个人把主席像装上平板车拉着走，走着走着才发现不对劲，走在平坦的柏油路上倒是没什么大妨碍，一到凹凸不平的土路上，问题就严重了，平板车吱吱咯咯摇摆得厉害，动不动还会跳个舞，弄不好会把石膏像颠裂颠坏的。颠坏了可了不得，那是犯路线错误，轻则挨批斗，重则坐大牢呢！这可咋办，肩上扛着不行背上驮着也不行，两个人犯上愁了。还是张义民头脑好用，石膏像虽然体积很大但质量很轻，他拿过平板车上的绳子细心地把主席像捆起来，用扁担挑着走。挑走之前，张义民对着主席像反复祷告说，您老人家大人不见小人怪，没办法，先委屈您老人家了。就这样，一个人挑着石膏像在前面走，一个人拉着平板车后面跟着，走完一段路两个人就轮换。

没走多远，碰到了一群巡逻的民兵，问题一下子变得严重起来。好呀，毛主席像可以挑着走吗？还捆绑了老人家！这还了得！你这是不尊重我们的伟大领袖，是反革命现行！

当时石膏像正挑在张四清肩上。没容辩解，两个人就被带到了公社革委会。问题变得复杂起来。当时上面正要求抓反革命典型，给了硬性指标，公社革委会的头头们正犯愁呢！两个人算是撞枪口上去了。

接下来是审讯。张四清一口咬定这一切都是他所为，与张义民无关。张义民几次想说话都被张四清主动揽了过去。

最后结果是张四清被拘留两个星期。那段时间，全县大广播小喇叭整天播放的除了革命歌曲、毛主席语录就是张四清的那点破事。张四清成了腐败蜕化分子的典型，满街贴的都是声讨他的大字报，还被开了全公社的群众批斗大会。

事情过去以后，张义民问张四清为什么非要那样做。张四清说，你年轻，又有文化，别可惜了！我大老粗一个，又结了婚，没什么顾忌的。再说了，咱捆绑了毛主席他老人家挑着走，这是大不敬呢，也活该遭这份报应！

听了这句话，张义民的心颤颤地抖了好几天。

就在那年冬天，张义民光荣地加入了中国人民解放军。

一九八五年十二月，张义民转业。县民政局安排他到县城一家全民企业担任工会主席，他拒绝了，回到禹泉大队当了一名会计。张义民是独子，父母在他从军期间相继过世。

张义民一直没结婚。放着铁饭碗不端，放着城里舒服日子不过，放着那么多水灵灵的大闺女不沾不靠，所有让农村人眼红的优越条件都被他像洗脚水一样泼掉了，掸灰尘一样掸掉了，甘愿埋汰在一个偏远的农村面朝黄土背朝天。远远近近的男男女女老老少少就拿怪怪的眼光看他。慢慢地就有好事的通过各种关系、借助各种渠道打探他的隐私，最后只零星了解到：张义民曾是某部队的一名副连长，一九八四年春天被轮换到广西前线，参加对越自卫反击战。他率领一排人进攻老山边上的一座无名山洞。没想到那是越南军队一座隐藏起来的弹药库。越南军队在撤离山洞时引爆了弹药库，张义民的二十四位战友全部牺牲，张义民负了重伤。疗养了将近一年就转业了。禹泉村村民最后众口一词：张义民这人有点邪乎！

一九九一年春天，禹泉村在禹泉河边建了一座翻水站。翻水站离村里远，荒郊野外的，村里的男人们恋着家里的热炕头，都不愿意去。张义民主动辞去村里会计的职务，住进了翻水站。

住进翻水站以后，张义民才发现，这里才是他真正的归宿。翻水站建在河堤上，前面是清澈的禹泉河，后面是广袤的田野。张义民整天神清气爽。

春天的禹泉河处处透着新鲜。到河里捞点嫩蚬子，炒点春韭菜，喝上一杯高粱烧，那滋味就不用说了。有趣的是到浅水的河滩边捉"歪歪"（河蚌的俗称），那水清澈见底，"歪歪"游动的时候会留下深深的弯弯曲曲的沟，顺着沟摸去，总能摸到大"歪歪"。煮熟去壳，红辣椒炒了，真个鲜呢！

夏天的禹泉河虽然显得粗暴，倒也乐趣无穷。大雨过后（俗话叫发洪水），河岸边水汊边的草窠里常常藏着逆水的鲤鱼，集中注意力轻轻摁下去，稳住劲，总能捉到几条。太阳烈的时候，老鳖会爬上岸来晒盖，长竹竿上绑着个网兜，悄悄靠近，运气好的话，也能捉到几只。这时候，张义民也会吱咂着小酒盅，很自在地哼着"王孝愚喝鳖汤"。

秋天的禹泉河畔处处是成熟，鲜嫩的菱角，肥硕的螃蟹，都是下酒的好菜。没事的时候，用自行车辐条去吊或用竹篓去捉贼头贼脑的黄鳝，用方瓜花去钩慵懒的青蛙，或是捉了肥硕的龙虾偷偷煮了吃，那份悠闲陶渊明怕是享受不到的。

冬天的禹泉河有些冷清，但也有乐子。厚厚的冰层中常常会有被冰夹死的鱼，可以不劳而获。有时想吃点新鲜的，就砸开冰层，用塑料瓶装上热水，放进竹篓里，再把竹篓放进冰层底下，总会收获一些前来取暖的鱼、虾。

张义民在悠闲中一晃过了二十年。

第二天傍晚，张四清来了。张义民坐在小方桌前等他。桌上摆着一盘撒上绵白糖的鲜黄瓜,一盘方瓜花炒鸡蛋,还有满满一盘蒸螃蟹,再配上一蒜臼的蒜泥。

张四清拎了两瓶高粱烧。张义民嚷嚷张四清坐下,张四清咬开酒瓶盖,两个人喝起来,谁也没多说话。

酒喝到五成的时候,张义民开始郑重其事地给张四清支招。张义民要张四清家里人这个星期全部出动,到四邻八乡去,一部分人去收购大鹅蛋,另一部分人去收购绿雨伞,有多少收多少,并一再嘱咐这件事要绝对保密。

张四清有些疑惑,端着酒碗望着张义民的眼睛不说话。张义民低着头,淡淡地说,鹅蛋咱这里不缺,不过刚过端午一个多月(禹泉河边有端午吃鹅蛋的习俗),应该剩得不多了。你们往周边走走,尽量多收点。绿雨伞嘛,你到白虎山批发市场去,估计这种颜色的伞生产量不多,你尽量买空。

张四清对这种做法的结果怀有疑惑,但又着实无路好走,再说了,相处那么多年,张义民的智慧他还是清楚的。他干了碗中酒,决定试试。他估摸估摸手头的钱(包括张义民的三千块)应该够用,决定今天就动手。

一个星期后,张四清来到翻水站告诉张义民,鹅蛋共收购了两千五百个,平均八毛钱一个;绿雨伞共买了两千二百把,平均五块钱一把。一部分雨伞的钱先赊账。

张义民问,你们做这事没闹出大动静吧?张四清很肯定地回答,躲着别人做的,遮掩得还可以。张义民叹了一口气,平平淡淡地说,八月十四日到十六日这三天,你们全家出动,哪儿逢集就往哪走,那儿人多就往哪去。鹅蛋卖两块五一个,绿雨伞卖十二块五一把。记住,不许卖贵了,也不许卖便宜了。

张四清没再多问,转身回家准备去了。

八月十三日晚上,一条谶语在全县各地秘密传播。八月十七日(阴历七月十五,中元节)那天,彗星扫尾,阴界小鬼们趁机捣乱,打算在禹泉河畔撒播阴毒,残害阳间生灵,专门侵害十岁以下孩童。孩童一旦被侵害,会慢慢变呆变痴,长大后会成愣子。解救的办法是:爷爷奶奶给孙子孙女买把绿雨伞,舅爹舅奶

(外公外婆)给外孙外孙女买个大鹅蛋。八月十七日那天,打绿雨伞可以驱魔障,用青荷叶煮鹅蛋吃可以辟邪气保平安。这段日子,“二”和“五”是吉利数字,不管做什么事,只要围绕这两个数字来做就大吉大利呢。

街头巷尾、田边村头,老人们谈论的话题都是这条谶语,特别是女人们,女人中的年老女人们,信着呢!

从八月十四日开始,马路上来来往往的老人手中都握着绿雨伞,拎着大鹅蛋。不是老人们个个迷信,老人们都想花点钱买一份平安,再说了,这份平安是送给孙子孙女外孙外孙女的,肥水也没流外人田。迷信就迷信一回吧,不就是十块二十块钱的事嘛,就当是破财免灾祸,就当是走路掏腰包不小心把钱给掏丢了。

一段时间里,老人买的绿雨伞、大鹅蛋的多少,似乎成了值得炫耀的事情,绿雨伞、大鹅蛋买得越多,说明子孙越多,家庭越旺,后福越多。几天时间,绿雨伞、大鹅蛋就成了紧俏东西,脱销了。

八月十七日那天早晨,竟然应验谶语似的下了一场小雨。老人就嚷,还真撒上了,这雨里不会夹着阴毒吧?孩子们,把绿雨伞撑起来,把大鹅蛋啃了,看龟孙子能把咱怎样!

禹泉河边的孩子们,个个打着绿雨伞,啃着大鹅蛋,在蒙蒙细雨中玩耍,过年一般快活。

八月十八日傍晚,张义民摆好了桌子等张四清。他烧了两条大鲤鱼,蒸了一碗银鱼鸡蛋,剖开一个花皮大西瓜,撒了绵白糖。

天上了黑影,张四清来了,怀里抱着一个纸盒子。张四清望了望桌子上的摆设,知道是专门为他准备的,就嚷,义民呀义民,你真是个活神仙,赛过诸葛武侯呢!他放下纸盒子,从里面拿出两瓶“梦之蓝”,两只风鹅,两只烧鸡,还有海蜇头等其他下酒小菜。收拾完毕,张四清拿过一瓶“梦之蓝”,要开瓶喝。张义民连忙制止,说,浪费了浪费了,还是喝这个,边说边拿过高粱烧。

那天晚上,两个人放开量喝酒。

喝到九成的时候，张四清站起身来，从怀里掏出一个纸包，说张小蝶的学费解决了，还剩下四千块钱，给你，买酒喝！

张义民按住张四清的手，说你先放着，我有话跟你说。张四清坐下，继续喝酒。

张四清高兴，边喝酒边唠叨。张义民似乎怀着心事，闷闷地喝酒。不知到了什么时辰，四面只听得蛙鸣虫唱。张义民幽幽地说，他决定去一趟广西，看看他的那帮战友。说这话时，张义民的眼角湿湿的。张四清还是第一次看见刚直的张义民这种多情的表现，长吁一口气。

张义民接着说，四清呀，那四千块钱，咱得做点积德的好事了。这人呀，有时候不认命还真不行呢，就像我……唉！张义民喝干了酒碗里的酒，满上，接着说，我早就想过了，咱禹泉河太好了，是一条母亲河呢！近几年，养鱼养虾的多了，养鸭养鹅的多了，但还缺少一些东西。说到这里，他又狠闷了一口酒，两眼红红地说，马上就到了莲藕大下的季节了，你把那些钱都买了藕芽，种到禹泉河边的沟沟滩滩上去吧！——不过，那可是禹泉村大伙的，到时候莲藕呀莲子呀再丰收，堆成山了，那也是大伙的，你也不能伸手，记住了？

张四清觉得有理，也觉到了严肃，点头答应。

两个人又继续喝酒，喝得杯盘狼藉天昏地暗。

第二天早晨，张四清就悄悄地离开了禹泉河，直到现在也没有人看见过他的踪影。

从那以后，禹泉河边长满了青翠的荷叶，开满了艳艳的荷花。到了秋天，河边穿梭着采莲子的孩子们，他们银铃般的笑语洒满了禹泉河畔。

今年夏天，据说县里一位领导无意中到禹泉河边溜达了一圈，就被禹泉河里清纯的荷花迷住了，就决定在禹泉河一带大搞生态农业，大办农家乐旅游！

张四清听说这件事，坚决抗议，他四处嚷，禹泉河里的荷花是大家的，谁也别想私有了！

张小蝶大学毕业后,考取了公务员,被分配到市民政局工作。张小蝶怀着感激也怀着好奇,查阅了张义民的档案:张义民,二等甲级革命伤残军人……至于残废原因,张小蝶看完后长长叹了口气:那场战斗之后,张义民保住了性命,但永远失去了做男人的资格。

为了保密,张义民以协议的形式把他的伤残军人抚恤金全部分配给他牺牲了的二十四位战友的父母。

看完张义民的档案,张小蝶做出人生的重大决定:她要想方设法寻找张义民！最近,市府要求干部必须走基层,张小蝶决定到她的故乡禹泉河边去!

鸳鸯祭

越王勾践灭吴，两大功臣——范蠡、西施神秘失踪，正史、野史之记载均有缺憾，于是，历史长河中演绎着一桩扑朔迷离的美丽疑案……

——题记

吴王夫差为其父阖闾雪耻，大破越王军。越王勾践被困会稽山，三月围未解。勾践山穷水尽，霸气锐减，彻底熊了。无奈，遣使求和，夫差一口回绝。情急之下，勾践操起宝剑直冲临时军帐。他决定先杀妻戮子，然后率领残余力量与夫差决一死战。

情急之下，谋臣文种一把拽住勾践的衣角，单膝着地："大王勿急，文种有一计可退吴兵。"说罢，递上一方丝帕。

勾践打开那方丝帕，上书三字："献西施。"

会稽山下苎萝村西有一条小溪。那里桃树夹岸，绿草成茵。溪水澄澈透碧，游鱼可数，人面可鉴。秋去春来，西施常年浣纱于此。

文种也曾痴情于西施。

一年前的春天，文种陪伴好友范蠡到溪边练剑。当时，西施刚刚浣纱完毕，正在溪畔梳理晨妆。那一头飘逸的秀发，经过春水的沐浴，恰似春云缭绕；那一身白色的纱衣，在煦风的吹拂下，凸凹出躯体所有的美妙；特别是那双眼睛，蓄积着一泓春水，润泽而晶莹，摄人心魄。

一睹西子芳颜，文种魂不守舍。

西施浣纱的时间很有规律,文种陪伴范蠡到溪边练剑的时间也很有规律。

范蠡练剑,文种就坐在溪水下游静静地看,看看蓝天,看看绿地,看看溪水,看看西施。有一天,文种鼓足勇气站到了西施面前。西施嫣然一笑。这一笑,文种的心便扑通一声险些儿飞出了嗓子眼,浑身竟然有些哆嗦。

文种急忙递过去一件礼物,西施看也没看就接了过去,冲文种粲然一笑,转身飘然离去。

第二天清晨,文种依旧坐在溪边,等待那梦幻中的美好时刻。西施在上游浣纱,冲文种莞尔一笑,随手丢下一件东西。那件东西顺着溪水悠悠荡荡漂到了文种面前。文种打开一看,正是自己送出去的那一件。那是西施浣纱时被水流冲落的一方丝帕。丝帕里包着一绺青丝,那是西施在浣纱溪畔梳妆时飘落的,文种瞪大眼睛从碎石草丛中一根根捡起来的。

文种那颗炽炭般的心哧的一声掉进溪水里,冷了。一股仇恨开始在心底发酵。他抖落那绺青丝,不动声色地恨恨地揣起那方丝帕。

母亲曾多次告诉西施,漂亮女人一定要找一个心眼大的男人,这样一辈子才会安稳。女人特有的敏感告诉西施:一个连女人的青丝都能一根根捡起来的男人,用情之深可以理解,心眼有多大就很难说了。

又是桃红柳绿时节。

范蠡练罢剑,坐在溪边歇息,撩起衣襟擦汗。正在这时,一方丝帕从背后飘来。范蠡捡起那方丝帕,那上面竟然绣着一对鸳鸯。待他转过头来,西施正咯咯轻笑着飘然离去。她冲着正在发呆的范蠡回眸一笑,范蠡眼前顿时一片阳光灿烂。

一年多来,西施一直在默默观察这两位青年。文种就像岸边绿林中的鸟儿,叽叽喳喳好表现;范蠡就像那溪水中的游鱼,冷冷静静喜沉默。最让西施心动的是范蠡那憨憨的眼神,憨憨的模样。西施从父亲施大夫那里得知,范蠡在疆场上可不是这样,那是一位杀伐决断掷地有声的铮铮男儿。动若脱兔,静如处子,乃真男儿本色!

看了文种之计,勾践眼前出现一丝亮光,总算临时抓到了一根救命草。

当天晚上,施大夫夫妻俩被传至越王军帐。

第二天早晨,西施被护送到越王军帐。

一夜之间,西施的两只眼睛挂起了两个红灯笼。对于她,这一夜太漫长了。一边是国家存亡,父母安危,一边是儿女情长。一位柔弱女子怎能扛起三座大山?

文种再次进言,让范蠡将军护送西施入吴。

范蠡从前线被越王特使快骑召回。

范蠡拜见越王。越王简洁地向范蠡部署任务,然后让他速去做准备。范蠡面无表情地回答,转身出了军帐。文种啪嗒、啪嗒眨了两下眼睛,满脸失望。

是夜,文种派心腹军士把守西施所住军帐,令:任何人没有越王令牌,不得进出那座军帐。文种要试试范蠡这池水有多深。

第二天早晨,越王率领众臣在浣纱溪畔为西施送行。这也是文种的建议。

西施在郑旦的陪护下来到溪畔。化妆后的西施面色微显苍白,眼圈微晕。但在众人面前,她仍面含微笑,飘逸大方。文种牙根酸得痒痒的,心里的恨积蓄成大海。

放下九五之尊,越王深深一揖道,西施姑娘,越国对不住你。越国的国运、越国百姓的性命就全托付给你了。

西施什么话也没说,只是轻轻还了个万福。

范少伯,西施姑娘就交给你了。一路走好!文种举起酒樽,给范蠡饯行,然后附在范蠡耳根说,西施留吴,将军可不能开小差,越国离不开将军。

我范蠡绝不背叛越国,文大夫尽可以放宽心,在会稽自在逍遥!范蠡脸色冷峻,按剑而去。

西施飘然登车。车仗在晨光中迤逦前行,往姑苏而去。

勾践深深叹了口气。勾践一直认为王后是越国最靓丽的女人,看到西施,才知道人外还有人外人。勾践为了王后,在整个越国撒了一遍网,没想到在这浣纱溪畔却漏掉了一条最大的鱼。从越王那一声长叹中,文种听出了懊恼和无奈。

车仗进入吴国边境，吴王早已派遣一支部队在此守候，令：西施、随护、使节继续前行，护送部队请原路返回。

又行了一段路程，西施叫停车。她让郑旦去请范将军过来说话。

范蠡来到车前，西施请他上车说话。

范蠡登车：施姑娘这一去，总算脱离苦海，享荣华，受富贵，前程似锦！范蠡面无表情。

两行清泪顺着西施的面颊滚滚而下：国将破，家将亡，身难保，西施又能何为?!

范蠡沉默无语。

西施岂是恤身之人！若西施一死可以解这千千怨，那就请少伯赐剑吧！西施道。

范蠡落泪。

少伯，西施没有对不起你的时候，也没有对不住你的地方，以前没有，今后也不会有。若是今生还有缘，西施愿舍寿命赌明天；若是今生缘已尽，就等来世吧！来世不做这受苦受累的人，就做那会稽山下自由自在的鸳鸯吧！

范蠡沉沉地叹了一口气，从怀中掏出那条鸳鸯丝帕道，施姑娘这条丝帕范蠡永远带在身边，范蠡愿用生命保护它。请姑娘不要忘了今天这番话！说罢，按剑下车。

心情平静下来之后，西施从怀里掏出一个葫芦形小陶罐，倒出药物，服了下去。顿时，两行清泪如江河水滚滚而下。

到达姑苏，西施进吴宫见吴王夫差。夫差在殿阶迎候。这几天，伯嚭一个劲在吴王耳边吹风，大言西施绝色倾城。今日一见，西施的美貌还是让吴王瞳仁放大，心口抽筋。

伍子胥见状，力谏，吴王，难道我们吴国也要出一个妲己吗？请斩西施，以绝后患！

伍将军太过了吧，堂堂的一位大将军，千军万马尚可容纳，怎么就容不下一位美丽柔弱的女子呢？伯嚭语含微愠。

伍子胥不理会，冲上前去，一把扯住西施的前襟，执剑厉声喝问，施姑娘为何怀揣利剑而来？

西施平静作答，不，西施怀揣四颗心而来。

怎讲？

国家危亡，愧心；远离父母，伤心；背弃亲人，痛心；侍奉吴王，诚心。西施不亢不卑。

我伍员倒想知道，你哪些是真心，哪些是假心！

西施现在说了将军也不会相信。吴国有句俗话：路遥知马力，日久见人心！日子还长，将军会知道西施的真心假心的！西施冷静如水。

伍子胥疾言厉色，吴王，请斩西施！红颜祸水呀！

伍将军不必多言，寡人自有主张。说罢，冲着站在一旁冷若冰霜的范蠡说，回去给勾践讲，西施，寡人留下了，谢谢他的美意。若他勾践能来姑苏为先王守墓，寡人立马退兵。

伍子胥仰天长叹。

范蠡回越复命。勾践听罢，怒不可遏，操起宝剑大骂，夫差匹夫欺人太甚！待勾践了断妻妾儿女，绝了身后之忧，再与他一决雌雄！

文种见状，急忙拦住勾践去路，以理晓之，请大王息怒！大王三思！周文王被囚于羑里，受尽侮辱，可他胸怀凌云之志，建立了西周王朝；重耳流亡十九载，吃糠咽菜，忍常人不能忍之耻，做常人不愿做之事，终成霸业。留得青山在，不怕没柴烧！大王，别忘了越国八百里江山，别忘了你霸五侯的夙愿！

范蠡走上前，大王若去吴国，范蠡愿随左右，伺候大王！

折了大军又赔了美人，颜面丧尽，勾践觉得自己就是一条丧家之犬。勾践捶胸顿足长叹不已。

勾践入吴，范蠡随护左右。勾践为了嘉奖范蠡的忠诚，也为了使范蠡以后更加忠诚，把自己的宝剑赏赐给了他。

夫差专门在阖闾墓侧筑一石室,供勾践、范蠡居住,为其父守墓。夫差要从心理上折磨并彻底击垮勾践。

夫差喜出游。每次出游,都要西施、郑旦左右陪护,而勾践则手执鞭杖,徒步走在车驾前面,范蠡徒步空手紧随车后。每次看着这种阵势,夫差就仿佛喝醉了酒,有点飘飘然。

一次出游归来,夫差冲着疲惫不堪的范蠡喊,良禽尚知择木而栖,范将军文韬武略不逊于管仲,堂堂七尺男儿,何必如此作践自己?可惜,可惜!然后挥鞭直指勾践道,如此卑贱之人,有哪一点值得范将军这般卖力?

范蠡拱手作答,范蠡能展平生宏愿,完全靠越王垂爱。儿不嫌母丑,狗不嫌家贫。范蠡若只知与越王同太平共富贵,而不能跟他同患难共生死,那真的连狗都不如了。

听罢此话,夫差连叹"罢了",驱车离去。

就在夫差旁顾之际,西施转身面向范蠡以手指心,默默投下一瞥,以袖掩面而去。

勾践回到石室,唏嘘不已道,早知有今日之辱,不如当初决一死战,倒也干净爽快。我勾践一世的英名,白白断送了!

范蠡当越王面立誓,来日必雪此耻,不洗此辱,难见先人,难立于世。

范蠡略作停顿,沉思后向越王建议,既然已受其辱,不如将计就计,想方设法取悦于夫差,竭力显示我们的忠心耿耿、懦弱无能、不知廉耻,让夫差觉得,我们锐气已尽,贪生怕死,只求苟活于世。只有这样才可以尽早脱身回越,以图大计。

看来也只好如此了,反正是磕倒磕到狗屎上了,怎么着都是一身臭。勾践无奈地一声长叹。

正在这时,西施托婢女送来晚饭。范蠡打开,竟是一碗手擀面条,上置几段葱白。

勾践不解其意。范蠡解释道,西施是想告诉我们,她牵挂我们,她知道,越国百姓也知道,大王今日所为完全是势不得已,大王是清白无辜的。

勾践叹了口气，施姑娘真是位好姑娘，冰雪聪明，善解人意，嫁给夫差这个匹夫，鲜花插在牛粪上，可惜了，可惜了。

其实，范蠡心里明白，西施是在告诉他，她与他的感情就像那面条，长相连，扯不断。她人在吴宫，身虽受辱而心系于他，如葱白一般一尘不染。

勾践一方面奴性十足地侍奉夫差，一方面暗中告诉文种用金银珠宝重贿伯嚭，让他在夫差面前常吹风，多说好话，离间吴王与伍子胥的关系。

夫差生病休养。范蠡从西施处得知是小疾，鼓励勾践前去探望，并提议勾践亲自为其诊断病情，以表忠心，迷惑夫差。勾践应允。

勾践探望夫差。当时夫差刚出恭完毕，侍女端着便盆正要离开。勾践拦住，很自然地用手撮取一小块大便，细加品味。

恭喜大王，您的大便色正性温，无恶臭，证明您无大疾，不久即可痊愈。

看着勾践这一举动，夫差震惊，问，勾践，你果真对寡人如此忠心吗？

勾践对大王的忠心，皇天后土可以明鉴。勾践唯唯诺诺。

勾践离开后，伍子胥请求立斩勾践。

夫差道，能尝寡人大便者，整个吴国唯此一人。诛杀这样忠心之人，有损寡人形象，以后谁还敢亲近寡人，谁还会赤胆忠心侍奉寡人！

想当初，勾践身为一国之主，何等威风，杀伐决断，从不手软。如此之人竟做这等下贱之事，定有大图谋、大抱负，大王不可不防。伍子胥语如利刃。

可勾践在吴国尝大王大便这件事，若传出去，他还有何颜面见越国诸臣百姓？还有何德何能治理越国？末路的英雄只是一条落水狗，能有何图谋？伯嚭瞅准机会和稀泥。

夫差默然不语。

这天晚上，西施又让婢女送来饭菜，范蠡打开，是一盘红烧乌贼须。

当心伍子胥！勾践顿悟，范蠡颔首。他们心里明镜般清楚：吴国的强大靠的就是这根擎天柱，这根柱子一倒，吴国也就走到了尽头。

越国加大贿赂伯嚭的力度。

吴王与伍员出现嫌隙,伯嚭与伍员的关系日趋紧张。

西施精心策划。

在西施的建议下,为了表示对勾践所作所为的赞许与安慰,夫差赐给勾践一桌精美的饭菜,外加一罐美酒。就在酒菜送达的时候,西施、郑旦陪同夫差乘车游玩。

夫差发现,勾践正在用自己赠送给他的酒菜祭祀先王。他态度极为恭谨,满脸忏悔之色。

夫差走向前去,感谢勾践所为。他拉着西施、郑旦的手对勾践说,感谢你送来的两位美人。她们让寡人真正懂得了什么叫江山美人。

勾践答道,大王,除了她们二位,贱荆不敢说是国色天香,也算是越国绝色,若不嫌弃,勾践愿把贱荆也献给您做侍妾,终日伺候大王!

夫差听罢,长声慨叹。

文种派奸细到姑苏放风:越国大旱,颗粒无收,百姓怨声载道,正在蓄谋造反,诸臣也有废勾践立新王之意。夫差担心失去对越国的控制权,计无所出。在西施、伯嚭的竭力怂恿下,夫差决定放勾践回国。临行前,勾践为了进一步去除夫差的疑心,抓住其好大喜功的特点,以越国饥荒为由向夫差借粮。夫差很大度,送给勾践一万石粮食,以镇国救民,笼络人心。

勾践回国后,卧薪尝胆,招揽贤能,奖励生育,力推耕种,广聚钱财,整饬军队。

十年磨一剑,越国国力渐强。

夫差八年秋,吴国遭遇水灾,歉收。在文种、范蠡的密谋下,越国决定归还先前向吴国借用的一万石粮食。文种组织人力,用筛子把粮食精心筛选一遍,去除瘪谷,留下粒大籽圆的,蒸熟后晾干,送了过去。

吴国见越国送来的粮食子粒肥大饱满,在西施的建议下尽皆引作良种。第二年夏天,吴国颗粒未收。这一年春天,夫差与伍子胥矛盾进一步激化,在伯嚭的谗言离间下,伍子胥被赐死。死前,伍子胥要求自己家人:在他的墓旁栽上梓木，待其成材；把他的眼睛剜下来，悬挂在东城门上，以见证吴国的灭亡。夫差闻知此言极为愤怒，命令把伍子胥的尸体裹入鸱夷革，抛尸江中喂鱼虾。吴国的擎天大柱已轰然倒下，夫差臣心民心丧失殆尽。

勾践见时机成熟，以范蠡为大将军，文种为军师，亲率大军攻吴。

一夜之间，吴国土崩瓦解。

夫差被勾践遣送到海中一座小岛上。到了岛上，夫差不堪侮辱，大呼，伍子胥，寡人无颜见你于九泉之下矣。他扯断衣襟蒙面，自刎于海岸边。

越王勾践破吴归，战士还家尽锦衣。宫女如花满春殿，成者为王败者贼。

勾践封赏三军。人们这才发现，两位大功臣——范蠡、西施神秘失踪。

就在越军攻占吴王宫的时候，西施脱下宫服，换上便装，用纱巾蒙面，随着熙熙攘攘的人流溜出宫殿，来到郊外吴王阖闾墓旁那座勾践、范蠡曾住过的石室。

范蠡料理完军务，脱下戎装，换上便服，也悄悄来到石室。越军上下完全沉浸在胜利的喜悦和喧嚣之中，谁也没注意范蠡、西施的动向。

范蠡、西施会面后，乘坐早已备下的马车，借助夜色的掩护，匆匆忙忙向西湖边驰去。早在一年前，范蠡就秘密地在那里建起一座草房，并专门雇请行家制作了一只香槐木小舟。

范蠡最了解勾践。勾践肚里那几根弯弯肠子，范蠡最清楚不过了。范蠡知道，越王一旦灭吴，有四个人定逃不了一死：夫差、伯嚭、范蠡、文种。不动声色尝大便、愿献爱妻做侍妾、睡草床吃苦胆，堂堂一国之君，能忍此侮辱，受此辛苦，死了，天下太平；一旦东山再起成就大业，必洗以前之耻，想方设法除去身上污秽，以清清白白面目示国人，用完美形象留青史。

一个亲眼看见主子种种龌龊表演的臣下定无存活下去的理由。

范蠡也曾有过另一种打算。他曾想在浣纱溪畔建一座结实的木头房，在战争结束后，解甲卸职，与西施双双归去，过那种与世无争、晚纺帛晨浣纱的普通人生活，平平淡淡了此一生。范蠡后来才知道，那只能是一个梦想，勾践决不会让他的梦想成真。

范蠡离开军队时,文种正春风得意,英姿勃发。范蠡觉得有必要提醒一下文种,给他浇点冷水,让这个好大喜功的朋友清醒一下。他写了一封短信,派一名心腹秘密送了过去:

狡兔已死,走狗将烹;飞鸟已尽,良弓将藏。越王为人,如长颈尖嘴之鸟,只可与其共患难,不可与其同荣乐。范蠡决定远去,军师何不速速离开?

马车来到西湖岸边的草房,一进门,西施便一头扎进范蠡的怀里,泪水如滂沱之雨,肆意奔涌。三千天的屈辱三千天的等待,三千天的辛酸三千天的苦盼,三千天的折磨三千天的梦幻,在这一刻终于可以无遮无掩地尽情释放出来了。

据说,那一夜西湖之水不知不觉中涨了三尺,连湖底的鱼虾都尝到了西施泪水的咸涩和苦味。

西湖的美景似乎专为范蠡、西施所设。那段时光是范蠡、西施一生中最开心、最具情趣的日子。西施又找回了浣纱溪畔的那个西施,没有强颜欢笑,没有违心做作,更不必戴着面纱,她无忧无虑,率性而为。这朵干涸了十年的花蕾终于盼来了煦风温雨,在西湖边上烂漫地开放了。他们白天泛舟西湖,悠闲垂钓,与白云野鹤为友;夜晚则卿卿我我,曼舞轻歌。尘世的一切烦扰都被抛到了九霄云外。

范蠡平生戎马倥偬,胸中装的都是铁血男儿的豪气。现在难得有一份惬意、一份悠闲,那掩藏起来的侠骨柔肠完全显露出来。每天早晨起来,在西湖岸边,他亲自为西施梳妆。幸福是水,生活在幸福中的女人是鱼。被幸福之水包围润泽的西施风采越发迷人,那娇美的容颜映在水里,连鱼儿都羞怯地躲开了。

西湖岸边的桃花像染上处子的血,云霞般鲜艳灿烂。一天午后,天气温暖得像只慵懒的猫。西施换上在浣纱溪畔与范蠡相识时穿的那袭白纱衣,在缤纷的桃花雨中翩翩起舞,恰似一只不胜娇羞的幸福的白蝴蝶。

范蠡心旌摇荡,激情勃发。他一把把西施揽入怀里,喃喃私语,给我生个儿子吧。

霎时,一层阴云笼上了西施娇美、幸福的面容,两颗清泪顺着眼角滴下。在前往吴王宫的途中,西施服下了自己秘密找来的根据民间秘方配制而成的一种药,吃了这种药,将终身不孕。西施知道,身入吴王宫,若生下一男半女,心存挂念,自己与范蠡的缘分也就尽了。为了那梦中之缘,西施只能这样做。可自己内心的苦衷又能向谁诉说呢!她只能自己默默承受!

那段日子,西施郁郁寡欢。范蠡不明就里,满头雾水。

为了排遣西施心中的那份郁闷,范蠡决定陪伴西施去姑苏踏青访春。他们着上便装,西施用纱巾遮面,两人上路。

江南的春天,草长莺飞,温风如酒,大自然那勃发的气息感染着人类的每一根神经。在大自然的怀抱中,范蠡、西施情趣盎然,天真活泼得犹如不谙世事的两个大孩子,那千般烦恼万般埋怨顷刻间烟消云散。

路过姑苏郊外时,范蠡建议再去看看那间石室。来到石室前,想起那三年忍气吞声的日子,想起天天对西施牵肠挂肚的思念,范蠡慨叹不已。与以前不同的是,阖闾墓侧又多了一座新坟,那是夫差墓。看到此墓,西施动容。夫差也算是个英雄。其父与勾践作战,中箭受伤而亡。为报此仇,夫差常置一属下立于内宫庭院之中,每当夫差出入时,此人必耳提面命,大声质问,夫差,你忘掉越王杀父之仇了吗?夫差随口应答,深仇大恨,岂敢忘怀!以此励志,终败越王。吴亡后,夫差羞愧难当,自责不已,认为辱没了先人,愧对伍员,竟蒙面自杀了。看来夫差也是性情中人。想到这些,西施不由得叹了口气。

文种被赐死。这个结果早已在范蠡预料之中,可范蠡仍然感到震惊,他那根为情所惑而变得麻木迟钝的神经受到刺激后又灵敏、睿智起来。

文种锋芒太露。文种忘了古训:“出头的椽子先烂。”灭吴后,范蠡逃逸。文种独揽越国军政大权。当文种确定西施踪迹不明之后,他被嫉妒之火烧昏了头,居然把郑旦带回私宅,据为已有。更让勾践恼羞成怒的是,一次醉酒后,文种竟然把他尝大便、献妻子之事泄露给属下,让他这个一国之主颜面大伤,威风大减。文种居然敢当别人的面打主子的脸,真的活腻歪了。

没等到文种醒酒,勾践就在他家门前召见他,说,寡人知道文先生韬略过人,在寡人这里真是大材小用,太委屈你了。先王那里正缺少一位栋梁之臣,寡人认为你最适合,先生还是去为先王出谋划策吧！说罢,扔给他一把宝剑。文种睁开蒙眬醉眼一看,正是夫差赐死伍子胥的那把剑,醒了,可也晚了。

文种重重叹了口气,大呼三声:范少伯、施夷光,文种对不起你们！然后自刎身亡。

除掉文种,勾践开始悬赏打探范蠡、西施下落,声称只要范蠡回越,勾践将全权委托军国大事。

范蠡听出了弦外之音。

范蠡与西施商量后,决定离开西湖北上。他们简单收拾一下细软,换上便装,租了一条大一些的竹篷船,先走水路。他们由西湖入太湖,渡过长江,进入洪泽湖,然后弃舟登陆,一路辛苦辗转,来到齐国一处美丽的海滨。

定居下来之后,范蠡、西施又沉浸在山色风光之中。海滨的风光虽然没有西湖秀美,却也别具风情。范蠡、西施纵情于山水之中,倒忘却了心中的些许不快,那烦乱的心情又纯正明净起来。

日子在逍遥中悠闲地流逝。

英雄向来难平庸。那千篇一律、波澜不惊的生活让范蠡渐渐感到厌烦。再美好的事物一旦完全据为己有,日久天长,也会失去新鲜感。再说,从江南带来的金银细软之物也已经使用殆尽,每天只能靠粗茶淡饭过生活。一日三餐,顿顿都是干菜烧海鱼,让人大倒胃口。西施生性爱干净,那浓重的鱼腥味叫她受不了,她总是不停地烧开水,把锅碗瓢盆烫了又烫,洗了又洗。那叮叮当当的碰撞声让范蠡心里烦腻,大有英雄末路之感,他第一次冒火,真是吵死人,你就不能轻一点吗？西施听了这话,柔弱的她倔强地抬起头,故意把那声音碰得更响亮。范蠡无奈,掩着耳朵,一甩门,出去了。

范蠡到海边走了一圈,那凉凉的海风让他渐渐冷静下来。他坐在岸边的礁石上,又想起西施的种种可爱之处,心底那股怜爱之情喷薄而出。他匆匆赶回家中,西施两眼微红,正独自坐在那里生闷气。

就在那一夜，范蠡做出了此生的又一次重大抉择。既然已断然不再去沙场施展抱负，那就打一场商战吧！范蠡知道，世间万事万物，面貌虽异，原理相通，战场、商场一脉相承。范蠡决心驰骋商场还有一层心思，西施既然把一生托付给他，他范蠡如果天天都让她吃干菜烧海鱼，那他这张脸皮只能扯下来做小孩的尿布了。

第二天，范蠡背着西施，当掉了那把跟随自己十几年的价值不菲的宝剑。为了与外界交往，范蠡化名鸱夷子皮。范蠡的这个名字很有深意，与西施密不可分。西施，又称西子，字夷光。范蠡巧妙地把西施的称谓化入其中，表达了自己与西施永不分离的亲密感情。

上天似乎很眷顾范蠡。那一年秋天，齐国风调雨顺，大丰收，谷贱如土。再加上丰收后连日阴雨，人们生怕收到手的谷物霉烂掉，纷纷压价贱卖。范蠡看到了商机也抓住了商机，他雇佣一批民工，在山顶建了几十座粮仓。粮仓用长檐封顶，四周仓壁开小窗以便透气，中间用木板搭成隔层。建成后，范蠡倾其所有购进谷物。

没几天，北风渐起，北方十月就下起地钉（结厚冰），陡然进入冬季。人们连棉衣尚未备全，牛马成群被冻死。由于谷仓建在山顶，再加上设计巧妙，冷风一吹，谷物自然晾干，颗粒无损。

范蠡知道，有盈就有虚，盈虚相生，自古如此。果然，第二年夏天，齐国大旱，蝗虫遍野，所过之处，草叶树皮皆掠尽，谷物颗粒无收。百姓只好捕捉蝗虫，晾干作食。齐人告贷无处。范蠡待时机成熟，开仓卖谷，几天之间便致万金。

范蠡拆掉草房，在海滨重新选择一方宝地，建起一座大宅院，雇仆人，买奴婢，当起了人间富翁。那座房子面朝大海，可观潮起潮落。房子的南边有一条欢快灵动东流入海的小溪。那里竹影匝地，芳草如毡。

西施依旧深居简出，即使陪同范蠡外出，仍用纱巾遮面。透过纱巾，心思细密的西施发现，只要一看到小孩子，范蠡就发呆，有时甚至不由自主走上前去，拍拍孩子的头，摸摸孩子的脸，掏点好吃的或零花钱赏给孩子们。那恋恋不舍的傻样子让西施心痛。

西施了解范蠡的心思。不孝有三,无后为先。范蠡想要孩子,像范蠡这样的男人也该有孩子。当然,范蠡想要孩子并不完全是为了延续香火,范蠡还没有俗到那种地步。西施也想要孩子。没有孩子的家总是缺少一份热闹,缺少一份温馨。你想呀,两个成年人除了吃饭就是睡觉就是谈情说爱就是忙生意,住别墅可以,住家里就太淡了太冷清了。

范蠡的生意越做越大。他冬天从南方贩来纱帛,夏天出售;夏天则从北方贩来皮毛,冬天出售。他充分利用反季节货物价格上存在的巨大差异,并且直接从货源地进货,利润自然不菲。

几年下来,范蠡家致万万金,富甲一方。

西施决定为范蠡娶一房侍妾。

西施再美,可她毕竟是女人,女人特有的细心和嫉妒她一样也不缺少。这件事着实让西施大伤脑筋。找一个漂亮的,担心日久生真情,自己这根线系不住范蠡这只大风筝,让他飞了可不得了;找一个貌丑的吧,对不起范蠡不说,万一娶了进来范蠡没胃口,孩子别想要了,自己在他心目中的地位恐怕也要大减价了,那可就损失大了。

正在西施费尽心思而无所获的时候,无意中听到家中的一位老仆人说,附近村子有位姑娘姓施,叫施小妹,漂亮贤惠。西施怦然心动。冥冥之中西施觉得那是天赐良缘。她决定偷偷地去拜访一下这位与自己似乎有奇特缘分的施姑娘。

见到施小妹,西施大喜。施小妹既不是那种漂亮得让男人失魂女人妒忌的女子,也不是那种丑陋得让男人恶心女人放心的女子,言谈举止甚为得体,且没有婚配。西施想,就是她了。

那一天吃完晚饭,西施把自己的想法向范蠡摊牌。她先给范蠡讲了一个刚从婢女那里听来的故事:齐景公为了逗自己的儿子玩,丢下国君的架子,口衔绳子装作牛,让孩子牵着走,结果跌掉了大门牙。人家背后都叫他“牛折齿”。

范蠡听后,长叹一声,一言不发。西施心头一凛。西施原本既想要孩子也想要感情,想两者兼得。现在看来自己想岔了。沉默了一会儿,西施还是把自己的打算和盘托出。西施认为范蠡怎么也会推辞一番,哪怕是装模作样。没想到范蠡竟一口答应,行!

听到这个“行”字,西施的心便咯噔一下,差点儿停止跳动。从那时起,西施的心便开始隐隐作痛,患下慢性心疾。

婚礼如期举行。让西施没想到的是,范蠡竟然把他那些商界朋友全都请来了。西施原来只想简简单单把喜事办完,别太惹人眼。现在看来已不可能。无奈,出于礼节和礼貌,西施只好以真面目示人。人们这才发现,鸱夷子皮的夫人貌美倾国,齐国绝无第二个。那一天,客人们谈论的主题不是鸱夷子皮的新配,而是西施的美貌。

那一天,贺喜之人络绎不绝,骏马靓车塞满道路,宴席摆了十里,酒香飘荡四方。西施怎么也没有想到范蠡竟然散了那么多喜帖。

范蠡很自豪,俨然一位商界泰斗。他又找回了那种久违了的成功感觉。

婚礼过后,鸱夷子皮夫人是绝色的消息就像长了翅膀一样传遍齐国。各级地方官员争相前来拜访,商界的朋友也争相前来做客,为的是一睹西施芳颜。更有那些公子哥动不动就想方设法献殷勤。就连齐景公也知道了,打算请鸱夷子皮出山,主持齐国的商务。

范蠡这才意识到问题的严重性。范蠡毕竟是范蠡,在大是大非上从不含糊,当断则断,从不拖泥带水。范蠡又坐到海滨的礁石上,北方初春的寒风一吹,他那发昏的大脑瞬间就结了一层冰,冷冻后的范蠡格外清醒。

范蠡对仆人、婢女们说,一位星相师说了,他刚娶侍妾,有灾祸,需要与家人独处一段日子才可以免灾。他很顺当地打发走了仆人和婢女。他又以周济穷人为名,散尽万万家资。方圆百里的百姓皆称其善。就在人们心存感激对他们一家人毫无芥蒂之时,范蠡带着西施、施小妹悄然离开了齐国。

范蠡一家乘坐马车悄悄来到鲁国的定陶,建房居住下来。范蠡在做生意时曾路过此地,这里的山山水水让他动情。这是一个优美的去处,山环水绕,别有洞天。特别是房前有条小溪,两岸桃林茂密,鸟鸣绕耳,溪水更是清澈见底,洁净如镜。这里的景致与浣纱溪颇为相似。

安居下来后,范蠡决定继续做生意。他改为“朱”姓,自称“陶朱”。为了便于称呼,也为了表示亲近和区别,施小妹干脆改叫东施了。

东施入门后,视西施如亲姐姐,从衣着到动作,处处模仿西施。后来有“东施效颦”的传说,疑为讹传。

机遇总是垂青有准备的人,范蠡恰恰是最善于抓住机遇之人。一天,西施用自制的陶罐烧水,那旺旺的炭火竟然映现出瓷质。范蠡心中一亮,马上叫西施灭火,取起陶罐细看,罐底坚硬而清脆,果然有瓷化的迹象。范蠡大喜,急忙取来陶土,发现这里的土质与越地烧制瓷器用的土土质极为相似。

范蠡决定仿越窑烧制陶器,以验证效果。一窑烧下来,启封一看,竟是满窑瓷器。范蠡验证其效果,与越瓷无异。

当时,北方多用陶器。陶器粗糙且易碎,使用时需轻拿轻放,很不方便。瓷器质地细腻,硬度也高,使用起来既美观又方便。范蠡雇民工建瓷窑,大批量生产瓷器。由于交通不便且易破碎,南方瓷器运到北方,价格昂贵,一般人家消费不起。范蠡利用本地资源生产瓷器,土贱、工贱,且省运费,瓷器价格自然就降了下来。不到一年的时间,陶朱瓷器风靡鲁国及北方地区。

范蠡短期内便致万金,又富得流油。

东施给范蠡生了两个儿子。西施发现,范蠡来自己房间的次数明显见稀。她的心里有点儿空落落的。

古代无“秤”。古人采用目测方法或通过等价物来衡量物品重量。范蠡有自己的方法。他把一根木棒架在固定好了的支架上,标上记号,根据杠杆平衡原理,需要衡量物品重量时,就在一边挂上所要衡量的物品,另一边尝试着挂等价物。当等价物与所挂货物平衡时,也就知道了物品的重量。这种衡量方法比目测法要准确多了,但满院子堆满了等价物——各种大小不等的石块,极不方便也极不美观。

有一天，范蠡又在衡量物品，西施在一边帮忙。西施聪慧好动。范蠡在一边挂需要衡量的物品，按常例，西施在另一边要更换不同的等价物。西施没有这么做，她尝试着把同一块等价物在杠杆上不停移动，竟然也能保持平衡。范蠡心头一亮，他反复揣摩多次试验，终于制造出中国历史上第一杆秤。聪明的西施对这杆秤进行了加工。她用枣木做秤杆，坚固耐用；用铜块做秤砣，精美耐磨。经过改进的秤美观实用多了。

范蠡抓住商机，组织一批人专门制秤。时间不长，“陶朱秤”行销大江南北，名扬大江南北。范蠡在商界表现出的智慧令世人惊叹，人们视其为商神，尊称他为“陶朱公”。

范蠡是个成功男人。成功男人往往有点儿发飘，发飘就会产生优越感，优越感逐渐膨胀往往就会漠视一些东西。

西施感觉到自己被漠视了。她打算做一次小测验，以检验范蠡的感情纯度。

那是一个初夏的早晨，阳光灿烂，桃树挂满已泛出胭脂红的果实，果实在绿叶中闪动，娇媚迷人。西施来到溪边，她特意穿上与范蠡在浣纱溪畔初次相识时的那件白纱衣，散开那如云秀发，对着溪水梳妆起来。

范蠡带着两个孩子在溪边玩耍，摘野花、捉蝴蝶，兴致盎然。西施梳妆完毕，喊范蠡过来帮忙。范蠡来到她身旁，很随便地用红纱巾把那头秀发束起来就离开了，对眼前的美丽竟然没有任何表示。检测结果令西施失望，她的心隐隐作痛起来，两颗泪花在眼底滚动。

春去秋来，时光荏苒。转眼间两个孩子已长成小大人。范蠡的生意也越做越红火、越做越大了。

最是秋风管闲事，红他枫叶白人头！一个秋日的早晨，西施来到溪边梳妆，透过明镜般的秋水，竟然发现自己的眼角有几丝鱼尾纹，那满头青丝中竟然也夹杂着几根白发。西施长长叹了口气，这才觉得光阴难以挽留，美景也易失色。她坐在溪畔发呆。美丽是美丽女人的生命，在某些时候，美丽的女人宁愿折去寿命，也不愿意失去美丽。西施决不会把一个丑陋的形象留给已成为她生命一部分的范蠡。

范蠡的应酬越发繁忙,外出谈生意是常事,夜不归宿也成了家常便饭。敏感的西施感觉到了疏远,女人的直觉告诉她,牵绊范蠡这个大风筝的那根线越来越脆弱了。心细如丝的西施不动声色地用自己的眼睛观察着范蠡的蛛丝马迹。当范蠡不在时,她会嗅闻范蠡穿过的衣服,看看有没有其他女人的胭脂味;当范蠡外出归来熟睡后,她会仔细翻开他的衣服,看看有没有其他女人的发丝。随着岁月的流逝,西施心中的那份感情酿成了醇酒,醉不了范蠡,却时时醉了自己。

西施的预感终于得到了证实。一天吃完晚饭,范蠡把一家人召集到一起,向西施、东施宣布,他打算再娶一房侍妾。

一向逆来顺受的东施第一次发火,摔了碗筷,拂袖出去了。西施的心又隐隐作痛起来,她忍着,什么也没说,默默回房去了。

迎娶侍妾的那一天,西施一言不发地做自己该做的一切。望着那位年轻貌美的侍妾,西施面色有些苍白。这些日子,她的心一直在隐隐地痛,可她强忍着。西施知道,自己这颗心总有一天要交待给范蠡这个冤家的,也许这一天已经不远了。

第二天早晨,范蠡走出新房,倒有些无言的失落。他进入西施的房间,这才发现西施的房间已收拾得整整齐齐、干干净净,只是人去屋空。

一道霹雳从范蠡的心头划过,过去的一切就在这顷刻间复苏过来。范蠡这才意识到西施才真正是他生命的另一半。

西施一路风尘来到了西湖岸边。那座草房还在,虽然破旧但还可以遮风雨;那只香槐木小船还在,虽然破旧但还可以游西湖。西施认认真真收拾好房间,居住下来。

那几天,西施白天独自一人泛舟西湖,寻找记忆中与范蠡共同生活的影子;夜晚静坐在草房里,听风声虫鸣,慢慢咀嚼自己几十年的人生路,回味曾经的酸甜苦辣。欢乐处,面带笑容;伤心处,暗垂泪珠。渴了,喝点西湖水;饿了,吃点野果花蕊。

西施的生命就在那苦苦的等待中一天天消瘦下去。冥冥之中的那一天终于到来了,西施的心开始一阵阵绞痛。西施来到湖畔,认认真真仔仔细细地梳妆打扮起来。回到草房后,她换上那件在浣纱溪畔与范蠡相识时穿的白色纱衣,用白色纱巾蒙面,静静地躺在那里,她一遍遍咀嚼自己与范蠡生活的点点滴滴,借此麻痹自己的疼痛。实在难以忍受时,她就在心里一遍遍诅咒那个大冤家。

草房外传来一阵急促的脚步声。西施知道,那个冤家终于来了。她呼出最后一口气,闭上了那双美丽而幽怨的眼睛。

范蠡冲进草房,抱起永远睡去的西施。揭开面纱,展现在范蠡眼前的是惊人的美丽:西施面含微笑,灿若桃花,依旧是那个浣纱溪畔的她!

夷光啊夷光,你抛我而去时还在剜我的心呀!范蠡神经质般不停地自言自语。

范蠡怀抱西施,就那么痴痴呆呆地坐着。自从西施离开后,范蠡这才发现自己对西施的那份感情已经深入骨髓,即使打断了骨头还连着筋。西施在他心目中的地位谁也无法代替也代替不了。西施似乎是为他范蠡而生,他范蠡似乎是为西施而活。

西施离开后,范蠡把家底和生意全部交给了东施和两个孩子,告诉他们自己到南方谈生意去了。东施听出了话外之音,可她知道自己拴不住范蠡的心,也只好听天由命了。

范蠡怀抱着西施就那么坐着,坐着,一坐就是三天三夜。三天三夜,范蠡须发尽白。

那是一个春天,西湖春色正酣。那岸边的桃花正开得烂漫,那鹅黄的小草正泛着新绿,那零星的野花正开得娇艳,那清纯的湖水正蓝得如温玉。范蠡抱着西施,踉踉跄跄登上那条香槐小船,与西施并排躺在船舱,然后掏出那块鸳鸯丝帕遮住自己的脸,任由小船向西湖深处自由漂去……

那年春天,游春的俊男靓女们陡然发现,西湖底的青螺竟然变成七彩的了。他们哪里知道,那是由于青螺们吸食了西施的眼泪和梳妆时流下的胭脂水。

就在那年春天,西湖水面出现了一种从来没有见过的美禽,它们深通人性,不弃不离,生死相依。——那就是来自会稽山下的鸳鸯。

也就在那年春天,人们开始把西湖称作西子湖,一直沿用到今天。

短小说八题

1. 羞耻之心

某局长室。萧科长坐在墙边的沙发上，脸色灰白，两眼布满血丝，看来彻夜未眠。掌局长坐在办公桌前，拇指、食指、中指拢成一个圆，悠闲地旋转着手中的茶水杯，一脸的安详。

局长，昨天……萧科长急红了脸，额头上密密麻麻沁了一层汗。

昨天？昨天那点地震，比起我在越南战场上打美国佬时遭遇的飞机大炮轰炸差远了……掌局长侃侃而谈，依旧一脸的安详。

某地区是地震多发区。二十世纪六七十年代，每年地震预警时期都要进行防震减灾大演习，那时家家盖过防震棚，人人住过防震棚，人们最敏感的神经就是那根地震神经了。

昨天，局办公楼神经质般抖了几抖。不知谁鬼喊了一声“来地震了”，人们那根平日就绷紧了的地震神经顷刻间就绷到了极限。办公楼上的人们像秋风扫落叶似的飘下了楼。掌局长毕竟年迈体弱，落在了后头，哆哆嗦嗦地站在楼道口，愣是迈不开那双罗圈腿，挪不动那个罗汉肚，正挡在了萧科长的前面。萧科长轻轻地推了一掌，掌局长就稳稳当当地坐在一边的楼梯上。萧科长一溜烟似的下了楼。

局长，昨天……萧科长满脸流汗，衣衫透湿。

昨天？昨天那也叫地震？唐山大地震知道吗？我去慰问过，死人堆成了山，一天十几次余震,那阵势……

局里的人都知道,萧科长是掌局长一手培养起来的年轻人,是掌局长退居二线后的第一接班人。萧科长小掌局长近三十岁,和掌局长的子女一般的年龄。萧科长也常常以此身份进出掌局长的家门。

局长,昨天……萧科长脸色苍白,眼里闪着泪光。

昨天?还记得1998年那次百年不遇的特大洪灾吗?抗洪前线我都去过了,那场面……掌局长仍旧一脸的安详,愣是没让萧科长说出那后半截子话。

后来,人们才知道,那是附近一座居民楼爆破引起的震动。

一年后,掌局长退居二线。萧科长接班后,工作游刃有余,政绩斐然。据组织人事部门知情者透露,为了萧科长顺利接班,掌局长跑直了两条罗圈腿,跑瘦了罗汉肚。

局里跟掌局长关系特近的人背后问掌局长,为何让萧科长接班,掌局长说了一句:

他有羞耻心,有羞耻心的人品行注定不会差。

2. 惊心

县政府办公室的秃顶老王一改往日乐呵呵的脾气,一大清早就两眼发直地呆坐在办公桌前。秃顶老王今年五十有五外挂一点零头。听说,办公室打算让一批年龄大的干部提前退休,腾出位子,公开向全社会招聘,这是新潮流。秃顶老王知道这对他意味着什么。秃顶老王坐了三十年的办公室,只混了个副科级。秃顶老王没有其他想头,只想带着个正科级离开这间熟悉的办公室,将来调级分房子好有个依靠,讨点便宜。为了这,秃顶老王不再甩扑克、搓麻将、耍嘴皮子。秃顶老王决定好好表现表现。

今天早晨,秃顶老王看见李县长远远走来,马上满脸堆笑,摆好姿势站在路边等候。结果,李县长和秃顶老王撞了个对面满怀,连声招呼都没打,匆匆离去,晾得秃顶老王好狼狈。李县长虽然出身名牌学府且又年轻有为前途无量,可自从上任以来，对手下的这帮老头子、老太太还是满讲文明懂礼貌的，只要照面总是热情地招呼几声，平时也是关爱有加。秃顶老王的心里犯起了嘀咕……

莫非这段时间做错了什么事？每天上班下班，除了单位就是家，两点成一线，秃顶老王没有犯过规越过位。那些“学习108号文件”（甩老K）和“砌长城”（搓麻将）的“无名高地”，秃顶老王虽然心痒痒手痒痒可再也没有光顾过，难怪同科室的那帮难兄难弟们到处戏言秃顶老王到了“更年期”，变态了。

莫非马上就要被扫地出门？不可能呀，前几天李县长还委托秃顶老王起草一份上一季度的全县经济工作总结，在大会小会上，李县长多次夸奖老王写得好，有见地也有分量。李县长不像是过河拆桥的人啊。秃顶老王如堕五里雾中……

杨秘书提着两个开水瓶走了进来。杨秘书和李县长是楼上楼下的邻居，杨秘书还是李县长的“家务特别助理”。

小杨呀，单位最近有什么事吗？秃顶老王决定探探雷区，弄个明白。

没听说。杨秘书满口标准的普通话。

听说单位最近就要操作人事招聘？

不晓得。

李县长家昨天有啥事？

没——有——杨秘书不耐烦了。

李县长昨天晚上没和老婆吵架吧？

……杨秘书瞅着老王的秃顶，满脸的狐疑和戒备。

正在这时，李县长推门而入，杨秘书，我今天太忙，你马上去给我配副眼镜。型号写在纸条上。

李县长，你的眼镜？秃顶老王迫不及待地追问一句。

昨天晚上摔坏了。

秃顶老王猛然想起李县长是个“四只眼”，摘掉那厚厚的眼镜，就是个睁眼瞎。秃顶老王下意识地摸了摸自己鼻梁上的老花眼镜。

原来李县长今天早上没戴眼镜！秃顶老王霎时明白了一切，悬了半天的心又稳稳当当地落到了肚子里。

3. 绿灯20秒

罗雨明怎么也想不到,36岁的他竟然也有一段婚外的浪漫。

全国各个城市的交通规则基本相同,那就是在60秒的通行时间里,绿灯20秒。也就是说你通过十字路口时,顺畅通过的概率只有三分之一,而三分之二的可能是堵车。

那是一个初春的早晨,马路边的迎春花已经烂漫开放。一夜料峭的寒风裹挟着小雨,路面上结了一层薄冰。又是那只令人讨厌的红眼睛。罗雨明停下那辆紫红色的大踏板,单脚撑地,等待那只绿眼睛的睁开。

那只绿眼睛在人们的焦躁不安中呆板地睁开了,车流潮水般向前涌去。刚穿过马路,一辆乳白色的"三羊"小踏板滑倒在路边。身着紫色套装的女主人无助而又无奈地站在车旁。

罗雨明停下大"三羊",走向前去,扶起那辆小"三羊"。他检查完车子,一打按钮,小"三羊"又"嘟嘟嘟"地唱起歌来。罗雨明直起腰,就在那一刹那,罗雨明看到了那双眼睛,那双春水般润泽而灵动的眼睛。那是罗雨明这辈子所看到的最美丽最醉人的眼睛。罗雨明扶着车把的手微微战栗,一股浓浓的春意在心底奔涌。

第二天早晨,十字路口,罗雨明又看到那双醉人的眼睛,那双眼睛也在含情脉脉地注视着他。就在两道目光交织的一刹那,那股浓浓的春意又在罗雨明的心底荡漾。绿灯快活地睁开了眼睛。大"三羊"、小"三羊"一起越过了十字路口。向北走大约500米,小"三羊"向东拐去,罗雨明继续向北。就在右拐的一瞬间,那双醉人的眼睛飘过来一个漾满春意的微笑。

粉红、乳白、淡绿、浅紫……小"三羊"上的服装蝴蝶般美丽。罗雨明发现,不管哪种颜色的服装,与那双醉人的眼睛搭配,都是那么的和谐美丽。

马路边绿叶透嫩,百花绽放。

罗雨明感觉到,此生再也离不开那双眼睛了。一个多月来,一天看不到那双醉人的眼睛,开始是失落,后来是失眠。为了检验这种情感的浓度,憨厚的罗雨明也耍了个小心眼。那天早晨,罗雨明早早来到十字路口,躲在路边的广告牌后边。他看到了那双眼睛,开始是失望,后来是沮丧,最后闪着泪光。她错过了三次绿灯,才无奈地离去。罗雨明心中的那股春意变成了温情的海洋。

就在那天下午,罗雨明下班的时候,无意中竟看到了她坐在一位男士摩托车的后面。那夜,罗雨明通宵未眠。

第二天早晨,罗雨明正在等待那只讨厌的绿眼睛睁开。身后飘来了略带娇嗔的声音,那是我弟弟。罗雨明转过头去,那双醉人的眼睛正冲他微笑,清纯中含有一丝怨恨,一丝报复性的狡黠。

罗雨明的心醉了。罗雨明决定找时间和她谈谈。他写好纸条,捏在手心,打算早晨相遇时递给她。可见到她时,手心沁出了汗,竟不由自主地说了声“再见”。

马路边的花儿已经谢尽,苹果树的枝头坠满了青果。

六一儿童节的早晨,阳光无限的明媚。罗雨明带着女儿去学校参加联谊活动。又是讨厌的红眼睛。就在这时,罗雨明看见了令他心颤的一幕:她的车后带着儿子。俩人眼光交织的一刹那,罗雨明的心剧烈震颤,他的脸色霎时苍白如纸;而那双醉人的眼睛,也写满了慌乱。

绿眼睛睁开了一次还是两次?他们谁也记不清了。直到交警出来干涉,他们才回过神来,把车子骑到了路边。

你儿子?罗雨明找回了那丝冷静。

那双醉人的眼睛凄婉地点了点头。

真像你。罗雨明的心渐渐明朗起来。

那双醉人的眼睛终于微笑起来。

你女儿?声音恢复了往日的那份甜美。

罗雨明点了点头。

真像你——甜美中有点儿俏皮。

罗雨明笑了起来,那双醉人的眼睛也笑了起来。

那千丝万缕的情感霎时烟消云散了。罗雨明的心豁然开朗,那里荡漾着无限的温情,盛满了明媚的阳光。

4. 婆媳之间

记得小时候,村子里有一对婆媳,动不动就拌嘴。媳妇嘴特巧,能说会道的,且善于抓理,村里人都叫她“机关枪”,称她吵架的架势叫“拼刺刀”。婆婆年轻时中过风,嘴有些歪,说话就“那个那个”地口吃,可性子很暴躁,是那种煮鸡蛋等不到煮熟蛋黄的人。每次吵架,婆婆争不过媳妇,就使出绝招:脚一跺,跑去跳河。

村子南头有一条河,离她家只有四五百米,好像专为她跳河才开凿似的。媳妇嘴虽厉害,可怕担当不孝的罪名,每次看见婆婆往河边跑,马上撤火收兵,拽着婆婆的衣襟妈妈长妈妈短地赔不是。媳妇越拽,婆婆越有劲头,拽断衣襟是常有的事。直到村里人看见了,走过来劝架,先数落那年轻媳妇一通,再劝她说孩子不懂事,你一大把年纪,别跟她一般见识,或是儿子看见了,走过来大骂媳妇一顿,亮出拳头要揍媳妇,婆婆这才心满意足地收兵。

有一天,刚吃过晚饭,公公和儿子上麦场打麦子去了。媳妇喂猪见猪吃得欢,就往猪食槽里多加了点饲料精。婆婆刚从厕所出来,正系裤腰带,看见了,就嚷媳妇大手大脚不会过日子,做饭时味精都不能多放,这饲料精就能多放了吗?婆媳俩又吵上了。当时正逢秋收,家家忙得陀螺似的,对他们婆媳之间的拌嘴早就习惯了,没一个过来劝架的。媳妇瞅准时机,猛吵一通,舒舒胸中恶气。几个回合下来,婆婆败北,丢掉怀里的小孙子,拔腿就往河边跑。

那天是阴历三十,到处黑魆魆的。婆婆一溜烟跑到河边,脚步明显放慢,听听后面没有动静,就往河里走。河水湿了鞋子,后面还没有动静;河水湿了裤脚,后面还是没有动静;河水没过膝盖,后面还是没有动静……婆婆于是喊一句,我那儿子呀,为娘去了耶,后面还是没有动静;婆婆又喊一句,我那孙子耶,奶奶去了呀，后面还是没有动静。河水已经没过婆婆的肚脐了。

不知过了多久，凉凉的河水使婆婆退了心火。

婆婆提着湿裤脚，走上河堤，四周一片秋虫的嘶鸣声。婆婆无奈，只好打着喷嚏，浑身颤颤地沿着原路往回走。

到了家门口，就看见媳妇依在大门框上，正在嗑瓜子，那眼睛正望着河边呢！

婆婆的脸腾地像块大红布。媳妇停止嗑瓜子，说，回来了？回来就好！

婆婆的脚有些不听使唤，那眼泪就下来了，喊了一句，俺舍不得俺那小孙子耶，俺实在舍不得俺那小孙子耶！

媳妇丢掉瓜子，拍拍手，说，舍不得就好，舍不得就好！顺手拿起早准备好的干衣服递给了婆婆。

从那以后，婆媳之间很少再拌嘴。

5. 懒婆娘喝药

小时候，村子里有一位媳妇，极懒，是那种连油瓶倒了都不扶的主儿。

俗话说三秋不敌一夏忙，正是麦收时节，男人们忙得脱去了一层皮。

一天早晨，男人到麦场去晾晒刚打好的麦子，没吃早饭，就嘱咐媳妇早点做午饭，多做点午饭。媳妇见男人出了门，爬上床蒙蒙眬眬又睡过去了。一睁开眼，正晌午了。爬起来一看，男人抗着木锨快进家门了。

米没淘，菜还没摘。女人急了。男人脾气不好，再加上忙累的，那火苗动不动就窜上房顶，半个月来就没见顺气过。女人怕打，昨天给踢了一脚，屁股上青青的鞋印还在。

男人越来越近，眼见那皮肉之苦又躲不掉了。媳妇灵机一动，发现墙角有一瓶农药，抓起来就向身上洒。

男人跨进门，见媳妇满地打滚，满屋子散发着浓浓的农药味。男人吓黄了脸，以为都是昨天那一脚惹的祸。

男人找来拖拉机，抱起媳妇，一溜烟开进了镇卫生院。

急诊。

医生抱来一大堆药，先灌肠洗胃。

媳妇痛苦不堪，扯直嗓门喊，我没喝药，没喝药。

医生就说，越喊没喝药，就越证明喝了，越要狠灌。

男人也说，是这个理，真是这个理！

媳妇真急了，不知哪来的牛劲，拳打脚踢，摆脱了医生、护士，跳下病床，撒腿就往外跑，一眨眼工夫就窜上了马路。

男人见了，开拖拉机就在后面追。

媳妇一直跑进村子，拖拉机愣是没追上。

从那以后，媳妇和别人拉呱，只要谈到那段经历，就说，怎么着都成，宁愿挨嘴巴子、挨脚踹，千万别喝药，那不是人受的罪！

直到现在，村子里没有一个喝农药寻死觅活的人。

6. 远处那一抹青山

村子里有一对父子，父亲是文盲，儿子念初中。父子俩冤家对头似的。

有一年暑假，刚放假，儿子前脚还没跨进家门槛，父亲蒲扇般的手就伸过去了。

拿来！铁塔般的父亲声若洪钟。

什……么……瘦弱的儿子像一只受到惊吓的小鹿。

家庭报告书！父亲显然被儿子的故作糊涂激怒了。

丢……了……儿子嗫嚅着，身体有些抖，风中的绿叶似的抖，双手不由自主把肩上的书包往背后挪了挪。

父亲上前一步，一把从躲躲闪闪的儿子肩上扯下书包，来了个底朝天。

满地都是刚采集的标本，上面还有露珠的痕迹。红色封皮的“家庭报告书”很扎眼。

语文105，数学121，英语89，物理……父亲念着数据。念完了，父亲抬起头，这英语才考了89分，怎么老是上不去？我不是给你说了多少遍了，要好好学英语，学好英语才能出国，赚大钱！你看咱村的段武山，人家英语学得好，出国了，经常往家里寄美元。

儿子捂住耳朵。

父亲看看地上，说，你又去捣鼓这些烂玩艺了？

儿子说，我喜欢植物，你知道吗？植物！

父亲的火又冒出来了，你以为老子不知道，植物就是庄稼，种庄稼有什么出息？

儿子就嚷，植物不是庄稼！

父亲就说，是庄稼，我侍弄了大半辈子庄稼，还能搞错？

儿子就说，树是庄稼吗？

父亲说，不是。

儿子又说，花是庄稼吗？

父亲说，不是。

儿子就说，庄稼是植物，植物不是庄稼。

父亲就说，你别绕了，都是那位白发老头害的，说咱这儿青山绿水，样样都是宝。几句话就让你着了心魔了！

儿子就嚷，人家是大科学家，听说还是一位院士呢！

父亲就说，不管他是院士还是护士，反正不许你再捣鼓什么植物了！好好学英语，将来挣美元！再胡来，我打断你的狗腿！

从此以后，儿子开始学英语，不，开始说英语了。

第一天中午，父亲正在树荫下铡牛草，儿子喊，Let's go and have lunch！（吃饭了）

父亲愣了半天也没回过味来。

第二天，父亲的一位朋友来了，儿子就说，Nice to see you uncle！（叔叔好）朋友愣了半天，就笑，意味深长地笑。饭桌上，父亲要儿子陪客人喝杯酒，儿子举起酒杯，说，Let's go and have alcohol！（请喝酒）客人又笑，意味深长地笑。父亲憋不住了，就嚷，小兔崽子，你吃的是中国饭，怎么净吐洋玩意！

儿子就回敬一句，你这个老家伙，不说英语怎么挣美元？

那位儿子后来真的成了植物学家，留学澳大利亚，时常给他父亲寄外币。

7. 宝贝

小时候，村里有位张三爷，在县城百货公司门旁修自行车。那年头是不允许搞私营的，好在当时最时髦的家私就是“三转一响”，自行车凭票供应，人人都当作宝贝。自行车是消费品，也会坏，坏了就得有人修理，开一个自行车修理厂，经济上不划算，再说自行车是骑到哪儿坏了就在哪儿修，总不能打个炮也要运到修理厂去吧。所以在路边的树荫下，墙头边摆上个修车摊子，人们也就没往“资本主义的尾巴”上想。

张三爷手巧，修车也修得地道。团团近近的人都认他，车子坏了就推过来让他修。时间长了，彼此也就熟悉了，平时借个气筒打打气，找个气嘴皮、螺丝帽什么的用用，很随便。那时的人思想特朴实，有些人过意不去，就顺手丢几块花皮糖块，丢个苹果、梨子，丢包烟什么的。这些东西看起来不怎么金贵，可都是凭票供应的，对于农村人来说就是稀罕物了。

张三爷三年前死了老伴，儿子分家另过，女儿也嫁了人家，孤孤单单的，每天不想跑那十来里路，就在墙边上搭个简易帐篷，夜晚放下白天收起，买个煤油炉子煮饭吃，变成半个城里人了，过得清闲自在。

孙二爷是另一个生产队的，被分派到城里积肥料的。那时，连草都割光了，捂起来当绿肥，人们的眼光自然盯上了城里的厕所。孙二爷每天拉着辆平板车进城，车上装着十二个尿桶，装满了就往回运，一天一个来回，风雨无阻。

每天晌午，孙二爷就凑到张三爷摊子前，讨根烟抽抽，讨碗水喝喝，顺便歇歇脚。

张三爷就拿出别人送的糖果什么的，包好，递给孙二爷，说，麻烦你带给我孙子。

孙二爷和张三爷虽是庄邻，可并不认识张三爷的孙子，就问张三爷他的孙子长什么模样。

张三爷就说，住村头路口第一家，红瓦房，长得最漂亮最精神的那个小男孩就是的。

孙二爷就点点头。

说这话时还穿着棉袄，到了收麦子的时候，张三爷决定回家看看。

到了村口，张三爷先去看看自己的小孙子。小孙子见了爷爷就咬着手指头。张三爷就问小孙子，爷爷给你的好东西都吃了？小孙子摇摇头。

正在这时，孙二爷拉着板车回来了，见了张三爷和他的孙子，停下车，走过来，捧起小家伙的脑袋，嚷一句，这就是你孙子呀，让爷爷好好看看，记住了。

张三爷拉着脸，孙二爷就讪讪地赔着笑脸说，你说村头第一家，红瓦房，这……

张三爷抬头一看，是呀，村头家家都是红瓦房，又是十字路口，第一家多着呢！

孙二爷就说，我找了半天，看来看去，比来比去，就发现，我家的小孙子最漂亮最精神，嘿嘿……

张三爷什么也没说，气鼓鼓地掉头就往村里走。

张三爷路过自己家的三分自留地时停下了脚步。那地里不见一根杂草，葱、蒜、辣椒、西红柿长得油油地旺！

张三爷笑了，骂了句，这个老东西，明天我得给他弄包好烟……

8. 数字过敏

林芃面前摆着一杯咖啡，我面前摆着一杯绿茶。

林芃的咖啡飘着薄薄的棕色的雾气，我的绿茶冒着淡淡的绿色的雾气。棕色的雾气和绿色的雾气居然楚河汉界，各自缭绕自己那份空间。

透过两层雾气，我呆呆地望着林芃那双水汽氤氲的湖水一般澄澈的眼。

读大学的时候，我曾经很想很想成为一条鱼，能够在这两汪水汽氤氲的湖里游荡，天天喝到湖里甘甜的水。大学毕业那年，林芃凭借她那双水汽氤氲的眼跨进了省外贸厅的门槛，而我就像一条丧家的鱼游回了灰蒙蒙的生我养我的小城市，回到父母从小就为我挖好的鱼塘。

我知道我和林芃的故事并没结束，至于这个故事会在什么时间、什么地方继续下去，达到高潮，那就要看天意了。今天也许就是天意。

大四那年冬天，我躺在被窝里看一本书，一本研究人与数字关系的书。对于这本地摊上的玩意，开始我没往心里去，只是当作闲书翻翻。可翻着翻着，我就看到了真理。一位伟人姓名的笔画数是28，书上说这跟他后来改变世界有极大关系。我就一笔一画地在我的肚皮上描画我姓名的笔画数，我惊奇地发现，我姓名的笔画数也是28！那一夜我兴奋得好梦联翩，差点弄脏了床单。

林芃，姓名笔画数是14。14就是“要死”，我最忌讳的一个数字，可用在林芃的身上就不一样了，14是28的一半，女人本来就是男人的一半嘛！

这次到省城出差，冥冥之中我觉得我和林芃的故事该达到高潮了。公干完毕，我就给林芃发了个短信，林芃真的就来了。

这家茶社的小包间很雅致，四壁包括门背面都刷上了逼真的青石的颜色，关起门来，真疑心坐在原始山洞里。更妙的是山洞壁上挂着一幅画：一位美人上身全裸，两只乳房像两个熟透了的桃子，曲柳般的腰肢崛起之处摆着一罐老酒。

我望了一眼墙壁上的美人，瞥了一眼林芃，说林芃我给你看看手相吧。林芃水汽氤氲的眼睛顿时星光点点，迟疑了一下，把右手伸了过来。我一把攥住这只柔弱无骨的手，我感觉到她五个指尖上有五颗心在跳动。我知道我终于有机会喝到那两汪水汽氤氲的湖里的水了。

从省城回来，我的心情阳光灿烂。

这种灿烂的心情在星期一早晨蒙上了乌云。早晨一出家院大门，我就迎头撞到一个车牌号：141414。望着在轿车的尾气中渐渐远去的数字，我的胃粗粗拉拉地难受，早晨喝的那杯牛奶、吃的两个鸡蛋开始痉挛我的胃。到了单位，打开办公室的门后我就去了厕所。这种过敏反应经常发生,最好的解决办法就是蹲厕所。大约一支烟的工夫,我回到办公室。办公室的气氛不对劲。办公室就三个人,秃顶老王,烟枪大李,还有一个我。

烟枪大李满脸晦气,慢条斯理地用牙签整理他那嘴狗屎牙。秃顶老王架起老花眼镜正在专心致志看报纸。我洗完手刚刚坐定,烟枪大李就抛过来一句话,今儿早上是不是你先进的办公室。我说是呀。烟枪大李不吭声了。秃顶老王脸伏在报纸上,说烟枪大李的"枪"丢了。我连忙问怎么回事,烟枪大李高声嚷,我抽屉里的两条大中华给贼想去了。我一听不由自主笑了起来,带出一句"好好"来。秃顶老王赶紧加一句,还有四百块钱。我的笑容僵在脸上。烟枪大李每天要抽一包烟,我和秃顶老王整天都是在云山雾海中度过的,听说烟枪大李的"枪"丢了,欣喜之情自然溢于言表。可丢烟毕竟不同于丢钱,就像打屁股不同于打脸一样。烟枪大李一个劲嚷嚷要报警,整得我和秃顶老王心里灰溜溜的,真做了贼似的。昨天下班是秃顶老王锁的办公室的门,今天早上我开了办公室的门,都沾着嫌疑。整个白天,我吃了只苍蝇似的不自在。

下班的时候,秃顶老王塞给我一张报纸,回到家里后我就扔到床头,因为我太了解秃顶老王的欣赏档次了,无非是一些让人喷饭的花边故事。晚上,我玩了会电脑就上床睡觉了,躺在床上想想白天的事胃里就不舒服,看来今夜又要失眠了。我顺手拿过秃顶老王塞给我的报纸,想消遣一下。

打开报纸,我的心脏差点停止跳动。我的一篇文章发表了,而且是头版。我的文章题目是《关于L市文化消费情况的调查及应对策略》。我为何激动得如同猪八戒进了女儿国?《XH日报》是我省头号大报,在全国也极具影响力。我知道这篇文章在我们这样的城市将会给我带来什么!

我细看报纸,果然,这是昨天的报纸,而昨天恰恰是28号!噢,顺便说一句,由于我们这里交通相对闭塞,隔日看报是很正常的事。再细看报眉,是第198期!

事情向我想象的美好方向发展。我的文章见报的第三天,分管文教的副市长韩莉来我局视察工作。韩市长利用嗑瓜子的间隙来到我的办公室,进门就说何连云(我姓名的笔画数为28,是指我姓名的繁体字笔画数,因为那本书上说得很清楚,简体字不行,繁体字才暗藏着无限玄机)呀,你为我们市的文化宣传做了大贡献了,你用笔杆子宣传了我市形象,并提出了极好的建议,感谢你呀!说罢,拉着我的手足足有一分钟,嫉妒得局头眼珠子像两个烂山楂,都快蹦出眼眶来了。

有了成功体验,我真有一种"天将降大任于斯人也,必先苦其心志,劳其筋骨"的使命感,我开始拼命写作,半年之内,竟有十余篇文章散见于报端。我成了这座闭塞小城市的知名人物。

我今年28岁,在省城,这个年龄正是迷死人的时候,可在我们这里就是老处男了,就像熟过头的瓜,只有贱处理的份了。好在我的那点小名气推迟了我被大甩卖的时间。不是我不想有个家,我心里始终忘记不了林芃那双水汽氤氲的湖水一样澄澈的眼。曾经沧海难为水,除却巫山不是云。可我不得不面对这样的现实,林芃床上躺着的是省城小有成就的私营老板,腰缠万贯,林芃的女儿已经扎着蝴蝶辫子在新兴贵族幼儿园翩翩起舞了。

我实在不好意思让我那戴着老花眼镜的母亲再给我洗充满臭咸鱼味的袜子和那……有点不好意思的内衣了。

正巧,文化系统的一位老人给我介绍了一位。我们约好晚上在情侣茶吧见面。电话里设计的见面镜头挺浪漫,我拿着一支玫瑰,她拿着一本书,丹·布朗的《达·芬奇密码》。

茶吧里很热闹,品茗的少,扮风雅的多。她来了,手里拿着本火红封面的《达·芬奇密码》。看见我面前的茶杯中插着一枝玫瑰花,她就落落大方地坐了下来。我和林芃之间有过一段死去活来的缠绵之爱,每见到一位女人,我总是不由自主地与林芃来一番比较。必须承认,我从看见她第一眼开始,我就为林芃以外的另一个女人动了心。如果说林芃是一枝牡丹,那么她就是一朵青莲。

好像在哪里见过你?

是吗?

你太像一个人了?

是吗?

让我想想,——你长得真像电视节目主持人,就是主持"千缘"的那个白雪!

是吗?

茶吧有些吵,我见她皱了皱眉头。我也觉得这种氛围不适合谈情说爱,就想留下联系方法以后再相约,就说请问芳名为何?她说了一句,我没听清,就掏出随身携带的袖珍笔记本和笔递了过去,她写好后递给我。本子上写着韩忆苹。

你知道我看见名字后第一反应是什么?我把手悄悄放到茶几底下,用手指头在大腿上一笔一画描画并计算韩忆苹这三字的笔画数!我仔仔细细描画了三遍,确认是24画。我的心里咯噔一下,胃开始翻江倒海。14还能说是28的一半,这24怎么也找不到存在的理由了。又是该死的"4"字。我的胃开始过敏。我先是神经质般的干呕,后是浑身轻微抽搐。没有办法,我捂着肚子抛下韩忆苹就往厕所跑。

等我平静下来回到茶吧时,韩忆苹带着她那本《达·芬奇密码》走了。后来,我才知道,这媒线是韩副市长托人牵的,韩忆苹是她的堂妹。

半年以后,市电视台"千缘"节目组邀请我做特邀嘉宾,我见到了台下素面朝天的白雪。我眼珠子差点儿没掉下来。

白雪,你是——

韩忆萍。白雪莞尔一笑,顺手递过一张名片。

韩忆萍。我念叨。不是那个韩忆苹吗?怎么变了?

白雪被搞糊涂了,睁大眼睛,搞不明白我的意思。

我拿过纸写上韩忆苹三个字。

白雪一看就笑了,说没变,我的户口本和居民身份证上就是这个韩忆萍,我有时嫌太麻烦就写成了韩忆苹,要不是为了照顾老祖宗的面子,我真恨不得写成韩一平!

哪个是正宗的?

白雪脱口而出，当然户口本和身份证上是正宗的了，那可是我爷爷给起的，带着咱韩家的仙气呢！

我的胃一阵痉挛，刀绞一般。我知道白雪的这个嘉宾我是做不成了。

他妈的，我这该死的胃！

（陆续发表于《苍梧晚报》等报刊）

后　记

《青青河边草》出版了。

这部小说集共收录中短篇小说二十八篇,计二十五万多字。

我的作品展示的大背景是我那淳朴的家乡,我家乡的人和事,我生活的县城,我工作的环境……我的老家前面就是石安运河,这条河可以说是我们东海县的母亲河,是她给东海带来了翻天覆地的变化,是它滋润了两岸的万亩良田,让百姓过上安详富足的生活。我之所以用《青青河边草》做小说集的书名,有三层意思:其一,石安运河是我永远的牵挂。是她给我的童年时代、少年时代带来了无穷的乐趣和难以磨灭的记忆。其二,我作品所写的人物基本上是生活中的普通人,他们就像石安运河边上的青青小草,有自己的春夏秋冬,有自己的悲苦欢乐,有自己的脆弱也有自己的坚强。其三,写作是我业余最大乐趣,我不求以此成名,但求有所寄托。我觉得,我特像石安运河边上的一棵小草,普通而快乐,简单而充实。

这部小说集所收录的作品基本是在各类公开或内部刊物发表过的。由于诸多原因,我对许多作品进行了较大的修改。为了便于将来查阅,改动较大的作品在结尾处注明了发表的期刊名称和发表时间。

感谢东海县县委、县政府的“文艺精品扶持工程”,感谢县委宣传部的关心和帮助,让我零散的作品得以结集面世。

感谢给过我热情帮助的《小说界》《清明》《青年文学》《时代文学》《飞天》《芳草》《雨花》《青春》《当代小说》《山西文学》《创作》《都市小说》《读者》《名作欣赏》《辽河》《连云港文学》等报刊的编辑老师,是你们的帮助和鼓励,才让我在文学的道路上艰辛而快乐地前行。我清楚记得我写小说《雪鼬》的情景。这篇小说中的雪鼬，它的原型来自于我们家乡的黄鼠狼。在我的家乡，黄鼠狼是充满灵性的动物，我小时候听过大量的关于它的奇异传说，比如它会搬运粮食劫富济贫，它偷鸡的时候是骑在鸡背上驾驭着鸡走的，等等。这篇小说脱稿后，我寄给《山西文学》。《山西文学》的主编韩石山先生很快给了回复，用的是竖排老体书信，评价很高，《雪鼬》两个月就发表出来了，当时的《山西文学》每期只发一篇小说。《山西文学》是我第一个在省级以上文学杂志发表小说的刊物。如果没有韩石山先生的鼓励，也许就没有我今天的这些收获。

感谢在我一路走来，给过我帮助和支持的朋友们，愿我的这本小说集能带给你们快乐。

周景雨

2015 年 12 月

七千里流亡

刘可牧 著

GUANGXI NORMAL UNIVERSITY PRESS
广西师范大学出版社
·桂林·

七千里流亡
QIQIAN LI LIUWANG

图书在版编目（CIP）数据

七千里流亡／刘可牧著．—桂林：广西师范大学出版社，2020.6
ISBN 978-7-5598-2761-6

Ⅰ．①七… Ⅱ．①刘… Ⅲ．①长篇小说－中国－当代 Ⅳ．①I247.5

中国版本图书馆CIP数据核字（2020）第053039号

广西师范大学出版社出版发行
（广西桂林市五里店路9号　邮政编码：541004
网址：http://www.bbtpress.com）
出版人：黄轩庄
全国新华书店经销
湛江南华印务有限公司印刷
（广东省湛江市霞山区绿塘路61号　邮政编码：524002）
开本：889 mm × 1 230 mm　1/32
印张：12.375　　字数：287千
2020年6月第1版　　2020年6月第1次印刷
印数：0 001~6 000册　　定价：58.00元

序一

丁东

《七千里流亡》是一本不寻常的回忆录。作者刘可牧先生 1920 年出生，1937 年七七事变时十七岁，是山东省立第一中学学生。因为拒绝在日寇统治下过亡国奴的生活，该校三百多名师生在校长孙东生带领下，穿越河南、湖北、陕西，最后到达四川绵阳，跋涉七千里，历时三年多。对于人生而言，和平安宁的生活是常人的追求。但对于记忆而言，非常状态的经历留下的印象往往更深。特殊的流亡经历，让刘先生终生难忘。古稀之年，他完成了一部二十余万字的回忆录，详细记录了这段人生故事，并打印成册，征求其他当事人和知情者的意见，有识者纷纷给予好评。2007 年，刘可牧先生病故。此书近期即将出版，哲嗣刘庚子希望我写一篇序言，我不能推却他的美意。

讨论这本书的内容之前，先要讨论一下中学教育在不同时代的普及程度。现在中国人的最终学历如果是中学，会被认为学历低。但民国年代情况不同。中国现代学校教育起源于清朝末年。到民国年代，公立学校数量仍然不多，一般是县里办小学，省里办中学，国立的大学屈指可数。加上私立和教会的学校，数量仍然有限。刘先生考取的山东省立第一中学，就是当时该省学子瞩目的赫赫学府。当时中学生在总人口中所占的比例，比今天研究生在总人口中所占的比例还低。所以那时的中学生，就算是相对稀缺的文化人了，年龄也较今天的中学生为宽。而当时的中学教师，与时下亦有不同。晚清到民初那一批掌握新学的知识人，他们的弟子已经可以走上教师的岗位。其中有的可称著名学者，到中学任教的情况并不鲜见。刘可牧先生的任课老师中，李广田、陈翔鹤都是国内知名的学者。其他多位教师在中华人民共和国成立以后，也纷纷在大学担任教职。刘可牧先生因亲炙于李广田老师，而早早登上了文坛，并养成了终生写作的习惯。从这一点上说，刘先生可谓早熟而幸运。

因为老师的影响，尚在初中阶段的刘可牧就向往延安，向往中共。这成为回忆录的基本底色。当时的背景虽然是国共合作，共同抗日，但党派的摩擦，不同思潮的差异，深深地影响着动荡的流亡生活。刘先生把中学时代大体分成两段。前一段是山东省立中学和国立第六中学第四分校，因孙东生、胡干青、丁用宾、李广田等校长、老师主导着学校的走向，给他留下了美好的回忆。后一段完全并入国立第六中学，掌控校园的也成为国民党方面直接委任的官僚，向往延安的刘可牧等学生便处于危险之中，学校也成为他的噩梦。刘先生怀着这样的情感，讲述当年的故事，许多细节惊心动魄。更有意味的是，一些当事人晚年和刘先生再次相逢，回忆录中交代了相关老师、同学后半生的命运。

我读了这部回忆录，还想换一个视角，审视本书透露的三四十年代中国教育生态方面的信息。过去，中共在抗日战争中的办学活动是党史征集和研究对象，得到较为充分的挖掘。近 20 年来，像西南联大这样代表中国战时教育高端的机构也得到学界的关注，研究已成显学。相对来说，像山东省立中学或国立第六中学这样国统区的学校，研究就比较薄弱。刘庚子在代后记中说，“国立第六中学第四分校（以省立一中为主体）在安校四川罗江以后，师生曾写出过‘流亡回忆’，拟刊印出版，书名《七千里征程》或《在风砂中前进》，由孙东生、陈翔鹤、李广田等老师编辑完成，后书稿竟不慎丢失，未能面世。填补这个缺失是父亲晚年的一大心愿”。的确，人类历史能被记录下来的只是很少的一部分，更多的都被湮没了。这本回忆录能够完成，且能出版，进入公共视野，其填补历史空白的意义不可低估。

在作者突出的主线之外，我还有以下几点感触和联想：

其一，战时政府财政的教育支出是一个尚待研究的课题。刘可牧当时是一个初中生，这方面情况掌握不多，情有可原。书提到了学校争取财政支持的情况，也提到教师欠薪现象。但一些细节表明，流亡师生的经济状况仍较当地农民为优。作者是离开学校逃亡才感到经济的困窘。如果有来自财政支出方面的一手材料，就更好了。

其二，尊重教育仍是当时的社会风气。一所外省中学，流亡七千里，一路颠沛流离，但在沿途各地基本上都能得到善待和安置。可见尊师重教的中国传统伦理观在抗战年代并未断裂。

其三，学校虽在流亡状态，仍然维系了相对完整的课程设置。开设的课程可称文理俱全，有国文、历史、地理、英语、数学、物理、化学、生物、体育、音乐、美术、公民等课，虽然教学效果不一，作者对不同教师各有褒贬，但多数教师都是大学毕业，其中不少还是名牌大学毕业，应当说师资水平可观。

其四，流亡中学生的课余生活相当丰富，有社团，有壁报，有体育比赛，还能组成剧团公开演出、向公众宣传抗日，可见全面抗战初期阶段思想文化的活跃。

以上方面并非回忆录中刻意彰显，但我读后还是感到值得探究。

2019 年 8 月

序二

孙维岳（东生）

十二月深夜里别了泰山，
十二月深夜里又渡了汉江。
我们三百人一个微笑——
对着，
凶险的波涛，
无情的风霜。

十二月深夜里逃出泰安，
十二月深夜里离开郧阳。
我们七千里一个步伐——
跋涉，
在黑暗里，挣扎，
向着自由，
向着光。

1939 年 7 月 23 日

目录

隐隐的炮声中开学

1937 年夏天。

一个非同寻常的夏天。7 月 7 日，二十九军三十七师一个团，在北平卢沟桥抗击日寇，全面抗日战争爆发了。

济南有日本领事馆，馆内设有武官（特务机关）。日侨有数千人，他们办报纸，设公司，开商店，建医院，还开妓院。公司、商店收购中国土产，推销日货。多数商店都出售毒品，如海洛因、吗啡、“快上快”。全面抗日战争爆发后，这些日本人（济南人叫他们日本鬼子）都回国去了，朝鲜人也走，有走不脱的，被警察拘禁起来。在经五路纬一路西，路北一家店铺，我亲见警察带走三个朝鲜人。那三个人个头很高，手里各提着一个装着衣物的布袋，另带着一袋馒头，乖乖地被押走。他们的商店卖高丽参，也卖毒品，在日寇卵翼下为虎作伥。

日寇飞机往往单架低空盘旋在济南上空，恫吓济南市民，实际上是在震慑胆小鬼山东省政府主席、第三集团军总司令韩复榘。一架敌机投过一枚小炸弹，落在筐市街马路上，据说炸伤一个开茶馆的人，炸死了一条狗。

二十九军是好样的，坚决抵抗，副军长佟麟阁、一三二师师长赵登禹战死在北京南苑。三十八师从天津边打边撤，雨水大，河水泛滥，士兵蹚着没膝的水与日军作战，极其艰苦。

中央军的第十三军，本是调到晋绥堵截红军的，此时开到南口一带抗击日寇，第八十九师的罗芳珪团打得很顽强。但阎锡山的外甥、军长李服膺，率全军不战而失天镇、阳高……成为日寇的引路人，敞开了雁门诸塞。全国激愤，纷纷责难。阎锡山只好将他枪决，因为丢失的全是他土皇帝的地盘。刑前还训他一顿——也算是大义灭亲吧！另一“长腿将军”刘峙，在平汉线跑得更快——“日本飞机都赶不上他！”或因是蒋介石的亲信，不仅保住性命，且依旧被重用。

济南市街头一度滞留着很多过境的平津流亡学生，他们是从天津过海，由烟台、龙口到来的。据报纸报道，经过商谈，山东当局接待了他们，提供食宿。这些流亡者不仅以北平、天津的衣饰给济南带来了新街景，更以热情的抗日救亡宣传，给山东沉闷的政治空气以有力的冲击。

8 月 13 日，日寇在上海挑衅。蒋介石把三个半机械化师调到最前线，八十七、八十八、三十六师三个师打得很英勇，振奋了国人的爱国心。中国空军在杭州基地出战、应战，打落敌机若干架，且数炸敌舰，改变了中国军民一味挨敌机空袭的状况。宝山姚子青营坚守不退，全部战死！谢晋元团，号称“八百壮士”，孤军固守四行仓库，多次打退日寇的进攻。所有这些战况、战绩，都为民众所称赞。

我的邻居乔振华初中毕业后，在反省院当狱卒。他说，当时“政治犯”都释放了。这些前“政治犯”还劝他跟他们一起去打鬼子呢。

韩复榘的军队在冀鲁边界的山东一边。日军到边界后停顿下来，不知在做什么鬼文章。省里的报纸还报道“四十一军过境扰民”，可见有省外部队到过山东。人们说韩复榘搜刮的民财都存到了日本银行，所以不敢同日本鬼子打仗。他有五师一旅，大兵个个吃得肥头大耳，但所备武器老旧，皆为“大刀片”。

1928 年“五三惨案”发生后，济南曾被日寇占领一年之多。其间，兽兵烧杀淫掠，残暴至极，致数千军民丧生……人们不会忘记那血与火的日子，谁还愿做第二茬亡国奴！

传说五四运动期间，镇压山东人民的回族败类马良[①]准备迎接日本鬼子——这是半公开的，大概得到了韩复榘的同意。

8 月下旬，老人们说，夜静时，已听到北方传来的隐隐炮声，“像关大门似的”。

山东省立济南初级中学在隐隐的炮声中开学。

我因病休学一学期，由于家境困难，只到省立医学专科学校附属医院就诊了一次，甚少服药。但几乎天天爬四里山、马鞍山，

20 世纪 30 年代济南初级中学（今济南一中）校门

① 马良（1875—1947），河北清苑人，回族，出身北洋新军，曾在山东任第四十七混成旅旅长、济南镇守使等。济南沦陷后被日本人任命为山东省省长兼保安总司令，后加入汪伪政府。1946 年在济南被捕，以汉奸罪下狱，1947 年病死狱中。

或去较远的山野漫游……身体日健，准备秋季复学。

学校秋季开学前，我去教务处报了到。

清朝末年，废科举，办新式学校。山东省在杆石桥外东西大道北面的土岗上建起了山东最高学府——广厦宏伟、青瓦粉墙的大学堂。校门大约是按品级建造的，类似省布政使司衙门。学堂的中轴线上，进大门后为办公厅，向北依次三座两层大楼。大楼两侧是对称的教室，再侧为对称的学生宿舍。这些厅楼室舍间均连以长廊，既避强烈的阳光，又遮风雨、挡霜雪。其他部分为草地、花园、电厂、饭厅、浴室……是一所典型的棋盘式建筑群。学校的东南隅为学官官邸，高台、广厦。大门为城门式，上有雉堞。据西关回民老户赛培大爷说，学官因公出门时，坐八抬大轿，非常气派。其他学校官员在街南另有宅院，也是青瓦、粉墙，远在普通民居之上。直鲁联军被驱走后，这里成为山东省立第一中学的校舍。而后，改为山东省立高、初中两校，校舍一分为二。东部为初中，以学官官邸的大门为校门。

开学了。

礼堂里空着三分之一以上的座位，显得很冷清。老师们坐在最前排。同学们见面很亲热，但又觉得有些陌生。战争，使大家的心态发生了变化。显然，远县的同学到校的不多，济南及附近各县的同学几乎全部到校了。

礼堂里不记得是否挂过孙中山像，更不用说蒋介石像了，也不记得是否挂过国旗。开会时，从未唱过“三民主义……”，该谁讲话，谁就走上前去，站在讲桌后面讲。也没有“主持人”，除非请外来的讲演者。孙维岳（东生）校长当然先讲话。他四十岁左右，身材高大，隆鼻朗目，头微偏，有时颤动。他声音清亮，话语有

济南初级中学校景

条理，开口便谈战争。

讲话大意：

战争可能打下去，日本鬼子或许不再采取蚕食政策，想一举灭亡中国，让我们当亡国奴。欧洲有十年战争、三十年战争、百年战争……这次抗战要打多久，很难说。唉唉，欧战还打了四年呢，中国还参了战。你们那时还没出生，我是经历了的。打仗，总会停停打打，打打停停……

大家必须读书。我们是教员，你们是学生。我们应当把你们培养成国家的人才，要弦歌不辍。读书也是抗战，也是爱国，也是救国。济南要是不能待，我带你们走，不做亡国奴！

胡维城（干卿、干青）老师第二个讲话。他是年逾五十的老人。他当过教务主任、事务主任，代理过校长。本学期是个“清”教员。他绰号“胡老干”，髭黑，体健。他说：

“听说日本鬼子占了天津，下令中国人都得弯着腰走路……”

他挺直了身子，拍拍胸膛大声说：

孙维岳（东生）

“我这副腰板就是弯不下去！”

两位老师的话真有气概，多么能打动少年们的心啊！他们不仅自己坚决不当亡国奴，还要带我们这一群少年人出走，把我们培养成有用的人才。多么有信心！多么有远见！他们预见到战争不仅是持久的，而且终将会取得胜利。

每一个同学不能不一再思考他们的讲话，抉择今后应走的道路。我们三个年级的同学，个别年龄大者不过十八九岁，初入学的一年级小同学，大都才十二三岁，未来艰苦的流亡生活，将严酷地考验每一个出走者。

孙东生老师出身于成武县书香门第，父亲曾任东昌府学道。他自幼熟读儒家经典，兼及老庄。他毕业于北京大学国文系，曾撰写并出版过半部《中国文字学》，自序上写到“东生雅好文字学”，因而成为笑谈。他以中等学校国文教员起家，后来做校长，并成为教育厅厅长何思源的亲信。

他受过“五四”新文化运动的熏陶，还参加过马克思主义研究会的成立大会。何思源把原来的山东省立第一中学分为高、初中两校，大约是想让两位校长做他的“交际员”，代他送往迎来那些政治、文化、宗教等领域的官僚、政客、学者、名流。这样就扩大了这位初中校长的接触面，使他受到了不同思潮的影响。

他曾被山东省教育厅派往欧洲考察教育，到过南欧、西欧、北欧和苏联。在伦敦，他听过海德公园各派的政治演说，旁听过下院的辩论。他观看过德国纳粹的游行，访问过安徒生的故乡，参观过苏联的体育节（他与邹韬奋同船到达列宁格勒，还在莫斯科巧遇王统照）……各国的教育、政治、文化等方面的见闻，都或多或少地影响着他。他写的“通讯”，连载在一家报纸上。他经过罗斯托夫时，正值中秋节，月色皎洁，因思乡情发，作有诗句“今夜月团圆，故国是仲秋。光明无限界，也应照中州”。诗中可能还包含着其他的情愫。

他脑子里有根深蒂固的“中学”，又接触到形形色色的“西

桑子中

学”，有的分辨过，有的也许不分辨，回国后形式上照说、照做，在济南初中试行。但实际上不过是些皮毛，他不能也不敢更改国民政府教育上的老套。

他规定学校每日早晚升降国旗。定校色为“紫”，把一块长条紫布悬在国旗下每日升降，说那是校旗，但不久又拆掉。（定“紫”为校色或许与美术教员桑子中有关。李广田先生的散文《一个画家》即记的桑子中老师。老舍先生在济南时曾为桑子中老师画集作序。桑老师专攻西洋水彩，喜欢浓重的颜色，尤喜爱“紫”。他在大明湖铁公祠创办的“海岱美术馆”，窗帷全为紫色。）校色、校旗采用“紫”色的意义是什么？有一次，他说紫色代表铁与血，那不成了俾斯麦的一套吗？反正，他以后未再解释过。上学期，学校还有了校歌，“我们是紫色的一群……我们是早晨的太阳，我们是迎日的朝云……”使我听了很新鲜。歌词作者是国文教师李广田，谱曲者为音乐教师瞿亚先。校徽是桑子中老师设计的，呈树叶形，底子也是紫色。学校参加省、市运动会的运动员全穿紫色背心。

李广田

瞿亚先

到了夏天，孙校长还把童子军的领巾改为领带，紫色的（济南市的各初级中学都跟着学，如育英中学就打绿色领带）。童子军服的袖子夏天卷到胳膊肘以上，这违反了韩复榘的禁令，特别是女学生，幸而未受干涉。济南市在趵突泉建了自来水厂，他提倡喝自来水管子里的凉水。他说英国免费向中、小学生提供牛奶，学生每天早晨进校后即喝一瓶。济南虽有五大牧场，但谁会免费供奶？学生能自己订奶的为数甚少。

他师法蔡元培“兼容并包”的精神，敢于请曾是共产党员的马克先任史地课，又安排另一曾是共产党员的张揆一在校养病，并特为他设一门“卫生课”，使他得以靠教书而有些收入。法院曾传讯过他们，孙校长代替他们到法院受审，并为之辩护。教员中还不乏法西斯分子……有些是国民党省党部派来的，如训育主任、训育员、童子军教员之类。

因为兼任何思源的“交际员”，孙校长借交际之便，常请一些人到校讲演，如天主教的于斌、“新生活”的徐庆誉、“中国文化本位”的“领班”陶希圣、戏剧家熊佛西、水利专家张含英、宣扬美国文化的齐鲁大学校长刘世传、留英回来任山东省政府参议的徐子骏等。这体现出他那“没有章法”的头脑，包罗万象。

他爱教员，因为自己是教员出身，弟兄中也有几个是执教鞭的。他每年暑假总要去北平，跑北大、师大、清华，为延聘优秀师资做征询。教员中有患慢性病的，如魏绍谦（仲）老师，他则让他减少些课时，继续任教，免得因病失业。

他爱学生，喜欢学生称他为老师，而不愿听“校长”二字。往届几个学生因放春假的事打了省督学，也打了他，砸坏了校产、校具。按校规只好开除。这些学生大都去北平继续上学。他有次去北平，还请他们几位便餐，不计前嫌。几位学生大约不好意思，没有赴约。又如学生胡腾驹（后改名胡可）画漫画讽刺教务主任丁用宾，张贴在布告栏。因临届毕业，他为胡腾驹办了个“转学育英中学”了事。

他是位“婆婆校长”，教务归丁履观（用宾）老师，事务有胡维城老师。他部分时间不在校内，因为他兼着何思源虽无名义、却是事实上的“交际员”。丁用宾老师是山东日照人，1918 年毕业于北京大学外文学系，1926 年 ~1928 年任山东大学法科英文教授，有“英文小词典”之称。山东大学自济南迁往青岛后，他留济南，任教省立一中。胡干青（卿）老师出身于济南近郊农家，毕业于优级师范。他原来在中等学校教数学，后来自学英文，达到口译“文绉绉”的程度后，就改教英文课。济南初中有“三卿先生”，即数学教员王荩卿、张绥卿和胡老师三人。他们教学认真，经验丰富，各有教授方法，富有独创性。学校在二门外走道旁给他们建立了塔形纪念碑，还为学生设立了“三卿先生奖学金”（新世纪初，原省立一中，现省实验中学校址内挖出三卿先生碑）。胡老师冬季穿黑色棉袄、棉裤、棉大衣。夏天，同王、张二位老师一样，穿短夏布大褂。这种装束，与有些教员的西服、革履、呢大衣、呢帽和纺绸大褂，形成鲜明的对比。

我在济南初中读书以来，胡老师一直担任事务主任。两位事务员、一位会计、十几位工友是他得力的帮手。房舍虽老旧，但都整修得完整、洁净。他督工拆掉城堡式的校门，装修上铁棂子的大门，很有现代化的气象。他事必躬亲，有时爬墙上屋检查罅漏。他处处节俭，减少开支，尽量为学校储集资金。孙校长在开支上大手大脚，所以常常受到他的节制。他处处为学生节省，做童子军服不用咔叽布而用土斜纹。学生食堂一度吃窝头，也是他赞许的。1935 年下半年，我缴了八元钱的书籍费、服装费等费用，适爆发了“一二·九”运动，省里令学校“提前放假”，我交的费用退回了三元多（山东的省立中等学校不缴学费、住宿费、水电费，也无其他杂费）。

胡老师爱学生，把可容五百人就餐的餐厅拾掇得干干净净。每星期开放浴室一次。每一排宿舍有一个工人管卫生，供应开水，代学生去校外购物。他企盼学生们健康成长，让工友在教室前种花，组成英文口号：

“Sun shining！”“Boys up！”

济南市有英、美、日、德等国的领事馆，馆内都竖有高高的旗杆，挂着米字、星条、红膏药等旗，以英国领事馆的旗杆最高。胡老师请来木工，制作了超过英国领事馆的全市最高的旗杆，树立在大操场上！

胡老师不畏权贵，敢作敢当。据说，某次陈立夫来到济南，在进德会向全市中等学校师生讲演。国民党山东省党部的党官打电话通知去听。他当时代理校长，问道：“听讲演耽误上课，不去行不行？”党官“啪”地挂上了电话。他让学校照常上课，未去听。

我被编在22级1班，人数不少，几乎满员。课程一如既往：英、汉、算、史、地、物理、化学、生物、公民、音乐、美术、体育，还有童子军。

国文教员孟浦云老师，一口沂蒙土腔，讲课像老婆婆。他曾在《水星》发表过诗，《嘉树》（济南初中的文学期刊）上的《怀土篇序言》写得也朴实、耐读。代数是张绶青老师教，因为秃顶，常穿蓝布衫袍，讲课时右手上下“砍”动，他很早就得到一个“张和尚”的绰号。他的解题方法简便易作。公民教员阎子桂，本学期从私立齐光中学聘来，在课堂上讲“透过现象抓住本质”，使人觉得别有身手。但他那有些矜持、傲慢、做作的姿态和声音，又使人觉得不舒服。

我与新同班很少接触，多与21级1班的老同班来往。张清洋买来《谈风》，在宿舍里朗读我写的《五三惨案回忆》。这是旧恨，却又来了新仇。大家万分痛恨日本鬼子！

战争影响着老师和同学。教师不像过去那样严格要求学生，不再布置很多的课外作业。同学们课外总在议论着战况，盼望中国军队打几个胜仗，以遏止日寇的疯狂进攻。然而，部队在节节败退，有的不战而逃，大家对抗战前途不能不有些悲观。

我是通校学生。一天中午，我在赴校路上见墙上贴着“李公朴下午四时在青年会演讲”的公告。我告诉了李振泌等。啊！“七君子”之一！大家都急盼瞻仰他的风采，听他的抗日宏论，便约定结伴去青年会。下了第二节课，时间已近四时，大家便急步出校，一路小跑，向青年会奔去。

会场设在室内篮球场，听众已爆满。我们硬挤了进去，几乎人贴人地立定了脚跟。只见屋西头中间放着一个木箱。不一会儿，一位着西装的青年会工作人员，陪着李公朴走到木箱边。李公朴中等身材，浓眉大眼，面色红润，颌下满把短髯。他穿一件“卡克”，马裤，足蹬短靴。我们早已在报刊上见过他的照片，所以并不觉得陌生。青年会的工作人员一做介绍，会场便响起了热烈的掌声。

李公朴满面笑容地站在木箱上，向大家挥手致意，之后便开门见山地谈起了“抗战”。他声如洪钟，面容随讲演内容变化着，手势打得沉着有力。

他说他刚从北平、保定前线绕道来到山东。他激情地谈南口守军如何英勇抗击日寇——轻伤不下火线；重伤者因救护人员缺乏，又少担架，只好滚爬着退到第二线……

他着重说这是全民族抗战，要支援前线，打退日本鬼子的进攻……

全场肃然，大家随着他的情感，以及洪钟般的话语，心胸激荡，热血沸腾。

最后，他话锋一转，说山东当局对抗战态度暧昧，是与全国抗战热情不相称的。“我准备向当局痛陈利害，晓以大义，使其赶快动员起来，跟上全民抗战的步伐！”

一谈到对山东当局的不满，掌声便轰鸣起来。

听了李公朴的讲演，我们兴奋了好几天。他说出了大家想对山东当局说的话。

听说城里的济南师范有讲演会、报告会，我们就去看看。这所学校并未开学上课，于是便成了群众集会结社的地方。（根据中共党史资料记载，中共山东省委书记黎玉曾借此约人见面。）

杜若君在讲什么国际形势，一张苍白的脸，声音低沉，口才也不算好，听众不多。他是曲阜师范的图书管理员，自学成才，常在《世界知识》上发表关于国际问题的文章。

张友渔[①]、齐燕铭[②]在行政人员训练班任教。我们又听说那里有集会，但去后什么也没见到。

市立图书馆仍在开放，我照常在课外活动时间及假日去那里阅览书报——那里是我的第二学校。那位老管理员仍在认真上班，有时听到炮声，我们相对苦笑。

某天，孙校长请来一位演讲者。大家都去礼堂听。我没听清他介绍讲演者的官阶、名讳，只见那人约中年，个头不矮，笔挺的中山装，金边眼镜。他是南方人，操着国语，很简洁，顿挫有力。他说大皇裕仁如何如何，大约是在耻笑。谈到战争前途，他说对敌

---

① 张友渔（1898—1992），山西灵石县人，1927年加入中国共产党。抗战前曾任北平《世界日报》总主笔，创办《时代文化》，任燕京大学等高校教授。“七七事变”后，在济南、开封等地先后任中共山东联络局书记、中共豫鲁联络局书记。1943年后在重庆任《新华日报》代总编。抗战胜利后参加国共谈判。1949年后任中共北京市委副书记、北京市副市长等职。1980年后历任中国社会科学院副院长、全国人大常务委员会委员兼法律委员会副主任。

② 齐燕铭（1907—1978），北京人，蒙古族。抗战前在北平中国大学等多所大学任教。主编《时代文化》杂志，“一二·九”运动领导人之一。1938年加入中国共产党。任鲁西北《抗战日报》主编等。1940年去延安。1943年主持创作评剧《逼上梁山》，导演并饰林冲一角，得到领导好评。1949年后历任中央政府办公厅主任，政务院副秘书长，中共中央统战部副部长、总理办公室主任，文化部党组书记、济南市副市长、全国政协秘书长。

作战如“秋风之扫枯叶……”

听完讲演，才知道他是一位大人物——国民党中央宣传部副部长方治。他的“秋风之扫枯叶”，把日寇说得不堪一击，对此大家很怀疑。蒋介石或许有什么坚甲利兵吧？二百个师啊，不能都同韩复榘的第三路军一样是些“吃饱蹲”吧？不过这种夸大的词句，令人难以相信。

红军改编的第八路军在平型关打了胜仗，歼灭敌板垣师团一部，缴获大量枪、炮、弹药、服装……大快人心！第八路军真是一支神奇的部队！该部又在阳明堡烧毁敌机二十四架，配合了忻口大战，又一次大快人心！真是神兵！

忻口大战，中国军队打得英勇、顽强，坚守阵地，誓不撤退。杂牌军军长郝梦龄及其师长、旅长亲到最前线督战，最后壮烈殉国了。

日寇侵占了桑园，进入山东境地。不久，德州沦陷了。

省立德县初中和教会博文中学的几十个师生逃来济南，加入了我们的学校。

据说，第三路军展书堂师曾在津浦铁路正面抵抗。我小学时的同学侯连生、白书田战死了。他们是篮球场上、乒乓球台上的好手。他们从这所小学毕业，又去上另一所小学，不想升中学或考不上好中学。他们在省立第二实验小学毕业后没再读书，后来去当了兵。传说他们约好同伍，拜了把兄弟，围成一圈相对磕了头，决定爬日寇的坦克，揭开盖子往里面塞手榴弹，但最后都为国捐躯了！

第三路军曹福林部在陵县凤凰店与日寇相持，打了几仗。报纸上曾报道过那几次战斗。又传说韩复榘曾到前线，适值日寇飞机投弹，大炮猛轰，吓得他急忙逃跑了。他本不会骑摩托车，竟然骑上摩托车跑起来。大约是他的喽啰瞎编的，意思是“韩主席福大”！

济南终于失去了平静。内地人及本省家在乡下的人，已陆续迁走。几条繁华的大街上行人稀少。市里没有驻军，警察在维持治安和交通。

迁校泰安　遭狂轰滥炸

学校已陆续减员，远县的同学大都回家了。

孙校长透露出消息称，他请示了教育厅厅长何思源，决定带济南初中的师生迁校。何说："你如能带走山东的中学生，你就当校长。"他虽然意识到战争将是长期的，但也做了战争短期内结束的打算。迁校的最终地点不过是他的老家成武——"我们的家管得起你们饭。"学校暂时先迁泰安。学校自己有积蓄，还有准备建科学馆募集的钱……大都是胡老师为学校节储下来的。到泰安后，学校供给学生伙食。

泰安距济南 180 里路，乘火车不过两小时路程，所以济南市及附近各县的学生大都愿往。有些远县的学生，也决心随校迁移，不当亡国奴。

10 月 16 日，学校迁到泰安，师生暂分住在东关几家民宅里。美国牧师立即前来推销他的面粉，并为"学校"供电。身材高大的美国牧师满脸堆笑。本地商人马伯声也来推销面粉，号召爱国者买他面粉厂生产的面粉。他的面粉厂、电厂在西关。在济南，他还有座仁丰纱厂。

泰安是我的熟地方。我们一家曾在西关裴家店住过一两年。那里，父亲的基督教共产主义传不开，一家人过着吃煎饼、喝凉水的日子。有时，母亲和姐姐们替人选花生挣点钱用。中秋节，父亲写了一首诗——“日过寻常休便休，忽闻节至只生愁。月饼虽圆无钱买，摘来酸枣度中秋。”济南初中也曾全校来泰安旅行。那次没有登顶泰山，到中天门后，折由西山而归。长寿桥、百丈崖、黑龙潭很美，飞瀑、悬崖、黝黑的深潭，水是那么沁凉、甘甜。

虽然饭食是白面馒头、豆腐肉、小米稀饭……但我吃不进去。同学们望着我发愁。同学隗文云说：“保全，你回济南吧。”

一天，我的饭桌上突然出现了煎饼，还有两个炼乳罐——装着醋和酱油。我问是谁拿来的，同学们说是赵忠——“就是咱班那个穿长袍的，他家就在泰安。”从此，我认识了赵忠，并很快就与他成了好友。我用酱油、醋泡煎饼吃，不久就能吃下馒头和豆腐肉了。

过了些天，我们搬进了山东省立泰安初级中学。这所学校已经停办，连校头们也抛掉校舍不知哪里去了。

泰安初中位于岱庙以东两条东西大街之间，除两座二层楼房为四个教室外，其他校舍均为平房。

学校一隅的一个小院，为“平津流亡同学会”与“山东同学会”借住，他们辟了一个小小的阅览室。

教职员工中有多人未来泰安，各回原籍或他去。训育主任、训育员均已不见。自我考入济南初中后，训育主任先后有王馨堂（王麻子）、崔凡亭、王明伦，训育员有马友三（后任训育主任）、顾警民等。除王明伦是位书生，其他大都阴风阳气，或蛮横，或傲然不可一世……使学生们敬而远之。但他们有政治本钱，趁抗战之机，各登青云去了。

同学中来泰安的明显减少，我班只有十四五人，后又减为十一人。

孟浦云老师回老家（莱芜或蒙阴）前，曾约我们班同学谈过话，嘱咐我们安心读书，意思是不要过问政治（据闻，他于日本投降后，在国民党省党部任科长）。于是，冉昭德（晋叔）老师教我们国文了。他毕业于山东大学国文系，曾在《现代》上发表过小说。他口吃得有趣，竟教吟徐志摩的《沙扬娜拉》，什么“像一朵水莲花不胜凉风的娇羞……”他口手并用，兼以面部表情，课也讲得别具一格。张绶青老师也来到泰安，仍教我们代数。英文则由胡老师教。音乐教员瞿亚先口授《海军歌》《航空员之歌》，均系译配苏联歌曲，似与现实有些隔膜。他为什么不直接教抗战歌曲呢？

一个星期天早上，已“日上三竿”，我与俞新民（自省立第二实验小学——济南制锦市街小学，我俩就是最要好的同学）在城北门外闲步。他突然说：“我们爬山吧？登顶！”

我估计冬天天短，怕回来得太晚，但觉得未登过顶，是一大憾事，犹豫了一下，便说：“走！”

因为是与时间赛跑，又因从岱宗坊到二虎庙（中天门）这一段是熟路，便小跑而上。近午，我们已站在第一层山的顶点——中天门。仰望南天门和十八盘，不禁有些畏难，怕天黑以前返不回来。但，我们终于鼓起勇气，轻松地走过“快活三里”，不久便攀上十八盘。登山诀窍是顺盘路斜上，左右倒为“之”字形，免得膝盖直上直下磨动，容易酸涩。太阳偏西时，我们已过南天门。天街啊，碧霞元君祠啊，无字碑啊，玉皇顶啊，望海石啊……一览而过。望望泰山以北，只见一片茫茫，不知日寇是否已在那里肆虐？山南则县城寂然，远处“汶水如带”，徂徕山隐约可见。

下山时，我们在盘路上仍左斜右斜成“之”字形倒步，跑得更快，耳边生风。穿柏洞，过经石峪时已觉阴黑寒冷，直到斗母宫前，才觉天地爽朗些。天虽黄昏，庙门前却还有几丛人在谈论什么。我们也在这里换口气，然后走下山去，匆匆返校了。

俞新民记得小学教员纪慧亭老师老家的地点，带我去访问。

纪先生于济南高中毕业后，在省立第二实验小学管图书，代初级班教员上课。他编《儿童》，附在《历下新闻》(后改名《国民日报》)的副刊，两周一期，占半版。1934年秋后，他教高级班的国语。《儿童》上刊登过不少俞新民和我的习作，读中学后我们又与他合作，在《新亚日报》上辟一《表现》文学副刊，师生关系亲密。

纪夫人朴素而大方，天足，有些文化。她对我们的访问有些兴趣，很快谈到了纪先生在济南的另一夫人安娜。她好像没有生育过，家中只她一人。我们也没见到她的两个小姑子，她们曾到省立第二实验小学就读过很短一段时间。

我与赵忠同桌。他家在校北东西街的路北，房舍不少，但看上去有些凌乱，且均为茅顶屋。院内颇多花木，因系冬季，多已凋谢，只松、竹尚显绿色。客厅里悬有字画，竟有明代名家真品。他曾祖父系开饭铺的贫户。祖父赵新儒老先生中了解元后，开始走向官场，当时任职省赈务会，名士之流。他曾与其他老儒去日本汤岛参加过孔庙落成大典。日本政府本邀孔德成去，但其政治阴谋被国民政府识破，遂改派解元公等顶替。父亲系二十九军军长宋哲元的秘书，母亲曾在日本读过书。总之，典型的书香、官僚家庭。他母亲带其弟、妹曾在家住过一段时间，后去曲阜娘家。赵忠是长孙，这时是一家之主。有夫妻二人帮工，大哥看门、打杂，大嫂做饭。赵忠与他们看不出主仆之别，许多事都是他们当家。

赵忠的继祖母住在乡下的“庄园”里。小叔赵麐有时在城里，有时在乡下，他们都未随解元公南去。

我常去他家坐坐，也常吃大嫂擀的硬面条、摊的煎饼，特别是掺柿子的一种，更为好吃。校内几乎每天炒咸菜、豆腐肉、白菜肉，来赵家换换口味，很觉舒坦。

我与赵忠经常在课余假日到泰山脚下漫游，有时也去王母池、斗母宫，甚至到经石峪一带饱览山势、庙宇、“柏洞”、流瀑。有一日黄昏，赵忠与一尼姑在斗母宫前谈起话来。尼姑约莫三十岁，很白净，镶着金牙。赵忠说她叫二金，二十八岁，是二当家的。大当家的叫大金，三十二岁。赵忠是赵家的“大少爷”，尼姑们当然与他熟识。据说解元公年轻时，冬日在斗母宫玩，天突下大雪，很冷，他只好披着当家的狐裘下山，一时传为笑谈。老先生饱读孔孟之书，在这方面却是一位叛逆。

岱庙近在百米之外，我与赵忠常去那里闲步。唐槐、汉柏、古代碑石……天贶殿及其他古建筑，我们还不懂得去欣赏、去研摩。岱庙实际变成了市场、旅馆、饭店、说书场、卦摊……但现在已经门庭冷落，很少有人去听王小玉式的说书和品尝赤鳞鱼的味道了。

但泰安城还有另一处热闹所在。从西关到遥参亭这一条弯弯曲曲的石板街上，商店照常开业，饭店也尚有餐客。晚间，遥参亭左右及南街和城关其他路口，也常常熙熙攘攘，大都是从鲁北、鲁东和济南来的外地人。我们有时也在这条街上混在人群里走动、观光。

赵忠家住着一位浓发、浓眉、浓髭的“老”先生，他身着长袍，手提文明棍，腋下常夹一本《唐诗三百首》或《说文解字》。他寡言少语，每当别人评说什么事物，他则说“甚佳，甚佳！”他当是赵忠父辈的同学或朋友。我认为他是一位学者。他的名讳是任安波。“安波”二字实在不俗，且寓意不凡。由名而对其人肃然起敬。

任先生提议游山并野餐。大家认为顺泰山中路上去，无特别幽僻之处，何况都是逛熟了的地方。泰山之大，何处不美，何处不幽，届时去寻一个幽静之处就是。赵忠准备了铁锅、小米、地瓜、水桶、煎饼……并携带照相机，于一个星期日出发。

在泰山中路以东不远处的一个山坳间驻足下来，同游者为任先生、赵麐及其一小友、赵忠和我。我们汲来泉水，马上将小米及地瓜淘洗干净下锅。三块石头支锅，就近捡来枯枝、野草，火柴一燃，哔哔剥剥煮起地瓜稀饭。任先生翻着《唐诗三百首》，大约想起其中的某些诗句，好比附今天的郊游与野餐，但他没有找到，更未能自己作一首。

小米地瓜稀饭煮好后，人各一碗，吃着煎饼，别有风味。时届初冬之末，阳光照射，满山金色，高处翠柏挺立，兀鹰翱翔。任先生兴起大嚷：“照相，照相！大家端起碗来，喝着饭照！”

这是一次兴致很浓的郊游与野餐，我们少年人很满意，任先生更是兴尽而归。

天气逐渐冷了起来，赵忠把他祖父的毡窝拿来给我穿，他则穿上那双赴日参加庆典的大皮靴。我们二人蹒跚于校内外，引人发噱。可笑！简直是恶作剧！

自我们到泰安不久，敌机每天都在上午十一时前后来泰安轰炸扫射车站、列车、物资，每次都有铁路员工、旅客、军人伤亡。据说这些家伙从石臼所航空母舰上起飞，每天沿津浦线北上肆虐，到泰安后折回，再沿线行凶。敌机多为一架，有时两三架，常常掠城而过，低得可见敌机驾驶员。西关与车站毗连，时常遭炸遭扫射，居民有伤亡，房舍被毁坏。但城里尚未遭殃。老大娘们说：“有老奶奶（泰山老母——碧霞元君）保佑。”

敌机来时，我们学校作息正常，同学们听见远处的爆炸声、机枪声也不惊慌，即使它从头顶上呼啸而过，大胆的同学还在院子里看“太阳膏药”呢。

学校不知从哪里得到通知，叫我们为难民募寒衣。我班到居民住处去募集，住户都说没有。但有一家门内住着一位大娘，带着两个十一二岁的女孩出来，说有棉衣裳可捐。她们拿出几件拆洗得很干净的旧衣，我们便完成了任务。后来知道，大娘是同学陈懿妫的妈妈，两个女孩是他的妹妹。她们临时来泰安住住，不久就回济南去了。

我班陆续减员，有的回了济南，有的“投笔从戎”，考入了某某军事部门。我们也曾到西关一个旅店，探问江阴要塞招炮兵军官班的事。一个小军官，拿着招生简章，说到江阴训练三至六个月便是少尉军官，守要塞，阻击日本军舰。我们商议着考一考，他让我们各作了一篇文章，便被“录取”了。我们终觉得离不开学校，谁也没去。但同学中确有去的，陈美徒竟然也去了。他父亲与我哥哥是朋友，我便劝他不要去。他说：

“你这个叔叔管不着我！”

化学教员廉子衡老师在济南与他们家住同院，也去劝他。我们拉他的行李，他抢回去，匆匆地走了。

泰安似乎成了山东的政治中心，《山东民国日报》迁到这里出刊，从四版减为两版。我一时兴起，编了一个抗战故事，在该报发表了。

平津流亡同学会、山东同学会的小屋里出出进进，常有人在。那个小小的阅览室也有人管理，有时有人在那里议论事情，大都是学生模样的年轻人。我有时也去看那些油印的宣传品。一次，有一男一女在那里谈论，都是三十开外的人，不同一般。他们还评论某些人，也不避讳我这个看宣传品的少年。一天，满小院里贴着标语："到延安去！""到聊城去！""到开封去！"而后，小院里就冷落了些。

遥参亭是县民众教育馆的会场，每晚几乎都有人讲演。我与赵忠也曾去过多次。有一次，还碰见了李广田老师。他同一位戴眼镜的年轻人在一起站着听讲演。

某天下午，在城内一个空旷的地方有群众大会，我与赵忠去时已近尾声，只见济南育英中学的教员赵笃生[①]正在讲演。我说：

"喔！赵笃生，在讲什么？"

站在前面的一个少年回头瞪了我一眼。赵忠说：

"那是赵立品[②]，他的儿子。"

在外围，李广田老师和那位戴眼镜的年轻人也站在那里。

赵笃生是泰安人，这时参加抗日活动，很活跃。他曾到校内找孙东生校长谈论过什么。我的远亲盛星吾在济南女中教书，曾带我去育英中学拜访他。那时，他住在教学楼北面一间阴暗的小屋里，很不得意的样子。盛星吾在全面抗战前一年患肺炎病故。

一天，我们在车站候车室里遇见一位矮个、清瘦、戴眼镜的

---

① 1949年后，赵笃生曾任山东省委统战部副部长，省政协副主席。

② 赵立品随山东流亡中学到大后方，后考入军校，又选为飞行员，曾去美受训。他对日作战勇敢。抗战胜利后到北京投奔叶剑英。朝鲜战争中牺牲，葬于沈阳的陵园，改名赵大海。

青年，一看便知是平津流亡学生。有的同学说，他叫李锐[1]，南方人，平津流亡同学会的，往来于济南、泰安等地。他招呼我们走近，说：

“咱们唱个歌吧！”

候车室里除了他和我们几个同学，别无他人，唱给谁听呢？自我感奋吗？何况我们会的抗战歌曲不多，终于没唱。

同学张清洋说，他在章丘一小读书时的老师燕志隽（燕遇明）曾来找他，叫跟他走，参加抗日活动。燕并问：

“刘保全也在这里吧？”

燕志隽是泰安一带人，好像在旧制省立第一中学毕业。他曾在《小说月报》上发表过几篇小说，长期做小学教员。他大约看到我写的抗日文章，所以知道我也在泰安。张清洋说，他常向学生介绍《儿童》上的文章，所以知道我。

我们还都想“弦歌不辍”，没响应他的“引导”。

孙校长的七弟孙震南也曾到泰安看他这位三哥，不久又他去。他是日本留学生，无职业，西装、革履、呢帽。有的老师说，孙老七凭着几个哥哥给钱，跑到日本去混，啥也不是。他虽然衣着讲究，却显得风尘仆仆，似乎在办什么重要的事。

孙校长仍遇有机会便请学者、名流到校讲演，最早的是“第

---

① 曾担任过中共中央组织部副部长的李锐在抗战后由北平到济南，住在许衍梁老师家。李南央《回忆父亲》：1937 年 11 月，山东平津流亡同学会和省“民先队”委托他（李锐）到武汉去募一笔款并买一批书回山东，准备上山打游击。

三种人”[1]韩侍桁。

他曾在聊城师范（省立三师）教过书，在那里与孙老师同事。他现为中央社战地特派员，身长，面白，一口京腔，穿一袭“卡克”。从南京撤出来，他曾写过“投子江心”的报道。他讲述在前线采访的种种，还是很感人的。敌人的凶恶、残暴，我军民的同仇敌忾、流血牺牲……

孙校长请来了孙席珍。我们只知道他是文学家，想不到他的身份是北平某个大学的政治教授，给我们讲“政治”。他矮、瘦、白皙、精干，一身西装。他讲的好像与战争有关，又好像无关，总之，我听不明白。他为什么不讲文学？我或许懂得些。

讲演结束，孙校长请孙教授到学生饭厅就餐。这时，童子军教员邹绍夷等正倡导军事化，创“五分钟吃饭说”，大家只好拼命快吃。孙校长带孙教授来得较晚，他们刚一举箸，哨音便响了。孙校长只好带他走——下饭馆便餐去了。

一位天津市的财政局长被请来讲演，年轻敦实，不像个官僚。他讲的财政，我完全没听懂。

我们有时到火车站看军运情况，以判断战争打得怎样。有一次，隗文云向一辆“铁闷子”扒头瞧，开玩笑地说：“看能不能坐车回济南一趟？”

车门口站着一个第三路军的兵，抡起拳头就打隗文云的脊梁，连打几拳，我们只好扫兴而归。

---

① 第三种人：20世纪30年代初中国文坛上的自由主义作家群体、文学思潮。其文艺思想的起点是“反映论”，重心是艺术真实论，主张文学的自由品格、艺术的多样化、文学的高品位，批评文坛“将艺术堕落到一种政治的留声机”。代表人物有胡秋原、苏汶等。

还有一次，我们在站台上遇见几个衣履不整的兵士，问起来，他们原是胶东某县乡农学校的学生，被征入伍。他们曾在上海、南京与敌作战，同学们战死一半，部队溃散了。他们侥幸渡江北来，准备回老家去。他们说，同敌人较量过，回家后也绝不当日本鬼子的牛马。

快圣诞节了，天主教堂、基督教堂的门口已扎上彩门。那所为平津、山东“同学”借住的小院里已经冷清，贴在房间门旁的纸条——“平津流亡同学会”“山东同学会”，也已脱落。小小阅览室已关闭，那些出出进进、衣饰驳杂、老老少少、男男女女、操着不同方言的人，几乎不见了。

随着敌寇沿津浦线侵占德州后逐步南下，泰安城里的外来人员逐渐减少，大街上行人稀疏。商店、餐馆虽照常营业，但顾客及食客已经不多了。

隗文云说，我们小学时的教务主任张尔康（子键）已到泰安来了。我们到西关一家商号看他，他哥哥开了这家小商号。他是特来探望兄长的。他关心我们的前途，想在经济上帮点忙，从商号拿点钱给我们用。我们说有学校供给一切，不再麻烦他了。他在济南有妻子儿女之累，大约无法离开……

在泰安两个月，童子军教员、体育教员对我们进行了“军事”训练，为将来的徒步流亡做准备。如早起跑步到泰山小溪上洗漱，然后跑步回校；练习打背包、快速饮膳等。这是体力、能力、精神上的全面锻炼。

据说，教育厅已拨款供给学生膳食费用，但教职工的薪水有拖欠。某晚，我路过教员宿舍院，听赵枚（干庭）、张克济、瞿亚先等老师在室内大声议论薪水的事。孙校长多么艰难！

许多教职工已陆续离泰安他去，能坚持在这个集体中的能有多少人？由于每个人的处境和对抗战的认识不同，会各走各自的道路。

迁校泰安以来，发生了一桩悲惨的事。21级1班的同学刘维垣回济南看望家人，返泰安时火车上人很拥挤，他只好坐在两节车厢挂钩处。天气寒冷，他又有些困乏，车过长清境内时，竟坠下车去了。他的腿被轧坏，幸被路人发现，把他送回家去。最后，不治而死。同车的同学回校后，立即报告了孙校长。孙校长马上派事务员去坠车地点寻找，后来又去他家中慰问。

学校迁到泰安已两个多月了，家在济南的同学都想回去看看，何况敌军已到了黄河对岸。胡老师与同学们一同回去。他的夫人已去烟台亲戚处，独子胡季生与我同班，济南除了房产、家具已无任何牵挂。他主要是去看看他耗费心血“经营”的济南初中。新颖的铁棂子校门，整齐、弯曲的石板路，在树木掩映下多么幽静。明亮的教室里，换置一新的课桌、课凳、讲桌，高低适度，油光美观。图书馆藏书丰富，实验室、仪器设备完整无缺……年迈的实验工人张和还在尽责保管着吗？他还准备出一本理化实验的书呢！尤其那高高的旗杆，也应该瞭望一番。老人的心情我们懂得。但一路上他仍像哄小孩一样同大家说说笑笑。他这两个月来仍是“清”教员，常同小同学在泰山脚下闲步。有时他买一大兜花生撒在地上，让大家抢食，并引以为乐。

济南市依然如故，但市面异常寂静。临街的墙壁上贴着些抗日的标语，下署“×××部政宣”字样，是韩复榘的政工人员所为。

我家住四里山北陈家庄，一所砖土（泥）构建的二进院的北屋。早年父亲在世时住全院，后搬进了回民赛家，相处融洽。母亲和姐姐都很平静，她们饱经患难，习以为常了。嫂子回东乡近郊娘家去了。哥哥已不在林华汽车行开车，去了盐务局。盐务局买了林华汽车行一辆货车，并要带一名司机。因那里每月工钱 28 元，年终还分红，铁饭碗，哥哥就去了那里。他在林华最初每月 10 元，后增至 15 元，好在管饭，乘客的小费归己，所以能养活一家人。他在济南开最漂亮的出租小汽车，接送过陈璧君（汪精卫之妻，曾任中国国民党中央监察委员等职）等高级官吏，也常接送一个最红的日本妓女（有叫“条子”者，她非“刘”的车不坐）。盐务局的车已被部队征用，他想带我走，甚至带全家都走，到临沂外祖父家再做打算。他决不当亡国奴。

我决不当亡国奴。母亲、姐姐也愿我走，但又认为日寇暂不会过黄河，我仍可回济南过旧历年。

陈美徒的父亲来劝我不要走，自称会点日语。他想当汉奸吗？美徒可是去了江阴要塞啊！

陈家庄与我交往的“老哥们儿”大都是回族。赛起（同院）考了汽车兵，金殿铭考了通信兵，都走了。赛书勋（1949 年后为济南铁路中学语文教师、教研组长，善操京胡唱剧，“文革”开始后遭凌辱自杀）是无业者，金荣贵、赛上达是私立中学初中学生，周鼎是民生银行的练习生……他们想不出什么出路，有的是大少爷，等着瞧。

在赛书勋家，几个人囫囵睡在一起过夜，他们对我能被学校带着出走，既羡慕，又感到走后前途渺茫。

12 月 23 日下午，我走出屋门，反手把风门推上，就与母亲、姐姐分别了。原已约定到俞新民家吃晚饭，然后一块儿去车站。俞家住西门外东流水街，俞大爷、大娘准备了送行的饭菜，大爷说：

“你俩千万不要分开啊！”

我们去了车站，俞智民留在家中。他是老二，与我小学同班两年，又一块儿考入济南初中，本也可以出走，因“黄病脸”，又兼两个儿子不能都走，留下一个，家中多个“膀臂”——只好如此。

天已昏黑，候车室里没有开灯，因为敌军就在黄河北岸。

想不到赛越（初小同学，同院）在站房外，蹲在墙根下，灰头土脸，一身肮脏。他是邮政局装卸邮包的临时工人，还在值班。他对我的出走很漠然。他二哥赛起不是已经走了吗？瞿亚先老师在站房里，约集几个同学在低声唱《海军歌》《航天员之歌》。

听说有从青岛开来的客车南去，也许是最后一趟。大家很焦急，怕客车来不了，会离不开济南。天虽然冷，心里还是热辣辣的，盼着尽早坐上车回泰安的学校。等啊，等啊，客车仍没有消息。整个车站沉寂、黑暗，整个济南好像也寂无声音，一片昏暗。站房里、站台上陆续来了许多乘客，男女老少都有，有些像一个一个的家庭。他们都带着轻便的行李。

夜已深，在感到困倦、几乎倚墙睡去的时候，客车来了。大家急于上车，但车内人挤得很满，从车门难以进去。有一个家庭，大多是妇女，我们就抬起她们从车窗塞进去。她们的衣物、箱笼也从车窗推进。同学们大都空着手，很容易便挤上了车。

赛越是我们的送行者。他认得俞新民，我们一起在四里山下玩耍过。

火车在黑暗中行进，各站几乎没有停，两小时后便到达泰安站。我们下车后迅速进城返校。

24 日下午，我班正在上英文课。胡干青老师的黑髭一撅一撅的，认真地讲着。突然，从西北方向响起重轰炸机的吼声，越响越近。啊！反常。过去敌机总是从东南方来，而且是轻轰炸机或战斗机。我们师生都有点紧张。坐在最后的我和赵忠沉不住气，一下站了起来。但他老人家暂停了一下讲课后，又用他特有的缓慢、沉着的语调读起课文来。不料，近处响起了强烈的炸弹爆炸声，我们又站起来。胡老师喊了一声“好家伙”，便走下讲台。我们师生略一沉吟，便一齐涌出教室门口。

我们急忙顺楼梯跑下楼去，只听得震耳的连续爆炸声响起，两楼间平台上的“雨搭”稀里哗啦掉了下来。我走出东便门，顺墙根向北走了几十步，只见临街的两间西屋敞着门，刘云祥、宋有禄（同学）等和屋主人夫妇都蹲在床前。他们招呼我过去，准备随时钻床底、桌子底。我刚蹲下，只听轰隆一声，满屋是灰尘、烟雾，似乎后墙倒下来了。我出门就往北跑，过了十字路口再向北，只见当街炸了一个大坑，东边一家的西屋已经坍顶，几个人正在用铺板往外抬一个砸伤的人。西墙根一个露天小厕所里忽然出来一个人，原来是我校的事务员。他可能在当街那颗炸弹爆炸时，恰在厕所墙下，因此才逃了命。我倒回十字路口转而向东，准备往东城墙根奔，因为城墙下有防空洞。突然，从东南方传来重轰炸机声，我急忙走进南边一家的大门底下。这时，从院内走出一个中年男子，一张苍白的脸，想向我作揖，请我赶快离开他家。我没理他，因为飞机已到头顶，黄昏中，那架灰乎乎的重轰炸机真像一匹会飞的大壁虎，慢吞吞地向西北方向蠕动。随后，又听到炸弹爆炸声。主人早已不见踪影，我立即出门向正东跑去，直到离城墙不到百米的地方。一座小小的土地庙还孤零零地立在田地上，庙前的那棵老槐树已被炸得干断枝散，崩落在周围地面上。残留在黄昏中的余晖映着一壁黄土城墙，惨淡而又凄凉。我顺着城墙根钻了几个防空洞，人塞得满满的，连插脚的地方也没有。我只好顺墙向北急走，在东北城角附近才勉强钻进了一个洞。人们都默不作声，偶尔有老年人叹一口气。重轰炸机仍在远处“嗡嗡”，不断有炸弹爆炸声传来。

天完全黑下来。估计敌机不会夜袭，人们才陆续走出防空洞，悄悄地、心情沉重地走回家去。谁不牵挂自己的家呢？不知炸成什么样子了？没跑出来的、走散的家人是死是活？

我回到学校，宿舍里已经点上了蜡烛。宋有禄、刘云祥、张文卿、胡季生、刘培钧、李毓才（后文称“小李毓才”，以区别于年龄大于他的李毓材——编者注）……都回来了。他们说赵忠到处找我，满院子喊我的名字。他回家让办饭的大嫂做饭去了。

我们到了赵忠家，感谢那位大嫂已擀好了面条，大家胡乱吃了一碗就吃不下去了。大嫂已点上香烛，向泰山老奶奶磕起响头，求她老人家保佑。这时，突然出现了任安波先生。他一头乱发，浓须挓挲着，满脸皱褶，一下老了二十岁。他叫嚷着：

“来！来！大家都来磕头，求碧霞元君保佑！”

他像瘫了一样趴在地上，向“老奶奶”磕起响头来。他的《唐诗三百首》呢？《说文解字》呢？手里没有，腋下也不见了。

我们回校分散到各屋里去睡，相约谁听见飞机声，就把大家唤醒，钻后园子那个简陋的防空洞。

莫大的幸运！虽然敌机这次轰炸来得突然，全校师生却无一受伤者。

学校里已催“馍馍房”连夜蒸馒头，明天一大早大家带着馒头、咸菜进山躲一天“警报”，然后夜间乘火车南去。大家太疲劳了，头脑被敌机闹得乱哄哄，躺下就睡熟，谁也不知道敌机是否夜袭过。

徒步鲁西南

我们在山里躲了一天“警报”。晚上，孙校长和几位老师带领全校同学三百多人，各自背着铺盖卷来到火车站。

泰山雄迈地遮住北半天，它是想把日寇堵挡在身后吧？又似乎护卫着我们这三百多人的活动。车站票房的尖顶直刺夜空，它是在向苍天控诉吧？它凝结了全城人的悲愤！用芦席掩盖着的尸体，横陈在路基两旁和街旁的崖沟中。这是两天来，敌机肆虐造成的惨剧。这些受难者都是出门在外的人，不知家在哪里，亲属在何方？断垣、颓壁……石板铺砌的街道上，水、酱油、醋、酒……混合的液体冻得溜滑，会把行人滑个“筋斗”。整个县城、西关一片昏暗。

一列“闷罐”、敞篷混杂货车停在站东边，只有很少几节车厢装着什么货物。车头喷着水汽，发出“沙沙”的声息。它似乎不敢出声，但声音却在冰冷的空气中震响，而且传出很远。孙校长和几位老师带我们全爬上了火车。我同二三十个同学坐在最后一节敞篷里。因为冷，大家挤坐在一个角落里。这是一列南去的火车，也许是最后一趟。据年老的老师们说，从泰山北面已隐约传来重炮声，大约鬼子兵在炮轰黄河渡口，正要渡河。“韩青天”的第三路军大约挡不住，也许不挡就撤了。

车站上一个兵也没有，也见不到一个铁路警察。几个站务人员有时在站台上走过，连只红绿灯也没敢提着。

据说胡干青老师等已于白天乘车南去打“前站”，准备在济宁等我们。存在学校里的行李，由事务员们设法南运。

火车头喷的水汽越来越浓，“沙沙”声越来越响，好像马上要开出，但总是不开。我们这个敞篷车里的人起初还在低声说话，夜愈深，天愈冷，大家紧紧靠在一起，不知怎么地完全熟睡过去。

不知谁先冻醒了，大嚷了一声：

“坏了！我们的车皮被甩下了！”

全车皮的人都惊醒了。果然，车头拉着前边的“闷罐”、敞篷开走了，只把我们这节车皮甩下了。“哎呀！怎么咱们全都睡死了！”

“孙校长怎么把咱们这节车皮甩下了？”

大个子李振泌有主意，他判断：孙校长不会单单扔下咱们这二三十个人，说不定是忘掉这个车皮里有人。也许，他们没走，又回到城里去了，等明夜再走。

我们二三十个人背起铺盖卷，失望地走下站台，顺西关抄近路回学校，一路上谁也没有说话。狗不吠，人不惊，到处是炸塌、震塌的房舍，满街结着冰。路经基督教会门前，只见松枝牌坊七零八落，红绿纸散落满地，上帝到哪里去了？怎么不来保佑他的子民？

走近泰安初中那黑漆漆的院落，只见事务人员正在一盏煤油灯下盘算怎样运行李南去。很奇怪，体育教员卢宗文竟也在那里。他为什么不南去呢？体育教员应该带队的呀，怪不得在车站上没有见到他。

他们都很惊讶：

“你们怎么回来了？”

我们都很懊丧：

“孙校长把我们扔下了！”

他们解释说：

“不会。他有两个打算，一是坐火车到兖州转济宁。要是坐不上火车，就步行往宁阳到济宁。你们怎么不知道呢？”

李振泌在同学中自然成了领袖，比画着回答：

“我们这个车皮的人全睡着了，醒了才知道被甩掉了。孙校长他们坐的是前边的‘闷罐’和敞篷，一定被车头带走了……又想，也许没坐上火车，又回城了……”

“怎么办？”几个老师互相看着，交换着眼色，沉吟了好久。

卢宗文老师似乎是局外人，他侧着头在思考什么。这时，我们才发现屋子边上有一辆自行车，货架上捆着个行李。他突然站起来说：

“我带你们步行往南走！反正孙校长说好了到他老家成武县住下……我本来准备骑自行车回烟台，我的家眷都在那里……好吧，我带着你们，只要遇见了孙校长，把你们交给他我就不管了……回烟台……唉唉……老婆、孩子……”

我们立刻转忧为喜，用感激的眼光在黑暗中相互示意。想不到这位“驴脾气”的刺头老师竟有这么一颗牺牲自我、善良的心。

我们立刻出发。卢老师骑着自行车先行，约定过铁道，绕过蒿里山，直奔去宁阳的大道。

钻过铁路洞子，绕过十殿阎君所镇的蒿里山[①]，只见满野一片漆

---

① 今泰安火车站东侧的英雄山。

黑，只有往西南去的大道还有点发亮。不知谁说有条小路，比走大路近得多，我们胡乱顺了一条，向西南方向走下去。愈走天愈黑、愈走路愈窄，弯弯曲曲、坎坎坷坷走了半个钟头，只见前面黑蒙蒙的一片，比天空还黑得多。走呀，走呀，不知谁叫喊了起来："怎么跑到坟地里来了？"

这时，对面突然有吆喝声，不知喊的什么。接着，有几个人站在面前，手里拿着什么，仔细看看，原来是几个"第三路军"。他们嚷嚷：

"干什么的？往战壕里乱窜！"

"学生！"

"学生怎么半夜里出来了？"

"迁校，学校搬家，往南搬。白天怕轰炸，扫射……"

"俺们差点搂了机枪！还以为是鬼子摸营哩。"

我们仔细看了看，原来是在松林里。"第三路军"在坟头之间掘出战壕。林子不远处是一座村庄。

我们只好向"第三路军"说"好听的"，绕过村庄，摸上大路，再也不敢抄小路了。

我们硬拉着腿向前迈，铺盖卷压得脊背疼。整个田野乌黑乌黑的，只有一条发亮的大道像一条绳索，拖着我们不停步地向西南走去。向哪里去？西南，西南，知道有一条汶河，过了汶河再奔宁阳。

不知走了多少路，不知绕过了多少村庄，东方渐渐发白，虽然脊背上压着铺盖卷，还是有些凉意。天空由灰白转惨白，东方有点发黄……也有血晕……太阳张着赭色的脸，又像肺病患者脸上的绯红……几道霞光也白得有点病容……远远传来敌机的"轧轧"声。

不久，便出现一架敌军的侦察机，自北向南沿着大路侦察。只要它飞近了，我们便藏在土崖或坟墓背面，等它飞过去再走路。它飞远了，几乎听不到“轧轧”声。一会，它又出现了，“轧轧”地飞在我们头顶，好像侦察到了我们的活动。我们只好躲了再躲，藏了再藏，也算是一次又一次地休息吧。近午，才听不见它那鬼响声。我们路过一个大村子，在大车店里买块凉锅饼，边走边啃。卢老师骑着自行车，走走停停，一路检查人数。敌机飞来时，他都是隐蔽在崖头下等我们。午后，他约定投宿汶河边的塔房，好明天一早渡汶河。据说，敌机曾扫射汶河上的一个渡口，所以渡河必须趁早才安全。

路上几乎没有行人，只在村庄附近才偶尔有几个背着粪箕子拾粪的农民。途中，竟碰上骑自行车南去的纪慧亭先生。他不愿当亡国奴，说：“家，谁也不能管了……”他没停留，迅速上车赶路。直到傍晚，我们还没走到塔房。我们在一个村头问了一下小店的主人，才知道还有八里，只好赶紧赶路。二三十个人走得七零八落。我同赵忠几个因为边走边拉呱儿，落在最后，直到漆黑漆黑的时候，才走进一个房舍低矮，街道弯曲、狭窄、高低不平的村落，这就是塔房。村南就是汶河，因为两岸结了冰，流水声不大，听起来很凄楚。我们走进一家客店，卢老师、李振泌已在那里，招呼大家休息，然后分散到左右几个旅店住下。

店主人问我们吃几两的“起伙面”，我们不懂，经过讲解才明白。我们走了一天一夜的路，只啃了点锅饼，饿得发慌，当然想饱餐一顿。我们商量每人吃它一斤半，店主人笑了，说我们一斤也吃不下。我们觉得“一斤吃不饱”，店主人只好照办。这时，从门外走进来一个衣衫褴褛、头包黑帕、面色黧黑的中年妇女，问我们吃不吃炒“长果”。李振泌给他五角钱，她回家炒“长果”去了。

面条下出来了，店主人盛了一大黑盆端在屋当门。一摞黑碗，一把筷子摆在矮桌上。我们各舀一碗，趁热快吃。我蹲在地上猛扒几口一下吃了大半碗，忽然觉得头昏脑涨，只好一气把它吃完，赶快靠墙坐在行李上，迷迷糊糊就不知所以了。

不知睡了多久，我被人推醒，原来是李振泌。他竟然没有睡，还很有兴致地把大家都吆喝起来：

“起来！起来！花生来了！吃花生啊！”

果然，那位中年妇女背了个篓子进来了，往屋当门一倒。嗬！一大堆花生，又大又饱满。她高兴地招呼大家：

“炒得正是火候，不煳也不生，还热乎，等凉凉吃才香呢。”

我们都围到花生堆前，等不得凉透，趁热想吃它个够。谁知我吃不上一把，又头昏脑涨，只好又靠墙坐到行李上，不知不觉进入了睡乡。

一觉醒来，天已放亮。大家急忙背着行李卷奔向渡口。卢老师同一个船工已经立在岸边冰冻的浅滩上。这几天，没有狂暴的北风，只是感到十分清冷，虽不刺骨，却也满身紧巴巴的。

一只破烂的木船冻在浅水里。汶水的大流在缓缓地西去。

卢老师指挥我们：

“你们踩着冰上船，最多上去十来个，要晃开船下的冰，使劲儿晃，越早越快越好！分两拨过完。过晚了，鬼子飞机又来哼哼了……”

船工是一位健壮的中年农民，“大棉袄一扎腰”，头戴破毡帽，脚蹬“老棉鞋”，手里持着一根长篙。他领我们走上破船，嘱咐着：

“别看船破，但不漏。咱们使劲晃，散不了板。早晃开早过，别让鬼子飞机找咱们的麻烦……上边的渡口炸过一次，幸亏没伤着人……”

我们十几个人叉开腿，互相扶撑着，用力左右摇晃。晃呀，晃呀，好费劲，船在冰里纹丝不动。晃呀，晃呀，心越急越晃不开，累得有点汗津津的。

船工立在船头，叉着粗腿，一只手卡着腰，一面晃，一面鼓励大家：

“使上劲，不消停，只要晃开一道缝，就算行了！”

大家一鼓作气，听从指挥，似乎有韵律地左右晃——其实船仍死死地冻在冰冰里。晃呀，晃呀，使劲！使劲！……突然“咔嚓”一声，冰裂了缝……

“慢！慢！”船工大声吆喝。

大家轻轻使劲，靠船边的冰凌渐渐零散了。冰层本不厚，一晃开问题就解决了。岸边的同学们也高兴地呼喊起来。这时，隐隐约约有敌机的“嗡嗡”声，大家不免有些担心。船工马上放船中流，一会便冲向斜对的沙滩，撞上冰冻的河岸而止。我们马上跳下船，迅速向近岸的树林奔去。敌机的“嗡嗡”声已经消失，我们便坐下来等候下一拨摆渡的同学们。船工玩船娴熟，很快便把同学们渡过来了。卢老师带着自行车同船过来，他早已付过船费，向船工拱手致谢，便骑车离队先行。我们两批同学会齐后，便急忙拔腿向宁阳城奔去。

渡过汶河，真是渡过了一道难关。卢老师兴致特别高昂，在大路旁等候我们，满面笑容，推着车子步行。我们在他两边走着，边走边谈。他真的打开了话匣子，说：

“本来，我想把你们送过河就回去，骑自行车去烟台，老婆、孩子都在那里呀！说不定鬼子已经登陆，他们已成了亡国奴！”

我们听了都有些歉意，如果我们不在那个车皮里睡着，怎么会把卢老师也连累了呢！

他坦率地说着半年来的思想矛盾：

“放了暑假，我们一家回烟台避暑。卢沟桥事变发生，平津沦陷。流亡学生和逃难的人大部分乘船到烟台，真惨！流亡！唉唉，流亡！我有个想法，英美军舰经常停泊在烟台，也许鬼子不至于莽撞侵占。临近开学，我独自一人返校，谁知日本鬼子顺津浦铁路南侵，一直打到山东边上。孙校长说，何厅长，就是何思源，同意他带学生南来，第一步先迁泰安，我也跟着来了。要是再往南走，我就不去了……昨晚我怎么也睡不着，老是想呀想，回去当亡国奴呢，还是跟大家流亡出去……战事也许很快就要停住，鬼子向来是蚕食政策，小日本一下子吞不下咱中国……咱们也许还能回到杆石桥外咱们那所中学，你们照常上学，我照旧教你们体育……练一个头号篮球队，再练个棒棒的足球队……”

卢老师三十出头，身体短而健，高鼻朗目。每当足球、篮球比赛时，他西装笔挺，哨子满口吹，又响又彻。尤其是满嘴英语，流利动听，使比赛进行得紧张而又热烈，比赛双方都能赛出水平。据说，他原在齐鲁中学教体育。某次，一中同齐中比赛篮球，一中的同学被这位年轻的裁判迷住了。啊！漂亮的英语，whistle！他们要求下学期把卢老师聘过来。孙校长同何思源是“六中—北大—曹州帮”，当然能满足运动员们的愿望，于是卢老师便成了一中的体育教员。还有人说，某年，不知谁惹着卢老师，他犯了“驴脾气”，甩袖子去了德县初中（十二中），第二年才又被请回来。他常为了鸡毛蒜皮的事朝同学发脾气，烟台腔又带点天津卫的味道，无非是“你看着我好惹，我不好惹；你看着我好斗，我不好斗”。翻来覆去，就那么两句话。想不到在这流亡的道路上，他竟敞开了“话匣子”，而且还是一个极坦白而又随和的师长。

他讲起自己的故事：

“俺家是广东人。伯父是一家轮船公司在烟台的经理。我从小在烟台长大，上学，后来考上天津一个商业学校。我爱体育运动，特别喜欢踢足球。你们大概都知道南开的足球、篮球都很棒，什么‘南开五虎’啦……俺们商校也不弱，强队。毕了业，我不愿在烟台跟着伯父做买卖，便去上海找我姐夫。我姐姐同阮玲玉是妯娌。姐夫家的哥几个拍电影、演魔术……真是好玩的玩意儿。姐夫想教我演电影，又嫌我个子矮。郑小秋就是个小矮个，跟胡蝶配戏，真难看！冲着他爸爸是郑正秋。我个子矮，也不愿去演电影。姐夫知道我爱好体育，就让我上了东亚体育专科学校。毕了业，当了体育教员，用前清状元王寿彭的话，就是‘玩皮蛋子’。”

似乎又有敌机的“嗡嗡”声，但接着又听不见了。

卢老师听了一会，又讲起来了：

“‘七七事变’，我觉得中日全面战争也许打不起来，谁知真打上了。夏天，我去了一趟上海，住在金焰、王人美家，哈哈，你们知道，一个是‘电影皇帝’，一个是‘野猫’。我怎么认得他们？金焰是我的学生。他上过齐鲁中学，朝鲜族，篮球打得不错，他还是上海电影明星篮球队的 center 呢！‘八一三’，金焰还去前线打过游击……军队都撤下来，他们的游击也打不成了……谁知道战争什么时候才能停住。韩复榘在日本银行存了许多钱，他妈的，刮了地皮，什么实业也不办，又不买新式军械，他当然不愿打，也不扛打……二十九军是好汉，从天津打到桑园……中央军也还扛打，他们武器好……但也顶不住日本鬼子。走吧，老师们带家眷的不多……你们孙校长的太太就被扔在了济南……唉唉，不能当亡国奴！”

他的谈话带着追悔、伤感的意味，使我们觉得他很可亲近。生活的道路把他扯来扯去，也许是不得已才干了体育这一行。或许，他还有难以说出的不幸遭遇，无法向同学们倾诉。我们都很难过，为了他这次同妻儿无法团聚。

他决断地说：

“孙校长他们不会坐火车南下，他说也许步行南来，因为坐火车太危险，敌机白天会来捣蛋。他们一准也奔宁阳，说不定，在那里能见到他们呢！……过了汶河，又保了一层险，我头里先走，反正离宁阳已经不远，到那里集合吧！”

他跨上自行车，兴致勃勃、蛮有信心地疾驰而去。我们不禁加快了步伐，也不“打尖”，打算到宁阳城再吃饭。不久，路过一个大村镇，大车店里有新“打扇”的白菜猪肉大包子，还卖黏粥，我们就放开肚皮猛吃猛喝一气，然后劲头十足地马上赶路。走不上七八里，宁阳城已在不远处，看样子，县城不小，城墙蛮高大，城门楼子也挺有气派。

宁阳城里南北一条大街，宽而平，黄土路。全街只北头有个一间门头的广货店，柜台上方挂着毛巾、线袜、扎腿带子……一个白而胖的中年女人坐在那里，好奇地望着我们。不远处，迎面走来几个乘坐别的车皮的同学，我们不禁“啊呀”了一声。他们说：

“卢老师已经早到，叫我们来迎你们。”

“你们不是坐在前边的车皮吗？怎么又下来了？”

“孙校长在车皮里冻急了，吆喝大家下车，步行来的。”

“怎么把俺们那个车皮忘了？”我们觉得很可笑。我们都歪倒睡了，他们没发现；我们睡得太死，竟没听见他们吆喝。

“你们走塔房，走了冤路，俺们走了个近渡口，从东面过的汶河。”

我们赶忙来到住处，同学们有的在休息，有的出去闲逛了。我同赵忠几个在地上伸开铺盖正想躺一会，只见孙校长进来了，满脸怒气，指划着我与赵忠，劈头就训：

“你们领头乱跑，上哪里找你们？跑没了，我怎么向你们家长说话？乱跑！乱跑！我管不了你们了！”

我们想分辩、解释几句，他拧过身子，气冲冲地走了。

李振泌约我去街上闲逛，赵忠有事没有同去。我们走到大街上，满城逛，连城墙根也逛了。全城连个饭铺也没有，到处都安安静静的。我们走进那家广货店，中年妇女说，她在济南后营坊街西头也有个广货店，两间门头，鬼子飞机在筐市街扔下炸弹炸伤人后，她躲来老家。别看生意小，却还是济南、宁阳两号买卖。

一个二十多岁的农民跟着我们，我们不嫌他，也不理他。他跟着到处走，也不说话。我们正往别处走，他突然问：

“鬼子来了怎么办？”

一个同学说：

“打！”

他问：

“你们为啥不去打？怎么往南跑呢？”

我们不好意思，只好说学校南迁，我们还得念书。

他很后悔，也许后悔跟着我们，但仍旧跟着，直到我们走进住处的大门。我回头一看，他还伫立在街心，望着我们。

回到住室，同学们说赵忠走了。真突然！他母亲从曲阜娘家派人来接他，带他刚走。赵忠本想等我回来再走，但来人催他，只好走了。他留下学校会计室的存款折，还有相册、《柯达摄影术》等。据说，他到曲阜告别母亲后，再到济宁一带赶上学校。我很怅惘，多么好的伙伴，在泰山脚下几乎形影不离地相处了两个月，现在一块流亡，应当是患难与共了，想不到竟如此分别了，也许是永别……他戴走我那顶海军式呢帽，我脖子上挂着他那块蓝、赭两色的方格呢围巾。孙校长的宏论又在脑海里“嘤嘤”作响：“百年战争”“三十年战争”“读书救国”……上俺老家成武，几十顷地，大哥开盐店，管得起大家饭……把你们送回济南，回家，同家长团聚……

因为怕白天敌机扫射和轰炸，我们只好睡半宿即起，摸黑赶路。路上，真困得够呛，虽然脚步比白天走路还快。我们必须一个人挨一个人走，否则就会掉队。但又不能挨在一起，因为两人一接触，后面的就会发困，摔跟头。如果倚着一棵树，或在村头的房舍靠墙休息，就会马上睡着。这样，就得由童子军教员操劳了。他们一手握手电筒，一手执小棍，照顾同学们走路。小同学章士琦、张宏仁[①]等往往掉队。教员先生只好挥舞着小棍敲打，半开玩笑地吆喝着，催他们快走。黑咕隆咚的，他们耷拉着头，不停步地向前走，像几头小牛犊。

拂晓，我们路过一个小村，扑鼻而来的是刚开锅的豆腐浆香

---

① 章士琦即章曙，1949 年后在外交部门任职，驻日大使、外交学院院长。张宏仁 1949 年后在全国总工会工作。

味，真使人馋涎欲滴，何况走得又饥又累。于是，我们寻到香味飘出的人家，莽撞地敲打门板。这，当然会惊动他们，但等他们知道来意后，就欢迎加安慰了。趁点卤之前，我们饱饮了一顿豆腐浆，同时也休息一会儿了。曙光满天，我们马上赶路，心神、四肢有说不出的欢愉。走着走着，旅伴中间出现一位“灰丘八”（第三路军士兵）。这位“灰丘八”五大三粗，衣服整饬，满面红光。他赤手空拳，斜背着一个包袱，一口河南腔，横横地问我们：

“恁是干啥的，往哪里去？”

“学生—流亡—上河南！”我们故意逗他。

“河南的风俗跟山东差不多。”他突然拉了“近乎”。

“你回老家吗？”我们直截了当地问他。毫无疑问，这家伙是个逃兵。

“对！回河南。”他毫不含糊地回答。

“你们被鬼子打哗啦了吧？”一个同学带点刺地问他。

“没有！我是家里有病人，看望完了再拐回来。我是请假……”他唔唔噜噜了。

我们走近了一个大村，他突然说要买盒烟抽，就离开我们向村内走去。我们顺着村外的大道，继续前进。

我们越过大村约莫一里路时，突然听见村里传来一片呼喝声，接着从我们身后传来了马蹄声。我们回头一看，只见沿路奔来一匹大白马，马上猴着一个家伙，他用缰绳不住地抽打着马臀，一会儿就跑到我们背后，从身旁疾驰而过。不是别个，正是那位“第三路军”。他妈的，抢了村里一匹好马，窜回老家去了。

我们在济宁住宿一夜。重睹电灯的亮光，精神为之一振。父亲携一家人曾在这里传道，与一位中国武牧师交好。在济南成立耶稣会后，他曾带我到这里的第七中学（济宁中学）探友（大约是盛星吾）。我到济宁初中门口去看，只见校门依旧。学校于抗战后亦解散。济宁是鲁西南最繁华的城市，市面有慌乱景象，但饭铺大都开张，饮食还便宜。

第二天，我们跨过泥泞的万福河两岸，往金乡县城走去。

我们在金乡县度过了 1938 年的元旦。

张清洋到达早些，他说在盐店里见到了孙校长的大哥孙介人。他对张清洋等说："我是恁大老师，北大毕业，省府少将参议，现在成了 Marketer。先到俺老家去吧，看看战事怎么样，再走下一步……"

张清洋家里来了人，把他领回老家济阳去了。同赵忠一样，我没能同他握别。他与我交好，因都爱好文学，自然形成的。他是不愿当亡国奴的，但没有跟他老师燕志隽走，又不当流亡学生，济阳已经沦陷了吧？那他会怎么生活下去……

据俞智民听张清洋经商的兄长说，他在济南战役时，执枪抵抗，被击毙。

金乡县城虽不大，但街上有些店铺，饭摊不少。民众教育馆周围颇多池塘，结着冰。古塔的倒影映在冰上，显得古朴而寂静。

金乡还没有敌机侵袭，也没见到一个"灰丘八"——第三路军。奇怪，街上却也出现了一些衣衫褴褛的士兵。矮矮的身材，精神挺饱满的。悄悄打听一下行人，才知道是四川兵。这些"补丁摞补丁"的部队到山东来干啥？

"出川打国仗，"他们自豪地大声说，"以前打的是内战，丢脸！这次打国仗，光荣！"

两个特别矮小的"川军"在收电话线。他们虽然衣着寒酸，但洗得干干净净，短皮带扎得绷紧，脚上还是单鞋、单袜。

“开拔吗？”商店的老掌柜从柜台里探出头来，满面笑容地问。

“或许出发……”他们曼声应着。

“喝碗茶再走哇！”老掌柜不是虚情假意。

“得闲再来……”他们紧张地缠着电话线。

后来知道，这些川军即王铭章部，他们血战滕县，阻击日寇，大都壮烈牺牲。

几天以后，我们来到单县城。单县城挺体面，宽而直的街道，路面撒着黄土，听说什么官儿刚来视察过。“单县人不善，曹州人不草”，曹州地带民风粗犷、豪爽，自古以来多出英雄好汉。

“奶奶！”

“小舅！”

“zhua！”（啥、什么、怎么……）

大家很快就学会了这些粗话和土话。

街道上羊肉摊、铺很多。开摊铺的男女掌柜不住地吆喝：

“羊汤！壮馍！吃吧，吃吧！”

羊汤，就是用羊肉炖的汤，好懂。壮馍是什么？原来是白单饼。你若不怕膻，那确是美味，而且经济实惠，很垫饥。地摊上一坐，饱餐一顿，别有风味。但你要小心点，那地摊的横板上凝着厚厚的羊油，连坐的窄板上也不薄，稍不注意，就会沾得满袖子、满屁股都是羊油。城里有高级羊肉馆，我们没有资格去问津。

单县，是父亲传道大受欢迎的地方。他在南京使徒信心会同美国梅牧师闹翻，携带全家北行到过单县。有一个叫段财聚的青年追随了父亲。父亲在济南建立耶稣会，他在单县建立了分会，后又脱离。父亲去世后，他与孙承备等到陕西、甘肃传道，很有名气。他改名为段才聚，又改为段彩炬，自封为牧师。在我记事的时候，父亲带我又到单县一次，因而记得段家的住处——西关的一座茶馆。这次流亡到单县，我凭记忆找到了段家茶馆，并见到身体硬朗的段大娘。她对儿子很不满，说信教、传教，都不应“破家归主”，甘心去受苦，疯疯癫癫。

我们在单、曹二县之间奔波，当天就要住曹县青崮集。深冬腊月，鲁西南一片荒漠，行人寥若晨星，只有小群的乌鸦在路旁麦地里啄食。我们走近了，它们便“唰”地飞起，“呱呱”地叫着落在不远的地方又啄食起来。

时近黄昏，我们远远地望见了青崮集—— 一个好大的村镇。估计还有三四里的路程，我们急忙赶路。满坡的乌鸦都向近村的树木上飞去，昏黄的天空被他们搅得又斑驳又不静。这时，从我们后面快步走来了满脸糟疙瘩的事务员。和他并肩而行的是一个戴近视眼镜的人，约莫二十岁，穿一双短篮球鞋。他们催我们快走，说到晚了，饭铺上了门就没饭吃了。我见这陌生人一脸书生气，还带点稚气，就问：“你是哪个学校的？”

“济南高中……”他回答得不甚爽快。

我沉吟一会儿，就冒失地问：“教书？”

“嗯！”他有点诧异，认真地看了我一眼。

我心里想：像个学生，想不到还是老师呢！也许才大学毕业。我又隐隐约约想起，好像在哪里见过他——一个常同李广田老师一起游玩的人。（他是许衍梁老师，被济南高中解聘，但初中聘了他。）

进了村头，只见路南一所小学，规模不小，相当整齐。我一下想起，同学韩承科就是这个小学毕业的，恐怕就是本镇人。

校门台阶上站着一个穿黑制服的人，三十岁左右，中等身材，丝毫没有曹州好汉气概，大约是这所小学的教员。他那清瘦的面庞带着笑容，羡慕地问我们：

“你们是上延安的吧？”

“不！去河南。”我们回答。

他有点儿失望，但又很想接近我们，直率地说：

“我是这个小学的教员。抗战，抗战，老韩领着军队往后窜；老蒋，也是长跑将军……南京丢了，往西跑……我看，还是第八路军，早先是红军，共产党的军队……我明天就走，上延安抗大……前天已经去了两个同事……”

他走上校门的台阶，大声讲着，挥动着胳膊，简直是在讲演了。

我们向镇内走时，俞新民说：

“我落在后面那一刹，在一个村头巧遇小学和中学的同学贾敦芳，他在那里做民运。他听说济南初中的流亡队伍路过这里，特意到村头等候。他劝我留下一块儿打游击……怎么着？咱们到河南再作打算吧？”（贾敦芳在1949年后曾任云南省纪委副书记。）

饭铺大都黑灯瞎火，但十字街口有几个卖胡辣汤和油馍的小摊。我们蹲在纸糊的灯笼前又吃又喝，觉得别有风味。

辗转“陇海平汉” 暂栖许昌

次日，早早动身南去。我们在黄河故道的大沙窝中跋涉，攀上滑下，终于走出“韩青天”的地盘，来到蒋介石的统治区——河南商丘的朱集车站。这里没发现什么“新生活”，一片灰土。车站上有无数衣衫褴褛的商贩，主要是妇女和儿童在叫卖着吃食，他们哀求旅客们买他们的吃食。

体育教员张剑青在车站上出现。他把行李捆得细而长，从肩头一直拖到脚跟，真稀奇！他说，他原籍是河南，算是回到老家了。并说，我们学校先到郑州，然后南去许昌暂住。山东省教育厅给陇海、平汉铁路工作人员都打了招呼，流亡师生坐火车不花钱。他夸口说，不要怕坐不上火车，有他，一个同学也落不下。

张剑青是个传奇式人物。据说他曾在一个什么军阀部队里混过，部队被另一个军阀打垮后，他带着一股散兵游勇从河南“长征”到山东。他是老一中的学生，得过山东省初中撑竿跳高第一名。他篮球打得别具一格，旋风式、野牛式、带球猛闯、从篮板右侧甩手抛球入篮，十拿九稳。人呢，在全场掌声中冲出球场十几米才刹住。那种英雄气概，无与伦比。他进过东亚体育专科学校，不知为什么又去了苏州成烈体育专科。夏天，他整日泡在游泳池里，义务帮女同学练游泳。在上海，他曾冒充北平人报考某电影公司的临时演员，一下被“考试官”戳穿是河南人或山东人，只好充个“哑巴”角色，在某影片里扮演一个不说话的法官。他身材高大、健壮，但头顶尖尖的，左颊一块大疤，总之，不是美男子。

西去的列车快进站了，远远望去，棚顶上、踏板上全挤满了人。那是从南京渡江北来的幸存者及津浦南北两段的难民。列车驶进车站还没刹住，只见张剑青挨近一个窗口，跟着列车快跑几步，一纵身像一条泥鳅，从窗口钻进去了。这一招，让我懂得了他那打行李的奥妙，也显示了他那体育教员的高超本领。车刚刹住，他在一节车的脚踏板间出现，两臂把旅客们左右一挤，同学们就一个个被他拖上车去了。拖到无法再拖时，他在一个窗口出现，把剩下的同学从窗口钓进去了。我是最后被钓进去的。他哈哈大笑：

“文人，都是文人！文弱书生！一个也不能掉下！跟着我走，吃不了亏。”

列车在西进。我们没有座位，只好把行李扔在走道上，坐在上面。坐乏了就起来站着。妇女、儿童、公务员、商人……形形色色的衣饰，一个个愁眉苦脸。货架上也躺着人，有的在打鼾，睡得好熟。突然，从一个座位底下钻出一个高大的士兵来，接着又从另一个座位底下钻出一个同样高大的士兵。他们衣帽还算整齐，东张西望，有些担惊害怕。

“出来喘口气吧，没有查票的，也没有铁路警察和宪兵。”一个须发皆白的老者安慰他们。

“大老广……开小差……”一个公务员轻蔑地说。

他们是广东兵，像两个傻子，愣愣地站在那里。

“从南京撤下来的吧？”我们关心地问他们，很想从他们嘴里听一听战斗的实际情况，什么雨花台、中华门血战等。他们在京沪一线同日本鬼子较量过，不能不让人尊敬。

“是的！是的！”他们连连点头，说不了几句“官话”，唔唔噜噜不知讲了些什么，只约略听出是“回家！回家！回家去！”

显然，他们的部队被打散了——被敌机、敌炮轰哗啦了。他们从血和火，从长江滚滚激流中逃过江来。

突然有人低声说：

“查票的来了！”

两个“大老广”很机灵，各自钻进原来的座位底下去了。旅客们很爱护他们，都把行李拖到座位前，挡得他们严严实实。

查票员依然衣帽齐整。短小的宪兵军官，粗浑浑的铁路警察，黄、青的呢子制服在车厢里放着光彩。他们神气十足地吆喝着旅客拿出票来。其实，有票的人不多，大都以流亡、逃难的身份应付过去。他们也不过于追问身份，从坐满、站满旅客的人行道上挤到另一个车厢去了。

两个“大老广”一直没敢露头。人们悄悄地唤他们出来换口气，他们一吭也不吭。

豫东一片死寂。隆冬，村头、田野没有人的踪迹。这里曾是蒋、冯大战的旧战场，不久，日寇的炮火将要轰破这里的死寂，也许会有几场恶战。

车近古都开封，铁塔、龙亭……吸引着我们这些少年人。但，我更多地回想起泰安初中校院墙上那些“到延安去！”“到临汾去！”“到开封去！”简短的标语。听说石友三[①]在开封组织什么

---

① 石友三（1891—1940），吉林人，早年为清新军吴佩孚部下，一生投来叛去，先后多次投靠又反叛冯玉祥、阎锡山、蒋介石、张学良、日军和中共，被称“倒戈将军”。1928年为冯玉祥部下时，其部火烧了少林寺。1940年11月，石欲率部投日伪，被爱国将军高树勋设计活捉，当夜活埋于濮阳黄河岸边。

“军头”，请张友渔去做政治部主任……有一位作家还称他（也许指孙殿英）为中国的“夏伯阳”[①]呢！有趣！

车在开封站停靠时间较长，有些同学竟结伴去城里逛了一趟。此地没有下车的人，上车的人只好往上硬挤，一片嘈杂的吵吵声，加上商贩的叫卖声，车站上混乱不堪。

郑州是平汉、陇海铁路的交叉点，战时，更显出它的重要性。我们需要换车，等北来南去的车去许昌。日军沿平汉线向南侵到安阳一带，黄河铁桥虽挨过敌机轰炸，但还能通车。郑州也挨过炸，不过车站附近仍矗立着几座高大的楼房。远远地，能望见郑州的土城。这里一片荒漠，没有成片的林木，幸无强烈的北风，否则大家将淹没在迷茫的黄土、尘沙之中。

我们在站台上买饭吃，第一次喝到“浆面条”。女孩子们用棉垫子包着小瓦缸，摆在地面上，一个篮子里放着碗、筷和勺子。“浆面条”就是用酸浆下的面条，酸溜溜的别有风味，类似济南用酸浆做的“油粉”。还有卖油茶的，一把大铜壶，用棉垫子包裹着，壶嘴塞一个木塞。同样，一个篮子里放着粗碗和一小缸清水……这似乎是比较高贵的买卖，叫卖者不是妇女、儿童，而是老年或中年男子。我们当然也要尝尝稀罕。车站上人山人海，行李左一堆右一堆。南下、东来的逃难者聚集在这个“四战之地”，但很少看到大兵。大家相信，他们正在前方浴血奋战。

---

① 夏伯阳，前苏联著名作家富尔曼诺夫的小说《夏伯阳》的主人公，是根据前苏联国内战争时期的英雄人物、红军指挥员夏伯阳的事迹写成。小说描写的是 1919 年 1 月至 8 月在前苏联东线上的战事。穿上军装的农民在夏伯阳的指挥下英勇善战，屡建奇功，可他们的作风却自由散漫。夏伯阳足智多谋、顽强勇敢、视死如归，在战争中所向披靡，但政治上却不够成熟。

陇海路的客车叫“绿钢皮”。我们才下“绿钢皮”，又坐上平汉路的“蓝钢皮”。很幸运，竟然有座位可坐。对面的座位上坐着两位伤兵，身材高大、健壮，满面红光。我和他们攀谈起来，才知是二十六路军孙连仲的兵，这使我们钦敬。报载他们的部队曾在琉璃河一线与日寇接战，打得勇敢。他们光荣负伤，现在伤愈探亲后就要返回部队。二十六路军正向徐州一带进发。他们对战争抱乐观态度，认为鬼子并不可怕，既不是“大老广”，更不是那盗马的“第三路军”。

车过新郑，只见铁路两旁田野里一片片枣树林，深冬叶落，兀傲的枝干在寒气中挺立着。

一列北去的特快列车过新郑，在站台附近减了速。我留神去看，只见车内稀稀拉拉地坐着些面皮白皙、全身呢服、斜皮带锃亮的高级军官。他们在品茶、吸烟、交谈着，很悠闲……他们北去干什么？……我还是第一次看到这么多蒋介石的高级军官。他们没有韩复榘们那种土包子气……

正值寒假，我们借住在省立许昌中学里。学校破破烂烂，房舍、家具比我们济南初中差得远，也不如泰安初中。最初，我们住宿在学生宿舍，铺板成排，大家连着睡。

李启厚骑着自行车到来，狼狈不堪。他同我挨边睡在板床上。他是省立第一实验小学的高才生，以高分考进老一中的。他结过婚，有一个小女孩，这是城市少年中罕见的事。他身体瘦弱，带着近视眼镜，很文雅。

他突然病了。我们都很幼稚，不知道进医院看病，他自己也没有这种想法。我把“满头抹”帽子给他戴，觉得不过是感冒，睡上一天就会好的，谁知愈来愈严重。李振泌、俞新民和我到教员借住的小院去找阎子柱。从泰安出来，听说孙校长任命他为训育主任。现在，孙校长、教务主任丁用宾、事务主任孟养斋及管很多事的胡干青老师都未到许昌，只好去找他。他很干脆，说“不管！”真是岂有此理，还讲什么“辩证法”哩。我很冒火，便说了几句难听的话，他便汹汹然冲我而来：

“刘保全！你说什么？”

我很恼火，但我几乎不名一文。我发誓我也不管，搬开挨近李启厚的铺位，看学校管不管！

夜里，李启厚竟突然死去。有的同学说他曾喊我，但我没听见。很巧，孙校长突然到来，弓腰在李启厚遗体前大哭：

“我的孩子，我怎么向你的父母说话？……”

他哭得很悲恸，如果早一天来，他会把李启厚送进医院，也许不会死掉。

葬埋的事匆匆办完，李启厚躺在晁错墓那块乱葬岗子里。他很快被人忘掉。我一直觉得有愧于他。

我们全被赶进教员院，连睡觉的地方也没有。大家只好把行李铺在湿硬的屋地上，头顶着墙，脚对着脚摆满整个屋地，像冬天南阳湖卖的鲫鱼。

大家身上生了虱子，这是非常讨厌的，捉也捉不完，衣服又不能换。孙校长也是虱子满身，索性把毛衣脱下来，扔到房顶上去了。

不久，胡干青老师来到了。他是乘火车从泰安南下的。他说，路上几乎被炸死。大约是在东北堡或吴村一带，敌机来了，火车便停下。旅客们跳下火车，惊慌失措地躺在田野上。敌机又投弹，又扫射，飞得极低。他说：

“鬼子扔炸弹，连他的脚丫子也看得见。脚丫子一动，便掉下一个炸弹来！”

死里逃生，老头子还那么风趣。

他对同学们说，山东省教育厅的人也到许昌来了，住大金台旅馆，很神气。现在成立了山东省联合中学，我们是其中的一部分。他曾派一位老工友去请示什么，胡子一撅一撅地嘱咐：

“大金台，小金台，大大金台，小小金台……要找准，只一个‘大’字的大金台……”

体育老师们说，大金台附近妓院很多，原山东省体育场某官员住在大金台，与妓女吊膀子！有同学起哄，称要结伴去看光景。

孙校长嘱咐大家不要对教育厅说些不中听的话，并嘱咐胡老师：

“老大哥，你要少说。”

丁用宾老师是不忘读书的，我们开始在地铺上上课。他请来一位寿张乡村师范的张老师给大家上国文课。他麻面，瘦长个，中年，嗓门很尖，大谈其文学，无非谈谈卞之琳等而已，因他也是北大毕业的。不知为什么没让李广田老师讲讲，让人不理解。

济南师范的劳作教员王因陈住在这里，外号“键盘”。他自学成才，金、木、缝、电工等样样精通。大概是孙校长或胡老师出的主意，买了白布，请他教着我们每人做一条裤头。他长发及肩，一张扁平黑脸，两颗洁白的板牙——这就是绰号的由来。他穿着自做的土西装，满口鲁北土腔，很有风趣。做裤头像变戏法，开个玩笑大家就学会了。天才，真是不可多得的天才！不久，他就从我们这里搬走了。我们的劳作老师刘次青不如他本领大，却是真正的“键盘”，是我上小学时的音乐老师。他们在济南违法安装过无线电台，城里城外通话，在那时确是“创举”。

教员住室里出现了一位“斯大林”。他是泰安初中的数学教员宓广居（仁甫），才从延安归来或准备去那里，很受我们尊敬。不过他只是整天下象棋，从不与学生接近。他头大、鼻高、目深……酷似斯大林，因而得此名。

学校里住着二十路军张钫的军训团，每天在后操场里操练。张钫长得四四方方、厚厚实实，像一头黑熊。他常到后操场去巡视，讲话。他行动起来，前后各有一个护兵，前者开路，后者尾随。他们常常抄近路通过一个窄巷子，我们就故意迎面去挤他们。护兵们慌了手脚，张钫板着脸。

张钫想把我们年龄大的同学编入他的军官训练班，大家无表示。想过军官瘾的同学也不会干他这份杂牌。但不久，正牌的中央军——十三军第四师来了。大家对这支在南口血战过的军队相当尊敬。他们原是“剿共”部队，驻在平地泉（集宁），想从北面截击红军。想不到“七七事变”把他们推向抗日前线，许多官兵战死在沙场。他们打死过一名日寇联队长或旅团长！

第四师师长已换成陈大庆，不是王仲廉了。他们不知怎么知道了这里有一批山东流亡中学生，派了一个小军官来联系。陈大庆来讲演，我因患眼病，也不愿听，未去。听同学们说，陈大庆穿着士兵服，扎一根腰带，很精神，但对战绩有些吹牛。我们许多同学不爱听那一套瞎吹，喜欢听实在话。后来，那个小军官还来操场上教歌，教的竟是《五月的鲜花》。但第二天来教时，便把歌词改了几个地方。

陈大庆也有意从同学中“拔兵”。

卫生教员张撲一突然出现，住在一个金台旅馆里。他依然瘦瘦的、黑黑的，戴着黑框近视眼镜，却穿着一身呢子军装。他说话低沉而沙哑，但清晰、条理。这个老共产党员现在为一个姓潘的军官招兵，把同学隗宽等招到洛阳军分校去了。隗宽后来回到学校，自称因眼睛近视退学。张揆一后在郑州被敌机炸伤，去武汉治伤时死去。

许昌是曹操挟汉献帝以令诸侯的地方，有些古代文物尚可一览。我们登过古塔，凭吊过八龙冢。晁错墓不一定真，不过是荒坟丛中一座较大的土丘而已，墓前立着一块似是近代的简陋墓碑。西关外关羽挑袍处更无足观，小桥一孔，桥旁小小的庙里塑着一尊小小的关公像，金碧辉煌，颇为精致，是泥娃娃、面人式的玩偶。

许昌的商号、旅店、浴室、理发店、照相馆……很有大码头的气派，妓院也不少。大街上有三四层的楼房，仔细看去，却只两层，貌似的三四层只是一面向街墙壁，还安着窗户，彩塑着商店的字号、商标……这是在山东从未见过的奇观。街上形形色色的人群——商旅、军队、难民……忙忙乱乱，慌慌张张，是战时特有的现象。这里是烟草产地，有现代化的烟厂，也有其他小型工厂。

开封某中等学校的宣传队开展抗日救亡活动。他们在舞台上演《放下你的鞭子》，女演员大唱《四季歌》，尖着嗓子，酸溜溜的，脸上涂着脂粉，眉目传情，把一个血与泪的街头剧给糟蹋了。那些女歌咏队员“走呀！走呀！向前走……”地唱，一点抗战气味也没有。

临街的基督教会在大开“奋兴会”。我进去一瞧，原来是曾在济南传过道的董占国在讲道。他是安阳人，好嘴巴，也有点“属灵”的味道。教堂内听道者不少，也很“奋兴”。我到台前问候了他，他很高兴见到旧相识。

我与刘云祥、宋有禄等去理发店理发，理发师们对我们的

“肮脏”很诧异，但未轻视。我们的头发里泥土很多，他们就问起原因来了。这使我们想起是在泰安遭敌机轰炸所致。我们出校后躲在临街民居中，炸弹落在附近，屋顶的灰尘泥土被震下来，落了我们一头一身。他们还发现宋的棉大衣上有血迹，当时难以想起是什么原因。理发师们很同情我们，虽然我们带的钱不够店的规定数，他们说“够了，够了”，客气地把我们送出店门。刘、宋在路上才想起：他们从临街民居跑出后，又躲在一户人家的门楼下。敌机又到头顶，他们马上趴下。同在门楼下的几个妇女和小孩讥笑他们胆小。突然一个爆炸声，灰土弥漫，只听妇女、儿童哭叫起来，他们迅速向城墙防空洞跑去。妇女、儿童一定有被炸伤的，血迸在他们的大衣上。幸亏他们趴在地上，否则后果难以设想。

因为在泰安遭到过敌机轰炸，大家对敌机来袭很敏感。一天，正在午休，突然飞机声轰轰隆隆自南而来，愈响愈近，大家以为是敌机来袭，颇为惊慌，都卧在铺上不动。飞机为什么从南方来，又向北去？……使人不可捉摸。后来听说是中国飞机，共九架，从武汉起飞，北过黄河去轰炸敌军——这使大家无比兴奋。

生物教员赵枚老师被委任为事务主任，办伙食。他很没本事，又太“节俭”，命令工友切萝卜丝揉干水搓五香面，再加盐，一股屁臭味。不舍得买肉，买一点吧，也加上萝卜片做汤，并宣讲“每一个人碗里不一定有一片肉，肉汤也是保养的”。他办伙食从“节俭”开始，以垮台告终。

许昌上年大旱缺粮，从两湖调来大米，所以各个饭铺都在卖大米干饭，每顿饭菜用不到一角钱。于是，学校每日每人发两角钱，自由地去“日就两餐”。饭铺里两个大灶，一个灶上笼屉顶到横梁，每屉里都是黑碗蒸的米饭；另一个灶上笼屉摞得也不矮，黑碗里温着豆腐菜或粉蒸肉。我与李振泌、俞新民几乎顿顿结伴同餐，只吃豆腐菜，不敢尝粉蒸肉。饭铺的掌柜几乎同一打扮，套头帽，黑棉袍、老翁鞋……倒背着手算账，吃了多少碗米饭，几碗菜，像念四书五经一样背诵。这里虽是中央直属地带，币制仍然混乱，分币和铜钱混用。掌柜的仍旧“几串几串”地算，往往算不清。每次都是李振泌算账，专同掌柜的捣乱，故意搅不清，总是胜利了才招呼我们走出饭铺，大约占了便宜。

有一天，全校集合在操场上，听一个穿长袍戴礼帽的人讲话。他站在凳子上，大家围成一圈。他是曹州帮，听口音就听得出来。这位官儿衣饰整洁，戴着眼镜，挺富态。他谈，蒋介石曾在开封召开过军事会议，韩复榘也到了会，但被扣留，押到鸡公山去了。中央的宪兵解决了他的卫队，卫队曾抵抗，被打死了几个。卫队中竟有两个女性，她们剃短了头发，穿士兵衣服。他还说，搜查出韩复榘带有黄金、鸦片等。韩的军队由曹福林、孙桐萱指挥，已开到鲁西去了。这位雍容大方的人讲话有派头，口齿清楚，抑扬顿挫，大家听得明明白白。据说，他是教育厅的人，将来可能当山东联合中学的校长。孙校长曾夸口说何思源答应让他当山东联合中学校长，怎么又来了一位？韩复榘不抗日，跑得快，终于被押，大快人心！

旧历年将到，我的眼病更厉害了，几乎是“瞎汉”。除夕晚上，李振泌、俞新民和我到高级一点的饭铺吃水饺。邻座有两位军队的政工人员，一男一女，都很健谈，边吃边抒发情怀。女的似乎很哀愁，这引起我们的注意。吃罢水饺走出店来，身上暖烘烘的，并不觉得冷。我说：“那位女军官脸上出了汗呢。”引得李、俞哈哈大笑。李说，她是麻子脸，别看那么多愁善感，并不是美人。他们把我这个“瞎汉”嘲笑了一顿，虽然他们也在害眼病。

赊旗店

过了春节，学校迁往豫西南南阳的赊旗店——天下第一店。

我们步行穿过一片膏腴之地。一条条清清的淮河支流，从西北山地向东南缓缓流来。遍野绿生生的麦苗，河面上桨声帆影。我们曾在颍河岸边颍考叔的庙里过夜，也曾穿过汝河边红砂石铺路的襄城。昆阳大战的叶县，青石板铺路，沙河支流有宽宽的河岸，显得空阔、清新。但我们走近方城山一带时，听到了几种奇闻。皇皇大布告张贴在各个村镇，东北军一个骑兵军长因“纵兵为匪”被枪毙了。据说附近的山冈上就有为匪的东北军。我们曾仔细观察过，山冈的巨石旁、丛林边，影影绰绰似乎有人的踪影。一晚，我们住在保安镇，只见大道上停着无数的牛车，车上有愁眉苦脸的男男女女，有的孩子在啼哭，有的老人在咳痰。据说这是小村的富有之家，不敢在家里过夜，逃到镇上来露天暂避一宿。直属中央的河南省的治安怎么会如此？

方城县城不在方城山下，但向北望去，方城山雄伟、磅礴，不愧“方城以为城”，屏障着楚国的北疆。

从方城往赊旗店，北高南低，一片沃野。一条小河逶迤南去，是唐河的上游之一，水大时轻舟可上溯到方城。当我们走得有些疲乏、时已过午时，远远的地平线上突然出现几座高大建筑的顶部，在阳光照射下，映出黄绿斑斓的光彩。这自然使我们忘记了腿酸脚僵，不禁加快了步伐。愈走，面前的建筑物愈清晰，原来是一簇庙宇式的建筑群。长长的、矮矮的土围子在平原上绕着大圈子，与建筑物很不协调。啊！这就是天下第一店了。那高大、宏伟的建筑群是什么庙宇呢？问及路人，才知是山陕会馆。

我们住在山陕会馆里。

会馆实际是一座关帝庙，位于镇的北部。镇的南北大街至此分两股北去。会馆南墙为一巨大影壁，镶嵌的琉璃图案已残缺，无法辨识，西门堵塞着，只走东门。院内全用巨大方石（俗称玉根）铺地，平滑闪光。前院有铁幡杆两根，顶端高探影壁、戏楼之上。铁幡杆以北是一座高大的戏楼。下有南北通道。戏楼正北面对三座大殿，楼与殿之间是一块长方形的广场。东庑已毁，只剩台基。西庑尚完整，但也难避风雨了。正殿雄踞于雕栏巨阶高台上，虽饱经战乱，但仍彩绘灿烂、庄穆巍峨。殿内东西壁上嵌有慈禧太后手书“龙”“凤”二字石雕。东西两殿规模略小，但谐和、厚重，如双星捧月，衬托得正殿极为宏伟、壮观。后院原有春秋楼一座，

山陕会馆

据说高于正殿一倍，已毁于捻军起义中。楼的下层还能遮风避雨，勉可使用。会馆西方有一跨院，房舍尚完整，大约原是会馆首事们处理事务的地方。

我们分住在正殿和西殿里，三四百人搭地铺而居，仍然空落落的。我同李振泌、俞新民图清净，睡在关老二神龛的背后，白天进去也黑得看不清人脸，但是个小天地。单身老师们住在西跨院里。

史地教员张克济老师对赊旗店的历史、地理情况做过访问，使我们也有所知晓。赊旗店的兴衰不足百年。它原是南阳盆地东缘，潘、赵二河汇流处的一个小村店，船民和商人发现了这条由（长）江溯汉（江），由汉（江）溯白（河），由白（河）溯唐（河），由唐（河）溯潘、赵二河的航线。于是，南舟北车相会于此，一个小小的村店逐渐发展成繁华的市镇。随着商业的兴盛，手工业也发展起来。旅店、酒肆、妓寮、戏馆……“七十二条街，七十二台戏”，与周口、清化、道口并称河南四大镇。“天下第一店”是与“天下第一村”“天下第一庄”的周村、石家庄并称的。京汉路通车，潘、赵二河水浅后（据说赊旗店人为阻止轻舟北去方城，在北门外河上修一矮桥，方城人便堵塞水源来报复），兼以豫西兵匪为患、商旅裹足，赊旗店就逐渐败落下来，只有山陕会馆还为旧日的繁荣留下明显的痕迹，诉说着昔日山陕老财们资财的雄厚。号称“九头鸟”的湖北帮，也建有颇为堂皇的会馆，但局促在镇的东南隅，且已半坍塌，难与山陕会馆争辉。

赊旗店已没像样的商业和手工业。农家的茅舍一片土黄色，只有一所基督教堂，青瓦粉墙很引人注目。清浅的潘、赵二河绕镇三面，向南缓缓流去。二河汇流处停着几只商船和渔舟。天地相接，宇宙寥廓，北方的方城山傲立着，西南方的独山只露着一个山尖。这里还没有战争的气息，据说曾有一架敌机绕上空窥察过，既未扫射，也未投弹。

镇上逢五排十大集，四轮牛车排满大街。人挤人，人拥人，洋广杂货、土特产……算卦的、代写书信的。饭铺、粥摊生意兴隆，水煎包、胡辣汤、浆面条、锅贴（带锅巴的馒头）……僻街巷里，掷骰子、押红黑宝的比比皆是。

星期天，基督教堂里琴声“嗡嗡”，女孩子们歌声虔诚，别饶风味。它附设女子小学，学生都是短发、阴丹士林布短旗袍，为土黄色的村店增添一点色彩。如逢阴雨，女孩子们趿着泥屐子婀娜过市，比那高跟鞋更具美感。

镇上有一所宛东中学，设在一所私人住宅的青砖院里。到底有多少学生，谁也没打听过。后来，听说李广田老师被请去兼课，也许他们是慕名，也许教员中有他的北大同学。镇上的完全小学很有个样，学生都穿一色制服。他们还有一支乐队，笙、管、笛、箫……吹奏得熟练异常，不过只会一个曲谱——35356 56532 3321 3321 61321……又夹杂着大小铜鼓，中西混杂，不伦不类。

区公所设在南北大街路西的一所大院落里，门旁挂着个墨迹被风雨侵蚀难以辨识的公所牌子。穿灰衣的镇丁，肩上扛着杆“汉阳造”，站在门旁。区长是一个黑胖大汉，土里土气的一身黑制服，头上戴一顶半新不旧的黑礼帽，常常在大街上走来走去，神气并不多么足，因块头大，引人注目。

总归是抗日战争时期，镇上时有集会，往往在山陕会馆里进行。因为人数少，没有使用戏楼做主席台，而是利用东庑的废台基。我们是旁观者，大都在雕栏前远观。大会的程序照例是宣布开会，唱党歌，小学的乐队奏乐，讲演。散会前也要奏一次乐。胖大的区长总会在最后讲些什么，声音洪亮，咬字清楚，头一句老是“刚才”二字，引得全场哄笑，笑得最响的莫若我们这些旁观者了。

在镇上，学校给学生每人每天发两角钱，自炊、吃饭铺听便。王宝钟当了伙食头，集合二三十人，用学校带出的行军锅做饭。我与李振泌、俞新民买了半截煤油筒做的锅煮面条吃。物价低，卖饭的老乡不坑人，我们不再自炊，纷纷去吃水煎包，喝胡辣汤……

或许是省教育厅长何思源是“曹州帮”的缘故，曹州一带的省立学校，甚至县立学校，大批师生向河南迁移了。他们几乎是人马齐全，住在镇的南部空闲院落里。济南以东，鲁北、鲁西北，自发流亡出来的师生微乎其微。济南市有八个省、市公立中等学校，十几所私立中等学校，只有我们学校沾孙校长这个曹州帮的光，流亡出来不过三百来名学生。据说，济南高中的流亡学生原集合在兖州，后被解散，现有几个学生与我们混住在西偏殿里。临沂中学和临沂乡师的少数学生住在东偏殿里。临沂乡师的校长曹香谷也是曹州帮。济南市中学和济南几个私立中学的二三十个学生住在镇中心一所民宅里。山东流亡出来的中等学校的学生，散处河南、湖北两地的还有不少。

荒镇热闹起来，到处可以见到山东流亡学生的身影。

我们的孙校长没同我们一起来赊旗店，大约去了武汉请示什么，或留在许昌处理善后。某天，他出现在我们中间，顿时就热闹起来。他不大讲“十年战争”“百年战争”了，又讲起了什么“持久战”。他在学生群里，点划这个胖了，那个瘦了，连谁没洗脸也要管一管。谁的脸黄，他就指着鼻子说：“你手淫！”“你也手淫。”还不无遗憾地说：“忘记把省立女子中学带出来了，你们长大了，得结婚啊！”

他不知从哪里还学来了新词，满口“光明”之类，什么“我们经过哪里，哪里就形成一条光明的线；我们住在哪里，哪里就是一个光明的点……”

什么样的光明？光明在哪里？空荡又玄虚，捉摸不着。

在泰安出现过的孙震南（老七）又出现了，仍是西装革履，在这个荒镇上未免太显眼。听说我们在许昌时，他也去过。又有人说，他在山西临汾民族革命大学待过，从晋南过河来的……不几天，不知他又去了何处。

一天，山东流亡中学师生在山陕会馆有一个集会。我们站成一条龙式的队伍，面向着戏楼。老师们散站在广场上。孙校长陪着几个衣着比较体面的来客，在楼上谈着。这些来客不是远自平津来，也该是开封、武汉两地吧。

会上，有人做了慷慨激昂的讲演，我们学校师生却没有一个登楼的。菏泽中学的一位戴眼镜的瘦高个老师讲演了。他很激动，声音尖而高，双脚一提再提，身子一纵再纵。他斥责韩复榘不战而退，说：“没有黄河之险吗？”“没有泰山之险吗？”末了，大喊：“吼！吼！”大约表明中国是一头睡醒的狮子。这，引起了一些小同学的讪笑。有一个学生，据说是济南市立中学的，上楼讲了些大话，手势与嗓子配合不起来——把“自馁”说成“自绥”，引起同学们的嘲笑。

最后，一位来客讲话了。他胖胖的，中等身材，头发梳得很整齐，制服是“哔叽”之类。他用眼扫了一下我们济南初中的队伍，很亲切，用带北平味道的河南腔，富有感情地说：

“赊旗店不是我们的家乡啊！我们的家乡在千佛山的下面，在大明湖的旁边……”

他那带着颤音的话语一下把我们打动了，泪水马上充满了我们的眼眶，几个小同学已经在抽泣了。

我们还没参加过什么大的群众集会，有的同学只是旁观过。我们虽然也会唱几支抗战歌曲，有些同学也在一起唱过，但从没全校一齐放开过喉咙。我感到羞愧，我们算个什么集体呢？当个流亡学生并不光彩，唱“我的家在东北松花江上……”有什么用？现在山东几乎全部沦陷了，“读书救国”，书读不下去，国也救不了！

会散了，同学们纷纷议论来客讲得好、讲得感人。同时，大约不少人陷入了深思：“光明”在哪里？什么是“光明”？我们流亡到何时何地为止？谁能解答这些问题？

我们的教务主任丁用宾老师是真正的“教育救国论者”，他又像在许昌一样，安排上课了。正殿、西殿、春秋楼残余的底部都成了教室。我们这个年级被安在西庑下面，因为冷，又“有碍观瞻”，买芦席围了个短墙。缺少国文、数学老师，丁老师有办法，请来原在“老一中”任过教，现在菏泽中学的许炳离、刘申如二位先生。许炳离先生很有名士风度，白边眼镜，白而方的面孔，但一口曹州腔，有些煞风景。他说，他与老舍同在齐鲁大学教书，“他的讲稿都不敢给我看”。他吟风弄月，“闲看儿童捉柳花”起来，并伸出一只手抓了一把。那时，柳枝才微微发青呢！

李广田老师教三年级国文，请许会计刻蜡版印了《差半车麦秸》作为教材，这无疑是教学上的一大创举。它是反映抗日战争现实的名篇啊！我也借读了这份油印材料，对作者姚雪垠这个名字留下深刻的印象。有人说是新出现的作家，也有人说是老作家。但我在《文学》《中流》以及《大公报》的文学版上似乎未见过他的名字。

上课没有多久，停课了。

菏泽中学也上了一段课。他们竟带出一架风琴，在唐河边桃林里学唱改了词的《国际歌》和《救国军歌》。教员老腔老调，一点激情也没有，学生们唱得无精打采。

何思源来赊旗店看望山东师生和他的曹州老乡了。某军军长肖之楚也来了，曹州老乡嘛。一文一武，曹州人的光荣，山东人的仗恃。

流亡在赊旗店的各校师生，都集合在山陕会馆的广场上，面向正殿前的高台。何、肖的小轿车一直开到戏楼旁，各跟着精干的护兵。何思源有点风尘仆仆之态，但衣冠依然整洁，金丝眼镜，苍白的脸。肖之楚是个红面大汉，如果演关老二，或者干脆钻进神龛，不用打脸子就可充当一气。他们站在雕栏前，派头十足。许多亲故上台致候，那些校长则簇拥在周围。我们的孙校长被老夫子们认为是曹州帮的邪门旁道，“孙三手眼灵活，不是正宗”。他也在校长群里，对何思源并不显得恭谨，在肖之楚面前也无媚态。

何思源讲了话，无非是“看望乡里子弟”“读书救国”之类。他对抗战持坚决态度，说即回山东继续抗战。山东省主席已由原青岛市长、北方舰队司令沈鸿烈担任。

肖之楚原是吴佩孚的部下，投了冯玉祥，后又归顺了中央（蒋介石）。西安事变时，蒋介石被扣，他与黄埔系的“青年将领”一起，而且是领衔声讨“张杨两逆”，拥护“蒋委员长”。他讲话很直率，有一股豪气。他没对大家讲客套话，放开喉咙就讲淞沪抗战，这使我们很兴奋。他说：

“抗战了，打日本人……我率部乘轮船顺江而下，开往淞沪前线。我军部署在西线……鬼子有飞机、大炮、坦克，我们只有步枪、少数机关枪……一接战，一家伙退到苏嘉国防线……那里本来有德国军事专家设计建造的钢骨水泥暗堡，但门都锁着，找不到拿钥匙的人……鬼子逼近了，弟兄们只好在暗堡旁挖个沟算是战壕……鬼子上来，一家伙退到南京……收集剩余部队，在南京近郊一战……一家伙，我手下没了军队……”

他的三个“一家伙”，引得大家哄堂大笑，但他还面露笑容，丝毫没有惭愧的神情。我们笑了几声，就立刻感到心寒了。

在赊旗店，我们又碰上了十三军的另一个师。他们开到镇上来休整。兵士大都是二十岁左右的青年。在山陕会馆一次小小的集会上，他们开来一支小小的队伍，而且簇拥来了“团旗”。那是用精致的手工绣制的，引起小同学们的喜爱。那几个护卫“团旗”的小孩子似的小兵，更引起大家的兴致。会散后，我们请师长张雪中讲讲战斗经过，他同意了。张雪中不过是三十多岁的人，中上等身材，白净，瘦削，一身呢子，斜皮带，大约是将军装束吧。他说南口一战，伤亡军官五十多员；经过补充，安阳一战又伤亡五十多员，士兵的损失就更大了。他们现在补充了新兵，军官也补充齐全了，正待命出发。他没有吹嘘自己的部队，也没有惧怕日寇的神情。不管是什么人的军队，现在大敌当前，真正打鬼子，老百姓总是拥护的。

日寇正从津浦铁路南北向徐州进逼，临沂、池河一带，尤其滕县城郊正在激战，看样子，徐州会有大战。

天气渐渐暖和起来，镇南的河岸成为同学们的常去之处。宽宽的沙岸，斜坡上有一片桃林，桃蕾将要绽开，柳树已抽丝，紫燕在河上翻飞……商贩也尾随而来，想从流亡学生中赚点钱。同学们有时也买点零食吃，大约最爱吃的是放糖的豆腐脑了。这在山东没有尝过。因为衣服脏，身上更脏，虱子成团成片（有一个同学脱下内衣在石台上晒，上面的虱子聚成四分之一寸宽的圆带在蠕动）。同学们不待天更暖，就下河沐浴、洗衣，荡涤污秽。

刘桂华、王贵田等人在河上与菏泽中学的同学发生冲突，于是，传为“济南初中与菏泽中学打架了”。其实，刘、王等原是德县教会学校博文中学的学生。也许有济南初中的同学和他们在一起。同他们打架的也不一定是菏泽中学的学生，镇上还住着单县、巨野两个县立中学的部分学生。济南初中大部分是十四五岁的孩子，哪敢与大个子打架？即便年龄大些的李振泌、梁泽津等高个子，也不是好斗之徒。

镇上挎着竹篮子缝穷的（做针线活的）妇女很多，淳朴、诚实。这一带产紫花土布，她们劝我们做衣服。她们按我们的身量划算该用多少尺多少寸布，让我们去买。有时她们代我们去买，反而用钱少些。她们坐在石台上裁剪、缝纫，不到半天便可做成一身裤褂，又巧又快。她们中还有能缝制制服的，我就请她们做了一条长裤。于是，许多同学都穿上了紫花布新衣，觉得很美，很别致。

张剑青老师在西跨院里装神弄鬼。他头上戴着白纸帽，脸上贴着白纸条，手里拿着哭丧棒似的小棍，在扮演“日游神”。

瞿亚先老师在作水彩画，想不到他在音乐之外还有此艺术才能。画面淡雅，颇著情趣。济南私立正谊中学的美术教员夏省吾老师住在我们这里。每逢集日，他拖着肥胖的身躯，持一块木板，步履蹒跚地到街头写生。他爱画老树，僻巷、荒郊也有他的足迹。他们还在镇上举办了联合画展，给荒镇增添了艺术气氛。

我们等待着迁校。一说到南阳西部属县镇平、内乡、淅川一带，一说去湖北西北部，那里是老乡肖之楚驻防过的地方，可以托其余荫。山东迁出各校要真正联合起来了。

狂飙救亡工作团

孙东生、胡干青、丁用宾老师决心不上“最后的一课”，不给皇军当顺民。他们带领三百师生由济南而泰安，辗转许昌到赊旗店，只要有可能，就“上课”“读书”，“弦歌不辍”。但是，另一方面，“上课”“读书”又禁锢了学生的抗战热情，这毕竟是“全民抗战”，中华民族生死存亡的关头啊！在泰安，我们曾被准备打游击的人讥笑为“关着门子造粪的人”。

三百个同学，虽然年龄相差不多，但思想存在着歧异。三年级的同学受过“一二·九”的洗礼，那时是一年级的学生。罢课了，他们曾手执童子军棍在校门内守卫。校门外，相距二三尺，就站着第三路军，他们手持刺刀闪光的步枪，板着铁青的脸。想起来可笑，但那确实是一种对抗的形式。一年级小同学大都纯洁，天真无邪，是待染的布，待灌的花。二年级同学按年龄差异，分别类同于三、一两个年级。因为是省城的省立初级中学（旧称山东省立第一中学），学生系以优异成绩考入，几乎个个是英雄，个性强、难合群，对事物各有独自的见解。

绝大部分师生已不满意河里游泳、桃林散步、吃水煎包、喝胡辣汤、等待迁校这死水一潭的生活。许多人在酝酿着什么……

镇上的小书铺出售抗战报刊，是有些同学浏览的地方。俞新民买来《解放》《抗战》等报刊阅读，谈论红军、八路军。平型关大破敌板垣师团、阳明堡火烧敌机的八路军，受到许多同学的崇敬。听说江南的红军改编成新四军，军部就设在离南阳不远的确山，大家盼望能见到这些神奇的兵。

一天，荒镇上竟传来在武汉出版的、中国共产党的报纸《新华日报》，版式别致，文字新颖，与官办的《中央日报》、“稳健”的《大公报》迥然不同。它充满抗战热情和青春气氛。一篇周恩来等署名的《答子健先生》更引起大家的兴趣。我们似懂非懂地谈论起来。过去，我们只知道陈独秀与胡适并称，还有被奉军绞死的李大钊（1935 年春入学后，国文老师张云甫曾选发过活页文选数篇，其中有他的《青春》作为课外读物，当时没有读懂）。这次，我们对共产党有点了解了，抗日民族统一战线、民族革命战争……在部分同学中谈论起来。

瞿亚先老师迸发了抗战热情，开始教大家抗战歌曲。他几乎在每天晚饭后走出跨院，站在广场西北角教歌，学唱的同学自由地围着他站着。他直接口授歌词，大家随唱。因为热情高，认真学，大家一晚或两晚学会一支，或一晚学短歌两支。第一首歌是《牺牲已到最后关头》，而后是《救国军歌》《救亡进行曲》……这些歌曲虽早已流行于“一二·九”前后，我们现在才学着唱，也算是补课吧。于是，大殿内、广场上有了抗战的歌声。

俞新民、李振泌等人和我不愿“虚度岁月”，议论“应当在镇上做抗日宣传活动”。有一部分同学在酝酿成立一个剧团，演出抗日街头剧。在泰安，他们就曾议论过。

山东省立济南高中流亡出来的三四个学生，同我们初中的同学混住在西偏殿里。一个粗浑浑、穿长袍的叫曲铭勋；一个戴近视眼镜、穿皮鞋的小圆脸矮胖子叫侯金镜。侯金镜前些时去过确山新四军军部，不知为什么没留下，反而灰头土脸地回来了。有一次，广场上开个什么会，我与他都上戏楼做记录。一个“卖膏药”的军官讲了些什么“蒋委员长”，他什么也没记，在纸上乱画了一阵。我要他的记录看，他红着脸撕掉了。

我们有个同学叫景康侯，大家都叫他“老猴”。他确乎像个大马猴，矮矮的，四四方方的身材，大宽脸，皮肤黑得出奇。他原是1933年入学的学生，因患肺病休学，回掖县（今莱州市）老家养病。两年无音信，教务处以为他早已死去。谁知全面抗战以后他却来复学，真是活见鬼！他家在渤海滩，只要天晴，他就在海滩上晒太阳，竟然晒好了病，却晒得满身乌黑。流亡出来，因为他是老学长，与年龄小的同学很少交谈，有时同我闲聊。有一次，我说：

“咱们住在这里，上了一些天课又不上了。抗日战争这么火热，这座荒镇死寂得很，我们应当组织起来。做抗日宣传工作……”

“老猴”说话很沉稳的，他说：

“你说得很对，应当做抗日宣传……”

我说：

“我们都是些初中学生，东偏殿里住着临沂中学和临沂乡师的同学，但人数有限，我们也不认识他们。济南高中的几个同学和我们混住在一起，他们应该出来领着大家做宣传……”

他说：

“曲铭勋是我的小同乡，我给他说说……”

为了郑重其事，我与李振泌、俞新民等商议了一下，由我起草一封信，以省立济南初中流亡学生的名义请他们领头做抗日宣传。我故意用文言写的，说了一些大道理，总之是大敌当前，爱国有责，应当由高中同学领着小弟兄们宣传抗日。于是，“老猴”拿着信找他的小同乡去了。

事情很顺利。景康侯回来说，曲铭勋不反对，但也不积极，并且夸奖我那封信写得很好。

经过不少周折，最后由曲铭勋出面，通知某日某时，各校的代表在大殿西南角阴凉里开会。我同李振泌自封代表参加了会。代表们有的捡块半头砖坐着，有的干脆坐在地上。曲铭勋空手站着主持会，忘记他讲了些什么，遭到一个穿绿制服、戴绿帽同学的反对。几乎是曲每说一句，他便顶一句。这是个什么人物？曲铭勋说：

“我不干了，来，你来干吧！”

那个一身绿的人原坐在地上，这时就站起来走向曲铭勋站的地方。他一回头，原来是一副极平常的面孔，黑黄脸，鼻眼还算端正，但满脸傲气，还透出一点狡猾。曲铭勋自动退在一旁，一会就“退席”了。

这位一身绿的同学嗓音高亢，讲起话来绘声绘色，脸上的表情、手势……都很赶趟儿。他几乎在下命令，说在镇上大集那一天，各校选出人到镇上的小学办公室集合，大家分配任务上集宣传，并嘱咐菏泽中学的代表：

“你们人多，要多去……”

会散了。一身绿的同学说他是济南高中的学生，名叫路延龄，才从山东到来。他对我和李振泌说：

“你们孙校长说得很对，‘我们经过哪里，哪里就成为一条光明的线；我们住在哪里，哪里就是一个光明的点’。你们‘一中’的同学能干，我赞成同你们合作。”

集日，我一个人跑到镇里小学的办公室，只见路延龄已经坐在那里。他叫我坐下，什么也不用干，听他的。

不久，菏泽中学来了二十几个同学，路延龄很高兴，问他们：

“你们准备做什么宣传？”

他们默不作声。

路延龄倒背着手，昂昂然，扫视了一下大家，有点轻蔑的神气，然后大声说：

“我有办法！”

他用手一拨拉两个同学说：

“你俩去出壁报。”

他又拨拉另外两个同学说：

“你俩去写标语。”

他指划着两个高个子同学说：

“你俩打浆糊，管着贴。”

他又指划着其他四五个同学说：

“你们去讲演……”

他最后点划着一个胖胖的同学说：

“你和剩下的同学去组织个剧团。”

三下五除二，二十多个人全被他打发出去了，真是麻利！

陆续来了几个学校的代表，也都被他分配出去了。

我说：

“我们呢？”

他说：

“没有咱们的事，走，回山陕会馆。”

集上没有讲演的，也不会贴出标语、壁报，更不会有剧团演戏——路延龄的救亡工作就这样无果而终了。

搞抗日救亡宣传，非请高中学生领导不可吗？事实是他们没有抗日的热情。他们或许认为没有自己的群众，形单势孤，难以工作。曲铭勋不是一个风风火火出风头的人物。我们高估了这几位大学长，却把自己看得太低了。

正殿外的廊台是大家议论、争论的地方。什么各战场的形势啦，中央军、东北军、西北军、八路军、新四军哪个最能打鬼子啦。从国内又扯到西班牙内战、阿比西尼亚（埃塞俄比亚）抗意，等等。但议论得最多的是“如何做抗日救亡工作”。

日寇正从津浦铁路南北两线向徐州进逼，另一股从临沂方向斜攻过来……

无论如何不能再等待了。

一天，一二十个年龄大些的同学又在廊台上议论，大都为原21级1班和从省立第二实验小学升上来的同学，还包括耿殿容、梁泽津等。议论后决定成立抗日救亡工作团——全校同学都是团员。接着，我们既未向全校同学宣布，更未经过选举，也不请教务主任任命（孙校长未在镇上），便酝酿出一个“官”的机构。李振泌年龄大，有些社会经验，被推为团长。隗宽嗓门大，当歌咏队长。隗文云常在旮旯里偷着练演说，当了讲演队长。我与俞新民是壁报编辑。演剧队的“官”由他们自己推，他们推出了刘桂华。

抗日救亡工作团成立了，到丁用宾教务主任那里去备案。大家怕他不同意，因为他是主张“战时不忘读书”“要上班”“不够分就得降班”的。出乎预料，他老先生欣然同意，兴致颇高，并爽快地说：

“你们用钱，买锣鼓、纸张、化妆用品，找徐会计开支。”

抗日救亡工作团组成了，还得起个名字，当然得去找李广田老师。他写了许多名字，大家挑来挑去，终于挑了“狂飙”。有的同

国立六中“狂飙剧团”合影

学反对，说与高长虹等组织的“狂飙社”重名，不好。有的同学引《国际歌》的歌词中有“狂飙一曲”之句，认为可以用。大家吵吵嚷嚷一阵，终于用了“狂飙”。

山东省立济南初级中学狂飙救亡工作团正式成立，大布告贴在正殿前，下面写着“团长李振泌”五个大字，好不神气！

瞿亚先老师教歌的兴致更高了，我们已学会十支左右的抗战歌曲，全校同学是一支大歌咏队。夏省吾老先生为我们壁报画刊头，勾勒栏边。听老师们说，他的儿子夏天庚是共产党员，在曲阜师范读书时，被校长领军警掀被窝逮去，“七七”全面抗战后才出狱，现在打游击去了（1949年后曾任中共西藏工委副书记，被高山坠石击伤，殉职）。李广田、许衍梁老师热心、积极，同瞿亚先老师一起参加剧团的活动。李老师还关心着壁报工作。年轻的工友龚魁光、黄德信也为工作团的事跑里跑外。

台儿庄战役的胜利轰动中外，我们无比兴奋。大家希望能看到被俘虏的鬼子兵。

叫花子般的四川兵在滕县打了一仗，牺牲了无数官兵，师长王铭章也殉国了。庞炳勋和张自忠的部队在临沂一带阻击了日寇。徐州以南，于学忠的部队在池河同鬼子打了一仗。这些杂牌军在桂系头领李宗仁的指挥下真正抗战御侮，干得出色。

日军北路推进得很快，迅速占领了台儿庄大部，但二十六路军孙连仲的部队坚守不退，拼死还击。敌军后援不继，终于失败。（我在平汉路火车上遇到的那两位伤兵，又在那里杀敌吧。）

李广田老师的“昭”留在济南，正将临盆。他们婚后那段中学教员生活，舒适、飘逸。济南—泰安、泰安—济南，写出不少超然的文章。他怎能不怀念那失去的乡土，怎能不思念故土上的亲人呢？他兴奋、欢快啊！他抄了老杜那首《闻官军收河南河北》，从跨院到大殿前广场，又跑回跨院再跑回广场，向同学们高声朗读，满面春风：

“初闻涕泪满衣裳……白日放歌须纵酒，青春作伴好还乡……”

这，引起多少同学的还乡梦——“赊旗店不是我们的家乡啊！我们的家乡在千佛山的下面，大明湖的旁边”。

台儿庄大捷并没给同学们多少幻想，日本帝国主义是强大的，中国虽然拥有二百个师，能否抗得住敌人，大家也不是完全不明白。国，总是要爱的，打了胜仗谁不高兴？宣传啊！

俞新民和我加快编壁报，尽可能把文字写得通俗，但仍是学生腔。尹纯德自告奋勇管抄写，其他同学也帮忙，壁报迅速办出。红绿纸写的标语长长短短，很快就准备好了。剧团买来了锣鼓，在后殿的院落里不知在排练什么戏。全体师生闹烘烘，乱腾腾，忙忙活活，喜笑颜开……

大集的一天，壁报、标语贴上了大街，引起农民们的很大兴趣。他们也知道打了胜仗，也盼望瞧瞧被俘虏来的鬼子兵。他们见外省来的学生满集上忙忙乱乱，感到惊异和高兴。讲演队和歌咏队结成帮，分成几个组在各处宣传。他们还绘制了徐州周围战争形势图，张贴在墙壁上。几支雄壮的抗战歌曲唱过后，便是讲演了。戴眼镜的宋有禄、刘云祥在侃侃讲演，神情激昂。有些农民对不甚明白的地方还问个究竟。宋有禄、刘云祥一一详答，头头是道。

济南市立中学等校的同学也出了《街头报》，贴出标语。我小学时的同学王尔铮、陈麟祥就在那一群里。

剧团一早就出去了，演了几场街头剧。近午，他们回到山陕会馆，在广场上打开场子演出了。啊！《放下你的鞭子》！小姑娘是谁扮的呀？两只大眼睛把大家弄迷糊了。我们这个流亡集体，一个女同学也没有啊，丁老师的女儿丁原秀是济南女中的学生，随全家出来，但从未在镇上出现。这个小姑娘绝不是她！卖艺老人是谁扮的？……

观众一层层围着。同学们让农民们站在里圈，有的同学索性站在大殿的廊台上远眺。

“高粱叶子青又青，九月十八来了日本兵……”“女孩子”歌喉清亮，唱得有情有感，在身段、手势、眼神等的结合上都能传达出歌词的精神来。

街头剧进入高潮，“女孩子”唱到悲痛的地方哽咽住了。卖艺人非常恼怒……这会砸了他们的饭碗啊！他扬起鞭子，无情地抽打“女孩子”，但他是咬着下嘴唇——忍痛动手的。突然，听见一声大喝：“放下你的鞭子！”从惊慌的人群里跳进场一个工人。这是谁呀？一端详，原来是王宝镛扮演的。

诉苦开始了，国破家亡，流离失所，只有“打回老家去”才是生路。《打回老家去》的歌声响满了广场。我们全体同学都是演员，也都是观众。农民们也许还不完全明白这出戏的意义，但他们感动了，知道鬼子的残暴，知道不抗战大家就要做亡国奴，无法生存。

剧团的同学们在收拾道具。一个五十多岁的老大娘，穿戴还算齐整，满脸慈祥，拐着两只小脚走到扮演女孩子的同学面前，用手拉着她（他）的衣襟说：

“你十几了？挨了打啊……”

她从包着钱的手帕里拿出一些钱来，塞在“女孩子”的手里。同学们都忍住笑，感动得一声也不吭。“女孩子”半低着头，抿着嘴笑，把钱又搁回她的手帕里。她（他）们推让了好几次……“女孩子”赶快跑上大殿去了。

女孩子是谁扮演的？原来是陈懿妫。卖艺人呢？刘桂华。

第一次宣传活动成功了，同学们无限欢欣。历来主张“念书啊”的丁用宾教务主任天天都笑眯眯的，何况陈懿妫还是他的外甥呢！

抗日救亡工作开展起来了。每逢镇上有集会或集日，会场上、集市上都有同学们的歌声。剧团多次演出，受到群众欢迎。全校师生从那种闭门“读书救国”中解脱出来，投身到火热的全面抗日战争的洪流中去，陶冶、锻炼，不断转变、成长。

僻处镇南隅的菏泽中学的同学们，不甘落后，也行动起来。他们也出刊了壁报，贴出了标语。

孙东生老师再次出现在同学们中间时，他大概认为我们已是一个“光明的点”了，老是笑嘻嘻地同小同学一起说说闹闹。

胡干青老师哪里去了？早已不在镇上，老头子似乎当着半个校长，筹办新校址去了吧？

整个学校成为一个救亡团体，多么值得骄傲！

许衍梁老师生前多次谈到在赊旗店的抗日救亡活动，说“那是一个转变”。李广田老师的遗著《李广田文集》日记部分中也指出“现在是老师跟着学生走”。他们都受到青少年们的“教益”。

21级的部分同学提议改选狂飙救亡工作团的“头目”，这令人感到意外。他们把李振泌选掉，换上了一位朱姓同学。有多少同学被通知参加选举？举手还是票选？我不知道，没有人通知过我，我也当然没参加选举。有人笑话隗宽不会打拍子，只能握着拳挥动胳膊。没听到有人说我与俞新民不配编壁报。李振泌年龄大些，有什么不称职的地方？其实他从没有发号施令，从未开过“头目”会，大家自觉去干就是了。自从换了团长以后，抗日救亡活动反而冷落了。我们出壁报照旧，隗氏叔侄的救亡宣传也照旧。何必如此呢？另外自由组织一个团，分庭抗礼不也可以吗？（胡季生、姜子德等许多同学一直都不认得新“团长”。）

我们的临时训育主任阎子桂是个什么人物呢？他也时常在广场上出现，但都是同少数同学在一起，而且从不和别的老师一块出来。他脸上老是一副自命不凡、傲世不恭的神态。重度的近视眼镜，使人瞧不清他有一双什么样的眼睛。尖头，长脖，很大的喉结，削肩膀，瘦高的身躯。他用拿捏的嗓音说话，带点北平味儿，有学者、绅士两种韵调。他老是以蔑视、讥讽的口吻与同学们谈话。我自从在许昌因李启厚的病同他吵嘴后，再也不去理他。但他在广场上发表“宏论”时，我也爱在一边听听。对于抗战前途，他从不明白表态。报上刊载打下了多少敌机，收复了多少城市，他都漠然而又漠然。他老是讲：

“早哩，退！还得退！”

有的同学听得不高兴，谁不愿听胜利的消息、反而希望打败仗呢？当然会问他：

“阎老师，咱们老是退。退到什么时候为止？什么时候才能转败为胜呢？”

“退！还得退！我们还得退！”他一再重复。

“退到帕米尔高原去吗？”有的同学开玩笑了。

阎子桂傲然不答。

“《论持久战》是怎么讲的？”有的同学问。

他昂昂然说：

“我要讲，将来我要讲……”

他有时神气活现地说：

“中国必须完全变成殖民地，然后发展资本主义，啊啊，无产阶级起来革命，夺取政权……”

“哎哟！那么说中国得亡给日本鬼子？日本鬼子能叫咱们发展资本主义吗？”同学们虽说还算是孩子，但也不是孩子了。

一天，有一个束短皮带的矮个子军人来找阎子桂，看样子像个政工人员。阎子桂把他介绍给一部分同学，并请他在广场一角讲了些什么。那人在某个军里做宣传员，他的讲话像演戏，自己也觉得滑稽，苦笑着。

阎子桂毕业于北京大学经济系，原在济南私立齐光中学教书，事变后才到济南初中来。“国际纵队”（指流亡以来加入济南初中的他校同学）中有几个齐光的学生，我们济南初中也有几个，时常围着他转。

阎子桂有一次说：

“你们只知道第三国际，知道有个第四国际吗？应当知道知道……真理，你们要自己去认识。”

他不知从哪里弄来了“四”字号铅字印刷品，拿给几个同学看。有几个同学对他毕恭毕敬，谨领教诲。

刘振瀛常向他提问题，他们好像是小同乡。俞新民有时也问他问题。我反对他问，既然谈不来，又何必同他唠叨呢。有时，当阎子桂滔滔不绝宣讲时，我故意大喊：

“走哇！上河边桃花林里喝豆腐脑去！”

俞新民比我成熟得多，过问党派问题，摸清了阎子桂是个什么人物：

“第三国际……第四国际，托派汉奸！”

临汾民族革命大学的“张慕陶事件”在同学中传播、议论。

“张慕陶是个干啥的？”

“他妈的！反正谁也不愿当亡国奴！当了亡国奴以后再起来闹革命，真是大笑话！”

阎子桂终于在广场上没有了听众。他收了几个“徒弟”，在一块大谈什么革命，但他们对抗战、对救亡活动兴趣不大。阎子桂冷眼旁观，轻蔑而又轻蔑地对待我们的抗日救亡宣传工作。

豫鄂边遇奇

我们刚到赊旗店的时候，还在初春。一夜，下了小雪。正殿的门窗露着缝，大家冻得够呛。半夜里，住在前殿的小同学嚷嚷说“抓住了一个小偷”。小偷胆子很大，竟然钻进一个小同学的被窝。

天亮了，小偷被揪到正殿廊台上“示众”，谁想却是一个八九岁的小孩子，一身褴褛，趿着双破单鞋，他满脸鼻涕、泥巴，有一只眼睛斜楞着，两眼角满是眼屎。他斜着眼睛瞧大家，毫无惧色。大家问他许多话，他说不明白，零零碎碎，唔唔噜噜。小同学们很可怜他，管他饭吃，匀给他鞋袜、衣服和被褥，洗了脸、手、脚……几天以后，俨然有些学生样，成为学校的贵宾。最小的同学张宏仁、章士琦同他最要好。

过了几天，我对他的家事大体清楚了。

他叫胡保禄，这是天主教的教名，按基督教的教名来说就是胡保罗。他家是南阳以东某县。他的父亲当土匪被枪毙了。他说，在法场上，一个外国神父往他父亲脸上吐唾沫，骂他，还念了经。父亲被枪毙后，母亲抱着小弟弟不知往何处去了，抛弃了他。他到处讨饭、流浪，跟着一支保安队来到镇上，因为他们给他饭吃。保安队开拔时把他甩掉了。他看到山陕会馆里热闹，而且有些比他高不了多少的小孩子，就藏在戏楼的后台里偷看，糊里糊涂睡着了。半夜里冻醒，又饿得难受，就悄悄进入大殿，钻进一个小同学的被窝，于是被抓住了。

胡保禄是个挺憨厚的小孩子，但有些狡猾，还有些野性。他有时骂人，当然因此受到同学们的教育。他是不愿意离开学校这个安身之地了。不知何故，刘桂华常申斥他。胡保禄的唯一对头大约只有他了。小同学们最喜欢晒着太阳听他说胡话，什么“我夜里做梦坐了朝廷哩！”“我腰里揣满了白花花的银圆……”大家还让他学“坐朝廷”的样子。

胡保禄随我们迁校到湖北郧阳，成为国立湖北中学的成员之一。管事务的胡干青老师把他列入工友队伍，有吃，有穿，还有零用钱。最初，还让他吹哨子，开饭啊，集合啊，他满院子跑来跑去，吹得很神气，像个官儿。

学校迁往四川了，小小的孩子胡保禄也跋山涉水到达绵阳。不知怎的，他竟没去罗江第四分校，留在绵阳校部了。罗江那些小朋友很想念他，还写了《胡保禄传》，刊载在壁报上。他在绵阳不久，被校方送到县里的教养院去了。听说他在那里学手艺，当然也学着读书写字。每逢星期天，他总是到学校里来，算是回他的老家吧。我们这些升入高中的“老一中”不多搭理他。他以后的去向就不得而知了。

在老师中，李广田、许衍梁同胡保禄最要好。从在赊旗店起，一直到四川，从未疏远过。《李广田文集》日记部分有对他的记载。许老师本人也有些孩子气，因此，同学们给他起名叫许保禄——大娃娃。

河南省虽直属蒋介石的中央政府统治，但南阳所属的镇平、内乡、淅川三县却在一位别廷芳司令的特殊统治之下。他号称的“地方自治”我们还没领略到。但在这南阳首县的一个镇店上，我却亲眼见到一出好戏。

大集的一天，在戏楼旁撂下一乘二人小轿，从轿里走出一具“活死尸”。这位“活死尸”骨瘦如柴，当然是位“老枪”，黄面皮、黑眼镜、八字胡，头顶黑礼帽，身穿长袍马褂，扎腿、丝履、白袜，手执白果木手杖，马不停蹄地奔上戏楼的木梯。他后跟八个小学生，衣帽整齐，各手执红黑棍一根。四个彪形大汉，两个挎着“烧鸡”（德国造毛瑟手枪——编者注），两个背着“汉阳造”护卫一旁。这是什么人物呢？据说是一位“联防主任”或“联保主任”。在这个小队伍后面，尾随五六个用绳子拴着的人。他们一个个耷拉着头站在楼梯旁，除了一个穿长衫的老头子外，都是“短打”。主任在戏楼上升堂了，端坐中央。背枪的分侍左右，挎“烧鸡”的则立在梯子口上。八个小学生分列两排。主任念念有词，讲了一套“仁义道德”，惊堂木“啪”地一击，带上一个又一个罪犯。他们都是赌博鬼，在集上被抓到的。其实，集上赌博摊比比皆是，红黑宝、骰子、牌九……样样俱全，这几个倒霉的没跑得及，被他们抓来了。

罪犯跪在案前一一供认不讳。主任又讲了一阵圣人、夫子，喝道：

“拉下去各打二十！”

八个小学生连声应道：

“遵命！”

罪犯一个接着一个趴在地上。两个较大的小学生执红黑棍扬棍向屁股打去，一面吆喝：

“一五，一十，十五，二十！”

二十棍，四棍就代替了。罪犯回身叩头，连呼：

“谢主任恩！”

最后才是那位穿长衫的老头子受审。他是村塾教师，今天来赶集，凑巧手头有几个钱，想在红黑宝摊上碰碰运气，不想被主任抓来。他跪在楼板上连连向主任拱手。主任问明是个教师后，勃然大怒，连击惊堂木三下，喝道：

“大胆腐儒，竟敢违背至圣先师的遗教，扯下去重责八十！”

武装人员及小学生们大声呵斥，老学究趴在地上，故作呻吟之声。

“一五，一十，十五，二十……二十五……七九，八十！”

小学生们这次把棍扬得高，打得重。老学究确实感到疼了，真正呻吟起来。他回身艰难，扑通跪倒，连连向主任叩头，不住口地喊着：

“谢主任大恩！谢老夫子的教诲！”

审理完结，主任喝道：

“退堂！”

于是，这支小部队威风凛凛地开出了山陕会馆。

范希武生了病。赵干庭老师懂中医，热心为他凭脉、处方。他吃了许多剂药，一直未奏效。赵老师抱歉地说：

“我看不了你的病了，请镇上的医生诊治吧。”

他弟兄三人都是我小学的同学，只有他一人流亡出来。他一面请镇上的中医诊治，一面写信告诉济南家中。病情越发严重的时候，他家中竟来了人。他们从济南赶着大车，冒险穿过火线，来到赊旗店。他们带来济南的“新闻”。老军阀、回族败类马良率领士绅恭迎“皇军”，并就任汉奸头子。名流朱桂山、朱经古父子也任了伪政权的要职。

他们急急忙忙把范希武带回济南去了。后来得悉，范希武回家后“吃”死了。我一直不知他害的什么病。他回家后，长辈因他流亡后吃了苦，多给他好饭吃，也在情理之中，怎能因“吃”而死？济南的医生也没医好他的病。21级1班流亡出来的同学真是灾星当头，短短半年，竟死了刘维垣、李启厚、范希武三人。

台儿庄大捷之后，接着是徐州会战——徐州突围。敌寇正顺陇海铁路向西侵犯。报载第八十九师的罗芳珪战死在台儿庄，我们想起张雪中部那些小孩子似的兵士，他们一定也参加了战斗。

麦穗发黄的时候，我们离开赊旗店迁向湖北郧阳。终于找到一个偏僻（安全）的地方“读书救国”。

我和李振泌等背着行李走出山陕会馆，在大街上，被一个饭铺的掌柜拦住了。他叫我们去饭铺里吃水煎包，我们感到莫名其妙。昨晚几个人吃他的水煎包，给了他一元钱啊！他说“这些水煎包是你们的。昨晚吃的不值一元钱”。诚实可亲的掌柜！我们说已吃过早饭，得赶快赶路。他难为情地笑着，站在街心，目送我们走远。

南阳不愧为名城，人烟稠密，街市整洁。白河不愧为“白河”，沙岸如雪。丝绸、玉雕和白果木制品是这里的手工业品，商店里都有出售。最使我们艳羡的是那所南阳中学，校门简朴，林木颇多，又处在幽静的地方，怎不使人想起杆石桥外那青瓦、回廊的“第一中学”呢？

卧龙岗纯系假托。人们在城郊一个土岗子上修建了庙堂廊阁，刻画了碑石……混充“南阳诸葛庐”，怎么看也不像，使人感到庸俗不堪。

我们要经过别廷芳司令的“自治”领地——镇平、内乡、淅川。遗憾的是不能绕道西峡口，到他的首府一睹风光。这一段路程几乎全是慢坡，步步登高。除了一座独山危然外，就是矮矮的冈峦。路上行人很少，村落稀疏，但颇多高大的豪绅、地主庄园。庄园四周围着高达两丈的铁丝网。据说这些庄园都有“自磨电”，夜间通电在铁丝网上，使“盗贼”难以攀过。

镇平是一座整齐的小城，没有多少商店、饭铺，到处安安静静。

内乡城内大约只有一个卖面条的饭铺，没有什么商店。我们在面条铺吃饭时，店小二说这里“夜不闭户，路不拾遗”，“大闺女光着身子躺在街上也没有人敢摸”。他还指着对面一所高大院落说，那里就住着一位司令，有生杀予夺之权，归别司令指挥。掌柜的斥责他多说话，怕惹出事来，有“谈虎色变”的恐惧之态。

马蹬，短短的一条街，总共不过二十家店铺，但都洁净、敞亮。店铺的临街檐下，都有紫燕筑巢。满街的呢喃燕语，翻飞的燕翼，给人以身心净明的感觉。街西不远，淅水如镜，虽无激湍，却有悦耳的流水声。满目苍翠的冈崖间，白鹳或振羽盘旋，或在淅水滩头闲步。抗日烽火正炽，难得一片宁静。

淅川是一个令人留恋的县城。林木蓊郁，房舍古朴，处在一块山峦环抱的小平原上。人们说，野生动物常来城边徜徉，前晚有人还捉到一只麂子呢。

丹江，确乎是“丹”色的江。阵雨初霁的傍晚，满天红霞，山冈被雨水冲得红一片、绿一片，红一团、绿一团。江水红红的，从两岸红色的悬崖间穿过，水、天、地浑然一体，俱是红色。我们观看云天、江水，相互对视，脸庞竟也映成赤红色了。

次日，渡过丹江，进入了豫鄂边界，愈往山深处走，山石越黝黑，草木更青苍，溪流更清明……路中绕行一个山坡，有两三家卖吃食的。我们坐在路旁的大磐石上憩息，突见一个妇女从坡后背着一个兜子下来，走得吃力。她一眼瞥见我们坐在那里，就把背兜往石上猛地一卸，原来是一兜子麦黄杏。因为撂得猛，震出十几颗顺着山坡滚动。她用褴褛的袖子揩一把额上的汗水，笑着对我们说：

“看样子是些学生，外路人，吃吧，才摘的杏！”

谁也没吃她一颗杏子，道声谢，我们又匆忙赶路。她那真挚、朴实的笑容在我的脑海里回旋。

在回环的山路中爬行不久，遇到一条宽阔的沙溪，最深处也不过没膝。山民们用竹木搭了一座宽仅半尺的板桥，但长有百多米。我们这些从平原上走过来的流亡者，从未领略过这样的风光，半畏惧、半好奇地踏上板桥。一走一颤，开始有些惊恐，后来想，横竖不过过膝的水，掉下去顶多湿一身衣裳，于是一个个挺直腰板，迅速地走过去了。

在山环里，散落着十户八户人家，有一座庙宇，还有一个戏楼。我们当晚就住宿在戏楼上。感谢打前站的老师们，已给铺上厚厚的山草，虽然三面无墙，却有楼顶遮天，足可舒舒坦坦睡一夜好觉。庙宇附近山坳里，有一大片茂密的竹林，杂有几株古木，山风时来，簌簌有声。

一夜好觉，步履更健。翻过重重叠叠的山头，远远已经望见长江第一支流——汉水。它蜿蜒在崇山峻岭之间，从高处望去，还显不出多大的气势。近江的小山头边，多有破败的村镇、会馆、庙宇，这说明沿江一带曾有过繁荣的时代。

在安阳镇一所破败的会馆廊檐下，我们遇到一个寄宿的乞丐。这个乞丐有粗壮的身躯，为什么不靠劳动为生，却甘愿乞讨过活呢？他有一个硕大的篮子，用黑布蒙着，像珍宝一样守护着。我们问他里面是讨来的食物吗，他用重浊的声音回答："不是！是蛇！"

"蛇？喂它干什么？"我惊异了。

他蹲在篮子旁，掀开黑布一个角，掏出一个蛇头来，接着拖出大半截身子。啊！一条虎口粗的青蛇。蛇很驯顺，一动也不动。他塞进这一条，又掏出一条来，也是青蛇，比刚才那条还粗些。他笑了，憨憨地笑了。他握着蛇颈说：

"这是好东西，能给人治病。它的屎做眼药，灵验得很！"

啊！蛇屎竟可治眼病，真是奇闻！

他从一块蓝布缝就的提兜里摸出一个大鸡蛋。骄傲地说：

"看！喂它们这个！"

"你买鸡蛋喂它们？"我感到更新奇了。

他哈哈大笑起来。

"不用去买……我向人家讨。我给他们'眼药'……"

好了，我们再也无什么兴趣，赶快告别了这位当今"华佗"。

山城郧阳　汉江沉船

走下山来，就到汉江边了。大概上游下了大雨，水势很大。江面上没有一只船，只有浪涛澎湃，声震山野，所谓“汉水以为池”也。离郧阳只有十几里路程了，顺江边小路而行，转过一个山头就遥望见郧阳城。城建在山冈上，有蜿蜒的城墙。那几座高大的建筑，大约是庙宇会馆之类。城下江边有一片白帆。

江面渐渐开阔，江水越发显得浩浩渺渺，十几只大鳖逆水而上，伸着长长的脖颈，转动着头望岸上的行人。

我们初到郧阳，孙东生老师即叮嘱我们，谁也不准下汉江游泳，因为早到的菏泽中学的学生陈悌淹死了。孙老师很伤心地说：

“很体面强壮的小伙子，听说常在黄河里凫水，可是不懂南方的水性……”

他还大声对张剑青老师说：

“你也不能下汉江凫水！”

郧阳城位于汉江北岸，建在一面不很陡峭的山坡上。城墙依山势高低盘绕，北门就在山的最高点。学校安在半山坡的文庙内，与在另一坡上的湖北省联合中学可举首相望。全城没有一条平直的道路，主要道路几乎全沿着江岸。顺高而窄的石阶走下，便是航运的码头。遥望南岸，排列着高低的峰峦，似乎没有什么道路可通山外。北岸，从学校向左右望去，也是山冈连绵，没有一条通途。

最大的一块平地，就是文庙旁的操场，大约是军队开辟出来的操练场地。同学们的家乡大都在平原地带，在这座山城住上一段，除了看看天空，望望绵亘的山势，无不感到窒闷。有些同学假日闲逛，在附近山坳寻找“平原”。一个同学终于在三里之外发现块“平原”，约有三四个足球场大，比校外的操场大三四倍。于是，不少同学便接二连三地领略那块“平原”的宽敞、平坦去了。

我们是麦收时节到达郧阳的，不久就来了雨季。雨势或大或小，以蒙蒙的雾雨为多。天空是灰色的，把我们压得透不过气来。但偶逢雨晴的日子，阳光初照，白色的烟雾或环绕着山峰，或漂浮在江面。这时，峰巅、江岸往往会同时出现三五条美丽的彩虹。彩虹或长，或短，或立，或横，或斜，或巧作拱形，我们不禁用手指划，用眼睛尽情捕捉，口中发出惊叹之声。待彩虹与白雾消散后，天空湛蓝，山青，水碧，满城明洁，我们的身心也像被盥洗洁净了似的。

山东联合中学改称国立湖北中学。中学部、职业部设在郧阳，称校部；师范部设在顺江而下的均县（今丹江口市），称分校。

校长杨展云（鹏飞），原山东省教育厅的科长，就是在许昌讲“韩复榘就擒记”的那位长袍、礼帽先生。高中部主任宋锡珠（还吾），原山东省立济南高级中学校长。初中部主任孙维岳。职业部主任孟宪斋（瑞尧），原山东省立工业职业学校校长。他们都是旧曹州府人。杨、宋、孙为成武县小同乡，又是六中（省立菏泽中学旧称）、北京大学同学，且有扯不清的亲戚关系。于是，褒者美称为“成武三杰”；贬者丑化为“虎、狼、狗”。把我们孙校长蔑为“狗”，实令人生气！

学校机构庞大，除教务、训育、总务三处外，还设有文书、会计、体育主任，此外还有军事教官、医院大夫等。文书主任任研佛“老头子”，据说当过军法官，著名“刀笔”。他因长了任仲夷（后曾任中共广东省委书记）“误入歧途”而登报脱离父子关系，名噪一时。会计主任方仲宜，原教育厅会计，善理财。原山东省体育场场长尚树梅屈就体育教员总头目，但除一二教员外，大都不听他调遣，如早操就推给他自领。他每早站在土台上吼吼地喊口令，鼻头不时转动，被学生上尊号为“将鼻”。在济南时，他家住在一所小洋房内，出门有马车（各厅只有一部轿车，供厅长乘坐），冬则呢衣、皮裘，夏则一身白咔叽，尖头白帆布硬底鞋，阔绰而神气。他是中国体育界名流，不久即他去。（若干年后，见报纸刊载，他已任全国滑翔机构的秘书长。1945年抗日战争胜利后，他与张伯苓等倡议中国申办奥运会。）军事教官二人。一为湖北籍的熊教官，黄埔系，中央军军服，上校，油头、长筒马靴。他最爱向女教员正步趋进，恭致敬礼，但不久即离校另有高就。一为成武县人的高教官，不知是何军衔，一身“第三路军”军服，土气十足。校医王某，山东省立医专毕业，衣着鲜丽，像个公子哥儿。他任校医没有多久，便被军事部门请去当了某后方医院的院长，一下子弄到中、上校军衔。

教务主任不知是谁，训育主任是原济南高中的李仙埒（向城）。意想不到，胡干青老师竟担当了总务大任。怪不得在赊旗店时很少见到他老人家，那么大年纪了，却去做国立湖北中学校部的“安家”工作。

原济南市立中学校长蒋士健（毅生）、原省立菏泽中学校长田修溪（竹桥）本来都是完全中学的校长，却没得到什么官位，大约给个“校务委员”的头衔，以备咨询。各校的主任本是教员兼任，除训育主任为国民党党部所派外，本不是什么官儿，大都当了“清”教员。

胡干青老师带领总务处职员、工友，为教职工、眷属和两千名学生的衣、食、住、行及教与学等方面，做了艰巨而又完备的工作。

学校的办公室安在庙门内老屋里，除总务处外，校长及各级主任都在内办公。但杨鹏飞领头的一些会议、磋商、送往迎来，都在他的“公馆”进行。他的“公馆”设在校外坡下一所讲究的院落里。

文庙的大门紧闭又上了锁，当然是为了尊敬山东老乡孔圣人，任何人不得惊扰。大殿后方的跨院为单身女教员及女生宿舍。大殿前左阶下为单身男教员宿舍。总务处及小医院在大门左近。所有这些，都是改造的庙内旧房。高中学生宿舍租用“杨公馆”坡下一座院落。教室及初中、职业男生宿舍均系新建，不过除山墙及后墙外均为半截墙，不知何故？教室里桌凳黑板齐全。宿舍里铺着木板长床。伙房系新建，炊具齐备。

总务处的仓库里存放着从武汉、老河口一带购来的布匹、药品、教科书、文具……因当地多产红米，所以从下游购存下数量巨大的白米。庙内空地上堆放着一方一方的木柴，整齐、划一，是一大景观。

我们一日三餐，早晚为红米、豇豆稠饭，就着咸菜；午餐是白米干饭，有炒菜，偶尔吃肉，据说是水牛肉。学生中选出轮流管伙人，起点监督作用。炊工几乎全系当地雇用，很难正规，饭菜有时不能令人满意。某天，稠饭中竟出现老鼠肉，全校大哗！老鼠竟窜进粥锅被煮烂。

全校学生发了一套斜纹布制服，因买不到纽扣，原临沂乡师校长、时在分校的曹香谷先生“发明”以布“扣鼻”替代，而且上衣由四个口袋减为两个大口袋，实际就是我们山东的“褂子”。大家美其名为“香谷”式制服。听说曹校长是一位开明的校长，赞成学生去延安参加抗战。他曾到过郧阳，是一位胖胖的、身材不高的忠厚长者。

小小医院里有日常需用的药物，有一位齐鲁大学附属医院的李姓护士任司药，济南人，但他继王大夫之后也他去了。

在我们离开赊旗店前后，辗转豫鄂边界途中直到定居郧阳期间，抗战局面发生了很大变化。这一段，虽很难看到报纸，但也得到不少消息。“枪毙韩复榘，吓死刘湘”，徐州突围、兰封之战、开封沦陷，以及蒋介石“听冯玉祥的计谋”，扒开黄河的花园口，淹没豫东南若干县阻拦敌军等。占领南京后的敌军，正沿江向中游推进。武汉三镇已成为中国的临时政治、军事中心，那里沸腾着抗战的热潮。

到郧阳后，虽然很难看到完整的报刊，但从片章断简和几位同学听收音机后所办之《简报》中，听到许多振奋人心的消息。大家对空战特别关心，如某次武汉空战，敌机出动了36架，被我空军健儿和苏联志愿空军战士击落21架，其余敌机也无一能返回基地。我飞行员陈怀民在战机受伤后，猛撞敌机同归于尽，十分壮烈！曾击落敌机11架的刘粹刚，在掩护八路军从娘子关一带撤退时，因油竭、天黑，误降高平县城楼（以为是一块平地），不幸殉国，令人钦仰。

武汉三镇东有沿江天险，北有武胜雄关。军事当局判断：江险易守，敌军将由安徽进入河南南部攻武胜关。但叶剑英则估计敌军凭兵舰、坦克、大炮、飞机的优势，将采取“沿江跃进”的策略强攻，这引起大家的警觉。

在山东，韩复榘的班底，除狗头军师张绍堂外，李树春、王向荣、何思源仍任民、财、教厅厅长，在山东打游击。共产党人在许多地方起义，组织起武装，建立了政权。

大悲剧！一个大悲剧！

从武汉乘船来校的22个女同学在汉江中由于船只沉没淹死了，同时遇难的还有孟宪斋校长的夫人及幼女。船主的妻女也同遭灭顶之灾。孟校长及其子会游泳，凫水逃了命。22人中，有在济南初中与我同班一学期的何玉英、山东著名教育家范铭枢老先生的孙女范均和孟校长两个读中学的女儿。何玉英是一个朴素、颊红、腼腆的女孩子，后来转读于济南女子中学。听说范均活泼、大方，有活动能力。但所有遇难的女同学，都不是弱女、娇娃之流，她们或随家长，或与亲朋，或结伴，或单独远走他乡，不做日寇的臣民，要苦读“抗战教育”，不能不令人钦佩！不幸遭此灾难，又怎能不使人痛惜！

孟校长到郧阳后简直像个傻子，天天瞪着两只无神的眼睛，胖大的身躯坠着两只脚，蹒跚在校内。他读初中的儿子也整天面无笑容。

学校在武汉雇了艘大木船，除装载采购的物品外，还搭乘上一批师生和眷属。大木船上溯到均县至郧阳一带时触礁。搭乘者在慌乱中纷纷跳到大船拖带的小船（可称救生艇）上，人多水急，致使沉没，而在大船上的人却获救了。另一说法是船经某码头时，学校又装载了许多物品，以致超重过甚，大船沉没。

这是国立湖北中学最大的悲剧！杨、宋集团受到武汉山东同乡会，特别是死难者家长、亲友的攻击。何思源在山东，非曹州帮的山东教育界人士便放大、起哄，搞臭杨、宋，且觊觎着这所国立中学校长的职位。原山东教育厅两位非曹州帮的科长庄仲舒、葛为棻（前者莒县人，后者日照人，可称沂州帮）都在武汉，葛为棻在济南告急前即把山东教育经费汇到武汉，尤为校长职位的有力竞争者。

最悲惨的莫过于船主了，除丧失了妻女、大小船只外，还要受法官们的审讯。

灾难，造成了山东流亡教育界派系斗争的白热化。

汉江沉船，22个女生及眷属的溺亡，造成了杨鹏飞去职，好在尚未被送上法庭。他远在汉水上游郧阳城，下游发生的灾难，有何上策去防止和救援呢?

杨展云是位“老”官僚了。冯玉祥统治西北时，他在西北政治训练班受训后，便就任甘肃陇南首县天水县县官。据传，他因“搜括”被撤职。他向继任者长期交不下差，幸天公作美，连降大雨，渭河水涨，城内积水没膝，继任者不再留难，才得交卸离去。他全家蹚水出城，但仍力携若干大皮箱返回山东。初始，他在济南师范主管事务，以后便超擢为教育厅第三科科长。第三科权大面广，管全省的中小学教育。

杨展云带着教育厅几乎四分之一的班子来就任国立湖北中学校长。高、初中和职业三个部的主任都是“曹州帮”，分校（师范部）的头目中也有旧曹州府人。教职员、学生中有他的兄弟、晚辈、亲友，人数难以数算。如此等等，他的校长官位可谓是“铁打的江山”了。

杨展云生就官相，高矮适度，胖瘦适中。他声音稳而厚重，吐字清楚，“讲话”有板有眼，善于“辩驳”。他常在早操后向全校师生讲话，张口便是“我杨某人”如何如何。“讲话”内容一是“表功”，二是叫苦，叫苦中也带“表功”的味儿。叫什么苦？叫经费短绌或汇款误期的苦，这样，教职工的薪水被拖欠，学生应得的生活福利减少，就不是他的责任了。所幸全面抗战爆发才一年多，物价仍算平稳，大家在衣食方面还未感到多大难处。在他的“讲话”中曾谈到因汇款未到向烟膏店借钱一事，真使人觉得稀奇。蒋介石直接统治的湖北省，竟然也有卖鸦片的商店，真是莫大的政绩！

杨展云栽的大“跟头”是“汉江沉船溺死女生一事”，他被在武汉的非“曹州帮”主持的山东同乡会攻倒。他的夫人在郧阳染病去世，又是他的大不幸。他卸任后，在郧阳住了一个时期，继续操纵校政。

杨展云去陕西省教育厅任了秘书主任，嗣后又任过黄河水利委员会的秘书长（“曹州帮”的张含英时任委员长）、陕西省盐务局“专员”。这种专员是个“神秘”官儿，其职权似不在“盐务”。他在西安有了陕西籍的新夫人，得以在陕西官场驰骋自如。抗战胜利后，他任山东省国民党省党部书记长，先后任省政府教育厅长、秘书长。1946 年，参加制宪国民大会（1936 年即任制宪国民大会代表）。的确“展云”“鹏飞”了。1948 年，组织山东流亡师生南下广州，继赴台。晚年出资 20 万元，在家乡成武县一中学设立奖学金。1994 年去世。

校长声言去陕北考察战时教育

"读书救国"，学校不久就开学、上课了。

原济南初中教员随校流亡者不多：

国文教员李广田（冉晋叔老师与夫人刘采人从泰安去了西安，后来才到郧阳，不久又去了山东中小学教师战时服务团），数学教员孟养斋（原兼事务主任），英文教员胡干青、丁用宾（丁携眷，他们途中肩负事务、教务重任），史、地教员张克济、王明伦、许衍梁，公民教员阎子桂，美术教员桑子中，音乐教员瞿亚先，劳作教员刘次青（携眷），体育教员卢宗文、张剑青，童子军教员邹绍夷（携眷）、刘焕文。

职员为校长孙东生，会计徐乃山，事务员齐志化、项克训及女生指导员郭"密斯"等。

我们同班八九个人与原菏泽中学的十几个女同学以及原济宁初中等校的同学编在一个班里。

国文老师王资愚，原菏泽中学教员，是一位戴着黑边眼镜的中年人，谈吐舌音多，且颇有"夫子气"。他开篇便讲文天祥的《正气歌》，当然是讲民族气节，进行爱国主义教育了。据说他是黄侃的弟子，擅长文字学，在字的音、形、义上着力，反而冲淡了文章的大义。第一次作文，命题为《流亡曲》。我见他是"老古董"，投其所好，也想开点玩笑，就作了一篇似通非通的七言长诗，从济南弃守一直写到郧阳攻读。意想不到，发作文时，他定为首卷，并说是一首“古风”。他边读边评，并在音韵上多有推敲，几乎讲评了二十多分钟。第二名是张佩兰，一位白净、大眼的女同学。

教平面几何的是赵铸九老师，原菏泽中学教员，方面无须，富态、洒脱，教材熟练，教法简捷。

英文老师于笑予，原济南市立中学教员，形态、衣着均为“现代风”。他发音带胶东腔，不规范。但注音用“国际音标”，且善于用图解分析句子，令人耳目一新。原济南初中一直用韦氏音标，似乎有些落后于时代。他见我在词本上注了几个“国际音标”，便向全班说：

“要学会用‘国际音标’，有的同学会用。”

其实，我并不会用，偶从“对照表”上抄下的。

据孟养斋老师讲，于老师是个大少爷，在北京大学读书时，为追求一位女同学，专门做了西装，去饰演一出话剧中的医生，但一口胶东土话，引得观众大笑不已。不过，他终于娶到一位美貌的夫人，并一同流亡出来。他的夫人，堪称郧阳山城“一枝花”。

张克济老师教我们史、地。这些初中教材他背得烂熟，又兼讲课的那种幽默味儿，当然受到同学们的欢迎。

公民课由鼎鼎大名的李仙埒（向城）担任。他也是“子见南子”一案中名噪一时者，现在担任训育主任。他有一张好“嘴巴子”，而且口音带点北平味儿，有些煽动性。他未讲党义，也未吹捧蒋委员长，只转述些《大公报》社论之类。但令人惊讶的是，他驳斥中国托洛茨基派的“亡国论”。

因教室山墙依山墙，构成的教室院落很窄小，所以上课时教员的讲话相互串扰。嗓门最尖最高的莫过于国文教员杨际龙。他拖着长腔吟诵“少年不识愁滋味，爱上层楼！爱上层楼！”一声比一声高昂，闹得全院皆惊。他来自原菏泽中学，杨展云的老弟。选辛弃疾的词，大约由于他是爱国词人，但那个“愁”滋味，被他吟诵得异乎寻常。

我上课没有多久，便因生疥、生疮不能再上，缺课很多，对老师们的认识就不多了。

因为我的作文发了头卷，所以班里选班长时我当选了。原济南初中的同学都投我的票。据朱启修说，张佩兰劝说女同学“都选刘保全”。这样，我就以半数以上的票压倒了原济宁初中同学推出的“自己人”。我这个班长很不合格，既未召开过会，也未向同学们讲过什么，连值日生也忘记排出。于是，原济宁初中一伙便气势汹汹地质问我，几乎动拳头。我理亏，无法回答。但有一矮小朴素的女同学经常自动去擦黑板，解了我的围。朱启修说她叫张金镛，功课很好。

张佩兰是位小姐，她父亲在北洋政府时期干过镇守使、师长，被人暗害了。她穿戴入时，有时手上戴着好几个金戒指。据说有人追求她，她去问孙东生老师怎么办（菏泽中学的某些同学，认为孙老师是恋爱专家），孙老师说：“你如果喜欢他，就可以做朋友。”这些女同学中还有一个何凤亭，是菏泽电灯公司股东家的小姐，细高挑、长脖、粉面，但头有些偏扁。她年龄较小，却大胆追求一个低年级学生。情书中写道：“我看见你，心里突突地跳。”后来就订了婚。其他女同学都长袍几乎拖地，不施脂粉，也不佩戴首饰，走在路上大都低着头，绝不左顾右盼。据说，菏泽中学的老夫子们对女学生管理得特严。杨鹏飞的侄媳妇赵鸣鸾也在其中，虽已是“大嫂子”了，仍拘谨得像个农村小姑娘。

学校的作息最初以哨音为号，胡保禄即为吹哨者之一。后来，胡干青老师觅来一位号兵，作息就以号音为准了。他是一位老者，五十多岁了，瘦得麻秆儿一样。他穿的便裤裤管很窄，裤口又扎着腿带，细而长的腿真可一折即断。他皂衣一身，长而尖的脸上无须，眼神总是很严肃的。他一贯站在办公室的殿角台阶上吹号，号音或高亢，或激昂，或急速，或顺畅……饱含着多种难以解说的情愫。号音从殿角飘满整个学校，又向四面扩展出去，在城市、山峦、江面、天空之间回旋。最耐听的是熄灯号音，它凄清而又悠长，催人入眠。但有时却使人引起乡思，又像抚慰着你。如果是雨夜，号音杂着雨声，更是撩人心扉。据说，蒋毅生代理校长时，老号兵某次吹错了钟点，蒋呵斥他，他竟按老兵的规矩跪了下去。学校入川后，他在绵阳校部改做“门房”。

战时教育应有战时的印记，但这所学校是没有的。课程设置、课程内容、教授形式，几乎完全同于战前。李广田老师把《闸北打了起来》等抗战文学作为课文介绍给学生，确乎难得。许衍梁老师在史、地课上也常谈谈国际、国内的形势。老师们大都认真教课，但也有少数近乎无耻，有的则因无聊且无奈，泡在麻将桌上、醉仙楼里。据说有一位历史教员或国文教员，把两个济南来的女生分别叫去，装作生病的样子，问：

“你知道我为什么生病吗？”

这位“夫子”无耻到什么样子，何况在沦陷区他有妻子、儿女啊！

有位国文教员手抄了自己的国学大作，有意让学生拿去传阅。我曾看过他的大作，虽然不懂，但发现了不少错别字。他还批注臧克家的《自己的写照》，在总批中写道：“山东的青年作家，了不起的是（李）长之的散文，克家的诗，而把考古这方面留给了我……”他到底考到哪些古呢？

冉晋叔老师竟也陷在“竹战”中。因为经常输钱，被谐音为“冉尽输”。他从泰安去了西安，与马克先老师合开了大众饭店，并担任“坐柜”。因不善经营，又拘于“大众”，不取暴利，终于倒闭。

单调、乏味、寂寞的小山城生活使赵干庭、瞿亚先等老师也成了“竹战”的干将，奈何！奈何！

学生中出了败类，据说有一位同学去找“暗门子”，但中了“仙人跳”。他在凶器的威吓下大喊“救命”。恰巧熊教官路过那条僻街，听到一户人家有山东口音喊“救命”，便踹门而入，把此君救了出来。熊教官始终未说出此君的姓名，为他掩饰过去。原巨野县中学生徐培良，纠合几个人，夜启总务处仓库，偷去布匹等物，后被查获。学校只追回了赃物，未予处分。听说孙东生老师在某天早操后讲话，“夸奖”（讽刺）了他们。同学们对此很多非议，认为孙老师太和稀泥了。但徐培良终于获得同学们赠送的头衔：小偷团团长。

潢川青年军团的文艺活动引起大家的兴趣，因为臧克家、姚雪垠等在那个团里。庄涌的诗也名噪一时，如《突围令》等。禚修齐对我说，庄涌就是庄瀛海。我说恐怕不是，因为他没参加徐州突围。庄涌还在诗中写过韩侯岭，那在同蒲路，他去过山西吗？修齐说他以某首诗拿过27元的稿费，绝对是他。这样，在“事实”面前我还有什么可说的？又想，“瀛”了“海”，不就“涌”吗？于是我也对同学们说“庄涌就是庄瀛海”了（1941年春，我在成都结识了朱鸿恩，谈起这件事，他说庄涌是苏北人，曾见过一面，不是山东流亡学生）。庄瀛海是何人？乃山东省教育厅大科长庄仲舒的大公子——体形有些残疾畸形的青年。

俞新民常念叨爱伦堡的名言："一面是庄严的工作，一面是荒淫与无耻。"他是有感触的。

校长们都是国民党人，但除每早在操场升国旗，或于早操后偶有"讲话"（"讲话"最多的是杨鹏飞、孙东生）外，尚无人发过"一个主义，一个党，一个领袖"的高论。

从武汉传来国民政府通令解散中华民族先锋队、蚁社等青年社团的消息。又见报载康泽等人在战时干部训练团成立了三民主义青年团。但这些，在学校更没看到、听到什么反应。

国立湖北中学校部，两三千名学生，中等文化程度的青少年啊，中央军官学校、中央警官学校、战时干部训练团……都在郧阳招生。有一个叫刘子班的山东籍人，由武汉来为战干团招生，发表过演说，领走了几个学生。

孙震南（老七）在郧阳出现，来看望他三哥和亲友，赁居在一所民宅里。有人说他从临汾来，也有说是从西安或延安来的。于是，同学中"找老七"的便多了起来。原来，老七负责介绍师生去陕甘宁边区。凡愿前往者，持他的介绍信到西安七贤庄第八路军办事处，由办事处再介绍前往边区。某天早操后，孙东生老师讲话，说："陕北公学成仿吾校长来信邀我去参观战时教育，我准备去看看。"这一讲，轰动了全校，在学生中间影响尤大。（据说在延安的中共领导人曾给孙东生捎了一个便条，希望他把整个学校带到陕北去，孙想了三天。）他的长子冠文睡在我们对铺，不像个大少爷，面容、衣履一副农村学生样。某早，他与连铺的几个同学一起，从他七叔那里拿着介绍信，卷铺盖走了。我们的对铺，接连走了几个同学。数学教员，绰号斯大林的宓仁甫也与学生结伴走了。

孙震南，1911 年 7 月生，1936 年毕业于日本法政大学法政科；1940 年左右离开陕北，1949 年 9 月随山东省教育厅至台湾，20 世纪 60 年代任教于台南员林实验中学，教授国文、英文、劳作，后离职。八九十年代曾从加拿大回大陆探亲，新世纪初去世。孙冠文去边区后的经历已无处考证，再没见人，不知孙震南、宓仁甫二先生是否知情，对其亲人后人有交代否？

宓仁甫，山东聊城人，1931 年毕业于国立北平大学工业学系，全面抗战前曾在聊城中学、青岛文德女中、泰安中学任教，1938 年赴延安抗日军政大学学习。1939 年离开边区，至 1949 年 11 月先后在兰州女职、秦安工校、天水公路局工程局、秦安职校、秦安中学、徽县师范任职；1949 年后先后在成县师范、甘肃工学院、成县一中任教，1974 年病逝于成县。

原济南初中的童子军教员祁善甫在郧阳出现。全面抗战以来，在流亡途中从未见过他。他大约是山东省立第三师范（后称聊城师范）的学生，与孙东生有师生之谊。国民党北伐成功后，他曾在老家当过县里的小官员，曾亲手把他父亲投入监狱。后来不知哪一年，他当了童子军教员，到庐山受过训，穿着第一纽扣是蒋介石像章的草绿军服——似乎成了复兴社标配的蓝衫人物。他向同学们自称为“祁天爷爷”“Oldman”；同学们则“尊称”他为“面包”“狗熊”。他赁居在校外民宅里，招引原济南初中的学生林维绅、李振泌等及高中部的李士厚、杜文田等到他那里聚会。希特勒的《我的奋斗》、鲁登道夫的《战争论》等书便成为这些门徒的“圣经”。有的同学曾被邀去过他的“公馆”，回来后颇为后悔，说“什么老师！大哥、二哥、麻子哥，喝酒、吃肉，跟上山当绿林好汉差不多”，再也不去他那里了。

祁善甫很快从郧阳他去，据说回他鲁西北老家抗日去了……以后的消息是：当了汉奸县官，被游击队捉去处决了。他在国立湖北中学留下了毒根——李士厚、林维绅等在学校迁到四川后，都“荣任”了三青团区队长。

阎子桂仍板着面孔讲他的“辩证法”。他的弟子来源于齐光中学、济南初中，其他学校的极少。在教职员联合会里，他敢于评论校政，因而赢得部分学生的好评。借此，他得以扩招门徒。他那套“亡国论”“抗战必败论”，连祁善甫的门徒也不以为然。他的传授很隐秘，非其道中人不得而知。

“疥是一条龙”

郧阳城没有敌机骚扰，仍是一片宁静。军政当局没有什么“总动员”活动，文化、教育机关也一切照常，都似乎“与抗战无关”。

民众教育馆里有一支中西合璧的乐队几乎每天都在演奏，却极少听众。一位长髯的老者，一位油光头、长筒马靴的小军官和一位布衣、布履的少妇组成了这支乐队。老者闭目弹三弦，小军官肩上架着小提琴踱来踱去，少妇则低头抚着一架小风琴。他们弹奏着《三潭印月》《高山流水》《小桃红》之类。老者白面、白髯，面无表情，少妇未施脂粉，专注键盘，只有小军官面带笑容，似在显示自己，又像陶醉于乐曲之中。这确是“世外桃源”，既无敌机骚扰，又缺武汉方面传来的战报，宁静而又死寂——他们在安度这美好的时光。

狂飙剧团到郧阳不久即到民众教育馆演出，打破了山城的死寂，增添了抗战的气氛。剧团演出的剧目，唱的歌曲，基本上采自左翼——国民党御用文艺界拿不出有价值的剧本和歌曲。剧团的成员在政治倾向上没有明显的歧异，但实权操在原济南初中林维绅一伙手里。原德州初中的赵大壮、聊城初中的丁祖庭也是一支力量。团长刘桂华与王贵田等结伴去了陕北，王宝镛在团内似势单力薄。

宝镛在团内大约不甚“舒展”，曾同宝钟、修齐和我商议另成立一个剧团的事。修齐有演剧才能，因为没有女演员，还想把“男扮女”的陈懿妫拉出来。

瞿亚先老师被聘为剧团指导后，我们未再谈过这事。但在一次演出前，宝钟领着隗宽、顾恩祥我们几人，唱了几支抗战歌曲。宝镛认为这是建团以来最好的一次歌唱。我们留在后台，并在幕落前充作群众，参加了演出。剧团的实权派既未表示欢迎，也未拒绝，冷漠视之。这是宝镛的一次越权行为。

山东中小学教师战时服务团的剧团来郧阳演出，剧目为《古城的怒吼》《塞上风云》等，轰动了国立湖北中学的师生，当然，也吸引了山城的民众。这些可敬的中小学教师，不少人从未粉墨登场过，虽然失去粉笔、黑板的生涯，却基于爱国热忱，扮演出形形色色的正反面人物，为神圣的民族革命战争贡献力量。

狂飙剧团的小伙子们，由于社会经历、文化内蕴和表演技术方面的幼稚，难与这些师长的演出效果一比高低，我亲见瞿亚先老师向那位《古城的怒吼》的女主角的扮演者致意，而她只说“见笑”而已。

原菏泽中学的一部分同学组织了一个“鲁声剧团”在民众教育馆演出，为学校和山城增添了一支抗日宣传的异军。我为疥疮所苦，未能一睹为快。

哥哥已在洛阳河南省盐务局开汽车，给我寄来衬裤、一双布鞋、一双短腰篮球鞋。我一分为二，给了新民一半。李振泌竟来用布鞋换我的篮球鞋，说我不打篮球，等等。我当然不愿意，时值雨季，它可以兼充雨鞋啊。

哥哥在山东省盐务局所开卡车被军队征用，从济南东去胶东，又南下临沂，再到徐州。他途经卞庄[①]时，托人捎信给西柞官庄老家。祖母骑毛驴由堂兄送到住处见了一面。哥哥给了她十元钱。他还见到了外祖父和舅父，并给了他们些钱。他们竟用钱买了几亩地，准备把母亲和姐姐接到他们家去。后来，舅父还到徐州见过哥哥，但不久就病故了。

哥哥所开卡车曾归属独立第一旅，参加了徐州突围。他所开卡车可能损坏或被军队没收，就去了河南私营大昌汽车公司。大昌是陈凤林（绰号陈小鬼）开办的，原在济南，全面抗战后他带几部车到了河南。不知何故，哥哥不跟陈小鬼干，而去了河南省盐务局。看样子，他的生活算安定下来了。

我竟然接到陈美徒的信，他说他从马当要塞撤下来，已到湖北省。他在路上拣到一张纸，才能写这封信。信封上的投送地点是“河南山东联合中学”等，没想到邮务员们能设法转到郧阳来。美徒没有写发信地址，当然在行军。日寇凭借江上有军舰，天上有飞机，陆上有坦克、大炮，正在“沿江跃进”。陈美徒这名要塞炮兵不知编入了什么兵种……从此，再没得到他的消息。他是个任性而勇敢的少年……

穿越豫鄂边界，沿途没有遇见一支军队，当然，他们都开到前方去了。到郧阳后，我们却见到了保安团。湖北省的保安团很多，看臂章有排名十几号的。省里为什么有这么多保安部队，“保”什么“安”呢？后来才想到湖北省几乎各地都闹过红军。

校外的操场上，时有保安团在操练。他们在城门口、码头上都设有岗哨。大街上，时时会见到闲逛或购物的军官们。

---

① 现兰陵县城。

一天，我同王宝镛在码头上闲眺，只见江岸停着几只竖着桅杆的航船，看样子正准备拉帆、拔锚。船工和商贩在整理搬上船的货物。在一只最大的船上，有一个军官站在舱口，满面怒容。好像检查出什么违禁物品。一个商贩低着头，垂手而立。军官两手从一只篓子里拽出一只猪腿（火腿），愤愤然抛入滔滔的江水，接着又拽出一只扔进江里，而后又拽出一只向江里抛去。他似乎怒气已消，或力气用尽，不再发作。船工和商贩都默不作声，军官昂昂然走下舱去。不知他为什么跟火腿过不去？

一个星期天，梁泽津垂头丧气地回到宿舍，衣帽不整，声音嘶哑。原来他去北门外游逛，回城时，不知何故被把门的大兵打了一顿。“秀才遇见兵，有理说不清”，大家也无法替他“报仇”，只好咽下这口气。他的父兄都在津浦铁路工作，所以社会常识较多，性情也稳重、谦和，没有明显的政治倾向，不久，警官学校招生，他竟赌气考取离校。走后，他似乎给谁也没通过信。（隗文云说，他曾在重庆警察部门做“指纹”工作，那是属于技术性的了。）他被辱后，也许立志“做官”，免得再被大兵欺侮。他是即墨县人，祖先是鲜卑族。

胡干青老师的得力助手，原济南初中事务员齐志化老师病故了。他操劳过度，水土不服，染病后未能及时医疗而命丧他乡。原济南初中的师生开了追悼会，我因生疮卧床未去。会后听说，学校的官们都到了会，胡老师在会上讲话，痛哭流涕地斥骂：

“人都死了！妈的 × ！你们还在争权夺利！”

官们都默不作声，装着哀痛的样子。

宋与孙既是同乡、同学，又有扯不清的亲戚关系，为什么在争权夺利呢？蒋毅生是非曹州帮人，仅带出十个八个学生，三五个教员，绝不会争夺校长的职位。田竹桥、孟宪斋虽系曹州帮，尤以田带出学生数百，教职员工数十，可谓最有实力者，但他绝不会有胆量向杨、宋、孙挑战。

胡老师也生了病，穿着黑棉大衣，在很难得的晴天里晒太阳。不久，他终于挂冠而去，到均县山东省中小学教师战时服务团去了。他的副手，白而胖的赵向阳成为事务总管。他原是菏泽中学的事务官，数学教员赵铸九的老弟。

我到郧阳不久就患上疥疮。“疥是一条龙，先从手上行，腰里缠三遭，裆里扎大营。”我经历了这样的全部过程，且传染了连铺而睡的同学。学校的小医院里没有治疥疮的药物，医务人员也懒于配制。俞新民曾买来“九一四”药膏让我抹，药不对症，白花钱。在此期间，我饭量未减，体力消损不大。同学们在房檐下给我盛上饭菜，从半截窗递进来，我俯身床上，无论早晚的稠饭还是中午的干饭，都能扒上两大碗。我患的疥疮超过歌谣所述，最后竟在右臀部鼓起一个大疮，越鼓越大，且化了脓。我难忍疼痛，觉也难以熟睡。同学们为我请来了一位校医。

校医短小精干，湖北人，干过军医。他笑嘻嘻地用手按一下鼓鼓的大疮，很有经验地说“隔一天开刀最好”，就轻快地走了。

第三天，校医来为我开刀。虽然没有麻醉剂，但药械、消毒药品及红、黄药水、纱布等齐备。他用刀划开疮包，挤掉脓，似乎用一个小勺在里面挖脓。我疼得连连抽气。他在清理干净的疮内塞上红黄药水浸透的纱布条，然后敷上药膏、纱布，手术就算完毕了。医生很乐观，仍是轻快地走了。

朱启修问我：

“你为什么老是抽气？”

唉，疼啊！不能叫喊，免得同学们笑话，只好忍痛抽气。

延延续续，一周过后疮口才得勉强封住。每天抽纱布条也是很疼的，尤其用针戳到鲜肉时又是疼得抽气。

感谢这位湖北籍校医，使我能下床走动了。大约“疥毒”全集中到这颗大疮上，身上其他地方的疥疮都已结痂消失了。

因为生疥疮，缺课很多，早操当然很少去上。学校的“新闻”偶听同学们转告一二外，少亲见亲闻。

《紫塞》 俞新民去陕北

学生中出现了一个社会科学团体——星火社，并刊出了社会科学壁报——《星火》。

星火社的成员多数是高中学生，有号称大华、二华的王振华、王裕华兄弟。他们是山东省图书馆馆长王献唐的儿子，未继承家学的“考古”，却干起“政治”行当。成员中还有曲铭勋、侯金镜等。初中学生有杨承章、孙鸿智、尹纯德、刘振瀛、侯鸿勋等。庄瀛海也加入了星火社。据说他们中有的参加过中华民族先锋队，但也有与阎子桂接近的。

他们聘有导师，除许衍梁老师外，不知还有哪些人。他们举办报告会，请导师谈国际、国内时事，讲辩证法等。

《星火》大胆介绍马、恩学说，大字抄录其格言、警句，不过似无列、斯，更少涉及抗战实际。从字迹看，有的为尹纯德所抄。听尹纯德说，王振华、侯金镜都写过些文章，是《星火》的主力。

星火社、《星火》壁报在校内挺惹眼。

星火社的成员曲铭勋、侯金镜、刘振瀛等在秋后都去了陕甘宁边区。

据云，曲铭勋改名曲跻武，1949 年后曾任工人出版社社长，后在历史研究所任研究员。侯金镜在 1949 年后曾任《文艺报》副主编，“文革”前期，因私下讲林彪是阴谋家被告发，发配湖北干校劳改、批斗，在林彪事件爆发前一个月于湖北去世。1938 年，他从湖北郧阳去陕北。

俞新民、王宝钟、母履和酝酿组织一个文学团体，出刊壁报。俞、王来找我入伙，我就加入了。我们主张出一个纯文学壁报，但不能与抗战无关；同时，也要反映一些眼皮底下学校中的动态。他们去请教李广田老师，李老师很赞同，并提供了几个壁报的名字，我们挑来选去，几经斟酌，确定选用“紫塞”为名。“紫塞”就是长城，“把我们的血肉筑成我们新的长城”，极富抗战意义。济南初中的校色是“紫”，壁报的名字有一“紫”字，显示了母校的色彩。稿子由俞、王送给李老师过目，我从未去过。母履和写剧本，受到李老师的欣赏。母要求把剧本排为首位（全面抗战前，各文学刊物的剧作大都排在末尾），而且他的字写得不美观，不能任抄写。我甚感不快，因此，他与新民争论过，并退出了紫塞社。这样，紫塞社就是宝钟、新民和我的“三人班”。（许衍梁老师生前多次向我提起三个人办《紫塞》的事，并问到新民、宝钟的情况。）王、俞都年长我一岁，我尊重他们如兄长。他们在许多事上照顾我，迁就我，所以我们合作得很好，把壁报办得朴实、精当。《紫塞》两周一期，每期用新闻纸一张，大都是两张。宝钟和我用钢笔横抄（横写是创新），每期约三至四万字。内容为诗歌、小说、散文。刊头是宝钟设计的“紫塞”两个大字。新民、宝钟写小说，认真、刻苦。李老师曾嘱新民向武汉的文学刊物投稿，他一定认为新民的作品已够上那些“一流”刊物的水平了。但新民从未向任何文学刊物投寄过。我大约只起到打补丁的作用，写散文与诗，甚至连王资愚老师誉为“古风”的作文也抄上去，作为“补白”之类。我写的《活在泰山脚下》那篇散文，两年后还有同学提起，可见有些感染力。我写过一首诗，“……灰色的天，灰色的山，灰色的山城，灰色，压碎了游子的梦境！插翎——大鹰一样飞过这灰色的围场……”，引起新民的共鸣。他说：“保全，我知道你的心情。”李广田老师也写了一首诗——《悼二十二个遇难的少女》，署名“佚名”，交给宝钟、新民。我们把它抄在某期“头版头条”：

唯愿世间完全干枯
也不要一滴清露
免得它照见花影
惊破了多泪的魂灵！
但完全干枯又有何用？
最难晴朗的是我的眼睛
是谁把二十二个美丽的生命
送到寂寞的鲛人之深宫！
“俺们还不如杀敌而死！”
我仿佛听到她们在哭诉
当绿满断岸的暮春时节
激怒的波涛化作一江寒雾！

《紫塞》后期的稿子，我们不一定请李老师过目，思想和笔触也逐渐放开一些，所以新民的一首诗中便出现了“红旗”一词，被人在词旁画上铅笔杠。他一篇类似杂文的短文，也刺了一下学校某部门的衙门作风。

《紫塞》诗文严谨，抄写工整，引起一些爱好文学的同学的兴趣，有的说是教员办的，有的说是高中同学办的。其实暑假以后，宝钟、新民才成为高中学生。有一次，宝钟与我粘贴壁报，一位姓刘的女教员热情地问："是你两个抄写的吗？"想夸奖我们几句。我说不是……她很扫兴而去，我对她太不恭了。我还曾见一个女同学把纸按在墙上，抄写文章中的某些段落。庄瀛海却在妄加评论，说我们的文章受到张资平[①]的影响，实在可笑，许多同学对这种诬蔑抱不平。

侯金镜在去陕甘宁边区前，自写自抄了一期大张文学壁报，似与我们竞赛，或向我们"示威"。新民说："这是一个劲敌。"

若干年后，顾恩祥、侯炳辰、姜子德、戴鸿博转学中央大学附属中学后，曾沿用"紫塞"一词作刊名，办过文学壁报，那就是《紫塞》的复活了。李广田老师的"日记"中也记载下《紫塞》出刊的事，并写道："都是好文章。"姜子德1957年被划右派，"文革"后在北京市西城区政协工作，20世纪90年代在北京重逢。

我们抄在《紫塞》上的诗文全用笔名。新民为"俞炎"，他离校后即用此名，从未更改。宝钟笔名"钟明"，但此后未再用过。我把"刘"字拆开，谐为"毛钊"，后因有人在壁报前说"这人姓刘"，我们就商议开个玩笑，在下一期上声明"毛钊退社"，我的笔名就改为"之玮"了。但这些笔名以后再未用过。李广田看到"声明"，还以为我们三人拆了"班"。这是办《紫塞》中的一段趣事。

---

① 张资平（1883—1959），广东梅州人，1922年毕业于东京帝国大学地质系。"创造社"成员，著名言情小说作家。1938年沦为汉奸，1940年出任汪伪中日文化协会出版组主任，主编《中日文化》月刊。抗战胜利后曾以汉奸罪被捕，1955年再以汉奸罪判刑，病死于皖南劳改农场。

孔圣人大殿的后墙是理想的壁报张贴处，继《星火》《紫塞》之后，又出现了《铁流》《黑白》《嘉树》《诗与画》《启群》等壁报。

《铁流》的刊名用得大胆，纯文学，篇幅小，文章当然不多，但文笔流畅，富有感情。据说是原菏泽中学的几个同学创办的。

《黑白》壁报水平低，达不到中学生中等以上作文水平，但黑白社应当一提。它的成员大都为济南、青岛私立中学的学生，具体活动不悉。他们一律穿白衬衣、黑长裤作为“社服”，大都发式入时。他们中且有一女社员，是全校所有社团中唯一的女性。她装束无奇，但敢首先赤足穿草鞋，可谓“解放”。黑白社的领头人叫“李青”，翩翩少年，见人满脸堆笑，点头频频。（1941 年，我在兰州看一场篮球赛时，曾看见他。他全身戎装，大油头与高筒马靴相映闪光，在场上走来走去，与空军第八大队的球员及几个衣着讲究的观众又握手又笑谈，不知已成为什么特殊人物了，我与此君原无

《嘉树》壁报创刊号

交往，只远观、惊诧而已。）

《嘉树》是隗文云等组织的嘉树社主办的，为原济南初中一些小同学的习作，天真可喜。他们借用了1935年下半年济南初中的文学刊物《嘉树》（李广田老师主编，铅印，共出三期，有老师李广田、孟浦云、曲式九等的诗、文或译文，以及在济南高中执教者卞之琳的诗。主要为学生的文章）的名字为名，当然是怀旧，组成一个团体。嘉树社定期请老师们讲演。许衍梁老师讲“国际形势”时曾约新民与我去做记录。隗文云主持讲演会，向小同学们“发号施令”，真一领袖人物也。他们学得孙东生老师的“兼容并包”，所以讲演者既有阎子桂，也有李向城。

《诗与画》为王尔铮一人所办，只出一期。诗，是全面抗战前在某较大刊物发表过的；画——《八千里路云和月》，题目豪迈，但月亮露在云彩前面，岂不违反自然现象？

《启群》是祁善甫的门徒办的，抄录些法西斯的论著片段以及《扫荡报》社论之类。看笔迹，抄录者是李振泌、耿殿容。

孙耀东找我谈文学。他还在看谢冰莹的《黄河》和赵清阁的《弹花》，前者为官办，后者为半官办。我劝他看《文艺阵地》《战地》《七月》，何况李广田老师已选讲其中的某些作品——有了“定评”。他同隗宽好像要参加到《紫塞》中来，我主张恢复《狂飙》，做校外抗日宣传。他们果然恢复了《狂飙》，请桑子中老师画刊头，文章着重于“宣传抗日”，贴往校外，给郧阳城增添了抗战气氛。（孙耀东，后用名孙跃冬，四川大学毕业，1949年后在新华社四川分社工作。20世纪80年代在济南重逢。）

我与王宝镛商议恢复“狂飙抗日救亡工作团”，把可能团结的原济南初中的同学团结起来，重振赊旗店的那种气氛。我们说服了徐志行，倡议重新建立，并贴出了通告。但通告被李连群撕了，一面撕一面还嘟囔“这是什么”。宝镛质问他，他很蛮横，两人几乎动手。徐志行不久考了什么学校走了，他是一个很随和的同学。原济南初中的同学不可能再走同一条道路，孙东生校长说过“各走自己道路”的话，他不“强扭”。

中秋节，满山满江的云雾，阴暗，微寒。

顾恩祥不知卖掉了什么东西（据说他带出两块怀表），请俞新民、李振泌和我去醉仙楼过中秋节。

醉仙楼是城内唯一称得起“饭馆”的饮宴之处。我多次走过它的门前，很少见到有人在那里就餐（单间的情况在门前见不到）。除掌柜、掌柜娘子和跑堂的外，还坐着一个面容白皙、身着学生装的少女，脚上穿一双袢带的素花胶底鞋，她大约曾在下江的襄樊或老河口读书。但只隔两三个月，她脸上就涂了脂粉，穿上花布衫了。我曾见到原济南初中的徐会计在那里小酌（这位一直衣冠楚楚的胶东客，学校进川后离校他去。若干年后，听孙东生老师说，他早离开教育界，已“生财有道”）。

醉仙楼里空荡荡的，没有酒客，我们四个很受掌柜娘子和堂倌的欢迎，被让进了单间。吃什么菜呢？按顾恩祥的菜单，照他的章丘土话是“掌柜的，来一个炒肉（lou）丝（se）、炒肉（lou）片（pian）、喝（ha）鸡子（zei）汤”。此外，要了鱼和炖肉，还要了一点白酒。

我们喝了酒，身上稍暖和些，但烛光摇曳，四面萧索，引不起节日的情趣，也勾不起思乡、思亲之念。不一会儿，两位保安团的军官被请进隔壁的房间，马上点起了蜡烛。因各单间的横梁以上相通，我们的单间顿显明亮，好像也送来一股热空气。两位军官的闲聊和香烟的味道也马上飘了过来。堂倌向隔壁送酒、送菜中，掌柜娘子领来两个衣衫单薄老旧的中年女人，一个面颊上还涂得红红的。她们身后尾随着一个四五岁的男孩子。她们走过我们门前，到军官们那个单间去了。立刻，军官便活跃起来。掌柜娘子走后，那边杯盘、匙筷便乒乓、叮当作响。军官们说着方言土语，叽叽嘎嘎，嘻嘻哈哈，嗣后又听得桌凳"咚咚"出声，但没听到女人们和孩子的声音。我们很诧异，菜没吃进多少，饭也没填饱，何况早已凉透。

约半个小时后，只见两个女人带着孩子走过我们门旁，两张黄瘦的脸，头发蓬松，衣衫不整，瞪着两颗失神的眼睛。掌柜娘子拿来一把梳子，一面给她们梳头，一面好像说了些安慰的话。我们瞧着这一情景，相对无言。顾恩祥赶忙跟堂倌结了账，带我们一块走出醉仙楼，顺着蜿蜒的石板坡道回到学校。

学校里昏暗而无声息。我在宿舍一头眺望，见不到城市和山峦，只有星星点点的灯火闪烁在云雾里。

新民决定去陕北公学学习。过去，我们多次议论过抗日军政大学、陕北公学、鲁迅艺术学院，很愿到鲁艺学文学。这时，他不再留恋这所流亡中学，决心到那红星闪耀的地方去。他说刘振瀛与他结伴同行，还有其他同学。但刘振瀛个性很强，往往固执己见，路上很可能闹别扭。他极愿我与马栋阳同去，认为我们一定同意。马栋阳因病借住在天主教教会里。去陕甘宁边区，要重走鄂豫陕山区，攀越秦岭，翻登黄土高原，一个病号，势难成行。我虽憎恶国立湖北中学这个大集体，但对原济南初中这个小集体还留恋，有那么多正气的师长和天真、纯洁的同学……我疥疮及臀部大疮初愈，走路多一些，疮口还隐隐作痛，很难长途跋涉。

新民终与刘振瀛等从孙老七那里拿到介绍信，准备结伴出走。我痛哭了两场。每当我痛哭时，新民就赶忙把宝钟找来安慰我。我们从1933年春天就结为好友，四五年来断断续续，未曾失掉友谊。全面抗战后流亡他乡，情谊倍增。他以老大哥的身份照顾我，引导我，常常纠正我的偏颇。我们思想相通，善恶共识，又同有文学、写作的爱好，这种感情是难以用语言或文字说出、写出的。

我与新民的情感，我的两次痛哭，改变了连铺的同班同学对我的看法——不是一个孤僻、傲慢的侪辈，而是一个富有感情、内蕴较深的人。从此，我们这七八个人，逐渐融合为一个亲密无间的小集团，有着共同的政治倾向。

新民他们在11月3日清晨背负行囊登程。我写诗赠他，其中有一句是“你走的正是坦途”。我与宝钟兄弟等送他们到棒槌河。他们涉过沙溪，转身，回首，挥手，无言而去，身形渐渐隐没在山冈的那面。

新民、振瀛到第八路军办事处后，被介绍到栒邑织田镇陕北公学分校学习。结业后新民升入高级研究班继续学习；刘振瀛去了敌后，但再未听到他的消息。1942年后，我在彬县数年，距陕甘宁边区七十里之遥，中隔国民党大军的碉堡线，因思念他写过一首诗，开首是“你涉过没胫的沙溪，向我们挥一挥手，没有说一声‘再会’……”，最后是“我瞻望北方的云天，祝福你永远康健！”1949年后，俞新民曾任最高人民法院办公厅副主任。“文革”后，任广东工学院党委书记。20世纪80年代后，在北京、济南、广州多次相聚。我有诗一首，题目为《忆往事》：

汉江浊浪拥郧城，

《紫塞》诗文耀学宫。
秦关勇越千重峰，
涪江痛失一盏灯。

新民走后，宝镛、隗宽、孙耀东等劝我与宝钟继续办《紫塞》，他们愿意参加。宝钟同我商议，觉得他们谁也抵不上新民，决定停办，也未发“停刊声明”。

新民行前，向孙东生、李广田、冉晋叔老师告别，他们各赠了路费。孙老师说：

“你走的道路很对，我的大儿子前已去了。”

冉晋叔老师的侄子宪参、宪仪（原济南初中和济南高中学生）前已在他的资助下去了抗日军政大学。[冉晋叔（1906—1966），字昭德，山东成武人，出身于清末书香世家。1930年，考入山东大学中文系。1937年，随济南一中流亡。与夫人从泰安去西安，后到郧阳，又去山东中小学教师战时服务团。入川后在国立六中四分校任教。1941年到西北大学任教，讲授中国通史。1949年后，在西北大学历史系从事中国古代史研究和教学工作。1955年起，一直担任西北大学历史系中国古代史教研室主任。长期致力于秦汉史研究与教学。在20世纪五六十年代的《汉书》研究工作中，是较早做出贡献的学者之一。1965年至1966年初，所撰文章在《文史哲》上引发了一年多的讨论与争鸣。这场看似学术争鸣实为“路线斗争”的论战在当时学术界引起了反响。随后，冉晋叔在政治浪潮中被迫害，1966年5月14日去世。专著《秦汉史》书稿毁于这场政治运动中。]

新民告别李广田老师时，许衍梁老师在旁，嘱他写信告知在那里的生活学习情况。

顾恩祥是同学中的富户，赠新民线衣一件。

新民走后，宝钟成为我唯一的老大哥，在各方面照顾我，宝镛也以兄长视我。前此，他们曾送我长袍罩一件，这样我就同他弟兄是一色的长袍了。

围攻教师丑剧

学校里出现了一个“教职员联合会”，是一个“民间”团体。据说是丁用宾老师等发起，串联了几乎全部非曹州籍的教职员成立的。丁用宾老师是负责人之一，李广田老师被选进文书组。他们定期集会，评论校政，为教职员工和学生的教学、学习，特别是入冬以来的衣、食、住、医药等方面的迫切问题提出建议和要求。他们针对庞大的官僚机构，传闻中的贪污、挥霍等进行了抨击。集会中发言激烈者为王明伦、阎子桂、许衍梁、瞿亚先等原济南初中的教员。会上时有辩论，李向城等就是学校当局的辩护士。阎子桂曾不客气地说：“你们那是分了钱了。”

李广田老师在他所教班的作文课上命题评论校政，说“责任由我担承”。张克济老师在我班上历史课时曾说：“国立湖北中学是一个大坑，多少钱也填不满。”

曹州籍的教职员也成立了一个“民间”团体，贴过通告，但没有“开张”便销声匿迹了。它很可能是官方授意成立的，因过于显眼，且许多曹州“老夫子”大约不愿“保皇”，只好“掩门”了事。

学校里要成立学生自治会，各班选一名代表参加“选举”。我被班里选为代表，因为原菏泽中学的女同学和原济南初中的同学投了我的票。

我在山东省立第二实验小学读书时，有一天，我见训育主任邴居正办公室里无人，便进去观看，见墙上贴着几张表格及章程，便好奇地走近去看——在学生自治会职员表上，我竟然被列为主席。这大约是列个表给教育厅的督学们看的，装点一下门面。旁边还贴着一张学生自治会的章程，这引起了我的兴趣。我逐句逐条地默读了几遍，竟全记了下来，一直未忘。我想，如今出席这个学生自治会成立会议，我有发言权，而且估计不会另有人懂得什么章程。

召集人是路延龄，已俨然是学生自治会主席模样了。他一本正经地说学校决定成立学生自治会，协助学校在同学中办些有益的事。然后，他傲气十足地挺一下脖子，扫了大家一眼说：

“由我任学生自治会主席！”

大家或感惊讶，或觉得莫名其妙……还没经过选举，他怎么就成为当然主席了呢？我马上理解到这是“官办”，也就是杨、宋集体的御用工具。

他接下去说：

“菏泽中学、济南初中的同学人数多，各出一个副主席，由原校的代表自己推选。”

菏泽中学代表众多，又是高、初中兼有，在路延龄的参与下，略略议论，便推出陈庆五来。陈是高中学生，自然是原菏泽中学“品学兼优”的高才生。

在菏泽中学的代表推选副主席时，我见原济南初中的代表只有六七人，高年级选出的是朱连祥。我想，让朱连祥去当副主席，我干秘书股长，草拟章程——把小学的章程扩而大之，不就是中学的吗？

路延龄在菏泽中学选出副主席后，便对我肯定地说：

“一中是你的吧？”

我因早已胸有成竹，便指着朱连祥说：

“是他的。”

朱连祥没有推辞，因低年级的代表都未表态，他便成了副主席了。

路延龄有与我在赊旗店搞“救亡工作”的“感情”，很关心地问我：

“你干什么？”

我说：

“我干秘书股长。我会拟学生自治会的章程。”

我略谈些学生自治会的机构、职责，等等，路延龄及两位副主席和所有代表都无异议，我便成为秘书股长，并负责草拟学生自治会章程。

会后，我很快便把学生自治会的章程拟就。我想，既然是学生自治的团体，就应该真正起些作用，尤因痛恨学校当局的腐败，就在职责中写上“监督学校行政”一条。

第二天，路延龄来宿舍拿去“章程”，他是个玩嘴巴子的，一眼也没看，便说：

“我找文书抄好就贴出去！”

第三天，学生自治会职员表及章程便在校内张贴出来。它贴在过往人多、很显眼的一面墙壁上，吸引了许多同学围观。

我走近去看，只见职员表上主席路延龄的名字居中而高，下面分列陈、朱二副主席，再下为各股股长，我被列为首位。再去看章程，则一字未易，可见路延龄并未“送审”，直接找文书誊写后便贴了出来。

这时，任研佛老头子出现在人群里，他用手指指点点，嘴里咕咕噜噜。他看完后故意放大声音，好让围观的同学们听见，拖着鲁西北的土腔土调说：

“监督学校行政？学生哪能监督学校行政？得改，得改！……谁起的草？”

他念叨了一阵，终于说：

“襄助，襄理……改掉！改掉！”

第四天，我见章程中的“监督”二字上糊上一截白纸，上边用浓笔写着“襄理”二字。

从学生自治会的这一幕演过，路延龄未再召开过会，也未再找过我，更不会找朱连祥。他受校方支使，到处“我代表学生自治会”。后来听说，路延龄还与陈庆五等作为学生自治会的代表，去武汉向教育部、山东同乡会歌颂杨宋集团的功德，希望他们继续留任。

从武汉来了一位杜专员。杜专员即杜光埙（毅伯），虽系聊城人，学历却是真正的“六中—北大—哥伦比亚”。他原任山东大学教务长，与师生几十人流亡到后方。他向蒋介石、教育部说了实情，蒋说“并入中央大学吧”，山东大学便不存在了。他呢，得了个教育部专员头衔，后又兼任国立湖北中学校务委员会主任。武汉倒杨之风甚炽，校内教职员联合会屡屡抨击杨宋集团。为此，他专程前来支持杨宋集团，安抚教职工、学生，打的旗号是“看望山东老乡”。

学生自治会主席路延龄或许受到支使，召集学生自治会的“官们”去谒见杜专员，表达全校同学的欢迎和感激之情。我被列为“代表”之一。

杜专员一家住在杨公馆里。他高身量、白面皮、西装革履、金丝眼镜，面露笑容，有些洋绅士味儿。他的夫人却是蓝布短大褂、布鞋，面无脂粉，朴素得像位乡村小学教员。两个女儿，大的不过十二三岁，立在她的身后；小的才八九岁，倚在膝旁，都挺天真的。

路延龄“代表”全校同学致了欢迎词，杜专员说了些安慰的话，过场戏就唱完了。然后，杜专员就与陪坐的杨宋集团中人谈起闲话来。任研佛老头子也是陪谈者之一。路延龄很乖巧，见任务已告完成，迅即告退，领我们走出杨公馆。在我们分手时，路延龄嘱咐说：

“杜专员没有儿子，只有两个闺女，追求啊，以后会有好处的……”

真是滑天下之大稽！杜的两个女儿还是真正的小妮啊，路延龄竟如此胡思乱想，顺嘴瞎说！

杜光埙于一天早操后，在操场向全校师生发表了讲演。听说他除以桑梓之情“问候”大家外，大讲了他的“哲学”。他的“哲学”是为支持杨宋集团，针对教职员联合会索要欠薪、争求师生福利而发的。他竟说人生不仅为了衣食，不同于其他动物等。那实际在骂仗义执言的老师们“等同禽兽”。我那天未上早操，听后很是气愤。

教职员联合会的老师们当然不能忍受这种辱骂，不吃这口气，立即选出几位老师，排好次序，轮流去向杜专员请教“哲学”。据说王明伦老师打头阵，进谒交锋后，只一回合，杜专员便称病谢客，再也不敢公开露面了。

杜光埙（1901—1975），1937年任国民政府教育部专职委员兼高教司第一科科长。后受命筹建国立湖北中学及组建教育部战区中小学教职员服务团，自任第五团团长。常在军事委员会的《扫荡报》上发表“宏文”。1940年11月，调国立西北大学，历任总务、训导、教务长及文学院院长。1943年，任国民政府监察委员。1948年，任山东省制宪代表，参与1948年“中华民国宪法”之制定，任总统府立法院立法委员，联合国中国代表团顾问，中国国际法学会会长。美国加州大学、乔治·华盛顿大学客座教授。1949年，去台湾，兼任东吴大学、东海大学教授。1968年，受聘美国辛辛那提大学客座教授。1970年，被海牙国际公断法庭聘为断员。中国非洲研究会会长。1975年6月，因心疾去世。

王明伦老师是国民党党校第一期学员，身材矮小，寡言语而脱口中的。人们说，他若善钻营，早已干上大官了，但20世纪30年代还在济南初中当训育员。年近三十，突然又去读了清华大学历史系。毕业后，回校任训育主任兼历史教员。全面抗战后，他未随校流亡，不知去何处绕圈，终又到郧阳做历史教员。他在济南上课时，采用近于大学教授法，自编教材在课堂上宣读，叫学生笔录。有时所备讲义灌不满堂，则抱歉地说：“备课一夜，就编出这些，请原谅。”从此，我开始练出做笔记的本领。他来郧阳后未教我班，为原济南初中高一级的班上课。听说有与阎子桂接近的同学问他：“王老师，你是唯物史观还是唯心史观？”他未作答。他连日自刻自印了《政治经济学批判》的英文版序言，第二次上课时发给大家，边读边译边讲，把提问的同学“镇”住了。他在郧阳待了一段，后又他去。（1948年10月后，王明伦老师曾在济南第三临时中学任教。）

教职员联合会的活动，终于引发了一出围攻老师的闹剧、丑剧。

一天黄昏，不知同学们都到哪里去了，我独自一人躺在宿舍里，感到特别寂静。突然传来一阵又一阵隐约的叫嚷声。我虽然疮口初愈，走路困难，仍连忙起身，一颠一颠地走到宿舍头。从各宿舍不断走出一些同学，匆匆忙忙向大殿前面走去——那里传来咋呼声。我尽可能走快些，一转过大殿的右墙，只见殿前黑压压站满了同学。他们都面向殿阶左下角的单身教职员宿舍（一座大长筒子屋）。我走向阶前一看，朦胧中辨出是阎子桂傲然站在宿舍门前台阶上，正在讲话。离台阶一二十步远，攒集着二十多个手持棍棒的高中学生，形同“暴徒”。因为右边是一座破房子，也有台基，他们便处在前低后高的坑道里，在左边殿阶上人群的盯视下，显得并不强大。但他们大声叫嚷，不断“质问”阎子桂，无非是“反对校长”“煽动”等。阎子桂据理答辩，从教职员工因欠薪而生活困难，带眷属者尤甚，谈到同学们缺少御寒衣物，病号增多，得不到较好的医疗……他不时把头偏向殿阶上的同学们，以引起同学们的共鸣。“暴徒”们不时打断他的答辩，狂喊乱叫，并提些更无道理的“质问”。殿阶上的同学们在观望，也许感到莫名其妙。他们大都是旧曹州籍的学生，虽与杨、宋有乡谊之情，但对学校的生活实际上也是不满的，尽管尚未见诸言行。显然，他们不赞同“暴徒”们的恶行。

天黑下来，“暴徒”们在舌攻阎子桂未获战果后，突然狂喊：

“许衍梁出来！”

宿舍里黑洞洞的，似无人在。这时，突然亮起数盏灯，只见许衍梁老师端着一盏有罩的煤油灯出来。他把灯高高举起，与阎子桂并肩站着，一高一低，非常清晰。“暴徒”们捣、敲棍棒，高声向他提出许多无理的“质问”，他一一做了有力的答辩。“暴徒”们又一阵捣、敲棍棒，狂吼乱叫，意在鼓动殿阶上的旁观者，但旁观者毫无动静。

听“暴徒”们的声音，可以辨出有任研佛的儿子任兰田，方仲宜的两个弟弟方涛、方杰。不用说，其中必有杨鹏飞、宋还吾的侄甥辈，以及李士厚等倚傍他们的学生。

我无心再看下去，很怕他们闯上去动武，又想到这不过是装腔作势，吓唬人。我向人缝里钻，找原济南初中的同学，但一个也没有见到。最后，我在后排里发现了李振泌。我们无言地对视了一刻，我问他：

“怎么办？”

他默不作声。我把他拉到无人的地方，再问他：

“怎么办？”

他说：

“没有办法，谁也管不了……”

我突然想到……说：

“走！去问孙校长！”

他迟疑了一会儿，便同我一块离开了殿阶。

背后，“暴徒”们仍在叫嚣着。

我陡然步履正常起来，同李振泌迅速转过殿角，走出校门。一溜下坡，然后拾级而上，我们便到达杨公馆门前。正房里灯火通明，人影摇摇。我们请工友通报孙校长，一会儿，只见他从正房里走出来。灯影中，他微偏着头，面带思虑地快步走到门前。他看到我们两个，便轻声说：

“哦，原来是你们两个。”

他沉吟了一会说：

“那里发生的事这里已经知道，屋里正在研究……你们不要管，老师们不会有意外。”

我们听了他的嘱咐，便无言地疾步返回学校。学校里已平静无事。

听同学们谈论：“暴徒”们曾吆喝“瞿亚先出来”，但瞿老师到校外去了。他们闯进宿舍，把他的棉被抱出扔在台阶下，又踢了几脚，然后胜利地呼啸、挥棒而去。这场闹剧令全校师生惊诧，老师们为抗战教育，为教职工、学生应得的待遇呼吁，抨击庞大官僚机构的腐败、贪婪，堂堂正正，无畏无惧！那一撮借抗战教育之名，吮吸教育经费，贪污、挥霍的学阀，唆使子弟啸聚极少数学生围攻教师，实上演了一出闹剧、丑剧。

这出闹剧、丑剧似也初显政治杀机。阎子桂讲“辩证法”，杨、宋大概早已认定他为“托派”“左倾”分子；许衍梁老师早在“一二·九”运动时就支持学生的活动，平时又传播进步思想，在全面抗战前被济南高中解聘也为人们所知；瞿亚先老师教唱左翼抗战歌曲，把整个流亡的原济南初中变成一支大歌咏队。“暴徒”们重点冲击这三位老师或与政治倾向有关。

原济南初中高年级学生正在分化，不同的政治思潮在吸引他们，感染他们，必然要走各自的道路。山东联合中学联而未合，国立湖北中学成立才半年多，原来各校的门户之见还未打破，所以，原济南初中同学之间还维系着一个脆弱的关系。

杨鹏飞“赔了夫人又折兵”后，宋还吾继任校长。

宋还吾曾任过省立一师（济南师范）国文教员。国民党政府北伐成功后，任过省立二师（曲阜师范）、青岛铁路中学、济南高中校长。在曲阜，他因“子见南子”一案而名噪全国，被誉为“进步”。鲁迅对此案有评，称无非是国民党内两种势力的较量而已。宋还吾作为“牺牲品”而“休养”一段，去任了胶济铁路唯一的中学校长。那些署名“宋还吾”的文电，据说大都出自事务主任，一位日本留学生陈登民之手。记得在济南，一个假日，济南高、初两中去张庄参观第三路军的秋操。返校前，宋向两校学生讲话：

“……看了秋操，我们像吃了一顿红烧肉，又烂，又香……”

这像什么“讲话”？比喻得不伦不类——高级中学的校长啊！

他留着一撮黑髭，常笑眯眯的，一副“大子”样。有次，我同俞新民走过他身旁，他关心地抓着我的手，看指缝里的疥疮——很关心学生嘛。

他绰号“宋江”，他的夫人姓言，湖南人，两只大眼，挺洒脱的。“言”“闫”谐音，便被戏称为“闫婆惜”，实属无礼！

宋还吾干了几天校长，突然死去。灾难！郧阳的天气太坏，又缺医少药，几个月，死了几个中年人。学生也有夭折者。（宋还吾1922年北大中文系毕业，到山东第一师范任教；1926年率部分学生赴广州参加北伐并加入中国共产党，不知何时脱离。）

蒋毅生代理校长，教务、训育主任换上原市立中学的班子。一位是姓王的英文教员，还有一位是国文、英文兼教的纪乘之老师。大约先到武汉后在重庆的山东同乡会建议教育部让蒋代理。杨走，宋亡，也不让曹州帮中的“歪门邪道”孙东生干。

蒋毅生在日本帝国大学学的生物，在省立一师教过书。韩复榘的政府大约认为他是日本通，任他为市政府的科长，主要同日本人打交道。市里办中学，他任校长。那是一所新建的、济南市校舍最漂亮的学校。他似乎还兼任市图书馆馆长。

他是广饶县人，一口家乡土话。他虽无帮派，却肩撑起杨、宋撂下的烂摊子。孙东生老师尊重他，帮他维持学校的局面。有的老师说，不要瞧不起他，更不能欺侮他，如果他留在济南，日本鬼子和伪组织会请他当教育厅长的。这是什么话！他是一个爱国者，身体瘦而弱，年龄较长，长途跋涉，来到这僻远的山区从事抗战教育，实为难得。数千名青少年，数百名教职员工及眷属，他勉力挑起这副重担，能扛得起，支撑住，太可贵了！

夜走郧阳城

武汉沦陷以后，日寇尚未沿江向中上游进犯，学校已酝酿迁校了。据说学校曾派人去房县、竹溪等地寻觅校址。那里靠近四川边界，物产比郧阳一带丰富。襄樊、老河口一带靠近抗日前线，采购白米及其他生活用品比较困难。以后，学校以分校的办法，化整为五，便于管理——分而治之。在均县的师范部称第一分校，把初中分为三所，为二、三、四分校，校部为高中、职业部。原济南初中称第四分校，人数最少，约有二百人，因为原初三已升为高一，失去四五十人。校长孙东生。

因为没有选定新校址，又缺经费，迁校无期，学校在代理校长蒋毅生的主持下，毫无生气地支撑着。

某天早操后，孙东生老师在“讲话”中说：“第四分校将先行迁校。”迁往何处、何时出发虽未确定，但引起全校师生的议论和不安。他之所以敢说这种“大话”，是因为原济南初中还有“私房钱”没有“交公”。

路延龄不知受何人唆使，或独有见解，竟“代表”学生自治会向孙东生提出异议——不能先一步迁校。原济南初中的同学知道后，大为不满。如果先行迁校，升入高中的四五十人也要同行。有一天，刘荫相等向我发泄对路延龄的愤怒。我说，你们可以约些同学在早操后质问他：你“代表”学生自治会，同副主席朱连祥、秘书股长刘保全打过招呼吗？孙校长要先行迁校，你有什么资格去阻挠呢？

第二天早操后，刘荫相果然同几个小同学把路延龄堵住。我虽不上早操，却拐着腿在操场对面观看。他们指手画脚争论起来，虽然听不清，但看出路延龄自知理亏，一面倒退，一面咕噜，一溜烟窜下斜坡，回高中学生宿舍去了。刘荫相和小同学还朝他的后影嚷嚷。

某天，几个同学在王宝钟宿舍里闲谈，很快又谈到迁校的事。武汉已经沦陷，汉江下游已是抗日前线，全国抗日政治中心移到了四川重庆。郧阳的气候、环境和学校混乱状态都令人极为不满。如果读书，还是到一个比较适宜的地方去，由孙东生老师单独办一所山东省立济南初中式的学校比较好。但是，路延龄却“代表”学生自治会阻止迁校。我同朱连祥都认为是笑话，也太无道理了。这

郧阳文庙大成殿

时，突然一个小同学跑来说：

“路延龄又到办公室去了！”

大家一愣，想：路延龄一准又“代表”学生自治会威胁孙老师，阻止先行迁校。大家立刻激愤起来。王宝钟年龄最大，大家都很尊重他。他满脸怒气地嚷：

“揍他！”

我认为可先质问他，他如果蛮横时再说。我与朱连祥是学生自治会的人，不宜参加。大家先去质问，我们随后去劝解。

匆匆忙忙，恼怒了的王宝钟、王宝镛、尹纯德、禚修齐、陈懿妫、刘荫相等便涌出房门，向办公室奔去。待我与朱连祥赶到时，只见路延龄在办公室前抱头躲闪，王氏兄弟、尹纯德等吆喝着挥拳围打。我俩赶忙解劝。蒋毅生、孙东生二校长站在门边嘶声呵斥：不能打人！孙东生老师大声喊道：

“不能打人！王宝镛，你有兄弟几个？……尹德纯（把名字喊倒了）！你！……”

他见无法制止，又不好走出门来拉架，便情急地哀求：

“我给你们磕头，磕头，别打了……”

他趴在地上磕起头来。大家一惊，路延龄趁空窜出校门逃了。

打了路延龄，大家很解恨，这个“走狗”，总算威风扫地了。我觉得应当教训他，是否该打，当事者在激愤中是不能说明白的。前些时，那群“暴徒”围攻、威胁阎子桂、许衍梁诸老师，路延龄虽未露面，但不会不是策划者之一。当然，主要策划者是当权的那几个教职员。

事后听说，路延龄那天去办公室，不是“代表”学生自治会威胁孙东生老师，而是办别的事。

殴打路延龄后，一个下午，原济南初中工友龚魁光从他伺候的高中学生宿舍跑来对我说："他们开了会，要打你和朱连祥、王宝镛、尹纯德四个，今晚要带棍棒进校……"

他匆匆忙忙去找朱、王、尹三个，不知是否找到，但让别的同学也捎了信，总算尽到心了。他不动声色地急忙绕道回去，免得被那些坏家伙发现他来学校，产生怀疑。

傍晚了，我毫无打算。突然，隗宽、顾恩祥、熊安东等来了，把我领到他们宿舍避一避。天黑下来，有人说"他们"已持棍棒进校。同学们又主张到校外去躲，给我戴上一顶礼帽（大约是顾恩祥的），穿上棉大衣，几个人护着走出校门。门楼下有两三个人靠墙而立，手里似乎拿着什么。我们朝街里走去，路过高中学生宿舍，门闭着。我们在寂静的大街上转了一圈，感到太冷清，便回到学校。门楼下已没有人，院子里也静悄悄的。我立即回宿舍就寝——一夜平安无事。

第二天，听小同学们说，昨夜没找到王宝镛，好险！据说他因不知"暴徒"要进校打他，独自一人待在他哥哥的宿舍里看书。"暴徒"们提着棍棒绕屋转了几圈，没敢进屋行凶，怕中了埋伏。

一天，尹纯德放胆到街上去，被李士厚等追打，他们大喊："打死他！""砸断他的腿！"他被追打半个城，几次挣脱，脊背被打得青肿数处。

忘记是哪一天，一个小同学把我领到丁用宾老师住处。朱连祥、尹纯德已在那里。不一会，王宝镛也被领来了。

尹纯德，1944 年考入西南联大历史系，抗战胜利后参加"反饥饿，反内战"学生运动，1948 年北京大学历史系毕业，进入解放区。1948 年秋回济南任《大众日报》记者，后调到人民出版社任编辑。1958年在上海新华社分社因流亡中参加“真理读书会”活动被捕，判刑15年，发配青海劳改20年，1980年平反，离休回济南定居。朱连祥，“文革”前曾任甘肃酒泉中学校长，“文革”后曾任甘肃电大校长。

丁用宾老师一家赁居在民房里，六七口人过着流亡生活，够艰窘的了。拐着小脚的丁师母竟然为我们每人下了一碗面条，算是安慰我们吧。尤其令人惊奇的是，每人碗里还有几粒海米，当然是从济南带出的了。她的父亲是济南有名的画家，家学渊源，她也善于丹青。据说，丁老师有时跟李广田老师开玩笑：“填首词欣赏欣赏吧！”（李广田老师的夫人王兰馨老师善填词，在大学读书便出过词集，钱玄同为之作序。）李老师则还击：“还是来幅水墨丹青吧！”

邹绍夷、刘焕文二位童子军教员也在丁老师处，邹对我们说：“我们要先迁校了，已经有老师去打前站。”

他没告诉我们迁往何地，只告诉了确切的日期，并嘱咐我们把不能随身背带的什物送往雇好的船。不用说，要溯江而上。

这场殴路事件，出入祁善甫门庭的那些同学毫无表示，只有李振泌对我说：

“你们可组织个刀子队，每人准备一把小刀。”

讲得多么豪气，可是说“你们”，他这个大个子已完全是局外人了。

学校里不明真相的师生，都传着：“狂飙”打了路延龄，或一中（济南初中）和济南高中打架。如果“狂飙”指“狂飙救亡工作团”，它早已不存在了。说“狂飙”剧团呢，也只有王宝镛、陈懿妫、刘萌相是其成员，原济南初中同学观潮者不少。“暴徒”们既有原济南高中学生，也有私立齐鲁中学等校者。反正，人们把原济南初中简呼为“狂飙”了。

任研佛老头子说：“狂飙”就是一群小疯狗。三“犬”为“猋”，旁边一个“风”字，不是一群小疯狗吗？何况又加一个“狂”字。

我小学的同学王尔铮、陈麟祥都是高中生，当他们得知我们的行李已大部被运走后，怕我挨冻，送来一条毛毯，供我御寒。

11 月 30 日，深夜，我们六七个同学头枕打好的行李，身躺光铺板，谁也不说一句话，静静地等待出发的哨音。很奇怪，对面铺上疏落的几个曹州同学为什么也打行李呢？他们时时盯着我们，不像监视，究竟想干什么？是不是又一批秘密去陕北的呢？不会，从西安向北向西都设了检查站，扣押去陕北的人，路已经断了。最后那批同学是采取迂回办法绕道到达的。他们曾来信讲到那段艰难的路程。

夜愈深，心等哨音愈急，更觉得冷气袭人。虽然冷，但还是“麻拉”了几次眼，有点迷迷糊糊。哨音终于响了，在每座宿舍头上轻轻地响着，响声使人兴奋。我们马上手执木棍或竹竿，背起行李，急忙向校外走去，直奔江岸的渡口。没有领队的，但大家紧挨着前进。脚步声、木棍和竹竿拄在石板路面的声音，震惊了郧阳城。狗在吠着，临街人家传出老年人的咳嗽声。居民们一定在窃窃谈论：“啊！这是干什么呀？半夜三更……”我们一路小跑，谁也不说话，谁也不看谁一眼。路过路延龄等的宿舍了，只见大门闭得紧紧的。几个调皮的小同学用木棍、竹竿乱捣了几下门板，并趴在门缝上去听，宿舍里似乎有些动静，而后却寂然了。

我们这个第四分校，加上已升入高中的同学，充其量不过三百人，但从向江岸走去的人数看，好像多了许多。怎么回事？黑胧胧的，谁也无法问，一直走，走，向渡口走去。

走下高高的悬崖，就进入了江滩。秋汛早已过去，河岸宽阔，一片白。黝黑的江水气势仍旧不凡，波涛哗啦震响震动着两岸的险峰、兀峦。

孙东生校长的高大身躯出现在人群中，几位童子军、体育教员跑来跑去，工友们提着马灯在晃来晃去——忙着渡江。

江岸上停着两只渡船，这就是仅有的渡江工具。

人越来越多，滩上黑压压的，这里一簇，那里一团。不知哪一伙带头唱起抗战歌曲来，立刻引起了另一伙……一会儿，江滩上响满了雄壮的歌声，把江涛的轰鸣压下去了，人们觉得暖和起来。又不知谁先在江滩上点起篝火，于是，这里一堆，那里一堆……都喷起了火舌。火光照见了活动的人，照红了人们喜悦的面庞。歌声更雄壮，更热烈，更激昂……

大家开始分批渡江。

孙东生校长劝原菏泽中学的六十多名同学返校，说这样会对不起他们的田竹桥校长。但他们坚决要跟着走。是什么力量吸引了这六十多个青少年呢？是一种看得见的和看不见的进步力量。这是一种倾向，青少年的倾向……虽然有些朦胧……

两只小船摆渡，一次过人有限，夜深水急，熟练的船工们在滔滔的江水中往返横渡，够险够苦了。江南滩上逐渐聚集起人群，随即也点起了篝火，唱起了抗战歌曲，夹江一片“红火”，确实是一幅壮美的夜景。

当北岸人群逐渐稀少，南岸人群逐渐聚集的时候，天渐渐亮了，江面上灰蒙蒙的，像挂着一张天幕。这时，蒋毅生代理校长带着一群人赶来，过江同孙校长抱头大哭，两人呼兄唤弟地抱在一起。（后来传着这样一副对联：孙东生夜走郧阳城，蒋毅生哭送汉江边。）

物理教员毛宗海等也来送行，大约是送许衍梁、李广田二师吧。这位老师站在悬崖上挥手长啸，殷殷送别。他是湖南人，年约三十岁，留着学生式的偏分头，拖着蓝布长袍，也有些大娃娃样。据说他父亲是一水手，家境寒苦。

等全校渡过汉江，天已大亮，红日当头，灰雾已经飘散，大家才感到疲倦，但心情是愉快的。

学校往哪里去？老师们说先走出前面的山岭，到达公路，顺公路西去。

大家唱着苏联歌曲，沿着弯曲、陡峭的山路前进。

“兄弟们向太阳，向自由，向着那光明的路。你看那黑暗已消失，万丈光芒在前头！”

山路崎岖，我们前途仍是“读书救国”吧？……我们走后不久，整个国立湖北中学分批迁移，迤逦在鄂、陕、川道上。

蓝滩险奇

我们在汉江南岸整队出发前，看到了一幕景象。山边有几座房舍，住着些部队。房前有一块平地，算是操场吧，一位军官带着一群衣衫褴褛的年轻人在跑步。军官衣帽整齐，佩武装带，穿长筒马靴。他跑步的姿势很特别，两臂平伸，向前一戳一戳。因为穿着马靴，脚步笨而拖沓。紧跟他的身后，是一个高大粗壮、皮肤白皙的青年，秃光头，大圆脸，上身只穿一件露肘露背的破短衫，裤短得刚过膝，裤口破碎不堪，赤足穿一双破粗草鞋。他学着军官的样儿，两臂也是平伸，向前一戳一戳，几乎戳着军官的后脑勺。他认真、严肃，并无嬉笑的神态。其余二三十个年轻人跑得离离落落，毫无生气。这批新“征”来的壮丁，还没发军服，就开始操练了。这批年轻人，不管是“征”来、“抓”来，还是自己“卖”来，总算跻身抗日行列了。我们能不望之生愧吗?

学校按年级编了队。胡季生随他父亲的服务团船队溯江而上了。我们六七个人同新参加第四分校的同学编在第二队，结伴顺山路向西南行。我疥疮初愈，行走不便。刚在江滩编队时，有位新同学指着我对其他新同学说：“那不就是刘保全。”但仍感到太生疏，跟谁也没说话。走啊，走啊，人们还说这是大路，但山崖间高高低低，崎崎岖岖，难走车辆，能两三人并排走的地方也不多。傍晚，我们投宿在有几户人家的地方，走进一个只有顶的屋子里，倒头便睡。一觉醒来，天已大亮，却才发现是躺在一口棺材旁边。棺材已将近朽烂，顶上盖着山草。棺内是否有腐尸朽骨，则未探究竟。

我预感到身体不支，就请求童子军教员邹绍夷到第一队去，他同意了。宝钟在第一队，他会照顾我的，何况还有原21级1班的老同班呢！第一队的队长是张克济老师，那么大年纪，背着小包袱，头戴礼帽，身穿棉袍，穿行在山涧、沟沿间。童子军教员刘焕文则时时面露笑容，鼓励着大家前进。

我们终于走到一块较为开阔的平地，矮矮的山边就是黄龙镇。镇边就是堵水的黄龙滩。一条碎石铺砌的公路东西延伸着。堵水是汉江的支流，从川鄂边界穿过千山万壑奔腾而来。在这里，水面汇集得非常宽漫，似乎是从那座满身郁郁苍苍的山峰下涌出来的。水绿到带些墨色，可称墨绿吧。水边，却是新绿。墨绿的水，郁苍的峰峦，给人以寂静而又凝重的感觉，低缓的水声擦着地面传来，叩击着人们的心扉。我们虽是三百来人的队伍，却感到渺小和孤独。黄龙镇孤单地缩在水边的山坡旁，荒凉而又残破。

从黄龙滩西去，顺公路而行，心情无比畅快，当晚要跨过鄂陕边界，投宿陕西的白河县城。

天已昏黑，我们又来到汉江边，必须渡江到对面的白河县城住宿。我们向江边望去，只见半山灯火，或错落，或连成一线，隐约有些房舍，有的还比较高大。灯火映着江面，江面闪耀着火红的、浅红的、碧玉般的、水晶似的光芒。水面的闪光与半山的灯火相辉映，使人迷离恍惚，并且认为白河是一座多有楼阁殿堂、富丽堂皇的地方。江面上间有欢腾的鱼跃，白鳞在夜空中一闪，像电光一般。碇泊的航船、林立的帆樯、摆渡船击水的桨声以及隐约的市声……组成一支悦耳的乐章和一幅神秘的风土画。

我们乘摆渡船过江，投宿在小旅店里，并吃到了热饭，喝到了热汤。这是离开郧阳以来最好的享受。

白河临江依山为城。山几乎是壁立的，人们顺江开辟了街市，然后顺山势拔上一个阶梯，再开辟一条街市。这样逐级上升，一条一条达到山腰，便形成一座阶梯式的城市。城墙蜿蜒修到山顶，还建有高耸的城门楼。

沿汉江上行，我们有时走左岸，有时走右岸，哪岸有路可通就走哪岸。路不通了，只好摆渡过江。

从白河出发，当天预定住宿冷水河。听到“冷”字，使人不禁打了个“寒噤”。冷水河，大约是个冷峭的所在。时值岁末，秦岭以南虽已算作“南方”，却够冷的，何况我衣服不厚实，又只背着一床毯子，饮食或热或凉且不准时，整天在山崖、江流间奔波，实在没感到“南方”的一丝暖意。

离开公路，沿江岸山径而行。黄昏时，山径越发迂曲，走着走着，前面有一座悬崖当道，几乎无法通过。好在有一条临河的蜿蜒小径，绕悬崖转弯，便见左前方半山上有一条短短的街道，房舍也算整齐，大约就是冷水河街了。顺着悬崖再向左转，竟有一座宏大的庙宇现在面前。庙门上方镌着“双龙古刹”四个大字。庙宇背依悬崖，面向宽宽的江水，一片浅浅的石滩把江水扩散得泛泛漫漫。我们投宿在这座古刹，但一无僧尼，二无居士，空落落的只有神像。古刹供奉的什么神灵呢？当门就看见了普度众生的观音大士像。那么江中的石滩便是路人谈到的观音滩了。

李振泌、王宝钟和我很想去街上走走，看有无饭铺，吃一顿热饭才好。等我们摊开被褥再走出庙门，天已经黑下来，月亮还没有从东山探头。离庙不远便有一条小河从峡谷中窜出。峡谷黑黝黝的，吹出一阵阵冷风。这条小河一定就是冷水河了。踏着大块的乱石跨过河，爬上一个斜坡就到了街头。街，一眼可以望到头，依山临水一条线。街上家家户户都关紧了门板，窗纸上透出昏黄的灯光。到底哪一家是饭铺呢？许多人家都有说话声，可见还未就寝。我们在街上慢慢踱步，只见左首一家高门台房舍里灯光白白的比较明亮，猜想会是一家饭铺，就贸然敲起门来。门马上开了。站在门前的是一位约莫五十岁的清癯老人。他穿得体面、清爽，面孔带一些书卷气。他见到我们这不到二十岁的人，又是外乡打扮，很感惊讶，忙问：

“找谁？啊，啊，请里面坐坐。”

我们对视了一下，李振泌毫不客气地走进去了。我同王宝钟也只好跟着进去。主人彬彬有礼，请我们落座。这是一个颇为讲究的家庭，方桌、圈椅、中堂、对联……床上挂着暖帐，条几上摆着几摞线装书。主人马上献烟，又招呼里间的妇女烧水沏茶，我们都不善此道，谢过就是了。

李振泌笨拙地讲到我们的身份、来历，主人很表同情。他说：

“我本来在外边做事，年纪老了，官场的应承也过腻了，有几亩山田，回乡聊度晚年。好在小儿已在外边做事，时有汇款。生活倒也过得去……”

他谈得稳稳实实，后来突然想到我们造访的原因，忙问：

“你们还没吃饭吧？”

我们“呵呵”地笑着说：

“没有，没有……正想找个饭铺吃碗热面……”

主人爽快地笑了：

“好办！好办！家里还有白面，我叫家里人马上去做……”

我们道了谢，同主人漫无目的地谈起抗日战争来。主人不常能见到报纸，听着很有兴致，不时插问一两个问题，如台儿庄大捷俘虏了多少日本兵、武汉空战打下多少敌机等。但他最关心的是武汉沦陷后敌军的动向，以及西安、汉中遭敌机轰炸等事。

女主人婆媳做饭“麻利”，不一会儿，年轻的儿媳就端来三碗热汤面。我们急忙扒完喝光，谢绝了再盛第二碗，留下应给的饭钱就告辞了。

月亮已经当头，街上也相当明快。走到街头斜坡上只见江上一片白色，银色的江水冲过观音滩溅起耀眼的浪花。一层白雾在江上飘浮。一只触礁的船斜搁在观音滩上。走下斜坡，跨过冷水河，只见河滩上有两个人一高一低地站在那里。那不会是同学，会是什么人呢，不能不使人疑虑。霎时，那个高个子撒出一片银色的东西——哦，原来是在撒网捕鱼。我们稍看片刻，觉得寒气袭骨，便急忙向庙门走去。庙门虚掩着，当我们走近时，门“咚”地闭住了。李振泌敲了敲门，叫道：

“怎么关门呀，是俺仨。”

门轻轻地开了一个缝儿，几个同学在里面小心翼翼地说：“快进来，你们跑到哪里去了？”

我们走进门，一个同学小声说：“看见河滩上有什么吗？”

我说：

“有两个人在撒网打鱼……月亮多么明亮，白茫茫的水面，渔网闪着银光……多美的夜景……”

一个同学讥讽地说：

“别来文人气吧！看那两个人，装作打鱼的，很像是‘探子’，不知是哪路绿林豪杰派来的……”

我们三个硬证明是打鱼的，让大家不要大惊小怪。但多数同学并不放心，老师们也忧心忡忡。天已晚，大家都很疲倦，明天还要赶路，于是，插上庙门，先后进入了睡乡。

我们一早便离开观音滩，当天住宿的地点是蜀河口。听说蜀河口是个大镇店，属洵阳县管辖，但县城不如它热闹。同学们听说当天要在大镇店住宿，无不露出笑容。但又听说要经过乌江渡和蓝滩。蓝滩是汉江第一险滩，观赏一番岂不幸运？不过乌江渡是个什么地方？楚霸王自刎的地方不是在安徽吗？贵州有一条长江支流乌江，怎么是一个名称？这名字，听起来怪瘆人的，想必是一个险恶的渡口。

我们在荒凉的山坡、江岸上上下下，迂迂曲曲行进，一个跟着一个，没有一个落队的。我们心情很沉郁，步子却比平日快得多，因为预知这一天的行程将是不平凡的。

距乌江渡还有几里路，江面突然狭窄，江水当然湍急。两面的山峦逼近了我们。上面既没有高大树木，更没有零落的农户。山石大都裸露着，青里透着黑色。我们有时走在只能一身单行的小路上，有时踏着河滩上的黑色乱石前进。愈走，两岸的山峦夹得愈紧；愈走，山石愈发黝黑。在一块较宽的河滩边，竟有一座低小的石屋，似乎有一个身材高大的人站在里面。我们顾不了这些，快步向还有一里路程的乌江渡口奔去。

队长张克济老先生踏一双布棉鞋，挎着小包袱，夹在队伍里“风尘仆仆”，往往成为“落伍者”。他掌故满腹，又爱饶舌，有些同学很爱跟着他，增广增广知识。刘焕文老师是开路先锋，早已到达江边。江这边没有渡船，对岸只停着一只。那船的形状很怪，不是两头尖尖，而是圆得近乎一只老鳖。刘焕文老师向对岸那只渡船一再呼喊、挥手，才见一个船工从舱里走出，慢吞吞地解缆，极其缓慢地划动着船过来。

船工是一位老者，船是一只老旧船。老者弓着腰，本来是一个身材不高的人，弓了腰，更矮小了。船体污秽不堪，许多地方都用不整齐的木板补过，黑白“茬”很鲜明，涂缝的石灰、油泥抹得斑斑驳驳。船篷脏得满是煤烟，而且歪歪斜斜的。张克济老师挎着小包袱首先带一部分同学上船，船压得“轧轧”作响，船身也有些摇晃，像一片枯树叶一样，在激流中缓缓向对岸斜驶。我坐在河滩的一块大鹅卵石上四望，只见两岸都是光秃秃乌黑色的群山。河这边的山峭而略高，山下却有一小片河滩，裸露着大块的黑石，有的如尖锥，有的如锯齿，有的如鹅卵……对岸的渡口紧挨一个山坡，斜坡上可以坐些人。从那里，有一条小道通向江的上游。斜坡上面就是遮天蔽日的大山，挡得严严实实。刘焕文老师叉着腰站在那里，既注意船的横渡，又向四面眺望着什么。

第一批同学已经到达彼岸，他们散坐在山坡上，有的已顺山径慢慢向上游走去。张克济老师坐在渡口旁，两臂交叉在怀里，大约是抱着他那个小包袱吧？

我第二批上船。同学们怕把渡船压沉，上够二十人就谁也不敢上了。刘焕文老师催着多上，因而渡船越发“咯吱咯吱”作响。我一伸手，几乎可以摸到江水。船在水中很稳，感谢这位老船工，他把我们第二批同学送上了岸。

我们刚登上岸，只见从上游山径上走下一个五十多岁的人。他只有一只眼睛，戴一顶旧礼帽，穿一件皂布长棉袍。这样装束的人，在这一带很少见。他后面跟着一个十二三岁的男孩，穿戴也不伦不类，还领着一条半大的狗。这个过客同张克济老师寒暄起来，听口音是南腔北调。张克济老师似乎不很愿理他。等同学们全下了船，独眼人、小孩、狗，三“位”便上了船，摆到江对面去了。他们在对岸并没停留，一直向山边偏上游的地方走去，步子很快，那里好像并没有路。我悄悄同几个同学说了几句话，再往对面山边看，人、狗都不见了……难道他们有钻山的本领?

张克济老师也在眺望对岸，自言自语地说：

“看样子不是好人！他问我包袱里是些什么，我说是些学生的点名册和作业本子……不是好人！不是好人！”

张老师其实并不是自言自语，而是说给我们听的，并分一半神探测那个独眼过客的踪迹。他老先生的小包袱里是一堆钞票和账本子，这个，我们都明白。对岸的同学们都上了船，应该分四批，怎么三批渡过，危险啊！看，船更歪斜了。刘焕文老师也上了船，啊，啊！他竟爬到船篷上，盘腿坐下了。好大的胆子！船慢慢晃动，老船工立在船头，顺着水势使唤着他的长篙。船进入中流，突然顺流疾驶，好险！突然，船头一横，又顺水慢慢向这边靠近。船终于拢了岸，同学们迅速跳下。刘焕文老师小声但很严肃地说：

“快走！一个跟一个，成一路纵队，快走！”

我们不明缘故，有点不大耐烦地顺小路疾行，嘴里咕咕噜噜地表示不满。

刘焕文老师催促：

“不要说话，快走！你们看看对岸！”

我向对岸一看，只见在山边有两个人与我们同一方向前进，好像都背着大枪。那边大概也有一条山径，因为纤夫拖船上行，没有一条路怎么能走呢？这夹岸的山径便是他们践踏、开辟出来的。

刘焕文老师很内行地说：

“你看，后边那个人背着长杆枪，大约是杆‘que’把子，前面那个背的是步枪。快走！”

走出不远，只见对面二人变成三人，一会变成四人，又变成五人。他们列成一行，同我们速度差不多地走。我没留心后三人是否带枪，只是与同学们一起加快步伐，希望早一些到达蓝滩，听说那里有个大镇店。

对岸又出现一峰一垒的黑石，只听一声长啸，霎时，后来出现的三个人不见了，只剩下原来的两个，继续同我们夹岸而进。转过一座山头，只见对面有一片沙岸，岸边停着一只崭新的大船。船上有两个农村装束的女人在走动，一条毛狗在船头转悠着。那两个背枪的人向船头走去，然后下了船。这时，从船舱里走出一个粗壮的人，他们似乎在谈论什么。一会儿，女人、背枪人、毛狗都进入舱内。那个粗壮的人解缆撑篙，船便顺水而下，倏忽便不见踪影了。

我看得呆了。小时候爱看武侠小说，这不就像书中写的那些男女侠客吗？多美啊！安静的沙岸，两个安闲的农妇、一只毛绒绒的狗、背枪的人、粗壮的人、激湍的江水、郁苍的山石……梦一样的画面。

刘焕文老师是个颇为精明的人，也有不少社会阅历。他在乌江渡这出“戏”中指挥若定，细心、谨慎，既不大惊小怪，也没引起那二位背枪人的干扰，悄没声地结束了这场虚惊。他期望蓝滩或有保安队驻扎，这样大家就会真正得到安全。张克济老师一路不再唠叨，抱紧他的小包袱，不前不后地走在队伍中间。

离蓝滩很远，就听到震人心扉的江水巨响，响声是平铺而来，似乎要阻止我们向前迈进。转过弯路，遥遥望见了蓝滩，那已经不是江流，而是一张宽阔的巨大瀑布。沿着山径往上攀登，愈高就愈能看清它那磅礴的气势。蓝滩的街市就在我们所走的山径的这边，几十户店铺、民居嵌在临江悬崖和大山的浅坡之间。我们没急于进街，而是坐在山径旁惊叹蓝滩的险奇。蓝滩不愧是汉江第一险滩，江水漫江而来，从滩上陡地倾入滩下，形成将近45度的斜面。滩的中间是一个涌流，水势迅猛，恍如一条白练。滩上的水是浅蓝色的，滩下的水是深蓝色的，整个瀑布如暴雨倾注，中间那股“白练”分外晶莹、闪光。两岸的山石都泛着蓝蓝的色彩。蓝天在上，偶有白云飘过。这时，除了水声，一切都是静谧的。滩下江流回转处有几只大航船碇泊，上面装载着货物，看样是从下游运来的。他们准备上滩，必须集中船工、纤夫的智慧和体能，才能把重载的航船一次一只地拖上滩去。我们正沉静地观叹，突然从上游下来一只中等航船，倏忽已到滩头，也不过一眨眼工夫，船已顺涌流直冲而下，在潭中稍一颠簸，便向下游迅速飞去了。我不禁为这只航船捏了一把汗，始而屏住呼吸，终致放开胸怀，无比轻快。

我们缓缓走过蓝滩街，一再俯览蓝滩的险奇风光。

在街头小庙墙上贴着一张布告，走近去看，原来是县衙门贴的“查禁带子会”的布告，带子会的罪状是“抗丁、抗粮”。这使我们感到稀奇。全面抗日战争时期，有力出力，有钱出钱，这里的农民为什么“抗丁、抗粮”呢？丁粮的抽、收是否合理？“带子”是什么意思？……于是，我们在乌江渡一带的所见，就无须印证了。他们大约听到有支队伍过境，派出了“侦察兵”，晓得是队外省学生后，便避让开了。

我们晚上必须投宿蜀河口，别无宿处，路程还远，不禁加快了步伐。

我们到达蜀河口时天已乌黑，不能窥见镇市的全貌，投宿在客店里。蜀河口在蜀河注入汉江处，也是沿山势顺水而建。据说这里有大商号，人都坐庄收购山货，好像还有买卖鸦片的勾当。这一带有什么特别物产呢？大约是桐油、漆、木耳、药材、兽皮之类。这一天，我们离开蓝滩后，队伍走得哩哩啦啦，先到的老师和同学怕后面的同学遭遇不测，派几个壮实的同学迎接，直到全部到达后，大家才觉安然。

洵阳县长

一早离开蜀河口，当天的行程是到达洵阳城（即今陕西省旬阳县）。据说洵阳虽系县政府驻地，但很荒凉，远不如它的属镇蜀河口。路上很冷清，全是江岸山路，几乎未遇见一个行人，沿途也很少村店。下午，隗文云和我自告奋勇打前站，先一步到县城联系住宿的地方。

我同隗文云紧走快走，有时是小跑。江水寒冽，山石冷峭，身上觉得紧紧巴巴的。我们虽是打前站的，离县城还有老远天已经黑了。县城在一座小山头上，远远望去有几点星星灯火的地方便是。我们气喘吁吁，好不容易爬上城，再去找县衙门。往哪里去找呢？连个街道都没有，只是这里一簇、那里一趟的几处民居。我们好歹见到一个颇高的大门，只见门口站着一个兵不兵、警不警的人，背着一杆枪，心想这准是县衙门了。一问，果然是。那位“武装”把我们领进一间屋，屋里点着一盏煤油灯。灯下办公桌后坐着一个胖胖的中年人，脸前放着一盘热气腾腾的地瓜。他正拿着一块地瓜在吃，使我们觉得暖暖的、甜丝丝的。那位胖胖的人，听我们一讲话，满面笑容。他一说话，却是山东口音，于是便叙了同乡。我们说明了身份、来意，他说声“好办”，便出门往后院去了。看样子，他大约是收发之类，还够不上秘书的角色。很遗憾，他竟舍不得请我们吃块地瓜，而他自己也只吃了一块，就请示上峰去了。

不一会，胖同乡领来一位高而粗的军人。看服装，他也是保安队之类。胖同乡称他为“指导员”。指导员说县长已就寝，委托他来接待我们。他说天已晚，很抱歉，什么也招待不上；住宿，城隍庙还算清洁。他介绍道，县城里不但没有饭馆，连个卖“猪大肠面”[①]的也没有。有几家卖馒头的，但每天蒸得有限，老早就卖光。不预先定做，这几家卖馒头的供应不了百十个人。我们说全队已在沿途饭铺先后吃了饭，明天早上的饭食等老师们赶到后再议。指导员一面派人到路口去迎接后面的老师和同学，一面派一个老者领我们去城隍庙就宿。老者提着一盏灯笼，在山崖边崎岖的小路上小心地走，不久就走到一个悬崖，下面是洵河，河水震撼着山谷，很凄凉。突然，一声长嗥从河对面传来，像是哭泣，又像要撕裂什么……接着又是两长声。我和隗文云从未听到过这样的嗥声，不知是什么野兽在叫，有点惊慌，甚至毛骨悚然。不禁问：

“这是什么叫？”

“狼！”老者沉稳地说，“这里每晚都有狼叫。你们在家乡没听见过？”

城隍庙是座小小的庙宇，照例有几座殿堂，不过都很低矮。殿堂还算完整，地面比较干净。老者嘱咐了看庙人，便回县衙门去了。

我们早已习惯了在硬地上睡觉，也习惯同泥胎甚至棺木为伴。城隍庙在洵河边的崖上，那流水声使人感到孤寂。不久，老师、同学们陆续来到，各座殿堂里都点燃了蜡烛，高放在神座上，就觉

---

① 洵阳县一带的饭铺，大铁锅里煮着猪大肠，面条就下到锅里，煮熟后盛在碗里，浇上大肠汤，故称。

作者像

得有了生气，也有了暖意。殿堂里无非是十殿阎君、十八层地狱，泥胎都塑得小小的——依殿堂容量而造型。

第二天一早，我们正在吃烫手的馒头、喝刚烧好挑来的开水，县长到城隍庙来了，后面跟着卫兵。这位县长不是长袍、礼帽，也不是笔挺的中山装，而是一身类似保安队的军服。他的军帽很别致，帽筒很高，帽檐很长，大约是自己设计的吧？布鞋、粗线袜，很朴素。他身量颇高，清瘦的脸上露着笑容。他对我们的住宿条件和饮食供给表示歉意，并说已叫人去准备铺草。他带着卫士在庙里走来走去，向同学们问寒问暖。随后，那位指导员也来了，跟在县长身后，但又好像保持着自己的独立性。

等我们吃完早饭，县长把我们召集在一起，准备讲点什么，却又让给指导员讲了。指导员红着脸，攥紧拳头挥动着，讲了些

“一个主义，一个党，一个领袖……”，他见同学们不愿听他那一套，不再讲下去了，或者是穷了词。

我们在湄阳住了几天，全校都在一起，热热闹闹。湄阳城实在称不起“城”，几乎没有连成小片的房舍，这边山头一所，那边山腰一座，总共没有多少人家。有一天，我们见一个年老的乞丐在路旁休息，恰巧县长带着卫兵走过来。他问那位乞丐：

“你还没走啊？”

乞丐说：

“我再要上几天再走。”

县长说：

“这里有什么可要的？还是去蜀河，全县的风水都在那里。”

县长连乞丐都认识、熟悉，且没有县太爷架子，也真是怪事。

我们的孙东生校长善于在官场说些异乎寻常的话，往往能抓住对方的兴致所在。县长投身在老师、同学之间，竟想把我们学校留在湄阳，以利发展山区的教育。但，这个山区贫县怎能供给三百多人的衣食住行和教学、学习的设施呢？据说他原是军人，当过团长，后来转到政界上来。他重视教育，算是有见识的官吏了。他还曾问起我们在路途上遇见过什么事，我们谈了在乌江渡的所见，他只笑了笑。

我们的队长张克济老师每顿饭都同我们一起吃。从一家一户订的馒头送来后，他总是先掰开一个看看，像个检查员。有的同学嫌他多事，难道馒头里面会包着石头？如果有菜馅，岂不更好吃！我们第一队离开湄阳的那天早饭后，大家等各户送来的馒头，好带着路上吃，因为沿路虽有小村店，但不能一次供应三百来人的饭食。张克济老师坐在庙檐下的石阶上，检查完各户送来的馒头，小包袱搁在身旁，耐心等最后那一担馒头。一个近五十岁的人挑着最后一担馒头来了，那人矮矮的，穿一件刚过膝的短棉袍，一张干黄的脸，有些油滑，也许是杆“烟枪”。张克济老师照例拿起一个馒头掰开，只见他往地下一摔，一蹦老高，大声骂起来。他顺手抄起挑馒头的扁担，向那个馒头贩子猛力打去。刘焕文老师把馒头拣起，向同学们一照面——原来外白内黄，里面全是玉米面，外面包一层薄白面皮。刘焕文老师笑了，但张克济老师打得起劲，一扁担、一扁担向馒头贩子的屁股用力打去。那馒头贩子每挨一扁担，便挓挲着两手直直向空中跳一次，蓬乱的头发抖动着，棉袄一掀一掀，引得师生们无不暗笑。这个家伙认为我们带着路上吃，会上他的当。谁料想，县长带着卫士也站在旁边。他等张克济老师打得没了劲，才走上前来说话：

“退掉这个奸商的馒头就是了……”

张克济老师扔下扁担，气犹未消，突然，又大嚷起来：

“我的小包袱呢？坏了，被人偷去了！”

大家也着了慌。张老师是人不离包袱，包袱不离人的，但在抡扁担打人时，什么都忘掉了。他嚷着：

“洵阳城没个好人！”

县长歉意地笑着。同学们急忙分头去找。突然，张老师高兴地嚷起来了：

“有了！有了！我的小包袱还在石阶上。”

大家不禁哈哈大笑。在一片欢快的气氛中，我们第一队登程了。

从洵阳沿汉江去安康，道路比较宽些，途中又有望江楼、“高鼻梁”可以驻足流连，大家心情舒畅，胳膊、腿都完全放开了。

在安康，我们住在北城一家大商号的货栈里。安康确是陕东南第一大城，不仅分为南北二城，据说还有一座满城（或回城）。北城濒江，南城则完全在一大块平原上，离南山还有一大截路程。这里是陕东南、川东北的土产集散地，包括桐油、漆、木耳、药材、兽皮……唐代有名的紫阳茶，就产在毗邻的紫阳城。记得济南普利门街有几家卖桐油、漆的老陕，就是安康人。我在省立第二实验小学读书时的同班李文蔚，也是安康人。他说汉江水涨时往往围城，他们爬上城墙观水如何如何……那时，我们还不相信，现在到了他的家乡，看一看北城的形势，才知他并非吹嘘。汉江从峡谷中冲出，接近安康时地势平缓，江面开阔，然后再往下流淌，又进入峡谷，江面又狭窄了。遇有上游下来洪水，或当地暴雨汇潴，安康附近宣泄不畅，就造成水灾了。我同隗文云估计李文蔚已回到家乡，想找到他。但到哪里去寻找呢？城市相当大，何况还是南北二城……

想不到在南城有一所“国立第四中学”，当然是为沦陷区逃来的师生而建。我们很羡慕他们选择了这么好的一个处所，比郧阳强多了。听说这一带农产品相当丰富，而且兼产南北两地的水果。看样子，我们这所学校还要溯江西进，到汉中后才能决定何去何从。谁知道孙东生校长葫芦里卖的什么药？他一直喊着“光明”。

离开安康，就与汉江暂时告别了。我们走平坦的公路。路两旁也有远山近水，山上有林木，水边有衰草，爽目清心，脚下生风。这一路，人称“宁走恒口一百一，不走汉阴七十里”。什么缘故？直到我们走完两天的路程，才明白是怎么回事。古人丈量路程不精确，甚至荒唐。安康到恒口号称一百一，实际不过六七十里；恒口到汉阴说是七十里，实际却有百里左右。

恒口一带相当富饶，据说南山产一种竿上有花纹的竹子，非常美观，大约属于斑竹吧。

汉阴、石泉都是极普通的县城，我们到时已近黄昏，离开时又在绝早，不知城内有何可观览。

在这一段行程中，我们遇到一桩新鲜事。饭铺、商店里使用一种油布货币——用布印好货币，再涂上桐油，以利长期使用。但布币涂油后易折断，折断后就用线缝连起来，照样流通。发行者为城、镇较大的商号，流通范围在方圆二十里之内。只要饭铺找给我们油布票子，我们就赶快出手，以免成为废物。

在茶镇，我们度过了一个舒适、畅快的傍晚和夜晚。

茶镇处在一块不大的平原上，濒江。这里，江水特别平静，同陆地相接的地方简直像大海边的浅滩。镇上有不少建筑讲究的商号、饭店、旅舍。环镇的丘陵也都青苍可喜，虽然已是接近隆冬的天气。这天正逢集日，太阳还在西山上面，临时的货摊正在收拾什物，茶馆、饭店里只坐着寥寥可数的客人。大家正顺着大大小小的道路散走着。很令人纳闷，竟有不少穿花绿衣服、描眉、敷粉、涂唇的年轻女人掺和在人群里。茶馆、饭店里还有几个，正在同男人们吃茶、饮酒……刘焕文老师像发现了奇景，笑呵呵地对我们说：

"那叫'喝花酒'，女人们赚个吃喝，也许还能得到几个钱。"

我们住宿在一座只有一面墙、有顶的戏台上，打前站的老师给铺下厚厚的铺草，躺下去暄腾腾的。我同王宝钟放下行李后便去赶晚集，在疏疏落落的货摊间溜达。等走到店铺集中的街头时，他说：

"你在这里等我一会儿，不要往别处走。"

他匆匆忙忙地跑向那些将要收摊的货摊处。一会儿，他又匆匆忙忙地跑回来，两只手里都拿着东西。走近来，只见他左手托着一小块猪肉，右手握着一把干面条，笑嘻嘻地对我说：

"走！借个锅灶下炝锅面！"

我最爱吃烂面条，沿路只吃过一次面条，但不很烂。那种“猪大肠面”实在不敢去品尝。这下子，宝钟要给我解馋了。

街头有一座很体面的中药店，临街靠柜台放着几把椅子和一条大蠢凳，都油漆得又光又亮。一个五十多岁的老妇，穿戴整齐，白皙的面孔，胖胖的两腮，坐在蠢凳上往外看光景。看样子，一定是掌柜娘子了。王宝钟走上前去，说明要借锅灶下面条。老太太和颜悦色地爽快回答：

“我家的灶火就在街对面，我的两个儿媳妇在那里，才吃罢饭，她们收拾东西……灶里还有火。”

我们走进街对面的厨房，只见两个矮而胖的少妇在刷锅、洗碗、收拾盆筷。她们干“火头军”，穿戴不算讲究，但都有一张红红胖胖的脸，拐着两只半大的尖尖脚，很健壮。她们见进来两个年轻人，又是外乡打扮，感到很惊讶。我们费了不少劲，才叫她们明白我们的来意，并说明已征得她们婆婆的同意。她们也很爽快，告诉我们灶里还有火，木柴就在灶口旁，油、盐随便用。

我看火，宝钟切了肉，他很仔细，还带了点板油，但葱、盐只好用主人家的了。猪油炝锅，加上葱花香，肉丝下锅后更是满鼻香。两位少妇一旁观看，很惊诧宝钟的厨艺。

面条一会儿就煮熟了。我们坐在暖暖的灶火旁，每人吃上满满两碗，并把面汤全喝光。最后，我们刷干净锅、勺、碗筷，把一摞铜钱搁在灶头上。二位女主人一直盯着我们喝面条，且在笑。两人相对不知说了些什么，突然你戳我，我戳你，竟抓挠在一起，几乎要摔起跤来。

我们没有道别便走出厨房。天已昏黄，落日的余晖还有几抹，挺耀眼的。肚里饱饱的，身上很舒坦，急忙回戏台去了。

病留汉中

西乡、城固一带已属于汉中“盆地”，土地较肥沃，物产相当丰富。两座县城都比较整齐、洁净，可惜我们都是头天黄昏到，次日晨早走，没有机会去访古探奇，所以极少见闻。

西北联合大学大部都在城固县内，两县城内还客居着从沦陷区迁来的殷实人家，所以东部省区的风习影响着这里。因为联大设在这一带，文化气氛也逐渐浓厚起来。

汉中，虽僻处秦岭、巴山西隅之间，但确是历史名城。从《西汉演义》《三国演义》等小说及戏剧中我已知道不少，想不到竟来到这方胜地，而且住了一个月。到汉中那天也是黄昏，我们住宿在城内一座高冈上。冈上有楼、阁、回廊。我们在回廊里摊开铺盖，糊里糊涂地进入了梦乡。第二天，才知道我们是睡在“汉台”上。“汉台”，据说就是刘邦即王位时筑的台。谁知道真假！我看这不过是一座天然的土冈子。我们的老前辈喜欢仿古、造假，寻个类似地方附会一番就是了。听说汉江边还有韩信点将台，我们跑去一看，不过是一个矮矮的普通的土台子。所谓的“虎头桥”，更无惊人夺目处，旁边有一石碣，镌有“马岱斩魏延处”六个字，实在令人无法认证。

因为敌机时时轰炸西安、宝鸡，关中一带的机关和部队后勤部门，特别是来自沦陷区的人，纷纷疏散到陕南各城镇，以汉中最多。它到处呈现出战时的畸形繁荣景象：商店、饭馆、旅舍、澡堂、剧院、诊所……一一兴起，遍布各主要街道。掌柜的、老板们大都来自沦陷区。

汉中是陕川、陕鄂、陕甘通道的枢纽，建有小型飞机场。中央军官学校的洛阳分校迁到这里，改称第一分校。敌机曾轰炸过飞机场，人们有时谈论，在轰炸中，军校师生和民众不顾生命危险，如何勇敢地抢运飞机场物资的事，颇令人景仰。

我身上突然又发疥疮，又快又猛。“神仙难逃汉中疥”，我不能随队出发，只好请求暂时留下。孙东生老师叫我与孙鸿智、杨寿源、孟宪章、王炳午几个病号搬进一家小客店，并介绍我们到西北联大附属医院去治疗。我被一位男教授命令脱光衣服，完全赤裸，让一群医学院的女大学生把我观光一阵。啊，我骨瘦如柴，满身都是脓疮疥，她们个个发出了叹息声。这所医院的大夫们很不负责任，又兼缺少有效的药物，我便没有再去就诊。孙老师关心我，又把我送到“秦大夫诊所”。秦大夫是山东安丘县人，三十来岁，齐鲁大学医学院毕业。他虽然西装革履，却一口土腔，笑嘻嘻地，直爽、痛快，认老乡，很亲热。他看我满身的疥疮，笑了，对他的助手说：

“文勋，跟你长的那一身一样，给他抹上加汞抹膏，我看再打三针奥伦，准就好了。”

秦大夫的纱布、绷带全是细软的舶来品。他一面看文勋给我包扎，一面得意地说：

“我在西安存的许多药品、纱布、绷带，都带到汉中来了。你们孙校长把你们这几个病号交给我了，账，我找他算。你放心，‘奥伦’是一种专对付脓的针剂，疥疮几天就会治愈。”

打过第二针“奥伦”，我满身的脓包疥已经结痂，于是只每天换抹“加汞抹膏”，身上也松快起来。我最后一次去就诊时，只见几个西北联大的女学生在向他告急，说联大工学院原东北大学和北洋大学的同学发生武斗，且动了棍棒，几个北洋的同学受了重伤，请秦大夫去医疗。秦大夫说：

“你们不是有医学院吗？有附属医院。”

一个操山东口音的女学生央求说：

“帮帮我们的忙吧，他们不乐意给治，而且医道实在不高明。我们想，只有你能帮忙。”

秦大夫慨然答应，并说随后带药物、药具去伤者和她们同住的客店。

秦大夫携带药具、药物出门时，特别对我说：

“你们孙校长临去四川前没同我结账，我的药物都赔上了。”

我说：

“他已留下两位老师照料我们，等行李从船上运来，一块押运着进四川。他们会来同你结账。”

他释然地笑了，说：

“都是老乡，流亡在外，我不计较这些。”

疮痂开始脱落，每早起床时，在被单上能收起满一手心，四五天后就脱光了。

我去澡堂洗了澡，内衣也换过洗过，总算痊愈了。

胡干青老师携其独子季生在汉中出现。我到他们住的旅店看望，离别时间不长，见面后却倍感亲切。老头子在战时服务团也甩了袖子，已决心回济南初中——第四分校。他在战时服务团又管了事务，率船队溯江而上。那些女团员非常娇贵，一步也不走，过滩时也赖在船上，眼睁睁观看纤夫们艰难地拉船。每遇险情，就骂“老头子领我们送命”。有次路经某处险滩，某女团员见船体靠近露出水面的一块礁石，以为船已触礁，竟抱着孩子蹦到礁石上去了。叫她再蹦回船来，她却没那股劲了。船工们费了很大的事，才把她娘俩救回船来。胡老师很干瘦，但双目仍然有神。他床头放着个搪瓷大茶缸子，上面挂着一个纸牌，写着“寒夜客来茶当酒”一句诗。我以为是茶缸子，季生说：

“是我爸爸的尿壶！”

我们不禁相对大笑。老头子真会戏谑，也饶有风趣。

不久，他们就追大队进川去了。

孙校长在汉中住了些天，临去四川前感叹地说：“走，进四川！”

一天，我在街上溜达，突然遇见在济南初中同过学的马廷诲。他已长得很高，超过了我。他说，他父亲在这里开诊所，他在南郑中学读书。他原来是个顽皮的毛孩子，从济南师范附小考进济南初中后，天天玩，星期六下午和星期天便去大明湖钓趴鱼，钓小虾，根本想不到读书的事。他只上了一学期，便被淘汰了。现在他知道读书了，在南郑中学是拔尖的学生。我随他到诊所坐坐，只有他哥哥——老一中毕业的——在所里。他们说，我小学的体育先生庄桂森（蔚秋）在军分校当区队长，因与马老兄是中学同班，时常来玩。

马廷诲请我吃了一次“老乡亲”，天津人开的饭馆。我们吃了蒸包、烫面饺，又是我流亡中的一顿美餐。

我同庄蔚秋先生在马廷诲家会过几次面。他曾来旅店看我，我也曾去军分校看过他。他依然精明、干练，一派青年气。他走在路上，老是低唱《打长江》。“你呀你打桩，我呀我拉绳……我们不靠天啊，我们不求神……”一只手还抬在腰间打拍子。不知他为什么喜爱这一支歌？

他谈起全面抗战后的经历：

“我原考上了航空员，体格检查及格，发给了证明。同时我又考了洛阳军分校，录取后就入学了。我在军分校田径运动会上项项拿冠军，谁不认识我！可是，毕业后，却分配我去一个杂牌部队当排长。我怎么能服气？一个晚上，我贸然去见分校主任祝绍周。祝绍周问我叫什么名字，我报了姓名后，他就明白一半了。我说我有航空员体格检验合格证，请他送我到航空学校学飞行。这样，他完全明白了，就把我留校当区队长。”

我谈到流亡出来的原济南初中同学，有的考了军校、警校……也有去陕北参加第八路军的。

他说：

“不要管那些，还是把书读下去，以后再找出路。人的志向不同，谁也不能勉强谁。我曾去西北联大搞军训，大学生，什么党派的都有，我都知道底细。不过，我不管那些，军训就是军训。中国还是黑暗，黑暗。区队长是个穷差事，想弄钱还是到部队里去。黑暗，黑暗，反正是克扣军饷、虚报冒领、吃空名……抗日战争了，还是这么黑暗！真能到前线去，同鬼子拼杀一阵也好。”

他在小学教书时，很愿教国语，不愿教体育。因为在运动项目方面他是多面手，何况还是九人排球的省队，校长当然用其所长了。他曾要求批改我们的作文，教国语的先生分给他一部分。他的毛笔字写得老练，批语也老气横秋，如在我的一篇作文后面就批过“则升堂入室矣”的夫子话。这些，与他的青年气派大相径庭。

他的父母都在济南，父亲是位中学国文教员，兄弟姐妹都无联系，谈起来很伤感。

在马廷诲家，我曾遇见两位青岛来的小姐。她们穿着翻毛大衣，两手抄在皮制的暖手筒里，人都大方、漂亮。庄老师同她们很熟，在一块谈得很热烈，什么游泳呀、溜冰呀……但汉中冬季几乎不结冰，有冰鞋也派不上用场，等天暖了，下汉江游泳吧。庄老师曾拿过济南市多项游泳冠军，当然能与洗海澡长大的小姐们伴游。

“你不结婚吗？”我曾问过他，猜想他同两位青岛小姐中的哪一位感情更好。

“不行！太穷啊……少尉……什么区队长！”

在我离开汉中之前，他被调往某部补充团当中尉代理连长去了。

孙老师到四川去了，他留下两位教员运送行李并照管我们。他嘱咐我们帮助老师们运送行李，当押运员。两位老师中的一位叫桑恒羊（常山），中国大学或民国大学毕业，不知学的什么。他是肥城人，四十岁左右。他曾对我们说，他干过肥城县国民党县党部的执行委员，后来在栖霞县当了中学教员。流亡到后方来，被孙校长聘任了。我们常去他住的旅馆打听去四川的日期，见他在读高尔基的名著——李兰译的《胆怯的人》。干过党部的，竟看高尔基的小说，令人感到稀奇。另一位老师叫党绍岐，中国大学化学系毕业，年龄不到三十岁。他大约大学刚毕业就“七七事变”了，流亡在汉中时，被孙老师聘任了。党老师说话随便，更爱吹几句牛。他说他是中国大学中、长跑的冠军，并拿出照片显示。不过他的化学并不高明。他带我们去惠东大药房买路上用的药物，被那个潍县“鬼子”唬住了。潍县店主自诩研究药学二十多年，医学院请他兼任教授如何如何，而党老师连最普通药品的化学成分也说不出。他有位临清小同乡在联大医学院做教授，想把他的小姨子配给他作夫人。他眉飞色舞地向我们夸耀“小姨子”的美貌和才艺，这位“小姨子”是谁？原来是山东省立剧院唱花旦的郎定一。这，引起我们很大的兴趣。这期间，关丽卿、刘仲秋、郭建英等正在汉中演戏，郎定一当然也参加演出。她姐姐和姐夫本不愿她学戏，更容不得她粉墨登场。他们把她关在家中，她就打他们的孩子出气。她的姐姐、姐夫绑起她的手，拴在门板上，她就用脚踢她的外甥。真好笑！据说她同郭建英颇要好，对我们的党老师无兴趣。一天，有一位歪戴西瓜皮呢帽、着半高跟鞋、很风韵的女青年，到我们住的旅馆楼下不知找谁，有人说她姓郎，孙鸿志听说后，俯在栏杆上向楼下喊起“郎小姐”来，人家当然“相应不理”。党老师说，将有一个姓冯的姑娘进川到第四分校读书，山东人。他对这个未来的女同学也很感兴趣。

我们一度借用旅店的锅灶，自己买米、买菜、买柴做饭。我管煮、蒸米饭，孟宪章负责炒菜，很热火。伙房里还有另一个自炊集团——曹振邦镖局。曹振邦三十五六岁年纪，细腰、乍背，走起路来两脚做八字形。他除刀枪剑戟外，最擅长打弹弓。在翻过的茶碗底上放一枚鸡蛋，甚至小琉璃球，几十步外打去，百发百中。他们天天在小市场卖艺，不敛钱，专卖“大力丸”。这种骗人的“大力丸”买卖我懂得，济南大观园、新市场多有干这种行当的。所谓“大力丸”，无非是从中药店买来杂药面子，和上蜂蜜，团成的丸子。吃“大力丸”并无伤害，还有助消化的功能。他们吹嘘专治“五劳七伤”“生筋长骨”“壮阳生精”，等等，就是撒谎骗人了。曹振邦的两个小伙计除在灶火里做饭，还用余火烧泥丸子，供师傅的绝招使用。王炳午同他们拉得很投机，有时也帮他们烧泥丸子。小伙计中有一个是山东人——大家都是冀鲁边界的人，流亡在外，应当互相照顾。他们见王炳午身强力壮，个头又大，多次劝他：

“干嘛念这种穷书，跟咱们哥儿们闯荡江湖吧，除了白菜豆腐，还常吃炖肉咧！”王炳午多次同我们商议可否跟曹振邦走。那种闯荡江湖、豪侠式的生活很能吸引他。但，他终于没有入伙。不知他原是何校的学生，也不知何时加入了第四分校。他因磨破了脚，走路不便，留在汉中治伤。

旅店的长住客人中，有一对夫妻住在楼上正面最西头的房间里。男的是个伟岸的保安团军官，四十岁出头了，但官阶不高。这类军官，在豫、鄂、陕交界见过不少，太普通了。他虽没有什么官架子，但从不同长住客人讲话，更理不着我们这几个流亡学生。他从未向茶房们发过脾气，呼唤他们时声音也不高吭。他的夫人是一位罕见的“佳人”。她瘦得像一根麻秆儿，一阵风就会被刮倒。大油头带翅带尖，额上虽已有皱纹，却把脸涂得白得吓人，眉毛、眼圈都浓浓描过、涂过，大约是凤眼、柳眉了。两腮、嘴唇都涂着胭脂，当然是桃腮、樱桃小口了。整张脸，是人的，还是木偶的？她胸部薄如纸，腿细如枯草，两只套着大红绣花鞋的尖脚驮着这骷髅架。她上衣下裤，红绿相映，领口、袖口、裤脚都缀着花边。她往往站在门前栏杆边，用尖而细、高而颤的声音喊着：

“茶——房，茶——房，茶——房！”

那真像京剧舞台上旦角发出的声音，“茶房”二字第一声较低，第二声较高，第三声就拔入云霄了。茶与房两个字的中间距离第一声拖得不太长，第二声就长得多，第三声就长得难以估计，而且余音袅袅，回旋在整个旅店里。她叫喊完毕便走回房间，而后就听见茶房的脚步声“咚咚”，顺楼梯而上了。

我们五个人中的杨寿源，个小、干瘦，脑袋像“寿星”似的。他善于模拟那位“佳人”的叫唤声，有时竟放开喉咙嘶喊起来，却也没遭到“佳人”和那位伟岸军人的抗议。

“寿星”杨寿源同朴讷的孟宪章为什么留下来？看不出他们有什么病。他们原是齐光中学的学生，阎子桂的老弟子。孙鸿智有什么病？黑墩、聪明，同阎子桂有交往。他装作一副工人样，嘴里天天哼着“生活像泥河一样流，机器吃我们的肉……”（到四川后，他还弄来一套工装穿着。）

我有时同孙鸿智去市场玩，看曹振邦的武技。王炳午“单走”。杨、孟老是在一起。孙鸿智偶尔看马列书籍。杨、孟在另一间屋，天天看马列书籍，而且议论不休。我因疥疮闹得懊丧不堪，不看书，只是唱歌。我从抗战歌曲一直唱到“小麻雀呀，小麻雀呀！……”，也唱外国歌曲。所以，大家跟我学会了《惜别》。旅店里有一个让人生厌的小姑娘，不过十二三岁，满身油污，一头乱发，竟也擦胭脂、抹粉。她很瞧不起我们这几个穷学生。但每当我们唱歌，她就站在门前向屋里傻看。

孙鸿智、杨寿源就点划着她唱起《惜别》：“姑娘，我姑娘，常留我心里……”这不是夸奖，而是说她那个讨厌的样子“常留我心里”。

我终于证实杨、孟是地道的“托洛茨基”，他们在列宁著作某些章节上写着“改看法”等字。孙鸿智认为我专爱文学，不问政治，从不同我谈马恩列斯，也不谈国内的党派问题。

我们在汉中度过了 1939 年的元旦。元旦前后，汪精卫叛国投敌的消息就传开了。这是中华民国的国丑，中国国民党的党丑。同学们对那些卖身投靠日本帝国主义的人都非常痛恨，如山东的马良和朱桂山、朱经古父子等。对文化界、教育界投敌者更为敏感，如周作人、张资平之流。

青羊驿夜话红军

春节前几天，桑常山老师已雇好运送行李的挑夫、背夫，这支小小的运输队就在一个晴朗的清晨出发了。我们五个押运员，很不尽责，往往离开队列漫游，有时住宿也不在同一地点。桑老师全权负责，很辛苦。

诸葛亮的坟墓在沔县定军山下，我们决定去瞻谒一番。汉中至老沔县的一段路，乱糟糟都是宽漫的河滩，分不清哪是汉江，哪是沔水，或者别的江河。隆冬水浅，河上满是裸露的磐石、鹅卵石，我们就踏着这些石头跨过河面。

远远望见一所颇大的庙宇，我们便兴冲冲地奔过去。走近了，只见穿着各种军衣的伤病官兵散坐在庙门两旁，有的臂吊绷带，有的身旁放着拐杖……不禁令人起敬。这是武侯祠，为祭祀诸葛亮而建。全面抗战后，这里临时改充后方医院，是非常适宜的。我们认为我们不宜进入，就向伤病官兵打听武侯墓在哪里，他们指着西南方一座半圆形的山说：

“在那座山下。”

定军山并不雄浑，更谈不上险峻，不过是一座圆滚滚的山头。但它背后却连着绵延不断的大山，左右也都是起伏的冈峦。夏侯渊兵败被斩于此，不是没有原因：蜀兵依山为阵，易守难攻，魏兵既仰攻又背水，焉能不败？

定军山根有好几座大小不等的坟墓，各竖有石碑，有的题为“诸葛武侯之墓”，有的题为“诸葛武侯真墓”……到底哪一座是真，无法分辨。位置适中的那座，墓碑最高大，下镌“清　亲王敬立”，两旁又植有两株常青树，使人产生景仰感，就算是座真墓吧！这位山东老乡“鞠躬尽瘁，死而后已”，死后不归葬成都，却埋身蜀汉北疆，可能怀有深意吧。

我们因为走捷径，把公路旁的马超墓越过了，很遗憾！《三国演义》里和舞台上的马超，是我在孩子时代喜爱的猛将。马超久历沙场，身经百战，得以善终，确为幸运，比关、张两武夫的结局强多了。

新沔县、老沔县，一个在北去褒城的路上，我们走不着；一个在纵横的河滩里，几乎是一片瓦砾了。只有旧沔县，正当南去两座大山的山口，左边是河岸陡峭的沔水，川陕公路穿城而过。人们附会它就是《空城计》中的西城。它竟然有一座高高的北城楼，设计建造者大约设想诸葛亮曾在那里抚琴退敌吧！

办站的老师把住宿处安在沔河岸边一所小学里。我们是迁校中最后一批人，当走进小学时，天已下起蒙蒙细雨。住宿处在一座教室里，桌凳摞在一边，另一边靠墙铺满了山草，高得几与腰齐。我们很满意这个宿处，马上打开行李，歪在草堆上享受起来。

雨在下着，像一层雾，天垂黄昏，越发黑暗。斜对面一趟房子里，住着一些衣履讲究的男女知识分子，似乎是这里的常客。厨房里“叮叮当当”，在炒什么美味佳肴。男的不是长袍便是呢大衣，女的不乏烫发、穿高跟鞋者。据说，这是一批山西省中小学教师战时服务团的团员们。他们即景生情，出出进进无不唱着《毛毛雨》。待到天黑，我们已经就寝，他们当然已酒足饭饱，男声、女声、男女混声，一遍又一遍唱个不停。在混唱略停之时，一个女声唱起：“花儿正好，月儿正圆，人儿正媚……有心的人儿啊勇敢向前！”

我气愤地大喊：“不知亡国恨啊！”

同学们接着我的呼声也大喊起来。

我接着放声大唱：

“拿起暴烈的手榴弹，对准杀人放火的日本兵……”

同学们随着我高唱，那边轻浮的歌声马上停止了。他们被吓住了，也可能自感惭愧。沉默了好久，他们也唱起抗战歌曲来，虽然有气无力。

雨点大起来，屋顶、院落里响着滴答的水声。歌声停止了，屋后崖下泻水的水流“唰唰”作声；峡谷里，风声转紧，刮得什么“哧哧”在响。我老是不能入睡……大后方，战时服务团，咳！……

青羊驿的夜晚令人终生难忘。

因贪恋观赏沿途的风光，我们又是日暮投宿。青羊驿是一个小小的山村，贴在山边，林木丛杂，农舍错落，非常僻静。我们借宿在一所“三间屋”的小学里。一位头戴礼帽、身着长袍马褂的矮个子先生“欢迎”我们。

“欢迎！欢迎！光临荒村，敝校设备简陋，不要见笑。好在诸位只有五六个人，并起课桌来尽作高榻。还有什么，请吩咐，敬请赐教。”

矮个子身边立着一高个子，也戴着礼帽，身着长袍、马褂，满脸堆笑，没有讲话。屋里点着一盏煤油灯，只见黑板、讲桌、课桌俱全，能容下三十个学生。又见墙上贴着许多大幅图画，仔细一看，原来是一些“胖娃娃”，什么“吉庆有余”啦，“早生贵子”

啦……好在没有“大美人”。我几乎笑起来，但终于忍住了。我同他们寒暄了几句，知已是宁光县境，不由得问他们：

“这里来过红军——共产党的军队吧？”

他们一愣，高个子答话了：

“来过！来过！徐向前的军队……还有个什么张国焘……”

我说：

“现在都全面抗战了，国共合作，红军改编成第八路军……”

高个子连忙说：

“知道，知道，统一了，打国战，统一了……”

这时，从门外走进一个矮而敦实、穿戴还算干净的老人，站在门旁垂头听我们谈话，时而抬起头，用两只有神的眼睛扫我们一下。

矮个子突然插话，介绍高个子说：

“这是我们的乡长，还兼着学校校长。”

高个子矜持地微笑着点了点头，接着说下去：

“红军来时，我们都全家迁走了。”

我问：

“你们往哪里去？”

高个子说：

“往甘肃地带，用骡马驮着家眷、财物……了不得！……”

高矮两位“乡绅”哈哈大笑，并说：

“几乎丢了性命，哈哈……”

他们突然想起：

“你们还没吃饭吧？”

我们只顾说话，什么都忘掉了。

矮个子嘱咐门边的老人，大声说：

“侍候这几位客人，给他们做饭，烧洗脚水。”

老人有点聋，侧耳听着。毡帽下的脸上，乱须蓬蓬，深深的眼窝陷在满是皱纹的额头下。

矮个子说：

“我们的家离这里还有半里路，天色不早，该回去了。你们有什么事，吩咐老头儿去做，我们明早就不来送行了，后会有期。”

他们礼貌地拱拱手走了。

老人等他们走后，对我们说：

“你们买米……我去买，能买到好米，价钱也便宜。学堂里有柴、有盐、有油，不用买。我回家拿些青菜，不用花钱。出门在外，又走这么多路，吃顿热饭吧。”

我们给了老人钱，他一会儿就把米、菜拿来了。我们自己动手，饭菜很快做熟了。

他在大锅里温上水，说：

“洗脸、洗脚不费事，走远路，晚上用热水烫脚最解乏，也不长脚病。”

我们在教室里一面吃饭，一面同老人聊天，知道高矮两位长袍、马褂是乡绅，颇多山田、资财，一个当乡长，一个当教员，都是乡间的“圣人”。老人在学校当校工，忙忙碌碌，一年多少给点钱，并没有固定工资。老人一面谈，一面在空地上走来走去，不坐下，时而又在想些什么。

我看老人忠厚、诚实，就问：

“这里来过红军吗？”

他翻了一下眼珠，仔细地看着我们——都是十几岁的学生，有的穿长袍，有的穿制服，留着“毛孩子”式的偏分头。他点点头说：

“来过。”

我问：

“他们是好还是坏？杀人吗？”

老人沉默不语。高矮两位谈红军杀人时，他已走进门来了。突然，他说：

“杀过，杀了一个贼娃子。”

老人又沉默不语了。

我说：

“老人家，说吧，现在国共合作了，红军编成了第八路军，正在打日本鬼子。”

老人还是沉默不语。

我推着他的胳膊说：

“不用怕，我们是些学生，国共合作了，说了不碍事。”

老人一再用眼睛扫着我们，沉默了好久，才说：

“红军来过，到咱们穷人家来，谈的都是家常。坐在你的床头上，问饥问寒。没有米，就送米来，没有穿的，就送衣裳来……他们跟咱们一样，都是些受苦人……俺村有几个放牛娃跟他们走了，到了北边。如今，他们还都自己写了家信来。走的时候，一个大字也不识啊！那时候，我已经上了岁数，不然就跟着走了。儿子应该走，可巧儿媳妇生娃儿，没走成……北方啊，我老家也在北边。听说红军在北方打日本鬼子，很英雄，在什么关打了大胜仗呢！”

老人放开了胆，越谈越有兴致，脸上泛着红光。他要把藏在肚子里多少年该说的话全倾倒出来，告诉我们这几个年轻人。

煤油灯里的油已经耗尽，老人点燃了一支蜡烛搁在窗台上。烛影摇摇，夜晚既安谧又暖和。他嘱我们早睡早起，明早再见，然后健步走出学校，回茅舍就寝去了。

宁羌县境是红军转战的地带，据说张国焘曾在大安驿建立过政府。受到青羊驿老人的启发，我们沿途寻觅红军的遗迹。

在石崖、土壁以及零星人家的粉墙上，还留有大字标语：“打倒蒋介石”“拥护苏维埃”“胡宗南奸淫妇女”“活捉胡宗南”，等等。也有“杨虎城奸淫妇女”“孙蔚如[①]奸淫妇女”等标语。他们曾打过红军，有这样的标语不足为怪。也有国民党部队写的标语：“活捉徐向前”“追追追，看你逃到哪里去”。所有这些，都是内战的历史见证。

大安驿非常破败。

又是一个黄昏时分，我们到达五丁关外的宽川铺。年近除夕，天气冰冷冰冷的。十几个店铺，斜列在公路边的山坡上，凄凄凉凉，大约烟火很少。桑老师押着行李也已赶到。我们匆忙吃过饭，在落日的余晖下，随桑老师走出街头，只见五丁关就在眼前。关口并不险峻，但雄浑厚重，公路就从关口扎进去。关口不远的地方叠着高山、崇岭。我们快步前去，只见关口右边有一汪碧水，寒冽逼人，旁有一碑，模糊可以辨出字迹，说此泉汇潴成池，可比拟济南的趵突泉。它虽无趵突泉那三股涌泉的奇观，周围也没有寺庙亭桥，但衬着雄关，别有一种气概。

我们走进神话的世界，又是现实的世界。金牛道——五丁开关，我们没有见到金牛，也没遇到五丁力士。石壁上不乏历代文

---

① 孙蔚如：1896—1979，陕西长安人，西安事变后任陕西省政府主席，陕军主帅，全面抗战后为第四集团军司令，坚守中条山，被称为“中条山铁柱子”，保住了陕西甚至整个西北，升至第六战区上将司令长官。抗战胜利后获首批抗战胜利勋章、二战金质自由勋章等；1949年留大陆，长期任陕西省副省长等。

人、墨客、官僚、武弁的题刻，无非“鬼斧神工”“五丁神力”之类。关内阴翳，两旁是直上直下的峭壁，头顶是昏朦的天空“一线天”。崖头和峭壁罅隙间生着蓬乱的灌木，树叶凋落，裸露着盘曲、嵯岈、枯老的枝丫。我们向深处走，愈觉天昏地暗，飕飕生风。桑老师说，反正明天还得经过这道关口，尽可饱览风光，还是返回旅店吧。天色已晚，我们急速掉回头，退出关口。

在宽川铺街头坡上，我们遇见了另一个奇观。

坡上，簇拥着一大群人。他们都穿着露白茬、褪了色的蓝衣服，长短不等，褴褛不堪，有的破烂成一片连一片。他们头上都缠着深色的破布，脚用棕皮包着，套着草鞋。这是一群什么人呢？他们中，有的脚板尖尖，胸部鼓鼓，原来是些女人。他们大都扛着镢、锨，也有只拿木棍的。一个戴眼镜、穿西装的中年男子，站在一块大石头上向人群讲说什么，旁边还站着两个穿中山装的人。我立刻明白了，这是一支修护公路的队伍，来自远近的山村。他们才是“五丁”啊！祖祖辈辈一代一代都是“五丁”。这些伟大的建设者，在艰苦的抗日战争年代，把“难于上青天”的蜀道开辟为川陕公路，诗仙李白天上有知，当不再叹为畏途了。风驰电掣的载重汽车、胶皮轱辘拉拉车、鸡公车、骆驼、骡、马……肩挑、肩背……运送着武器、弹药、矿产品、农产品、土特产，支撑着大后方的生产和前方的抗战。那些工程技术人员，虽然同山民们有隔世之感，但他们用智慧的头脑、高超的筑路技术，不辞双足的疲劳，踏着古栈道、鸟道、悬崖、谷岸……设计出这一条“通途”。他们都是具有“神工”的“五丁”。

第二天，我们在朝暾初升中进入五丁关。与昨晚的景象完全不同，只觉得关道开阔，崖壁浴着金光，豪气冲天。我们以轻快的步伐钻出关隘，只见眼前是一座大山，盘曲的公路像一条巨蟒，蜿蜒在这一座大山上。我们有时顺公路盘旋，有时在上下两层路面寻找捷路，直着或斜着登上去。及至山顶，斜下去便是慢坡。

在坡头有几家店铺，周围有高大的林木，正好休息一番。

几天内，我们翻越过七盘（棋盘）关、牢固关，和一些无名的险要关隘。牢固关像一个扇面，顶端遗存着一座城楼，一定是古道必经的地方。

在宁羌（现称宁强），我们度过了除夕和大年初一。

宁羌城坐落在山环里。城圈偌大，房舍却寥寥无几。破烂的砖瓦、石块到处都是，可见过去曾有不少建筑物和居民。宁羌，宁羌，应当是安宁之地，怎么会遭到破坏呢？地近羌族地区，古代不乏战乱，当是驻军要地。听说红军曾在这里安过“苏维埃”。天寒、困乏，瞥见山坡边有一座崭新的大屋，我们好奇地走近去看，原来是一座图书馆。红瓦、粉墙、玻璃窗，是个雅静的所在。因值过年，没有开放。我隔窗一望，只见书架数十，报架、刊架三五，书籍、报刊也不少。我们在城壕上发现了一座铁索桥，走上去平稳而有弹性，不禁来回走了几趟。

我们住在小学里。除夕的晚集上，桑老师买来大块大块的猪肉，请一位“大师傅”切成大块，在一口大锅里煮。买不到白米，托人买来黑米，据说是一种“贡米”，献给皇帝吃的，于是，蒸了一大笼。满是肥膘的猪肉，半生不熟的黑米饭，大家兴致不高，勉强吃些就是了。桑老师还嚷着：“好香！好烂！”其实他也没有吃下去多少。我在晚集上曾见一个山民背着一只剥光了的小鹿，它冻得又红又紫，煞是喜人。如果建议桑老师把它买来，吃一顿鹿肉，该是多么有口福啊！

剑门雄关

离开汉中以后，沿途在饭铺里只吃到粗米，听说西秦第一关外的黄坝驿产精米——贡米。我们为了吃贡米，走夜路去投宿黄坝驿。黑暗中见前面是一列大山，明光光的公路翻到山口那边去了。公路右旁的山下有一趟房屋，有的屋顶还冒着炊烟，那一定就是黄坝驿了。我们走进街去，只见店铺都已关闭门户，只有几家门缝里还露出昏黄的灯光。我们敲开一家的门，只见屋当门蹲着七八个人，个个衣衫褴褛，“神头鬼脸”。他们先用惊异的眼光看着我们，而后又继续他们的玩意——掷骰子赌钱。他们没有呼五喝六，只是悄悄地把骰子掷下碗去，发出叮叮当当的声响。于是，有人惊叹着、兴奋着，有人懊丧着吐一口唾沫，接着便是数铜钱的声音。

我们请店主人为我们做饭，他说没有米。看来是撒大谎，做几个人的饭能赚几个钱？聚赌，抽的彩头却很难计算。我们又走了两家，仍然都是赌客盈室。有的赌徒还向我们微笑、招手，似乎欢迎我们成为他们的赌卒。又进入一家，只见满屋黑洞洞，但地面上散布着“鬼火”，令人有些寒栗。“请啊，请啊！”——原来烟客们正偎着烟灯过瘾呢。啊！——我们赶快逃了出来。

好歹找到一家极为肮脏的饭铺，煮了一锅黄坝驿的次米，倒也有些香味。店家说好米已卖完，明天再去讨换。它产在山溪上游的高山下，产量不多。店家还说，高山那边曾坠毁一架大飞机，死者全是外国人，来帮着中国打仗的。那是苏联志愿空军的飞机。

西秦第一关已成通途，由筑路者把深谷上的悬崖爆破后开凿而成。公路处于悬崖、深谷之间，且逶迤盘旋，汽车行驶，确为险途。我们“安步当车”，一路饱览关隘风光，不觉跨过川陕边界。

桑老师雇的挑夫、背夫都是四川籍的青壮年。这是一支特殊的运输集团。他们都揣着联保主任发给的证明，可以免除兵役和夫役，挣些钱养家糊口。挑夫的工具是一条扁担，几根绳子。背夫的“背子”是一个木制框架，架底木梁上有一圆窝，休息时，把拄棍塞在圆窝里，支在地面上，与两条腿形成三脚支架。背的行李高过头顶一尺多，必须走稳才不致发生事故。有一个壮汉，比我高一头，身子粗得可以把我套进去。他很和善，爱同我们唠叨。他能轻易地把我抱起，横在他腰边。

一晚，在一面山坡下，我们投宿一家大旅店。旅店系新建，楼上楼下非常气派。掌柜是一位干瘦的老者，时时咳嗽，大约是杆“老枪”，掌柜娘子年轻、俊俏。

第二天一早爬坡时，壮汉对我们说：

“昨黑，掌柜娘子让我上楼去她屋里睡觉，我能去吗？去了，今天我就爬不上这面坡了。”

一个背夫说：

“那老东家没有用，俊娘子不能生娃儿。他们是借你的种啊！”

壮汉红了脸：

“我能干那种事？”

他们说，爬坡前不能吃得太饱，有一个伙伴，因吃得太饱，撑断了肠子，倒在半坡死了。

我们经过豫、鄂、陕三省，除通用中央政府所属银行发行的货币外，还有地方上的纸币，三省都还使用铜圆，大都是当十的。在山东，早已通用中央政府铸的分币了。到达川陕边界，又使用一种一斩为二当五十的铜圆。用惯了圆形的铜钱，这种半月形的，装在口袋里颇感别扭。我们这个国家，号称“统一”了，可使用的货币仍然混乱不堪。我们遇到不同的换算方式，可以说百里就有一变。我们每天发两角钱的饭费，换来换去总是吃亏。

朝天驿临嘉陵江，在群山环绕之中。朝天驿建筑不凡，但破败不堪。我们走过一座半圮的过街楼，造型颇美观。楼旁崖上有一块平坦的地方，我们好奇地攀上崖去，展现在面前的是一块比篮球场大的平地，上面生长着野草，春节才过，已泛着绿色。四周拱卫着树木。平地上整齐地安着几张石桌，桌周各有石凳或石条。奇怪！这是个什么地方啊？令人百思不解……

“啊呀！看呀！”一个同学像发现珍宝似的嚷起来。他在石桌的边上发现镌刻着的红星、镰刀、锤头。我恍然大悟，这是一座红军俱乐部啊！我们坐在石凳上，抚摸着桌边的红星、镰刀、锤头，陷入了深思。这是一支有文化、有教养的军队，在战斗的间隙，弹、吟、舞、弈……多么豪放，多么潇洒。

千佛崖、明月峡连为一体，是蜀道又一奇观。公路傍崖临水，修建时毁掉无数千年雕像，令人惋惜。有一段公路在炸空的山崖下通过，也是一大创造。

广元城左近比较开阔，嘉陵江傍城而过。据说对岸的皇泽寺内颇多古迹可观，因为与女皇武则天有关。我们没有时间去浏览，只隔江远望一下。广元城关颇大，但房舍不多。临江一条街，街上店铺毗连，人来车去，有些繁荣气象。江上停有航船，上溯嘉陵、白龙两江可达甘肃文县；顺江而下即抵重庆。嘉陵江，发源于秦岭南部，横过四川中部，是长江一大支流。

红军曾攻占过广元，在毗邻各县建立过“苏维埃”，怪不得朝天驿有那座红军俱乐部呢。

“剑门之雄”与“青城之幽”“峨眉之秀”“夔门之险”称为蜀中四大奇观。我虽在《三国演义》中获得印象，但既未见过照片，也没见过图绘。它到底“雄”在哪里？顺着公路攀坡而上，左回右转，与沿途的山野景象没有什么不同。在兴致有些减退的时候，漫步转过一个山头。“嚯……”我一下惊呆，不由得停下脚步。不远地方，矗立着一排上尖下联的锥形山峰，一峰高过一峰，直刺青天，像一把把利剑，闪着青铜色的光辉。峰腰、峰座环绕着丛杂的林木，一派坚、稳、凝重的气势。公路从其中两峰间隙蜿蜒而入。我们在关下徘徊、惊叹。进入川陕古道以来，遇到过多少险关、峻岭，没有一座像剑门这样雄奇、险峭，壮而且美。

我无意去观赏那些石壁上的题刻，只想起陆游“细雨骑驴入剑门”的诗句，觉得太纤弱、太渺小了。唱过“铁马秋风大散关”的豪歌者，怎么在雄关下写出那么萧索的诗句？大约是壮志未酬、落魄江湖的内心流露吧。李白的“一夫当关，万夫莫开”，是何等气概；杜甫的“剑门天下壮”，又是何等胸怀！

我们进关后，攀到峰后的一座山头，回头一望，只见一峰连一峰，一谷连一谷，像汹涌澎湃的浪涛，奔腾在汪洋大海之中。

剑门关是古战场。我们行进不久，便见到姜大将军墓和姜大将军庙。姜维继承诸葛亮的北伐遗志，忠于蜀汉基业，壮烈殉难。蜀人为纪念他，为他筑墓建庙，以垂千古。剑门山产一种粗藤，名为“将军藤”，也是纪念姜维的，一角钱就买了几把，拣一把粗重的拄着，步伐更轻快了。

在姜大将军庙附近，有一块很新的石碑碑文，大意是川军某团在剑门山与“赤匪”激战，如何“英勇、壮烈、众寡不敌”，等等，全团覆没了。

剑阁也是古战场。县城在山峦环抱中。近处有一列挺拔、劲健的山体，状如屏幕，更给山城添一个“奇”字。一条碧水绕城而过，桥横水上，一派幽静。城内外，房屋高下相间，错落有致。西关颇多断垣、颓壁，据说红军曾占领西关，与城内川军鏖战过。

从剑阁南去，我们走了一大段古道。古道用石板铺筑，光滑可喜，不知修筑于什么年代。古道的两旁多合抱的古柏，柏叶茸茸，枝丫虬曲。有的地段，古路被古柏的枝叶遮蔽，人行其中，犹如被云翳所掩，不见天日，人称“翠云廊”，真感觉此名不虚。据说，“翠云廊”从阆中一直绵延到梓潼一带。古柏上钉着木牌，都有编号，当是四川省的保护措施。当地人说，柏树是张飞栽的，当不可信。忘记在哪里见到一块石碑，述说古柏是唐朝韦皋镇蜀时栽的。最可令人相信的说法是：明代知州李璧督工铺路栽柏。

一天下午，我们准备在公路旁一家饭铺就餐，只见对面有一家歇业的店铺，门板紧闭，看样子已无人居住。门板斑斑驳驳，肮脏不堪，好像涂抹过什么。我们好奇地过路去看，原来门板上贴着一层层颜色已经变黑的纸。这是为什么？仔细去看，纸上字迹模糊，因风吹雨淋，已认不出是什么报纸或书刊了，但隐约有“苏维埃”“红军”“赤化全川”等字。原来是红军贴的宣传品。粘得这么牢，历经岁月，撕也撕不掉，刷也刷不下。红军有油印机、铁笔、油墨，印出的宣传品字写得工整、美观。

店主人是一对近三十岁的年轻夫妇。他们面孔白净，衣履整洁。锅灶、桌凳都擦拭得干干净净。他们给我们盛上热气腾腾的白米饭，青青的素菜，我们得饱餐一顿。进入四川后，饭菜便宜，每顿饭只用六七分钱。有几个农民闲坐在店内，与店主人夫妇“摆龙门阵”。我向他们问到红军的事，他们都很愿意谈，并知道“国共合作”，红军、川军都打国仗去了。一个说话诙谐的中年农民指着店主人说：

“他当过红军的书记。”

店主人很坦然，笑嘻嘻地纠正说：

“啥子书记？胡来！我是个管抄写的。”

他向我们解释说：“我是管抄写的。在家念过几年私塾，他们见我字写得端正……”

我给他开玩笑说：

“对面店铺门板上贴的宣传品，就是你写的吧？”

我这么一问，大家都哈哈大笑起来。

他们说，梓潼城里一家大地主的儿媳妇跟着红军走了。她上过中学，很开化、文明。但没说她丈夫是个什么人物。

从广元出发后，我们多了两个同行者。一个是冯同学，因病停留，脱离了大队；一个是年近三十的杜达吾，原曲阜师范的职员。

一晚，我们住宿在公路旁一个林木离落、背依翠峦的村店里。店家夫妇都像痨病鬼，肮脏不堪。几个孩子也面黄肌瘦，鼻涕、眼屎不断，头发蓬松。我们在竹榻上躺下以后，店主夫妇在屋当门铺上席子，摊上了铺盖。他们搬出烟灯、烟枪，对卧着过起“阿芙蓉”瘾来。真气人！男主人觍着脸，一再请我们尝一口。

好歹朦胧了一夜，早起给了店钱便赶忙上路。店主夫妇还送出门来。我们刚走到公路边，男店主突然跑来抱住了我的一条腿，说什么店钱不够。那种污秽、泼皮的样子，使我不愿推他，也不理睬他。同伴们很恼火，但也无一人去接近他。这时，恰有零星保安队员路过，一个军官问：

“什么事？”

我说：

“他嫌给的店钱少。”

军官问：

“给了多少钱？”

我们告诉了钱数、人数。军官说：

“不少！”

大烟鬼听军官说了个“不少”，便松开我的腿，呆呆地目送我们走远。

这是离开郧阳以来，我遇到的最扫兴的事。

梓潼县的大庙，是“文昌胜境”。

听说大庙一带有“七曲山、九曲水”，风景绝好。大庙就是文昌帝君庙，构筑宏丽。这一天，大家决心到那里住宿，以便饱览胜境的山水和庙宇。我们走得七零八落，我与王炳午、冯同学走在前边。天已昏黑，远方出现一大片黑压压的树林，公路就伸进树林中去。顺公路走进树林，愈走愈黑，阴森森的。好在公路白白的，我们三个并排着向前走。王炳午背着把雨伞，冯同学不知从哪里弄来一顶军帽戴着。他们都穿短衣，我拖着长棉袍。我们很着急，默默地向前急走，前面更加黑暗，刚拐过一个弯，突然听到一种叫喊的声音，非常尖利刺耳。我们愣了一下，照旧往前急走。再走二十几步，黑暗中闪出一个黑衣矮人。他挨近了我们，露出依稀可见的脸和一闪一闪的眼睛。我们照直走，没有理他。倏忽，他几乎贴着我，斜楞着身子擦过去了。我们走了几十步，突然觉得那矮人很怪。冯同学比较精细，猜想那矮人不是好东西。王炳午身强力壮，似不在乎这个。我看不妙，低声传语：

“快走！”

我们在“树洞”中顺公路近似“竞走”。不久，前面树隙间露出光亮——离大庙不远了。

大庙街头灯火明亮，许多店铺还没上门。许多保安队员在一些店铺出出进进，像刚刚开到，有的在盥洗，有的忙于做饭。我们立刻放下心来，找个旅店住下了。

我们在树林中遇见的那个矮人确是“棒老二”，他“吆喝”是一种震慑。我们不明他的意思，照旧前进，他就不敢贸然洗劫了。他黑暗中靠近我们，大约以为王炳午背着“短枪”，冯同学像个“副官”，我像个“官长”，所以略一窥察就马上溜走了。何况一支保安队刚刚过去。

因了这次遭遇，第二天，我们无心游览“胜境”，一早就登程了。昨晚押运行李晚到的桑老师说，他们摸黑走了许多路，接近树林时，发现路旁草丛中有什么东西在动弹，他就大声叫大家过去看看。“噗”的一声，草丛里钻出一个人来。问他是干什么的，起初不应，后来就想溜走。桑老师就吆喝挑夫抽扁担打，那家伙吓得一溜烟滚下坡去了。桑老师越讲越痛快，竟哈哈大笑，像获得很大的胜利似的。他们遇见的那个人，大概就是那个想劫我们的“棒老二”，可见是个“雏”。他穷得精光，初次铤而走险，不想却闹了个“落荒而逃”。

桑常山（1905—2001），山东肥城人，曾就读于上海中国公学文理学院国文系，北平中国大学毕业。全面抗战前在山东多所中学任教。1942 年罗江四分校被撤销，经钱钟书先生介绍到四川璧山同文中学任教，后任教于自贡南开系川中名校蜀光中学。1949 年参加了中共地下党，1949 年后任蜀光中学教导主任、自贡市教职员工会主席，兼任自贡工业专科学校政治理论课教授。1951 年—1953 年，在北京马列学院学习，结业后在四川化工学院、成都工学院任政治理论教授，教研室主任，图书馆馆长等职。

罗江　四分校

国立湖北中学迁川后改称国立第六中学。校部在绵阳，设高中部及职业部。第一分校（师范部）在梓潼，第二分校在德阳，第三分校在绵阳永兴场，第四分校在罗江，都在川陕公路线上。

梓潼虽然是第一分校所在地，但我们并未在那里游玩、住宿，迅速向南赶路。杜达吾到第一分校工作去了。他同我们走了一段路，很少交谈。

途经绵阳校本部，我把毛毯还给王尔铮，没说个“谢”字。第四分校的高中同学已调来这里上课。

从绵阳到罗江有九十里路程，我们“归”校心切，一早登程，大半天就到了。

罗江是一座袖珍县城。城垣小，城墙、城楼完整，城内房舍虽不高大，但都古朴、洁净。纹江缓缓地绕城三面，江水浅浅的、宽宽的，清澈见底。三三两两用鸬鹚捕鱼的小舟，轻轻地飘摇在江面上。渔舟实际是平连在一起的两只小船，捕鱼人撑一杆长篙，两只脚分踏在两只小船上，驱使一群鸬鹚下水捕鱼。

鸬鹚很乖巧，有时竟能用嘴共同抬出一条尺把长的大鱼来。横跨纹江的十三孔大石桥，坚实、宽阔、壮美。载重汽车往返穿越，稳如泰山。江岸上的水车，昼夜不停地车水，“吱吱哑哑”，掺和着竹筒倾出的注水声。纹江外沿一圈，起伏着高高低低的丘陵，也有三五青峰兀然傲立。丘陵上郁苍的松柏，掩映着一二座青瓦粉墙的寺庙。在一座丘陵上有一圆墓，人称“张任墓”。张任设伏兵射死庞统，自己也落了个刀下鬼的下场。京剧《金雁桥》，把他表现得那么英武和不屈。

从县城南去不远的公路旁，有大而圆的庞统墓。周边坡、崖相当幽深、险恶，且林木丛杂，确实可匿伏兵。凤雏先生丧命于此。此坡是先有“落凤”之名，还是凤雏先生丧命后始得，无法考证。靠近公路，矗立着一匹泥塑的大白马，几乎高过庞统墓；香火之盛也超过它的主人。乡民们说，头疼摸马头，腿疼摸马腿，烧上香箔，叩几个响头，病痛就会解除。这匹“的卢”马使庞统成为鹄的而亡，乱箭之下，它岂能活得成？谁曾料到，不知何年，它竟荣升为兽中的华佗。

罗江城内有大街一条，也是公路的一段。路面用土和水泥铺成，路旁植有阔叶树。大街两侧排着商店、茶馆、酒肆、旅店、剧场……生意相当兴隆。每逢赶场之日，街上货摊、饭摊比比，生产、生活用品形形色色。从四乡来的男男女女、老老少少，或买或卖，或餐或饮，也有只看“光景”的，闹得街上拥挤不堪。罗江县的政治、文化中心离大街不远，穿过连成一片的公园、广场就到了。县政府、法院、警察队部、孔庙、图书馆成为一列。广场上有旗杆、土台，当是集会的地方。公园里的桃、杏、玉兰次第开放。鹦鹉在架上学语，树下石凳上可以憩息。僻街、幽巷多有深宅大院，当是富豪之家。“敌机入川”的警报，似未引起居民的惊恐。“读书救国”，罗江确是一个安谧的地方。

我没借阅过县志，但深信罗江是一个“人杰地灵”的地方。清代出过学人李调元。四川省建设厅厅长何北衡的家，就在城内一条

罗江校舍

幽巷里。

孙东生老师追求他的“自由”和“光”，夜走泰安又夜走郧阳，无非想独自按“理想”办一所学校。到达汉中不久，他便接到新任总校长的急电：“……请向同一方向前进。”“方向”二字可作多种解释。他只好遵命入川，做一个带点独立性的分校校长。他想办高中的计划也破灭了。

新任总校长是谁？原来是那位把山东省教育经费汇到武汉，并去当了“大保管”，而后又携到重庆的葛为棻，据说他本是管社会教育的科长，他是国民党元老丁惟汾的外甥，至于是真是假，是亲是疏，不得而知。但他身后似乎确有一股强劲的政治力量，使他“轻而易举”地统领了一所拥有两千多师生的国立中等学校。他还曾是孙老师的情敌。孙老师曾对我们说过：

“我失家后，曾爱上一位‘密斯’，但被教育厅一个科长夺去了，为此我跑到千佛山后边一连哭了三天。”

第四分校安在陕西会馆里。学生住宿与老乡孔夫子及城隍老爷为伴，办公、教学、饮食等方面的设备配置齐全，已经开学上课了。我们三年级下没有上课，不知什么原因，被葛为棻下令调去绵阳。同年级的同学大都走了，只剩下原济南初中的我们几个。大家不愿去绵阳，也不愿退下一学期读三年上，迟迟疑疑，拿不定主意。

第四分校从郧阳出走时有两个剧团，“狂飙”和原菏泽中学同学组成的“鲁声”。两个剧团沿途做过多次演出，宣传抗日。到达罗江后也都曾演出过。现在两个剧团的主要成员大多都在绵阳，第四分校已没有剧团了。但从未演过剧的尹纯德、李焕却组织一些同学演起戏来，热情高，演技不低于“狂飙”“鲁声”，使罗江城保有着抗战气氛。同学们初到罗江时，成立了许多小的社团，阅读“进步”书报。在校内外刊出壁报，并到街头、集市做抗日宣传活动，沸腾一个时期。上课后，这些活动放到假日去了。

我到罗江最晚，住在孔庙里。因不上课，宝镛为我拿来一大摞剧本，丰富了我的生活。我一气把它们读完，犹如久旱逢甘霖。

马克先老师一家从西安来到罗江，回到执教多年的学校——原济南初中。这样，加上张克济、许衍梁、张延举（荐甫），史地教员就一共四人了，可谓盛事！国文教员只李广田老师一人，还好，现在增加了桑常山老师。在济南时，有北大、山大出身的各两位。“七七事变”前，他还聘定了何其芳哩！数学教员只孟养斋老师一人，还兼任事务主任。丁用宾老师仍任教务主任，挖来了刘申如老师，增加了一位数学教员。刘老师是忠厚长者，带着家眷。英文教员有丁用宾、胡干青二老，女生指导员郭密斯也加入了行列。梁兴义（仁甫）却到绵阳当训育主任去了。他原是德县初中的教员，德州沦陷后，加入了济南初中，途中曾担任过训育主任。原济南初中的物理教员是一位法国留学生，齐鲁大学讲师；化学老师曾任某工厂技师，他们都未随校流亡。幸好德县初中教务主任刘柏龄老师加入了济南初中，他在齐鲁大学物理、化学两系各读了四年，是个难得的人才。但到四川后，他因同基督教会的关系，携夫人到孔祥熙办的铭贤学校工作去了。好在增加了党绍岐老师，化学课有着落了。然而，物理课怎么办呢？我们的美术教员桑子中老师怎么到绵阳去了？传说他与葛为棻的妹妹有恋情。生物教员赵干庭，体育教员卢宗文、张剑青，音乐教员瞿亚先和携家带眷的劳作教员刘次青，童子军教员邹绍夷、刘焕文等老师们都已再次安顿下来上课了。夏省吾老师到第二分校去了。公民教员阎子桂仍在，面貌依旧，继续他的"辩证法"。

据曹毓林晚年回忆，在阎子桂的指导下，一些同学组织了"真理读书会"。这个读书会在泰安时五六人，到郧阳时十几人，而到四川后发展到五十人左右，分布在罗江四分校、绵阳高中部、梓潼师范部等地。他们除了读马克思、恩格斯、普列汉诺夫、列宁、毛泽东等的著作外，还传阅大量托洛茨基的著作：《自传》（上下卷）、《不断革命论》、《被背叛的革命》、《史太林主义与布尔什维克主义》、《文学与革命》、《论德苏协议》、《在新的世界大战之前》、《儿子 朋友 战士》、《中国革命问题》。阎子桂在校外山上给他们讲《不断革命论》。后来，阎子桂和一个叫梁贻的托派人物又组织这个读书会的同学到重庆、成都走向工厂、走向工人。许多人在"皖南事变"后的"地下活动"中被捕。

罗江县的官吏，尤其士绅们欢迎第四分校。因为县里没有一所中学，他们的子女高小毕业后，必须到外县或成都去读中学。双方协议，并经葛为棻批准，第四分校在罗江县招考一年级学生。在此期间，街头巷尾、广场、公园和学校门前，常见到许多男女少年

罗江女生

凑在一起谈论报考的事。他们向我们这些流亡学生投出羡慕和友谊的目光。

一位上身穿西装的少爷经常到广场、公园中来，主动找我们闲谈。他是何北衡的侄子，不知从政还是读书，为什么老待在家中？他很坦率地“引诱”我们：“你校在本县招生，太好！太好！你们见到过那些投考的女生吗？她们有些是我们何家的姑啊，妹啊，侄女啊，都沾亲带故。你们尽可大胆追求，谈恋爱，我一定会帮忙。”

图书馆馆长是一位三十出头的人，风度翩翩，有时西装革履，有时长袍缎鞋。他毕业于四川大学或华西大学，思想开放，谈吐爽快。他说：

“虽然图书馆经费有限，但我可以想法子再搞些钱。你们学校迁来，读者增多了，图书馆热闹起来。你们希望读什么书，看什么杂志、报纸，凡本馆没有的，开个单子来，我们都可以采购、增订。”

他的夫人高跟、烫发，常出入图书馆，大约担任着什么职务。

一天，我刚走进公园，只见刘焕文老师从街上走来。他一眼看见我，急忙用手比画着说：

“有人找你。街上停下一辆载货的汽车，司机穿着那样的衣裳……他找你，恰巧碰到我。快去！快去！”

我急忙朝街上跑去，一个穿灯芯绒夹克的矮个子司机迎上来。啊！原来是多年未见的郭德芳大哥。我们他乡相逢，亲热万分。他把我领进饭馆，只见郭大嫂和郭老弟在那里。他们是从我哥哥那里得知我在这里读书的。我们一面吃饭，一面谈了这些年各自的遭遇。若干年前，他从包头带着第二夫人回了济南，住在旅馆里，一时没有找到工作，生活相当窘促。他们不愿回老家泰安去务农，挨饿也留在济南。哥哥托人介绍他给军阀张怀宾的姨太太开小汽车，每月八元钱，住在徐家花园，生活仍很拮据。一年后，他把第二夫人送回老家，单身去陕西宝鸡，同朋友们“闯天下”。他头脑灵活，善于交游，不久便扎下了根。他还曾给我母亲寄来一件羊皮筒子呢。他的第二夫人病故后，便把第一夫人和独子接到宝鸡。现在，他自己已有一部载重汽车，成为“车老板”了。他这次运货到成都后，准备安个家，在西南一带跑车。他说：

“你哥哥让你跟我跑车，不要念书了。”

我说：

“我学不了开汽车，也不想把这样的书念下去，很想到延安去上学。”

他并不惊讶，好像懂得红军、八路军的事：

“上红军大学啊！”

临分别时，他给我一张十元的钞票。我觉得手中还有钱，就说：

“哥哥寄给我的钱还没用完，我不要。”

他有点不高兴地说：

“这是我给你的嘛！怎么能不要！你哥哥给你钱，是你哥哥的事。”

郭大嫂和郭大哥嚷着：

“要吧！要吧！”

我只好收下。

他们全家登车，郭大哥驾车南去。

郭大哥到成都后，曾给我一信，并希望我去玩玩。他们定居在红石柱街29号附1号。郭大哥读过私塾或小学，字迹端正，文字也通顺。我太不礼貌，竟没有回信，更没有去看望他们。到成都，二百里路程，步行两天就能走到。（20世纪80年代得知，郭德芳大哥是田纪云副总理的姨夫。）

济南初中——第四分校流亡以来，除丁老师的长女原秀外，没有第二个女学生。到罗江后，从其他分校转来的几个女同学，包括汉江沉船幸免于难的侯昌文，和党绍岐老师在汉中介绍来的冯湘华。当地新生入学后，女生的人数更有增加，称得起男女合校的一所中学了。

一天，广场上有集会，第四分校师生整队参加。我也站进队列里。

一个矮而略胖的高级军官走向土台，后面簇拥着护兵和县里的官吏。他看见我们学校的队列有些诧异，因为四川的中学生都穿“麻制服”，我们却穿着长长短短的各色服装。

孙校长在官场里是浮游自如的。他走上去向高级军官做了自我介绍，并且说：

“前年冬天，有的学生在泰山上见过你。”

原来这位高级军官是四川鼎鼎大名的“水晶猴子”邓锡侯。他曾率川军入鲁，在滕县打了硬仗，师长王铭章牺牲了。他显然很高兴，在讲话时，特别讲了一些入鲁抗战、山东老百姓如何欢迎川军、慰劳川军的事。“山东的猪很小，像我们四川的猪娃（wai）”，他的这句话引得听众一阵欢笑。他也讲了些希望山东学生安心读书的话。最后还说了些四川政府要为山东的老师、学生解决难处，多给帮助的“客套”。

许衍梁、张荐甫二位老师去了绵阳。他们或许不愿离开第四分校，但因有马克先[1]、张克济两位“老一中”在，后进者只好走——虽然去做高中教员。张荐甫老师是原德县初中的教员。

张文卿、宋有禄、朱启修、刘云祥、陈文华、刘培钧、胡季生已先后到绵阳去了，并把我的行李带去。我又在罗江迟延了几天，才独自动身。

一个人行走在公路上，偶有汽车、拉拉车驶过，人力车、鸡公车时时遇见，三三两两的行人或对面而来，或超越而去，我未觉得孤寂。接近金山铺，我离开公路，改走一条山坡捷径。山路上行

---

① 马克先（1895—1982），陕西扶风人，生于北京。1915年，考入武昌高等师范学校史地系。1919年5月，肄业回北京，8月，任京师公立第一中学史地教员。1922年6月，任济南私立正谊中学史地教员。同年，经王烬美介绍加入中共，曾代理济南地区中共直属支部书记，后因故失联。1926年至1930年，三次逃脱当局逮捕。1932年2月，任济南省立一中史地教员。1937年，全家流亡到西安。1938年至1946年10月，先后在国立六中四分校、二分校任史地教员。1946年秋，回济南，11月任山东师范学院教授。1949年2月，任济南正谊中学校长、省政协委员。1956年4月，任民盟济南市副主任委员。1977年，任山东省政协委员。1980年12月，任民盟济南市副主任委员，民盟山东省委委员。1982年12月29日，在济南病逝。

人稀少，就觉得四面空荡了。在小小山环间有块稍为平坦的坡地，坡地上矗立着一棵蓊郁的大树，树下横七竖八地摆着些大石块，过往行人大都在树下石块上休息片刻，我也没有例外。而后的两年，有不少同学往返于绵阳、罗江之间，大都在这里坐坐。如果结伴，还可摆摆“龙门阵”，谈谈在“老一中”的基础上建立的第四分校又有了什么新气象——打不断、掐不掉的老关系。然而，更重要的是寻找另一种关系。大家不再是追求说不清、讲不明的“自由”和“光”，而是寻求真理，寻找中国共产党的地下关系，寻找去延安的时机。哪位老师是共产党员呢？同学中有没有共产党员呢？第四分校那种民主、自由、生动、活泼的政治气氛，认真读书，探讨真理的精神，在绵阳是没有的。

我坐在大树下的大石块上，好久好久才起身，没碰见一个行人。

穿过永兴场，刚走出街头，只见从河边走来一群女学生，山东打扮，怎么回事？一想，哦，第三分校不就在这个场上吗？突然，有两三个女同学快步朝我走来，其中一个走得更快，立刻站在我的面前。一看，原来是在郧阳时的老同班张金镛。她那微笑的面庞很恬静。她问：

“你往哪里去？”

我不愿与这些带着“封建色彩”的女孩子打交道，连步也不停，简简单单地回答：

“从罗江来，到绵阳去。”

我走出不远，就后悔了。她们“封建”在哪里？“封建”的话，还能找上我来说话？……张金镛这个小女同学挺柔和的……

缓缓的河水从安县流下来，一只接一只的运米船顺流而下。听说安县盛产稻米，这些稻米通常被运到绵阳城去销售。运米船大都在码头上略略停靠，还搭载客人。我并不觉累，而且天色还早，因想过一次船瘾，就搭乘了一只运粮船。船老大横着篙立在船头，有时干脆蹲下来抽烟，任凭船在河面上漂流。河道没有大的拐弯，两岸的蚕豆、豌豆、菜籽……都很茁壮，一片丰年景象。不知为什么，在一个河道宽阔的地方，船老大把船撑到河中央，把一根长木棍楔到河底，把船系在木棍上休息起来。他同几个粮客、乘客兴致很浓地交谈起来，不知谈些什么。我感到很无聊，他们说的方言土语，我不甚明白，也无法插话。

黄昏，我才在离校部后门不远的地方下船，急速向后门走去，隐隐约约地听到了同学们的谈话声。原野，是静谧的。

绵阳　初到总校

绵阳城近郊是一片沃土，低矮的丘陵似乎有意躲往稍远的周边，让出这块风水宝地。发源于甘肃、四川边界的涪江，穿越李白故乡一带，向东南方向流来，又贴城向东流去。清溪数条从南北两岸注入，增强了涪江的水势。夏秋水涨，摆渡船南北横渡；冬春期间，渡口上架起浮桥，贯通两岸。航船上溯平武，下抵合川，汇入嘉陵江后就可直达重庆了。渡口是川陕公路南段中心，汽车、拉拉车、胶皮轱辘车、鸡公车、人力车、骆驼队、骡马队，往来频繁，呈现出战时的特殊景象。渡口南岸通往城内及南去的道路两旁，简陋的旅店、饭馆、茶肆、小百货商店，一座座建设起来。

西山观是西南方的最高点。上面有蒋琬墓，山下有“王铭章路”（纪念在滕县殉国的王铭章师长），南山一带林木葱葱，省立绵阳中学就在一座陂陀的台地上。江北上有翠峦数峰，下有竹木掩映的渔父村，扬雄、陈子昂、李白、杜甫都曾在这里留下屐痕。何处是读书台，何处是吟啸亭阁、流风余韵，都已无法确证。

绵阳是川西北政治、经济、军事中心。四川省政府驻有行政督查专员兼保安司令的公署和司令部。四川省军管区在此地驻有师管区司令部。还有出川抗日部队的留守处。国民党、三青团和秘密机关都驻在城内。县一级当然有同样的党、政、军、特等机构。绵阳是蚕桑、丝织业发达的地区，其他手工业，如木、漆等也有名。东去三十里的丰谷井有盐井、酒坊。河滩上，淘金者比比皆是。

“蒋介石统一中国，刘湘统一四川”。四川未“统一”前，实行防区制，各路军阀是各防区的诸侯，军、政、财独立或半独立。田赋已预征至“民国四五十年”，但也总得搞些“德政”，把城市修建得齐齐整整。绵阳城内土水泥铺路，重要地段、路口砌以图案，路旁大都植有法国梧桐（悬铃木）。官衙所在地，尤以孙震原司令部的地段，更为雅洁、宽敞。绵阳城北的一段江坝，也是用土水泥筑成的。川西北第一公园紧连城关，林荫、花畦错落有致，溪流傍东南方而过。园内设有篮、排、足、网球场，东南隅还有一所小小的游泳池。林荫深处，溪流侧旁，有茶社、饭店、旅馆。最引我们注目的是一所昭烈图书馆，可惜楼顶坍陷，尚未修复，开放就不知何年何日了。图书馆命名为“昭烈”，与刘湘、刘文辉有关。他们都自谓是刘备的后裔，自然要想方设法多方面颂扬先祖了！听说刘湘坟墓的规模不亚于刘备墓，怪不得四川老百姓说“刘湘要称帝”呢。

绵阳有法国天主教堂和附属学校。金发碧眼的修士常出现在街头。英国圣公会的“尖头曼”牧师及其蔼蔼然的美国夫人，还曾走访国立六中，拜见校长，会见教友。

国立第六中学校部安在废弃的民生工厂里。学校东北距川西北第一公园一箭之遥，校门西去百来米就是川陕公路，后门以东就是自安县下来的那条溪流。

学校的办公室、单身教职员宿舍和大部分教室都是整修后的旧房。学生宿舍、食堂、伙房等多为新建。宿舍系竖木为柱，编竹篾填泥成墙，杂七杂八的木梁、木檩支撑着茅草顶，尚堪避风

国立六中校门

雨、御严寒。舍内床铺连排，亦能安枕。食堂有顶无墙，有饭桌，可立而就餐。教室里桌凳、黑板皆备，教与学皆有保证。回想全面抗战以来，我们已舍弃了三所学校：山东省立济南初中（韩复榘的军队在逃走前，把初中及高中分用的三座楼房烧掉，图书仪器尽毁。尤可恨者，老韩把珍珠泉自己衙门的明清建筑——大堂、二堂、花厅……全部烧光，此确可谓“焦土抗战”的首倡之举）、山东省立泰安初中和国立湖北中学。国土沦丧，前两所不知被敌伪如何占据，后者亦危在旦夕，怎能不令人怀想？

校门外一条笔直大路直通川陕公路，两旁植有乔木，夏秋成荫，可散步乘凉。校门与二门之间为一方形天井，中有圆形花坛一座，靠墙有高大乔木，晨昏为麻雀麇集、噪闹的地方。二门为过厅，有长廊直通校长等人的办公处所。

从各个分校调来的初中三年级下同学编为两个班。我被编在二班，在我来前已上课。教室在二门内西北角旮旯里。

我的同班除第四分校调来者外，大都为在郧阳时的那些男同班。女同学二人，一为张应哲（郧阳时的同班），一为张素馨（新来，原济南女中学生）。后由重庆来一女生欧阳姑。当地来了两位小姐，通校生，一为龚先琼，一为汪某。

张素馨稳重、朴素。一晚，教室里人数不多，我们几个谈起八路军、延安、共产党，等等。她也参加了谈话，并说他的哥哥在延安。后来又谈起济南的青少年爱好文学者，谈到了张春桥，我说了些不甚恭维的话，发现她很不愉快。有一天，我在校外林荫道上见到张开第（云甫）老师与张素馨在一起。张老师在济南初中教过我一年国文，很爱护、夸奖我。我只与他点点头，笑笑，竟没有问候和请教，实在不懂事！事后才想到他们是亲属关系，但我见过他的女儿，不应有素馨这么大年龄。

张素馨在暑假去了三台，但没回来考高中，听说她已病故。

1948—1949年间，听冉晋叔、刘采人老师说，张素馨是张春桥的妹妹。云甫师是她叔叔，那时在汉中青年中学任教，我曾去信问候。不久，他竟病故了。

欧阳姑，祖籍山东，在东北、南京长大。她性格开放，身材矮小、单薄。因为开放，往往受到原济宁初中几个同学的轻薄，但她不甚在乎，从未正颜厉色抗议过。她的哥哥在全面抗战前在南京失踪，若干年后才知在拉萨做了喇嘛。我曾在报纸上看到一篇“拉萨通讯”，提到“东北欧阳君”如何虔诚事佛，历经艰险到拉萨精研佛法，等等。重庆“五三”“五四”大轰炸后，欧阳姑寝食不安，黄脸子拉得更长，头发乱哄哄。她得知父母平安后，立即去重庆，未再返校。

一日，在教室里，欧阳姑突然叹气，张素馨说：“还是念诗吧，不要把青春压下了。”为此，我曾写下一首诗：

无题

织一张寒冷的纱网，
雾忧郁在野地里，
青春歌者怎地会——
凄吟冰峭之夜曲。
轻云里流去了泪痕，
清月掩躲起浅流，
天海鳞波，
怕会卷起她孱弱的生命。
深远哀怨的少女叹喟，
诗章里压下了青春，
纵弹一支恋歌，
那只能挑起黄金的童年梦。
系定乡愁，
细露叶上醮一星情丝，
伴五月草番，
送轻风到漫漫的长路。

二位四川小姐，据说龚先琼为团长千金，汪某系副师长“郡主”，均烫发、高跟，服饰鲜丽，不过爽朗大方，不摆官小姐架子。于是，那几位男同窗的兴致来了，向她们问长问短，竟伸手摸她们的头发，弯腰捏她们的高跟鞋。她们也不嗔怪，把他们作为土鳖蛋就是了。

不久，她们不再来校上课。

孙景文到校也晚，与我排在教室最后角落里的一张桌子。他白净、和善，是个怪好玩的“小孩子”。我常同他谈东谈西。有一次，我谈到张金镛，他微妙地笑着说：

“她订过婚了。”

从此，我一直避着张金镛，免遭猜疑。

“鲁声”剧团的领袖之一岳喜瑞也编在这个班。孙景文是他的团员，人称小“B”（Beautiful）。

1943年，我从陕西彬县去武功张家岗，看望在西北农学院读书的孙沅（孙景文）、韩祥云。我们又一块乘火车去西安。因乘客拥挤，我们只好挤站在守车上。韩祥云突然从布兜里掏出一张报纸给我，说：“你认识上面的这些人吧？”我见是成都出版的《中央日报》，第一版上赫然登着百人左右署名的“脱离共产党声明”。略看一下那些署名，有许多是相识的或知其名的同学，几乎都是在1941年“皖南事变”后被捕的。当然也有不知其名的同学，因为国立六中有校部和四个分校。守车上人员庞杂，既有铁路普通职工，也有军、警、宪，也一定会有特务。我掠过一遍后，赶快塞进她的布兜里。但我知道，我相识的、知其名的同学，没有一个在当时是共产党员。孙沅1949年后一直在河南水文部门工作。

李连群竟然到绵阳来读书了，他该在罗江读初中三年级上啊。他从郧阳去了武汉转重庆又来这里。他叔父原在山东大学读书，后来并到中央大学去了。他编在我班，一改在郧阳时对我的态度，很套近乎。我们在一块泡过茶馆，也吃过饭馆。他讲在重庆已同葛校长很熟，葛说山东流亡中学的矛盾在一中（济南初中）与六中（菏泽中学）之间。很显然，李受人支使在拉拢原济南初中的学生。李连群能无凭无据地跳班？我虽不听其啰唆，但很傻，敞开口对他什么都谈，如“学文学还是去鲁迅艺术学院啊，俞新民去陕甘宁边区后来过信啊”，他并不插话，只在听。总之，我全被他摸了底去。最后，他知道我不会“效劳”，就撇开我转向其他可拉拢的对象了。

葛是山东省教育厅三大科长之一，自然有副官相。他个子高高的，驼背，细簧腰，走路时脚尖内逗。白面孔，白边眼镜后面是一双圆而瞪的眼睛。他与杨鹏飞那种畅快的官僚气派不同，有些拿捏，不很舒展。此人北大法律系出身，毕业后曾留校任助教，后回山东，事变前任省教育厅二科科长，主管山东的社会教育，1936年任制宪国大代表，应该满腹“文化”，出口成章，谁料嘴巴不灵，俗话说像“棉裤腰”。早操后的“训话”，“藏垢纳污”一词翻来覆去地重复，既讲不出战时教育的意义，也卖不出成套党化教育的说教，颇失“官体”。

我上早操的次数不多，除因病、因事外，主要是不爱听校长的“训话”。有一天早晨，训育主任梁仁甫到宿舍催上早操，我对他说“我不去”。

王宝钟、马栋阳仍在“老一中”为基础的那个班，现称五级一班。他们似已安心读书。宝钟见我来到，非常高兴。他拿出到绵阳后写的诗给我看。啊！他的诗写得那么清新、隽永！记得他从未写过诗，搦管初试，便有这样的成绩，令人惊叹！记得有“拾起石子，向落日掷去”之句，如见他掷石的英姿，如见那落日的灿烂余晖。我们还没忘掉郧阳那场斗殴，怕那帮人报复。他与朱连祥来校部后，无人寻衅，怕我来后会遭袭击。他很护卫我，每次相偕出校，我们总是各握“将军藤”一根，借以自卫。但后来听一些济南籍的同学传言：方涛、方杰等说，大家都是济南老乡，郧阳那桩事过去就算了。原因是校长已换了葛兰笙（葛为棻），他们的兄长会计主任已他就，他们没有仗恃了。至于任兰田，他父亲任研佛虽仍任文书组长，但不会再让他的幼子惹是生非。李士厚辈与掌握校政者无亲属关系，投靠新主子仍须稍待时日吧。

最高兴莫过于接到新民的来信了。他在警一团，驻防在陕、绥、宁边界的定边。他说他正在长城下开荒，手上磨起了血泡、膙子……这使我们感到惊奇，很仰慕。在联名回信中，不由得尊称他为“年轻的拓荒者”。（在不久后的“整风”中，这封同学回信被追问。）

宝钟说，学校当局向同学们许了不少愿，为全校做校服最受欢迎。他说，做双排扣，海军式的。

一个星期六下午，我在二门内走廊上碰见了路延龄。他没有骂我、打我，竟握着我的手挺亲热，真不愧是个小政客。他说：

“你们在郧阳打了我，我至今身上还疼，特别是头疼……你们打了我的头，我看书久了就头疼……”

我只好笑笑表示惭愧，没说道歉的话。我请他去城里吃小馆，他毫不推辞。往返路上及在小馆里，他滔滔不绝地谈了许多，我全没入耳，只要他不报复就行了。

有一次，忘记开什么学生代表会，我被班里选出与会。路延龄也在那里。他看见我就说：

“啊！你也来了。”

会后，他在走廊上悄悄对我说：

“葛校长找我去过，要成立学生自治会，我不干了。暑假以后，我就是高中三年级，明年暑假得考大学。功课不能落下，考不上大学怎么办？我什么也不干了！”

路延龄是个聪明人。在1940年暑假前，没见他为学校的事出头露面过。我们偶尔遇见，仅只点头而已。

后来，路延龄考入了中央大学政治系，于1945年毕业。日寇投降后，杨鹏飞任国民党山东省党部书记长，路任秘书。他还一度任成通纱厂总务长，因遭职工反对，老板苗海南赠以黄金、棉纱、面粉，使之离厂。据同学李毓芙（中央大学毕业，1949年后任山东师范学院中文系教授）说，路延龄1949年后坐过牢，被释放后，在南京曾砸石子糊口，后与国民党原某高官的夫人结合，且有房产，于1995年病故。

1939年春、夏，绵阳郊外一派丰年景象。菜籽花开时，田野里一片一片的金黄色，紫色的蚕豆花一方一方地嵌在菜籽田中。菜籽棵高过人，蚕豆棵也越过人肩。我常走进田间，比一比谁高谁低。豌豆花娇小得喜人，豌豆尖（须）逗趣地挺着。桃、李、杏、梨等花开后，河岸上一丛丛刺玫或含苞，或绽开，姿态百般。麦浪过后便是油绿的稻田遍野了。我常去高大的水车旁，听那轧轧的“自语”和竹筒流下的水声。有时，也同农夫、农妇一起踏人力水车，时间久了虽然觉得吃力，但当我瞧见龙骨车起的水灌满秧田时，感到无比喜悦。

物价相当稳定，学校的伙食是米饭、馒头，青菜、豆腐，间有肉食，同学们可以吃饱吃足，也消除了辗转鄂、陕、川的旅途劳顿。

总校为大家做海军式制服的许愿并未兑现，却为每人做了一套四川中学生穿的“麻制服”。入乡随俗，“麻制服”又何妨，不过布料太稀薄，大家称之曰“蚊帐布”。四川蚊、蚋（一种小黑虫）大而猖獗，有此良机，或隔衣，或从布缝里钻入，大肆吮吸我们的血，苦不堪言。于是，总务主任王大哈哈（王寿龄）便成为众矢之的。王大哈哈只好“哈哈”，做大校长的挡箭牌。

第四分校有个小同学画了一幅漫画：一个学生穿着“麻制服”，低头望着隐私处说：“怎么啥地方都能看见？”那幅画贴在壁报栏里，表达出分校同学们及老师们的愤懑之情。

总校当局大约感到麻制服丢了面子，便给学生每人购置了一顶圆顶蚊帐，质地尚好，能避蚊、蚋的袭击。

哥哥曾托郑福江带给我十元钱，还寄来双丝布制服一套、衬衣两件、帽子一顶。我分给宝钟衬衣一件，把帽子捎给了宝镛。当我第一次穿上制服去上早操时，许多同学惊讶地或转身或回头看我。许衍梁老师还走来扯着上衣看个究竟，问“是什么布”。这身衣服与“麻制服”大概有天壤之别吧？

郑福江在西北公路局当汽车司机，驻广元，常往返广元、成都之间。他曾带助手到学校看我数次。他们驾驶的是苏联汽车，穿着苏式的工作服，很新颖，很别致。他送我一支真空管钢笔，是搭车的客人掉在车上的。宝钟等认为有这样一支笔太好了，希望他能多捡几支。这支笔，我使用它写了若干篇文章，值得纪念。

我们的国文老师赵小松，矮矮的，方面大耳，小平头，戴一副白边眼镜。他一口不甚地道的北平调儿，口齿清楚，课文讲得明白，但总令人觉得缺少点什么。他很郑重，在课堂上从不讲与课本无关的话。一课的某一段落讲完了，如离下课还有几分钟，他就不再讲下去，站在那里，也不看同学们，专等下课铃响。

第一次作文，我随便写了一些，有些地方甚至有点卖弄，写后有些后悔。

发作文那天，赵老师兴致很高，夸奖了大家一气。我的作文发了头卷，受到了特别夸奖。宋有禄、刘云祥排在第二、三名。张素馨发了第七名。赵老师特别讲到第一名和第二名之间差别很大，第三名以下差别不大。他的批语写得正规，但缺乏文学意味。

一个星期天，李连群拉我去看赵老师。很怪，他怎么知道赵老师在城里的住处呢？赵老师租赁了一户人家的两间偏房，借用了床铺、桌凳。他家流亡出来，只带有被褥、替换衣服和一点日常用品。他夫人是济南人，济南女师毕业的。赵老师是济南北园人，他的北平调儿是在北师大读书时学的。他们对我们的拜见很高兴。赵夫人娇小、活泼，也参加我们的谈话。他说，全面抗战前他在青岛铁路中学教书，学生的国文程度差。青岛报刊上的文学作品，水平也不高。德国统治了许多年，日本也侵占多次，人们不太重视本国文化。他认为我们的作文水平比铁中学生高得多。我没见到他有什么参考书，书桌上摆着三两本小册子，竟有托洛茨基的《儿子、朋友、战士》。这本书，各处书摊上都有，他或许偶然买来浏览的。他说我们如愿看，可以带走。他不谈学校里的事，甚至连抗战也不谈。

我们告别后，一路上，我与李彼此什么也没谈，我不明白李连群拉我看他的目的是什么，也不好问他。赵老师很圆滑，对人不即不离，摸不着他对你的真实态度。暑假后，他改教高二年级的国文。没有多久，便离校他去了。

1941 年春，我流亡在成都，曾偶然在街上见到他。他在成都师范教书。对我，仍是那种不即不离的态度，虽也谈到绵阳校部的放火一事，但未涉及捕人。我没去拜访他，也未告诉他我的地址，只说到成都来看病了。

我们的代数教员是田树三老师。据说他曾任某县立中学校长，只当官，不教书，学业荒疏了。现在重操旧业，认真备课、演题，讲课虽然不流畅，但无差错。热天，常见他赤膊披着褂子，戴着花镜备课、演题，批改练习本子。他胖胖的，一副朴讷的老夫子样。我们升高中后，三角也是他教的。我上中学以来，只对他教的两门课比较用心学，自己也没料到。

听说，田老师绰号“画分专员”。画什么分？真难想象，他老先生专给女同学的容貌、体态画分，但从未听到过他有什么桃色的事。

我们没学过物理学，毛宗海老师给我们补课。毛老师，湖南人说北平话，很带感情。虽然没有物理仪器，但他把定理、演算提炼得很精，不费多少节课就把大家教会了。高三的同学们说，毛老师已给他们补完物理学，内容同初中的一样，凭这些知识考大学，足够用了。毛老师在堂上爱谈点时事，别有见解。他毕业于北京大学物理系，很怀念故都的风物。他说，北京图书馆是读书的好地方，有些人大学毕业后不就业，留在故都天天去北京图书馆读书。

毛宗海老师勤苦好学，每天早上拿着英文书钻到菜籽田里朗读，比我们学生还努力。他在绵阳结了婚，夫人高跟、烫发，挺时髦。据说她是一个团长的妹妹，也是湖南人。他们一同上街，毛老师仍是蓝布大褂，嘴里叼根草（他常这样），倒背着手急走，夫人紧跟身后，高跟鞋一拐一拐的，生怕跟不上他。他们不久离校他去。毛宗海老师 1949 年前后在西北大学物理系任教。

纪承之老师是原济南市中教员，山东大学毕业，国、英文兼教，形貌、谈吐都一派青年气。他曾教我们英文，但不久即去了重庆，在《时事新报》工作。该报的副刊《青光》曾刊载他的文章多篇。

二门过厅西边那间屋，似是总务处的综合办公地点，我班的教室就在与它隔着夹道的西边。我每经过那间屋，就听见里面人声嘈杂，间有几声吆喝，不知有什么纠纷。后来听说，有雇用的挑夫、背夫盗走了运送的学校物资，已抓获几个，押在屋里审问。我往屋里探视，似有衣衫褴褛的人被绑着，但实在看不清，因为四周围着一些人。有些同学从窗缝往里看……后来听说，那几个被抓来的伕子吃了苦头，他们被吊打、压杠子、灌凉水、垫砖……竟死去了两三个。施刑者为学校的职员和工友。这些“老乡”从哪里学来的这种罪恶刑罚呢？那些伕子中谁是真正的盗窃者，谁是可疑者，不知是否弄清？即使真正的盗窃者，也应送警察局或法院去审理，怎能私设公堂，严刑拷打致死呢？不知是何人下令或听任如此。

传说绵阳的士绅及官府对打死伕子一事曾有不忿。又传说学校当局曾进城打通关系，道歉一番。几个穷苦老百姓，命同草芥，早已席裹薄埋在西山观乱葬岗子里，久之无人再谈此事。

这是一桩多么悲惨、可恨的事件！

“党化教育” 组织管控

敌机在四川肆虐。

四川省有防空的措施，只要敌机入川，罗江、绵阳城里的警察，便把“敌机入川”的小旗插在长枪上，使人们提高警惕。

1939 年 5 月 3 日至 4 日，敌机对重庆的大轰炸最残酷，毫无人性。数万市民被炸死、炸伤，物质的损失难以估算。中国的空军似已失去战斗力，防空部队的高射炮、高射机枪呢？“敌机入川”后是怎样疏散市民的？防空洞、防空壕的挖筑是否足能掩蔽市民？小学同学李金声曾从重庆来信告知重庆被炸的惨状（他在全面抗战后参加华北记者战地服务团，曾报道过台儿庄战役，文章刊在《扫荡报》上），在学校能看到的报纸上，通讯、特写……都报道了这悲惨的劫难。塔斯社的罗果夫也做了报道。

李向城从重庆回来后，曾谈到他亲历的被炸实况：他与友人躲在一个山坡上，他躺得靠上一些，友人在他脚下。敌机冲下来，投弹、扫射，友人见坡上危险，伸手拽他的腿，一下拽下去。敌机过去后，他们发现坡上边的人全被炸死，他幸被友人拽下，留住一条命。

李向城又曾为我们上公民课，仍是转述《大公报》社论之类。不久，他另有高就，去了重庆。

一个傍晚，宝钟约我进城购物，我们刚走近城边，便听到从北方传来轰隆的飞机声，听声音便知架数不少。我们立即回头向公园躲去。轰隆声近，回头看去，只见九架轰炸机掠过城东一带向南疾飞。我们肯定这是敌机，立刻穿过公园，返回学校。敌机夜袭，方向是成都一带，令人惴惴不安。

过了几天，得知那晚敌机轰炸了成都最繁华的春熙路地段，死伤数千人。市民们把死难者摆成“誓复此仇”四个大字。听后既悲痛，又愤恨！据说敌机是从山西南端风陵渡机场起飞的。

中国空军的飞机购自英、美、德、意诸国，武汉会战时，苏联志愿空军助战，获得辉煌战绩。由于飞行员的牺牲和飞机的损失，保存下来的飞机也已老化，且补充无门，每逢敌机来袭，这些老化的飞机便从基地飞往偏远地区“躲警报”。绵阳上空，常有“躲警报”的战斗机盘旋。一天，听说有十几架战斗机因油料耗尽，降落在城外江边的大操场上。同学们纷纷前去观看，只见大操场上横七竖八地停着些银白色的战斗机。有一架头朝下，尾翘上，机头已插进地里。还有两架机身倾斜，机翼受损。河滩上还有一架完全摔碎。救护人员正在匆匆忙忙地抬走受伤的飞行员，据说已有一位死去。大部分飞行员正携带衣物进城，有的还骂骂咧咧，说专员钟体道为什么不修个飞机场。看到这些，不禁为抗战前途担忧。对飞行员的遭遇和个别人的表现，不能不感到悲哀和怅惘。

学校当局要组织或控制一个学生剧团，第四分校从郧阳出发时有两个剧团：

“狂飙”剧团到罗江后即解散，因大部分成员在1938年下半年即升为高中学生。到四川后，高中学生都应到校部就学。

“鲁声”剧团为原菏泽中学学生组成，团长为岳喜瑞。第四分校先行迁校时，他们从第三分校参加了第四分校。新加入“鲁声”

国立六中食堂

剧团和第四分校的孟庆元任团长，岳喜瑞退为副团长。到四川罗江后，因初三下被调校部，岳、孟来了绵阳，在第四分校剧团，团员由姜渭澄领导。

校部一度出现了一个“青年”剧团，为高中二年级一部分学生组成，且有女学生参加。他们曾演出过，不知因何故，该团不久就销声匿迹了。

李连群与林维绅等联合，在校部复活了“狂飙”剧团。赵大壮、陈懿妫、蒋尧瑾等为主要成员。赵大壮，后用名赵锵，1921年出生，原德州中学学生，1937年10月加入省立一中流亡，1945年毕业于国立剧专话剧科，后一直在重庆从事话剧表演和导演工作，离休后任重庆话剧团名誉团长。陈懿妫，毕业于中央大学教育学院，山西榆次师范学院教育学教师，年近七旬去世。

孟庆元、岳喜瑞等以“鲁声”在校部的人马组织了“铁流”剧团。剧团的名起得大胆。

我看过“铁流”剧团在校内演出的《古城的怒吼》，但只看一幕就离开了。对于“狂飙”剧团，因为深知他们的背景，顶多瞅几眼他们的演出就赶快走掉。

学校当局只要一个“御用”学生剧团，于是用“狂飙”吞掉“铁流”。“铁流”剧团被迫解散，却无一人去加入“狂飙”，很有骨气。

李连群、林维绅在班级里是三青团区队长，又是剧团的头目，所以处处显示出他们是一帮有特殊身份的学生。不久，“狂飙”剧团开天辟地有了一个女演员。这个插班生来自西安战干四团，做过政工。她叫姜 ×，济南人。她的妹妹姜 × 仍在战干四团，唱女高音，稍有名气。我曾看过几眼她的演出，演得较自然，可见有些舞台经验。据任研佛老先生说，她们出自济南有名望的家庭。

1940 年初，由第四分校升来的高中生中，有几个原“狂飙”剧团的成员，以刘荫相最有活动能力。他们投入“御用”的“狂飙”剧团后，强行向第四分校索要道具，认为那是他们挣来的财产。他们的无理要求，遭到第四分校师生的断然拒绝。

刘荫相等在本班被斥为“狗”。剧团成员领津贴已是公开秘密，刘萌相就曾说“我是为生活所迫”。教育部有贴补学生剧团的经费吗？校方定是采取抽疏补亲的办法，刮全校学生的某种经费去贴补他们。

“狂飙”剧团曾请王尔铮为他们做美工，被婉拒。他们就硬拉朱德明为他们干活。

“狂飙”剧团终于蜕化为三青团、学校当局的“御用”剧团，其主要活动在校外，成为绵阳党、团、军、政宣传机构的一个组成部分，这是非常令人痛心的事！剧团在赊旗店成立时的第一任团长刘桂华去了陕甘宁边区。李广田、许衍梁老师曾参加过一段剧团的活动，后离开。从郧阳出发到罗江解散，瞿亚先老师是实际的团长。

李广田老师在日记中，曾记载刘荫相等背叛已往，以及向第四分校强要道具的恶行，表达了愤慨。

许衍梁老师生前，多次向我慨叹“‘狂飙’剧团竟变成三青团的剧团！”因而痛心疾首。

王宝镛曾是“狂飙”剧团的骨干，几乎是唯一追求进步的成员。他在初中毕业后，接受他胞兄宝钟和我的劝告，不来校部这个黑暗地方读高中，约尹纯德等到重庆另寻出路去了。他曾写过“狂飙”剧团在豫、鄂、陕、川四省演出的经过，写出了抗敌、爱国的热忱，未涉及政治倾向的转变。

前些年听刘传信、丁原秀说，他们虽然参加了“狂飙”剧团，但没参加三青团。他们还说，刘荫相也没参加，似在为刘荫相洗白。刘传信，山东商河人，后考入重庆大学，抗战胜利后转天津大学毕业，1949 年后从事军工，高级工程师，凌云工业集团退休，居河北涿州松林店；丁原秀，国立苏州教育学院教育行业管理专业毕业，1949 年后在江苏常熟教育部门工作，现居美国纽约；刘荫相毕业于歌乐山药专，1949 年后在青岛铁路医院做药剂师。

李连群、林维绅万万没有想到，他们拉进“狂飙”剧团搞美工的朱德明，那时是未履行入党仪式的共产党员。原中共三台中心县委书记侯方岳回忆：那时到校部，先找朱德明，然后叫他去通知会见其他中共党员。

前些年，得知岳喜瑞与隗文云是老相识，很惊讶。他们都说曾在一块演过戏。我问隗文云谁叫他搞剧团的，他说是李振泌。这就怪了，谁叫李振泌搞剧团的？他怎么有权派隗文云去干呢？

林维绅 1949 年后在山东农学院任教。1951 年“思想改造”时，该院两位“同志”曾找我对证他的历史。他们说林维绅交代得比较彻底，连日记也交出。他后调去内蒙古农学院，因在高原种蔬菜有贡献，成为内蒙古自治区、内蒙古军区劳动模范。他在六中即与同班鲁宝琴恋爱，后成为夫妇。鲁宝琴似为烈士鲁宝英、鲁宝琪之妹。鲁氏兄弟牺牲于抗日战争时期，均曾任中共县委书记，泰安人。李连群在内战时期随葛兰笙在山东省训练团任中校总务处长。20 世纪 80 年代，听王立新说，李在青岛无职业，经六中同学赵德仁等介绍，在一个业余学校临时教书。前些年曾来济南，访问过李毓芙。李说，他姑父（或姨父）是国民党师长，所以葛兰笙才拉他作亲信。

1939 年下半年，学校当局已完善了“党化教育”的统治机构。原曲阜师范校长杨书田（芸斋、麻子）、惠民中学校长冯培元（涵忱）均任校务委员。蒋毅生也在校务委员之列。杨书田曾在均县、梓潼干过师范部头目，干不下去，由蔡复元当了校长。杨书田曾任国民党山东省党部委员，掌管曲阜师范五年之久，其间多次发生军、警、特进校逮捕师生的事情。冯培元曾任曲阜师范教务主任，那时的校长为学者型的张敦讷（默生），开明人士（见《曲阜师范校史征求意见稿》）。杨书田、冯培元是葛兰笙的左辅右弼，但很少公开面向学生，“自由讲话”极少。葛兰笙“公出”时，蒋毅生代理校务，他老先生总要借机向同学们讲一讲：“因着是，那个葛（ga）校长到重庆去开会……”满口广饶土腔，表白自己是暂代一时。

蒋毅生（士健），山东广饶人。日本帝国大学生物学专业毕业。在山东省立一中教学，济南市政府科长。1935 年去济南市立中学，后任校长。1945 年，抗战胜利后返回济南，曾任第二临时中学校长。1949 年后，曾在山东省实验中学教生物学。一度调山东师范学院生物系，后去济南第五中学。年迈离休后病故。

葛兰笙、王晓纶（教务主任，原临沂中学教务主任）、梁仁甫、王寿龄都有各自的办公室。教务、训育、文书之类的职员们则合在一个大办公室里。这些职员大都有政治背景，如刘子敬（兼英文教员）、孙高桂（秋舫）、申子钧、杜达吾、侯大年等。他们多身兼二职，一种是公开的教务员、训育员、文书员，另一种就是国民党、三青团、特务系统的了。此中秘密，非道中人难以得知。杜达吾、侯大年原在第一分校。

有一天，我去大办公室拿挂号信，出门时正好刘培钧进门，不知去办什么事。刘培钧后来对我说：

“你刚出门，刘子敬对别的职员说：‘他就是那个重要人物！’”

刘子敬既未给我上过课，我也未与他打过任何交道，他竟认得我，且做了“定评”。

物理教员靳北海不知有何政治背景，在校内有一定势力。据说，他与葛兰笙曾发生过争执。王尔铮曾与靳北海在课堂上争吵，他骂了一句就走出教室。靳北海回骂他一句，但后来并未报告校长、训育主任，不知因何如此宽容。

各班早已不选班长，由学校派值周生和值日生。值周生挑“可靠的学生”，值日生按点名册排。值周生承办学校和教员交办的事情，值日生管扫地、擦黑板等。这样，每个班都群龙无首，班、级之间无联系，班、级对学校的建议和意见都无法提出。但每个班都有三青团组织，处于半公开状态，实际统治着班级内的一切。有时，三青团的区队长们戴着三青团的袖章，神气活现地出现在校园内，很引人注目。如我班的王尔镛和其他班级的李连群、林维绅、李士厚、张作田等，我都亲睹他们戴着袖章的“风采”。

张作田，一目微眇。1949年后在山东师范学院地理系任教，加入“民革”，成为“民主人士”，开某些会时坐在主席台上。“文革”中被棍打惨死。

宿舍里没有舍长之类的头头，每人的床头墙上都贴着编号和姓名的纸条。这是为什么？听说杨书田在曲阜师范就采用这种办法，便于军、警、特夜间准确地从被窝里捕人。这确是一大发明。毫无疑问，每个宿舍都有三青团分子做秘密舍长，伙同其他喽啰干监视、告密等可耻的勾当。

绵阳的三青团头子李合群，是一个罕见的四川高个子，制服笔挺，头发与皮靴争辉，有时还挎一个穿紫色旗袍的女人，出入学校，俨然以上级官员自居。学校当局当然高接高送。我曾亲见总校长赔着笑脸，恭送他们到校门外。

王晓纶生前写过一份《国立第六中学》史料，现节录一段如下：

…………

七、国民党区党部和三青团

……1940年，国民党中央组织部和教育部通令全校教师（按：“教师”一词不当，应为“职员”，因为国民党中央通令全国“公教人员必须参加国民党”）必须入党，葛兰笙和各分校校长动员执行，成立了“国民党中央直属国立第六中学区党部”，下设六个区分部，第一、二、三、四区分部在一、二、三、四分校，第五、六区分部在校本部。区党部有执行委员和监察委员各若干人，区分部各由三个执行委员组成。葛兰笙为加强对学校的统治，提出“校、党、团一元化”的计划，即教、训、总三主任必须是党部执行委员。三青团置于党部指导之下。……但三青团并未就范，葛兰笙叫训育主任梁仁甫抓三青团，但在竞选中梁失败了，职位低于他的训育干事。申子钧当了干事长，与葛兰笙貌合神离的（按：王文提及，葛兰笙是国立六中国民党的总负责，教务、训育、总务主任即王晓纶、梁仁甫、王寿龄，都是执行委员。监察委员是谁没提及，校部有两个区分部也没提及）。

…………

三民主义青年团在六中是1941年上半年或稍前成立的（按：此说太晚，要早得多）。它当时是以国民党的新血液来号召的，学生大部分都参加了（按：就我们六级而言，1940年年底以前，参加三青团者多为原济宁初中、单县、巨野等县中及私立中学中学业等较差的同学。原济南初中只李连群一人，原菏泽中学学生虽人数最多，参加三青团者没有几个）。它的领导机构是干事会，由国民党管团的人和学生干事组成。最初的负责人是杨芸斋和靳北海，申子钧是在他们去后选为干事长的。团员学生编为大队、中队（按：应为区队、小队），基本上和教学班是一致的。……申子钧离校他去，把团务交给了孙秋舫。……

王晓纶把自己放在局外人的位置上来写，似较“客观”。不过从中仍然可以了解一些国民党、三青团活动的真相。

“第五分校”是一片坟场

早操后，例有自由讲话，大都由校长等训话，有时也请教员讲讲。许衍梁老师就曾讲过，他针对政治、经济双重压抑，提醒大家要挣脱牢笼，不要像叶赛宁那样走自戕的绝路。

一天早操后，隗文云竟然站到台上去了。我站在队列最后，听不清楚他讲的什么，只见他神情激愤，似在控诉学校当权者。他越讲越严正，把右拳往上一举又朝下一甩，大声喊：

“这就是汉奸！”

我听到他这个结论，心想：“坏了！”

果然，学校贴出了皇皇布告：隗文云受“异党操纵……理应法办……姑念该生年幼无知……”总之，开除了事。

昨夜，一下子死了两位同学。我对死者的姓名、班级一无所知。他们病重后，隗文云等曾请求学校当权者请医生治疗，但当权者说无此经费，治病由学生自己掏钱。我们这些流亡在外的学生，绝大多数身无分文，如果学校不管，那就只好等死。隗文云等一再请求，并说“人死了怎么办？”当权者不慎，嘴里吐出“学生死了有丧葬费”的话。于是，他们便要求把丧葬费挪前治病。当权者坚决不允，以致两位同学悲惨地死去。隗文云按捺不住内心的悲愤，便作“自由讲话”，怒斥当权者。

隗文云被开除后，去过第四分校，当能得到师长、同学的同情与安慰。第四分校学生生病后，大多去绵竹一个教会医院就医、住院。孙东生、胡干青、丁用宾等老师对同学很负责任。隗文云回绵阳后，在川西北第一公园游泳池旁的旅店住过一些时日，曾受到警察的盘问。

中央军校武冈分校在绵阳招生，隗文云的“饭门”来了，便去投考。同时投考者还有李振泌、张起鹏。

中央军校在全面抗日战争时期招生时，只要投考者腿眼无疾，大都来者必取。他们三人被录取后，住在公路旁的小旅店里，等候带队军官领他们去湖南武冈。

他们都是我济南初中一度的同班，总有不同程度的老感情。张起鹏是个无政治倾向的学生，老实、平和，稳稳当当读书。他家原籍江苏武进，不知因何流寓在济南。物价上涨，学校的伙食愈来愈差，他又无其他经济来源，只好走一条认为“衣食无虞”的路子。李振泌政治倾向与我已明显相悖。

晚上，我到小旅店去看他们。李振泌说：

“没想到你会来送行。”

我们相对无言。坐了一会儿，我便告辞了。

隗文云后用名隗陟广，在武冈因病离校，回到四川读书、谋生，漂泊不定。抗战胜利后在济南税务局工作，1949年后留用。在“三反五反”运动中被指为“资产阶级坐探”，重判十余年。“文革”后平反，在市国税局离休，与我交往密切。据隗文云说，张起鹏在宜昌与日寇作战时曾给他一信，说“四面都是敌人”……以后便无信息。他还说，李振泌于日寇投降后回安丘老家当了警察局长。20世纪50年代初，听宝钟母、姐讲，张起鹏的母亲1949年后以乞讨为生。这位成为乞丐的母亲，大约只有张起鹏一个孩子。

“第五分校”之名是同学们以悲愤的心情叫起来的。

“第五分校”是一座坟场，位于绵阳西山观山下。坟场里埋葬着校部饿、病和被迫害而死的学生。

在国立湖北中学时期，最初还有专职的西医和护士。他们离校后，请了当地熟于医道的兼职医生。药品及包扎用品还不算多么匮缺。学校迁川后，改称国立第六中学后，却没了医疗部门，难道教育部竟停发了这一笔经费吗？同学们普遍打过一次预防针（闹不清是霍乱还是伤寒疫苗），那是校外卫生机构为防御敌人细菌战采取的措施。学校最初饮用校后河中的水，学生腹泻者甚多。校方迫不得已，去请教某卫生机构的大夫。记得那位大夫由葛兰笙陪同到河边察看后，认为河水不洁，建议在校内挖深井，汲井水饮用。学校改用井水后，腹泻人数大降。除此之外，学校在卫生方面再无建树。

校方“德政”为：设诊疗室，请当地中医一二人把脉、处方（曾请过西医，后缺聘）。买了些药锅子供病者使用，燃料为伙房弃用的杂乱柴火。药费病者自理，学校一概不管。

同学中有经济来源者甚少，患病后，轻者硬撑，重者只好等死。1939 年下半年，“法币”贬值；1940 年，四川又遭遇旱灾，粮价上涨（成都曾发生抢米风潮，被诬为共产党操纵），我们的伙食费并未“水涨船高”，一度一日喝两餐稀饭，甚至喝了不少日子的每天两顿“苞米糁”。同学们因饿而病，由病而死者不少，“第五分校”人数大增。

原济南初中同学韩永昶就死在那个饥饿的日子里。禚修齐在他快咽气的时候，与同学们凑了点钱，雇人力车拉他去城里医院，未出校门就死去了。当时，学校的官们及总务方面的职员，无一人露面。韩永昶是我在济南初中21级1班时的老同班，功课上乘，以数学最优秀。他家住济南南关一带，家境大约寒苦，一目微眇，少言寡语，与同学相处和谐。他在校部五级一班，不与三青团、托洛茨基分子接近，还曾问过我："俞新民又来信了吗？"

韩永昶悲惨病逝后，我怀着无法割舍的情感和一腔愤恨，一口气写下了140行长诗《祭》。

祭（节录）

——悼念一个不甘做奴隶、流亡异乡贫困而死的青年

（一）

韩永昶，韩永昶，
你，和你一样年轻的，
你们一道去了。
从此你们永去，
伴搭着伴，再也不回来！
韩永昶，韩永昶，
你总是在沉默中咬着牙，
你终归沉默地永去。
在家曾听大妈说，
你"落草"来就一声不哭。
今天，你仍旧不言不语地，
带走你说不出的愁苦。
你病了，
若不友伴三番五次追问，

你从来不提。
友伴劝你吃药，
你却说：我从来没有吃过。
你总是紧紧鼻翅，耸耸两肩，
一次次把病扛过去。
这回，恶性痢疾把你压倒了，
你满脸赔着笑，
接受友伴们的忠告和埋怨。
这哪里是笑，你哭了——
我懂得，你是在伤痛地说：
“让我吃药，让我注射，
你们，你们简直是
叫我抢夺你们那仅有的一点可怜津贴。”
这回，（只是这一回啊）
只不过注射了两针 0.04 的 Emefin，
友伴们刚把你抬进卫生站的门槛啊，
你在友伴的手臂上留下冰冷的最后一吻——
与友伴们永诀！

（二）

韩永昶，韩永昶，
你刚强的北方孩子，
大豆一样丰满，
高粱一样茁壮，
你血液有高粱的殷红，

你生命有谷穗的金黄。
但那存心毁灭你的疾风暴雨，
把你连根拔起。
你倒下了，你始终
摇晃着，抵抗着，沉默地，
沉默紧裹着愤怒倒下去了！
你的眼睛失去了光芒，
唇角再找不到微笑。
友伴们流着滚烫的热泪，
向你送别！
永昶，
你曾壮美地想过死，
正为你壮美地想着生，
你曾这样说：
“生死的选择不必犹疑，
只要那生与死的路，
伸向春天的绿草地，
而生活在阴沟里的人，
也在那里晒着太阳了。”
永昶，永昶，
临终你还为苦难的祖国叹息，
你不只想着自己，你说：
“为了祖国耕耘、收获，
农民们并没有足够的食粮。
为祖国流血，

战士们还没有足够的医药。”
悲昂地，为你——
友伴们悲昂地唱着安眠歌。
而你不瞑的眼睛，
和紧闭的唇角，
分明怅愤地，怅愤而又牵恋地说：
“万恶的病菌，依然传播，
依然传播在你们苦难的一群，
它损伤着祖国的肠胃，
它毒害着她的血液！”
为祖国母亲祝福，
她的远古的血液是健康的。
健康的血液里，
白血球在永续的，永续的
新生，新生！
那些破坏的，
将为新生的力所破坏。
那个日子就要到来，
祖国的力量，就是中国人民的力量，
就是搏击敌人的力量！
瘟疫的风拖着疲弱的尾巴了。
永昶，永昶，
永别了永昶，
永别了老乡，老弟！
永别了同学，同志！

祭吊你的伙伴，
没有眼泪，没有哭泣。
祭奠你的供品，
将是一面象征和平，象征希望的，
在猎猎野风里，
舞着笑着的绿色旗帜！

1940.7.23

学生死后，学校有棺殓费，还在“第五分校”的坟头上竖一块石碑，镌上死者的姓名。这可谓校方用公款做的一项大“德政”。

我在1940年患了肠炎，兼职大夫态度和蔼、切脉认真，为我开了处方。宝钟帮我买药熬药，服后竟然好了。宝钟走后，我肠炎重犯，云祥、有禄帮我买药熬药，多次服用不见效。因无钱，只好听之任之，幸未被编入“第五分校”。刘培钧患病不能上课，退伙自炊，不知怎样竟熬过来，未进“第五分校”，编到下一年级去了。他在自炊期间，曾炒了几样菜，把我们叫去解馋，真是患难中的一大乐事。

刘培钧，后用名刘宗钧，1920年生，山东章丘人。随山东省立一中流亡，1942年国立六中毕业后考入重庆大学数学系读至1943年，1944年转入复旦大学经济系，1946年随校到上海，1948年毕业。1949年6月入二野军政大学学习，任宣传干事。1952年至1953年参加朝鲜战争，负重伤。1954年转业至新汶工程处（后为新汶矿务局），曾任煤矿宣传科长、小学校长、教育科长。1959年加入中国共产党，“文革”中受批斗。1984年离休。晚年失明。

同学们熬药时间大都在晚自习后。十个八个人，围着墙根下一堆柴火，药锅子咕咕响，热气在升腾。同学们蓬头垢面，衣衫斑驳，嗅着那千奇百怪的药味，相互关照，低语慰藉，也是令人难忘的夜晚。毛东珍小姐也是熬药的常客，还向我说过“同病相怜”的话。

1949年后，我从教育部辑印的“教育资料”上读到一篇文章，所写正是国立第六中学校部学生病、死和埋葬的事。文章洗练而又饱含谴责，笔者着力一再写石匠为死者镌墓碑“叮叮当当响”，如闻其声，如见那一座座客死他乡者的荒丘。这位笔者是谁呢，有如此高超的手笔?

据说，宝成铁路就经过西山观一带，也许绵阳车站就建在那里。“第五分校”大约早已平毁，那些同学们的枯骨已成为路基或站基的一部分了吧。

听说何其芳、方敬的妹妹要来校部读书，我感到很奇怪。他们不在原籍（大概是万县）读书，却跑到外省的流亡中学来，大约一因方敬在第四分校任教，二是慕“国立”之名吧?

何、方二姑娘入学了，插班在四级。她们的相貌和穿戴都可加“朴素”二字。方敬老师估错了校本部，它不是第四分校啊！她们公开拿着《新华日报》阅读，不久即退学他去。

何其芳的一个妹妹后来与史庆梓结婚。听说方敬夫人也是何其芳的妹妹，那应该是另外一位了。

1939年暑假后，我升入高中了。我被编在六级一班，教室与宝钟的五级一班一西一东相对。北去为学校二门。南去顺走廊，五级二、三班相对，再南横着葛兰笙的校长办公室。四座教室，是教室中最体面者。

班内多为第三分校升上来的同学，有在郧阳时的那些女同班，还有原菏泽中学——第三分校——的高才生晁岱华、刘守桢。

我觉得第三分校来的同学有些昂昂然，大约是因为他们在升高中考试中，成绩比我们优异。我决心用功，不甘落后。上课用心听，自习时认真复习，完成作业；少读政治、文学方面的书，与同学少交往。我从小学到中学，从未这样做过“正经”学生。

在泰安的老相识任安波先生教我班国文。他的相貌、神态，很像一位渊博的学者，谁知上课后却令人大失所望。他仍吹嘘对唐诗有研究，因而就讲唐诗。他讲的唐诗课本上没有，又不油印，干脆抄在黑板上。他选较长的唐诗，黑板字写得相当大，写得慢，有时停下片刻再写，不抄两黑板，起码也得一黑板。同学们跟着抄，速度比他写得快。一堂课，将近下课了，他才抄完。他抄完便站在讲台下墙角，抖擞长衫上的粉笔末，然后点起一支烟来喷云吐雾。同学们早已把唐诗抄完，盼他讲，他仍在吸他的烟。有的同学小声吵吵：

“抄完了！抄完了！”

任先生不理同学的催促，直等下课铃响了，他才走上讲台，用他那河北省南部的乡音紧急读起来。一气读完，他便下课而去。

没上几堂课，他不再来了，也未在校内出现。

接替任安波先生上国文课的竟是训育员孙高桂。

孙高桂，字秋舫，济宁人。他出身于玉堂酱园的孙氏，还是出过状元、榜眼的孙府，不得而知。他从北京大学法律系毕业，为何不去当法官或律师，却在中学里做名训育员？

孙秋舫白面、高挑、衣帽整饬，一双皮鞋擦得特别亮。如单从服饰及昂首阔步的形态看，似应是“博士头衔”或“少年新贵”者流。同学们认为中学容不下这么位教员，早已为他冠上尊号——

“孙大教授”。

学校走廊的柱子上钉了长方形木板，每板书“党员守则”一条，均出自孙秋舫手笔。学校实施“党化教育”，有此“书法家”可支使，当然要委以重任了。

孙秋舫竟敢讲正中书局课本上节选的几段《离骚》，可谓大胆。他弄不通教材，虽然用笔在教本上注得上下左右密密麻麻，仍往往讲不下去，甚至连“注”也讲乱了。语言无味，又兼教法无门，混混而已。同学们领教过任安波，换个孙秋舫，只好忍受。

第一次作文，忘记是什么题目，我毫无心思地写了一篇。临了写了这样几句：

“明天早起！还有国家至上、民族至上的口号要喊。”

发作文了。怪哉！何凤亭发了头卷。晁岱华、刘守桢是原菏泽中学的高才生啊，竟没有份儿。那些女同学难道没有一个赶上何凤亭的？（张佩兰前已转学师范部，且与一个教员结了婚。）

出乎意料，我竟发了末卷。孙秋舫指着我卷末那句话想训斥我，我说：

“你管不着！”

他只好作罢。

课后，我见他把我的作文改得不伦不类，缺乏基本文学常识，所以在第二次上课后，与宋有禄、刘云祥在教室门口堵住质问他。他无法作答，晃晃手走掉。

从第二次作文后，我与何凤亭轮流当第一、第二名，可谓笑话！他从未讲评过谁的作文，大家谁也不知道何凤亭的作文究竟好在何处。

事情过去好多时日，我已经淡忘了。一个星期天，我从城里回校，走在公园林荫的小路上，只见许衍梁老师从对面走来。我们走近时，他好像有什么事要对我讲。他问：

“你回校没什么事吧？随我往回走走。”

我随他往回走，他说：

“你那篇作文我看了。”

我连忙说：

“那篇作文写得不好……”

他说：

“没有什么！主要是最后那句话。你的意思我明白，那是指那些整天高喊口号、又领着别人喊口号的人才真不要国家、民族。但他们说你这样的学生还了得，不要国家、民族……以后不要再管这些事，安心读书好了。”

许老师的话很明白，孙秋舫已经宣扬出去，当然报告了校党部诸公，他们议论过、审查过，把我作为“异党分子”了。奈何！我未向许老师说一句话。

我们正向前走，迎面来了刘子敬。擦肩而过，许老师向他点点头。刘子敬板着浮肿的脸径自走开。好了，他又有了一次新“收获”……

高中英文采用商务印书馆的教材，所选文章多为世界名著。学校从银行请来一位职员兼课。他自称是学经济的，来教高中英文是勉为其难。这位老师三十岁左右，中等身材，普通容颜，诚恳、切实。他讲莎翁悲剧尤显本事，照本读后即逐一口译为汉语，然后在文法上加以扼要分析。这种朴素且奏效的讲授，令人非常满意。他是河北省人，可惜忘掉了他的姓名。他不久因银行工作较忙，不再来兼课。

梁仁甫训育主任接上英文课。他是清华大学英文系毕业，因为学过法文，他就说英文某字在法文读为如何。他绰号“梁圣人”，据说他老家嘉祥县就出了他这么一个大学生。作文了，出了个题目叫 spring。我避免出文法上的错误，就写短句、单句，类似诗歌。发作文了，他说采取什么牛津、剑桥打分法……我因无文法错误，有诗意，给了优秀。他说，“有人程度并不好，但作文他会弄……”，当然是说我了。晁岱华、刘守桢确实下功夫在作文，当然要得优秀。但文章一长，句子一复杂，总会出点文法上的问题，于是，便与梁圣人发生“商讨”。

梁仁甫担任训育工作，“责任繁重”，备课难免有疏漏。有一次，他读错一个词，我笑了。他很愕然，便问：

“刘保全，你笑什么？”

我能说他读错了一个词吗？只好说：

“我听得很有兴趣。”

他不再追问，也许已经领会。

他在课堂上常发点议论，比如说“君子坦荡荡，小人长戚戚”。“君子”指谁？“小人”又指谁？衣食无忧，拥着年轻的重婚妻子的训育主任是“君子”？我们这些挨饿、生病、政治上苦闷的学生是“小人”？

林占鳌（冠一）老师教我们历史课。他撇开正中书局的课本，自编“笔记”，抄在黑板上让我们记录，内容较简、较浅。他上课时语言简洁，从不谈课外事。庄瀛海问他：

“林先生，你讲的内容怎么同在小学时讲的一样？”

林老师系老一师毕业，曾任附小主任（校长），庄瀛海是他的老学生。后来，他去北京大学读历史系，大约临近“七七事变”

才毕业。他不久离校他就。（1949 年前后，他在西北大学历史系任教授。）

吕寿彭老师教我们地理。他曾在老一中——济南初中担任教务主任，后在济南市教育局任科长，同时还在济南初中兼课。人们说，他与何思源及市教育局局长张鸿渐都是菏泽小同乡，如孙东生不担任校长了，接任者一定是他。他兼课的目的便在此。我亲见他坐洋车来上课，冬天，身上还盖着毛毯，脚铃叮当，好个派头！他上课常联系当前实际发点议论。他在讲江西省时，就联系到方志敏、邵式平（邵式平，与方志敏同为赣东北和闽浙赣革命根据地创建人，曾于 1923 年考入北京师范大学史地系），语意和神态都表现出深刻同情。他还谈到“他是北师大的”，大约指邵式平吧。现在，他又来教我了，教态一如往日。讲到山西省了，他就联系山西新军谈谈。官派报纸一再诬“新军叛乱”，但他只说“哗变”。第三分校两位教员被解聘，学生驱赶童子军教员，田竹桥校长辞职，他被派去任校长，不知他是怎样处理“善后”，维持那个曹州帮的学校的。

晁文灿（后用名晁敏）说，“皖南事变”后，吕寿彭给他十元钱，嘱他离校。晁 1949 年后在二机部工作，20 世纪 90 年代我们在他北京家中相见。1949 年后，吕在鲁中南师范任教，他生前的最后工作单位可能为济南市教师进修学院。

万九河（禹疏）接任地理教员，他尖嘴利口，像个说评书的。据说他原是益都师范（省立第四师范）史地教员，曾在第一分校待过。这人也常在课堂上联系当前实际，但与吕寿彭老师态度相反。

1948 年后，万禹疏在济南常以进步教授身份出席集会并发表讲话。他去东北师大后，加入共产党，曾任历史系主任、校长助理。

后又去天津某高校任教。他曾写文悼念王晓纶，辑在《师魂》内。文中说，许衍梁被捕后，王很抱不平，曾在公共场所谈及，因而特务头子李合群欲加害于他，幸葛校长一再说情，才免遭迫害。

生物教员关雨轩，原在惠民中学任教。他个子矮矮的，很紧凑，北平话讲得挺够味儿，声音不高不低，即使坐在教室最后排，也听得清清楚楚。没有仪器和标本，他就口手并用，或在黑板上临时图绘。他撇开课本，自编笔记，简短、精练。大家学得有兴趣，记得牢靠，考试时略略复习便能考上八九十分。他还曾领我们到校外的田边地头，实地观察，采集标本。

回想我在济南跟赵干庭老师学生物学，那时仪器、标本齐备。他备课、讲课都很认真，但内容过于繁复，脱离初中实际。老师费劲，学生吃力，效果并不见佳。关老师却能从高中实际着眼，善于处理教材，汰芜存菁，恰到好处。他教得从从容容，学生学得兴致很浓。

后来，关雨轩老师不知何处高就，在校内不见了。生物课改由傅蕴琦老师担任。

傅蕴琦，字慕韩，他体态粗壮，很注意修饰，语言混浊，令人沉闷。他的笔记芜杂，上课时除在黑板上抄笔记外，还挂上两三个绘着图表的小黑板，给学生以沉重感。

我前后受教于三位生物教员，且同为北师大出身，但教书的效果大不相同。赵干庭老师后来弃教行医，成为四川较有名气的大夫，惜未享高寿，暴病而亡。傅蕴琦老师1949年后曾在山东农学院、山东师范学院任教，生前曾任山东省生物学学会会长。关雨轩老师的教学历程，未再听人谈及。

四川省军管区派来三个教官，担任校部的“军训课”。他们住在城里师管区里。他们是：上校主任教官陈季让、中校教官赖有伦及少校教官某人。

我班第一次上“军训”课，外堂，我未去。课后张文卿说：

“三个教官都到了，点名，但不抬头看人。只有点到你时三人才一齐抬头看。”

他们一定很失望，我未上课。但以后不论上内堂或外堂课，他们没再点过名。

同学们虽然衣履不整（大都不愿穿校服麻制服），但上外堂课，立正、稍息、齐步、正步、纵队、横队行进……大家做得还不太差。有一次，全城中等学校在川西北第一公园大操场不知是会操还是检阅，本城的学生一律穿麻制服（女生穿短麻大褂），队列相当好看。但在调整队列时，他们齐步、正步走得稀里哗啦，凌乱不堪。临到我校整队时，虽然短衣、长衫相间，很不雅观，但行进整齐，步伐有力，压倒了本城所有学校。教官们非常高兴，满面堆笑，回校后对大家说：

“我们捏着把汗，没有统一的制服，又没多操练，担心会把队列搞得一塌糊涂，想不到你们这么露脸。”

同学们笑笑而已。大家从高小到初中，都必须当童子军，受过那种半法西斯式的操练，这算不了什么。从此，教官们多上内堂，少上外堂，还常常电话告知教务处，贴上“今日风大”或“教官有病”——“军训课停上”的纸条子，索性不出城。

陈季让，成都一带口音，白净，中等身材，颇丰满，带点文气，很潇洒的样子。他黑板字写得不坏，但语言无味，动辄贬抑别人。他称自己为黄埔六期（武汉分校）生，并说在军校时，同萧克个头差不多，站队肩靠肩。“萧克，现在当什么司令，”对“司令”之职却有望尘莫及的意味。接着就说：“你们不要听共产党那一套，我都懂……”

赖有伦，泸州人。他在内堂课上讲广州天气炎热，在军校很苦，可见他是黄埔早期学生。但为什么只混了个中校？而且当个教官，地位、军衔都在六期的陈季让之下？他个子高高的，有点消瘦，塌肩膀，言语混浊，有时干咳。一次，他大发牢骚，说：

“我不干了，回家去，家里有五百棵橘子树。”

少校某人，矮个、瘦削，没有陈、赖的资历和神气。

一天，我校与保安队在川西北第一公园赛足球，少校某人也到场观战。我们队员系临时组织起来的，无足球鞋，就穿着布鞋甚至草鞋上场，谁料竟把保安队赢了。小同学王信朋带球连过数人，进了球。保安队三名球员在争球时摔倒了。他们很恼火，一个队员把我校足球抢走往城里跑，但被一个从城里出来的同学截住，把球夺回，连续几个同学传递，保安队队员傻了眼。不知哪几个家伙要野蛮，竟开枪射击，枪弹从头上飞过，穿得树叶“唰唰”响。同学们只好纷纷逃散。少校教官出面劝解，他们非但不听，竟把他打得衣破、帽毁、脸部受伤。

听说陈季让与葛兰笙发生过争执，不知为何。不久，他就再未在校内出现。过了不久，赖有伦也不再到校，他是否真回老家看橘子树去了？少校教官在校时间长些，后来也不见踪影。

他们的考试采用笔试，每人当堂作一篇文章，交卷了事。题目为“抗战建国”之类。

他们还组织过一次打靶，地点在西山观。我因病未去。

五十多年后，得知陈季让系陈毅元帅的胞弟，1949 年后曾任四川乐至县副县长，四川省政协副秘书长。

化学兵团

我进城每次路过师管区、团管区门前，往往见墙上贴着布告。走近去看，大都是领取病亡新兵遗体的通知。为什么有这么多新兵病亡啊？没有军医诊疗吗？难道他们也像我们一样，伙食太差吗？使人纳闷。

有一天，校外操场上有一军官带一排新兵操练。新兵们面黄肌瘦，个个骷髅般的躯体驮着颗大头，走也走不齐，跑也跑不快。那名军官却很漂亮，小白脸，咔叽军服，脚上还套着锃亮的皮靴。这时，有几个女同学走来观看，军官立刻精神抖擞，口令喊得亮，皮靴也踩得响。但新兵们更加无精打采。休息时，新兵们围坐成几簇，个个垂头闭目，似乎就要睡去。不知怎的，突然飞来一群红头苍蝇，围着他们"嗡嗡"。他们脸上满是眼屎、鼻涕，脖颈、双手都污秽不堪，身上散发出酸臭的气味。

征兵、抓兵、卖兵……我们的同学竟有被抓去当兵的。

一天，有一位老人到学校向校长报信，说有一个六中学生与他同行，途中被抓了兵。虽然那个学生路上对他很不礼貌，他还是本着慈悲心肠，想救救他。过了几天，那位同学竟然回校了。他被抓去后，当然不服，便与那些军官吵闹。他是高中学生，只要上军官学校，毕业后便与他们一样是官。军官们对他无计可施，只好放行。

还有几个同学假期去成都游逛，回绵阳途中全被抓兵。由于人数多，抗议的力量大，军官软下来，请他们暂留几天，与军官们同吃同住。怎么回事？原来军风纪巡查团来点查兵士人数，因空名很多，只好“请”这几位同学充充数，以免被“军法从事”。果然，巡查官员点查那天，他们便穿上军装，站在队伍里顶名。点查完毕，官员离去，他们便被放行了。

王尔铮在校外赁房居住，他说，同院有愿包学生伙食者。宝钟、修齐、栋阳和我便退伙，领钱去那里包饭。院子在公路西不远的地方，尔铮住上房，包饭者住在偏房里。包饭者是一个三十多岁的妇女，带着两个十岁左右的孩子。她是一位排长的夫人，丈夫打国仗去了，生活不易，包几个学生的饭，添些收入。我们很同情她。孩子们穿戴很差，女主人也不打扮。

有一天，她对我们说：

“你们也不找个‘花’，王先生就找了一个。”

“什么‘花’？”我们不明白。

宝钟到底是老大哥，一走出那个院落，便红着脸，气愤地说：

“什么‘花’，就是破烂女人！”

我们都明白了。女主人的口气是劝我们也找个‘花’，那么，她也不是正派女人。

有一天，我们一早去吃饭，因女主人还没做好饭，我便走向王尔铮住的上房，想观光一下。别的同学也想去看看。王尔铮听见我喊他，急忙出来站在门前，摇着手拦住我说：

“昨天晚上我跑肚，屙了一地，没法请你们进屋。”

我只好却步，别的同学都觉扫兴。

又一天，我在王尔铮的屋门前，看见一个年轻女人在晾衣服，身体健壮，肤色虽黑，却还有些姿色。我猜想她一定是王尔铮的“花”了。

后来听说，陈麟祥曾去偷过王尔铮及“花”的鞋，笑闹一场。

包饭的女人说，王先生的“花”是个连长太太，连长到前线打仗去了。包个“花”，按月算钱。

王尔铮说，在流亡中学时，曾向许多人说过我的好话，包括他的族弟王尔镛在内。尔铮是一放荡公子，1949 年后抛妻弃女，有公职不干，以卖画谋生，困窘而死。

学校当局“忠诚党国‘抗战建国’大业”，把“军事第一”见诸实施，不断地向军事学校积极输送学生。

中央军校成都本校在绵阳招生，校方恭请政治部主任邓文仪到校讲演，鼓动学生投考。邓文仪短小身材，一张瘦黄脸，像个精灵。他一张巧嘴，夸耀军校和自己，并说他去过苏俄，等等。他指责中国共产党，骂苏联，歌颂蒋委员长……不外“一个主义、一个党、一个领袖”这类的老调。他称“懂得”共产党，“懂得”苏联，不要相信他们。他还陪着笑脸，讲了些讨好学生的话。

真奇怪！赵立品竟然去投考了中央军校！他父亲赵笃生可是在泰安老家参加了第八路军啊！王信朋也去了，他堂姐王信普在我们班。听说第四分校的黄德信也考上了军校，并非意外。不知哪一年，他投考济南初中落榜，是他自己请求，还是孙东生、胡干青老师同情他，收留他做了工友，把他培养成一名“号兵”。从山东流亡出来，孙、胡、丁等老师认为他还是个少年，把他“变成”学生。他有些社会油子气，已经读不下书去，就走了“投笔从戎”的道路。

城里贴着化学兵团招生的广告，后又贴到校内来。有的同学到公园旅馆内“化学兵团招生处”去看，只见仅有军官一人。那个军官把化学兵团说得神乎其神，什么高等的实验室啊、研究室啊，学员学高深的数理化课程，特别是化学方面更为渊深。成绩高超的学员还要送英国留学深造。一传十，十传百，何况入团后就享受尉官待遇，引起一部分爱好数理化的同学的兴趣，闹得沸沸扬扬。

学校请那个招生的中级军官到校讲演。

那个军官没什么军人气概，大高个，弓弓腰，语言干涩，啰啰唆唆、吭吭喀喀，重复他那老套，谁料却吸引了许多同学。

一天，顾恩祥从第四分校来了，兴冲冲地要投考化学兵团。我劝他不要去，因为那个军官讲的不一定可靠。学理、工，可顺着初高中、大学这一条线去攀登，不必去穿国民党兵那身军装。他不大听劝告，我就以“老大哥”的身份压他。他无可奈何，很不高兴地回罗江去了。顾恩祥后来到中央大学附中读完高中，考入中央大学畜牧兽医系，1947 年从报上看到他在“反饥饿、反迫害、反内战”的大游行中打先锋，被军警刺伤臀部，住进医院。毕业后到甘肃农学院任教。1957 年，夫妇双双被打成右派，“文革”后平反，任教授。80 年代后，和我通信，他夫妇回山东，我们再次相聚。

许多长于数理化的同学都去考了化学兵团。他们卖掉衣物，购买数学、物理，特别是化学方面的书籍，满怀希望地去了泸州。你只要报名，不管高中、初中学生，考试、体格检查没有一个不及格、不合标准的。原济南初中的同学去了个顾世纯。他是博兴县人，沉默寡言，用功读书，看不出明显的政治倾向。

过了一些时日，听说考入化学兵团的同学大都开了小差，但又不能回校读书，流落在四川各地。

作者像

化学兵团实际是招兵。入伍后，实行“法西斯”训练，如在团内走路必须走直角，老兵可以随便侮辱新兵甚至殴打，等等。伙食比国立六中还差。大多数同学受不了那种罪，只好抛弃衣物、被褥和书籍，翻墙头或借到团外出勤的机会逃走。据说有一个同学逃出后，在某地过河，因无钱付给摆渡者，索性脱掉衣服顶在头上凫水过去。顾世纯没有开小差，传说还真的被送到英国学化学，但无法证实。

航空学校招生虽说是秘密的，但同学们没有不知道的，体格检验合格便被领走。据说因为军医中有山东广饶老乡，所以大李毓材和一“老气横秋”的同学被录取了，他们都是广饶县人。

校方向军统、中统保送了多少学生不得而知。五级的丘为谊曾被保送进中统训练班，但他后来离开训练班，没有学完。丘是山东教育界、实业界名流徐眉生的外甥。

学校当局有时请所谓“名流”“学者”到校讲演。抗战当前，来者皆谈抗战。有一个姓张的基督教界头面人物曾到校讲演。他不讲上帝、耶稣，却专讲向“蒋委员长”的“精神总动员”献策。那人矮小，一张巧嘴。他的“献策”似可与“党员守则”相映生辉。

萧一山教授曾到校讲演。他是一个身高体宽的徐州汉子，声调高而厚重，不讲他的“清史”，也大谈“抗战建国大业”。他身着高级衣料，手挎大皮包，没有“学者”的风度和气质，酷似混迹官场的豪富。

来校讲演者还有一个河北省籍、在张荫梧[①]左右走动的某人，据说是校长在学校左近一家旅店门前相识的。大约“川中结新知”，于是被邀。那人中等身材，有些臃肿，光头，衣履不整，好像饱经过许多风尘。他专谈河北省“摩擦”的具体事件，“我代表……与中共方面接了接头”“我又与中共方面接了接头”“我又与……”他不辱骂共产党，也不论谁是谁非，有时谈得好像自己是第三者。他说已在重庆述职完毕，现在是回河北省路过绵阳，回去还要“与中共方面接接头”。

史庆梓说，他曾在旅店前公路边碰见那人。那人右手掌托着一叠铜钱，一面走路，一面把铜钱颠向空中，然后轻巧地接住，怪有趣的。

日子不很长，见到《中央日报》刊登国民政府褒扬那人的公

---

① 张荫梧（1891—1949），河北博野人。晋绥军陆军中将加上将衔。在保定军校与傅作义、陈诚同学。崇尚颜李学派，终身习武，烟酒不沾。阎锡山属下军长，北平市长。1932年中原大战晋绥军失败后，回乡办学，招募义勇军抗日。“七七事变”后组织河北民军抗日，曾与中共合作。后经陈诚介绍加入国民党特务组织，任河北省三青团总干事长兼民政厅长，与中共在敌后“摩擦”，发明“曲线救国”，被贺龙一二〇师全歼。

告，不知因病还是“摩擦”亡故了。

一天课间，只见梁仁甫陪一着满身呢子、戴上校领章的军官在教室间走动，似在“参观”。他们走近了，我仔细去看，原来是马友三老师。我们一接谈，他便说：

“一中的学生我只认得你和隗文云。隗文云呢？”

我说：

“开除了！”

他问我“为什么”，因梁仁甫陪着，我不好作答。

事后，梁仁甫向他表弟（与我同年级）说我的坏话。他表弟告诉了别的同学，又传到王立新、曹恒钦的耳朵里，他们告诉了我。真是怪哉！隗文云就是被开除了，马友三问及，我如实回答，难道不应该吗？梁仁甫为什么有这种反应？我初考入济南初中时，马友三任训育员，西装革履，年轻气盛，引起不少学生的反感。一天课间，他与一教员从高年级教室前走过，一座教室里有一同学大喊：

“马友三，你是混蛋！”

他听后大火，立即驻足回头，指划着教室里嚷：

“谁说我是混蛋？我不混蛋！我不混蛋！你才是混蛋！”

他往前走走，又往后退退；往后退退，又往前走走。怒容满面，声音嘶哑。

教室门窗内人头攒动，但无一应声者。

他后来到日本留学去了，据说他兄长在那里经商。

全面抗战爆发后，他回到济南初中，担任训育主任。他已成“日本通”，多次向我们作讲演，介绍日本军阀、财阀、政客和天皇的种种，对认识敌人、了解敌人有许多好处。同学们转变了过去对他的看法。他离开了学校，现在穿上了军装，上校衔。

校方未请他讲演，因他官衔小，或因他是孙东生老师的学生及下属的缘故。

听立新、恒钦等说，公路旁旅店里曾有两个过路的曹州老乡住宿，有一个姓崔。他们“专骂共产党”。后来知道那姓崔的是崔凡亭，曾在济南初中担任过训育主任，教国文。他们是从山东到重庆受训的，受训后返回山东。

校方也未请崔凡亭等到校讲演，大约因他们是曹州人，又曾为孙东生老师属下，不属同一派系吧。

向往延安鲁艺

孟庆元不甘寂寞，竟大胆要办一个综合性的壁报。他各班走动、串联，基本伙伴是曹恒钦、安克燕等。阎子桂的老弟子杨寿源、孟宪章作为理论家被邀参加。画刊头，请王尔铮。王尔铮长袍、呢裤、皮鞋，小白脸架一副眼镜，近似平津流亡大学生，颇引起某些同学的好感，况又会画几笔，算是风流倜傥的人物。孟庆元拉我入伙，我向他说清楚杨寿源、孟宪章的政治倾向，不宜与他们合作。他却认为缺少“写理论”的，应当请他们加入。因此，我不愿参加这个小团体，但与庆元的感情又让我难却，我只答应写稿子，自己抄写，不算“成员”。王尔铮只是搞版面设计，又无明显的政治倾向，也不算参加这个团体。

孟庆元把壁报定名为“无花果”。他爱读鲁迅的杂文，刊名由杂文中得来。

我写了一篇小说，题目已经忘记。故事梗概为：某城沦陷后，儿子去参加了游击队，父亲却在日本洋行里效劳。儿子写信劝父亲不应事敌。父亲进日本洋行系生活所迫，常遭侮辱，接儿子信后，恰受大侮辱，即投奔儿子去了。我要求排在版末，庆元答应了。

稿子收齐后去送审，审稿者是杨芸斋。审稿未出麻烦，庆元与恒钦等便高兴地刊出了。这在校部很引人注目，无异于沙漠上的一棵绿树。刘云祥、宋有禄说我小说中的那封信很感人。

但第二期出了麻烦。杨寿源写了一篇“宏文”，文中说鲁迅坐过监狱，被杨芸斋挑了刺，不能刊登，让庆元拿回来了。庆元、恒钦等找杨寿源改后，未再送审，就抄在第一版贴出去了。杨芸斋知道后，乃命令把杨的文章撤掉。

孟庆元、曹恒钦站在壁报前，舍不得撕下来，又不能留在墙上。这时，我正好路过那里，见他们作难，就建议他们“开天窗”，并举《新华日报》的“开天窗”为例。（《新华日报》的送审稿件凡未通过者，就留下空白版面以示抗议。）

他们领会了，果然开了天窗。杨芸斋立即命令把壁报撕掉。《无花果》有花无果，停办。

宝钟、栋阳都是聪明、用功的学生，各门功课均属上乘。宝钟的文学写作才华出众，有志从事文学事业。但使我难以想到，栋阳竟也要走文学的道路。他的作文虽然被国文教员评为上品，但他在中学阶段应该全面发展，然后再到大学去学专门知识。我们在一块谈论多次，都愿学文学。学文学，只有到延安鲁迅艺术学院去。在校部，听说徐德庵老师旧学有根底，但我们未受教过。其他国文教员，既无著述，又无创作，“教书”而已。又谈到即使将来读大学文学系，也学不到鲁艺的抗战革命文学。李广田老师曾让我们向宝钟那班兼课的英文教员李汝桐请教。他是北京大学英文系毕业，课上得好，也有文学修养，但他考取了外交人员，连银行职员都不做了。于是，我们趁隗宽来绵阳办完事回罗江的机会，托他转请李广田老师，能否给鲁艺的何其芳去信，探问鲁艺招生的信息。我们能通过川陕沿途关卡和陕甘宁边界的碉堡线吗？（何其芳老师本已应聘，于1937年暑假后到济南初中任教，因“七七事变”爆发，回四川探亲后转赴延安了。）

机会终于来了。栋阳说他的表哥陶稷农已从西北联合大学师范学院国文系毕业，应孙东生老师聘请，到第四分校任教。栋阳也未摸清他的政治身份，但我们确认他是一位革命者。

从第四分校传来许多有关陶稷农的议论：

陶稷农，早名陶焕第，在济南初中读书时，因与几个同学殴打教育厅督学被开除。他长于写作，曾与济南市的报混子笔战过。在北平，他是“一二·九”运动的活跃人物。全面抗战爆发后，曾在武汉、西安的“平津同学会”工作。他写过《谜一样的山东》的小册子。

孙东生老师从其他校友信中知他已大学毕业，虽开除过他，却真心实意地请他到第四分校教书。

栋阳，白净、漂亮的“小模子”，虽然年龄比我们小，但言语、行动像个成熟青年。他父母双亡，依兄嫂生活。其兄是个手艺人，生活不容易。陶稷农之父乐渔公，是济南有名的会计（钱粮师爷），名士，虽无恒产，但也算官场中人物。陶、马二家不知是哪门子亲戚。

暑假期间，听说陶稷农已到第四分校，栋阳、宝钟商议由我去罗江拜见他，表达我们的愿望。栋阳早已把我们的志趣写信或面告他了。估计栋阳路经城固时曾见过他。他由陕来川经过绵阳时，他们也曾会面。宝镛在罗江，也已把我们之间的关系向他谈过。（陶稷农系西安临时大学中共组织负责人之一，后为陕南学运负责人。）

我一个人择日一早登程，顺公路一气就走了六十里，已到山间捷路与公路的交叉点。我当然走弓弦捷路，不久就来到山坳间那棵大树下，不禁停留片刻。大树下虽然横七竖八地摆着些大石块，但我无心坐下去歇歇，便向山径旁的崖边走去。金山铺在崖下公路两旁，因非集日，出入的人、马、车辆不多。只见有一个人从铺内走出，来到崖下，冲直向崖头攀登上来。那人脚步稳健，一会就到半截腰。仔细看去，原来是一位女性，穿着国立六中那种男女不分的校服，当然是位同学了。真奇怪！这位女同学怎么跑到金山铺来？攀上崖头干什么？她一直躬着腰，低着头，吃力地成直线往上走。我想早些赶到罗江，就顺山径快步走下去了。

20世纪50年代听姚曼云即徐德贞讲，她在第一分校初师毕业后曾在金山铺待过，做“新生活运动促进会妇女工作委员会”的工作。她说，我看到的那位女同学应该就是她，她在延安结识俞新民，成为夫妻。

太阳还高，我已到达第四分校。从心理上，我一直认为第四分校才是自己的学校，校部好像是客居的地方。

见到宝镛，他便领我匆匆忙忙到教员宿舍去找陶稷农。走到半路，他猜想陶一定不会在宿舍，会在公园里看篮球赛。我们刚赶到球场边，宝镛就嚷：

“在！在！”

陶稷农，陶老师，原来是一位比我们大不几岁的青年，颀长，白皙，架着一副近视眼镜，长衫，黄皮鞋，典型的平津流亡学生样。宝镛把我介绍给他后，他非常高兴地同我握手，马上拄起手杖，领我们到茶馆兼饭店去了。掌柜、幺师同他已是熟人，不等招呼便每人泡上一碗花茶。除了我们三个，尹纯德等也在座。

他的北平调有时露出济南土腔，谈他原籍苏州，父辈在济南做事落籍。又谈白杨，谈黄碧野，轻快而又有风趣。

很难令人相信，这样一个文质彬彬甚至有点弱不禁风的青年，少年时代曾殴打过督学。据卢宗文老师说，那时孙东生校长也挨了打，一个大个子学生竟把稀饭桶扣在了孙校长头上。孙从窗户跳到高中那边去，又挨了几个高中学生的打。几个少年竟打了督学及校长，不成体统。

这几个少年中的董琰、岳朴龄、管大同、左希闵都成为革命者，1949 年前后担任过中共比较重要的党、政职务。岳朴龄改名岳卓元，左希闵改名左平。

他不以老师自居，像个朋友、乡亲，率直、洒脱。

幺师摆上了各种炒菜，且有罗江名产——鳜鱼，我们得饱一次口福。

第二天早饭后，他又叫我与宝镛去“摆龙门阵”。这次，他谈了对第四分校的认识和对几位老师的评价。

他说，孙校长多次请他来校任教，曾直截了当地说：“我知道你，到我这里教书不会有事。”

他着重说：“这里的老师们，只有方敬同我谈得来。”

这，不就暗示了他们二人的政治身份吗？

我们谈到山西民族革命大学，联系到张慕陶在临汾被逐，和丁逢白在西安中央军校第七分校办刊物、放毒等。他便将谈话转入“那个戴眼镜的先生”——阎子桂。他的政治嗅觉确实敏锐，到罗江这么短时间，便发现阎子桂的政治身份。他对孙东生校长延聘这样的人物很不以为然，对有的同学常去阎子桂宿舍，深感不安。（阎子桂及其弟子挑拨李广田老师与陶老师的关系，这从李老师的《日记》可得明证。）

我们还谈到陈箴泗，她是济南我家的近邻，在南京反省院因难产死去。他们是“老一中”的同学，曾在一块演过戏。她在曲阜师范读书时，因在《子见南子》一剧中饰演南子，成为反旧礼教的英勇斗士。她受后母虐待，愤而出走，投身“革命”，不幸被捕。他对这位大姐深表敬意。

他教初三国文，因无参考书，有一定困难。他说曾向陈翔鹤、李广田老师借参考书，但他们不借。我认为他误解了他们，但又不便解释。李广田老师流亡七千里，带被褥和随身衣物就已不易，还能带什么参考书？陈翔鹤老师是四川人，或许有些参考书籍。他们年长，底子厚，有教学经验，与他这个刚大学毕业的青年教员，不可同日而语……

我们吃了、喝了一天饭店兼茶馆，兴之所至，似乎什么都谈到了，但我到罗江的目的却没出口，好在他早已知道：你们想去鲁迅艺术学院学文学。

第三天后，我钻到同学中去谈东谈西，也没拜望别的老师。回绵阳前，我也未向陶稷农老师告别。

回到绵阳，我向宝钟、栋阳谈了详情。我们认为：远有新民的通信联系，近有陶稷农可以求教，我们的愿望不难实现。

不久，三级的袁建林同学约我谈谈。他满口“稷农、稷农”，我就明白了。他是原菏泽中学学生，曹县人，朴讷、真诚。他说他的兄长与“稷农”同学，“稷农”已把我们的愿望告诉他了。他谈到三青团的活动和胡宗南部侵占陕甘宁边区三座县城，等等。此前，他已找栋阳、宝钟谈过了。

有喜瑞、立新、恒钦，又多了这么一位建林老大哥，一个看不见的感情纽带把我们联系在一起，为了一个共同理想，愈来愈紧密、愈牢固。它打破了地域和原菏中、济中及各校的隔膜，从政治上重新沟通和组合。

过了些天，建林问我参加过民先没有，我说没有。他让我写一份自传，用本名或化名都可以，等来了“人”，一块去见面。并说已叫栋阳、宝钟写自传了。宝钟、栋阳同我一起交谈，认为袁建林没说明参加党还是民先，也许是别的团体，应当问明。栋阳年龄虽小，但特别慎重。

一天，建林找我，问自传写好没有，我说没有。他很不高兴，又去找栋阳、宝钟。宝钟没写出自传，特别慎重的栋阳却写出来了，跟他去见“来人”。栋阳回来以后说见了“来人”，但“来人”说某地有的青年参加后又后悔，要求退出，因此今后不能草率吸收新成员。

从此，建林大哥再没找过我，碰见也不交谈，好像有什么难以开口的话。我认为他已厌弃了我们。后来，又传来其他同学的议论：“刘保全、王宝钟专弄文学……”

立新讲：听说一位“来人”被捕了。

20世纪80年代后期以来常与建林大哥通信。他说，那年介绍我与宝钟、栋阳加入中国共产党，组织已经同意。但他的关系突然断了，成为终生憾事。

我逐渐知道了四级读“社会科学”的同学，有周庆立、丁兰慧、田溪、陈克胥等，但从未去攀谈，有的见面点点头，有的“相应不理”。他们中认识我的不多。田溪不知从何处转学来的，大概不是山东人。有一天，我听见他在教室里唱《大丹河》（好像是王震之词，吕骥曲），很吸引我，因为我会唱那支歌。他的女友游玉玲与韩祥云、马夷亭在一起。

一天，课外活动时间，我在教室里看书。马夷亭，还有几个同学也在看书或做作业。韩祥云快步走进来，擦我身而过，尖声喊着：

“夷亭！你知道列宁的英文字吗？”

她一面走，一面把英文字母一个个读出来，像获得了什么奥秘似的。

我很惊讶，不由得肃然起敬。

在校部党化势力的重压下，想不到竟有这么一群无畏强权、追求理想的女同学！她们因学校伙食太差，又无钱添补食品，以致发育不良，矮小瘦弱，几乎没有一般少女的容颜。又兼衣履近于褴褛，形象实在不佳。但她们却揣着一颗高贵的心！

韩祥云，后就读于西北农学院，20世纪90年代居美国旧金山。马夷亭（1918—2005），山东定陶县人。1941年2月，在绵阳国立六中被捕入狱。9月被释放，回六中复学。1943年春，高中毕业，在重庆一所小学教书。1945年7月，与史大友等同学到菏泽安陵集的中共冀鲁豫边区第五分区地委、专署，被安排在五专署政治部做文教工作。1962年4月后，任聊城卫校教导处副主任，副县级纪检员。1985年8月，离休。2004年在聊城得见。

立新约我到王铭章路（由公路岔去西山观的一条土路）见一位第四分校的同学。这位同学叫姜渭澄，也是由第三分校自动加入第四分校的。他现与隗宽、顾恩祥等同级。他高个，白净，比我们成熟。一开口，便“稷农，稷农”，我明白，他是受“稷农”嘱托而来。我和立新与他交换了两校的政治情况。第四分校的“祸害”当前是来自阎子桂，同学受他欺骗者不乏其人。“稷农”想用学生的力量把他驱走……无疑，渭澄是同学中之有声望者。（他曾成立“十月社”，团结的同学很多。）

据说，第四分校的一部分同学曾对阎子桂采取过“行动”，他们是陶稷农所教班级非原济南初中的学生。一个学生违反了校规，学校叫全体教职员投票，决定是否予以开除。只有陶稷农投了反对票……

署名“波臣”的留法托派梁贻写的回忆文章中讲，早在1931年山东就已建立了托派组织。1935年夏，第一乡村师范的常叔康吸收了齐光中学教员阎子桂。阎子桂于1935年秋至1937年在齐光中学教书，把托派刊物《火花》在学生中传阅，影响了大批学生参加托派。阎子桂在学生中组织“真理读书会”，在读书会中传播托派书刊，参加读书会的有四五十人。阎子桂吸收了二三十人参加托派。其中包括：杨寿源、杨承章、孟宪章、孙鸿志（孙敬）、隗宽、郭毓英、曹毓林、杜文林等。阎子桂从罗江国立六中四分校被送去中央训练团受训，后又于7月间被送去西安军分校任政治教官，从此阎子桂脱离托派。波臣写道：中午到了罗江，见了子桂……和子桂盘桓了一天，又上路了……他在学生中有了信仰，已谨慎地建立了组织。我俩同一的观点：学生一定要进工厂，不经过锻炼是靠不住的。等我一进了工厂，他就介绍学生来。……子桂的学生来了两个。一个是孟宪武，另一个回校。第三个是杨寿源。在南京苏家会见了子桂的学生苏学常、老范、老杜、熊安东、杨寿源、曹玉林、刘毅等，重庆见过的只有老范和杨寿源，这些新相识，都十分可爱。……重庆组织破坏了十之八，王叔本和老隗（子桂的学生）还关在重庆监狱里。子桂在西安胡宗南那里教书，和刘仁静[1]同事。被派遣留学美国。1949年后，由美返台，任

① 刘仁静（1902—1987），湖北应城人，又名亦宇。1918年入北京大学读书，参加五四运动。1920年加入北京的中国共产党早期组织，次年出席中国共产党第一次全国代表大会。1923年任中国社会主义青年团中央书记。1925年去莫斯科列宁主义学院学习。受托洛茨基思想影响，1929年回国，进行托派组织活动，被开除出党。新中国成立后，在北京师范大学任教，后在人民出版社从事翻译工作。（引自《辞海》第六版缩印本，P1176，上海辞书出版社2010年4月第1版。）

教政治大学。台湾有罗宾逊《经济哲学》及《凯恩斯理论及其以后的发展》《经济科学之性质与意义》等经济学译作，署名译者“阎子桂”。

陶稷农辞职去了成都。传说孙东生老师为他谋了个临时职业。

山西民族革命大学来四川招生，消息很快传开了。学校虽然是阎老西的，但校址在陕西宜川，离陕甘宁边区较近，何况在临汾时的民族革命大学曾红火一时啊！它出版的文学刊物上，尚有可读的作品。听说它还设有艺术学院。

栋阳给他表哥去信，问我们是否应该投考，借机可去延安。陶稷农回信说：“这次招政工人员，不久即招文艺学院的学员。你们有志学文学，可等下一次。”

看样子，他很摸底细，似乎他也管招生的事。

20世纪80年代，稷农师对我说，那次中共地下党参与招生者有成都市委的韩天石，省委的张“同志”、周文和他。

靳醒洲已好些日子不上课，不知为何？

他原是德县初中学生，在泰安投考了江阴要塞炮兵“军官”。南京沦陷时他逃过长江，回山东流亡中学读书。他穿一件落色的军上衣，座位在我班前几排。刘云祥、宋有禄与他要好。他身健体匀，方面，白皙，很有军人气质。我没同他交往，既然同刘云祥、宋有禄要好，可见政治倾向已经相同。

靳醒洲在校内出现了。刘云祥、宋有禄说：他考上了山西民族革命大学，随队伍北去路过绵阳，住在旅店里，现在回校来拿衣物。我明白他考民大的目的，也略略猜到这些学员的未来动向。

课间休息时，我们从教室回宿舍去。只见靳醒洲抱着包袱向校外走去。这时，葛兰笙突然出现，拦住他责问：

“靳醒洲，你到哪里去？”

奇怪！葛兰笙怎么会认得他？又恰在他出校时出现？

靳醒洲停下步，一本正经地回答：

“去山西民族革命大学。”

葛兰笙瞪着眼说：

“那是个什么学校？不准去！放下包袱！”

随从葛兰笙的那个黑大个一把就把包袱抢过去，然后跟葛兰笙走进我们宿舍对面的综合办公室。

我们同靳醒洲一块到宿舍，坐在床上盘算。有什么办法才能让靳醒洲带着包袱出校。王立新见此态势，跑来我们宿舍，很想帮个忙。

过了片刻，我探头看看对门的办公室，只见原济南初中的工友王克勤抱着包袱依门柱站着。我见四周无人，也无人出入办公室，就几步迈到他身边，悄悄说：

“把包袱给我好吧？”

王克勤抬头一看是我，就毫不犹豫地把包袱递给我。

我抱着包袱回到宿舍，放到靳醒洲怀里。一想，宿舍有后门，又靠近学校后门，很容易出校。王立新一下站起来，我马上对他说：

“立新，你带他从后门走。”

立新是个大壮汉，足能与那个黑大个随从对阵。他把靳醒洲送出后门，看他走远才回宿舍，没碰见什么阻挠者。

第二天一早，刘云祥、宋有禄去送别靳醒洲。他们说，民大的学员们徒步出发，靳醒洲过江后，挥手而别；并说张金镛、四级的张守忠也走了。辛玉英等女同学去送张金镛，她们相抱而哭，非常感人；又说，袁建林也在江边送别北去的同学。校方得知张金镛出走，立刻派她的亲侄子和亲戚，即在绵阳永兴场二分校读书的张子生和王永瑞——其嫂子是张金镛的姐姐——骑脚踏车去追，要他俩一定把张金镛带回来。他俩不到半天就追上了，200人的队伍，周文带队。张金镛对她侄子说“你小孩子，留下读书吧，我是走定了。”她仅给侄子留下三块银圆，其余50块属于侄子的钱都被她带去延安了。

张子生，13岁随校流亡，16岁加入中共地下党，被国立六中开除，后被四分校收留；1949年毕业于中央大学美术系，1958年被划右派，“文革”时被下放农村，1979年回南京，任工艺美校校长至离休；工水彩，任江苏省水彩画研究会名誉主席。

王永瑞，1916—2005，1941年至1945年就读于四川大学，1950年回山东，先后任教于菏泽一中、巨野一中，1975年退休。

辛玉英，1922年3月—2015年8月，山东曹县县城人，随菏泽省立六中加入流亡，在绵阳国立六中为“野草社”成员；1942年9月就读重庆复旦大学新闻系，1946年7月毕业后先后在《世界日报》《时事新报》做记者，后在重庆江北志达中学教学；1949年后在《新民报》《石家庄日报》做记者，1950年后在北京人民美术出版社做编辑；1961年5月随“摘帽右派”丈夫下放到山西阳泉矿务局，在矿务局一中任教，1975年提前退休，1990年离休。

我与张金镛、刘守桢未婚夫妇同班一年，从不接近他们，尤其张金镛，免遭非议。但有一天我进教室，她正翻我的抽屉。我无言。她说“sorry”。我同桌郭毓英说，她常翻我的抽屉。

张金镛去延安后我写下了一首诗：

赠

你是灿烂的蔷薇，
你是闪烁的明星，
姑娘啊，
你照亮了我的眼睛，
但，姑娘啊
你去了，
给我留下的
不知是辛辣？
还是酸痛？
姑娘啊
因你怜惜我，
赠给我诗章，
遂使我永日萦思，
亘夜忧伤。
啊，在荒凉的原野上，
我竟纵声哀哭
迷失了归来的方向！

过了几天，我在校内遇见王克勤，向他表示感谢和歉意，估计他会受到训斥。他只微笑着，露出无可奈何的样子。谁料那个黑大个随从站在我们身旁，凶相毕露地向我喷出恶言恶语。我不屑理他，立刻走开。

过了一个时期，靳醒洲竟从延安来了信，这使我们惊喜万分。

他在“泽东青年干部训练班”学习，生活很好，每星期打一次“牙祭”。

据说，民大的学员到达宜川后，绝大多数改去延安。阎老西莫奈何，停招了“文艺学院”。

有一次我去罗江，竟遇见了王克勤，想不到他已回第四分校工作。他说把包袱给我后，葛兰笙对他大加训斥，他气得生了一场病。我无法感谢他，安慰他，只能不声不响，表示惭愧。他一定被葛兰笙开除了，只好改名换姓在第四分校补个工友名额吃饭。1948—1949 年间，我在西安时，曾去西北大学看望冉晋叔、林冠一老师。冉老师说王克勤在西大当工友，与另一曾在六中作工友的在一起。他们因为工资少，自己做饭吃。我去看望他们，只见王克勤老多了，脸色不好，衣履不整。我那时也无力帮助他们。他是河北省人，不愿当亡国奴，随学校流亡到大后方。

20 世纪 50 年代，听姚曼云讲，靳醒洲在延安学习后，被分配到晋西北贺龙部队，在对敌作战时牺牲了。

张金镛（1921—1954？），山东定陶天波张楼村人。其父张耀南为当地名士，末代秀才，民国北京政府时某军中高级将领，450 亩地的乡绅，县职业中学校长，县商会会长，抗日游击队组织者。张金镛自幼备受父母宠爱，远胜孙辈。张金镛到陕北后，由柯庆施主婚与罗 × 结为夫妻，罗去延安前是中央大学医学院学生。1942 年延安整风，罗被隔离，张金镛在窑洞里以泪洗面，不明白为何丈夫会被当成敌人监禁？期间竟遭暴侵，三个施暴流氓被枪毙，然造成了张金镛严重的精神分裂症。曾与黄敬一起在陕北治疗，但她未治愈。后育有二子，20 世纪 50 年代初又曾去南京，由市长柯庆施安排治疗，亦无效，被送回山东菏泽张的姐姐家寄居，分给她十亩地由农民代种，以土地收入养活她。少年时与她订过婚、时任平原省政府秘书长的刘守桢常去看望她。约1954年，张金镛误喝做豆腐的卤水，中毒去世。

张守忠改名万力，1949年后在天津文联工作。

张文卿的遭际

云祥、有禄、文卿都在寻找“革命的道路”。文卿不甚露形迹，云祥、有禄显得急迫，尤以有禄之汲求见诸言表。

暑假期间，云祥、有禄去了第四分校，除同许多同学谈论外，就是拜访老师了。他们因为生疏，没敢冒昧向陈翔鹤、方敬二位求教，必然要去见李广田老师，何况云祥与李老师是齐东小同乡呢。

云祥、有禄与高年级的张春生等也有交往，因此，我偶尔与周振家、张春生等碰了个对面时，也会点点头或交换一下微笑。

云祥、有禄俩经同学介绍，决定去第一分校拜见一位同学。

一个假日的清晨，我还躺在床上，云祥、有禄从隔壁他们宿舍过来，趴在床头上小声对我说：“我们去了。”

我嘱咐他们：出后门后先顺河边往南走，四顾无人时，再折向北去。因为朝北走，他们就认为你们要“去延安”，路上会出事。

他们走后片刻，只听隔壁有几个人起来，脚声急促地走出门去。过了好久，又听到有人回到隔壁宿舍，并听见他们说：

“你看见他们朝哪里去了？”

“往南。”

“不用管了，不朝北就别管。”

说话的是老同班苏彤镳、庞家修，两个三青团员。他们与云祥、有禄住同一宿舍。

过了一天，云祥、有禄从梓潼回来，曾见到那位同学，谈得未得要领。

有禄是历城县东乡人，虽然宋家在济南市里开着蚨庆、蚨祥等杂货铺、酱菜园，但他衣着朴素，言语拙实，是地道的乡下人。由于认真、求实，过于执着，所以有些神经质。有一次在课堂上，他突然半回头递给我一张照片。由于正在上课，我掠了一眼，感到非常惊讶——他怎么有这么一张烫发的少女照片？课后才知道，那少女是他表亲，在济南上中学。他把她的来信拿给我看，信写得蛮有情感。有禄好些日子情绪波动，他在怀恋那位表亲啊！在日寇铁蹄下的济南，女孩子为了心上人还在打扮自己。

文卿是博兴县人，到四川后才吐露他的政治倾向。他说，有一年，小学的老师带领高年级同学，手执红缨枪、木棍参加了暴动（即博兴暴动）。他那时年龄虽小，但印象极深。1940 年春节，云祥、有禄约他和我在饭铺里过除夕。他指着涂着红色的牛肉说，“我将来比这个还要红”，表达自己的心愿。

一天，文卿接到一封家信，在宿舍里一面看，一面簌簌落泪，原来他的妻子去世了。他说，虽然是包办婚姻，又比他大很多岁，缠着小脚，一个大字不识，但孝敬公婆，整天做饭、洗衣、纺棉、织布，起早贪黑，非常勤苦。她对他这个小丈夫非常疼爱，好吃好喝的都留给他，把手织最好的布给他做衣裳……他悲伤了好些日子，仍未能把这个不幸的事情放下。

文卿的政治倾向虽然平时不露形迹，但“特务”学生也在盯他的梢。一天，课外活动时间他走进教室，只见苏彤镳在翻他的抽屉洞子。他火了，几乎动武。“特务”学生们还不敢公开搜查我们，只偷偷摸摸地干。苏彤镳不敢反抗，在文卿的盛怒下，乖乖地耷拉下尾巴。

三青团分子也经常偷偷摸摸，有时也要横。如李连群就曾在宿舍摆谱儿，惹得王立新火起，赏他一个耳光。谁料他竟“吃”下去了。

学校有两个篮球队，一名“旭光”，一名“大风”。两队经常比赛，“旭光”略占上风。张文卿“不自量力”，拉了几个矮个子同学组了个名为“铁鹰”的篮球队，大胆同“旭光”“大风”对阵。“铁鹰”虽每赛必败，但奋力攻战，毫不气馁。文卿说，一为锻炼身体，二为调剂一下赛场，两个队太单调，有个第三者，不更花哨些？何况能教他们“练球”。因为这种精神，大家尊称他为“张铁鹰”，不再呼其原名。

因为伙食愈来愈差，病与死亡威胁着绝大多数没有经济来源的同学，有的到估衣市上售卖衣物换几个钱。一天，张文卿抱着几件衣服，约我陪他到估衣市去。

估衣市上也不过一二十个摊子，摊主个个油腔滑调，把手藏在袖筒或衣襟下捏来捏去讲价钱。我们不懂此道，文卿没讨什么高价就卖掉了衣服，然后拿钱去了点心铺。想不到点心铺里还有面包、蛋糕。文卿把钱全花了，买了面包、蛋糕，同我一起在公园的草地上坐下。后来索性趴在草地上面，一气吃完。

因为我曾进过估衣市，从此，我便成为卖衣物的专家，云祥、有禄等卖衣服时也叫上我，说我会卖。我在市上故意同那些摊主胡闹，乱“摸手”，混充行家，我把棉大衣、棉袍子和宝钟兄弟送我的罩衫也卖掉。大家卖掉衣服就进饭铺，买零食，一气把钱花完。许多女同学也在估衣市上出现，出卖衣服，买点吃食。生活是艰难的，谁也顾不得谁。听说有些特殊的学生，学校发给津贴。到底给多少钱，非此道中人不得而知。“狂飙”剧团的御用团员每月领津贴，是千真万确的。

张文卿、王立新、曹恒钦接触较多，共同追求，共同苦闷，在学校当局的政治重压下无法排解，英、汉、算、生、物、化……也学不下去，都从六级读到七级去了（降级了）。

文卿曾领我到城南一座僻静的茶社去饮茶。他说，同学来这里的不多，可以避开“特务”学生的盯梢。我们谈来谈去，总觉得学校里空气太窒闷，只有做走卒和死抠课本的人可以待下去，寻求“革命道路”的人已难以忍受。

他决定离校去重庆，“寻找革命道路”。

他采取的路线是：顺涪江步行，到合川后再顺嘉陵江到重庆。起程的那天，他让我送他到丰谷井。

他身背铺盖，手执竹竿，我空着手，沿途浏览江岸上的风光，漫无头绪地谈着。我总觉得他前途茫茫，到重庆后能否如愿，是个大问号。

路程三十里，没有高崖、陡坡，我们很快便到了丰谷井。稍作休息，他便攀上东去的小坡，向我挥挥手便下坡去了。从此，我们未再会过面。

丰谷井是一座产盐的镇市，第四分校曾经想安在这里，后来才选定在罗江。

我观看了盐井，也去看了开凿中的新井。中国人确实勤劳、智慧，除了铁制的钻头外，几乎全用竹子作器材，就能把黄泉下的卤水汲出来。这是千余年前的奇迹！我去煮、蒸盐的作坊观看，只见阶梯式的灶上，铁锅一口高过一口，非常壮观。蒸锅上高大的笼具也很喜人。它们，就在火力的毕剥中熬出、蒸出锅巴盐和雪花盐。井上、作坊里，盐工们忙忙碌碌，身披破衣衫，脚套粗草鞋，烈火旁，红日下，汗水淫淫，气喘吁吁。他们也是“抗战建国”的主力军!

回校路上突遇阵雨，我避进一个路旁的草棚。草棚里挤满赶场的农家男女，他们向其中一个高个子农人问长问短。仔细去听，才知那个农人是绵阳首富吴百万家的长工，他们问他吴家杂七杂八的事儿。他说，吴百万家的老太太一天吃六顿饭，什么抄手、汤圆、糍粑、醪糟、凉粉，等等，零零碎碎地吃。大家听后又奇怪、又好笑——“啥仔噢!”

吴百万家的小姐吴琳在我们学校四级读书，长得紧凑、标致，天不冷就穿上小二毛皮袍。她是通校生，上课才来，下课就走，与山东学生无甚交往。若干年后，她在华西大学读书时，嫁给原在我校任教、后在该校考证出屈原为楚王男妾的教授，成为山东媳妇。

张文卿去重庆后怎样谋生，我已忘记。他曾寄来《群众》一期或两期。

1941 年下半年至 1942 年初，我与杨镇畿在兰州西北公路局做职员，曾与他通信不少。他还曾介绍几个青年与我通信，后又突然停止。某次，他用一个女人的名字给我写信，说已信奉天主教，受了洗礼，希望我这个“情人”也早日皈依上帝。我们读信后非常兴奋，庆幸他终于成为革命队伍中的一员。在此前后，他已考入交通部技术人员训练所学机务，以便将来成为汽车行道的技术人员。嗣后，他又来信说有人将来兰州组织一个社团，找我们一起工作。很遗憾!恰在此时，我们被调离了兰州，失去参加革命组织的良机。

1942 年至 1943 年间，我与杨镇畿在陕西彬县。我在车场，他在车站做职员，与张文卿保持通信联系。他曾寄来《苏联歌曲集》一册，但歌词在出版前大都被检查官删去，只有曲谱还完整。杨镇畿几乎天天捧着歌集试唱。彬县是陕西包围陕甘宁边区反共据点之一，军、警、特出入车站、车场，站房、办公室、宿舍，都是他们驻足、闲坐的处所。我怕出事，把歌集烧掉了。

两年后，杨镇畿去了重庆，找到张文卿。他很关心我，叫杨镇畿“表演”我在西北是怎样生活的。

1949 年后，我以为张文卿凭党龄和技术，一定会在某大工厂做负责人，但一直没有打听到他的工作岗位。

刘培钧说，在重庆时，张文卿曾带他去新华日报社见一位“同志”。那位“同志”面容苍老，但说才二十几岁，还招待他们一顿菜肴颇好的午餐。那位“同志”似负责青运的刘光，文卿同他很熟悉。

岳喜瑞说，张文卿在技训所毕业后，曾在重庆南岸、昆明等地公路局工作。1949 年后贫病交加，曾向他求助，后来失去了联系。

有的同学说，张文卿在重庆又结了婚，妻子是贵州人，不美，脸上还有一块疤。他们有一个孩子，不知是男是女。

马林才说，他在渤海区曾遇见张文卿的一个弟弟，那个老弟给一位军分区司令员当通讯员。他曾打听他兄长的踪迹。

有同学说，张文卿已经死亡。他死在什么城市？妻子和孩子呢？她如健在，如今（20 世纪 90 年代）也已耄耋之年，孩子早已不是“孩子”，该五十多岁了啊！

真正想不到，张文卿在 1949 年后为何如此沦落？想来想去，我终于想到：他在交通部技术人员训练所毕业时，必须加入国民党，而且党证号码为“特字……号”；又听说他曾在重庆市社会局当过职员……国共两个党的党员身份，又加上“特”字号党证以及社会局等，于是，他便郁闷地、悔恨地死去了。

国立第六中学校部的教职工、学生，几乎全是山东人。其他省籍的不过占百分之三四。出于联络乡谊，或有别的目的，有人组织以县为单位的同乡会。葛兰笙是日照人，学生有不少属于该县丁、牟、秦等大姓者，自然要组成同乡会。

许衍梁老师是日照人，不能不被纳入会中。林维绅是江苏赣榆人，与日照邻县，丁用宾老师早就讲过：“林维绅，我们邻省邻县，你就算日照人吧。”到了校部，他当然归顺“日照”。

人们都以为我是济南人。有些同学虽然生长、读书在济南，且一口济南腔，但原籍却为外县甚至外省者。我只被抱着回过一次临沂原籍，父亲卖掉分家得到的田舍，从此全家漂泊各地，后父亲病逝在济南。因我在学生登记表上“籍贯”一栏填为临沂，于是临沂同乡会便把我认作老乡了。

临沂同乡会中，教员有傅慕韩（蕴琦，原临沂中学生物学教员）、徐英玉（原济南女中数学教员）、张肇敏（原临沂中学英文教员）；学生十余人，除马珍献（其父系济南女子职业学校校长）早相识于济南外，其他均为新交。其中有小城东两位盛姓小姐及兰陵王家的孪生公子。同乡会曾在一个茶馆茶叙过一次。

徐英玉老师是一位正派教员，教学水平高，且能因材施教，很受同学爱戴。他的弟弟、妹妹都在六中读书，勤学、正派。（妹妹不幸早逝，弟弟徐叙 1949 年后为中国科学院学部委员。）

一个星期天下午，我坐在校门外路旁的树荫下，漫无目的地想起往事。想来想去，又抬头向道路与公路相接的地方看看。只见一辆人力车拐弯向学校而来。车上坐着一个白面青年，穿一件褪色的军上衣，仔细一看，原来是老同学刘朴芳。他也认出了我，就叫车停下。我问：

"你到这里来干什么？"

他走下车来说：

"念书。"

他说他早已与景康侯通信，托他向学校申请。我告诉他景康侯已退学，到重庆去了。他是从重庆来的，两人竟未见面。他付了人力车钱，提着行李卷，随我进入校内。

刘朴芳是湖南人，父亲当县长，被红军杀了。不知依靠何人，他母亲带他兄妹二人迁居到济南。他与妹妹都在省立第二实验小学读书。他比我高一年半（与俞新民同班），毕业后考入了济南初中。他是"小模子"，愿意被人耍，同大壮汉杜津最亲密。他们毕业后，一块去北平宏达中学读高中。我与他两次同学，想不到在四川第三次与他成了同学。他说全面抗战爆发后干过无线电报务员，年龄小，又想读书。他在成都旅馆里结识一个等车去西安的军官，就托那人把一只衣箱乘汽车带着，过绵阳时交给景康侯。景康侯已离校，同学们也未见景康侯收到过箱子。聪明、乖巧，且干过军事部门报务员的刘朴芳，竟轻信那个军官，被骗走装满衣物的箱子。

刘朴芳入学后与我同级不同班，有时碰见，不多谈，也没的多谈。他与原济南初中的老校友也无来往。有一次，他对我说：

"我来校很久了，还没去见葛校长。"

我没接话，他也没再说什么。

继续求学，不与老校友交往，且说去见葛校长，显然他是一个有特殊身份的学生。

一直到1940年底，我与刘朴芳没再接近过。他似乎已离校，因为我见不到他了。

隗文云说，刘朴芳曾随蒋介石参加开罗会议，作报务员。那么，他是一名非同小可的报务员，怪不得到绵阳后谈话、行事都很有分寸。

绵阳城里的圣公会，建筑不算多么堂皇，教徒不多。礼拜天，我偶尔也去做礼拜，目的是多交往些人，并希望能从教会转信，逃脱学校的检查。英、美都是多党制国家，共产党合法存在，教会大约也不会有反共行为。张文卿去重庆后，寄我的信有时由教会转，还寄过一次《群众》。

同学中去圣公会做礼拜者有十余人，女教员王秀泉也曾去过。最虔诚的教徒同学一为梁保罗，一为赵某。他们都原是潍县教会广文中学的学生。他们与英国牧师及其美国夫人关系较亲密。一天，赵某对我说："英国牧师说还不认得你，想见见面。"我明白，这是他为我转了信及杂志的缘故。一个礼拜天，我就请赵某带我去见英国牧师。我们见了面，握握手，一话未说，但他笑容可掬。他并不拒绝为我转信。据说，英国牧师在第一次世界大战时曾任炮兵营长，经历过那场残酷的战争。牧师夫人是一个活泼、和蔼的中年教士，与同学们交往颇多。她还与一些女同学有联系，曾多次到学校女生宿舍中来。两个从郧阳随校来的湖北籍女同学，是虔诚的基督徒，娴静而朴素。

1939年圣诞节前，教徒同学们想热热闹闹地庆祝一下节日，牧师及夫人也极表赞同。大家经过酝酿，拟定了圣诞夜的节目，一是四部合唱，二是演一个短剧。

海燕篮球队

牧师夫人和梁保罗、赵某是主办，牧师没有出面。

梁保罗不但熟悉《圣经》，而且善于唱《赞美诗》。他的嗓子虽然有点闷而沙，但识谱，有素养。他唱低音，牧师夫人按着风琴键盘让他试音，他竟然连最低的音也能唱下去。牧师夫人不禁发出“噢”“噢”的惊讶声。

大家选中了中、英、美三国的圣歌，代表我们、牧师及夫人的三个国籍，牧师夫人非常高兴。我们以《平安夜》作为主唱，我高不成，低不就，勉强唱“次中音”。练习时，我常常混唱到中音去，颇使牧师夫人不快。

短剧为《浪子回头》，我混充“富翁”。

圣诞夜确实过得热闹，牧师及夫人，与会的教友，尤其是教徒同学都很满意。那位演浪子父亲的同学，是河北人，演技高超，胜过“狂飙”的演员们。他未去参加那个成为三青团“御用”剧团的“狂飙”，很可贵。

我因不经常去做礼拜，与当地教友没有来往，不知道都是些什么身份的人。记得在郧阳时，我曾去一所教会做过一次礼拜，忘记是什么教会。教堂里不足二十个教徒，讲道者无精打采。散会后，一个戴礼帽、穿长衫的中年教徒与我攀谈。他说他是制作烟卷的小厂主，想请学校的老师或同学设计绘有图画的烟盒。又说，想在烟丝里掺入一种药品，吸烟后有瘾，以便使他的产品畅销。我听后觉得那人可憎，与基督教徒的身份不称——做广告宣传还有可说，用毒品吸引烟客，太可耻了。

但愿绵阳的圣公会没有那类教徒。

1940 年，大后方的政治、经济、军事危机加深了。希特勒已横扫西欧。美国向日本出售战略物资，英国封锁滇缅路，合手逼劝蒋介石与日本“媾和”。“法币”贬值，物价上涨，银圆、铜钱又“复活”了。四川大旱，更增加民众的痛苦。学校左近川陕公路两旁，虽然仍旅店、餐馆比比，但已非常萧条。路旁的小茅草屋大量增加，居住着卖淫为生的妇女，夏天赤臂袒胸，冬季把手炉夹在裆间，站在门前招徕嫖客。

我们的伙食愈来愈差，菜不成菜，饭不成饭。没有经济来源的同学，只好忍受这种苦难。

年初，正在寒假期间，从分校调来应届初中毕业生，他们须经考试才能升入高中，编为七级。

学校搞“农业救国”，1940 年初在校部办了高级农业班。把应当升入高中的学生抽出一半，编为高农班。并且全校所有班级都开设农业课。学校请来一位“农业专家”任课，此公丑陋不堪，声音嘶哑，且是一位“抄黑板”的高手。生物教员傅蕴琦也跻身高农班的“专家”行列。

既然办了高农班，理应办个农场，但没有，却创建了酒坊。酒坊不能说与农业无关，何况又是“实业救国”的路子。

高农班不知学些什么专业课，也许有“酿造”一项。但被编入高农班的同学觉得比中学班低一等。那位丑专家等又能传授些什么农业知识呢？

我曾到酒坊观光过，只见几座大蒸灶，酒气氤氲，热气腾腾。记得许衍梁老师围着大灶转，还用手指蘸笼上的水汽闻，怪好笑的。

酒坊大约赚了些钱吧？谁是投资者？学校？

总校长一家住在公路以西一座院落里，夫人、子、女，有工友伺候，保镖护卫，过着非同一般的生活。

广田师的文学教诲　宝钟去南洋

宋有禄、刘云祥酷爱文学，除阅读文学作品外也尝试写作。他们把作品捎给李广田老师评阅。李老师对有禄的文学创作曾写了数千字的评文。云祥曾在《新新闻》发表过小说。岳喜瑞写了长篇小说《灯》，得到李广田老师的认真评阅。

宝钟那班的国文教员是孙次舟，评改作文还是有眼力的。如宝钟、栋阳每次作文均被评为上乘，此外还有张震栋、公方苓（原临沂乡师学生）等也是文章高手。宝钟非常用功，对各门功课都认真去学，作业都整整齐齐。但在课余时间仍在读文学作品，也写些灵感之作——小诗。他的一首小诗就发表在靳以主编的国民公报《文群》上。靳以是巴金的合作者，能被选中，足说明宝钟诗的水平。宝钟的那首诗我虽然看不太懂，但感到确有诗境，朦胧中含有浓重的底蕴。

有禄、云祥塞给我文学名著，特别是高尔基的作品，又鼓励我拿起笔来写作，写后捎给李广田老师评阅。我因怄气，用了一个学期的功，把眼睛也熬红了。据说我学期的平均分数在八十分以上，而且六级四个班只我一人。不过原菏泽中学的才子们说：“他主要功课分数不高。”原济南初中的老同学对我“死读书”都很惊异，又觉得这样划不来。杨承章就劝我：“保全，不要那么趴在教室里死熬了，你看，眼都红成这样了。”

我一恢复写作，便如无羁之马，在文学上读与写，把功课扔在一边了。

我曾听一位同学讲过一个女游击队员牺牲的故事，就把它写成小说：一位善于吹箫的女游击队员，在一座土堡中单独抗击日寇英勇牺牲，使敌人也惊诧不已。那时梁实秋或凤子在编《中央日报》的《贡献》，我就把稿子寄了去，竟然发表了。梁实秋曾谬言文学（艺）“与抗战无关”，他采用我的小说，可见并不排斥“与抗战有关”。我以庄蔚秋先生为原型写了《中尉代理连长》，从代理连长的口中说出部队中的许多吃空名、克扣军饷等勾当。我寄去《贡献》后被退稿，稿上写“试用”二字，显然未能通过检查。

张文卿、史庆梓鼓励催促我写作，常常问：“又写出什么？”他们几乎看遍我写出的文章，对《青羊驿的黄昏》特别喜欢。史庆梓是位罕见的忠厚同学，那么真诚，那么贴护人。

安克燕写了怀念济南的长诗，我问他曾到过济南吗，他唔噜不清。我们这些济南来的人，却没有一个写过怀念济南的诗文。

我先后捎给李广田老师的文章有《青羊驿的黄昏》《县长和队长》《散庐先生》《春到唐河岸边》等，还有一篇散文。

李师评阅我第一批稿件后回信写道：

“我很久没见到你写的文章……想不到你进步这么快。我还像蜗牛一样爬行……沙汀到大后方来办《文艺战线》，我想把《青羊驿的黄昏》交给他。你用稿纸抄写，字要写清楚……”我把稿子抄好捎去后，待了许多日子又捎还了我，他写道：“一直没找到沙汀的确实地址……你可向文学刊物试投……反正逃不掉检查官的剪刀。”

《青羊驿的黄昏》是写在青羊驿那晚投宿的实况，文字略有渲染、夸张，从贫苦农民和乡绅口中，道出了他们对红军的不同态度，并强调了抗日民族统一战线的真谛。

李师对《县长和队长》的评语是："我写《养鸡的县官》，只写一个人，你写两个人，就分散了。但我写得呆板，你的活泼。"

县长，就是那位养鸡的县官，队长是张克济老师，我照实写的，没有什么虚构。

李师对《散庐先生》评道："人物是很熟悉的，使人想起了《华威先生》。"

我写的散庐先生以任安波"老"先生为原型。那时"亡国论""失败论"甚嚣尘上，个别教职员竟回到沦陷区去了，有的当顺民，有的竟卖身投靠。英国封锁滇缅路，美国向日本大卖废钢铁，德使陶德曼正在牵线搭桥……国内一片悲观的论调。但华北第八路军发动了"百团大战"，捷报频传，中央社、《中央日报》《扫荡报》也大登特登"我军某部攻克……收复……破路……炸桥……"不久，滇缅路开放了。我因在校内不见了任安波老先生，就把他写成"散庐"，让他回沦陷区去了。也许我冤枉了他。我把他安在这个特定的政治、军事环境中去写，还是有意义的。（我在《散庐先生》中借散庐之名写了一首诗《秋兴》："入山破金风，芒鞋踏枫红。涧流蚀我心，鸷鸟啸大空。"此诗呈现文章中的主人公不问国事的心态。）

那篇散文，李老师评为"是篇纯熟的散文"。大约有沈从文、萧乾等文风之故。李老师是很推崇沈从文的，认为他的作品"炉火纯青"。

孙耀东、马麟彩等升来高中后，"文学"之风增强了。他们与安克燕等结为文友。

宝钟说公方苓在《读书月报》上发表了一篇散文，并把该刊拿给我看。我看后感到此文很熟悉，不知在哪里读过。后来终于想到端木蕻良的《大地的海》。我们终于找到：公方苓一字不易地抄了一段《大地的海》。好像胡绳或罗荪在编《读书月报》，竟被欺骗了。

公方苓所用笔名大概为公兰谷。他在1949年后成为中国现代文学史的“专家”。

宝钟请城里刻字铺刻了一块“稿纸版”，解决了稿纸难以买到的问题，他离校后，“稿纸版”就“共产”了。

第三分校出了事，校长田竹桥辞职他去。

教员巩毓贤在课堂上讲毛泽东的《论持久战》，真是“胆大包天”。另一教员熊子明向学生介绍中国左翼和苏联文学作品，可谓“肆无忌惮”，都被校部解聘。

第三分校的同学们为巩、熊二位开了欢送大会，赶走了童子军教员孙涧滨（毓苹）。孙仓皇出逃，从他的箱子里发现“黑名单”一张，“黑名单”传到校部同学中来，我也看了一遍。那是一张很肮脏、不整齐的纸，上面写着许多人的名字，我也列在其中，且在名上画一红圈，云祥、有禄也赫然有名。朱连祥、王以贤竟也列在名单，且画有红圈。

那是国立六中总的“黑名单”，但没有第四分校进步师生的名字，可见特务分子尚未在那里得手。

巩毓贤老师是什么模样？我从未见过。他被解聘后去何处谋生？也未听到过。

我与熊子明老师曾见过一面，那是他被解聘之后。他到宿舍找我，恰在门前遇到。他说他已被解聘，即到重庆去，要向教育部申诉这件事。他还问到隗文云，我告知他隗早已被开除。

熊子明怎么会找我和隗文云呢？

我们的小学教员田淑瑶（鲁真）在军政部做会计员，与熊子明是山东省立第一师范的同学。他写信托熊子明关照我们。熊子明第一次找我们时，只见到隗文云，没找到我。

孟庆元决心去延安。

他很大胆，半公开地到各班寻找伙伴。我也曾被劝说。我认为必须有“门路”，否则到西安后也过不了封锁线。他不以为然。

不久，王立新对我说：

“庆元走了。”

四级（比我们高一个年级）的张春生、赵清璘和我同班的刘锋先（凤仙）与庆元结伴而去。我认得张春生，在校内见面时点过头。赵清璘什么模样？不记得。刘锋先在郧阳投考了武汉的战时干部训练团，后又到绵阳来读书，插入我班，穿一身旧军衣，没交谈过。

四五天后，王立新对我说：

“庆元回来了。”

我很纳闷，怎么回来了？

立新说：

“被抓回来了，现在公路旁旅馆里，有兵看着他。”

立新等给庆元送去了钱和日用品。

令人不解，军警只抓住他一个，春生、清璘、锋先三人是怎样逃脱的？万幸！万幸！

第二天午间，立新说：

“庆元要见你。”

我随立新走出校门，到公路口向右一拐，只见旅馆门前站着一个持枪的小兵……

“保全，我在这里。”

听庆元在头顶说话，一抬头，见他坐在楼窗边，面容憔悴，很悲戚的。

我们能谈什么呢？只有互相问候，立新同我不宜多停留，默默不语地走回学校。

后来，听说庆元被押送到成都去了。过了很长时间才知道他被投入劳动营。王立新、高耀墀等都给他寄过钱和生活用品。

过了一个时期，听说春生、清璘从西安回来，经过绵阳到重庆去了。锋先呢？去了何处？

同过班的小同学倪宝荣不见了。他是郯城县人，第一分校有他的同乡。他还是王晓纶的老弟子——临沂中学的学生。

（1942年我到陕西后，得遇刘锋先。他在黄河水利委员会做事务员。我到西安时，有时与他同榻而眠。他当年在陕西留下，未回四川，做小学教员，后又在西北大学读政治系。毕业后，做过中学教员。内战后期，他曾写信约我“回老家”。1949年后，他从延安去西北党校工作。他是在陕西参加中共地下党的。春生“文革”前曾任新疆大学党委副书记。清璘从事教育工作，1952年间曾任山东省实验中学副教导主任，我准备找他，但恰巧他被调走了，不知去了何处。宝荣于1951—1952年间在济南，经许衍梁老师介绍去私立黎明中学教书。不久，他认为该校校长姜子修有托派言论及其他劣迹，写了“万言书”予以揭发。后辞职去了大连。）

倪宝荣说，他在绵阳时，为第一分校地下党跑交通，往返梓潼、成都之间。成都的接头者在民众教育馆工作。他被捕，送进灌县集中营。因年龄较小，只每天早上被拳打一顿，未受其他酷刑。他后因精神失常得保释。他曾就读于云南大学或西南联大，流落昆明。1949 年后返回山东。

山东乐陵老乡宋哲元到绵阳养病，公馆安在城里。副官、卫兵一大群，还有几位“随员”。“随员”中有赵忠的祖父赵新儒[①]老先生。

从喜峰口“大刀片砍鬼子”，经过冀察政务委员会的风云，镇压“一二·九”运动到卢沟桥事变，宋哲元演出了一幕幕牵动全国人心的大戏。在牺牲了副军长佟麟阁、师长赵登禹之后，他的三十七、三十八两个师分别在平汉、津浦两线抗击过日寇……他是一位真正率部同鬼子拼过的高级将领。

宋哲元为什么要到绵阳养病呢？听说民国初年他随冯玉祥曾在绵阳一带驻防过，并且在这里结了婚。

对这位官高位显的同乡，教职员中有一种议论：什么山东老乡！别看官大、有钱，对山东流亡学生连点表示都没有……后来大约有人进言，宋哲元才念“桑梓之谊”赠送同乡学子若干钱——不过够打一次“牙祭”而已。

我去拜见赵新儒老先生，把赵忠留下的相册交给他，并说明赵忠存在学校的 25 元钱，我用了 5 元，孙东生老师用了 20 元。老先生很亲热，说记得我的名字。谈起赵忠，他说：

“那个孩子没有了。”

---

① 赵新儒（1876—1952），即赵正邸，泰安学者、官员。泰山普照寺俗僧，光绪二十九年解元，留学日本，1911 年主笔《齐鲁公报》，辛亥革命后任山东教育长、师范学堂监督、山东都督府内政科长，1916 年被选为众议院议员，1926 年国民革命军北伐，他赴南昌、武昌响应。晚年息影峨眉山。

（赵忠到曲阜没几天，鬼子兵便进了城，他躲进孔府避难。次年五月间，由共产党员孔八小姐介绍出城参加革命。1949 年后，曾任海政文工团总团长。主持并参与创作了电影文学剧本《怒海轻骑》《无名岛》，歌剧剧本《红珊瑚》。1981 年，我与赵忠有了通信联系，他寄来近照，我赋诗一首：戎衣灼灼照华颠，不似四十四年前。相期重饮龙潭水，天街寻梦又少年。20 世纪 90 年代及新世纪初我们多次在北京他家中会面。）

我们谈起韩复榘，老先生说：

“老韩是个胆小鬼，在泰安，日本鬼子飞机来了，他往泰山里跑，钻草窝被酸枣棵划破了脸。”

他指着旁边坐着的一个黑胖中年人说：

“他是韩复榘的秘书，亲眼见到的。”

那位黑胖秘书只是笑，没有说什么。

老人一直把我送到川西北第一公园。他说宋哲元同何应钦等在衡山打麻将，天热，把电扇撂在桌子下面吹风，宋因此受了风寒，两腿麻木，又引起别的病，不能起床。

在分别的时候，老人把手伸进大褂子内掏索，看样子要从小褂口袋里掏钱给我。

我急忙说：

“我有钱，不用给我。”

以后，我未再看望他。

宋哲元死了。学校为报答他的赠款大恩，更是出于对抗日将军的崇敬，在大出丧之日，命令停课，全校学生整队前往送葬。

我们排队顺公路向涪江走去，沿途既无车马，也无行人。离江岸还远，队伍就停止前进，分站在公路两旁。宋哲元的灵柩、仪仗、亲属及党、政、军代表早已在江岸，正陆续过江。他的墓地在江北的富乐山。这时，有两辆小轿车从南疾驶而来，停在我们前边。车上下来两个身着呢服的高级军官，后面跟着几个卫兵。他们匆匆走向江岸，很快又快步折回，立刻上了车。车子立即调头，向南驰去。据说小轿车上的高官有成都行辕主任贺国光等。贺是蒋介石的嫡系，奉命前来送葬的。如此来去匆匆，可见蒋介石系统的人瞧不起杂牌军。

过了几天，学校把秦德纯请来讲演。这位山东沂水老乡，当过宋哲元的副军长、北平市长，从“一二·九”运动到卢沟桥事变期间，闻名全国。他是来为老上司送别的。他一身便装，官气不大，实实在在地谈了些“七七事变”前后与日寇头目周旋的经过，流露出难忍的隐痛。

听说肖振瀛也来绵阳为其老上司送葬，大家很想见见这位“亲日派”。但学校没有请他到校讲演。大家也想见到张自忠，但他未来绵阳。

几十年后，看到全国政协刊出的一本关于肖振瀛的小册子，才知他不是“亲日派”，而是被派去与日寇头目“虚与委蛇”，演双簧。他的女婿及几个亲戚都是共产党人。正如张自忠一样，他在“七七事变”之初也演过一出脱身计。后来打过若干硬仗，终在湖北为国捐躯。

宝钟很重感情，在郧阳时，突然在宿舍里呜咽起来，同室者感到很惊讶，是谁惹了他呢？有什么悲伤的事呢？问他，他不解释。事情过后，他才说偶然想到母亲、姐姐为他们兄弟洗衣服，相当辛劳，所以哭出声来。

在绵阳，他常与栋阳出出入入，有时也与我在一起。因为我们三人未得参加共产党，一时又埋首读书，一块出入的机会相当少。我常见栋阳同他班张廉卿一块出入。我到绵阳后，因班内同学系各校编组，所以交往面扩大了。同级不同班的王立新常与我在一起，他原系菏泽中学学生，“夜走郧阳城”时加入第四分校。他身材高大强壮，浓发、浓眉，脸上不常露笑容，爽直、诚实，好朋友，讲义气，左臂特别有力。我们常在一起散步，很少谈什么，但彼此相知，感情日深。有这样一位好友，那些狗党狐群，没有一个敢欺压我的。

一个星期六的黄昏，宝钟到教室邀我到校外操场去。天已昏黑，操场上没有什么人。他把头伸到我怀前，哀伤地说：

“保全，你看马栋阳，人家不理我了，天天和别人在一起。从前，我天天和他在一块，把你撇开了。我常看见你独自一人出入校内外……”

他说着说着，竟哭出声来。

我没说什么，用沉默来安慰他。其实，我并不孤独。我与原济南初中六七个同学亲密无间，都追求着同一的理想，何况我早已冲破“老一中”那个小天地了。

从此以后，我与宝钟常去涪江一带闲步，尤其星期六晚上，坐在江坝上，偎在一起，听滔滔的江水声，不说一句话，心灵有无比的熨帖。雾霭从对岸的翠峦上飘下，浮动在江面上。碇泊在码头上的航船上闪着灯火，船工们在谈论什么，有时还啸歌几声，树木蓊郁的渔夫村，隐约透出微弱的灯光。我们坐下去，往往深夜才离开。

“文化大革命”中我最后一次挨斗时，在人们批判时我装作做纪录，写出两首诗，一首即回忆与宝钟夜守涪江事：雾下翠峦满桥东，船火昏蒙艄歌轻。年少空负凌云志，涪江堤头听涛声。

宝钟视我为弟，我则事他为兄。有一次，丁用宾老师来校部开会，在学校二门碰见我们，非常关心地对宝钟说：

“你写信说说你的兄弟，不念书，光谈恋爱啊！”

宝钟非常感激丁老师。写信时非要同我合写，说了些大道理、小道理。

后来弄清，宝镛[①]并未谈恋爱，不过同谈恋爱的两个同学及其女友常在一块闲谈而已。

宝钟不知从哪里弄来了钱，要我同他一起进城，各照一张二寸半身照片。进城前，他借来梳子给我梳一头乱发，尤其漩涡那一撮头发很不驯服，费了好大的劲才压下。这张照片保留至今。

报载：侨务委员会招考小学教员，培训后派往“南洋”各地的华侨小学任教。宝钟早已迷恋“南洋”。他不但自己识谱学会了《回春之曲》中的《告别南洋》等曲，也教会了我们。如能被录取，就如愿以偿了。他一年来功课学得踏实，国、英文，数、理、化，预计都能从从容容应试。

他决定同史庆梓一块乘船去重庆投考。

黄昏，我与禚修齐等送他上船。他须在船上留宿，第二天一早就顺流而下。临别时，他还上岸送我们，不胜依依。

宝钟轻而易举地考取了华侨小学教员，培训后被派往仰光，待珍珠港被袭，战火殃及南洋，不久日寇即登陆缅甸，一时不知他的

---

① 王宝镛，后用名田庄。考入国立戏剧专科学校。1945年参加新四军，1946年加入中共。在北京人艺、北京歌剧舞剧院、中央音乐学院分别任演员、导演、教员。曾与郭兰英等名演员合作，导演过《小二黑结婚》《槐荫记》《青春之歌》等歌剧；后调青岛歌舞剧院。

行踪。我曾写过一篇怀念文章，设想他离开了仰光，参加了抗战游击队，战斗在伊洛瓦底江两岸……王宝钟，后用名王企羊。从缅甸回国后在重庆一家公司任职，1949 年后随公司迁上海。后去西安西北大学图书馆任职。晚年我们在济南、西安两次相聚。

闹课事件

这一天，我是值日生。

第一节，数学课。王秀泉老师照旧刮旋风似的走上讲台。她今天神色大异于往日，高跟鞋晃悠得更厉害，越发站不稳当。张开口，脸有点红，嗫嗫嚅嚅地，低声说：

“既然同学们对我这样，我就不上课了。”

她说完，很不愉快地一溜烟走了。

我很纳闷，她为什么说这种话呢？大多数同学也莫名其妙。相互看看，猜不出是什么缘故。

一会儿，教务主任王晓纶来了，走上讲台，用临沂味的北平调问：

“值周生是谁？”

张绍宸站起来了。他是原聊城初中学生，一条腿微跛，颇用功读书。

王晓纶又喊：

“值日生！”

我赶快站起来了。

王晓纶本来爱脸红，现在更红一些，命令我们：

“去！向王老师道歉！请她来上课。”

这是怎么回事？谁得罪了王秀泉老师？怎么叫我们去道歉？张

绍宸不作声，大约也不知其故。

我稍一沉吟，直截了当地说：

“我们不明白怎么回事，怎么去道歉！”

王晓纶的脸涨得绯红，二话没说，气哼哼地走了。

立刻，来了总校校长葛兰笙，站在讲台上声色俱厉，磕磕巴巴地嚷：

“你们赶快去给王老师道歉！你！你！刘保全，是值日生，顶重要！”

葛兰笙的眼睛在白边眼镜后面火辣辣的，晃着细腰走了。

很奇怪！我与葛、王二官从无接触，他们竟都认得我。葛兰笙已把张绍宸撂在一边，矛头对准我了，为什么在我值日的这一天出事？

有同学悄悄地说，教室门上不知是谁写上“王秀泉滚吧”五个粉笔字，王秀泉老师走后已有人把它擦掉了。

我很坦然。

晚自习了，我不想考虑这事，但又不能不考虑这事，很矛盾。他们能硬安在我头上吗？有的同学在议论这事，但没有出头的。王晓纶、葛兰笙已指定值日生、值周生，而且说我“顶重要”，更没有谁再出头了。反正大家都希望王秀泉老师上课，除了那个写粉笔字的家伙。

王秀泉，西北联大师范学院毕业，据说原应聘到第四分校的，不知什么缘故，却到校部来了。她初到校时，是个装束朴素的女大学生样，白净，高个儿，虽然有些凹窟脸，但架着眼镜形象不错，给大家印象颇佳。然半年不到，竟焕然为高跟、烫发、翻毛大衣了，并与同样高跟、烫发的女生毛东珍、郭良琛交好，常在一起。

毛东珍，曹县人，烟商的小姐，所产烟丝称“毛烟”，牌名“怀楼”，系用她弟弟的名字。毛怀楼与我同过班。毛东珍有时胳膊上套一金环。郭良琛因走路时一条腿甩拉，说话吆吆喝喝，被同学唤作“疯子”。王秀泉老师看《新华日报》。袁建林曾对我说有“特务”学生盯她，使我又颇有好感。袁的一位兄长与王同学订了两份《新华日报》，一份给她。因此，袁的兄长被总校长叫去，大训一顿。

我终于上不下自习去，担心会被陷害。我不能落个“辱骂女教员”的罪名被开除……他们或许不敢，我刘保全，凡认识我的，都知道我是什么样人！我反复想来想去，终于大声向全班提出：这是全班的事，单凭值周生、值日生没有什么代表性，还是多选几个同学去。后来我又向女同学讲，王老师是个女性，最好去个女同学，显得亲切，也容易讲活。我的建议得到全班的赞同，男同学选出晁岱华（晁岱华，山东菏泽人，1941 年 5 月，以通八路军的罪名和许衍梁老师及七位同学一起被捕，关押 103 天，后被释放。1946 年重庆国立中央大学毕业。1948 年 9 月至 1949 年 5 月，在台湾台北市中央银行输出入管理委员会输出推广科任科员。1963 年至 1973 年 8 月，任泰安师专语文教师。1973 年至 1989 年，任泰安师专英语教师。1989 年 9 月退休）等，女同学选了“美人”何凤亭。

我们走进王秀泉老师的宿舍，只见郭良琛等也在那里。因为椅凳少，她们都坐在床边上。还有一个胖墩墩、个头不小的青年面朝旁边斜坐着。王秀泉老师还客气，没撵我们，也没有背过脸去。我们进门后只好站着。她当然知道我们的来意，有些不好意思。你想嘛，写粉笔字的人哪能代表全班，也不能代表哪部分人，不过是极个别人的下作。说轻一些，也许是调皮。但作为老师，尤其是女老师，确实经不起这种侮辱。

劝请的话是我开头的，无非是谴责写粉笔字的人，代表全班请她明天上课，一定查出写粉笔字的人，由学校按校规处分。接着，代表们一个一个地劝请。想不到何“美人”善于言辞，很引起王秀泉的好感。

王秀泉胸有成竹，若无其事地漫应漫答，老是一句话：“既然同学们对我这么样，我不能上课。”显得很执拗。我一再重复说明，那个写粉笔字的人代表不了全班，明天先上课，大家一定查出那个人，由学校处分。她仍不答应。代表们几次齐声地劝她先上课，决定查出那个写粉笔字的人。她还是不答应。于是，大家一遍又一遍地劝她。有时她似乎要答应了，谁知郭良琛却掺和说：

“王老师，你不能答应。”

郭良琛把自己当成了王老师的保护人。

我真想骂郭良琛一顿，赶她出去，真讨厌！

下自习的铃摇过了，许多女同学已回到宿舍，有些人站在门里、门外观望。我真有点着急，这样拖下去要到何时？

大家只好一遍又一遍地劝请，也许好笑，有时忍不住，竟笑出声来。王秀泉老师有时也笑了起来。但说来说去，她就是不答应上课。

熄灯铃响了，我着了急，再次劝地，真有点激动了。大家齐声劝请，王秀泉老师似乎有些把握不定。

胖墩墩的青年一直坐在那里，一声不吭。这时他突然站起来，面向王秀泉说：

“姐姐！你看同学们这么诚恳地劝你，天又这么晚了，还是答应了吧！”

想不到他是王秀泉老师的弟弟，一个憨厚、诚实的青年。

郭良琛还撇着嘴说“不行”，好像她就是王老师。王秀泉老师听了她弟弟的话，很不好意思地说：

“好吧！明天我去上课。”

大家都笑了，心里都落下一块石头。我更坦然。

（郭良琛在北京教育部门退休。）

事后，座位在我右前方的杨联吉、闫九江屡次向我表示好感，我不明白是什么缘故。有一天下午，教室里同学很少，他俩回过头来对我说：“保全，好口才！”并竖起大拇指。

过了几天，王立新对我说，粉笔字是杨联吉出点子，闫九江写的。

杨、闫是原省立济宁初中的学生，在郧阳向我要过横的。

王立新、岳喜瑞是“大风”排球队队员。杨联吉、闫九江是“大风”篮球队队员，有时也打排球。他们之间有一些感情。立新与他俩较好。

校方没有同我为难，令人惊奇的是没有追查写粉笔字的人。他们大体知道是谁，因为都是三青团员，也就作罢，真“内外”有别啊！

但，我听到有人说我想追“密斯”，那是因为我提议选出一位女同学去劝王秀泉老师，何况选了“美人”何凤亭的缘故。我从来不与女同学交往，更谈不到谈什么恋爱了。即使有女同学愿同我接近的，我也都避嫌了。

一个飞来的“不愉快”过去了。

王秀泉老师后离校他去，1949 年后，在重庆西南师范学院任教。

王秀泉（1915—1995），山东海阳县人。青年时代参加了共青团。1939 年 6 月，毕业于西北联大教育学院数学系。毕业后曾在西北联大任研究助教，后在国立六中高中部任数学教员，再后在四川大学等多所高校任教。1948 年起为正教授。1952 年调西南师院数学系任教，先后担任高等数学与中学数学教材教法教研室主任。1990 年，获国家教委从事高校科技 40 年荣誉证书，享国务院特殊津贴。1995 年去世。

据第四分校同学申祖植生前对我说，在国立第六中学读书时，他因病与杨联吉住在一个医院里。杨联吉曾向他表露做过许多对不起进步同学的事，深为痛悔，决心不再干坏事。闫九江在 1949 年后去了东北，从事教育工作。他作为本溪市教育史编纂成员，曾到山东省教育史编纂部门“取经”。他们离去时，我适在那里，因数十年不见，已不辨样貌。他走后，才发现有他的签名。

1940 年暑假以后，从各分校升来了又一批高中生，编为八级。这些同学年龄齐整，颇有朝气，不像我们这些受校部政治压抑已久，且在伙食每况愈下中备受折磨的学生。他们还不晓得校部的统治手段。

我们已读完高中一年级，暑后读二年级，要文理分科，原有四个班，要怎样分是个问题。教务主任王晓纶主办这桩事。据说要编混合班，即一个班里有学文的，也有学理的，相同的课一块上，不同的课分开上。大家觉得这样编班很混乱，教员、学生在教与学上都不方便，影响成效，议论纷纷。王晓纶突然脑子大解放——讲民主，与同学们一块讨论。

一天晚自习，王晓纶在一座教室里讲分班的大道理和计划，同学中自愿参加者坐满教室。我也参加了。他讲来讲去，还是想编混合班，引得大家反对，我憋不住，也发了言。女同学发言者不少，以王信普讲得最有力量。讨论不欢而散，王晓纶很受窘，虽然灯光如豆，但见他脸一直红着。一个蚊子飞进他口内，致使他连连咳嗽，几乎呕吐。

班，编好了，我被编在一班，纯文科。云祥、有禄、启修、季生、文华都报文科，为了我们永远在一起。喜瑞也编在这一班，因个子高，与我同桌，可谓幸事。

教室与男厕所为邻，出门就是一道土墙，通路狭窄，好在出教室前门不远即为通向外操场的豁口，尚不觉十分闭塞。

关于那次讨论会，听同学传言，梁仁甫的表弟又向上级报告了，说同学们都同意王晓纶的分班计划，“只有刘保全一人反对”。

在文科班上课不久，“小偷团团长”徐培良降到我们班来了。他的座位在我们左边那趟课桌上，比我们的课桌偏后些。他竟然认得我，和我很套近乎。

有一天，课外活动时间，教室里只有三两个同学。徐培良坐在位子上看一些图片。他叫我：

“保全，快看。”

他一面说，一面递给我一张。我一看，原来是“春宫”照，就赶快还给他，表示不爱也不懂此道。

又有一天课外活动时间，徐培良对我说：

“星期天咱们出去玩吧？”

我婉辞说：

“我不敢去。你是大力士，谁也不敢惹你。我没有你那么大的能耐。”

他见我不上钩，就不再勾搭我了。

听说他常在茶馆、饭店里闹事。有一次，记不清他是调戏妇女还是出言不逊，把茶客们惹恼，大家把他捆起来要扔进涪江。这下子他熊了，苦苦哀求，人们才把他放掉。

他不久就不来上课，校内也没见他，不知往何处去了。

他似是被特意编入我班的。

岳喜瑞说，“皖南事变”期间，校部发生特务放火事件，诬为共产党放火，开始逮捕进步同学，那时，徐培良等腰间别着手枪在校内出现。

徐培良“失踪”后，我班来了两个转学生，坐在原来徐培良的位置上。那个位置，最宜于监视我与喜瑞的一举一动。

两个转学生，一个矮小、肥胖，安徽人；另一个更矮，略胖，小鬼头样，河北人。他们自称从重庆转学而来。虽然家乡都已沦陷，但他们衣履讲究，常买些零食吃，可见有经济来源。

他们向我表示好感，不笑不说话。“肥胖型”戴副近视眼镜，尖尖嘴，说话带点北平味儿，尤为活跃。他还拿出肉松请我吃，我辞谢了。

“肥胖型”曾问我看什么书，我说什么书都看，没准儿。他问我会唱《祖国进行曲》吗，我明白他的目的，就干脆说“会”。他说“唱唱听听吧”，我说“不唱”。“小鬼头”不掺话，只在一边笑笑。

没有多久，两个小子不来上课了，在校内也没见到。

唱《祖国进行曲》就是不要中国，认苏联为祖国，你就是“奸党”、汉奸。两个小子有些拙劣手段，是“职业学生”，“特”字号人物。

体育盛事　捉放小贼

杨芸斋给我们上“公民课”，加强“党化教育”。他用的是正中书局的课本，只是照本念念说说，没有什么发挥，可见并无“卖膏药”的本领。他虽系武昌高师毕业，却把“青稞”当成“青果”，而且说就是街上那种叫卖的“藏青果，藏青果”（全面抗战爆发前，济南街头有小贩叫卖“藏青果”，但并非来自西藏，而是内地产），知识之贫乏，可谓“登峰造极”。

许馨然老师，河北省人，给我们讲“中国文学史”，内容简洁，语言流畅。我曾请他讲点抗战文学，他说“哪有那样讲的”。是的，我不应对老夫子提这种要求，他只讲古典。他对作文不讲评，每次发作文，我的发在最后，并向我伸大拇指头。怪有趣！何凤亭仍与我同班，没受到他的夸奖。

张荐甫老师教我们历史课。他讲西汉奴隶制残余，说明他力图用历史唯物主义观点来讲授历史课。他与许衍梁老师同室而居，又是同行，当能相互切磋、砥砺吧。因张老师语调低沉，内容有深度，有些同学听不懂，竟表示不满，且给他起绰号为“奴隶”。我在一次课后，便向全班高声说：“张老师讲得好，你们听不懂就是了，应当好好听。”我说完，竟没有一个反驳的，此后再也没听到有人讲贬抑的话。（1949 年后，听说张荐甫老师在高等学校任教，老来定居北京。）

总务主任王寿龄给我们上化学课。他曾是老一中的教员，那时校址在大明湖畔，教学楼曾被烧毁，据说与他做实验时出了纰漏有关。他大约长期未做教学工作，但讲起来仍非常熟练。他的脸和上下身都是黑长条形，大板牙，一口淄川土腔，讲课时老是两手捂在屁股上。他把公式背得如流水一般，爱说些土话比喻化学反应及药品的气味。没有仪器，大家仍学得津津有味。但有的同学给他一个不雅却形象、逗笑的绰号“王二掰腚”，因其两手常捂在屁股上之故。（1949年后，王寿龄在四川南充师范学院任教。）

桑子中老师教的美术课实在太不好办。他是专攻西洋水彩的。入川以来，每逢假期，他就背着铺盖、画具徒步去剑门、青城、峨眉……写生。他曾拿出一幅《剑门远眺》让我们欣赏。他把重点放在前面的一棵巨树上，而剑门在远方的地平线上，别有一种意境。他说曾在某处见到一尊观音大士的泥塑，手拈含苞未放的荷花一枝，头微倾，脸上露出妩媚的笑容，在山东一带从未见过。

我们没有画具，他就因陋就简，用笔在白纸上画一个人物或静物贴在黑板上，让我们临摹。我们就用毛笔或钢笔、铅笔摹在他发的白纸上，交卷了事。

他还曾画过一幅《高宗武、陶希圣归来》的画，高穿西装，陶着长衫——当了半截汉奸的丑态。这当然与“抗战有关”了。

（桑子中老师，1929年毕业于国立北平艺专。战前教济南高、初两中的美术，曾在大明湖铁公祠内创办了“海岱美术馆”，很想为家乡发展美术事业。战争把他草创的事业破坏了。他出身蒙阴农家，衣着朴素，饮食淡简，作画刻苦，且怀着极大的期望。李广田老师写的《一个画家》，就是对他的素描。桑老师留在了四川，未再回到蒙山下、明湖畔，前些年尚健在，且写有怀念孙东生校长的文章，刊在济南第一中学的集子上。他在1949年后任教于四川美术学院。1992年在重庆去世。）

学校里已很难听到抗战歌声。

我们有了音乐课。音乐教员是原济南高中的职员，姓曹。他是五十岁左右的人，可能做过小学或中学音乐教员，但已不任教多年，现在是勉为其难吧，所幸学校搞来一架小风琴，给他的老腔老调帮了大忙。他说教育部规定要学唱《精神总动员》，还要学“大道之行也，天下为公”。于是，我们就唱起“……精神总动员，民族复兴，抗战必胜，建国必成”和“……是为大同”来。曹先生琴艺很生疏了，一面低头看谱弹琴，一面领唱，我们就随声而歌，沉闷得很，哪有什么“精神”！

我们上高中二年级后，学校请来一位音乐教员徐厚仁。徐先生大约是位江南才子，发式艺术，装束脱俗，年纪轻轻，薄薄的面皮上带点玩世不恭的神气。他讲话酸溜溜，教的歌儿也酸溜溜，他不使用风琴，也不采用别的乐器，空手站在讲台上。他叫我们点歌，他唱。我请他唱《黄河颂》，他说“不好”；请他唱别的抗战歌曲，他全说“不好”。他唱的歌曲全无抗战意味。他吹捧他的老师如何如何，但又不说名道姓，使人费解。

他在校内组织了个歌咏队，队员几乎全是女学生。他在课外活动时间领她们练歌，哼哼唧唧，唱得大家心烦意乱。他不久即离校他去。

校本部的体育课一如战前，因有军训课，体育课并未军事化。体育课依体育设施的程度，教授田径、球类等课。田径如短跑场地、沙坑、跳高架、标枪、铁饼、铁球之类可称“粗具”，球类则篮球、排球最正常，手球、垒球仅作课堂内容，学后未再开展。

体育教员有三位：毛献庭、张鹤（荷）青（芳梅）、张耀庭（荣远），是原省立益都初中、济南市立中学、省立惠民中学教员。毛献庭对上司恭谨，担任体育主任。他在郧阳时曾在尚树梅麾下带早操，而其他体育教员拒带，推给尚场长。张鹤青曾是山东篮球队队员，“鹤”立鸡群。二张形影相随，是一对好搭档。

学生们自组了篮球队、排球队，均非官办，校方似未干预。

五级的同学组成了“旭光”篮球队，队员为王寿谧、赵立品、安光煌、二杨（一高一矮）。后来又来了苏作倜（苏郁文之子，原济南初中和高中学生）。曹州籍的同学组成了“大风”篮球队，队员为刘云峰（早期毕业，考入了西北工学院）、闫九德、闫九江、杨联吉、马玉平、苏伦安、苏增安等。两队经常于课外活动时间比赛，吸引了许多篮球爱好者。

排球队最初只“大风”一家，最早为“乌云队”，后名“大风”，取大风可驱散乌云之意。以岳喜瑞、王立新为主力队员，他们打九人排球的前排左右边，撮球稳、准，封网又快又严，相当出色。尤其王立新，只要一传到位，他一准能把球撮得高低适度，宜于中排进攻。“旭光”也玩排球，因系初练，又未进入新队员，逊于“大风”甚多。但“旭光”篮球队的球艺略高于“大风”。

三位体育教员对学生球队都起到指导作用，他们又是比赛时当然的裁判。

张鹤青常邀来一罕见的四川大个到校打篮球。据说那个大个曾是四川省篮球代表队队员。

校本部篮球场上最热闹的几天是国手王玉增参赛与指导活动时。王玉增曾是中国篮球队的中锋，参加过在德国举行的世界运动会（他们输给了日本，日本队的中锋个子比他还高）。现在是少校

国立六中歌咏队部分成员

军官，带几个部下去领军校的新学员，因大雨导致公路某桥梁被毁，滞留在绵阳。张鹤青与他系旧相识，在街上偶遇，于是便邀来打球。

体育教员们挑选了“旭光”“大风”的篮球队员，与王玉增属下几个擅长篮球的小军官，在王玉增、张鹤青、张耀庭的参加下，着实打了几次课外活动的好球。国手王玉增身手不凡，大家得以一睹他的高超球艺。

王玉增还向全校作了讲演，讲参加世界运动会的经历，特别谈了与日本队的那场比赛，华侨及中国使馆如何鼓励中国队员……流露出爱国的热情。

王玉增还专门为“旭光”“大风”的队员做过指导。

三位体育教员还与第四分校的教员进行了一次篮球赛，也算国立六中的盛事。第四分校的生物教员赵士侠，据说曾是北师大篮球队的中锋。张鹤青等邀请他的原因在此。卢宗文、张剑青、邹绍夷等都来了。校本部体育教员们则拉上了傅蕴琦等。张鹤青在赛前向同学们夸口说：

“我们准能赢他们，拉着（暗指张剑青）跑几趟，他们就会跑不动了。”

张鹤青有些计谋。

张剑青那种野牛式打法果真中了张鹤青的“诡计”，虽然投了几个旋风式的漂亮球，但到下半场就跑不动了，卢、邹也精疲力竭，赵士侠孤掌难鸣。张鹤青果然赢了球。

（张剑青老师又与罗江当地一女子结婚，抗战胜利后携新妻回济，不被父母及原配接受，无奈返川，在绵阳地区任教，“文革”后期在罗江中学退休。卢宗文，1941 年离开国立六中四分校，抗战胜利后返鲁，在济南三中任教。1957 年被打成右派，1960 年死于济南东面的王村劳教所。）

胡干青、李广田老师等来校本部“请愿”时，三位体育教员竟诚心实意地宴请他们。他们不避嫌，盛情招待“请愿者”，确实难得！

在校本部这种政治环境下，球队也不能不逐渐渗透着政治色彩。岳喜瑞、王立新终于由消极而罢赛，无形中退队。

校本部三位体育教员 1949 年后都在山东省高等学校任教，毛与大张且担任体育室主任。王寿谧参加“重庆号”起义，在参加第一届青代会时，尊称与会的岳喜瑞为老前辈。

有一段时间，宿舍里经常丢失衣服。同学们本来衣服就缺，被偷去了岂不更艰难？故这成为大家最关注的一件事。大家经过分析，判断：衣服被窃都在课外活动时间，同学们出校的、看球赛的、进阅览室的……有的宿舍里没了人，就会有校外人趁机进校偷窃。

又怪又巧！一个课外活动时间，赵立品因病躺在宿舍床上，高明英身体不好，坐在他身旁。宿舍里再无旁人。这时，进来一个年轻人，坐在旁边床上，操着带点山东腔的四川话向他们问长问短，他们并不觉得可疑，便与他唠叨。那人一面谈话一面把床头的一个包袱解开，顺手拿起一件内衣。他脱下外衣，把拿出的内衣套在身上，又从包袱里拿出一件外衣穿上，然后穿上原来的上衣，向赵立品二人点点头走了。赵立品、高明英都是身强力壮的篮球队员，竟吓得不敢出声。

消息传开了。门房的郧阳老人隐约记得有一年轻人常来校找×××同学，都在课外活动时间。有的同学也在宿舍一带遇有一年轻人找×××同学。那人穿戴像山东学生，说话南腔北调。他只找×××同学，从不找另外的人。这样，弄得×××同学哭笑不得，因为从未见有人找他。同学们商议：课外活动时间每个宿舍都留人，只要生人来，便盘问他。他如果说“找×××”，便抓住他。

一个课外活动时间，我刚走出宿舍，只见迎面来了个面生的年轻人，打扮与我们同学一样。他看见了我，便拐向左边那趟宿舍去。这时，一个同学从那趟宿舍的一间房间里走出来，迎着那个年轻人问：

“你找谁？”

那家伙说：

“我找×××。”

那个同学二话没说，一把抓住他，大喊：

“抓住小偷了！”

立刻，整个宿舍的留守者全围上来，偷儿不敢挣扎，乖乖地就擒。大家议论怎么处置，有的同学说：

“先把他弄到图书阅览室去。”

大家把偷儿押进阅览室，叫他站在阅览台上，让大家“观光”。有几个同学气恼不过，抡拳便打。大家反对群殴，提出问明究竟再处置他。

偷儿个头不高，一张黄脸，偏分头，一口四川油滑腔，说家在江油，到绵州考学校没有考上，没脸回家，钱也花光了，饭没得吃，只好偷点东西。他一面编谎，一面装出一副可怜相。后来大声说：

“我实在对不起各位学长，发誓改过。学长们放了我吧，我决心从军，抗日，到前方打鬼子！”

大家觉得好笑，有人认为这偷儿可怜，也有人相信他说的是实话，动了恻隐之心。这时，一个同学伸手拉开他的外衣，只见他里面穿着与这个同学同一个球队的球衣，引得大家又气又恼，有人又想揍他，被大家劝止了。

他说进校行窃时，听一个同学喊 ××× 的名字，便把名字记下来。只要有人问他找准，他便说“找 ×××”蒙混过去。

大家把偷儿训斥一顿，有人主张把球衣脱下来还给失主，但有人说小偷穿过，已经肮脏。外衣也是偷我们同学的，都沾上了“贼味”，索性不要了。既然他说要从军，让他走掉算了。

同学们饶恕了偷儿，没有报告学校当局。校长、主任及职员们无一人过问这事。

一场“笑”剧便这样演过去了。

过了些日子，我在公园里听有人在茅亭中吹口琴，便走近去看。吹口琴者原来是那位偷儿，梳着光亮的油头，一身咔叽，悠然自得地吹着流行曲子。

来自青岛、济南的同学中有一帮少爷，装束入时，手头阔绰。他们功课无一优秀，田径、球类也无出色之处，但喜到校外去惹是生非。因他们在郧阳时曾畜一狼狗，常牵着逛于校内外，曾被呼为“狗党”。

绵阳专员钟体道有一少爷，常骑自行车在街上及公园里招摇，后有随从拱护。“狗党”们看着不顺眼，专门同钟少爷斗一斗。钟少爷骑车靠路左驶来，某青岛少爷便迎面冲去，自行车没有刹住，碰着青岛少爷的腿，争执便发生了。

钟少爷说：

“你为啥子不靠左边走？碰着你，不能怨我！为啥子不遵守交通规章？”

青岛少爷们反驳说：

“什么靠左边走！俺们青岛就是靠右边走。你小子碰了我还想占理，办不到。”

于是由争吵而动手，钟少爷有随从，青岛、济南少爷一大帮，各不相让，事情闹了好些天。

一天傍晚，我路过公园那座最漂亮的茶馆兼饭馆，只见几个青岛、济南少爷在门前商议什么，徐培良等壮汉也在其中。屋里好像还有一些少爷们的党徒。从城里走来一个三十多岁的人，像个衙门里的职员，与“狗党”们交谈起来，谈得很平和。一会儿，城里又来了几个人，也参加了谈判。我见天色已晚，也不愿看这种狗撕猫咬，便快步离开了。

据说钟少爷挨了揍，但钟老爷并未下令出动武装为儿子报仇，不知后来怎样调解了事。

同学中有高氏兄弟，据说是曹县最大地主家的少爷。他们矮而小，面容也不白嫩，少言寡语，毫无富家子弟的“气概”。他们的衣着土里土气，夏天对襟裤褂，冬则老棉袄、老棉裤，连制服也很少穿。他们二人形影相随，不与其他同学交往。冬天，晒太阳；夏天，钻树荫。两人嘁嘁喳喳，有永远说不完的私房话。有的同学说，他们整天谈的是“回老家”，不愿在四川把书读下去。

同学傅国良绰号“炭包”，因脸和全身皮肤黝黑而得此雅号。他原系济南私立建国中学学生，家在济南黄河旁的傅家庄，是个少爷。因为他家近河，他从小练习游泳，又是三皇庙游泳池的常客，成为济南市有名的游泳运动员。某日，他与济南市游泳冠军某某去小清河五柳闸游泳。某某一个入水式下去，好久不见出水。过了一会只见水下泛出鲜血和白花花的东西，原来某某的头撞在水下的石阶上，不幸而亡。傅国良被警察怀疑为谋害者，带去审讯。费了许多口舌，经过法医验证才弄明某某死亡原因，傅国良得免囹圄之灾。

游泳、日晒、风吹，是他成为“炭包”的主要原因。

中午，同学们都休息了，傅国良一个人在篮球场练球。夏天练得更勤，光着膀子，穿着裤头，成为高级“炭包”。但他练了那么久，那么苦，终未成为“旭光”或“大风”篮球队的队员，只能像张文卿一样，做个练球对象。

很奇怪，傅国良怎么会接受了阎子桂的教诲，读“社会科学”，攻“辩证法”。听说他的钱存在阎子桂那里。

后来，大约因生活所迫，他退学去城里某机关做了小职员。

（1941 年“皖南事变”后，特务第一次在校部放火后，接着捕人。傅国良恰巧在校访友，立遭逮捕，又在身上搜出香烟和火柴，便被栽赃为放火者，他受过压杠子、灌凉水等酷刑。后与其他被捕同学一起，由特务解往成都。1949 年后，他回山东在外县教中学，年老退休后还乡。因为与阎子桂有交往，又曾被捕过，在历次运动中不会不当“运动员”。）

孟庆元喜欢交朋友，各个班级他认为可以交往的同学，都主动找去结交。如基督教徒梁保罗就与他关系不浅。无独有偶，庄大公子瀛海也是善交朋友的，各班级几乎都有他的朋友。我也是他交往的一个。自从他知道我父亲与他舅父同乡、同学且有相当关系后，他与我来往就更多些。他几乎“无书不读”“无事不通”，这与他家庭教养有关。但他不与三青团员同学交往，也不巴结学校的头目。他父亲在中央训练团干什么差事，有些势力。他妹妹也在分校读初中。他各班级都有可谈的同学，大都是他自己找上门去的。

庄瀛海在校本部是一个很特别的学生。

1941 年“皖南事变”后，他曾被捕，不久即被释放。他生前曾对我说，杨芸斋在捕人前曾把他叫去，命令他“自首”，说他是共产党的支部书记。他觉得可笑，杨芸斋却很认真，叫他看在与他父亲的关系上说实话。他一再否认，杨芸斋说他经常到各班找这个、那个“左倾”的同学，不是支部书记是什么。可见，他早被特务学生盯住了。

庄仲舒带女儿、女婿去了台湾。他的两个儿子都留在大陆，且次子是中国共产党地下党员。庄瀛海是一个什么政治问题也没有的大少爷，1949 年后，在济南、上海教过中学，后来啥也不干，独居济南依靠胞弟汇款度生，后猝死。

“外围组织”——读书会

从山东沦陷区、国民党游击区，不断有青年来校插班。二级来了几个原北平第四中学（与师大附中、十六中齐名的公立学校）的学生，入校后埋头读书，不参加学生中的任何活动，功课都很好。英文教员对他们的英文作文不敢下笔去改。半年以后，他们毕业升入大学。（其中有成为国际著名数理哲学家的王浩，原省立济南初中学生，毕业时全省会考第二名。1995 年在美国病故。其父王祝晨，绰号王大牛，山东教育家。全面抗战期间曾在山东省中小学教师战时服务团工作，在国立第六中学任教。1949 年后曾任济南一中校长、山东省文教厅副厅长、省政协副主席，“文革”中病故。）

四级从济南来了一个女生叫杜敏时，她的两个嫂子同李广田老师的夫人王兰馨老师带孩子来到四川。她的亲戚白若先在四级读书。白在二战后期，随美军登陆菲律宾，不幸牺牲，值得一记。

穿军上衣的靳醒洲去延安后，我班来了一个插班生，也穿军上衣。他从山东来，听口音是旧武定府（惠民一带）人，曾在惠民中学读书，全面抗战爆发后，似在什么地方工作过，他叫韩荣庆。我听这名字很熟，想来想去，便想到俞新民谈到过这个名字。韩姓一家姑、姐、兄弟都在济南省立第二实验小学读过书，且有与新民感情甚笃者。在我进二实读书前，他们已回老家。我不揣冒昧，问他曾否在济南读过书，并一连串问下去，又谈到俞新民。他果然是韩氏兄弟中的一个，且记得俞新民。我不管他曾干过什么，直接告诉他“俞新民在陕甘宁边区”。他听后未表示什么，也并未与我这个小学未曾同学的同学露有好感。他身体颇健康，白面书生。冯大头是他的老校长，关雨轩、王诌子（英文教员，只记绰号，忘其名）、张荣远均系他在惠民中学时的老师，但未见他与他们有什么交往。他在安心读书，与那些三青团一类的特殊学生未见亲近。从沦陷区来，看看大后方，对比一下，应该有什么感想呢？

二年级文理分科后，他分到理科班，我与他再无来往，但我觉得他是个正派的同学。

从胶东来了一个原济南初中 21 级 4 班的同学廉寿福，胖胖的，矮矮的，有一张时常带有笑容的脸。我对他闻名久矣，因为他与俞新民同班。新民向我谈过他多次。“一二・九”运动期间，他是一个激进的少年，似参加过民先或山东青年救国会（人民阵线），且曾劝新民参加。后因教育厅提前放寒假，把学生驱赶回家，参加那些团体的事就搁置起来了。不久，听朱连祥等说，廉寿福讲共产党、八路军骗人，与过去想象的不同，等等。我虽过去与他彼此面熟，现在他仍想接近我，但我非常警惕，绝不同他接触。

1940 年，尤其是下半年，我感到特别苦闷。怎样排解？唯有歌唱吧。我曾跟宝钟学了些识简谱的本领，就硬啃第四分校传来的油印《黄河大合唱》。虽然印得字迹不清，甚至转抄有些差错，只要能变通，就用心学下去。我从《新音乐》上也学了几首苏联歌曲，如《夜莺》《喀秋莎》《青春之歌》等，甚至把《祖国进行曲》也能勉强唱通。于是，我便成为“歌唱家”、同学们的“音乐教员”。

有一个时期，几乎每天课外活动时间，我都与云祥、有禄、启修、季生、文华等在教室里唱歌。唱抗战歌曲，唱苏联歌曲，唱出我们的心声和期望。假日，我们登上西山观山顶，放声高唱。“像鸟一样飞行在天空，像鱼一样浮沉在水中”，“烈火般地，作战似的，我们的青春在行进！”文华竟兴奋地边唱边跳。

《毕业上前线》易学、易唱，慷慨、豪放，我们常常唱这支歌。

在党国政治空气的重压下，我们就这样排解胸中的郁结，震撼周围的阴霾。当我们在教室里歌唱时，往往吸引来许多同学在教室外倾听、观望。他们的脸上大都露出喜悦的表情。当然，“特务”学生也会窥察一番。

我被慢性肠炎折磨，身体愈来愈虚弱。校部的政治空气虽然越发令人感到窒闷，但精神还能挺住。

听说陶稷农早去了重庆（陶在校仅数月，即辗转去了新四军总部。他原籍江苏，早名陶焕第。西安临时大学中共组织负责人，后为陕南学运负责人。1949年后任职济南市交际处、济南市物资局。我与陶老师一直交往亲密）。有一天，栋阳告诉我：“禚子到西安去了。”原来说禚修齐有一小学女老师在西安，他想到西安后设法找到去延安的门路。栋阳对我不辞而别，到重庆找他表哥去了。袁建林于高中毕业或未毕业即已离校，已好久未见他的形影。

（1999年10月在贵阳市再次见到袁建林。1949年后他的中共党员身份不被承认，“文革”后才被恢复中共党籍。曾任贵阳再生资源公司副科长。马栋阳在1949年后曾任甘肃酒泉地区党校校长，“文革”中病故。禚修齐1949年前后在甘肃武威银行工作，因有贪污嫌疑被拘禁。他本是一个有“神经质”的人，竟出逃，被警卫

省立一中

开枪打死。)

云祥、有禄告诉我，喜瑞、立新问我愿不愿意参加一个团体，大家在课外读些“书”。这次，我又慎重起来，何况他们未说明是个什么团体。喜瑞、立新好像不是负责人，我就想“通一下天”，弄个究竟。他们理解我的意图，于是选我为“代表”去“通天”。后来，喜瑞通知我“代表”去会面的时间、地点，我便准时去了。

那是一个星期天的早饭后，我准时赶往西山观下指定的幽僻地方。沿路及坡下未见人迹，可见无特务同学盯梢。我到达地点后，与散在树丛、荒坟间的三个同学凑在一起。四级的陈克胥、五级的丁世杰，都是闻名已久、面目熟悉、但从未交谈过的同学。陈克胥，河南人，交通部立郑州扶轮中学学生，与几个同学转学到国立六中来的。有次他到校部来，我介绍他住在立新宿舍，但是我对陈克胥印象不浅。还有一位是八级的刘照溪，我未见过也未听说过他。他显得年龄长于我们，容颜好像饱经风霜，体态也无青年气象，但谈吐决断、中肯。我们交换三青团、特务同学们的动态，讨论怎样摸到他们的底细。（曹恒钦曾说：“我们想法加入进去，看他们都是干哪些坏事？”）不过我们能知道“狗”在监视、盯梢，有翻桌洞、掀枕头等种种恶行。谈到扩大进步力量，感觉五级人数很少，仅有的一些同学也未沟通起来。对于七级、高农感到情况不明。谈到托派，陈克胥看着刘照溪的脸对我说：

“我们可不可以同他们合作？”

我马上说：

“我们同他们是对立的，怎么能合作呢？”

立刻，我意识到他们在怀疑我、试探我。但，这也难怪。因为托洛茨基派的根子在原济南初中的教员阎子桂身上，与他接近的学生又大都为原济南初中的，试探一下我，确也在情理之中。其实，在校部学生中，与阎子桂接近者寥寥无几。杨承章早已投考了航空委员会会计经理人员离校，孙鸿智是否仍与阎子桂有来往，不得而知。阎子桂在齐光中学时的老弟子杨寿源、孟宪章，在办《无花果》时，我向庆元、恒钦早已讲明白了。至于傅国良，不知因何种关系与阎子桂交往。七级、高农的原第四分校同学，我与他们分开已一年，他们的政治倾向、变化，我知之不多。

这次会面，总的愿望是加强进步同学间的沟通与团结，警惕、防范“反动势力”的进袭。

陈克胥后用名陈荷夫，1941 年与许衍梁老师等一起被捕，之后入武汉大学并从事学运。1956 年到北京大学法律系任讲师；1978 年后调中国社会科学院科研局、政治所工作。20 世纪 90 年代末，我们在北京重逢。他晚年为国内知名的马列主义坚守者。

喜瑞、立新、云祥、有禄和我一起读过《新民主主义论》和毛泽东的其他一些文章。但一起读政治书籍，既要择时，又要择地，有不小的困难。

我从喜瑞、立新口中得知，他们是想由我向五级一班、七级、高农中原济南初中——第四分校的进步同学开展“读书”活动。我感到很困难。五级一班的宝钟、修齐、栋阳已先后离校，永昶已饿死，只有王以贤、朱连祥还卓尔不群（这个班几乎被三青团、“狂飙”剧团同化了）。而他俩早已被列入黑名单，且画上了红圈。说也可笑，原因是他俩经常于午间不休息，在宿舍里大声嘲讽学校的劣政，直呼葛兰笙之名。于是，他们便被特务学生报告上去，列入了黑名单。这样一来，他俩便难以逃脱监视来参加“读书”活动。云祥、有禄与济南初中来的七级同学有交往，他们说，“马麟彩读‘社会科学’书籍”，我便找他谈了两次。马麟彩不爱出头露面，不爱表现自己，沉稳、诚恳，同史庆梓是好朋友。通过他，很能沟通、团结一些进步同学。但他班有几个参加“狂飙”剧团的，他的一行一动都会被他们所知，这是一大难事。况且马麟彩与张圣时同桌。张圣时，“娘娘们们”的，擅文墨与木刻，为李广田老师的《锻冶厂》的出刊出力不少，不知何故，他与阎子桂师生关系不浅，被同学们视为“小托”。

［张圣时（1922—2006），山东金乡人，原泰安中学学生，省立一中南迁路过金乡时加入。1941 年考入合作事业管理局，插入重庆江津国立九中高二学习。1943 年毕业，回合作事业管理局工作。1944 年，考入四川大学，通过远征军翻译人员考试，入印，口头少校军衔。1946 年，考入中央大学，师从傅抱石学画。1950 年 7 月毕业，分配至南京文工团。1952 年 12 月 27 日，写完交代

材料，当晚被捕。1954年被判“历史反革命”，徒刑三年，农场劳改。刑满后留场为管理人员。1962年，又被戴上“历史反革命”帽子，接受管制。1980年，成为正式工人。1984年，退休回到故乡，在街头卖画。2006年去世。]

我没有胆量去扩大“读书”活动。

启修、季生、文华在喜瑞、立新心目中也应参加“读书”活动。我与云祥、有禄商议，我们三个早已被校方列为“不法之徒”，“铤而走险”，无悔无惧。而他们三个还是暂安下心去学习课程好。他们完全明白我们与喜瑞、立新在一起的活动，大家就止于相知吧。

一个星期日早饭后，我与云祥、有禄按通知去聚会。聚会地点在涪江北岸不远、公路偏西的丘陵下，是一块洼地，比较隐蔽。我们走近一看，已有许多同学散站在洼地的边沿，后面又三三五五来了几伙同学。开会了，我站得较远，听不清谁在讲话和说了些什么。但听清楚他问我们三个：

“就来了你们三个吗？”

显然，他嫌我没完成嘱托——把原济南初中——第四分校的进步同学全拉来。

我不禁赧然。

我希望领导这个“读书”活动的同学与大家见见面，讲讲话。大家便嚷：

“照溪！照溪！”

照溪讲些什么，我没听清。后来大家谈些什么，我也没听清。总之，大家决心团结起来，互学互助，防范特务分子的明枪暗箭。

涪江已经水浅，江面搭着浮桥，我们几十个人虽然分散往返，但公路及码头上车辆、行人不多，我们就很显眼，有些浩浩荡荡。

不几日，立新说，那天聚会，特务分子在码头附近盯梢，数去的人数，记了名。

那次大规模聚会未免失策，等于向特务分子公开了自己，后悔莫及。能隐蔽应尽量隐蔽，只有缜密从事才能保护自己。

又过了些时日，喜瑞告诉我："读书"活动停止。

根据中共党史资料和岳喜瑞的回忆，"青年救国读书会"成立于 1939 年冬，是一个秘密进步组织，由高耀墀、孟庆元等负责。1940 年秋重又组成，由高耀墀、刘守桢定期与共产党员周庆立联系。但中国共产党三台中心县委书记侯方岳前已离去，国立六中的中共党组织处于失去上级领导的状态。这些负责同学能在校内外国民党、三青团、特务组织的重重压迫下，把进步同学组织起来学习是不易的。岳喜瑞说，"读书"活动在清除可疑分子后仍在继续。估计只能维持到 1940 年底，因为 1941 年初，"皖南事变"发生了。

1940 年底，国民党山东省政府在大后方招考合作人员，到重庆受训后回山东各县任合作室主任。校方向学生大肆宣传，所以报名者甚多。他们在考试后，在校内显眼处张贴录取名单。我见榜上有马麟彩、石怀芝、刘守桢的名字，感到惊讶，后来才想到他们是借机回山东，再寻找归宿。

马麟彩回山东后到渤海根据地，刘守桢到冀鲁豫边区，还有一些同学或早或晚进入了革命根据地。马麟彩后用名马林才，1949 年后在山东省供销合作总社工作，与我时有来往。"文革"后任青岛市经委主任。刘守桢后用名刘星野，1949 年后曾任职平原省民政厅，第二、一、三、四机械工业部办公厅副主任、政研室主任。"文革"中被批斗，1968 年投北京紫竹院湖自尽。1973 年平反。

只身离校　“母校”元旦晚会　锦官城

1940年底，接近学期考试了——二年级上学期。

刘云祥、宋有禄说，岳喜瑞、王立新叫他们转告我尽早离校。这是一个阴冷的冬季，政治空气更阴冷。我应该离开学校吗？有什么不测风云？……几天拿不定主意。

一天，喜瑞、立新把我叫到教室外，说：

“保全，走吧！走！……”

他们严肃地劝我，好像有许多话要说，但没有说。他们的眼神告诉了我，不走，灾难会突然到来。

（1949年后，岳喜瑞、王立新对我说过：张修伦——三青团区队长，1949年后在天津做技术工作——向他们透露了对我不利的消息。校木部放火捕人事件后，岳喜瑞即与同学结伴顺涪江去了重庆。在成都，我们曾写信给他。同我们一样，他也备受觅职、啖饭之难。后终于参加了抗敌演剧队。1949年后，成为剧作家，即岳野。20世纪50年代创作《同甘共苦》等多部电影剧本被拍摄公映，于北影厂离休。80年代后我们在济南、北京多次相聚。我有诗一首：“涪江饮恨各西东，四十五载庆重逢。友情绝胜佛山碧，不似湖滞泉无声。”——其时济南名泉干涸。王立新逃到三台滞留期间，被绵阳下去的两个特务抓回。在丰谷井住宿时，特务们拴起他的双手，绳子拴在屋梁上。他后被押回学校看管，不久，又被校方送往重庆集中营。1949 年后，成为不被信任的人。工作、生活在重庆。1983 年回山东，在青州我家中重逢并同游济南。）

我决定离校，选定 1941 年元旦这一天，作为纪念。

走要走得正当，免得被他们扣上个“逃”字。我去见训育主任梁兴义，说因每天下午发烧，而且还患着肠炎病，请假去成都大医院就医。梁兴义倒也好说话，准了假，并问：

“你回来参加考试吧？”

我说：

“回来。参加。”

我感激梁兴义这位“老师”。我离校后，一路平安到了成都，没有发生意外，能不感激他吗？

1941 年元旦。一早，我卷起被子，捆好，把仅有的衣服带上，走！朱启修、陈文华、胡季生等都掏了腰包，把仅有的几个钱给我。云祥、有禄送我到校门前的公路上。我说：

“快上课了，回去吧！”

我沿川陕公路疾步南去。

（朱启修，“文革”后为济南商校副教授，加入中国共产党，与我始终保持良好关系。胡季生，1943 年就读四川大学农艺系，畜牧兽医专业。1944 年加入中共外围组织。1949 年在中共成都地下市委领导下，保护成都血清厂，后主管该厂。1951 年被撤销中共预备党员资格。1983 年恢复党籍。1987 年回济南曾住在我家中。现随儿子居美国底特律。我离校时把流亡以来的日记等交胡季生保存，1951 年他被审查时，把包括我的流亡日记在内的一些个人物品上交给党组织。）

这所学校不值得留恋——已堕落为一座毒化和控制青年的法西

斯营垒。离校后怎么办？唯一的目的是找一个谋生之地。投考一个招收小职员、训练班的啖饭之处，或找车老板郭德芳大哥。

云祥、有禄在校交游广些，知道成都有个法国天主教会办的圣修医院，有些生病的同学在那里就医。那里住院及医疗、饭食都便宜，省过住旅店，嘱我可先去那里住下，然后再作打算。

我背着铺盖顺公路快步南去，约三十里路便穿过了新店子。在街上，未遇见一个第三分校的同学，因正在上课。再走二十多里路，已到那个公路与捷路的交叉口，便走进山坳。中途，只见山坳中的那棵大树虽已落叶，但干粗枝密，仍显出挺拔的气势。天冷，我不宜停步，更不宜坐在石头上休息，便快速顺山径急走，一气再插到公路上去。

又走了三十里，太阳还没西沉，我已沿十三孔大石桥进了罗江城，到达第四分校。我算是又回到母校了。

小同学们热情地欢迎我。张同祥、张锡缙、小李毓才、成德茂问我干什么去？我说去成都看病。他们问这问那，有个同学问得很有趣：

“你们开会吗？我们开会。”

我明白，他们指的是“政治”会。我说：

“开过，但早已不开了。”

（第四分校在中共党组织领导下成立了外围组织，第一组组长信法钧，成员为张同祥、成德茂、李云生、张锡缙、孙元琇。第二组组长周伊贤，成员为杨镇畿、小李毓才、王在友等。张锡缙，后用名张星波，中学毕业后考入中央大学农学院，加入中国共产党，曾参与组织“反饥饿、反内战、反迫害”游行。后进入“解放区”，在华东大学任青年科长，后调入山东大学，1958 年山大分拆，到武汉化工学院，任教务长至离休。小李毓才，“文革”后在武汉军区空军体工队离休。）

他们还说谁谁不好了，成了托派教员阎子桂的信徒了，人数好像还不少。虽然阎子桂早已离校去了重庆，又听说到西安中央军校第七分校当了政治教官。

我从宿舍去学校（办公、教学、单身教职工住处），在石板铺路的巷子里碰见了李广田老师[①]。他领着小岫迎面走来，看见我开口便说：

“你徐老师（会计）到绵阳领钱去了，一两天就回来……”

月前，我已想离校去考个“饭碗”，曾写信向李老师借钱——他是如此认真！我立刻说：

“我不要了，同学们把钱都给了我。”

他说：

“你去考什么？一准能考上吗？”

接着，他把口袋里的钱掏给了我。

---

① 李广田（1906—1968），作家。号洗岑，山东邹平人。1923 年考入济南山东第一师范。教师中有杨晦，同学中有臧克家、邓广铭。因介绍中国进步文学与苏俄作品，被捕入狱。1929 年，入北京大学外语系预科。在《华北日报》副刊、《现代》杂志发表作品，与卞之琳、何其芳出版三人诗作合集《汉园集》。1935 年毕业后到济南山东省立一中（初中）教书。1937 年随校流亡，入川后在国立六中四分校任教。1941 年春，到西南联大叙永分校任教。1947 年秋，应朱自清邀请到清华大学任教。1948 年 8 月，继朱自清之后任中文系主任，同年秋加入中国共产党。1949 年 7 月，参加第一次全国文代会，任全国文联委员、文协理事。1951 年任清华大学中文系主任、副教务长。1952 年任云南大学副校长、党组书记。1957 年，任云南大学校长，兼任云南省作协副主席，中科院云南分院文研所所长。“文革”期间被监禁、拷问、上台批斗。1968 年 11 月 2 日夜，死在昆明市郊外莲花池内。1978 年 10 月获平反。

"带上，路上好吃饭。"

我只好接受了。

这时一个衣着简朴的妇女走来！李老师对她说：

"你有钱吗？"

她把口袋里的钱掏给了我。

李老师问：

"还有吗？"

她弯下身去，把长筒袜里的钱也掏给了我。

她就是王景逸（兰馨）老师，她上年才带小岫从济南过黄泛区来到大后方。我记得 1937 年冬天，与赵忠在岱庙瞎逛，遇见一个泰安初中的学生，赵与他闲谈。这时走过一位风度不凡的妇女，偏戴着西瓜皮式帽（上有一短梗），穿着半高跟，给人一种美好的印象。那个学生说：

"那就是王景逸。"

她原是泰安初中的国文教员。

现在的王老师与那时完全不同了，我觉得她黄瘦而高！似乎老了许多，衣着又那么粗陋、单薄。

这是最后与李老师会面。

（前些年，曾去北京看望王老师，不几年，她竟作古了。李岫现为中国现代文学专家。）

国立第六中学第四分校 1941 年元旦晚会如期举办。

校长孙东生被留在重庆，已不准返校。(1939 年 11 月教育部调孙东生到重庆中央训练团受训，训练班结束后又以思想"左倾"，所领学校被赤化为由将其扣留。消息传至罗江，师生愤慨，纷纷打电报慰问孙校长，并派代表去重庆向政府及社会呼吁。12 月 1 日，孙东生返校，向师生叙述遭受软禁和审查的经过，声泪俱下。年底，教育部将孙东生调离国立六中四分校，改任教育部“中学视察”。) 校务由胡干青、丁用宾两位老人在维持。方敬[①]、陈翔鹤已先后离校。关于李广田老师的去留屡有传闻。学校处在一种被校本部挤压的状态。

（孙东生：1900— 1960，1919 年入北京大学文学院，1930 年出任山东第一中学校长，时年三十岁。1941 年，孙东生卸去教育部之职赴宁夏办学，未果；后任教于四川大学文学院、中央大学医学院。抗战胜利后，由山东省主席何思源推荐，任山东师范学院院长。1949 年后，曾任山东省政协委员，先后在济南一中、省立图书馆工作。1959 年被诬判刑入狱，1960 年冬病死于潍北劳改农场。1983 年终被平反昭雪。1960 年麦收季节，孙东生与他的学生、同事瞿亚先在潍北农场有一场奇遇。淄博王村的“劳教人员”被用卡车拉到潍北农场“支援”麦收，瞿先生也在其中。某日，瞿先生到用席围成的临时厕所里方便，听到有人叫他的名字“亚先，亚

---

① 方敬（1914—1996），四川万县人。1930 年代初，考入北京大学外文系，参加“一二·九”运动。抗战胜利后曾在四川大学借读。1938 年在成都加入中共，担任四川大学文学院中共地下党支部书记，同年加入中华全国文艺界抗敌协会。1939 年北大毕业后，到四川罗江国立六中四分校任教。1949 年后，在西南师范学院任教授，并历任外语系主任、教务长、院长助理、副院长、党委副书记，主持教学和科研工作，开过英国文学史、英国诗歌、英国散文、中国现代文学等课程。长期担任四川省文联和作协副主席，重庆市文联和作协主席。1952 年至 1962 年，任民盟重庆市委委员。1954 年，加入中国作协。1984 年，应英国英中文化协会邀请，出席英国笔会——为第六届作家节举行的国际学术会议和英国诗会成立 75 周年纪念会。1996 年 3 月 17 日病逝。方敬在国立六中四分校建立了中共地下组织，并发展三名学生党员。当时中心县委的负责人还有黄友帆、杜怀棣等。

先”，声音很熟悉，循声看去，见一老者蓬头垢面、衣衫破烂，蹲在一旁大便。定神一瞧吃了一惊，怎是其恩师孙东生！两位落难人在此境地中不期而遇。“我饿得受不了，你想法给我搞些吃的。明天还是这个时间这里见。”孙东生急促地吩咐。劳教人员还有些工资，可以在小卖部买些东西。第二天瞿亚先买上饼干等吃的，放在单薄的衣衫中，如约走进厕所。孙东生抓过饼干就往嘴里塞，不停地塞……然而后几日瞿先生再买上吃的去厕所却再也没有遇见孙先生。）

三级（三年下）寒假毕业，一部分同学知道绵阳校本部政治气候恶劣，不拟去升高中，决定离校闯天下。他们要把这个元旦过得热烈欢快，算是最后的聚会吧，是第四分校“革命”势力退兵的一战。

冬天，阴冷的冬天，然而晚会办得热烘烘的。

搭好了舞台，师生们都带着座位静静地坐在台前。服务员们分发着橘子、花生，好像还有糖。多么难得啊，大家那么贫穷，过着半饥半饱的日子（公费微薄，粮价上涨）。我被安在离舞台不远的地方，分给的橘子、花生等特别多。李广田老师一家坐在前几排的位子上。

胡干青、丁用宾老师没有讲话，连台也没有上去。晚会由一个同学主持。

开头的节目是《黄河大合唱》。我虽会唱一部分，但这样的演出却未见过，不能不兴奋万分。音乐教员瞿亚先前已离去，小同学们却能“无师自通”，几乎全部学会，真正难得。

［瞿亚先：1940 年暑假抗议当局对孙东生校长的不公，主动辞职。先后在重庆高级中学、国立东北大学、国立十八中、陕西户

县师范、西安技艺师范任音乐教员。1946 年 8 月始，先后任山东艺术学院艺术系讲师、中国艺术专科学校音乐系主任、济南第三中学音乐教员、济南泉英业校校长。1958 年，“整风补课”中被划为右派，遣送淄博王村劳动教育六年，“文革”后平反。1985 年在济南病逝。丁履观（用宾）：1897—1977，山东日照人。1940 年任国立六中四分校校长。1942 年国立六中总校和重庆民国教育部以容共为由撤销了国立六中四分校，仅聘丁用宾、马克先二位到绵阳国立六中总部任教，二位先生商定绝不应聘，丁用宾先生宁肯失业终未应此聘。1946 年，丁用宾老师任民国山东省立济南第四临时中学教职员。1948 年 10 月，任济南特别市第三中学教职员。后任教于济南一中。胡干青：1941 年 1 月“皖南事变”后，罗江特务军警进校大肆逮捕学生，胡在讲台上跳脚含泪大骂，称乱抓无辜学生“丧尽天良”。最后由他与马克先、桑常山老师发起多数教师联名向罗江县政府申诉，在查无实据的情况下，由丁用宾校长担保，放出了大部分被捕学生。1941 年 12 月受中英庚款委员会派遣，胡干青随孙东生前往银川创办“银川中学”，后因太平洋战争爆发，经费短缺停办，返回重庆，任中英庚款委员会总干事。1942 年 9 月因病去世，享年仅六十岁。]

音乐指挥大约还是那位主持会的同学。《黄河船夫曲》一开始便唱不下去，台下师生便嚷着从头重唱。这样反复几次，终于唱下去直到唱完。《黄河大合唱》不可能全会，但把能唱、会唱的都唱了，尤其《黄河谣》，一群四川女孩子（招收的当地学生）唱得还是蛮和谐而富有感情的。

《回春之曲》的演出的确也感人。梅娘是一位张姓女教员扮演的，男主角是谁？我不认得，也许是那位晚会的主持人。《告别南洋》也唱得走了腔。女教员有音乐修养,《梅娘曲》唱得呜呜咽咽有些韵味。“慰劳者们”唱的“你们正为着我们老百姓，为着千百万妇女儿童……”最有感情，最动人……那些激昂的口号，是台上台下同呼的。抗日，抗日，在这天府之国除了躲敌机轰炸，抓壮丁之外，很少听到抗日的呼声了。

晚会令人感奋、难忘。可爱、可敬的第四分校的小同学！他们迎接了1941年，但迎来的是什么？谁也难以料到。

晚会主持人名蔺善达，后改名刘实。1949年后曾任全国总工会书记处书记。演梅娘的后来知道是张美英，曾在济南初中读过一两年书，后改去济南女师上艺体班，全面抗日战争后在洛阳第一战区政治大队工作。大队长为曾在济南初中当过训育员的顾警民。张美英后做了左联抗战作家李辉英的如夫人，不知何时来到四川。孙东生老师把她这位老学生请来做了音乐教员。孙、胡、丁老师大约只知刘次青老师能教劳作，不知他曾做过音乐教员。我上高小时，他曾教过我音乐。他一面弹琴，一面领唱，虽系老腔，却能唱出感情。记得他教唱的“我的兄弟们不必过于烦闷，世界哪里会如此混沌，我的兄弟们不必过于灰心，太阳哪能够常此暗昏……”他如继续教音乐，会指导同学们重振济南初中、第四分校的歌声。

小同学们留我，我便在罗江住了一天。

元月三日，我从罗江南去。我叫熊安东送我一程，熊安东是我省立二实、济南初中的老同学。他父亲是一所省立乡师的校长，全面抗战后在山东省中小学教师战时服务团当头头，住三台。小同学们说，“熊安东也是托洛茨基了”……走出城门，似乎无话，沿着公路快上坡时，我才同他谈起托派的事，他昂昂不以为然……我能劝他什么？记得头一年隗宽升去梓潼第一分校上高中班，路过绵阳，在公路上遇见，我也劝过他。他哈哈笑着说："将来不知道谁对谁不对……"他也是省立二实的老同学。我与熊安东没有什么可谈的，就分别了。

1949年后，隗宽被判刑，发配青海，后在四川阿坝地区居住。熊安东在上海，判过刑，独身一人。据说他们都是混成托派的中央委员。还有曹毓林：1945年考入遵义浙江大学，曾任浙大学生自治会主席，组织反国民党学运，1949年后参加中共农村武装工作队，"剿匪""抓特务"、土改，并当乡长；1953年在浙江杭州工业局工作，1954年至1971年在浙江、山东多地被监督劳动、劳教；1971年至1986年在山东菏泽市生建机械厂工作，1987年至1992年在浙江杭州磁带厂工作；后"落实政策"，为工程师、"正处级干部"离休，居杭州。杜文林：1945年考入复旦大学，1949年在上海，1950年去东北。

我走过落凤坡，路上未见一个行人。走着走着，突然从身后走来一个小军官，手里拿着一个细竹竿，走得匆匆忙忙。因为路上只我二人，大约为了解除寂寞，他便与我谈起话来。他是河南人，中央军校第一分校毕业。我问他认得庄桂森不？他说是他的区队长。这样，我们便有话可谈，说说走走，显得很亲近。他是来四川"接"兵的，"接"那些抓来的兵去"打国战"。

走到德阳城，小军官留我住下，我说要赶去成都看病，天还早，还是赶一段路为好。我连德阳的市容也没有看，就告别了。

太阳偏西，冬日天短，不久就要西沉了，前面还望不见镇店，只好加紧脚步快走。走近一个渡口，天已昏朦，见前面隐约有一个村镇。路上有赶场回家的零落村民，路旁还有扛着步枪的兵士。人们说这里曾发生过几次路劫。

过了河，我奋力快走，终于跨进店铺满悬灯笼的一条街，顿时觉得暖煦煦的。我匆匆走进左边的旅店，把行李放在通铺上，也不听那些挑夫、背夫的闲磕牙，便到街上闲步。月在西天，晚风吹来颇凉，店铺里传来人语——显得如此陌生，哪里能听到乡音啊！不禁凄然，竟落下泪来。去成都，食宿、出路都无法揣测。只好找个饭铺，胡乱吃碗饭便回到旅店，打开行李，在通铺上就眠。好在客人不多，通铺上更没有几个人，明天都还得赶路，并无嘈杂之声，我很容易便入睡了。

元月四日，我从这个忘掉名字的镇店出发，尽可能多赶些路程。一过德阳，就进入真正的成都平原，又兼时值深冬，实在没有可浏览、欣赏的山水之美，唯有望不到头的公路引着我走，走，走。

广汉城整齐而颇繁荣，早就听说城内有一座公园，很可观览，我特意穿公园而过，确实有些花木。出乎意料，从一所厅堂里竟传出铿锵的钢琴声，不禁驻足略听，聊解奔波的疲劳。

这一天走得轻松，太阳未落，便住进新都城了，而且就住在有名的桂湖旁边。罗江是山间一座袖珍式的县城，有山，有水，很美。新都却是平原上的袖珍县城，既有桂湖，又有宝光寺，别有一种风光。

桂湖实在不算湖，不过几个池塘和水沟而已。水不清澈，桂树也不甚高大，又不是中秋时节，哪能嗅到那“十里飘香”呢？

元月五日，从新都城南去，不远的道左便是宝光寺。那是一座名刹，古木参天，红墙碧瓦……无暇去游览，只途中左顾右盼而已。

新都距成都四十里，人说有一捷径，比公路近些，我便插入这条近路……在一块林木丛生的地方，竟发现马岱的墓。不高不大的荒冢，墓前一块极普通的石碑，上面镌着“汉平西将军马岱之墓”几个字。马岱虽非一代英雄，却也不是平凡之辈，曾辅助诸葛亮、姜维支撑着刘备、刘禅的帝业。

天回镇是名镇，据说唐明皇奔蜀，至此又北返，是天子回驾之意。这座镇，没有给我留下什么特殊印象。李劼人的小说《死水微澜》把这里写得很热闹。

太阳还高高的，我已进入了锦官城，北门外一片破败的景象。街道还宽阔，但街两旁没有像样的建筑物，实在还不如沿途各县城的主要街道。顺街走不多远，突然听到歌声——一个梳着油光的飞机头、衣着讲究的年轻人，站在街旁高唱《喀秋莎》。这是我喜爱的歌。自己摸索着学会，而且在教室里、荒野上唱过，且教会了几个同学。但这个年轻人并不明白歌曲的内涵，只卖弄着被他唱走腔调的洋味和酸味。我缓步走过年轻人，希望听到他唱一支抗战歌曲，谁料，他竟唱“好花不常开，好景不常在……”了。我回头再瞅一次他那油光的飞机头，实在令人作呕，不禁加快脚步。

我见到行人便打听去平安桥圣修医院怎么样走法，回答无非“端走”“左倒拐”“右倒拐”……当然也得走些冤枉路，摸摸索索，终于到了平安桥。

记得绵阳有法国教堂，而且办有女学，我也曾在汽车站上见过几位修道，有一位眼睛特别蓝，使人难以忘却。平安桥是教区，环绕着教堂、医院是整洁的水泥路。路边有高大的“法国”梧桐（悬铃木）。街旁矮小的中国居民平房里，家家供着圣母像，他们都是教民。此时法国已经灭亡了，贝当在德寇卵翼下成立了维希伪政权，戴高乐在英国从事着复国的运动。

我在医院挂了号，一位中国医生（全院就这么一位医生）问了问，我报上："肠子有病，也许是痢疾——阿米巴，每天下午发烧，或许是肺病……"他虽然脖子上挂着听诊器，但也没听，写了病历便让我住院。我交上规定的住院费，便按给的床号到病房去了。病房宽而大，病床也大而结实，我即放下行李歇息。想不到，同过桌的郭毓英竟先我而在此住院。他问：

"你不是到前线去了吗？"

我愕然。一想，原来是我在校时经常高唱《毕业上前线》造成的。那是陕北公学的歌，成仿吾的词，大约是吕骥的曲。我一度每天课外活动时间，领着几个同学在教室里唱这支歌——"别了，别了，同学们，我们再见在前线……"

几天后，郭毓英便回校去了。（此后，我再没有听到他的行踪。阎子桂六中托派弟子名单里有他。）

我的床头上挂着病历，据说全是拉丁文。中外护士（修道）按时送药。第一次，一位外国护士硬向我嘴里倒药，被我吐了。以后，我再未吃过药。我吃过饭便上街看报，看广告，看有没有招考的启事，找一个谋生之路。

王奎熙、陈守俭两个肺病患者在这里养病。王是济南私立齐光中学的学生，随济南初中流亡。他是农村的大少爷（他家在小清河一个大码头开有洋广杂货店），衣着华丽，还镶了个金牙。用他老乡（博兴）张文卿的话说"像个流氓"，因此以前没有接近过。在这里反而成了好友——同病，而且他善于学习外文，英文、世界语都已入门，且正在学习拉丁文，他曾到临汾八路军办事处当过一夜兵。一报名，就发了枪，叫他站夜岗，受不了，便又回流亡中学读书。陈守俭是原菏泽中学的学生，因年龄小，个子矮，属于他们的B，即济南的“小模子”。陈守俭既不白，又不俊，普通小同学而已，但很淳厚。有王、陈在一起，并未感到寂寞。

医院的膳食不坏，米饭、面条，还有点菜，满可以吃饱。除夕，每人还吃类似粽子的一种食品。感谢圣母玛利亚，这是她老人家的慈善医院。

天主教堂有高大的法式马车，是主教乘坐的。没见过主教，据说回国去了。医院院长是法国修道，不常出现。修道们有几个国籍。有一位十九岁的美国姑娘，高大但并不美。她曾为一个被汽车撞伤住院的老农民捉虱子，那么耐心，那么细致。人们都称她“妹妹修道”，是爱称，也是尊称。

修道们每日晨昏都在近旁的小礼拜堂里唱诗，作弥撒，琴声抑扬，歌声婉转，给病榻上的患者们吹来静谧之风。

住院者大部分为花柳病患者，这给我很大的威胁。他们大约是慕法国“九一四”针药之名而来，也许真是药到病除。那些花柳病患者住几天便出院，又不断补充上新的就医者。

郭毓英未返校前，王信朋穿着军服来看过他。他说他在军校，但也吃不饱，即“慢性饿死”，不愿再干，准备回校读书。我对他无好感，不便多谈。他系原济南私立东鲁中学学生，有鲁西好汉的粗野气。在郧阳时，他和兄长王信文、堂姐王信普都与我同班。王信普是一个胖胖的、一只眼睛有些病患的女孩子。她与她的堂兄弟不一样，追求进步，好像在“皖南事变”后被捕过。

他们是乡建派鼻祖王鸿一的孙辈。

（王信普婚姻不幸，被丈夫遗弃，成为回乡农民。她丈夫是一个著名的石化方面工程师。信朋正义，讲义气，干过远征军，到过印度。以后又读西南联大，终于“觉醒”，最后到解放区开坦克。

转业后，到济南铁路局工作。因与我同在济南，常来常往，建立了很好的友谊。不幸，他于“文革”后病逝。）

我去找郭德芳大哥，即使他出车了，有大嫂在家也会管我饭的。费了好大劲才找到红石柱街头 29 号附 1 号，探问有无山东人姓郭的住在这里，人们都说“没得”，只好扫兴而归。

我曾去投考某机关的司书，大约招一两个人，但应考者数十，僧多粥少，胡乱写写答答了事。我也曾去投考某部的演剧队，读了一段台词便了事。主考者甚不欢迎我，我也鄙视他。在场的有一位年轻女人，穿着一件褪色的阴丹士林布旗袍，很憔悴。还有一位破衣敝屣、年近五十的老人，声言要到前方抗日。

在病床上，我还写了一首诗《朝》，记离开新都那天早上的景象和心情，对前途表达了自己的希望。我大胆把这诗抄寄给《新华日报》，能否通过邮电检查就不得而知了。它，被我保存至今——

朝

像火
像深秋时丹枫笑遍山岭
东方
暴发了汹涌的山洪
比闪电还要迅疾
流走在朦朦的大空里！
雄鹰啸着从茂林中惊起
铁翼划长天向东飞去
它歌着英雄的诗篇

赞颂那太阳的来临！

1941年成都圣修医院榻上，时二十周岁，追忆由新都至成都的那天早晨，当时有此自然景象，想象革命前路。——后来附记

圣修医院只是我的旅店和饭铺，每天一定去街上看张贴的报纸和广告。一是看新闻，二是看有无招考者。

寄宿舍　劳动营　陈翔鹤师

祠堂街是成都的文化街。路北有新华日报社分社、生活书店、读书·生活出版社等。路南是正中书局、党军日报社、青年党的新中国日报社等。

新华日报社分社是一座两层小楼，楼下是业务，楼上大约是宿舍吧？屋里只有一张条桌和几个凳子，显得空荡荡的。屋外墙上挂着一个木牌，上面贴着《新华日报》。晚上大约把木牌摘进屋，免得被人毁坏。

陈守俭领我拜访一位当报务员的六中同学。他年龄比我们大得多，不知是什么机关的报务员。他说这些天整日拍军事委员会给十八集团军关于“军令”的电报。他对这个问题很客观，不说第八路军不服从“军令”，也不认为蒋介石、何应钦多么“正确”，但他这一谈，使我感受到时局的严重性。

一月中旬的某天，成都的《中央日报》头版头条刊着大标题：新四军全军叛变；副题是：叶挺就擒，项英在逃。不久，《新华日报》印出了“千古奇冤，江南一叶；同室操戈，相煎何急”的大版面。后来报纸又挪到屋内。几乎没有人敢站在街上看，更不会进屋去看。有一天，我看马路上几乎没有行人，就跑进屋里匆匆又看了一遍。当时，我错把“冤”字看成“案”字。

某天，刘云祥、宋有禄、刘鸿桥突然来到圣修医院，不问就知绵阳六中校部出了事。原来，校内的“反动分子”与校外的特务分子勾结，放火烧了几座学生宿舍，诬称“共产党暴动、放火”，开始逮捕进步学生。参加过革命组织的同学纷纷出走。一部分去了重庆，他们则逃到成都来了。他们还带来俞新民从陕甘宁边区葭县螅蜊峪写来的信。真幸运，学校没扣留，也没有检查。他们作为“病人”，在医院住下了。

据马麟彩回忆，特务放火后，“反动师生”立即去“救火”，梁仁甫召集学生讲话，诬称“共党放火”，并把准备好的壁报张贴出来。“救火”现场有一油头、穿皮鞋、衣着鲜丽的学生，似为孙秋舫之弟、四级的孙高桂。刘荫相也浸湿棉衣在“救火”。

第四分校的成德茂、李云生、信法钧、杨镇畿也来到成都，住在小旅店里。杨镇畿年龄最小，沙哑着嗓子很爱讲话，好像谁也瞧不起。第四分校形势突变，校内的几个反动教员已与当地的警、特勾结，准备抓人。李广田老师已劝某些同学出走。丁用宾、马克先二老的夫人竟然存有银圆若干，送两帮出走的同学各几元，嘱他们“快走”。

信法钧不知有什么亲朋帮助，独自去了重庆。（信法钧去重庆后大概无甚波折，1949 年后曾任河北省文联秘书长，于数年前病故。）

我们在圣修医院住了一段时期，觉得不宜再住下去，两刘一宋和我一起出院，同成、李、杨三人住在一起。

成德茂看上我包袱里赵忠给我的围巾（蓝赭间色，平津流亡学生多有围着的），把它围上去茶馆吃碗茶“烧包”，给我掉了。我心疼得很，但没好意思埋怨他。

他们很激进，自认是革命者。大家聊起唱歌，我问他们会不会唱《国际歌》，他们竟然不会。他们要求我教，我就低声教他们。

住小旅店花费还是不小，听说有一种供学生住宿的寄宿舍，还供锅灶自炊。我们就搬到一家寄宿舍去了。正处寒假，外县在省城读书、寄宿的学生都返乡度假去了，房子都空着，老板非常欢迎我们。

老板在门头开着刻字铺，一家人住在后面。多余的房间作为寄宿舍。两个小学徒兼着杂役和家务。

街头巷边许多小女孩在纺毛线，那是一种脚踏的纺车，她们往往一面纺，一面唱些不入调的歌，大约是为了驱散冬日的寒气和劳作的单调吧。据说这些粗糙的毛线是用来织军毯的，她们也在为抗战出力啊。

街巷里除了小店铺，就是一些贫民的民居。他们大都在"饭时"才买米下锅。我们最初还做米饭吃，后来买喂鸡鸭的粗面吃。杨镇畿自称会干，煮开了水，把和得半稠不稀的面揪疙瘩扔在锅里，大家就半生不熟地吃。这下子，我的肠炎更严重了。

我与刘云祥、宋有禄、刘鸿桥去投考航空委员会和国际电台合办的报务员、机务员训练班。为了避免自己人竞争，四人分报了两类。结果各被录取为第三、四名。刘云祥、宋有禄找了铺保去报务员班报到（一个六中同学在基督教会办的《田家半月刊》工作，请他盖了该刊的章子）。我与刘鸿桥因找不到铺保，又见训练班有一小军官问长问短，未去报到。

我们四个高中生，曾与成、李、杨投考西北公路局站务训练班第二期，题目不难，报考者（即竞争者）不多。大家估计录取的可能性很大，何况西北公路局在兰州，训练班也在那里，去大西北，可伺机到陕甘宁边区、新疆，也摆脱了在四川的"险情"。

懋功（小金川）县招考小学教员，我们按时到县长在成都的私宅去应聘。县长是一个身材矮小、面白、瘦弱的中年人，在雅洁的客厅里招待应聘者。他备有烟、茶，招待殷勤，像个学校的校长，不像县太爷。他介绍小金川的地理位置、物产，主要谈气候和饮食，什么麦类、牛羊肉……在生活上吸引应聘者。但谈到途中要经过雪山，“……三六九正好走，十冬腊月学狗爬……”时，使非川籍的应聘者发出畏难的叹喟声。我们这些逃亡者无法前去，因为没有御寒的衣服。我尤其不能去，因为肠炎严重。一个梳着飞机头、衣履光鲜的四川青年还拿着本杂志，高声读着鲁迅的名言“世上本来没有路，走的人多了便成了路……”

丁士杰也逃到成都。“皖南事变”后，特务在校部数次逮捕进步同学。一天课外活动时间，丁士杰在野外散步，突然有位好心的同学跑来对他说：“快跑吧！特务来抓你，错把三青团员高太岩抓去了。”他立即只身逃来成都。据说，有一个同学见他在街头上走，故意在他身后大喊“丁士杰”恐吓他。人们说他很胆小，除非不得已，绝不敢上街。

他很幸运，到成都不久，就有人介绍他去天回镇难童小学教书。后来，杨镇畿也经人介绍去了那里。杨问他为什么不主动介绍几个同学来，他说：“学校请教音乐的，咱们同学中没有。”大家对这种说法不以为然，杨镇畿到校后，不就教了“唱歌”吗！

有一次，丁士杰进城来，带我去看他在军校任政治教官的单县小同乡。这位教官很有“派头”，因为是同乡，倒也客气。他的夫人也出面，形象不“赖”，原来她是女同学侯昌文的姐姐。

教官先生也在谈时局，谈革命，好像说革命时机还很遥远。

走出中央军校，我问丁士杰：

“这位老乡是什么人物？”

丁士杰说：

“托派！”

我们都哈哈大笑起来。

宋有禄提议去劳动营探望孟庆元，他知道劳动营的所在地。一天，我同刘云祥随他去了。

宋有禄真有本事，在成都东郊大路、小道、畦田、沟渠等处寻找，竟找到了劳动营。劳动营的四周都是畦田，短短的土墙，低矮的房舍，从外面看，没有什么森严的样子，一定是为了给人这一假象：“劳动营”，不过是在里面“劳动”罢了。他向传达问讯、通报以后不久，孟庆元便出来了，他依然旧颜，与一年多前无大变化，似受的折磨不多。他一见我们，便到门外墙边，四看无人，放低声音说：

“你们不该来，我过几天便出去了，不该来！告诉我你们的住址，我会去找你们。快走！走着看看有没有人跟踪你们……”

我们匆匆而别，心情异常沉重，又有些担心。在回城的路上，我们时时回头看看后面，没有发现盯梢者。总算幸运，我们没有事，也有了一次探监（营）的经历。

过了几天，孟庆元来找我，说几天后就去乐山高耀墀（在武汉大学读书）那里去，不留在成都。离营后，还须定期写信报告行踪，他不打算那样，走掉就算了。

他像兄长一样关心我，说：“你们在成都很危险，生活又无着落，不能照顾你们，很难过。”他结交了一个难友名叫屈克，泸州人，但家住成都，“只能介绍给你一个，让他管你的生活。”他果然介绍屈克与我相识，然后便到乐山去了。

他说他前年北去，因足伤先坐汽车到广元。警察局长（他入川演戏时与那位局长打过交道）亲到旅店找他，说：“孟同学，你校长来电话，不叫你北去。”于是被捕，并押回绵阳。在绵阳押了一个时期，被作为要犯装在卡车上，由一排大兵押送到成都。在成都，他被关进监狱。监狱内有各类“罪犯”，但有一个“罪犯”是老红军。这位老红军于全面抗战开始后由陕北返回四川故乡。他回到本县后去拜访老同学——现任国民党头目的某人，那人立刻将他扣押，并送到成都请功。于是，孟庆元便结交了这样一位难友。

（与庆元分别后从未通过信。若干年后，听说他在乐山开过饭铺，且与高耀墀感情破裂了。他曾到成都投考孔祥熙办的铭贤学院，且给谁写过信，说遇见一位漂亮的女考生，他很动情。他在该校死于肺结核，是在狱中、营中恶劣的生活环境中传染上了这不治之症。老同学胡季生、王保民等葬他于成都北郊的一座山上。）

屈克是一个身材高大的青年。据庆元说，他中学毕业，开过一个小的“进步”书店。他的女友去了延安，他时常给她寄衣物，甚至还有月经带，可见他们的感情之深。他被特务机关列入逮捕名单。某晚，书店已经“上门”，几个特务突然闯进来找屈刚（他的本名），他很机警，说：“屈刚出门去了。”特务们早已盯准了他，二话没说，便把他带走，而后是监狱、集中营。他的几个哥哥都是官场中人，也没有帮上他什么忙。但他离开集中营后就住在成都家中，生活还蛮宽裕的。

屈克曾到我与成德茂、李云生住的寄宿舍找我，带我去饭馆饱餐一顿，并领我去比较高级的澡堂洗过单间。在澡堂柜房内外见有几个烫发、高跟的妖艳女人，当时很纳闷，后来才想到：搓澡的女堂客——变相的妓女。

（我搬到朱鸿恩工作地点杞木林军毯厂后，曾与屈克有书信联系。我到兰州后，鸿恩曾转来了他的信，说曾给我寄过小款等。小款，大约鸿恩留用了。既然他的兄长们均是官场人物，便未再与他来往，而且又扯上了共产党员朱鸿恩，恐怕泄漏什么，对谁都有害，所以就与他断了关系。那是迫不得已的事，我一直感念屈克。）

庆元在成都时，还曾介绍我与他另一个难友相见，但言语不通。原来他是南洋华侨青年，回国后去延安参加抗战，在成都住在高级旅馆。警宪查店，问他回国干什么，他说要去延安参加八路军，于是，他便被投入劳动营。出营后，衣食无着，住在旅店里，由屈克照顾他。他同屈克一样也剃着光头，大约表示自己曾是政治犯吧？他不会说"国语"，我们只能互相笑笑。庆元、屈克因与他同难较久，还能语言相通。

李广田老师虽被国立第六中学解聘，好在西南联合大学已聘他去叙永分校任教。他携眷路经成都时，与几个同学偶然相遇，师生在逃亡中相见，情感倍异平日。他曾嘱同学们在特别困难时，可去找陈翔鹤老师，并告诉了他较为秘密的住址。

大家住在寄宿舍里，找不到职业，吃饭都成问题。经过议论后，同学们要我去找陈翔鹤老师，看有无职业可谋。我有次去第四分校，曾远远看见他，穿着长袍，戴一副眼镜，很潇洒。我没有读过他的"浅草""沉钟"时期的作品，但在《锻冶厂》上读到他的《〈在风沙中挺进〉序》，很觉感人。还有一篇杂文，任意挥洒，颇有名士气派。这次可亲拜"尊颜"，得聆教诲，便欣然就道。

我按地址找到陈老师的住处。一个可容一人出入的小便门，门楣上钉着木制门牌。这样的小便门，在成都很多见。我整理一下自己，尤其是蓬松的头发，并把国立六中的校徽拿出来，别在左上口袋上方。平日，我们不敢戴它，也不敢说是国立六中的学生。我们投考训练班，高中的几个都是冒山东几个老学校的假文凭。我沉吟了一会，就轻轻地敲了敲门，敲一遍，再敲一遍，门终于开了，出现了一位三十多岁、中等身材的人。他白面无须，偏分头梳得整齐，穿着瘦长棉袍，一双绒面的单鞋。他看见我有些愕然，但看了看我戴的徽章，又笑了。我赶忙说：

“我是国立六中的学生，李广田老师让我来找陈翔鹤老师。”他偏着头停了一会，才爽快地说：

“在这里。”

他领我走进院内——是一座深宅大院的后院，房子全建在高大的台基上，都有走廊。虽是冬季，但花木还是不少，有些还是常绿树。走上一座大厅的走廊，他推开一扇门，让我走进去，他便不见了。

厅内空旷旷的，但一面墙根有一个大台（大约是西餐台），台上睡着一个人。我想这大概就是陈老师了，便走到台前。他已坐起来，一张清瘦的脸，很疲倦的样子。我坐在台前的椅子上，自报了姓名，并说明是李老师让来的。

他说：

“我知道你的名字，是被压迫出来的吧？”

我把同学们的现状告诉他，希望能找到职业。

他很担心我们的处境，但看来也无办法为我们谋个啖饭之处。他说：

“我准备办一个出版社，办刊物，到时可来几个同学。你们住在什么地方？便于联系……”

我说：

“我们没有固定的住处，过些时间再来吧。”

于是，我便告辞了。我走出偏门，那位看门人便出现了，送我出了便门。

路上，我想：陈老师怎么说“我知道你的名字”，大约还是那篇红军长征插曲《青羊驿的黄昏》的缘故。李老师一定请他看过，并曾托他寻找沙汀，把稿子交他。

我回到寄宿舍，向同学们谈了陈老师对大家的关心，但近期无法解决我们的求职问题。

一天，我们在寄宿舍里闷坐，不知谁突然发起：

“咱们再去找陈老师，他不会不管我们。”

大家没好好掂量，六七个人一股脑儿奔陈老师的住处。巧得很，只见陈老师与两个人从另一条路也走到便门前。他看见我们，很惊异。是的，怎么成群结队地来看他？

一个同学走近他便说：

“我们生活没有着落……”

另有两个同学也在诉说。

他的两位同行者，一位身材高大，穿着西装，手拿一本硬皮书（后来回想，大约是李劼人）；另一位矮些，拖着长袍，他们都用一种无法表达的眼神看着我们。

我们突然明白了，不知谁说了一声“走吧”，便一齐走开了。

陈老师依然长袍，潇洒，脚上穿着一双崭新的皮鞋。

我们深悔这样去找陈老师，给他制造麻烦。这正是白色恐怖最猖獗的时候，陈老师深藏不露，出来需要隐蔽自己，装扮自己，处境是很险恶的。我们的穿戴、面容、行动，一看便是外省学生——国立六中在成都至梓潼一带是出了名的，何况正在屡屡逮捕六中“进步”学生时期，与陈师接触，不更增加他处境的危险吗？

从此，我们再也未去找陈翔鹤老师。

一天下午，有一个兵来找成德茂、李云生，曹州府口音，神色紧张，与成、李谈后便想走，大家留下他谈个究竟。原来这样：

他叫冀若曾，原第四分校学生，因管伙食“贪污”，离校去成都谋生，但成德茂、李云生等与他保持了很好的友情。

冀若曾现在一所军事工厂做文书上士。他说：“‘皖南事变’后我就猜想到同学们的处境，也能想到你们为什么到成都来（成、李曾找过他）。今天下午，有两个四川人来找我，拿出一张名单让我看，问名单上的人住在什么地方。我明白是怎么回事，就说没见过这些同学，有的认得，有的不认得，谁也没有找过我。”冀若曾说有我的名字（想不到他竟认得我，我原不认得他），又说：“那两个四川人相对看了看，点点头走了。他们还摸摸裤口袋，不用说，那里边塞着手枪。我见他们出前门走远了，便从后门跑到这里来。”

我们无法感激冀若曾。他还在上班，匆匆忙忙走了。

一场惊恐，也觉得好笑，我们竟成为“共匪”了。

怎么办？我们推测特务们还会找冀若曾，甚至威逼他说出大家的住处，必然遭到不测。大家商议决定搬走。我提议住像样的旅店，因为特务们知道我们是穷学生，一定住下等旅店、寄宿舍，会来搜查的。大家同意，于是都掏出腰包来数钱，觉得还可以住一夜高级旅馆，明天再说。

近黄昏了，大家搬家。恰好第四分校一个叫范更生（据说本姓杨）的四川罗江同学来找杨镇畿，他给付了拉行李的车钱，我们就去了不远的民生饭店。当进入饭店大门时，只见四五个宪兵正从里面出来，当然是刚查完店。他们也没注意我们，我们避开正面，顺墙进入饭店的账房。我们虽然衣履寒碜，但账房先生并未轻视，数数我们七个人，说正好有大房间可以住下。登记交款后，么师便领我们进入了一个大房间，果然有张大床，一张中床，七人睡下并不算挤。房内其他设备也无暇去看，总之，相当讲究就是了。床，是钢丝床，大家有生以来还是第一次享用。我们马马虎虎洗个脸，么师叫去洗澡，大家恐怕另外要钱，谁也没去。

一夜到天亮，大家都睡了个好觉。洗罢脸，各携铺盖、小包袱，到另条街，又住了一家寄宿舍。

至此，我们还没有摆脱国立六中罪恶的罗网啊！记一下几位学校当家“师长”的归宿吧：

葛兰笙于抗战胜利后返济南，任山东省训练团少将教育长，并邀集一些教育界“名流”，创办了新中印刷公司。1949 年后以实业家面貌出现，成为民主人士、统战对象，任省工商联宣传处副处长。1957 年，他向《大众日报》记者夸称“办抗战教育有功”。孰料山东农学院一原国立六中学生揭发他任校长时，把一个学生禁闭在一间肮脏小屋里，吃喝屙撒全在里面，不久折磨致死。两事均在《大众日报》披露，引起原国立第六中学诸多师生的愤慨。由中共山东省委统战部、省工商联及济南市联合召集部分原六中师生开座谈会，说明葛兰笙在国立第六中学的作为，并由《大众日报》做了报道。嗣后，葛兰笙被判刑。

“文革”后，葛兰笙、崔力明编写的国立第六中学校史，被山东教育界某些人士视为“信史”。

杨芸斋的下落，现摘录《曲阜师范学校校史征求意见稿》如下：

“……抗战胜利后，任职于南京教育学院，后任国民党中央大学新生部主任。1949年春逃到台湾台北市。未几，复返南京携取家眷，适逢南京解放，乃潜逃江西樟树镇一教会中学。新中国成立后，被我校友告发，被人民政府逮捕、镇压。”

王晓纶抗战胜利后接任国立第六中学校长。1949年后曾代理绵阳南山中学校长、广汉中学校长、江油高中教务主任，绵阳地区中学教师进修学校英文教师、绵阳师专教师，1991年病故。他曾系绵阳市市中区政协委员。1994年，其亲友编写了《师魂》纪念册。他写的省立临沂中学简况及国立第六中学校本部的材料有一定的史料价值。他系北师大英文系毕业，原临沂中学教务主任。

梁仁甫于1949年前去了台湾，据说他曾在台湾三民主义青年团的中央机构工作过。梁仁甫（兴义），山东嘉祥县人，清华大学毕业，第一届国民大会山东省代表。1981年4月17日病故。

我们的生活是吃一顿再想法对付下一顿，人多，聚在一起，难中有乐、有趣，把政治迫害看得也淡漠了。

在圣修医院时，我布鞋的底与帮便分家了。幸好刘鸿桥带着一双布袜子，我把它穿上，再套上草鞋，并不觉得多么凉。但大街不能多去，因为那会成为成都大街上的一幅新街景。后来忘记谁给了我一双布鞋，才使我放心上街走动。

李广田老师携眷过成都南去，刘云祥也许从他那里拿到了钱，异想天开地买了一双旧皮鞋，穿着“摆阔”。不几天，他叫我穿上看看。我穿上以后，他又叫我“走走看看”，我只好遵命，让他观赏一番。但这双鞋谁也没穿。杨镇畿去天回镇难童小学教书后，一次进城，布鞋的底、帮也分了家，他就穿上旧皮鞋回校向难童“摆阔”去了。

躲避追捕　觅职糊口

陈文华突然在成都出现。他寒假期间来干什么？也许是看望我们这几个逃亡者。

他说他的小同乡杜津在航委会工作，要我同他一起去找他。

杜津是济南初中18级的学生，临淄县人，长得五大三粗，1936年夏天已经毕业了。他在校期间，正是国民党内法西斯分子宣扬希特勒、墨索里尼二魔的时候。校内的训育主任、训育员、童子军教员也在景仰二魔，骗得少数学生也心向往之。戈林是德国的航空部长，正在发展日耳曼空军。中国也引起了空军热，蒋介石在提倡，一些青少年以投考空军为荣。杜津曾与几个戈林狂在学校游艺会上表演过一个小段子，吵吵嚷嚷，宣扬戈林伟大，中国也应发展空军，抗击日本鬼子……然而，他只是初中毕业，体格还有什么缺点，所以只好投考在南昌的航空机械学校。不过，只要沾上“航空”二字，总算如愿以偿了。

我们见到杜津，他好像认得我。大约是战前我那篇刊在《嘉树》第一期上《玩童日记》的缘故，高年级同学也有认得我的。

杜津依然高大魁伟，豪爽不减。他马上带我们去吃小馆，叫了许多菜。但谈起工作来，他的戈林狂、航空热全没有了。现实教育了他，国民党航空委员会的黑暗、腐朽教育了他。他说，他曾两次殴打航空站长，因为那些家伙太无耻了，贪污、盗窃、欺压

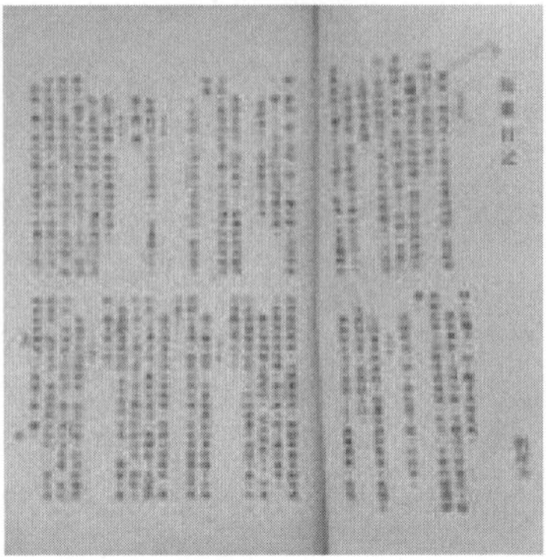

作者少年时所写《玩童日记》

下级……因此，他坐过两次禁闭。他这个机械士一直还是个兵，而且屡次叫他受训，学机械知识。现在，他正在一个训练班里学烂熟了的那一套。他不常上课，高兴就出来走走。

他说："我要找共产党。我不只会修飞机，还会开飞机。开飞机并不比修理飞机难。我自己去过宝鸡找共产党。唉唉，没有找到……"

大约陈文华向他说过我些什么，他说这些话，认为我能为他找到门路。

我自己还找不到门路，怎么能为他找到共产党呢？他这种莽撞人，爱打抱不平，会惹事的。

杜津还领我们到他的学校。一座大屋里面正在上课，学员坐在前面，房子闲着半截，后排的学员有的闲聊，有的凑在一起打扑克。杜津豪迈地出出进进，好像谁也管不着他。他还顺便领我们看了一架停在广场上的旧飞机。

陈文华不久即回绵阳校部，行前赠我一件式样很时髦的短袖布衫。[陈文华，后用名陈牧群，高中二年级亦因受压迫离校，考入国立药专（四年制），1945 年毕业。在国立同济医学院工作一年。自 1947 年始，在山东省立医专、山东医学院药理教研组工作。1955 年调至沈阳药学院。1957 年被打成“右派”。1965 年调唐山华北煤炭医学院。“文革”后平反，加入中国共产党。为药理学教授，1988 年离休。我俩一直保持亲密往来。]

我在成都到处“掉向”，只好“左倒拐”“右倒拐”记路。

春熙路是最繁华的街道，去过一两次。我们衣履凋破，不敢进入商店，只是在街上走走。这里同附近的街道在 1939 年曾遭敌机轰炸，不过现在已很少轰炸的痕迹。成都人也像许昌人一样，二三层的楼房顶上，临街的一面竖起了一堵墙，饰上窗户和半片屋顶，于是，楼房便“高”了一层。

我们曾结伴去过望江楼，因在隆冬，树木凋零，有名的竹林也大都泛着黄色。楼也不过平常，江水不碧，景色萧然——也许是我们心情的缘故吧。

陈牧群教授题写书名

因为我们住过的圣修医院、各寄宿舍都离少城公园不远，我们也斗胆去那里走走。保路纪念碑、图书馆内的文物，特别是张献忠的“七杀”碑，我们不止一次地浏览过。

公园里有篮球场，经常有球赛，我们也偶尔去看。有一次，我们竟发现赵立品站在军校队的替补队员里。这小子，他爸爸赵笃生在泰安老家干八路，他却在这里想混个小军官。

我与刘云祥、宋有禄、刘鸿桥曾去品尝过赖汤圆。无非是汤圆蘸麻汁，馅也平常。于是，“吴抄手”就无兴趣去了。

梁保罗在成都，住在圣公会里。

我去访问梁保罗，他对我一如往日，但无法为我找一个混饭的地方。我不同他谈绵阳放火、捕人的事，也不谈国际、国内的大事。我说我要看《圣经》，便把他案头的那一本拿走。读《圣经》嘛，他当然不好意思不借给我。

另一次我去梁保罗那里，时已黄昏。他说有两个从沦陷区来的传教人，住在某条街，让我同他一块去访问。

我们到达地点，天已昏黑。一座普通的民宅，全院没有灯光。他领我走近一座偏房，敲敲门就推门进去，只见从黑影中站起两个人形，“一高一低，像两个阴魂”（这是同年秋，我在兰州西果园所写的《麻醉的魂灵》中用的词语）。我先握到一只粗大的手，后又握到一只柔软的手——原是一男一女，当然是夫妻了。高个子去摸来蜡烛，点燃了立在窗台上，照见他们的身形。男的穿一件棉袍，女的短衣，梳着髻，都是半农村打扮，约莫三四十岁。屋里的地上铺一些草，乱放着简陋的铺盖。他们让我们坐在唯一的一条板凳上，他们就坐在草上。男人说：

“我们是真耶稣教会，真就是真神，就是上帝，是教会的头。

耶稣就是教会的身体……教会是山东潍县魏恩波牧师创建的。我们是苏北人，因为日本人进攻，我们就离家沿途传教西来……在顺庆府，警察把我们关进监狱，说我们是日本的探子……我们就在狱中祈祷，求上帝解救，三天后就释放了……今晚两位弟兄到来，咱们就共同敬拜一次主吧！”

女人突然盘腿而坐，满面笑容地望着我们。她伸起脖颈，偏着头向天空说了些我不懂的话，好像向谁请求什么，然后正过头来说：

“上帝说：‘你们要跪下！’”

梁保罗立即跪了下去，我也只好跪下。

她又伸起脖颈向空中说了些什么，正过头来后，挥动两只手臂，似唱非唱、似歌非歌地嘴里喊了些什么。有些话似乎明白，有些话似乎糊涂……这不是巫婆下神吗?

她终于停止了“歌舞”，笑嘻嘻地说：

“愿上帝降福给你们！”

梁保罗告别了他们，领我出了那座民宅，走到该分道的地方分别了。

（若干年后，我在西安东大街碰见了梁保罗。他正在西北医学院读书。）

一天，我在少城公园碰见了宿德祥。

宿德祥是校本部四级或五级的同学。他是基督教徒，原潍县广文中学学生。我们在绵阳圣公会做礼拜时认识。他瘦而高，长脸，说话尖声尖气，撇点北平腔，像个女性。他走路蹑手蹑脚，也像个女性。真有趣！

他开口便问我曾否在某剧院看话剧，对剧中一个角色的饰演者有何评价。我没看，怎好置答？他很不高兴，绕着弯问我知不知道那个角色是谁扮的。我虽未看剧，这下猜到是他扮的，但我故意装糊涂。他伸出右手的食指晃晃说：

“告诉你吧，那是我扮的！”

真好笑！他又那么装模作样。

估计他在学校饿坏了，又无经济来源，跑到成都来谋生，找不到职业，只好进话剧团临时跑龙套，混口饭吃。

时值严冬，他穿得很单薄，瑟瑟缩缩，怪可怜的。

我们彼此别无可谈，也不问各自的住处，索然无味地离别了。

这是国立六中校本部战时教育另种类型的受害者。

（若干年后，我在西安东大街遇见他。他穿一身旧军便服，拦住我让我请他下饭馆，连说“你得请我吃饭”。我不知他在哪个军头瞎混，赶快摆脱他的纠缠，急忙走掉。）

同难者大都找到混饭吃的住所，只有我一人住在一个丁字街拐角的旅店里。楼下是茶馆兼饭馆，顺南墙建楼一趟，分割为客房，且围以护栏。我住在一间有一张大床的客房里。从早到晚，满耳是楼下茶客、食客、酒客和幺师的嘈杂声。低头一看，便是那形形色色、衣饰驳杂的各类人。

我从友辈处拿来巴金、罗烽等人的作品，还有梁保罗的《圣经》，都堆放在桌子上。晚上就寝前，就兴之所至翻一翻，看一看。在某街，有一家私营图书馆（忘记名字，馆设在一幢楼的三层），竟有一份《新疆日报》，这引起我的兴趣。它第一版的版面设计，几乎与《新华日报》相似，内容虽不见“革命”，我也去看过几次。

原第四分校学生周伊贤，在读书·生活出版社做店员。书店被封，他与经理、女店员三人困在书店里。经理行踪缜密，女店员虽系第四分校罗江籍同学，也无话可谈，于是他来旅店找我几次，闲谈闲谈。他那胸前满是油腻的长袍，脖子上缠的绿围巾，一张黑脸和一头蓬松的头发，在祠堂街是很显眼的。也许因此，引起了警宪们的注意。某夜，我正睡得熟，被敲门声惊醒，么师领来了一位警察先生。这位先生很客气，点头，微笑，像问候一般询问了来路去向。我自然说："从沦陷区来，到后方考大学……"他连忙嘱我好好安睡，点头，摆手而去。

成德茂不知在哪里混吃一段，又来与我同住。一张大床，两人睡得也很宽绰。他竟从周伊贤处拿来马列的书，似懂非懂地看。我则劝他读《圣经》中的《雅歌》。那是一些以色列民族的情诗，类似我国《诗经》中的某些篇章。我们虽都没尝过恋爱的滋味，但对这些恋歌还能有些理解。

一个深夜，突然响起了敲门声。德茂先醒来，就低声喊我："可牧！可牧！"（我离校后改为此名。）

我连忙起身开门，原来是一位宪兵小军官。一张白而漂亮的脸，细高挑，一身呢子，皮靴。他装着严肃的样子，扫了一眼屋内。我做出"请进，请坐"的表示，德茂还坐在床上。

他盘问我们的来路、去向。我说："从宝鸡来，到四川考大学。"

他一口开封腔，语气并不严厉。他突然话头一转，问：

"你们带什么书没 niu（有）？"

我往桌上一指，他便拿起一本看起来，看两眼，又拿起另一册。巴金的著作，各书店都有，他并不介意，拿着罗烽的一本多看了几眼，但又扔下了。随后又拿起《圣经》，翻了几页后，大约发现梁保罗那些“眉批”（一些虔诚的感恩之语），便放下点头而去。我把他送出门外，只见墙边站着一列宪兵，将近十人。

我与成德茂释然，相视而笑。其实，德茂的枕头下面就塞着一本列宁的文选，如果掀枕头，就会出麻烦的。天亮以后，德茂就把它送回读书出版社周伊贤处。

过了一两天，恰好李云生又聚了来。我们就搬到一条僻街的寄宿舍去了。

我同成德茂、李云生住在一所宽大的寄宿舍里。楼上楼下大约有十几间宿舍，但都空闲着。也许楼上只住着我们三个人。

一天下午，成德茂不知出门干什么，不久，他带来一位戴鸭舌帽、穿黑制服的青年。德茂介绍说，他是第二分校的同学，姓巩，在这里工业合作协会工作，已邀请他去那里食宿。刚才，德茂在街上闲遛，后又在一个杂货摊前“观光”，恰巧巩也在摊前闲看，两人突然碰了面。巩主动靠近德茂问：

“你是国立六中的学生吧？”

德茂沉吟了一下，不得不说：

“是。”

巩把脸贴近德茂的脸，低声问：

“你是跑出来的？”

他们相视而笑，随即谈了些学校发生的特务放火、捕人的事。德茂便把他领到寄宿舍来。（巩义德后来本着“长期隐蔽，积蓄力量”的原则，投考了航空委员会的空勤通讯士，曾飞越大西洋，在美国培训，为抗日战争效力。后参加两航起义，又转业到济南市蔬菜公司工作，于20世纪90年代前期病故。他生前对当年失去中共的组织关系很痛心，也很不理解。晚年我们交往较多。）

德茂携行李随他去工业合作协会约一个多小时，突然又回来了，并带来一位黑黑的、胖胖的青年。他们介绍说姓朱，不用说，也是第二分校的同学。朱看了看宿舍，关心地说：

“这里不能住……我那里能住下一个人……回去看看……”

他匆匆忙忙地走了。

他叫朱鸿恩，也是“跑出来的”。

约一个多小时之后，鸿恩回来了，对我们两人说：

“走，走！都上我那里去。”

我们卷起铺盖，告别寄宿舍的老板，反正租金未到期，无须结账，便随鸿恩急忙走去。

他在杞木林军毯厂当事务员，与厂长同室而宿。屋里还闲着一张大床，我与云生便“下榻”了。

鸿恩似乎没有什么专职的工作，整天沉默得很，像有什么心事。他那忠厚的脸上很少见到笑模样。

厂长姓刘，河北省人。他自我介绍说，原在山东省立剧院学话剧，毕业后演戏没饭吃，只好当个厂长。他曾直截了当地对我说：

“咱们都是北方人，你们同学朱鸿恩爱好什么文学。我是国民党员，不管什么文学。我们得搞钱，他不去搞，都让别人占了便宜……”

厂长确是好人，一个不到三十岁的青年，精明能干。有一次，杨镇畿到我们这里来玩，他同样表示欢迎。他还问：

“你们愿意演戏吗？我可以介绍你们去。我本是学话剧的嘛！”

他大约看杨镇畿的相貌够个演员标准，才说这样的话。

刘厂长光杆一个，挺寂寞。他不去找女人或寻别的乐趣。一天，他说：

“咱们包水饺吧。”

他买了肉、菜、油、面……从厨房里借来刀、杖、板……叫我们“参战”。鸿恩、云生什么也不会，我只会包。他也不恼，一个人把馅调和好，面和好，便与我包起水饺来。我们边包边谈，因为我在济南长大、读书，便谈些济南的事。我也曾看过山东省立剧院院长王泊生主演的改良京剧《岳飞》，所以便有话可谈。

两人操办（实际是厂长一人），四人合吃，大家欢快了半天。

我虽然吃上饱饭，但慢性肠炎使人烦恼，除了躺卧，有时便到厂内一堵墙下走来走去。有一天鸿恩也来与我同逛，他说：

“你能沉住气。”

对的，看样子他沉不住气。

不久，云生对我说，他问过鸿恩了，鸿恩承认自己是共产党员。云生请他介绍我们入党，鸿恩说，在成都曾有组织联系，但好久没有人来找他了。当然，这就是他苦恼的原因。

这个厂用木机织军毯，约有二三十张机子。工人们有时彻夜赶织，有时抛机而去，好像没有什么规定的工作时间。厂长也管不了这些工人。

后来，来了一位高一级机关的工程师李有山，山东平原人，与厂长谈了些什么，后来便张贴了布告开除了几个工人。布告下署“工程师李有山”，还盖着鲜红的印章。想不到工程师竟有这么大的权力。李不理我们这些穷学生，点点头而已。鸿恩就因小同乡关系，找他弄到这份饭碗。

云生为开除工人而愤愤不平，还责难鸿恩这个共产党员不为工人说话，鸿恩一直沉闷着，管不了这么多。工人们旷工难道就合理吗？他们的收入不低，比鸿恩强得多，虽然够劳累的。

厂里的会计是江苏人，比我们大不了几岁，中等身材，白皙，灵巧。他似乎也不常办公，而是与妻子、儿子（有一只手有六个指头，小名就叫“六指拇”）出去游逛，夜间更是他们的活跃期。他学了一口川腔，经常参加达官的少爷、小姐及姨太太们的聚会。所以，他有一套漂亮的西装，妻子却无什么奇装异服。他曾拿着相夹给我看，有许多妙龄女郎、少妇的“玉照”。“这是 ××× 的小姐，这是 ××× 的外室，这是 ××× 的三姨太……”，他的妻子也在一旁帮腔，介绍得眉飞色舞。他们还想带我去参加聚会，我当然婉辞。刘厂长说的“好处让别人占了”，大约就有这位会计的份儿。

住在鸿恩处非常闭塞，从来没有见到报纸，又不能到街上去看，那样会给鸿恩招惹是非。云生是个急性子，时常显露出烦躁。

云生和我商议，应当到天回镇去一趟，看看镇畿、士杰，并希望能找个教职。

一个晴天，我们出城去天回镇。

难童学校在天回镇附近的村野里，因不识路，只好随走随问。在田间小路上拐来拐去，苇塘很多，看不见远处，只好瞎摸。正走得烦躁，突然一个女人的“哈哈”笑声顺风而来，接着迎面跑来一个三十多岁的矮胖女人，擦我们身边过去。紧跟着，后面追来一个三十岁左右的矮壮男人。李云生却拦着他，问他难童小学在哪里。他气喘吁吁地指着身后说：“不远，不远。就在那边，顺路走。”一听原来是山东口音。“你是山东人？”“你们也是山东人？”我们互相认了老乡，他脸上露出了笑容……但，他突然想起来了：“不行，我还得去追她！”他飞一般追那个矮胖女人去了。

我们觉得好笑。我嫌李云生毁了那位老乡的好事。

我们终于找到了竹墙、茅顶为屋的难童学校。丁士杰、杨镇畿同住在一间屋里。因为正是星期六下午，许多学生回了城里，学校里静悄悄的。他们隔壁便是女教员宿舍，言语嘈杂，好像她们也来了客人，为数不少。

丁、杨准备了晚饭，买来了花生、酒，准备过个舒畅的周末。我被慢性肠炎拖得疲惫不堪，饭也难多吃，酒不敢尝，花生也只剥食一二。隔壁的女士们却活跃异常，出出进进，欢声笑语，不时唱着流行歌曲和抗战歌曲。这，不由得引起我们的喉头痒痒，竟也唱起抗战歌曲来，何况杨镇畿还是音乐教员呢。据丁士杰说，杨镇畿教学生唱“哎哟……”，原来他竟教小孩唱《黄河船夫曲》，太勉为其难。真有趣，他自己也唱不准啊！

突然，五六个女教员走进宿舍来了，有的端着下好的挂面，有的端着酒杯，有的提着花生和糖，喜笑颜开地或坐或立，她们衣着朴素，净面短发，典型的小学教员形象。她们很大方，劝我们喝酒，多是先喝一口，又端杯叫我们接着喝。我是不喝的。有一位穿阴丹士林布褂的矮个教员，看样子不像四川人，我问她是哪里人，她说是山西，姓赵。我说：“你们山西有个骑兵司令赵承绶啊！”她说：“赵司令是我叔父。”原来是大军官的亲属，便与她谈了几句。这些女教员的大方、爽快，令人产生好感，虽然她们中没有一个“美人”。

天已晚，她们回了隔壁宿舍，只听有低声悄语。不一会，来了一位四川籍中年男教员。丁、杨给我们做了介绍。这位先生低声对我们说：

“……那几个是 ×× 学校的，是有了名的……”

他没再说下去，用眼神暗示了一下，意思是：你们这些外省的青年要谨慎，不要进那几个的迷魂阵。

这是一位好心肠的教育工作者……也许是位“老夫子”“老封建”……

但，这一个夜晚颇令人难忘。

“避仇投亲走陇秦”

我与云生“啃”鸿恩的工钱，沉沉默默，一晃将近二十天。刘厂长对我们三人说：

“鸿恩，你一个管不了三个人的饭，还是早些想办法。”

鸿恩大概早已想过办法，比如工合这个军毯厂。在工合，除了巩义德，还有一位六中同学，也戴着鸭舌帽，瘦瘦的，见过一面，但未交谈。（几十年后，知他叫许方明。但，据晁文灿说那是许尚仁。）工合大约不能再用人。军毯厂如需人，刘厂长还不录用吗？听说还有几个六中二、三分校的同学在某处拣羊毛，那是苦而脏、极有害健康的劳作。鸿恩大约因与我们初识，不好意思让我与云生去干那种脏活。但他终于给一个叫牟邦平的山东老乡写了为我们求职的信。

牟邦平在城南一个工厂当技术员，不久便回了一信，说可以去该厂当工人。我与云生便欣然就道。

正当四月中旬，锦官城外已过花似锦的季节，但河岸、田边的刺玫花开得正艳。我与云生背着行李，顺着一条傍河的道路南行，约三十里，到了中和场外。我们向路人问明工厂的地点，没有进中和场，径直到工厂去了。

工厂在田野间，除有些瓦屋做办公室及职员宿舍外，厂房、仓库、工人宿舍，都是茅草屋。厂名“行政院赈济委员会第十二工厂”——一个使用土机织布的小厂，总共四五十人。

牟邦平热情地接待我们，老乡嘛，流亡到四川，大家一样离乡背井，哪能不亲近呢！他是潍县人，典型的山东汉子，高而结实，一脸忠厚。牟一个人住在一间大屋里，恰有两张闲床，我们便铺下被褥。因无被单，他便拿来两块白布铺上。这布是一位谭工程师的，他是济南人，到西安接未婚夫人去了。未婚夫人从北平来，到西安就结婚。白布是存作结婚后用的。

牟是山东省立济南工业职业学校初级班毕业，曾在北平清河织呢厂当过工人。他说，那时一个月工钱几元，天天吃窝头，很苦。全面抗战后他来到大后方，成了技术员，生活条件比过去好多了。

他去见了工务课长，接着把我们叫去。工务课长是四川人，北平大学工学院纺织系毕业，没有官架子，笑哈哈的。工务课还有一位李工程师，河北人，个子很高，有些老夫子样，也是平大工学院纺织系出身。他们交谈了一下，认为我们上过中学，不宜当工人。他说“我们也需要几个年轻人帮忙”，于是马上请示了厂长，我们最终被录用为练习生。于是，我被派去仓库工作，云生则被分配到车间当“监工”。

工厂无所谓作息时间，黎明即起，早饭后就干活。午饭后略休息又干。晚饭后自便。当然，也没有星期日。男工织布，女工纺纱，也有纺毛的，都集中在一间大厂房里。一个织地毯的工人，独个在仓库隔壁一间屋里织地毯。他是“工人贵族”，穿戴讲究，还有点派头，因为他是特技工人，待遇高。

工厂提供免费伙食，一个食堂里摆着几张大圆桌。在饭厅里，课长、工程师、职员、工人同室甚至同桌而食，可谓“平等”。每张圆桌可坐十几人，早餐简单，午、晚餐四至六菜二汤，分量大而丰。我与云生早已过着半饥半饱的日子，这次可算吃饱了。每次就餐，工人阶级们吃罢走掉后，牟邦平便拉着我们，去搜寻那些剩余的菜肴吃。

我帮一小个子四川籍职员管仓库。这人姓胡，油头粉面，有两件府绸衬衣和一套西装。他操一些下江话，说曾在江苏某地学过纺织知识。他不轻视我，认为我曾在哪里干过政工。我说我是学生。他没有铺盖，铺毛毯，盖毛毯，但天渐渐热了，那就够呛了。我初到的几天，他还按时上下班，后来就时时溜走，嘱我看管，“我有事情”——“公干”去了。往后每天早上八九点钟，便有一位几乎半裸的、胖而丑的女人站在窗外朝他笑。他还躺在床上，见那女人来，便匆忙起床，穿好衣履，向我点头笑笑，随那女人走了。过了几天，我实际上成为仓库的总管。

我每天的工作是发原料，收成品，用一个弹簧秤称后发，收后称。我被慢性肠炎折磨得难受，早起晚睡，疲倦得很。我在收成品时，常不称就收下。工人阶级嘛，有什么不可信任的？两个纺毛线的女工：一个是少妇；一个是一只眼有点斜的谢姑娘，穿得清洁，人也白净，还曾采来刺玫花遍送各个办公室呢！

李工程师是个长者，他说：“你们念过中学，学点技术吧。”他热心地教我一些纺织方面的计算，我很难学下去，有时竟昏昏入睡。他并不责怪我，便悄悄离去，让我熟睡。

谭工程师接夫人回来了。夫人虽然不美，但打扮入时，大约是沦陷后北平仕女的装束吧？工程师们热火了一阵，祝贺啊，问候啊……在食堂里，工务课长在餐桌上问北平的这、那，还问道：“电车还开吗？”那是他苦读大学四年的地方，怎能不怀念呢？

工务课长常在餐桌上谈这谈那，并多次谈到刘瞎子（刘伯承），但并无贬义，还有些仰慕。

谭工程师大约沉浸在新婚的蜜月里，对我们这两个老乡“点头”而已。我们也不去套“近乎”。

厂长常住城里，有时坐人力车来厂，但稍停即去，厂里的事情由工务课长和李工程师当家。

厂长的妻妹是厂里的图案设计员，“细柳长条”，烫发高跟，很有风韵。据说她在日本学的这种工艺。她有位女伴，丰腴、大眼，不知是女职员还是陪她同住的女友。也许她们怕敌机轰炸城里，特到乡间躲躲的。

厂里发生了偷窃事件，一个面容憔悴、头发蓬松的女工被控偷窃棉纱。当然，并不是“监工”李云生查出来的，他很同情工人。那位女工的丈夫还是位警察，但她却被一个警察用绳子拴着一只手脖子带到城里处理去了——无非是开除了事。

不久，地毯工踱到仓库来，低声对我说：

“偷纱的多得很，她得罪了人，被告着了。纺毛线的那个×××，那个谢，长得漂亮，便没事。她们也偷……”

我用弹簧秤发、收原料和成品，未发现缺什么斤两。

工作枯燥、绵长、拖沓……使人困乏。难道就这样生活下去吗？

一天，杨镇畿突然来了。他从天回镇穿城而来，跑了六十里路。他说，我们投考西北公路局站务人员训练班第二期，都被录取了。录取名单贴在西北公路局的成都车站。他来商议我们去不去兰州，训练班设在那里。

去西北，是我们梦寐以求的。那里离陕甘宁边区近，有机会时便可过境。在成都，无非混个“糊口”，而且暑假将到，国立六中那些反动学生会有到成都游逛的，还有毕了业考大学的。我们的行踪被他们发觉的可能性太大，还是以离开四川为好。我与李云生决定后，杨镇畿便赶回城里去了。

我们与牟邦平商议后，他同意我们离开，而且他也愿意离开四川到西北去，盼我们去后帮他想办法。于是，他便代我们向工务课长提出申请。

工务课长、李工程师对我们的离去有些不同意。工务课长说，他干过四川省公路局，意思是干公路没有什么好的。还说最近就要为我们定工薪……但终于同意我们走，报告了厂长，厂长同意了，并且批道：各赠路费十五元。

牟邦平用肥皂为我们各刻了一枚图章，写了领据，盖上肥皂图章，帮我们领到路费。我们也没向工务课长、李工程师告别，第二天便离厂了。

牟邦平这位老大哥太可亲，难舍难离。

十四天！我与李云生当了十四天的赈济会第十二工厂的练习生。

（我在兰州曾与牟邦平通过信，他信中仍表达愿到西北谋职的愿望。我们到西北后感到失望，也无能力为他谋一工作。久之，便断了音讯。）

我们投考西北公路局站务人员训练班第二期的同学一共七人，因省钱和马上可以取相，都照的快相，面容当然有些模糊。刘云祥、宋有禄、刘鸿桥（经同乡介绍，已去航委会一个工厂当了文书上士）都不去了，空着三个名额。

（宋有禄本有些神经质，在成都被白色恐怖吓坏，却还常去青年会看别处难以看到的《新华日报》。特务盯住了他。某次，特务趁他上厕所时，持枪堵住他搜身……他终于精神失常，被送进疯人院，疯死在里面。在兰州，我同杨镇畿曾寄钱给他，他回信写着：“蒋介石还能统治全中国……小心，你在前面走，后面有人跟着你……”一个字很大，一个字很小。从此，我们再也不敢写信给他。刘云祥后改名刘志远，1943年考入西康省雅安邮政局。1949年后调济南邮政局工作。1986年离休后创办济南齐光夜校。1949年后与我一直密切来往。）

读书·生活书店仍被封闭着。周伊贤向他的经理告别，因脸宽些，顶上宋有禄化名的宋庚辰。丁士杰脸瘦些，顶了化名刘单的刘鸿桥，何况他们都是单县人，更容易蒙混。冀若曾想顶替刘云祥化名的刘企成，成德茂、李云生劝他留在了成都。周伊贤购存有许多马列著作，由李云生、成德茂陆续藏在衣物里带给了朱鸿恩。

朱鸿恩对我们去兰州颇不同意，认为哪里都一样。当然，他是中共党员，力求就近找到与党组织的关系。

［朱鸿恩是原平原简易师范学校的学生，流亡到湖北后，被编入国立湖北中学初中部。他在学校迁川途中，曾组织野军读书会，阅读进步书刊。入川后，他被编在国立第六中学第二分校。他们为争取共产党的领导，多次到新华日报社成都分社请求参加共产党。因要求诚恳、迫切，中共四川省委书记罗世文亲自会见，派三台中心县委的侯方岳到德阳第二分校吸收鸿恩等入党，并建立特别支部，由鸿恩任书记。因了鸿恩等的关系，中心县委又吸收绵阳辛店子（永兴场）第三分校的许方明等入党，由方明任特支书记——1949年后在遵义一中工作。同时，中心县委吸收校部的鸿恩本家朱德明入党。据说鸿恩1957年被划为右派……他与贵州籍夫人带男孩回平原老家教书……抑郁地死去了。贵州籍夫人带男孩回了

原籍。他原配的儿子少灵在平原火车站当扳道员，曾与我通过几次信。]

我也曾同刘云祥、宋有禄再去红石柱街29号附1号找郭德芳大哥，但住户都说“没得”，又扫兴而归。反正就要离开四川了，不想再去找。这就是命运……

我离开绵阳校部去成都，首要问题是找一个啖饭之处。车老板郭德芳大哥一家就住在红石柱29号附1号。我却两次访而未得。1943年洛阳沦陷，哥哥一家先逃命到西安，在西安就业数月后即弃职去成都，投靠郭大哥开他的汽车。全家就在那个“29号附1号”，且一住五年。我住圣修医院期间，曾给哥哥去信，他函托一位司机朋友照顾我。那位司机给哥哥回信说“你的兄弟就是我的兄弟”。他曾到医院找我。但那时我已搬离医院，已无法再寻。哥哥以为我已死掉。那位司机大哥的名讳我已忘记，但永远值得感念！就这样，四个月的时间，既要谋生，又要逃脱特务的追捕，最后虽然谋到一个职业，但那种“日出而作，日入而息”的没有假日的生活，使人难以持续。于是，我们借被西北公路局第二期训练班录取的机会，离开了四川。我的另一个苦恼是肠炎病，受惊吓，或跑动，或饮食不当（哪能得当），就要马上出恭。便中带脓，这让我心悸神恐，甚至认为会突然死去。

我们去西北公路局成都车站领了点路费，加上我与李云生得到的赠金，还有杨镇畿、丁世杰的工薪，估计到广元前能有剩余，就给肺病患者陈守俭、王奎熙留下一些钱——向他们告别。他们走出病房送我们，心情都很凄楚。

（王奎熙被人介绍去航空委员会某工厂当过兵，在成都郊外看仓库。他吃着饱饭，晒着太阳，肺结核竟然痊愈了。1946年他在西安飞机场工作，已升为准尉三级，管器材。张锡缙和我曾住在他处。他的英语、世界语程度已有较高的水平。真令人难以相信，他自装了收发报机、电台，经常与一个阿根廷的世界语朋友通话。他的居室里安了许多自制日用电器设备。我们曾计划带着收发报机、电台到解放区去，却苦于找不到关系。1949年前，他在成都由胡季生介绍参加了中共的地方组织。1949年后，不知何故，他离开四川到大连去了。以后再未听到有关他的消息。陈守俭一直住在圣修医院。1945年他写信向我要钱，要到另一医院检查身体。我寄去钱后被退回来，不用说，他已死去了。他的信，字迹歪斜，可见手在发抖。我一直保存着这封“遗书”——一个忠厚、诚朴、心灵无瑕、头脑明晰的老弟。）

我们集中住在车站附近的小旅店里，等车出发。成都至广元这段公路属四川省公路局。西北公路局在成都设车站是为了办理跨省界的军、货运，没有客运。站长是一位三十几岁的北方人，很客气：

“咱们将来都是同事，大家一样，有什么事尽管说，能办到的一定办。”

想不到刘鸿桥跑到小旅店来了，刚坐下就对我说：

“保全，你不要走，留下，我一定想办法使你也干文书上士，咱们在一块。”

我决心离开四川。他一再劝我，最后竟放声大哭起来。我与他在离校前没有接触，从未说过话，想不到他同我有如此的感情。我又难过，又惘然。我不愿穿那身军装，否则不就尽量想法去航空委员会与国际电台合办的机务人员训练班了吗？

（刘鸿桥在抗战胜利后回到单县老家。在“三查三整”中，他曾被吊打，当然是在国民党航空委员会某工厂当过文书上士——后来也许成为小官——的缘故。据杨镇畿说，冀若曾也于全面抗战后返曹州老家，也许会遭到刘鸿桥同样的命运吧。)

我们在旅店里住着候车，烦闷时便闲谈一番。周伊贤说，在天回镇难童学校发生了一件事。我想杨镇畿年龄最小，或许出了什么纰漏，但他很坦然。丁士杰却面孔萧然，沉默不言。很快，周伊贤就公布开了。不用说，杨镇畿向他讲了究竟。

有一个姓漆的女教员同其他女教员住在丁、杨宿舍的隔壁。两间屋的床铺贴中墙而设。因为墙壁用竹篾、稻草和泥砌成，有些地方已剥蚀成洞，两边可以探手取物。某星期六晚上，同屋都回家去了，漆独宿在屋，知丁士杰去了厕所，跑来悄悄对杨镇畿说：

"晚上你上我屋里去……"

杨夜晚躺在床上，像受了侮辱一般对丁士杰说："老漆叫我晚上去她那里。那个熊样！"

杨镇畿说罢，已消去恼怒，便鼾鼾睡去了。

第二天一早，丁士杰对杨镇畿说夜里去了漆的屋里。

这位女教员，可见是一个极随便的女性，勾引纯洁的像孩子似的杨镇畿，且又对谁都欢迎，来者不拒。

丁有些羞惭，但又觉得很幸运，好像得了什么便宜。

他们成了露水夫妻。

丁、杨、周先我们搬到旅店候车，漆曾来送行，坐在丁的怀里，哭哭啼啼。

丁是高中生，比我还高一学期，因为这样，他便失去了大学长的威信。

(丁世杰、周伊贤在兰州西北公路局培训后，被派往甘肃与新疆交界的星星峡公路站。杨镇畿与我在兰州、彬县一起工作一个时期，后被公路局调往陕南庙台子，他在那里写下了神话长诗《骆驼和星》，再后到重庆乡村建设学院就读，受共产党指示领导学生运动。20 世纪 50 年代因胡风案受牵连，“文革”后平反，在潇湘电影制片厂任编剧，创作了电影剧本《胡风》。李云生，50 年代在兰州百货站工作，1958 年以“莫须有”罪名被发配到酒泉著名的夹边沟劳改，两次濒临死亡之际，幸在甘肃省委工作的爱人刘雨带食物赶到，慢慢进食救活。1961 年夹边沟劳改营奉命撤散，他才得以回到原单位。“文革”后平反。成德茂，1949 年后在兰州工作，与李云生结为亲家。)

蓉城初识正青春，
避仇投亲走陇秦。
皋兰[①]噩梦能无悔?
空望泾北塬头云。

后来，历几十载，回望当年种种，心生万千感慨，曾有此作。

有一辆运钨砂的卡车去兰州，我们可以搭乘。钨砂将送到哈密，然后转送苏联。它会换来抗日武器或其他物资。钨砂很沉重，一辆三吨的车，钨砂袋子在车槽内不过铺了三四层多，已经近量，加上学员十几人，已超载了。

5 月 3 日或 4 日那天早上，站长在车边送我们登程，挥手作别。

卡车的速度很慢，天过中午才到绵阳，停在涪江南岸路旁的旅

① 皋兰：兰州城边的皋兰山。

《骆驼和星》

店前。司机说某个零件坏了，须去广元修车厂取新的换上。我们只好投宿。险啊！我们停在绵阳，岂不自投罗网吗？大家躺在旅店的床上默声不语。周伊贤不怕，他认为国立六中校部的学生没有认得他的，便头上蒙块毛巾，像北方赶骆驼的汉子，嘴上叼着烟斗，常去路旁走走，兼任“采购”。

［1941 年 5 月 4 日前后，我们赴兰州在绵阳滞留期间，许衍梁老师与陈克胥、丁兰蕙等九位同学同夜被捕。据陈克胥回忆，在羁押期间，许老师一身正气，无畏无惧。他对同学无比爱护，并时时激励大家。同学们更坚定了斗争意志，并认为：许衍梁老师是共产党员。

1940 年，国民党通令公教人员必须参加国民党，许老师拒不参加。葛兰笙多次以日照同乡关系劝他加入国民党，并说：“加入以后，你在课堂上愿意讲什么就讲什么。”许老师终不为所动，但却未被解聘。

特务头子李合群亲自出马于深夜逮捕许老师。许师嘱张荐甫（同屋）老师代为保管衣服、书籍，从容而去。第二天，被押解回校，由王晓纶出面设宴“压惊”。宴后仍被押回城内监狱。在绵阳，初与学生合押，后被隔离。特务们称许老师为“川西北共产党负责人”。一个“叛徒”劝降时还说“几年以前咱们还是同志”。

许老师被押往成都后，最初押在监狱，与许多共产党员共同受难。许老师后来曾多次谈到狱中的斗争，认为是最难得的共产主义课程。一位长征掉队的黄大姐特别令他敬仰。她领导大家坚持狱中斗争，且非常团结许老师这位“党外布尔什维克”。她的政治嗅觉特别锐敏，谁坚定，谁动摇，谁叛变，她都了如指掌。同难者有省委书记和几个县委书记。

许老师在成都住过几个“公馆”，经受过无数次的威逼、利诱。特务、叛徒“轮番轰炸”。

特务们终于明白许老师不是共产党员（很可能他们早已明白，不过抓个人充“川西北共产党负责人”的数，好去报功），于是又以“悔过”作释放条件。许老师大义凛然：“无过可悔！”

许老师受了十个月的囹圄之灾，终获释放。于是，各种“说法”便流传开来，什么“葛校长力保啊”，“葛校长托沈鸿烈说情啊”……许老师是个非常天真的人，被释放后还问个究竟：“为什么放我？”有人说：“你问这个干什么？快快走脱了事。”他一直揣测是一个济南高中的老同学放了他。那个老同学混成高级特务，到成都清查监狱、“公馆”时发现了他。

许老师非常感激赵干庭老师，因为他出狱后，许多老熟人不敢同他接触，但赵老师却勇于介绍他去成都师范教书。后来，张维华（西山）教授又把他介绍到华西大学去了。

许衍梁老师在 1948 年前，曾任山东省立师范学院教务长、历史系主任。1949 年后，曾任齐鲁大学教务长、代校长，济南市人民政府副市长、济南市政协第一副主席、山东省政协常委。“文革”结束后，任山东省科协党组副书记、副主席，主持日常工作，直至年高离休。20 世纪 80 年代因患肺癌，于北京病故。许老师在 1949 年后一直被认为是“统战对象”，他自己觉得可笑。直至 1961 年才以高级知识分子身份加入中国共产党。]

一个麻面的四川学员发现我们的“特别”，有一天，竟走到我们屋里悄声说：

“你们是开小差的吧？我是从兵工厂里开小差的。”

我们当然不是开小差的，只说是下江人、山外人，水土不服，身体不好。

还有一位四川学员，年约三十开外，礼帽，笔挺的中山装，还镶着金牙。这是什么人物呢？他踅进我们屋，点头微笑，掏出香烟请我们抽。除了周伊贤，没有习于此道的，我们只好“谢谢”。他说：

“我叫钟震鸣，本来自己开个诊所，但多半接待花柳病人，打针，开刀……哎呀！脏臭！不想干了，就投考西北公路局，改个行道看看……”

我突然想起成都厕所里张贴的那些“神医”广告，禁不住脱口说出：

“若要梅毒轻，去找钟震鸣！”

他一听，得意地忙说：

“对的！对的！”

于是大家便哈哈大笑起来。

我们忐忑在旅店里，时间过得很慢。大约到了第三天，傍晚时分，卡车换装好了配件，马上出发。

到达梓潼时，卡车开去油库加油。油库好像在一处公园内，卡车加油后停在那里，有住宿的模样。我们想这又糟了，这里是国立六中第一分校所在地啊，又容易出现不测。突然，发现离卡车不远处，站着原第四分校的一个同学，升来这里上高中的刘 ××，向着我们微笑。我们不敢理他，免出意外。正在为难，司机和助手走进驾驶室，将车子发动，并招呼在车下活动腿脚的学员们上车……卡车离开了梓潼，在昏朦中顺公路北去。到宝轮院时天已全黑，司机将车停下，大家赶忙投宿、就餐。

第二天途中，我们在剑阁城外山坡上一家饭铺吃午饭，听食客们议论，剑阁师范有教员、学生前些时被捕——“学校里出了共产党”。

再过剑门，我们已无心情观其雄姿，当晚到达广元。

在广元，不知什么原因又停了些天。这里是两年前孟庆元被捕的地方。我们这些国立六中的学生，最好不要在街上露面，特别是要北去。“北去”，警、宪、特务们即认为“去延安”。

广元有西北公路局的区办事处，学员们又去借了路费。登程时，超载的钨砂车上又多了六位乘客：一双司机夫妇，一个瘸腿的校级军官带着夫人及子女。据说，那位夫人是一位副局长的小姐。

车在山路上左右盘旋，上下冲奔，乘车反方向再越牢固关、西秦第一关、五丁关……皆疾驰中一掠而过。车出四川境后，我们顿时觉得无比舒畅，好像已脱离了危险地带，不由得放声高唱抗战歌曲。这使得同行的学员们及其他乘客十分愕然。我们的歌声宏壮、高亢，兴奋啊！庆幸啊！两年的四川中学生活，在政治风云中颠簸，现在终归离开这值得怀念又应当诅咒的地方了！然前去兰州，我们会遭遇到什么，又岂能料到？我们企望能“参加革命”，伺机进入陕甘宁边区，到“鲁艺”等“革命大学”学习，或去新疆读新疆大学——在迪化（即乌鲁木齐）大街上持着马列著作漫步……

不屈的一群（代后记）

刘庚子

“一些段落可以传世”，此为诗人朱健读罢这部回忆录的感慨。诗人亦是“七千里流亡”的亲历者。

于老年，“文革”后安逸从容的日子里，父亲记下了他少年时动荡漂泊的故事。

1937年秋，当济南已听到黄河北日军的炮声，一群正读初中的少年，离开了杆石桥外省立（济南）一中“广厦宏伟，青瓦粉墙”的校园，随学校、师长奔去“大后方”，开启了不知所终的流亡，也开始了他们无从预计的人生“流亡”。

此种由记忆而来的文字，大概可称为“私人历史”。作者自始便明言这是个人视角的叙事。而这种叙事自然会有其个人视域的边限，笔端也无法抹去言说者自己情感意向和价值理念的“偏见”。既如此，或有问，其所述历史事件是否准确可信？抑或还有深一层的哲学疑问：私人话语之鲜明的个人色彩就写作而言，是应被视为人性不可克服的弱点呢，还是相反，应该视之为写作中的一种优势？对此两问，就这部回忆录而言，答案均是肯定的。当这个春夏借助互联网核查这部遗作的内容时，明确的感觉是：此乃一部史实相当准确的“文学作品”；而私人言说无从逃脱的个人风格则正是其无法拷贝的独特性。“偏见”是必要的，唯其如此才会有差异，才会丰富多彩，才能更生动地映现出那些已远逝岁月的风貌。由是，执各种“偏见”的“私人历史”便作为细节填充了时代的宏大叙述，使宏观历史不再干瘪而鲜活且富有生命。

对父亲和他少年时的同学而言，流亡是一段魂牵梦绕的经历。自“文革”后期，父亲便时常谈起其中的一些片段。毕竟，流亡深远地影响了他（们）的一生。一个学生群体，少年时便毅然离开家庭、家乡，流亡到陌生的远方，此类情形并不多见 。至20世纪70年代末，人们开始从“文革”状态中复于常态，生存与精神有了一些自由空间，父亲在全国各地的老同学陆续返回齐鲁探亲。1985年，父母把家从青州迁回济南，落居于燕子山下的高校校园，自此，他们的家便成了返省老同学的落脚点和济南老同学的聚会点。父亲先后与40余名同学有了通信联系。从20世纪80年代初到新世纪初这20多年的时间里，父亲在青州、济南、青岛、泰安、聊城、北京、贵阳、兰州、西安、武汉、长沙、广州等地，见到了近40位同学、师长、师母，其中若干位是多次相聚，每次相聚都会长谈，而流亡则是长谈中一个不会落掉的主题。回顾、还原当时人与物的场景，兴奋、哀伤、深思、辨析、激昂、悲愤……他们谈起流亡总是有说不完的话。此情此景有父亲诗一首为证：“百泉久涸喜又开，临潭煮茗待君来。湖山旧梦犹能觅，亲朋三五老未衰。”①

1986年，《李广田文集》第五卷出版，其中第一部分便是“流亡日记”。李广田，著名散文家，父亲和他少年友朋们尊敬的师长，一同流亡出鲁，穿过豫、鄂、陕，时走时住，到达四川绵阳

① 回忆录中没有出现，但会面、通信并且关系亲密的老同学还有：济南铁路局的王文林、济南的柴启宏，上海的黄德思（志达）、黎斯友等。

一带，至 1941 年“皖南事变”前后师生被迫离校，历时三年余。李广田先生曾给予父亲那帮流亡的少年学子诸多文学教诲和生存资助。其“流亡日记”无疑是十分珍贵又十分真实的一手资料，恰好与父亲及其他师长、同学的记忆相互印证。“文革”后几位尚存的师长和许多同学陆续在写一些回忆流亡的文字，但多是简述、侧面或片段。而父亲似乎早有打算，他要仔细描画出亲历的流亡之全过程，充分酝酿后，便动笔了。

山东全境面临沦陷，教育厅征问各学校怎么办，多数表态无奈之下只有停办，唯独省立第一中学（初中）校长孙维岳（东生）决然要带学生出走。真教育家本色呈现！危局当前，无所畏惧，敢于担当，坦然自若！流亡，艰辛困苦，前程难卜，有人并未到校，有人返回原籍，有人悄悄留下，有人惧怕返回。“不做亡国奴！”喊口号慷慨激昂，然实际上大多数学校、家庭、个人并无此般决绝之勇气，义无反顾地离开家园、故土，踏上流亡抗争之路。父亲和他一起流亡的师长、同学们，只是小小的一群。尤其在流亡

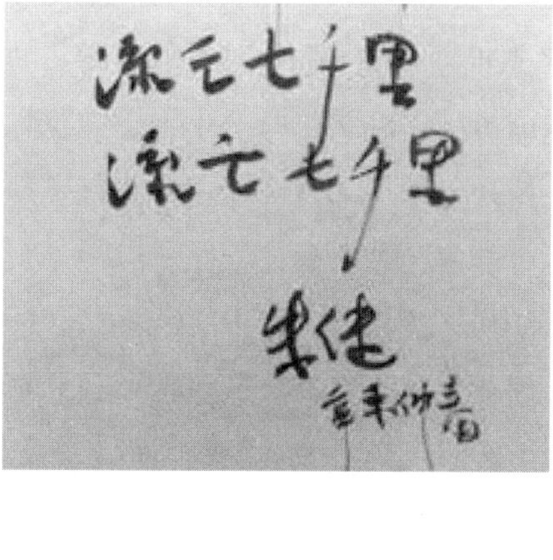

诗人朱健题写书名

作者老年像

第一站——南去济南百余里的泰安城，便遭到敌机的狂轰滥炸，生死之间，惊心动魄，居然丝毫未能动摇这群少年和师长的意志！

流亡生活有多么危险、困苦？“回忆录”所述汉江沉船，22位女生溺亡的大悲剧种种自不必说，且看李广田先生“流亡日记”中记下的两段：

“阴雨已四日，没有不漏的房子，而尤以学生的宿舍为厉害……漏的实皆无法居停……满屋泥泞，与地下铺的麦穰混在一起……无怪疾病之多……”

“午饭时，闻霹雳巨响，众生惊怖，继闻喧哗，乃知新建之厨房倒下。××× 先生监厨，头被击破，二学生藏桌下无恙。幸馒头在住室，菜已搬入餐厅，不然，午饭即无可吃。旧屋遍漏，墙多倾斜，人人皆存危戒之心。”

就是在这等恶劣的生存状态中，少年学子们依然激情满怀，一腔热血。在赊旗店，在郧阳，课业之余，他们不甘沉沦，自认流亡者也有抗战之责，组成救亡工作团，现身城镇街头，歌咏、演

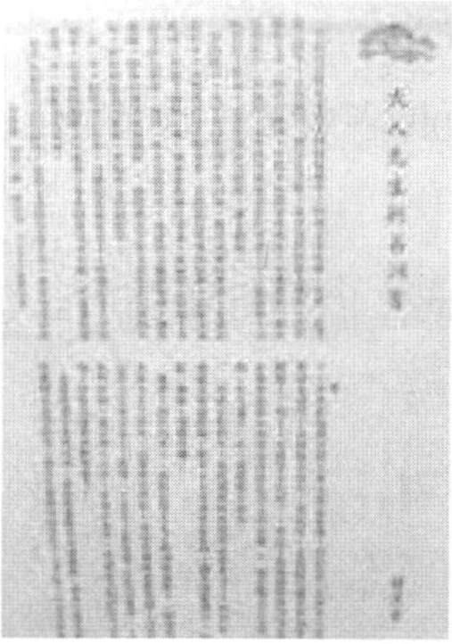

作者少年时在文学期刊《宇宙风》上发表的文章

讲、演剧、出壁报，发出中华不会亡、抗战必胜的声音。于此，李广田先生在日记里这样感叹："苦坏了千百青年，然而也锻炼了千百青年，因为青年人均养成了自学的习惯，且能在团体生活中教育自己。""先生可杀，学生可爱！是的，在无教养中，学生们自己教养自己，他们的活动是多方面的，是勇敢而热心的。""成年人不但不能领导青年人，而且被青年人拖着，甚或遗弃——成年人应向青年人学习。""赊镇……那是流亡中最灿烂的一段"。岂止鼓动抗战热情高昂，这群少（青）年们亦英雄豪气、无畏生死，一批批割舍学业，投笔从戎，走上血与火的抗日战场……"忽然接到陈美徒的信，是刚从马当要塞撤下来拣了一张纸写的，言日军正凭借军舰、坦克、飞机'沿江跃进'。（此后再无音信。）""从军同学张启鹏来信中写着四面都是敌人（也是最后一封）。"当从"回忆录"中读到这样的文字，能不为之动容？

钱锺书在其小说《围城》中，用灰色的笔调漫画出抗战时一所流亡大学可悲可叹复令人厌恶的侧面，山东这所中学又何尝不是如此，岂止灰色，而且黑暗！几所山东的中学合并后，学校被官僚学阀把持。李广田先生作为教师自然比学生了解更多内情，他的日记中记下了灰色、黑暗与抗争：

“今日东生大发牢骚，缘某某打牌输光而向之借贷，逢彼之怒，云：彼等毫无精神生活，而只能赌博消时日……”

“外边传我们的先生们吃喝嫖赌，无所不为。这是事实，不必辩，然而我们不能不生气……我们不愿分担这恶名。”

“从发薪底册，知道王 ×× 为卫生组组长，郁 ×× 为学生社会指导副主任，郑 × 平为正主任，有在校而无公可办者，有根本不在校者，有早已离校他就者，然每日可定支四五元不等，又闻郁 ×× 临行时扣支五百元，托校长代为弥补。哀哉！”

“据云，学校之所以与浚元土膏店有密切关系，并能屡借巨款，实以宋德甫贩卖烟土之故，故宋久住河口，因浚元土膏均从河口运来，而宋实主其事也。闻宋某已盈利三千，而 ××× 等亦有股份，无怪湖中（此时称湖北中学——引者）之拮据，无怪乎教部兑款至河口后稽留甚久始得来郧也！”

“均校（师范部，在湖北均州——引者）同仁已议决选代表去汉口索款，先向教厅庄、葛二科长交涉……如不如愿，即向教厅控告，如无结果，即登报或发宣言说庄、葛二人把持公款，破坏湖中之真情。”

“而郧阳则为最龌龊的时代，也可以说是斗争的时代”。“湖北中学是一个没落的团体，这是被认定的了。”

学生虽然年少，然亦可明辨是非，爱憎分明，甚至公开抗争，怒斥黑暗（如隗文云的晨会演讲）。某些跑到大后方的民国官僚政客党棍，虽然未做敌伪的顺民或汉奸，但人格上却乏善可陈，难称师表。

而另一面向，透过“回忆录”我们也看到了一个个真教育家的形象，孙东生、胡干青、丁用宾、李广田……目光远大，一身正气，意志如铁！他们深谙且坚守自己的职责与使命，流亡不是逃亡，迁徙途中坚持办教育，稍得安顿便开课授业并力争课目齐全。课堂教学不能停，中华文脉不能断，要把这些少年培养成才——斯乃这些真教育家的信念与风采！一路颠簸，“在风沙中挺进”，生生死死之间，真教育家对学生的爱在“回忆录”中力透纸背，与那些苟且、无耻、冷血的官僚、政客、党棍形成鲜明的对照——学生夭亡，孙东生老师失声痛哭；晨会，胡老师怒骂学校当局贪腐；丁用宾老师在讲“不够分得降班”；灯下，李广田老师在用心给“本校”的学生写回信；瞿亚先老师在挥臂教唱抗战歌曲，歌声激昂；卢宗文老师、张克济老师、刘焕文老师正领着学生奔走在迁徙的路上……师长、同学，一个个可敬、可爱的鲜活形象跃然纸上。父亲这部“回忆录”中的战时流亡教育，虽有千般悲凉凄苦，绝无颓废丧气之格调，总是坚强不屈，燃烧着蓬勃的希望。

学校迁至四川绵阳一带后，抗战已进入了极困难的时期。而可悲的是，党棍官僚们谨遵上命，不遗余力地在学校中编织国民党、三青团的组织体系，加紧了对学校师生的控制，而这种控制无疑是一种压迫。政客党棍们又正可借此更加不顾学生死活，大行腐败，使学校的气候更加黑暗。且看李广田先生日记所载：

“葛校长去梓潼（分校——引者），向学生训话，学生大呼‘不承认葛某为校长！’葛回绵（绵阳，校部——引者），即写布告寄梓潼，大意是：‘本人奉教部令整理湖中……学生犯规，轻则开除，重则枪毙！’笑话，校长还有杀人的权？这也算教育吗？”

“得本部孟庆元来信。读过……觉得非常愤慨……信里说道：‘G……是毛虫似的笨而毒，是道地的传运命令的机器……他不是来办教育的，是来做官的，对学生对老师都是命令……对书报检查得极严……把自己的地位提高到天……踏着学生不让出气……单把校长用特高的薪水从外面请来的几位说，我们的几何老师曾三小时没解出一个题来……’”

“本部学生高耀墀来谈，说本部统治方法甚妙，大略如下：一、不许学生有组织，每班无班长，凡事皆由值日生代表……原有学生会，妙处是并不解散，却只有会长——一个小官僚收买，但何事也不做，除非为学校吹拍，或陷害同学……二、不许学生读课外书，连《文艺战线》《抗战文艺》《笔阵》，均在被禁之列……三、……用考试逼学生，如初中毕业一次考，仍须参加会考，而升入本校高中仍须考试，一个短短的假期之内考三次……此外，克扣学生的地方就更不胜枚举。四元一套的制服要六元，然而不能穿，穿几天就毁了……而忍心欺负一班无家可归的孩子，其人心恐已臭得不可闻而连狗也不肯吃了吧？”

“得本部安克燕信……信末云：‘学校在名为军事管理而实为奴化教育的借口下，同学之间，在情绪上，在言谈上，都充满着愤懑……×××开口本人奉部令来整顿学校……学生若有犯规者绝不宽贷，只有教部撤我的职与我自己不干，其他任何外力不能使我不干——这是办教育的态度吗？学生死了一个个往外抬，愤怒积愤怒，愤怒总有变为行动的一天。’”

“看到×××校长给东生（孙东生，此时为国立六中四分校校长，校址罗江）的信说：‘……我们应奉公守法，不宜自多是非……’我觉得非常愤慨。这正是官僚主义，所谓奉公守法……

只是苟且敷衍的别名，自己不但……不图事业之发展，反倒唯恐别人做出什么事来，这真妾妇之道……但是我们要问，这种人真的奉公了吗？真的守法了吗？我们只看见他们置公法于不顾……但假如能顾些体面，不滥用政府的钱——其实是老百姓的钱——也未尚不可表示他们尚有点良心渣儿，他们只有蒙上欺下以图升官发财罢了……”

“晚，东生果然来了，备述在渝所受困苦，声泪俱下，‘莫须有’三字虽不能服天下，然害人以至于此，可谓毒辣之至。”（孙东生所主掌的四分校因“自由空气”被告容共通共，令孙到重庆培训，培训结束仍被扣，不准返校，并被免去分校校长。——引者）

“……东生来谈，云国文教员 ××× 与 ××× 念佛打坐，为学生讲佛经，传道说，吃喝嫖赌，无所不为，文卷不改，只于发文前十分钟圈点一气，批则不过三四字，而学生每次只作一二百，彼则犹嫌太多了！”

请原谅我大段引用李广田先生的日记。显然，当年先生所记种种，与父亲“流亡回忆录”中所述契合。然而，黑暗不止于此，在李广田先生的日记截止之后，学校当局还制造了更恶劣的事件，不仅与地方上的军警特务勾结，把离校去陕北的学生抓回投入“劳动营”，而且制造纵火案，造谣栽赃，配合军警特务进校大肆抓捕师生——许衍梁、陈克胥、晁岱华（后两人仍健在）等若干人，并投入监狱，逼迫大批学生逃离学校！这等人怎能配称校长、教师？仅仅因为思想，至多因为言论，其余均属“莫须有”，便伙同军警特务抓捕自己的学生、教师，此等行径，无论在什么年代，什么国度，均令人不齿！正义在党派之争之上，不保护自己的师生，反而迫害构陷，这哪里是为人师长？分明是凶恶的政客党棍，专制恐怖势力的鹰犬！

可以想见，如此残酷的生存环境中，马列思想、苏联、延安、共产党便无可奇怪地构成了对这种黑暗现实的批判，成为一种理想与向往。由此，在有限的比较、选择时空中，许多师生“亲共”，读苏联、左翼的书刊，去延安，参加中共地下组织，为个人和社会寻找一个光明的未来，便实在是自然会发生的事情。

政治，无论那个时代、这个时代，皆难以绕开。“回忆录”读到后边，我不禁思忖：十八九岁的青年，尤其是更小一些的少年，应不应该热衷于政治？小小年纪，知识、阅历尚十分有限，未经深入研究与体察，便陷于政治旋涡中，在我看来是不适宜的，这也是他们那代人留下的教训。在这个年龄段，虽不应“两耳不闻窗外事”，但主要是学习文化、科学知识。尽管，每种生活环境中都有是非善恶的具体事项，且迫使人们不得不面对，不得不选择，不得不为自己的尊严、自由、理想而抗争。

一幅幅凄美的画卷徐徐展开，那些山水、民风的描述引人入胜。那是原汁原味的山水，原汁原味的民风，壮美、秀丽，亲切、丑陋，历历在目。泰山、赊旗店、山陕会馆、剑门、蓝滩。自然的，人文的。无疑，对流亡沿途山川地貌、乡俗风情的描绘，是这部“回忆录”中精彩而十分迷人的部分。无论是走是停，从济南到泰安，到许昌、赊旗、郧阳、安康、汉中、广元、罗江、绵阳、成都，七千里一路走过，所到之处的景致风情，大好河山，皆一笔笔素描、彩绘，或细细雕琢，或寥寥数笔，无不精当。景色描写，清晰真切，令人荡气回肠的画面一幅幅映入眼帘；而风俗、市井、人物的刻画，则活灵活现，让人回味又窃笑。透过“回忆录”对沿途政经民情的纪实描述，作为后人，今天不能不感叹，如此不堪的一个国家，能够坚持全面抗战八年，并取得最终胜利，赢得空前的国际地位，真可谓千古伟绩！那些艰苦卓绝，为民族不被奴役而奋斗牺牲的先贤烈士，我们当永世铭记。

写作中，父亲的视野是开阔的，他在讲述他和他的同学、师长、学校时，总能关照到抗战的进程和国内外大事。整个叙述中，除学校主线外还有多条线索，文学、延安、“托派”、基督教，等等，读者可看到那个时代的多重侧面。国立第六中学第四分校（以省立一中为主体）在安校四川罗江后，师生曾写出过“流亡回忆”，拟刊印出版，书名为《七千里征程》或《在风沙中挺进》，由孙东生、陈翔鹤、李广田等老师编辑完成，后书稿竟不慎丢失，未能面世。填补这个缺失是父亲晚年的一大心愿，他尽了心力，应该说这部回忆录在很大程度上达成了他的愿望。

父亲少时便有文名，习作得到李广田先生的赞赏，散文连续发表在林语堂先生主编的文学期刊《宇宙风》上。从父亲后来的藏书可知他喜欢苏联文学，但事实上，他真正喜爱的是俄国文学，以高尔基为例，他多次讲到《大学》已有倾向性，《母亲》已完全“概念化”。他欣赏的是《童年》《人间》及其短篇。当然还有屠格涅夫、果戈理、契诃夫的短篇，还有列夫·托尔斯泰、陀思妥耶夫斯基的作品与思想……父亲曾写出过一些精彩的短篇，如《二姐》《麻醉的灵魂》等。这部“回忆录”保留了他的文学才华与修养，观察、记忆的清楚、细致，描绘的生动、鲜活，文字的简洁、准确、畅美……

父亲生长在一个“革命的”基督徒家庭。祖父刘瑕毕业于南京法政大学堂，追随孙中山，为同盟会会员及其激进的中华革命党党员，曾在武汉入狱，居南京新街口若干年，基督教共产主义者，早亡。父亲不仅观念上受家庭熏染，并且自小生活困苦，加之时代的风尚、老师的引导，自由、民主、平等、人道很早便成了他（及其同窗好友们）根本的价值观念，成为他（们）评判人事是非的标尺。

省立（济南）一中、罗江四分校是父亲和他少年同窗们的精神家园，因为那里有“自由”，有“光”。诗人朱健（本书中的杨镇畿）年不足二十岁时，以一首神话长诗《骆驼与星》（见诗集《白色花》）讲述了他们随校流亡的历程，这历程是脚下的也是精神的，时隔近五十年，神话长诗与这部纪实“回忆录”再成呼应，情景气质完全一致。史家有言“以诗证史”，正应于此。然而诗的特性是拥有超出具体场景的意韵，人生如诗！神话长诗映显了父辈们一生命运的“流亡”，那是“骆驼”追“星”的征程，虽然他们的“骆驼”之身没有化成乘风的“白帆”，但困顿中却从不绝望，绝无戚戚哀哀，在漫长的被歧视、被迫害的生涯中，他（们）从未消沉，从未蝇营狗苟，从未沦为行尸走肉或跪着的奴才。也许正是流亡为他们奠定了这种人生态度，他（们）是作为人而生活了一生的。

本文作为代后记，在这部“回忆录”行将刊印出版之时，我代表家人感谢就这部稿子帮助过我的朋友们！大概十五年前，著名人文社科翻译家冯克利先生找人把稿子打印装订成册，家父得以分别寄给他的同学，阅读、核对、补充、批评、留念；今年春，值抗战胜利七十周年之际，我把书稿交给了著名读物《老照片》的主编冯克力先生，他很快给我回了信，充分肯定了这部“回忆录”的价值，确定山东画报出版社可以出版，其对书稿的褒奖大大超出了我的预期！年初，当我说准备出版这部“回忆录”时，得到了父亲晚年的学生魏超先生及他的女儿魏鹤鸣同学的热情支持。鹤鸣同学主动承担了文字再修订、编辑的技术处理工作，魏超先生则以极大的热情去核查“回忆录”中的每一个人物和事件，他在互联网上搜寻，寻找家父仍健在的同学及已去世的师长、同学们的后代，取得联系地址和方式。收获出人意料，计有九位“老神仙”尚健在，魏超先生并与其中多位通了电话和书信。于这里，向我尊敬的“老神仙”们由衷地致谢，并祝他们长寿再长寿！魏超先生还逢巧联系上了家父的音乐老师瞿亚先的公子——济南的瞿雷先生，我们一见如故，并已多次会面。瞿雷先生研究“一中”至“六中”流亡史近三十年，积累了许多有价值的资料，写出了许多有分量的文章，为整理本“回忆录”支持良多。本书付梓之际，得雷颐、冯克利两位学者诚意推荐，其情可感。其他给予帮助的朋友兹不一一具名，均致以真诚的谢意！

2015 年 8 月于济南